KNAUR

Über den Autor:
Harald Gilbers, geboren 1969, studierte Anglistik und Geschichte in Augsburg und München. Anschließend arbeitete er zunächst als Feuilletonredakteur beim Fernsehen, bevor er als freier Theaterregisseur tätig wurde. Er lebt in Erding bei München. *Germania,* sein erster Roman, wurde 2014 auf Anhieb mit dem angesehenen Friedrich-Glauser-Preis für das beste Krimi-Debüt ausgezeichnet.

Harald Gilbers

ODINS SÖHNE

Roman

KNAUR

Besuchen Sie uns im Internet:
www.knaur.de

FSC
www.fsc.org
MIX
Papier aus verantwortungsvollen Quellen
FSC® C083411

Originalausgabe September 2015
Knaur Taschenbuch

Ein Imprint der Verlagsgruppe Droemer Knaur GmbH & Co. KG, München

Redaktion: Ilse Wagner
Covergestaltung: ZERO Werbeagentur, München
Coverabbildungen: HIS329819 View of the ruined German Reichstag with military vehicles in the foreground, Berlin 1945 (b/w photo) by Puschkin, Boris (fl. 1940s); Deutsches Historisches Museum, Berlin, Germany; © DHM; German, in copyright / FinePic®, München
Satz: Adobe InDesign im Verlag
Druck und Bindung: CPI books GmbH, Leck
ISBN 978-3-426-51643-0

2 4 5 3 1

Für Rüdiger Doppler

1

Konzentrationslager Auschwitz II,
nahe Birkenau
Donnerstag, 18. Januar 1945

Seit seiner Begegnung mit Hitler wusste er, dass der Krieg nicht mehr zu gewinnen war. Doch Hauser hatte jetzt keine Zeit, über diese ironische Schicksalswendung nachzudenken. Seinen Koffer unter den Arm geklemmt, hastete er den Stacheldrahtzaun entlang. Die eisige Luft stach in seinen Lungen.

Mit einem Krächzen flatterte ein aufgeschreckter Rabe in den Morgenhimmel, nur um sich wenige Meter entfernt wieder auf dem Boden niederzulassen. Vermutlich hatte der Vogel das Fleisch der Getöteten gekostet. Nun wartete er geduldig, denn er wusste, dass hier einiges für ihn zu holen war.

So etwas wie Ordnung schien im Lager nicht mehr zu existieren. Überall, wo man hinsah, liefen aufgescheuchte Uniformträger umher, wurden Befehle gerufen und kurvten ziellos Fahrzeuge herum. Nur die Evakuierungskolonnenführer schienen nach einem bestimmten System zu verfahren, während sie die weiblichen Häftlinge zusammentrieben, um sie in kleinen Trupps abmarschbereit zu machen.

In der SS-Unterkunft hatte Hauser seine letzten Habseligkeiten in die Manteltaschen gestopft, denn im Koffer war kein Platz mehr dafür. Nun lief er an der Hauptwache vorbei zurück in Richtung Süden. Er folgte im Schnee seiner eigenen Spur. Das war immer noch besser, als über die geräumten Wege zu laufen, auf denen sich trotz der Kälte Schlamm gebildet hatte. Hauser

hielt auf den nächsten Wachturm zu, weil er noch etwas zu erledigen hatte.
Er musste desertieren.
Es war zwecklos, sich noch etwas vorzumachen. Dies waren zweifellos die letzten Tage des Konzentrationslagers. In der vergangenen Woche, als die Winteroffensive der sowjetischen Armee begann, hatte sich Hauser bereits eine Strategie zurechtgelegt. In der Hektik des Aufbruchs durfte er sich nicht verwirren lassen. Seinem Plan zu folgen war die einzige Chance, sich unbeschadet aus der Affäre zu ziehen.
Hitlers Strategen hatten den jüngsten Vorstoß der Roten Armee bereits erwartet. Seit Ende November wurde im Konzentrationslager Auschwitz daran gearbeitet, die Spuren des Todeshandwerks zu verwischen.
Von Reichsführer SS Heinrich Himmler war der persönliche Befehl gekommen, die Krematorien zu demontieren. Die Motoren, mit denen die Luft aus den Gaskammern gepumpt wurde, kamen ins Konzentrationslager Mauthausen, die Rohrleitungen waren für Groß-Rosen bestimmt. Um die Sprengung der Krematorien und Gaskammern vorzubereiten, mussten Häftlingskommandos unzählige Löcher in die Wände schlagen. Die Verbrennungsgruben waren bereits zugeschüttet und bepflanzt worden.
Als die russische Offensive schließlich begonnen hatte, waren nicht wenige von Hausers Kameraden erleichtert. Die Zeit des Wartens war nun vorüber, die Anspannung vorbei.
Doch die raschen Gebietsgewinne von Stalins Armee wurden zu einer bösen Überraschung. Gestern Nachmittag traf schließlich die Meldung ein, dass der Feind dicht an das Konzentrationslager herangerückt war. Seitdem herrschte blanke Panik. Mit quietschenden Reifen waren in der Nacht Fahrzeuge vom Stammlager vorgefahren. SS-Sanitätsdienstgrade hatten den

Auftrag bekommen, noch hastig die Akten aus dem Frauen-Krankenbaulager zu verbrennen.
Ein letztes Mal stieg Hauser die Treppe des Wachturms empor. Der SS-Schütze, der heute den Posten übernommen hatte, war ein Jüngling mit weichem Kinn, vielleicht gerade mal zwanzig Jahre alt. Hauser kannte ihn gut. Es war für ihn ein Kinderspiel gewesen, den Schützen zu beeinflussen. Und er hatte pariert, hatte ihm dabei geholfen, in aller Heimlichkeit seine Flucht vorzubereiten.
Hauser betrat die Plattform. Der Jüngling wandte sich um und salutierte. Dumpf knallten die Hacken seiner Stiefel aneinander. »Herr Hauptsturmführer!«
»Stehen Sie bequem«, antwortete Hauser mit einem Lächeln und bot ihm eine Zigarette an. »Ich möchte mich noch für die Sache mit dem Eisenbahnwaggon bedanken.«
»Es hat also geklappt? Und die Papiere?«
»Das war kein Problem. Gestern ist alles rausgegangen. Gerade noch rechtzeitig.«
Ein letztes Mal blickte Hauser auf die Baracken hinab. Es war der Block BIa, den man schon im November geräumt hatte. Die dort untergebrachten weiblichen Häftlinge und Kinder wurden in das ehemalige Zigeunerlager BIIe überstellt, das jetzt als Transportlager fungierte. Wegen des Schnees, der sich auf den Dächern der unbewohnten Hütten angesammelt hatte, wirkten die braunen Ziegelwände noch schmutziger, als sie es schon waren.
Plötzlich bemerkte Hauser, wie die Müdigkeit ihn erfasste. Die ganze Nacht über war er auf den Beinen gewesen, doch an Schlaf war jetzt nicht zu denken. Wenn er sich nicht verdächtig machen wollte, musste er zumindest noch die letzten Befehle ausführen.
Hauser überlegte. Nein, er hatte nichts vergessen.
Es war noch dunkel gewesen, als er vor ein paar Stunden mit

dem Auto die fünf Kilometer ins Hygiene-Institut nach Rajsko gefahren war, um die eilig zusammengesammelten Forschungsunterlagen in seinem Gepäck zu verstauen. Dann hatte er die beiden gefüllten Flaschen aus ihrem Versteck geholt, sorgsam in Papier gewickelt und sie im Koffer zwischen den Akten so fest verkeilt, dass ihr kostbarer Inhalt geschützt war.

»Sind die Russen tatsächlich schon da?«

Die Frage des jungen SS-Schützen riss Hauser aus seinen Überlegungen. Der Jüngling blickte über die weite Landschaft nach Osten.

»Gestern haben sie Krakau angegriffen«, erklärte Hauser. »Kamen von Nordwesten. Unsere Stellungen wurden überrumpelt. Aus dieser Richtung hatten sie keinen Angriff erwartet. Das ist kein Rückzug mehr, was die Wehrmacht dort veranstaltet. Das ist Flucht. Generalgouverneur Frank ist bereits getürmt.«

Nur noch fünfzig Kilometer trennten sie von der Front. Auf einem ebenen Gelände wie hier war das eine erschreckend kurze Distanz. Hauser strengte seine Augen an, doch jenseits der Stadt Auschwitz konnte er nichts erkennen.

Stattdessen glaubte er, etwas zu hören.

Ein tiefes Grollen ertönte aus der Ferne. Schwere Motoren, Panzerketten. Am Horizont braute sich etwas zusammen. Und die Donnerwalze hielt genau auf das Lager zu.

Doch mit Erleichterung registrierte Hauser, dass sein Rückzugsweg über Kattowitz noch frei war.

Als er sich verabschiedete, fragte der SS-Schütze: »Sehe ich Sie dann in Groß-Rosen?«

Groß-Rosen war ihr Auffanglager, doch Hauser wusste, dass er dort nicht mehr auftauchen würde. Er hatte ein anderes Ziel im Sinn.

»Aber natürlich«, erwiderte er mit einem falschen Lächeln und ergriff seinen Koffer. »Bis später.«

Damit sein Auto in dem Durcheinander nicht gestohlen wurde, hatte Hauser es nahe der abgelegenen Kartoffellagerhalle geparkt.
Doch als er den letzten Wachturm passierte, blieb er überrascht stehen. Er blickte zum Auto und kniff seine Augen zusammen. Da, jetzt wieder. Eine Bewegung.
Ein Mann in feldgrauer Uniform saß hinter dem Steuer.
Hauser entsicherte seine Handfeuerwaffe und hastete zu seinem Fahrzeug. Auf den letzten paar Metern verlangsamte er seine Schritte. Er duckte sich, damit er im Rückspiegel nicht zu sehen war. Sachte stellte er sein Gepäck ab und schlich dann mit gezückter Waffe um die Karosserie herum.
Die Gestalt im Auto hatte ihn noch nicht entdeckt. Nach vorn gebeugt hantierte der Mann unter dem Armaturenbrett. Er keuchte bei dem Versuch, den Anlasser kurzzuschließen. Wahrscheinlich war er auf die gleiche Idee wie Hauser gekommen. Er wollte sich davonmachen.
Hauser öffnete die Fahrzeugtür und riss seine Waffe hoch.
»Ich befehle Ihnen, auszusteigen«, brüllte er.
Der Mann zuckte zusammen. Als er die Feuerwaffe sah, hob er die Hände. Dem Rangabzeichen zufolge handelte es sich um einen Untersturmführer der SS. Hauser hatte diesen Kerl noch nie gesehen, doch in einem großen Lagerkomplex wie Auschwitz war es nichts Besonderes, unbekannten Gesichtern zu begegnen. Unzählige Personen waren hier beschäftigt, wurden hierherversetzt oder wieder abkommandiert. Auch Hausers Arztkollegen arbeiteten häufig nur wenige Monate im Lager und verschwanden dann auf Nimmerwiedersehen.
»Na, machen Sie schon!«, rief Hauser, weil sich der Mann immer noch nicht bewegte. »Ich bin Lagerarzt und habe eine dringende Fahrt!«
Umständlich kletterte der Untersturmführer aus dem Fahr-

zeug. Hauser zeigte mit dem Lauf seiner Waffe in die Richtung des Lagers.

»Und nun verschwinden Sie!«

Der Mann setzte sich in Bewegung. Vorsichtig schaute er über seine Schulter zurück. Die ersten Schritte waren zögerlich, doch dann rannte er davon.

Hauser überlegte, ob er ihm in den Rücken schießen sollte. Wenn ihn der Kerl später wiedererkannte, konnte es gefährlich werden. Er blinzelte zum nächsten Wachturm empor. Der Wächter war schon längst auf ihn aufmerksam geworden und hielt sein Gewehr bereit.

Betont ruhig steckte Hauser seine Waffe in den Halfter. Obwohl im Lager alles drunter und drüber ging, hätte es zu großes Aufsehen erregt, hier jemanden einfach so abzuknallen. Vor allem, wenn es sich dabei um einen Angehörigen der SS handelte.

Vorsichtig legte Hauser seinen Koffer auf den Beifahrersitz, dann stieg er ein und startete den Motor.

Er nahm die südliche Route nach Auschwitz. Das war zwar ein Umweg, doch auf diese Weise musste er nicht an der Hauptwache vorbei. Er wollte jetzt nicht mehr riskieren, angehalten zu werden. Obwohl die Straße schlecht geräumt war, trat Hauser aufs Gaspedal.

Mit etwas Mühe fand er den Weg nach Tschenstochau. Das letzte Mal war Hauser Ende September in diese Richtung gefahren, als er von Hitlers Begleitarzt Hanskarl von Hasselbach die Einladung bekommen hatte, ihn auf der Wolfsschanze zu besuchen. Er war ein guter Bekannter aus seiner Zeit in Berlin. Hoffnungsfroh war Hauser damals zur Wolfsschanze gefahren, denn schließlich sollte er den Führer persönlich kennenlernen. Die erste Enttäuschung folgte bereits bei der Ankunft. Trotz des klangvollen Namens war die Wolfsschanze nicht viel mehr als ein unansehnliches und feuchtkaltes Betongebäude, Teil eines

Bunkersystems, im Schutze des dichten Waldes erbaut. Im Vergleich zu Hitlers repräsentativem Berghof am Obersalzberg wirkte der Befehlsstand ärmlich.

Es hieß, dass sich Hitler nach dem Attentatsversuch im Juli wieder gut erholt habe. Doch das Bild, das ihm der Diktator dann auf der Wolfsschanze bot, erschütterte Hauser. Zwar konnte man an Hitlers klarem Blick erkennen, dass sein Verstand nach wie vor auf Hochtouren arbeitete, aber der Körper des Führers befand sich in einer desolaten Verfassung. Er ging gebeugt, und das Gesicht war gelblich verfärbt. Doch was Hauser am meisten schockiert hatte, war das Zittern der Hände und des linken Beins. Statt dem Hitler, den er von Fotos her kannte, war ihm ein vorzeitig gealterter Mann begegnet.

Später hatte Hauser erfahren, dass er mitten in eine Palastrevolution geraten war. Hitlers Begleitärzte versuchten, den Leibarzt Dr. Morell abzusetzen, weil dieser dem Führer neben unzähligen, selbst zusammengebrauten Präparaten auch bedenkenlos Pillen gegen Blähungen verschrieben hatte, in denen sich Strychnin befand.

In Hitlers Entourage hatte sich Morell nicht nur durch seine Nähe zum Führer unbeliebt gemacht. Es spielte auch eine Rolle, dass er es mit der Körperhygiene nicht so genau nahm, die irritierende Angewohnheit besaß, beim Essen ungeniert zu rülpsen, und nach dem Mahl stets laut schnarchend schlief. Morells Fettleibigkeit und dunkle Hautfarbe waren ebenfalls eine Irritation, denn er ähnelte in auffälliger Weise dem gehässigen Zerrbild, das Hetzblätter wie *Der Stürmer* vom jüdischen Erzfeind zeichneten.

Damals auf der Wolfsschanze hatte von Hasselbach Hauser um eine Einschätzung von Hitlers Gelbsucht gebeten. Den Verdacht, dass so viel Strychnin in den Pillen enthalten war, um durch eine Schädigung der Leber eine Gelbsucht auszulösen,

konnte Hauser anhand der vorliegenden Daten nicht von der Hand weisen. Doch es war merkwürdig, dass die sonst üblichen Vergiftungssymptome bislang nicht aufgetreten waren. Zudem erschien ihm auch Morells Hypothese plausibel, dass eine Behinderung des Gallenflusses dahinterstecken könnte.
Hauser hatte von Hasselbach abgeraten, den Verdacht an die große Glocke zu hängen, doch sein alter Bekannter hatte zusammen mit anderen Begleitärzten den Stein bereits ins Rollen gebracht – mit dem Resultat, dass sie von Hitler entlassen wurden und Morell seine Position festigen konnte.
Doch auch für Hauser war der Ärztestreit ein schicksalhafter Moment gewesen, weil der Titan aus seiner Vorstellung zu einem Menschen geschrumpft war, einem Wesen, zusammengesetzt aus Muskelzellen, Nervensträngen, Knochen und Fettgewebe wie alle anderen auch. Und wie jedes Lebewesen war der Führer verletzbar. Obwohl Hitler gerade einmal Mitte fünfzig war, ließen sich die Zeichen eines fortschreitenden Zerfalls nicht ignorieren. Hauser wusste, dass es nur noch eine Frage der Zeit sein würde, bis der Körper des Führers aufgrund der immensen Strapazen seine Dienste versagen würde. Früher oder später würde Hitler sterben und sein Reich unvollendet hinterlassen.
Und was dann? Nachdem der auserkorene Kronprinz Heß nach England geflogen war, hofften gleich mehrere Parteigrößen, Hitler zu beerben. Gerüchten zufolge waren darunter auch Reichsführer SS Heinrich Himmler und Parteikanzleileiter Martin Bormann. Eine andere Alternative war Joseph Goebbels, dessen Propagandaministerium in den letzten Jahren immer mehr an Kompetenzen zugesprochen bekam. Doch Hauser interessierte das nicht mehr. Für ihn gehörte das alles zu einer Vergangenheit, unter die er einen Schlussstrich ziehen wollte.

Auf der schneebedeckten Straße überholte er mehrere Menschenkolonnen. Zerlumpte Gestalten, die von ihren Bewachern, das Gewehr im Anschlag, zur Eile angetrieben wurden. Als sich in der Winterlandschaft Gebäude abzeichneten, blickte Hauser kurz auf seinen Plan. Es war die Stadt Myslowitz. Dort musste er die Abzweigung nach Breslau finden. Hauser verlangsamte das Tempo und kurbelte auf der Beifahrerseite die vereiste Scheibe nach unten. Unangenehmer Frostwind blies ins Auto, als er wieder beschleunigte, doch er wollte sichergehen. Er brauchte klare Sicht, damit er den entscheidenden Wegweiser nicht übersah.
Nachdem er in Myslowitz die Hauptstraße in Richtung Westen gefunden hatte, fuhr er den Rest der Strecke im Windschatten eines Truppentransporters. Etwa dreißig Kilometer hinter Breslau erreichte er schließlich die Abzweigung nach Striegau, in dessen Nähe sich auch das Konzentrationslager Groß-Rosen befand.
Es war mittlerweile dunkel geworden. Hauser bremste ab und blieb mit laufendem Motor am Straßenrand stehen. Im Lichtschlitz der abgedeckten Scheinwerfer ragten die Wegweiser auf. Er überlegte, denn plötzlich waren ihm Zweifel gekommen. Bislang war noch nicht viel geschehen. Es gab keinen Hinweis darauf, dass er desertieren wollte. Noch konnte er alles rückgängig machen.
Doch wenn er jetzt geradeaus weiter in Richtung Cottbus fuhr, würde er die Brücken endgültig hinter sich abbrechen. Dann war er vor den eigenen Leuten nicht mehr sicher. Sie würden ihn jagen, alles daransetzen, ihn zu finden.
Andererseits konnte sich Hauser auch vorstellen, was geschehen würde, wenn er den anderen Fahrzeugen folgte und nach links abbog. Wenn in einigen Wochen die Rote Armee anrückte, würde man das Lager in Groß-Rosen ebenfalls evakuieren.

Meter für Meter würden ihn Stalins Truppen vor sich hertreiben.

Bis nach Berlin.

Hauser richtete den Lichtkegel seiner Taschenlampe auf die Straßenkarte. Bis zur Reichshauptstadt waren es etwa dreihundert Kilometer. Er hatte erst die Hälfte der Strecke hinter sich. Doch um sich selbst zu retten, musste er unbedingt zurück nach Berlin, wo sich die einzige Person befand, die ihm jetzt noch aus dieser Klemme helfen konnte.

Hildegard von Strachwitz.

Hauser ließ die Kupplung kommen. Schlitternd fuhr er geradeaus. In diesem Augenblick gab es keine Gewissheit mehr darüber, was die Zukunft für ihn bereithielt. Ihn überkam eine dunkle Ahnung, dass es letztendlich auf seinen Tod hinauslaufen würde. Doch bis dahin wollte er kämpfen, versuchen, sich dem Unabwendbaren zu entziehen.

Also ließ er Niederschlesien hinter sich zurück. Das Wichtigste war nun, Hilde zu finden.

2

Berlin, Samstag, 20. Januar 1945 –
Sonntag, 21. Januar 1945

Herr Meier, nehme ich an?«
Oppenheimer erstarrte. Sein Herz pochte bis in den Hals. Jemand stand dicht hinter ihm. Jemand hatte ihn angesprochen.
Meier? Da war doch was. Ja, das war jetzt sein Name. Er hieß nicht mehr Richard Oppenheimer, sondern Herrmann Meier. Obwohl er den neuen Namen schon seit fast einem halben Jahr führte, hatte er sich noch immer nicht an ihn gewöhnt.
Er hielt die Henkel der beiden Eimer so fest umschlossen, dass die Fingerknöchel weiß hervortraten. Hatte er sich verdächtig gemacht? Hatte er sich verraten? Er wusste, dass er aufgeschmissen war, wenn es sich um einen Beamten vom SD oder von der Gestapo handelte. Auf dem mit Glatteis überzogenen Gehweg konnte er nicht einmal fortlaufen.
Viel zu spät wandte sich Oppenheimer um, doch als er die gedrungene Gestalt des Fragestellers erkannte, atmete er auf.
»Herr Nowak? Was führt Sie denn hierher?«
»Entschuldigung, aber Sie müssen mir helfen«, sagte Nowak. Er zitterte am ganzen Leib, doch sein unruhiger Blick verriet, dass es nicht an der kühlen Temperatur lag. Irgendetwas hatte ihn aufgewühlt. Es musste schon sehr ernst sein, denn sonst hätte er nicht das Risiko auf sich genommen, ausgerechnet ihn zu kontaktieren, einen Juden, der unter falschem Namen untergetaucht war.

Oppenheimer führte Nowak in die Einfahrt eines zerstörten Gebäudes. In seiner zweiten Existenz hatte Oppenheimer gelernt, extrem vorsichtig zu sein. Er wusste, was geschehen würde, wenn ihn jemand entlarvte. Sie würden ihn ins KZ schicken, in den sicheren Tod. Immer wieder tauchten Gerüchte über Vernichtungslager im Osten auf. Und die Äußerungen von Soldaten auf Fronturlaub bestätigten die schauerlichen Vermutungen. Erst vor ein paar Wochen hatten zwei aus Auschwitz entkommene Tschechen im Schweizer Rundfunk von riesigen Waschräumen berichtet, in denen die Häftlinge systematisch vergast wurden. Für Oppenheimer gab es keinen Zweifel, dass diese Schilderungen der Wahrheit entsprachen.
Sowie sie um die Hausmauer gebogen waren und Nowak sich unbeobachtet fühlte, platzte es aus ihm heraus: »Bei mir daheim ist ein Toter. Ich weiß nicht, was ich tun soll. Sie müssen mir helfen. Zur Polizei kann ich ja nicht.«
Oppenheimer fragte sich, welche Komplikationen es da geben mochte. Selbst für Zivilisten war der Tod mittlerweile zur Routinesache geworden. Doch schließlich verstand er. »Sie meinen, die Leiche ist bei Ihnen … da oben in der Kammer?«
Nowak nickte beklommen. Der Tote befand sich also in dem für Untergetauchte reservierten Geheimversteck. Das war tatsächlich ein Notfall, bei dem man die Polizei nicht gut hinzuziehen konnte.
»Aber woher haben Sie meine Adresse?«, fragte Oppenheimer.
»Frau von Strachwitz hat sie mir gegeben.«
Das hieß, dass Hilde sicher bereits vor Ort war. Das war gut. Als Ärztin würde sie wissen, was zu tun war.
»Natürlich«, murmelte Oppenheimer, »natürlich helfe ich Ihnen. Leider kann ich Sie nicht zu mir hereinbitten. Es würde auffallen. Die Nachbarn, wissen Sie.«
Nowak nickte betreten. Oppenheimer wies auf seine beiden

Eimer, die randvoll mit dem sogenannten Oberflöz waren, einem Heizmaterial, das im Gegensatz zu Kohle ohne Marken erhältlich war. Oppenheimer hatte heute früh das Glück gehabt, zufällig beim Kohlenhändler vorbeizuschlendern, als eine neue Ladung geliefert wurde. Die letzten zwei Tage über hatte zwar Tauwetter geherrscht, doch tagsüber waren die Temperaturen wieder rapide gefallen. Zweifellos kam eine neue Kältewelle auf Berlin zu, und Oppenheimer wollte Vorsorge treffen.

»Machen wir es so«, schlug Oppenheimer vor, »ich bringe meine Eimer hoch, dann bin ich wieder da. Am besten, wir treffen uns am Zeitungsstand an der S-Bahn. Wir werden schon einen Modus finden.«

Damit ließ Oppenheimer Nowak zurück. Ohne große Anstrengung drückte er mit seiner Schulter die Haustür auf. In dem Mietshaus, das zwischen der Ringbahnstraße und den Gleisen der S-Bahn lag, waren die Grundfesten durch die Bombardierungen mittlerweile so verschoben, dass man die Tür nicht mehr verschließen konnte. Doch als Schutz vor der Kälte und dem Staub der Straße besaß sie noch einen gewissen Nutzen. Auch sonst war das Gebäude sehr marode. Selbst die massiven Steinbalkone auf der Straßenseite begannen schon zu bröckeln.

Kaum hatte Oppenheimer seinen Fuß auf die knarzende Treppe gesetzt, um zu seiner Bude hinaufzusteigen, als im ersten Stock auch schon Beate Dargus aus ihrer Wohnung herausschaute.

»Ah, Herr Meier!«, flötete sie. »Müssen Sie dieses Wochenende nicht zur Arbeit?«

Oppenheimer bemühte sich, freundlich zu bleiben, obwohl er unter der Last der Brennvorräte schwer atmete. »Dieses Wochenende nicht. Ich bin erst am nächsten wieder eingeteilt.«

Frau Dargus trat auf den Treppenabsatz. Oppenheimer schätzte, dass sie etwas jünger als er selbst war. Vielleicht Anfang vierzig. Normalerweise hätte sie im Arbeitseinsatz stehen müssen, denn vor einigen Monaten hatte Propagandaminister Goebbels in seiner Funktion als *Reichsbevollmächtigter für den totalen Kriegseinsatz* eine Urlaubssperre verhängt, von der nur Frauen über fünfzig Jahren und Männer über fünfundsechzig Jahren ausgenommen waren. Zuvor hatte die Regierung die Wirtschaft vollständig umgekrempelt. Die meisten Unternehmen stellten jetzt nicht mehr ihre angestammten Waren her, sondern fertigten – von Gummistiefeln bis hin zu schwerer Kriegsmaschinerie – alles an, was an der Front benötigt wurde. Doch weil die Rohmaterialien immer knapper wurden, hatte die Belegschaft in den Betrieben auch immer weniger zu tun. Zwar war es ihre Pflicht, sich zu Schichtbeginn an ihrer Arbeitsstelle zu melden, doch dort warteten sie zumeist untätig an stillstehenden Bändern auf den Feierabend.

Nur Frau Dargus konnte bis auf weiteres zu Hause bleiben, weil auf das Gebäude der Firma, für die sie gearbeitet hatte, vor einigen Wochen Bomben gefallen waren und man sie noch nicht neu eingeteilt hatte. Seitdem verdiente sie sich nebenbei ein paar Mark mit Näharbeiten.

Als Oppenheimer vor ihr stand, kam er nicht umhin, ihre lockere Bekleidung zu bemerken. Wie üblich trug sie nur ihren hellbraunen Morgenmantel aus einem seidenartig schimmernden Material. Möglicherweise kleidete sich Frau Dargus so leger, weil sie meistens in ihrer Wohnung an der Nähmaschine saß, aber Oppenheimer ahnte aufgrund ihrer wiederholten Annäherungsversuche, dass sie ihr Dekolleté nur deshalb entblößte, um seine Aufmerksamkeit zu erregen.

Und tatsächlich waren alle Voraussetzungen für eine schnelle Affäre gegeben. Oppenheimer hatte ein Zimmer gemietet, das bereits mit Mobiliar ausstaffiert war, und *Möblierte Herren* wie er galten in der Regel als alleinstehend. Zu seiner neuen Iden-

tität als Herr Meier gehörte leider auch, dass niemand im Haus von seiner Ehefrau wissen durfte. Seit er vor einigen Monaten offiziell für tot erklärt worden war, lebten sie gezwungenermaßen getrennt voneinander. Weil Lisa eine sogenannte Arierin war, hatte die Ehe mit ihr Oppenheimer lange Zeit vor dem Abtransport ins KZ geschützt. Trotz unzähliger Schikanen war Lisa nie der Gedanke gekommen, sich scheiden zu lassen. Selbst die letzten Jahre, als sie mit anderen Leidensgenossen in einem *Judenhaus* untergebracht waren, hatte sie stoisch ertragen. Oppenheimer hoffte, dass er irgendwann die Möglichkeit bekommen würde, all die Nachteile, die Lisa wegen ihm in Kauf nehmen musste, wiedergutzumachen.
Doch vermutlich hätte die Tatsache, dass er insgeheim ein verheirateter Mann war, für Frau Dargus keinen großen Unterschied gemacht, denn in Berlin waren die Sitten unter dem Eindruck der täglichen Bombardements deutlich lockerer geworden. In den letzten Monaten hatte man unzählige Ehefrauen mit ihren Kindern auf dem verhältnismäßig sicheren Land untergebracht. Gleichzeitig waren die meisten Ehemänner, wie auch der Gatte von Frau Dargus, als Soldaten an der Front eingesetzt. Viele der alleingelassenen Ehepartner spürten angesichts des täglichen Sterbens einen großen Lebenshunger und waren allzu gern dazu bereit, die ständige Unsicherheit und Gefahr in den Armen eines Partners auf Zeit zu vergessen.
»Machen Ihnen diese ewigen Nachtschichten denn nichts aus?«, wollte Frau Dargus wissen.
Weil Oppenheimer es eilig hatte, antwortete er kurz angebunden: »Man kann es sich leider nicht aussuchen. Aber entschuldigen Sie.«
Er versuchte, sich mit den beiden Eimern um Frau Dargus herumzuschlängeln, ohne dabei auf ihren wogenden Busen zu schauen.

Es gelang ihm nicht.
»Ja, ähm, vielen Dank, Frau Dargus.«
»Aber Sie können mich doch Beate nennen.«
Oppenheimer nickte nochmals und brummelte etwas vor sich hin. Doch als er die letzten Stufen zu seiner Wohnung emporstieg, beschäftigte ihn bereits wieder der Gedanke an den Toten. Eines war ihm bewusst: Obwohl er heute zur Abwechslung keine Nachtschicht hatte, würde er vermutlich erst sehr spät ins Bett kommen.
Und das lag nicht an Frau Dargus.

»Eine schöne Scheiße hat er uns da eingebrockt!«
Hilde blickte auf den in Decken gewickelten Leichnam hinab. Oppenheimer stand ebenfalls vor der Matratze und versuchte erfolglos, Nowak gegenüber Zuversicht auszustrahlen. Es ließ sich nur schwer überspielen, dass beim Anblick des engen Zimmers wieder die alte Beklemmung von ihm Besitz ergriffen hatte. Oppenheimer kannte diese Kammer nur allzu gut. Er konnte kaum glauben, dass er es fast neun Wochen hier drinnen ausgehalten hatte.
Der fensterlose Raum maß zwei mal drei Meter und war ursprünglich als Speisekammer gedacht. Weil lediglich eine nackte Glühbirne den Raum erhellte, konnte man zwischen Tag und Nacht nicht unterscheiden. Nur anhand der Geräusche aus den anliegenden Wohnungen und der jaulenden Sirenen bei einem Luftangriff war erkennbar, dass die Zeit voranschritt. Wenn es jedoch still blieb, dehnten sich die Sekunden, bis sie wie Minuten erschienen. Als er auf den Toten blickte, konnte er sich gut vorstellen, was er hier oben durchgemacht hatte.
Im Sommer vergangenen Jahres hatte Oppenheimer der SS bei der Aufklärung einer Mordserie geholfen. Obwohl der mit der Aufklärung des Falles beauftragte Hauptsturmführer Vogler

sich im Verlauf der Zusammenarbeit als kooperativ erwiesen hatte, war es Oppenheimer stets bewusst gewesen, dass sein Leben keinen Pfifferling wert war. Außerdem wurde der Fall, in dem Oppenheimer ermittelt hatte, als *Geheime Reichssache* eingestuft. Somit bestand die Gefahr, nach der Aufklärung als unerwünschter Mitwisser umgebracht zu werden.
Letztendlich war ihm nichts anderes übriggeblieben, als nach dem Abschluss der Ermittlungen unterzutauchen, bis Gras über die Sache gewachsen war. Zum Glück konnte er sich dabei auf die Hilfe seiner Unterstützerin Hilde verlassen. Sie hatte dafür gesorgt, dass er bei einem gewissen Herrn Nowak einen Unterschlupf fand. Ohne ihre zahlreichen Kontakte zu Regimegegnern hätte er wohl kaum überlebt.
Trotz allem hatte er sich bei seiner Ankunft bei Nowak nicht vorstellen können, wie qualvoll die Zeit in dessen Speisekammer werden sollte.
Zu der drückenden Enge kam erschwerend hinzu, dass schon nach drei Wochen sein ganzer Pervitin-Vorrat aufgebraucht war. Damals hatte er das Mittel gebraucht, damit er seine ständige Todesfurcht vergaß, und dass sich damit auch Müdigkeit und Hungergefühl bekämpfen ließen, war für Oppenheimer ein angenehmer Nebeneffekt gewesen. Hildes Warnung vor dem darin enthaltenen Methamphetamin schlug er gedankenlos in den Wind, schließlich nahmen viele seiner Bekannten diese Tabletten oder besaßen eine eiserne Reserve. Und das, obwohl die Tabletten wegen der erhöhten Suchtgefahr mittlerweile rezeptpflichtig waren.
Auch sonst war das Aufputschmittel weit verbreitet, denn es wurde mittlerweile in den Berliner Temmler-Werken in riesigen Mengen hergestellt, um die Kriegsmaschinerie am Laufen zu halten. Immer mehr Soldaten bekamen Kaltblütigkeit in Tablettenform verabreicht. Oppenheimer hatte gehört, dass in den

Flakstellungen um Berlin sogar den Knaben Pervitin gegeben wurde, damit sie hinter den Geschützen wach blieben.
Der Umgang mit dem Mittel war von einer großen Sorglosigkeit gekennzeichnet, weil fast jeder die Nebenwirkungen der chemischen Substanz geflissentlich ignorierte. Erst als Oppenheimers Körper in dieser Kammer von Entzugserscheinungen gequält wurde, hatte in ihm ein Umdenkprozess stattgefunden. Doch obgleich er erkannt hatte, wie richtig Hilde mit ihrer Warnung lag, war es schwierig, die alten Gewohnheiten abzulegen. Oppenheimer war seitdem abstinent und hatte sich geschworen, keine Pervitin-Tablette mehr anzurühren. Trotzdem sehnte er sich gelegentlich nach ihrer Fähigkeit, der Realität ihre Schrecken zu nehmen.
Um nicht weiter an Pervitin zu denken, konzentrierte er sich wieder auf die verzwickte Situation mit der Leiche. Er fand es recht kühl in der Kammer.
Oppenheimer versuchte, die positive Seite zu sehen, denn bei diesen niedrigen Temperaturen musste man nicht befürchten, dass die Nachbarn allzu bald einen verräterischen Verwesungsgeruch wahrnahmen.
Einige Volksgenossen waren geradezu erpicht darauf, verdächtige Leute bei der Polizei oder direkt bei der Gestapo zu denunzieren. Dass der negative Kriegsverlauf und die ständigen Bombardierungen die Moral an der Heimatfront untergraben hatten, änderte daran nichts. Im Gegenteil, obwohl selbst Hitler-Anhänger das Ende der nationalsozialistischen Diktatur mittlerweile in Erwägung ziehen mussten, waren oftmals noch viele Rechnungen offen. Und quasi mit dem Rücken zur Wand stehend, wurden die übrig gebliebenen Nazi-Anhänger oft doppelt gefährlich. Schon der geringste Zweifel am Endsieg wurde als Defätismus gebrandmarkt, auf den die Todesstrafe stand. Nach dem missglückten Attentat auf Hitler wurden so-

gar Personen verhaftet, die nichts weiter getan hatten, als vor Zeugen laut »schade« zu sagen.
Doch der Tote war davon nicht mehr betroffen.
»Was war die Todesursache?«, fragte Oppenheimer.
»Wahrscheinlich ein Infarkt«, antwortete Hilde. »Er hatte Nitroglycerin-Kapseln bei sich. Also besaß er ein schwaches Herz. Da haben wir noch mal Schwein gehabt.«
Oppenheimer murmelte zustimmend.
Bestürzt starrte Nowak sie an. »Wie können Sie denn da von Glück reden?«, ereiferte er sich, allerdings wegen der dünnen Wände mit gesenkter Stimme. »Man will seine Menschenpflicht tun, bringt hier jemanden unter, aber mit so was rechnet man doch nicht. Eine Rücksichtslosigkeit ist das.«
Hilde verzog den Mund. »Ich bin sicher, dass er sich auch einen anderen Abgang erhofft hat.«
Oppenheimer erkannte an der eingefrorenen Miene von Nowak, dass er Hildes Gedankengänge erklären musste.
»Hilde« – er verbesserte sich – »ich meine, Frau von Strachwitz will damit sagen, dass dieser Herr glücklicherweise nicht an einer Seuche gestorben ist.«
»Dann würden wir erst recht in der Scheiße stecken«, ergänzte Hilde. Nowak rang angesichts dieser Kraftausdrücke nach Luft, doch weil Oppenheimer schon mehrere Jahre mit Hilde befreundet war, versuchte er nicht mehr, sie zu einer gewählteren Ausdrucksweise zu ermahnen. Es war ohnehin zwecklos.
»Wenn das eine Seuche gewesen wäre,« fuhr Hilde fort, »dann hätte ich einen Kammerjäger auftreiben müssen. Und zwar einen, der heimlich die Bude ausräuchert und uns nicht bei der Gestapo verrät. Aber das Problem haben wir jetzt nicht. Wir müssen ihn nur hier wegschaffen.«
Als Nächstes erklang wieder Nowaks weinerliche Stimme. »Aber wo sollen wir nur mit ihm hin?«

»Da gibt es verschiedene Möglichkeiten. Wir könnten ihn in einem ausgebombten Haus deponieren.«
Oppenheimer schüttelte den Kopf. Zwar hatte man ihn gleich nach Hitlers Machtergreifung mit Inkrafttreten des Arierparagraphen als Mordkommissar entlassen, doch er wusste, dass sich das Vorgehen bei der Strafverfolgung seitdem nicht wesentlich geändert hatte.
»Das würde ich nicht machen«, sagte er. »In diesem Fall wird die Polizei erst recht vermuten, dass unser Toter ein U-Boot war, und dann müssen sie die Gestapo oder den SD ranlassen.« Diesen Spitznamen für die Untergetauchten hatte er von Hilde übernommen. Oppenheimer fuhr fort: »Wenn die Gestapo-Leute das Melderegister des zerbombten Hauses durchsehen und er dort nicht aufgeführt ist, wird die Suche auf die umliegenden Wohnblöcke ausgeweitet. Und dann könnte Herr Nowak erst recht in Verdacht geraten.«
Hilde wiegte den Kopf hin und her. »Wir können ihn immer noch in die Spree schmeißen.«
»Und nach ein paar Tagen kommt er wieder an die Oberfläche. Auch dann werden sie glauben, dass etwas vertuscht wird.«
»Verdammt, wir können ihn hier ja nicht einfach verrotten lassen«, sagte Nowak unerwartet heftig. Offenbar färbte Hildes rüde Ausdrucksweise allmählich auf ihn ab.
»Sie haben recht, Herr Nowak.« Wie immer, wenn sich Oppenheimer konzentrieren wollte, steckte er seine Zigarettenspitze in den Mund und kaute darauf herum. Er richtete seinen Blick nach unten und schritt auf dem Boden unsichtbare Muster ab.
Nowak war alarmiert. »Sie wollen doch nicht etwa rauchen? Hier drin ist kein Abzug!«
Hilde hielt ihn zurück. »Am besten, Sie beachten Herrn Meier nicht, wenn er so ist.« Damit meinte sie natürlich Oppenheimer.

Schließlich kam ihm die Erleuchtung. »Warum wählen wir nicht die einfachste Lösung? Ein paar hundert Meter von hier ist doch ein Park. Wir setzen ihn einfach auf eine Bank und fertig. Gibt es etwas, anhand dessen man ihn identifizieren kann?«

Hilde kniete nieder, um die Taschen des Toten zu untersuchen. Dabei murmelte sie: »Ich glaube nicht. Ich hatte ihm eingeschärft, alle Papiere zu vernichten. Sicherheitshalber.«

»Ist er beschnitten?«

Hilde hatte sich inzwischen vergewissert, dass er keine verräterischen Dokumente bei sich hatte, und richtete sich wieder auf. »Nein, er war ein waschechter Arier. Er besitzt einen Bauernhof draußen in der Nähe von Gatow. Oder besser gesagt, er *besaß* einen Bauernhof. Auf seinem Gut waren Ostarbeiter eingesetzt. Als einer von denen den Löffel abgegeben hat, war er so blöd, zu der Beerdigung zu gehen. Das hat ausgereicht. Jemand hat ihn verpfiffen, und kurz darauf kamen auch schon Polizisten an und wollten ihn hopsnehmen. Wahrscheinlich sind sie der Auffassung, dass ein Arier auf der Beerdigung eines Untermenschen nichts zu suchen hat. Zum Glück hatte er noch rechtzeitig Wind davon bekommen und ist in die Stadt getürmt.«

Oppenheimer nickte. »Wenigstens das war klug von ihm. Hier können sie ihn nicht so einfach aufspüren wie auf dem Land. Es ist viel einfacher, die Spuren zu verwischen.«

»Tja, vorausgesetzt, man kennt dort jemanden. Bekannte von mir haben ihn vermittelt. Ich wusste, dass sie zuverlässig sind und uns keinen Spion unterjubeln. Na ja, das hat ihm auch nichts mehr genützt …«

»Dann sehe ich keine Gefahr«, meinte Oppenheimer. »Er hat keine Papiere bei sich, und er ist eines natürlichen Todes gestorben. Herzanfall, kein Anzeichen auf Fremdeinwirkung.

Das ist gut. Ich glaube nicht, dass die Polizei unter diesen Umständen seine Identität ermitteln will. Bei den vielen Bombenopfern sind die Leichenidentifizierungskommandos sowieso hoffnungslos überlastet. Nur, wie bringen wir ihn am besten hier raus?«

Für Hilde stand das bereits fest. »Wir warten auf den nächsten Bombenalarm«, erklärte sie.

In den vergangenen Tagen hatte es abends fast immer zwei Alarme gegeben, weil britische *Moskitos* im Anflug waren. Es war jetzt fünf Uhr nachmittags, also mussten sie vielleicht noch drei bis vier Stunden bis zum nächsten Alarm warten.

Nowak räusperte sich. »Da gibt es aber ein Problem«, sagte er. »Ich bin für meinen Treppenaufgang der stellvertretende Luftschutzwart. Hier oben schlagen recht häufig Stabbrandbomben ein. Das wissen Sie ja noch, Herr Meier. Früher kam dann immer der Luftschutzwart rein und kontrollierte, ob alles in Ordnung ist. Aber das war mir zu unsicher, wenn ich« – er blickte kurz auf den Toten –, »nun ja, wenn ich Gäste bei mir habe. Jetzt darf niemand mehr in die Wohnung außer mir. Aber es wird auffallen, wenn Alarm ist und ich nicht da bin.«

»Hilft alles nichts«, sagte Oppenheimer mit einem Schulterzucken. »Dann müssen ich und Hilde das eben allein übernehmen. Wir werden die Leiche wegbringen, sobald es dunkel ist, die Sirene ertönt und alle im Bunker oder im Luftschutzkeller hocken. Fertig. Aber so lang es noch hell ist, sollten wir eine Entscheidung treffen, welchen Weg wir nehmen, und ihn uns genau einprägen.«

»Na, dann mal los«, sagte Hilde und schritt als Erste aus dem Raum.

Der Rhythmus der Stadt Berlin hatte sich unter dem Eindruck der ständigen Luftangriffe verändert. Die Bewohner hasteten morgens zur Arbeit und abends wieder zurück, damit sie noch rechtzeitig nach Hause kamen, ehe die üblichen Nachtangriffe einsetzten.

Größere Menschenansammlungen waren selten geworden. Nur vor den Wasserpumpen und Ladengeschäften sah man viele Leute und natürlich auch während der Mittagszeit in den Gaststätten, wenn der aktuelle Wehrmachtsbericht des OKW im Radio übertragen wurde. Eine Versammlung der anderen Art waren die sogenannten *Bunkerkrähen*, die kaum noch einen Schritt von den Großbunkern mit ihrer Betonpanzerung wichen und stundenlang mit ihren Klappstühlchen und Luftschutzkoffern vor den Eingängen saßen – auf diese Weise konnten sie im Alarmfall die sichersten Plätze ergattern. Und dass man während der Wartezeit nach Herzenslust miteinander reden und die neuesten Gerüchte austauschen konnte, war für die *Bunkerkrähen* ein angenehmer Nebeneffekt.

Doch kaum jemand verirrte sich am späten Nachmittag in den Treptower Park. An jenem Tag ging dort nur ein einziges Paar spazieren, was möglicherweise daran lag, dass der frostige Wind und der dunkel verhangene Himmel nicht gerade einladend wirkten. Der Mann hatte seinen Hut aufgesetzt, und die nicht mehr ganz so junge Frau trug einen nach Mottenkugeln riechenden Pelzmantel. Kaum jemand wäre auf die Idee gekommen, dass dieses unauffällige Paar im Park nach einem Platz für eine Leiche suchte.

Oppenheimer blickte sich um. Es war gerade niemand in ihrer Nähe, also konnten sie reden.

»Du verwickelst mich immer in Sachen«, sagte er und seufzte.

»Ging nicht anders«, erwiderte Hilde. »Du bist der Einzige, der uns aus dieser Klemme raushelfen kann.«

»Ja, aber normalerweise stehe ich auf der anderen Seite des Gesetzes.«

»Was die Nazi-Schweine hier machen, hat doch mit Recht und Gesetz nichts mehr zu tun!«

Oppenheimer verzog das Gesicht zu einer Grimasse. »Du weißt, was ich meine.«

Hilde hakte sich bei ihm unter und atmete die frische Luft ein. Als sie einige Schritte gegangen waren, zwinkerte sie ihm zu. »Oder befürchtest du etwa, dass es dir *zu sehr* gefällt?«

»Ich glaube, da besteht keine Gefahr. Am liebsten wäre ich jetzt in meiner Bude.«

»Das klingt so, als hättest du dich schon eingelebt. Zum Glück hat alles geklappt.«

Oppenheimer nickte. Für einen kurzen Augenblick dachte er daran, was mit ihm geschehen wäre, wenn Hilde nicht immer einen Weg gefunden hätte, ihm aus der Bredouille zu helfen. Oppenheimer konnte sich nur schwer erklären, woher sie den Mut nahm, dem nationalsozialistischen System die Stirn zu bieten, doch er hatte keinen Zweifel daran, dass Hildes stark ausgeprägter Eigensinn dabei eine gewisse Rolle spielte. Obwohl er nicht gerade abergläubisch war, kam es ihm manchmal so vor, als sei es eine Fügung des Schicksals gewesen, dass er ihr über den Weg gelaufen war. Während der sogenannten *Reichskristallnacht*, als die Synagogen in Flammen aufgingen, die Ladengeschäfte jüdischer Eigentümer zerstört wurden und in den Straßen ein organisierter Pöbel Jagd auf die jüdischen Mitbürger machte, war Hilde als Einzige bereit gewesen, ihm Schutz zu bieten. Obwohl er für sie zu diesem Zeitpunkt noch ein Fremder gewesen war, der sich zufällig auf das Grundstück ihrer herrschaftlichen Villa verirrt hatte, war aus dieser Begegnung mit der Zeit eine Freundschaft geworden, auf die er sogar in den gefährlichsten Situationen zählen konnte.

Als sich Oppenheimer im vergangenen Spätsommer wieder halbwegs sicher gefühlt hatte, nahm er ohne viel Wehmut von

Nowaks enger Kammer Abschied. Nach einem besonders heftigen Tagesbombardement, bei dem etliche Häuser in Tempelhof in Schutt und Asche gelegt worden waren, war er auf Anraten von Hilde dort zum Bezirksamt gegangen, um sich bescheinigen zu lassen, dass er ausgebombt worden war und sämtliche Personalpapiere verbrannt waren.

Beim Amt hatte solch ein Durcheinander geherrscht, dass Oppenheimer an einen vorläufigen Ausweis gekommen war, obwohl er lediglich eine gefälschte Mitgliedskarte der Musikkammer vorweisen konnte. Es war Hildes Idee gewesen, ihn als Korrepetitor auszugeben, weil er sich ohnehin für klassische Musik interessierte. Doch zum Glück war niemand auf den Gedanken gekommen, Oppenheimers nicht existente Fähigkeiten als Klavierspieler zu testen. Nur bei dem eingetragenen Namen hatte der Beamte gestutzt.

»Wer ist eigentlich auf die blöde Idee gekommen, mich Herrmann Meier zu taufen?«, fragte Oppenheimer. Diese Frage lag ihm schon länger auf der Seele.

Hilde legte ihre Stirn in Falten. »Ich glaube, es war der Drucker. Ein richtiger Lahmarsch, aber trotzdem ein guter Mann. Wie kommst du darauf?«

»Einen merkwürdigen Humor hat euer Drucker. Bei Ausweiskontrollen falle ich ständig auf. Jeder denkt sofort, *Herrmann Meier* sei ein politischer Kommentar zu Göring.«

Einem Gerücht zufolge hatte Reichsmarschall Herrmann Göring zu Kriegsbeginn gesagt, dass er *Meier* heißen wolle, wenn auch nur ein einziges feindliches Flugzeug das Reichsgebiet überfliege. Die britische Propaganda hatte dieses nicht belegte Zitat dankbar aufgegriffen, um den Oberbefehlshaber der deutschen Luftwaffe bei seinem eigenen Volk lächerlich zu machen. Und es hatte tatsächlich gewirkt. Vor dem Krieg war Göring mit seiner volkstümlichen Art einer der beliebtesten Politiker unter den Nationalsozialisten gewesen, doch nach dem Einsetzen der Bombardierungen hatte sich das Blatt gewendet. Seit einigen Monaten konnten die feindlichen Flugzeuge praktisch jederzeit ohne ernsthafte Gegenwehr ins Reich einfliegen. Die Bewohner der zerbombten Städte schrieben dies vor allem Görings Unfähigkeit zu, und gleichzeitig wunderte man sich darüber, dass sich Hitler davor scheute, den Reichsmarschall zum Rücktritt zu zwingen.

Doch die Wut in der Bevölkerung blieb. Und mit ihr kam der Spott. Wenn der Spitzname *Herrmann Meier* fiel, wusste mittlerweile jeder, wer damit gemeint war.

Hilde kommentierte Oppenheimers Vorwurf mit einem Schulterzucken. »Wahrscheinlich hat der Drucker nicht dran gedacht. Ich glaube, er geht einfach nur das Telefonbuch durch. Wenigstens ist Herrmann Meier ein Name, den sich kein U-Boot freiwillig zulegen würde. Und das macht dich wieder unverdächtig.« Sie fing an, in sich hineinzukichern.

»Schön, dass dich immer etwas freuen kann«, grummelte Oppenheimer.

Doch Hilde war bereits wieder ernst geworden. Als sie sich vergewissert hatte, dass niemand zuhörte, murmelte sie: »Du hast gerade noch rechtzeitig den Absprung geschafft. Am Montag wollten sie aus allen Mischehen die jüdischen Ehepartner abholen. Hatten sogar schon Lastwagen zum Abtransport parat. Sie sollten bei Nacht und Nebel nach Theresienstadt verschleppt werden, aber auf den letzten Drücker wurde die Aktion abgeblasen.«

Als Oppenheimer die Frage durch den Kopf ging, wie viele seiner ehemaligen Mitbewohner aus dem Judenhaus noch leben mochten, wurde er traurig.

Hilde hatte seinen Stimmungsumschwung bemerkt und schritt schweigend neben ihm her. Nach einer Weile fragte Oppenhei-

mer: »Woher weißt du das überhaupt? Diese Planungsdetails stehen doch sicher unter Geheimhaltung.«
»Ein Diplomat hat es mir gesteckt«, sagte Hilde knapp.
Oppenheimer nickte nur. Er hatte aufgehört, sich darüber zu wundern, in welchen Kreisen Hilde ihre Bekannten hatte. Als Ärztin und Offizierstochter schien sie über Kontakte in allen möglichen und unmöglichen Gesellschaftsschichten zu verfügen.
»Die Alliierten haben irgendwie Wind davon bekommen«, ergänzte Hilde. »Jedenfalls haben sie so viel Stunk gemacht, dass sich letztendlich das Auswärtige Amt einmischte. Vielleicht haben wir Glück, und die jüdischen Eheleute werden als Faustpfand für die Kapitulationsverhandlungen benötigt.«
Trübsinnig blickte Oppenheimer vor sich hin. Diese Gedankenspiele waren nur ein schwacher Trost. »Nun ja«, sagte er, »wer weiß, wie lang es noch dauert. Also gut, hast du schon einen passenden Platz für unseren Bekannten gefunden?«
Auch Hilde erinnerte sich jetzt wieder an den Grund ihres Spaziergangs und blieb stehen. »Hm, ich denke, am besten ist es hier am See. Das wirkt doch schön harmlos.«
Sie waren am Karpfenteich angelangt. Oppenheimer blickte auf die zum Eispanzer erstarrte Oberfläche. »Wir gehen besser auf die andere Seite. Sonst wissen sie gleich, woher er kommt.«
»Meinst du nicht, dass uns jemand überraschen könnte?«, fragte Hilde.
Kopfschüttelnd antwortete Oppenheimer: »Abends wird kaum jemand im Park sein. Bei Alarm ist man hier aufgeschmissen, so ganz ohne Bunker.«
An der Weggabelung bogen sie ab und liefen am großen Spielplatz vorbei. In der Vergangenheit war er häufig das Zentrum für Turnfeste und politische Kundgebungen gewesen, doch zwischenzeitlich nutzten auch Wehrmacht und Polizei die elliptisch

angelegte Fläche als Übungsplatz. Allerdings waren dort in den letzten Monaten nur noch Volkssturm-Bataillone zur Grundausbildung erschienen. Für die meisten war jedoch die Zeit zum Exerzieren vorbei, jetzt wurde an der Front gekämpft, und zwar nicht zum Schein.

Einige Meter weiter sagte Oppenheimer: »Ich glaube, das hier ist eine gute Stelle. Wenn wir es bis hierhin schaffen, dann …«

Plötzlich verstummte er. Hilde warf ihm einen fragenden Blick zu, doch er nahm sie kaum wahr. Unruhig beobachtete er die Umgebung.

Als Kommissar hatte er gelernt, auf seine Intuition zu hören, und jetzt hatte ihn ein ungutes Gefühl erfasst. Instinktiv wusste er, dass sie beobachtet wurden. Oppenheimer war hier nicht sicher. Sie alle waren hier nicht sicher. Es konnte nur eine Falle sein.

»Ich weiß nicht.« Oppenheimers Stimme war jetzt ein heiseres Raunen. »Mir gefällt das nicht. Irgendwie …«

Er kam nicht weiter.

Aus dem Gebüsch drang ein lautes Rascheln. Eine Kreatur schoss in den Himmel und flatterte mit rauhem Gekrächze davon.

Als Oppenheimer dem schwarzen Schemen hinterherblickte, erkannte er, dass es ein Rabe war.

Erleichtert atmete er auf.

»Hast du es?«

»Moment.«

»Verdammt noch mal, hast du es jetzt?«

»Gleich«, zischte Oppenheimer und packte mit beiden Händen das Seil.

Wieder erklang Hildes flüsternde Stimme. »Wir drücken schon wie verrückt!«

»Jetzt«, sagte Oppenheimer und begann zu ziehen. Auf dem gefrorenen Grund war es nicht einfach, das Gleichgewicht zu halten. Abgesehen von seinem Tastsinn, hatte er keinen Anhaltspunkt, denn wegen den Luftschutzbestimmungen waren die Straßen in vollständige Schwärze getaucht.

Doch dann spürte er, wie sich am anderen Ende des Seils etwas bewegte. In der Finsternis glitt ein dunkler Gegenstand auf ihn zu. Es war Nowaks alter Schlitten.

Der von ihnen erhoffte Alarm zum Abendangriff war nicht gekommen. Nach stundenlangem Warten hatten sie schließlich die Entscheidung getroffen, den Toten um halb vier Uhr morgens zum Park zu bringen. Um diese Uhrzeit war die Wahrscheinlichkeit am geringsten, einem Passanten zu begegnen.

In Nowaks Keller stand eine Schubkarre, doch weil die Straßen jetzt spiegelglatt gefroren waren, schien der ausgemusterte Kinderschlitten seines Sohnes für den Leichentransport besser geeignet zu sein. Zur Tarnung war der Tote in alte Decken und Mäntel eingeschnürt, für die Nowak keine Verwendung mehr hatte, denn er ließ sie lieber im Keller vergammeln, als sie bei der alljährlichen Kleidersammlung des Winterhilfswerks abzugeben. Diesmal wurde zu Jahresbeginn zum sogenannten *Volksopfer* aufgerufen, einer speziellen Spendenaktion für den Volkssturm und die Wehrmacht. Obwohl sich Goebbels' Propagandamaschinerie selten durch Feinsinn auszeichnete, erschien Oppenheimer die martialische Parole »Ein Volk steht auf«, mit der die Sammlung in Zeitungen und auf Plakaten beworben wurde, besonders unsinnig.

Der Schlitten blieb stehen. Oppenheimer atmete durch und schüttelte den Kopf. Es war nichts zu machen. Es wollte ihnen nicht gelingen, dieses blöde Ding aus der Zufahrt hinaus auf den Bürgersteig zu ziehen.

Er trat zwei Schritte zurück und spannte erneut seine Armmus-

keln an. Da, etwas begann sich zu bewegen. Oppenheimer biss die Zähne zusammen. Er musste jetzt durchhalten.
Schließlich hörte er das Schaben der Kufen auf eisigem Grund. Sie hatten es geschafft, sie waren auf dem Bürgersteig.
»Jetzt nicht nachlassen«, flüsterte Nowak. »Immer weiter.« Er hatte sich in letzter Minute bereit erklärt, mitzukommen, da der Alarm ausgeblieben war und das Fehlen des stellvertretenden Luftschutzwarts nicht auffallen würde.
Am Seil ziehend, drehte sich Oppenheimer um. Mittlerweile hatten seine Augen Zeit gehabt, sich an die Dunkelheit zu gewöhnen. Die kleine Nebenstraße, die sie entlanggehen mussten, war tückisch. An den Stellen, wo Bombentreffer Lücken in die Häuserfront gerissen hatten, war der Gehweg eine wahre Rutschbahn. Aber fast noch gefährlicher waren die Stellen, an denen die Häuser noch standen. Der von den Dächern gerutschte Schnee war dort zu einer vereisten Kraterlandschaft erstarrt.
Um sie herum war alles still. Das nächtliche Rauschen der Großstadt war in den vergangenen Monaten fast gänzlich zum Verstummen gekommen, da die meisten Autos und Motorräder an der Front eingesetzt wurden, und so fand Oppenheimer das Kratzen der Schlittenkufen und das gedämpfte Keuchen von Hilde und Nowak unerträglich laut.
Als sie zur breiteren Querstraße gelangten, wurde es heller. Da jetzt schwacher Mondschein durch die Wolken drang, konnte Oppenheimer auf den Hauswänden die allgegenwärtigen Durchhalteparolen erkennen. Auf dem Gebäude direkt gegenüber stand: *Unser Lebenswille ist stärker als der Vernichtungswille der Feinde!* Zwei Häuser weiter war *Nie wieder 1918!* an die Mauer gepinselt, eine Erinnerung an die Novemberrevolution in der Endphase des Ersten Weltkriegs. Damals hatte die Belastung durch die jahrelangen Kämpfe für die Auslöschung

der Monarchie gesorgt. Die nationalsozialistischen Machthaber sahen dies als warnendes Beispiel und wollten mit aller Macht verhindern, dass Reichsfeinde an der Heimatfront einen ähnlichen Umsturz anzettelten. Oppenheimer bog nach rechts ab. Nur wenige Meter, und sie würden auf die breite Straßenachse treffen, die entlang der Spree nach Südosten führte und sie vom Treptower Park trennte.

Das Ziel bereits vor Augen, ging Oppenheimer schneller. Sie erreichten die Litfaßsäule, hinter der die ersten schwarzen Baumwipfel des Parks zu erahnen waren. Selbst aus den bunten Plakaten war in der Dunkelheit die Farbe gewichen.

Als Oppenheimer die Straße überqueren wollte, blieb er abrupt stehen. Ein Lichtschein.

Hastig wich er zurück und presste sich gegen die Litfaßsäule.

»Was ist denn los?«, raunte Hilde.

Oppenheimer winkte ihr zu. Doch als er sich daran erinnerte, dass sie ihn wahrscheinlich nicht sehen konnte, zischte er: »Ruhig!«

Vorsichtig umrundete er die Litfaßsäule, bis er das Licht wieder sah. Es war zweifellos eine Blendlaterne. Dahinter kamen zwei Schatten auf ihn zu. Es musste sich um eine Streife auf Patrouillengang handeln, die Plünderungen im Schutze der Nacht zu vereiteln suchten.

Langsam schlich Oppenheimer zu Hilde und Nowak zurück. Auch sie standen jetzt mit dem Rücken zur Litfaßsäule. »Soldaten«, flüsterte Oppenheimer. Als Nowak dies hörte, wollte er zurück in seine Wohnung laufen.

Oppenheimer packte ihn am Arm. »Nicht bewegen«, zischte er. Sie hatten keine andere Chance, als im Schutz der Litfaßsäule zu warten, bis die Männer vorbeigegangen waren. Mit dem Schlitten umzukehren hätte Lärm verursacht, und die Soldaten befanden sich bereits in Hörweite.

Hilde ergriff Nowaks anderen Arm. Mit vereinten Kräften zogen sie ihn zur Plakatwand zurück. Nowak wand sich wie ein Aal, ehe er sich seinem Schicksal ergab.
Jetzt konnten sie deutlich die Schritte der Männer hören, das knarzende Leder ihrer Stiefel, die klappernden Karabiner.
Die beiden Soldaten überquerten die Seitenstraße und erreichten die Litfaßsäule. Dann verstummten die Schritte plötzlich.
Oppenheimer hielt den Atem an. Das konnte nur bedeuten, dass sie genau auf der gegenüberliegenden Seite standen. Angestrengt horchte er in die Nacht.
Nach einigen Sekunden vernahm er, wie mit lautem Geraschel ein Zündholz aus einer Schachtel entnommen und angerissen wurde. Das ausgeblasene Hölzchen fiel fast vor Oppenheimers Füße.
Dann ertönte eine gedämpfte Stimme. »Auch eine?«
»Haste etwa noch Tabak?«, fragte der andere Soldat.
»Nee, bin auf Brombeertee umgestiegen.«
»Lass mal lieber. Verdammte Kälte, ich muss ewig pinkeln.«
Karabiner klapperten. Vermutlich öffnete der Soldat die Knopfleiste seiner Hose. Dann begann es zu plätschern, gefolgt von einem zufriedenen Seufzer.
»Fertig jetzt?«, fragte der erste Soldat nach einer Weile.
Oppenheimer schreckte zurück, als er den hellen Schein sah. Das Licht befand sich vor ihm. Als Nächstes gelangten die Schemen der beiden Soldaten in sein Blickfeld. Gemächlich schritten sie an ihm vorbei und steuerten auf die nächste Hausecke zu. Oppenheimer glaubte, die nach oben gerichteten Läufe der geschulterten Gewehre zu erkennen.
Als sie sich entfernten, löste sich Oppenheimers Anspannung. Doch obwohl das Schlimmste vorbei war, hatten sie es noch nicht geschafft. Erst wenn die Soldaten aus ihrem Blickfeld verschwunden waren, konnten sie es wagen, die Straßenachse zu

überqueren. Oppenheimer registrierte, dass sich auch die verkrampfte Gestalt von Nowak wieder entspannte. Er sank nach vorn und gab einen Stoßseufzer von sich.

»Sag mal, war da was?« Einer der Soldaten war stehen geblieben und wandte sich um.

Oppenheimer fuhr zusammen. Bestimmt hatten sie Nowak gehört. Er war zu laut gewesen. Hastig drängte Oppenheimer seine Begleiter um die Säule herum.

Der Schein der Laterne wischte über den Gehweg und verharrte wenige Zentimeter von ihnen entfernt auf den angeklebten Plakaten.

Im Schatten kauerten sie sich zusammen. Den Schlitten mussten sie zurücklassen. Jetzt lag der eingehüllte Leichnam am Fuß der Litfaßsäule – direkt unterhalb des Lichtkegels. Wenn der Soldat die Lampe nach unten senkte, war alles aus.

»Was gibt es?« Auch der zweite Soldat hatte sich umgedreht und starrte den vereisten Gehweg entlang.

»Ich habe doch was gehört.«

»Du spinnst.«

Der Lichtkegel vibrierte und glitt dann zur nächstgelegenen Hauseinfahrt. Oppenheimer atmete kurz auf. Offenbar war der Soldat nicht sicher, aus welcher Richtung das Geräusch gekommen war.

»Warte, jetzt wieder.«

Oppenheimer spitzte seine Ohren. Konnte er es gewesen sein? Hatten sie ihn etwa atmen hören?

Dann nahm auch er einen Laut wahr, allerdings aus der Richtung des gegenüberliegenden Geröllhaufens. Mauersteine rieben aufeinander, als jemand versuchte, über den unebenen Grund zu laufen. Als der Fremde abrutschte, erklang ein leiser Fluch.

Die beiden Soldaten hatten sich mittlerweile von ihnen abgewandt und richteten den Lichtkegel auf das zerstörte Gebäude.

»Hallo? Ist da wer?«
Die einzige Antwort waren hastige Schritte. Oppenheimer sah einen Schatten über den Schuttberg huschen.
Die Soldaten entsicherten ihre Gewehre und legten an.
»Stehen bleiben, oder ich schieße!«
Zwei Schüsse krachten. Dann rannten sie dem Flüchtenden hinterher.
Oppenheimer wartete, bis sie verschwunden waren. Er konnte es nicht fassen, wie amateurhaft der Plünderer vorgegangen war. Die Soldaten hätten ihn niemals aufgespürt, wenn er nicht so verdammt laut gewesen wäre. Doch es war sinnlos, darüber nachzudenken. Ein weiterer Schuss ertönte. Diesmal klang er gedämpft, was ein Zeichen dafür war, dass sich die Soldaten jetzt wohl in einem Hinterhof befanden.
Nun mussten sie es riskieren.
»Los!«, rief Oppenheimer, ergriff das Seil und zerrte den Schlitten hinter sich her.
Als er auf der spiegelglatten Straße fast das Gleichgewicht verlor, fluchte er still in sich hinein. Irgendwo hinter ihm keuchten Hilde und Nowak, doch Oppenheimer drängte immer weiter, wagte nicht, zurückzublicken.
Die vereisten Straßenbahngleise in der Mitte der breiten Straße waren in der Dunkelheit eine regelrechte Stolperfalle, und so dauerte es eine ganze Weile, bis es ihnen gelungen war, sie zu überqueren. Aber zum Glück waren zu dieser frühen Stunde weder Fahrzeuge noch Passanten zu sehen. Selbst die Streife blieb verschwunden.
Mit trockenem Mund hastete Oppenheimer weiter und dachte nicht mehr an den Plan, den sie am Nachmittag geschmiedet hatten. Er lief die kürzeste Route, einfach querfeldein, bis die Bäume sie umfingen.
Als sie nach einigem Umherirren im Gestrüpp schließlich mit

dem Schlitten auf eine verschneite Wiese hinaustraten, hinter der die vereiste Oberfläche des Karpfenteichs zu sehen war, wusste Oppenheimer, dass sie entkommen waren.

In dem fast leeren Zugabteil der S-Bahn ließen sich Oppenheimer und Hilde auf eine Bank fallen. Er rieb seine brennenden Augen, doch wegen der blaugetönten Beleuchtung ließ sich ohnehin kaum etwas erkennen. Die einzige scharf umrissene Kontur war die dösende Schaffnerin direkt neben der Eingangstür.

Bebend vor Furcht hatten sie vor wenigen Stunden die Leiche auf der Parkbank deponiert und sich eilig davongemacht. Danach blieb ihnen keine andere Wahl, als bei Nowak den Rest der Nacht zu verbringen, bis auf der Ringbahn wieder die ersten Züge fuhren. In ruhigeren Zeiten, wenn kaum jemand unterwegs war, hatten die Deutsche Reichsbahn und der BVG die Frequenz der S- und U-Bahn-Züge zuletzt drastisch reduziert.

»Wie geht es Lisa?«, fragte Hilde.

Zum ersten Mal an diesem Morgen dachte Oppenheimer an seine Frau, und es wurde ihm wieder bewusst, wie sehr es ihn schmerzte, von ihr getrennt zu sein. Nur der Gedanke, dass es bis zur Kapitulation nicht mehr lang dauern würde, bot ihm ein wenig Trost.

Doch leider konnte man beim besten Willen nicht abschätzen, wie viele Monate es sich noch hinzog. Erst gestern hatten die Redakteure des englischen Feindsenders wieder einmal das Kriegsende in Aussicht gestellt – diesmal für Ende März. Aber im Äther waren schon so viele Ankündigungen eines kurz bevorstehenden Sieges erfolgt, dass Oppenheimer sie kaum noch ernst nahm.

Die geläufigen Zeiteinteilungen besaßen ohnehin keine Gültigkeit mehr, weil alle Ereignisse seit Kriegsbeginn ineinander übergingen. Ob etwas im vergangenen Monat oder vor mehreren Jahren geschehen war, ließ sich kaum noch unterscheiden. Sie waren Gefangene der Gegenwart, balancierten unentwegt auf der hauchdünnen Trennlinie zwischen Gestern und Morgen. Und bis zur endgültigen Kapitulation musste er wohl oder übel sein Leben ohne Lisa fristen.

Oppenheimer verzog bei diesen Gedanken seine Mundwinkel. »Es ist nicht einfach«, antwortete er. »Aber was will man machen? Uns bleibt wohl nichts anderes übrig.«

»Es wird schon wieder.« Hilde legte ihre Hand auf die seine. Wortlos saßen sie so da und starrten aus dem Zugfenster. Allmählich zeichneten sich im Morgengrauen erste Konturen ab, doch die vorbeiziehenden Gebäude ließen sich noch nicht von den allgegenwärtigen Trümmerhaufen unterscheiden. Über einen wolkenfreien Himmel wie heute freuten sich die Bewohner der Geisterstadt namens Berlin schon lang nicht mehr, weil dies eine ideale Voraussetzung für Bombenangriffe war.

Schließlich kam der Perron der Station Tempelhof in Sicht. Oppenheimer erhob sich und machte sich zum Aussteigen bereit.

»Nächste Woche?«, fragte er.

»Wie üblich«, sagte Hilde und grinste müde. Sie war sitzen geblieben, weil sie noch eine Station weiterfahren musste. Oppenheimer nickte. Er besuchte sie an jedem letzten Sonntag im Monat. Früher hatten sie sich sogar wöchentlich getroffen, doch weil er nun untergetaucht war, versuchte Oppenheimer, seine alten Kontakte nicht so häufig wie sonst in Anspruch zu nehmen. So war es sicherer für sie alle.

Fast hätte Oppenheimer das Aussteigen verpasst. Obwohl er sich wie die meisten Leute mittlerweile jegliches Pathos abgewöhnt hatte, war ein Abschied etwas, das man hinauszögerte. Doch als er hastig aus dem Zug sprang, machte er eine Entdeckung.

Aus der nächsten Zugtür war ebenso flink ein anderer Fahrgast ausgestiegen. Oppenheimer war überrascht, denn vorhin im Zug war er ihm nicht aufgefallen. Der Mann sah mit seinem Kurzhaarschnitt und dem schmuddeligen Wollmantel ganz gewöhnlich aus.
Nur sein Verhalten wirkte verdächtig.
Er blickte in Oppenheimers Richtung und bemerkte dann, dass er einen Fehler gemacht hatte. Anscheinend war er zu früh ausgestiegen. Sofort machte er kehrt und sprang in letzter Sekunde wieder in den Zug.
Als sich die Türen schlossen und der Zug wieder Fahrt aufnahm, verlangsamte Oppenheimer seinen Schritt und blickte den Wagen hinterher. Durch die Fenster konnte er für einen kurzen Augenblick das Gesicht des Mannes sehen. Als sich ihre Blicke kreuzten, stellte er an dem Gesichtsausdruck des Fremden fest, dass er ihn erkannt hatte.
Abrupt blieb Oppenheimer stehen.
Ein Schauer ging durch seinen Körper. War er aufgeflogen? Er kramte in seinem Gedächtnis, welchen Personen er in den letzten Jahren begegnet war, doch niemand ähnelte diesem Mann. Er beruhigte sich mit dem Gedanken, dass er übertrieben vorsichtig war, weil er zu lang im Verborgenen gelebt hatte. Sicher sah er Gespenster, genauso wie gestern Nachmittag im Treptower Park. Der Fremde war wieder eingestiegen, also konnte er kein Interesse an Oppenheimer haben.
Oder verfolgte der Mann etwa ein anderes Ziel?
Ratlos machte sich Oppenheimer auf den Weg. Nein, er war nichts weiter als müde. Müde und überreizt.

3

Sonntag, 21. Januar 1945 –
Dienstag, 23. Januar 1945

Hilde blickte aus dem Fenster. Zwei Stockwerke unter ihr spielten Kinder auf der Straße. In Berlin gab es etliche Familien, die sich erfolgreich gegen die Evakuierung ihrer Sprösslinge aufs Land wehrten. Die Bomben hatten den Kindern einen abenteuerlichen Spielplatz zurückgelassen. In den Ruinen und Kratern ahmten sie nach, was die Erwachsenen taten.
Mit ihren kleinen Schaufeln bauten sie Bunker.
Aber Hilde sagte sich, dass es immer noch besser war, als in den Trümmerbergen nach den Splittern von Granaten zu suchen und sich über die verschiedenen Bombenkaliber zu unterhalten.
Hilde beneidete sie um ihre Sorglosigkeit, als das Lachen durch das Fenster drang.
Obwohl von der Gestapo weit und breit nichts zu sehen war, blieb sie auf ihrem Posten am Fenster und starrte hinaus. Aus einem unerfindlichen Grund ahnte sie, dass die nächtliche Episode im Treptower Park noch ein Nachspiel haben würde.
Hilde befand sich in der kleinen Wohnung von Otto Seibold. Durch die Schlieren, die Ruß und Qualm auf den Fenstern hinterlassen hatten, konnte man bestenfalls erahnen, dass draußen ein strahlender Frosttag war. Hilde zog die vergilbten Gardinen wieder zu. Obwohl Seibold verheiratet und bereits in den Fünfzigern war, wirkte die Wohnung auf sie wie das Musterbeispiel für eine Junggesellenbude.

Im Gegensatz zu anderen hatte Seibold nichts dagegen unternommen, dass seine Familie aufs Land in Sicherheit gebracht wurde. Obwohl er danach dem Lotterleben anheimgefallen war, nutzten Hilde und ihre Gesinnungsgenossen seine Wohnung gern, weil man sich hier relativ unkompliziert treffen konnte.

»Sehen wir es doch realistisch«, sagte ihr Mitverschwörer Franz Schmude. »Gibt es für uns wirklich die Möglichkeit, noch weitere U-Boote zu ernähren?«

Nach dieser Frage riss sich Hilde vom Fenster los. Weil ihre Gesprächspartner wussten, dass eine unangenehme Entscheidung zu treffen war, vermieden sie den Augenkontakt mit ihr. Wortlos setzte sie sich wieder auf ihren Platz und griff nach ihrer Blechtasse. Natürlich war nur Muckefuck darin, aber wenigstens war er heiß. Obwohl Seibold lediglich zwei Tassen und einen Kaffeelöffel zur Verfügung stellen konnte, hatte Hilde ihren eigenen Becher bekommen. Sollte damit demonstriert werden, dass man ihre Führungsrolle in der Runde nicht anzweifelte? Kopfschüttelnd ergriff Hilde das Wort.

»Ich kann einfach niemanden abweisen, wenn er tauchen will. Außer wenn ich denke, dass es ein Spitzel ist.«

»Aber es werden zu viele für uns«, sagte Seibold und runzelte die Stirn. Mit der Brille auf seiner Nase und dem Schnauzbart wirkte er wie ein Büroangestellter, doch in Wirklichkeit war er Apotheker. Das war ein Glück, denn auf diese Weise konnten sie die Untergetauchten zumindest mit den wichtigsten Medikamenten versorgen. Natürlich half es auch, dass Hilde keinerlei Skrupel besaß, Rezepte auf Phantasienamen auszustellen, wenn es der Sache dienlich war. »Wir können die Versorgung nicht mehr gewährleisten«, fuhr Seibold fort. »Es wächst uns über den Kopf. Schon so ist es schwer genug, genügend Lebensmittel zu bekommen. Die neuen Marken werden jetzt in immer größeren Zeitabständen ausgegeben. Ich habe Gerüchte gehört, dass die Lebensmitteltransporte wegen der russischen Offensive ausfallen könnten. Dann sind wir abgeschnitten. Unter diesen Voraussetzungen können wir unsere U-Boote wohl kaum durchfüttern. Und immer bei Bekannten zu schnorren ist auch keine Lösung. Was haben wir in der letzten Woche schon bekommen? Zwei neue Milchkarten, drei Fettmarken und fünf Marken für Brot. Das ist einfach zu wenig.«

»Vielleicht wäre es ratsam, mit anderen Gruppen zusammenzuarbeiten«, sagte Schmude und wärmte damit wieder seinen Lieblingsvorschlag auf. Hilde konnte nicht anders, als einen kurzen Blick auf seine Handprothese zu werfen. Er hatte seine Rechte im Fronteinsatz verloren, doch der schwarz behandschuhte Ersatz am Ende seines Armes wirkte merkwürdig filigran. Da Schmude nach einer kurzen Karriere als Anwalt in der Nähe des Ku'damms ein Geschäft für Damenmode eröffnet hatte, glaubte Hilde, dass er die künstliche Hand einer Schaufensterpuppe entwendet hatte. »Ich sehe da keine Alternative«, fügte er hinzu. »Wir müssen uns besser organisieren und Kontakte nach außen knüpfen. Vielleicht lässt sich dann auch unser Versorgungsproblem lösen. Wir dürfen nicht mehr so klein denken.«

Hilde schnaubte. Sie war es langsam leid, ständig ihre Argumente wiederholen zu müssen. »Franz, wir wissen nicht mal, wie viele Untergrund-Organisationen es außer uns noch gibt. Und wenn man durch Zufall etwas erfährt, muss man befürchten, dass die andere Gruppe bereits unterwandert ist. Eine Kooperation können wir vergessen. Ich würde mich dabei keinesfalls sicherer fühlen. Du weißt schon, was ich meine.«

Schmude zog daraufhin eine Grimasse und hob die Hände. Natürlich hatte er ihre Anspielung allzu gut verstanden. Gerüchten zufolge waren der Gestapo vor knapp anderthalb Jahren bei einer Hausdurchsuchung Mitgliedslisten einer Untergrund-Organisation in die Hände gefallen. Hilde konnte nicht verstehen, dass manche Leute so fahrlässig waren, ihre Aktivitäten schriftlich zu dokumentieren, obgleich sie wussten, dass sie damit das Leben aller Beteiligten aufs Spiel setzten.

Seit dieser Episode waren sie besonders vorsichtig und versuchten, Vollversammlungen möglichst zu vermeiden. Falls es doch einmal unumgänglich war, stand jemand vor dem Haus Schmiere. Heute hatte es ihren Drucker Bernhard John getroffen.

Außerdem lag zur Sicherheit das Telefon nebenan in Seibolds Schlafzimmer unter Kissen begraben. Nur wehrwirtschaftlich wichtige Betriebe mit eingetragener Kennnummer verfügten rund um die Uhr über eine Telefonverbindung, und selbst die konnte wegen Bombenschäden gelegentlich abreißen. Bei den Privatanschlüssen gab es Sperrzeiten, die allerdings nicht mitgeteilt wurden. Aus diesem Grund wusste niemand so recht, ob das Telefon funktionierte oder nicht. Es wurde orakelt, dass sich die Sperrzeiten nach der Endziffer der Rufnummer richteten, doch selbst mit diesem Hinweis ließ sich keine Gesetzmäßigkeit ableiten. Weitaus gefährlicher war jedoch die Mutmaßung, dass die Gestapo bestimmte Telefonanschlüsse dazu benutzte, um deren Besitzer rund um die Uhr abzuhören, selbst wenn der Hörer auf der Gabel lag. Hilde wusste nicht, ob das technisch möglich war, doch sie zweifelte nicht daran, dass die nationalsozialistischen Behörden auch diese perfide Taktik ausprobieren würden.

Dennoch war Schmude von Hildes Bedenken nicht beeindruckt. »Es gibt so viele Gruppen und Grüppchen, die vor sich hin werkeln – vielleicht müssen wir das Risiko auf uns nehmen. Wir wissen von dir, dass es im Reichssicherheitshauptamt und in der Wehrmacht Personen gibt, die mit unserem Standpunkt sympathisieren. Otto hat Kontakte zu einer katholischen Gruppe. Die Sozialdemokraten sollen bereits einen Kampftrupp gebildet haben, und dass die Kommunisten im Untergrund arbeiten, versteht sich von selbst. Bernhard hat schon erste Verbindungen.«

Hilde verzog das Gesicht. »Ist mir zu unsicher. Spätestens seit dem Attentatsversuch an dem Gefreiten Schicklgruber ist der Zug abgefahren.« Das war eine gängige Spottbezeichnung für Hitler in Anspielung auf die unbestätigte Behauptung, dass *Schicklgruber* sein wahrer Geburtsname sei. »Damals hatte es eine Chance gegeben, doch jetzt versucht die Hitler-Bande, wieder durchzugreifen. Schaut euch doch mal um, eine Razzia jagt die nächste, Leute verschwinden einfach so, und man weiß monatelang nicht, ob sie an der Front, im Gefängnis, im KZ oder sonst wo gelandet sind.«

Im vergangenen Sommer hatte eine große Aufregung geherrscht, als im Radio in einer Sondermeldung berichtet wurde, dass auf Hitler ein Attentat verübt worden war, doch in den folgenden Stunden waren die Neuigkeiten zunächst nur tröpfchenweise an die Öffentlichkeit gelangt. Während Hilde sich genussvoll ausgemalt hatte, wie eine Höllenmaschine Hitler in der Luft zerriss, und im Radioprogramm der BBC bereits von einem Bürgerkrieg in Deutschland gesprochen wurde, war im deutschen Rundfunk nur der *Badenweiler-Marsch* zu hören gewesen. Das Musikstück wurde sonst bei Hitlers Kundgebungen als Auftrittsmarsch gespielt. Hilde hatte darüber spekuliert, was dies den Hörern wohl sagen sollte. Gab es eine versteckte Botschaft? Konnte diese Musik eine letzte Ehre für den gefallenen Führer sein?

Doch als Hitler schließlich am späten Abend in einer Radioansprache eine *kleine Clique verbitterter adeliger Offiziere* beschuldigte und befahl, von diesen Usurpatoren keine Anweisungen entgegenzunehmen, wusste Hilde, dass der Umsturz gescheitert war.

Abgesehen von Hasstiraden gegen adelige Offiziere und das *Weltjudentum*, das vermeintlich dahinterstand, wurden in Radio und Presse keine Namen genannt. Später hatte Hilde erfahren, dass die Verschwörer aus Adelskreisen, der Wehrmacht und Verwaltung kamen und eher dem nationalkonservativen Spektrum zugeordnet werden konnten. In den folgenden Monaten machte das Regime Jagd auf all seine verbliebenen Gegner. Die Gefängnisse füllten sich, ob es sich dabei um Wehrmachtsangehörige, Katholiken, Gewerkschaftler, ehemalige Deutschnationale, Sozialdemokraten oder gar Kommunisten handelte, spielte keine Rolle.

Auch die Wehrmacht wurde nach dem Attentatsversuch endgültig gleichgeschaltet. Fortan galt für Wehrmachtssoldaten der deutsche Gruß mit vorgerecktem Arm als Pflicht. Sich nur an die Mütze zu fassen, das war gleichbedeutend mit Landesverrat.

Später behauptete die Propagandamaschinerie allen Ernstes, dass die *Vorsehung* Hitler vor dem Attentat bewahrt habe. Damit wurde Gottes Segen impliziert, ohne den Allmächtigen beim Namen zu nennen. Und tatsächlich hatte die Popularität des Führers von dem Anschlag deutlich profitiert. Doch mittlerweile, nachdem in großen Teilen der Bevölkerung die Resignation wieder um sich gegriffen hatte, war davon nicht mehr viel zu spüren.

»Aber was reg ich mich auf«, schloss Hilde. »Sie hatten die Mittel und die Möglichkeit, den Schweinehund in die Luft zu jagen, doch sie haben es versaut. Es waren einfach zu viele Amateure beteiligt.«

»Es ist unerhört, so von diesen tapferen Männern zu sprechen«, ereiferte sich Seibold. »Die haben teuer dafür bezahlen müssen.

Du vergisst wohl diese unwürdigen Gerichtsverhandlungen vor dem Volksgerichtshof und wie grausam sie hingerichtet wurden. Ich sage Schande! Schande!«
Hilde rückte auf die vorderste Stuhlkante und beugte sich zu Seibold vor, damit sie nicht so laut reden musste. »Ich sag ja nichts dagegen. Aber das ändert nichts daran, dass Goerdeler und Popitz schon Monate vorher durchs Land getingelt sind und fröhlich Posten für die neue Regierung nach dem Staatsstreich verteilt haben. Also, das muss doch auffallen. Der eine war mal Oberbürgermeister von Leipzig, der andere preußischer Minister, da hätten sie ja wohl wissen müssen, dass sie das nicht hinausposaunen dürfen.«
»Ich wüsste gern, was sie mit Goerdeler gemacht haben«, sinnierte Schmude. »Ich habe gehört, dass er noch leben soll. Wie dem auch sei, letztendlich wäre er nur als Weichensteller in Betracht gekommen. Vielleicht ist es im Nachhinein sogar besser, dass das Attentat kein Erfolg war. Natürlich, es ist wichtig, dass wenigstens ein Versuch unternommen wurde. Allein schon, um zu zeigen, dass in unserem Vaterland auch noch ein anderer Geist herrscht. Aber was wäre passiert, wenn sie Hitler wirklich in die Luft gejagt hätten? Ja, das Regime wäre gestürzt worden, dann hätte es jedoch wieder eine neue Dolchstoßlegende gegeben. Es ist sehr tragisch wegen der vielen Opfer, die es noch geben wird, aber die Nazi-Ideologie lässt sich nur mit Stumpf und Stiel ausrotten, indem Hitler und seine Bande den Karren endgültig in den Dreck fahren. Wenn sie kapitulieren müssen, wird auch der Letzte erkennen, was für jämmerliche Kreaturen sie sind. Auf diese Weise können sie die Niederlage nicht anderen in die Schuhe schieben. Und der ganze Herrenmenschen-Schwachsinn kann nur auf diese Art ad absurdum geführt werden.«
Seibold verschränkte seine Arme. »Dein Optimismus in allen

Ehren, aber wie lang warten wir schon auf das Ende? Was soll geschehen, wenn Hitler nicht kapituliert und sich die Sache noch länger hinzieht? Wenn wir schweigen, wird es keinen Umsturz geben. Dann behalten wir eben die Nazis.«

»Deshalb sage ich, dass wir weiterarbeiten sollten wie bisher«, erklärte Hilde. »Es bringt nichts, den Kopf zu verlieren. Ich überlege, ob wir nicht unsere Strategie, mit der wir die Lebensmittelmarken besorgen, ändern sollten.«

»Warum hast du das nicht gleich gesagt?«, fragte Schmude.

»Ja, kann ich denn ahnen, dass es sofort eine Grundsatzdiskussion gibt? Gut, Marken zu fälschen ist heikel, weil es bei jedem Einkauf entdeckt werden kann. Aber wir haben doch noch Fliegerschadenscheine und polizeiliche Anmeldeformulare auf Lager.«

Schmude versuchte erfolglos, Hildes Gedankengänge nachzuvollziehen. »Ja, ein paar sind noch da. Und weiter?«

»Gut. Im Moskauer Sender haben sie heute verkündet, dass die Rote Armee gegen Schlesien auf deutsches Reichsgebiet vorgerückt ist. Sie nennen jetzt schon in jedem Bericht die Kilometerzahlen, die ihre Spitzen von Berlin trennen. Seit einer Woche werden die ersten volksdeutschen Frauen aus Krakau abtransportiert. Es sollen bereits Flüchtlingstrecks aus dem Osten unterwegs sein, weil die Bahn das alles nicht packt. Ein Großteil von ihnen wird sicher nach Berlin kommen. Sie müssen ja irgendwo bleiben. Also ist es wahrscheinlich, dass die Meldestellen bald hoffnungslos überfordert sind. Darum schlage ich vor, dass wir zwei oder drei fingierte Ausbombungen melden, für Familien aus Oberschlesien, die gerade zugezogen sind, aber nicht existieren. Das wird in dem Durcheinander niemand nachprüfen können. Wir müssen die Papiere nur von der Polizei abstempeln lassen, dann bekommen wir bei der Kartenstelle pro gemeldete Person einen Monatssatz an Karten für Lebensmittel, Gemüse und Milch. Hinzu kämen neue Haushaltsausweise und Bezugsausweise für Sonderzuteilungen. Und natürlich nicht zu vergessen die Raucherkarten.«

Es herrschte Totenstille, als Schmude und Seibold begriffen, welch kühnen Vorschlag Hilde gemacht hatte.

»Ich dachte, du willst Risiken vermeiden«, sagte Schmude mit einem Grinsen.

Hilde war jetzt in Fahrt gekommen. »Ich finde, das ist eine fette Beute, die das Risiko auch wert ist. Wir hätten den Versorgungsengpass auf einen Streich gelöst. Wenn wir drei oder vier ausgebombte Familien erfinden, müssten wir doch hinkommen, bis die Chose zu Ende ist.«

Als sie die skeptischen Blicke ihrer Gesprächspartner sah, fügte sie hinzu: »Ich würde das selbst übernehmen und mir dazu Meldestellen in fremden Stadtteilen aussuchen. Auf diese Weise ist kein anderer gefährdet. Wenn sie mich schnappen, habe ich Pech gehabt, aber verpfeifen werde ich niemanden.«

Schmude nickte. »Ja, ich glaube dir. Ich schlage einen Kompromiss vor. Wir nehmen kein U-Boot mehr auf, bis die Versorgungsfrage gelöst ist.«

»Es sei denn, dass sich die Person in unmittelbarer Lebensgefahr befindet«, sagte Hilde mit erhobenem Zeigefinger. »Das ist meine Bedingung.«

»Gut, ich denke, darauf können wir uns einlassen. Oder was meinst du, Otto?«

Seibold setzte gerade zum Sprechen an, als sie unterbrochen wurden.

Auf dem Flur erklang lautes Gepolter. Mit schweren Schritten hastete jemand die Treppe herauf. Blitzschnell sprang Hilde zum Fenster, doch das Bild, das sie sah, war so harmlos wie zuvor. Immer noch spielten die Kinder auf der zerstörten Straße. Fremde Männer waren nirgends zu sehen.

Es klopfte an der Tür. Kurz – lang – kurz – kurz. Es war ihr verabredetes Signal. Zitternd erhob sich Seibold und öffnete die Tür, während Hilde und Schmude versuchten, möglichst harmlos auszusehen.

Seibold streckte seinen Kopf ins Treppenhaus und murmelte ein paar Worte.

»Es ist Bernhard«, erklärte er mit einer entschuldigenden Geste und griff sich Hildes Tasse. »Ihm wird langsam kalt. Ich gebe ihm besser einen Muckefuck mit raus.«

Hilde seufzte auf. Johns Druckarbeiten waren sehr gut, das musste sie zugeben, doch sonst hatte sie keine hohe Meinung von ihm. Als selbsterklärter Proletarier war seine Abneigung gegen den Nationalsozialismus stark ideologisch geprägt. Hilde wusste, dass es hilfreich war, solche Leute mit einzubinden, und doch fühlte sie sich nicht ganz wohl dabei. Schließlich war sie als Adelsspross und Prototyp des Klassenfeindes keine große Sympathisantin der Kommunisten.

Aber noch viel mehr ärgerte es Hilde, dass sie sich die ganze Sitzung über nur schwer hatte konzentrieren können. In Gedanken ging sie immer wieder die Geschehnisse der vergangenen Nacht durch und suchte nach verdächtigen Details. Im Nachhinein kam ihr die allzu glimpflich ausgegangene Begegnung mit der Streife höchst merkwürdig vor. Konnte es vielleicht sein, dass jemand die Soldaten mit Absicht abgelenkt hatte?

Hilde blickte wieder aus dem Fenster. Die Kinder waren verschwunden. Sie glaubte, an der nächsten Hausecke eine Bewegung wahrzunehmen. Als sie genauer hinsah, erkannte sie dort einen Gegenstand.

Etwas flatterte im Wind.

Es sah aus wie der Rockschoß eines Mantels. Sie konnte es sich nur so erklären, dass sich hinter der Ecke jemand postiert hatte. Doch wenn es einer von der Gestapo war, warum hatten sie dann

nicht schon längst zugeschlagen? Eine bessere Gelegenheit als ein konspiratives Treffen konnte sie sich kaum vorstellen.
Nein, die Puzzlestücke wollten nicht zusammenpassen. Wahrscheinlich stand hinter der Hausecke nur ein harmloser Passant und wartete auf die Straßenbahn.
»Hach, Amateure«, murmelte Hilde und meinte diesmal auch sich selbst damit.

Oppenheimer war gerade in die Epoche des Dreißigjährigen Krieges vertieft, als ihn ein Gruß in die Gegenwart holte.
»Heil Hitler!«, erklang es hinter ihm.
Überrascht drehte er sich auf dem Bürostuhl herum und murmelte so etwas wie: »Heil Hiller.«
Obwohl er Gefahr lief, sich dadurch zu verraten, wollte ihm die nationalsozialistische Grußformel einfach nicht über die Lippen kommen. Trotz des geringen Lichts der Tischlampe kam ihm die Schattengestalt im Türrahmen des Prokuristenzimmers bekannt vor.
»Herr Brehm? Sind Sie es etwa?«
»Herr Meier? Ach, Sie sind es. Verzeihung.«
Brehm näherte sich, so dass er vertraulich reden konnte.
»Ich dachte, Sie wären der Giesecke. Da musste ich doch den Hitlergruß sagen. Sie wissen ja, wie genau er das nimmt.«
Ihr Kollege Herr Giesecke war unter den Angestellten als hundertprozentiger Hitlerjünger bekannt.
»Aber was tun Sie denn hier im Dunkeln?«, fragte Brehm.
»Im Gemeinschaftszimmer war es mir zu laut«, antwortete Oppenheimer und klappte sein Buch zu. »Ich wollte in Ruhe etwas lesen.«
Neugierig musterte Brehm den Einband. »Hm, *Der abenteuerliche Simplicissimus*.« Er zog seine Augenbrauen hoch. »Sagt mir nichts.«

Nur aus Zufall hatte Oppenheimer dieses Buch bei sich. Einer von Hildes Bekannten, der Pfarrer war und als Seelsorger im Zuchthaus Tegel fungierte, hatte es geschafft, ihm eine Stellung als Nachtwächter bei einer Bank zu besorgen. Laut Hilde war dieser Mann einer der wenigen positiven Ausnahmen. Allzu viele Kirchenleute sahen es als ihre Pflicht an, sich ausschließlich um ihre eigenen Schäfchen zu kümmern. Doch Hildes Bekannter war im Gegensatz dazu der Auffassung, dass das Gebot der Nächstenliebe für alle ungerecht Verfolgten und Verfemten gelte.
Sobald Oppenheimer erfuhr, dass er eine Nachtwächterstelle bekommen hatte, stöberte er in Hildes Bibliothek nach einem geeigneten Lesestoff, da Papier als Mangelware eingestuft wurde und es kaum noch neue Bücher zu kaufen gab. Und die Titel, die noch gedruckt wurden, waren in der Regel Propagandawerke, und so etwas wollte Oppenheimer nicht lesen. Ein Problem war jedoch, dass Hilde fast ausschließlich Literatur sammelte, die von den nationalsozialistischen Herrschern als *undeutsch* gebrandmarkt worden war. Hans Jacob Christoffel von Grimmelshausens *Der abenteuerliche Simplicissimus* war das einzige Buch in ihrer kleinen Bibliothek gewesen, mit dem er sich in der Öffentlichkeit blicken lassen konnte. Ein Standardwerk der deutschen Literatur und ein Autor aus dem 17. Jahrhundert, das sprach für eine unverfängliche Lektüre, doch als Oppenheimer nach einigen Seiten bemerkt hatte, welch ätzenden Hohn der Autor über die damalige Gesellschaft ausgoss, waren ihm ernsthafte Zweifel gekommen, ob der Roman nicht doch verboten war.
Brehm klimperte mit seinem Schlüsselbund. »Nun ja, sind wir bereit für den letzten Rundgang?«
Oppenheimer stand auf, vergewisserte sich, dass seine Nachtwächter-Kontrolluhr am Gürtel hing, und folgte Brehm.

In bewegten Zeiten wie diesen hatte fast jeder das Bedürfnis, sich über die aktuellen Geschehnisse zu unterhalten, aber es war unglaublich schwierig, dabei nicht die eigene politische Einstellung zu verraten.
Also suchte Oppenheimer nach Gesprächspartnern wie Brehm, die vermutlich ähnliche Ansichten vertraten. Aber nur dem eigenen Instinkt zu vertrauen war trügerisch. Man musste sehr vorsichtig sein, denn den Nazisympathisanten konnte man ihre Gesinnung in der Regel nicht ansehen. Es gab lediglich zwei Ausnahmen: Bei Leuten, an deren Brust das Parteiabzeichen der NSDAP hing, und Männern mit Hitlerbärtchen wusste man schon von vornherein, an wen man geraten war. Bei Giesecke war beides der Fall.
Wenn Oppenheimer so darüber nachdachte, fiel ihm auf, dass in der Bank bei jeder Arbeitsschicht mindestens ein treues Parteimitglied wie Giesecke anwesend war. Er fragte sich, ob es die Dienstplaner extra so einfädelten, damit keine defätistischen Reden geschwungen wurden.
»Nach den letzten Frontberichten hat der Giesecke endlich aufgehört, den dicken Max zu markieren«, murmelte Brehm. »Die ganze Ostfront ist seit der Offensive der Russen ins Rutschen gekommen. Jetzt sitzen sie schon vor Breslau. Unglaublich, noch vor ein paar Tagen hätte ich das nicht für möglich gehalten. Aber jetzt haben sie den Salat. Die Ardennenoffensive im Westen hat auch nichts gebracht. Hitlers Truppen stehen wieder am Westwall, dort, wo sie hergekommen sind.«
Oppenheimer versuchte, seine Schadenfreude nicht allzu offen zu zeigen. Also antwortete er nur vielsagend: »Es war sicher anders geplant.«
Brehm schritt zum ersten Kasten, öffnete ihn und entnahm den dort angeketteten Markierschlüssel. Routiniert steckte er ihn in seine Kontrolluhr und machte eine Drehbewegung. Damit ließ

sich später nachweisen, dass die Wachmänner ihre nächtlichen Rundgänge durch das Bankgebäude auch tatsächlich absolviert hatten. Oppenheimer wiederholte den Vorgang, ehe sie in den nächsten Flur einbogen.

Sein Arbeitsplatz war ein prunkvolles Gebäude in der Nähe des Fehrbelliner Platzes. Neben einer kleinen Bankfiliale im Erdgeschoss war hier auch die gesamte Verwaltung untergebracht. Gläserne Aufzüge, aufwendig gestaltete Reliefs an den Wänden, hohe Decken und Intarsien auf den Marmorböden zeugten davon, wie viel Geld in den Bau geflossen war.

Oppenheimer war bereits einige Monate als Nachtwächter beschäftigt, und so wusste er, dass diese Opulenz nur eine Fassade war. Hinter einigen Türen befand sich lediglich gähnende Leere, denn ein Teil des Rückgebäudes war völlig zerstört. Bomben hatten eine Ecke sogar förmlich abrasiert. Andere Räume waren von Druckwellen und Bombensplittern verwüstet. Ein solches Zimmer befand sich zum Beispiel im zweiten Stock. Trotz der Schutthaufen wurde es von den Bankangestellten häufig benutzt, weil der Telefonanschluss wie durch ein Wunder funktionstüchtig geblieben war.

Brehm schüttelte den Kopf. »Es ist ein Wahnsinn, dass Hitler im Westen noch Widerstand leistet. Sollen sie die Engländer und Amerikaner doch durchlassen. Ist auf jeden Fall besser, als vom Iwan erobert zu werden.«

Dieser Gedanke ging Oppenheimer schon länger durch den Kopf. Spätestens seit Ende Oktober war jedem klar, was geschehen würde, wenn die Rote Armee ins Deutsche Reich einfiel. Damals waren große Zeitungsartikel erschienen, in denen mit drastischen Bildern ein Massaker in dem Städtchen Nemmersdorf geschildert wurde. Dass es hin und wieder gewaltsame Übergriffe gab, hielt Oppenheimer durchaus für wahrscheinlich, aber die Geschichten von nackten Frauen, mit den Händen an Scheunentore genagelt, und von Leichen mit gespaltenen Köpfen fand er zu dick aufgetragen.

»Ich frag mich manchmal, ob die Russen wirklich so schlimm sind«, wandte Oppenheimer ein. »Vielleicht ist das alles bloß Greuelpropaganda zur Mobilisierung der Bevölkerung.«

Brehms Gesicht verfinsterte sich. »Da habe ich schon genug von gesehen. Ich wohne doch gegenüber vom Andreas-Gymnasium. Der Schlesische Bahnhof ist gleich um die Ecke. Seit die ersten Züge mit Flüchtlingen eingetroffen sind, herrscht ein völliges Durcheinander. Jetzt soll eine offene Güterlore angekommen sein. Die Bahnarbeiter machten die Türen auf, und was finden sie? Lauter steifgefrorene Kinder. Unvorstellbar.«

Damit war ihre Konversation fürs Erste beendet. Schweigend schritten sie durch die breiten Korridore. Die Marmorwände warfen den Schimmer ihrer Nachtlampen zurück. Im großen Treppenhaus trennten sich ihre Wege, da Brehm einen anderen Gebäudeteil kontrollieren musste. Und so ließ er Oppenheimer mit diesem schauderhaften Bild allein zurück.

Am nächsten Tag sollte sich bestätigen, dass Hilde sich nicht getäuscht hatte.

Sie wurde tatsächlich verfolgt.

Als vor einigen Monaten alle in Berlin verbliebenen Frauen zum Arbeitsdienst gezwungen wurden, hatte sich Hilde freiwillig bei der Charité gemeldet und angeboten, dort als Ärztin mitzuarbeiten. So besaß sie wenigstens die Gewissheit, dass sie den Bedürftigen half und nicht in erster Linie dazu beitrug, das von ihr gehasste Terrorsystem der Nationalsozialisten aufrechtzuerhalten. Fachleute wie sie waren ohnehin äußerst knapp, da viele Mediziner Kriegsdienst verrichteten und gleichzeitig die Zahl der Verletzten in der Heimat drastisch gestiegen war.

Man hatte sie auf die Geburtsstation in den bombensicheren

Kellerräumen des Reichstages versetzt. Weil Hitler sein Marionettenparlament in der gegenüberliegenden Krolloper untergebracht hatte, wurde das Gebäude jetzt anderweitig genutzt. Unter anderem stellte die AEG hier auch Funkröhren her. Momentan herrschte in der Geburtsklinik geradezu Hochbetrieb, denn seit Herbst waren sehr viele Frauen schwanger. Das lag jedoch nicht in erster Linie daran, dass sie das Fortbestehen der arischen Rasse sichern wollten, sondern daran, dass man sich als Schwangere der ungeliebten Zwangsverpflichtung entziehen konnte. Doch wenn Bombenopfer notversorgt werden mussten und das Personal knapp war, half Hilde auch gelegentlich nebenan im Lazarett aus.
Heute entschloss sich Hilde, in ihrer Pause nach draußen zu gehen, um kurz einige Strahlen der tiefstehenden Sonne zu erhaschen. Ihr Ziel war der künstliche See hinter dem Reichstag. Eigentlich war er nichts weiter als ein Kellerschacht, den man vor einigen Jahren gegraben hatte, und da an dieser Stelle ein weiterer Parteibau entstehen sollte, waren die Dimensionen naturgemäß sehr großzügig ausgefallen. Doch wegen des Kriegs wurde der Baubeginn immer wieder verschoben. Auch die Tatsache, dass sich das Regenwasser in der Grube gesammelt hatte, schien niemanden zu stören, und so war dort in den vergangenen Jahren ein mehrere Meter tiefes Gewässer entstanden, in dem Gerüchten zufolge sogar Fische schwammen.
Gemütlich schlenderte Hilde ans Seeufer und lehnte sich an ein großes Trümmerstück. Normalerweise hortete sie ihre Tabakration und tauschte sie unter der Hand gegen Waren ein, doch an diesem Tag gönnte sie sich ausnahmsweise eine Zigarette.
Der rechteckig geformte See wurde von der Ruine des einstmaligen Generalstabsgebäudes und den zerstörten Villen der diplomatischen Vertretungen umgeben. Die überall verstreuten Trümmer wirkten fast menschlich, denn auf den größten

Brocken hatten Kinder aus Schabernack die Köpfe zerstörter Skulpturen gestellt. Aber Hilde hatte in den Kriegsjahren bereits so vieles gesehen, dass ihr nicht einmal mehr bewusst wurde, wie bizarr das Panorama war.
Erst nach einer Weile fiel ihr in etwa fünfzig Metern Entfernung eine Person auf. Der Mann hatte den Hut tief in die Stirn gezogen und seinen groben Wollmantel bis oben zugeknöpft, so dass von dem Gesicht kaum etwas zu sehen war. Bewegungslos stand er da. Auch er schien den See zu betrachten. Doch als er Hildes Blicke spürte, schlenderte er in einem weiten Bogen um sie herum und entfernte sich dann in Richtung der beschädigten Krolloper.
Hilde dachte sich nicht viel dabei, bis sie sich Stunden später auf den Nachhauseweg machte. Diesmal lief sie genau in die entgegengesetzte Richtung, entlang der Spree zur nächsten U-Bahn-Station am Bahnhof Friedrichstraße.
Am Bahnhof angekommen, überlegte sie kurz, ob sie eine der Bierhallen aufsuchen sollte, die sich ganz in der Nähe befanden. Zwar gab es dort mittlerweile genauso wenig Bier wie deutschstämmige Gäste, aber dafür bestand die Chance, unter den unzähligen Fremdarbeitern einen der Schieber zu finden, mit denen sie gelegentlich Tauschgeschäfte abwickelte.
Beim Entrümpeln von Hildes kleinem Häuschen, in dem ursprünglich der Chauffeur des verstorbenen Erbonkels gewohnt hatte, war unverhofft ein kompletter Satz Autoreifen aufgetaucht, die zum Glück kaum benutzt waren. Obwohl sie mit ihnen nichts anfangen konnte, da sie selbst kein Fahrzeug besaß, hatten die Reifen einen gewissen Warenwert. Sicherlich ließen sie sich eintauschen oder verkaufen.
Hilde war gerade stehen geblieben und wollte in die Kirchstraße einbiegen, als sie unter den Passanten den Mann in dem schmutzigen Wollmantel wiedererkannte. Sofort wusste sie,

dass dies kein Zufall sein konnte. Ihr Verfolger trug zwar Zivil, seine aufrechte Körperhaltung und die exakt bemessenen Schritte ließen allerdings unschwer einen militärischen Hintergrund erahnen. Das alles hatte man den Fremden so lang exerzieren lassen, bis es ihm in Fleisch und Blut übergegangen war. Hildes zahlreiche Bekannte von der Wehrmacht pflegten sich jedoch anders zu bewegen. Ihr Verfolger musste jemand von der SS sein.

Eilig lief sie zum Bahnhof, in der Hoffnung, diesen Mann im Gedränge abschütteln zu können.

Als Hilde eine knappe Stunde später im oberen Stockwerk ihres Häuschens einen Blick aus dem Fenster warf, erkannte sie, dass all ihre Täuschungsmanöver umsonst gewesen waren.

Hilde war starr vor Entsetzen.

Der Verfolger befand sich bereits auf ihrem Grundstück. Er kam aus der Richtung des Hauptgebäudes, in dem die Partei ausgebombte Familien einquartiert hatte. Bestimmt hatte jemand von ihnen verraten, dass sie mittlerweile in dem kleinen Nebengebäude wohnte.

Unaufhaltsam näherte er sich. Bald würde der Mann in ihr Haus eindringen.

Hilde lief umher wie ein gefangenes Tier in einem Käfig.

Es gab keinen Ausweg.

Jetzt war der Mann schon fast unter dem Fenster angelangt. Nur noch wenige Schritte trennten ihn von der Haustür.

Unten in Hildes improvisierter Arztpraxis schrillte die Klingel. Hilde zuckte zusammen, ihr Atem ging stoßweise. Wenn sie jetzt nicht aufpasste, würde sie in Ohnmacht fallen.

Mit wackligen Schritten stieg sie die Treppe hinab und ging ein letztes Mal in Gedanken durch, ob sie alle Vorkehrungen getroffen hatte.

Bereits nach dem Attentatsversuch auf Hitler hatte Hilde damit gerechnet, verhaftet zu werden, da die daraufhin einsetzende Hetze gegen Adelige nichts Gutes verhieß. Und weil sie nicht nur einer adeligen Sippe entstammte, sondern als Offiziersnichte auch einige Familienmitglieder der Verschwörer kannte, war sie gleich doppelt gefährdet.

Hilde war sich im Klaren darüber gewesen, dass sie den NS-Behörden keinen Vorwand liefern durfte, sie ins Gefängnis zu werfen, und so hatte sie ihre umfangreiche Sammlung verbotener Literatur in einem leeren Nebenraum verstaut und die zugemauerte Türöffnung mit Zeitungsseiten tapeziert. Die Bücherregale, die in ihrem Häuschen fast überall an den Wänden standen, waren nun leer. Die einzigen verbliebenen Bände waren medizinische Fachliteratur und eine Sammlung verschiedener Exemplare von Hitlers *Mein Kampf.* Es würde sowieso niemand auf die Idee kommen, dass sie Hitlers Traktat mit Vorliebe als Heizmaterial für ihren Ofen zweckentfremdete.

Nein, sie hatte sich gut vorbereitet.

Hilde griff nach der Türklinke, sog die Luft ein, straffte sich und öffnete die Tür.

Zwei graue Augen blickten ihr entgegen, und das Gesicht, aus dem sie starrten, war Hilde vertraut.

Allzu vertraut.

Vor Erleichterung sank sie in sich zusammen.

»Mensch, noch mal so was, und ich komme in die Klapskiste!«

Der Mann verlor keine Zeit und drängte eilig in Hildes Sprechzimmer. »Ich musste mich erst vergewissern, dass du mit niemandem in Kontakt stehst, der mich verraten kann.«

Er nahm seinen Hut ab, und für einen Augenblick erschien es Hilde fast so, als hätten all die Jahre der Trennung nicht existiert. Seine Stimme klang eindringlicher als sonst.

»Ich habe eine Bitte«, fing er an. »Kannst du bei mir einen chirurgischen Eingriff vornehmen?«

4

Mittwoch, 24. Januar 1945 –
Donnerstag, 25. Januar 1945

Ach, der arme Führer«, sagte Frau Dargus. »Es wird mir richtig schwer ums Herz, wenn ich daran denke, was er so alles durchmachen muss.«

Oppenheimer war die blumige Ausdrucksweise seiner Nachbarin zwar gewohnt, doch im Zusammenhang mit Hitler wirkte sie geradezu aberwitzig. Er fragte sich, warum Frau Dargus ausgerechnet den Reichskanzler bedauerte und keine Silbe über die Menschen verlor, die um seinetwillen tagtäglich dem Bombenhagel ausgesetzt waren oder an der Front verheizt wurden, mal ganz abgesehen von den Systemfeinden, den Schwachen und den sogenannten Asozialen, von denen bereits unzählige der Ideologie, für die Hitler stand, zum Opfer gefallen waren.

Ein Vorteil von Oppenheimers Nachtschicht war, dass er in den frühen Morgenstunden rechtzeitig an den Lebensmittelgeschäften vorbeikam, um seine neuen Rationen abzuholen. In der Regel machten die Lieferanten um neun Uhr auf und schlossen eine Stunde später, weil bis dahin sowieso alles ausverkauft war. Heute war es Oppenheimer immerhin gelungen, einen kleinen Topf mit Fleischbrühe zu ergattern, die er gerade aufwärmen wollte, als Frau Dargus mit seiner Wäsche vorbeikam. Bisher hatte sich immer Lisa darum gekümmert, doch Oppenheimer stellte sich beim Wäschewaschen stets so ungeschickt an, dass sich schließlich Frau Dargus seiner erbarmte und ihm jeden Mittwoch die Wäsche machte. Obgleich es Oppenheimer ein wenig peinlich war, ihr seine Unterhosen zu geben, war er froh, sich dieser lästigen Pflicht entledigt zu haben. Als sie ihm die Textilien in die Hände drückte, bemerkte er, wie Frau Dargus über seine Schulter hinweg in die Wohnung gaffte. Sicher sah es bei ihr nicht viel anders aus: abgeblätterter Putz an den Wänden und Rußspuren von den gelöschten Bränden, dazwischen stand ein Sammelsurium von alten Möbeln. Und doch war Oppenheimer jeden Tag froh, wenn er von der Arbeit zurückkam und seine kleine Bude unversehrt vorfand.

Frau Dargus erinnerte sich daran, dass es noch eine Sache gab, wegen der sie gekommen war. »Der Postbote war für Sie da«, sagte sie und überreichte einen Brief.

»Vielen Dank, möchten Sie vielleicht eine Tasse Fleischbrühe?« Als Dank für ihre Aufmerksamkeit fiel Oppenheimer gerade nichts anderes ein. Möglicherweise hatte Frau Dargus auf eine andere Belohnung gewartet, doch sie ließ es sich nicht anmerken.

»Besten Dank, Herr Meier, ich hole nur schnell einen Becher«, sagte sie und verschwand auf der Treppe.

Oppenheimer kümmerte sich nicht darum, sondern starrte auf den Brief. Mit einer dunklen Vorahnung riss er den Umschlag auf und holte das Anschreiben hervor.

Und tatsächlich.

Es war die Nachricht, vor der er sich die ganze Zeit über gefürchtet hatte.

Frau Dargus erschien wieder mit ihrem Becher, und als sie Oppenheimers ernste Miene erblickte, fragte sie: »Was ist denn, Herr Meier? Ist etwas geschehen? Jemand gestorben?«

Oppenheimer räusperte sich. »Der Volkssturm. Ich soll mich bei der Dienststelle melden. Die wollen mich einberufen.«

Die Nationalsozialisten hatten den Volkssturm im vergangenen

Oktober gegründet. Auch an der Heimatfront sollten zur Verteidigung des Vaterlands alle Männer im Alter von sechzehn bis sechzig Jahren erfasst werden. De facto war es nichts weiter als ein durchschaubarer Versuch, im Angesicht der Niederlage die letzten Reserven zusammenzukratzen und sie auf einen blutigen Partisanenkrieg vorzubereiten.

Als Berlins Gauleiter Joseph Goebbels im November die ersten Volkssturmmänner nach einer Massenvereidigung propagandawirksam an sich vorbeimarschieren ließ, hatten sich viele über diesen improvisierten Trupp aus Alten und Lahmen lustig gemacht, die mit zusammengestoppelten Uniformen und schwarz-weiß-roten Armbinden über den feuchten Asphalt gehumpelt waren. Doch zu der Häme gesellte sich die Sorge, auch selbst einberufen zu werden. Die meisten hofften, dass die Einberufungsstelle sie vergessen würde oder dass sie durch ihre berufliche Tätigkeit geschützt waren.

Auch Oppenheimer hatte sich ernsthafte Chancen ausgerechnet, davonzukommen. Schließlich arbeitete er bei einer großen Bank, und von der Personalabteilung hatte er bereits eine weiße Zuweisungskarte – oder auch *Z-Karte* – erhalten, mit der ihn der Volkssturm wenigstens beim ersten Aufgebot nicht einziehen durfte.

Die Männer im ersten Aufgebot hatten ein schlechtes Los gezogen, denn sie wurden in Gemeinschaftsunterkünften untergebracht und konnten überall im jeweiligen Gau zur Verteidigung der Grenzen eingesetzt werden. Der Dienst im zweiten Aufgebot galt als weniger schlimm, weil er nicht so stark reguliert war. Die Männer konnten neben dem Volkssturmdienst sogar ihrer gewohnten Arbeit nachgehen und zu Hause übernachten.

Weil die *Z-Karte* eine Zurückstellung ins zweite Aufgebot ermöglichte, wurde sie im Volksmund schon bald *Zurückstel-*

lungskarte genannt, und die Arbeitgeber waren mit der Ausstellung der *Z-Karten* sehr großzügig.
Frau Dargus blickte auf den Brief und seufzte mitfühlend. »Nun ja, Pflicht ist eben Pflicht, da kann man sich nicht drücken«, meinte sie. »Ich werde mich auf jeden Fall viel, viel sicherer fühlen, wenn ich weiß, dass Sie mich beschützen, wenn dieses Judenpack unsere Stadt stürmen will. Wissen Sie, Herr Meier, manchmal wünschte ich mir, dass sie mich auch zum Volkssturm einziehen. Ich will ja niemandem etwas Böses, aber die Juden, die haben unseren Zorn wirklich verdient. Uns einfach so einen Krieg aufzwingen. Der Führer wollte doch nur den Frieden. So eine Ungerechtigkeit, da müssen wir uns wehrhaft zeigen.«
Trotz ihrer grimmigen Worte strahlte sie ihn an, aber aufheitern konnte das Oppenheimer nicht. Dazu fand er die Situation zu merkwürdig.
Er rang sich ein Lächeln ab und sagte: »Nun ja, so schlimm wird es schon nicht werden. Möchten Sie sich nicht bedienen? Der Topf mit der Fleischbrühe steht auf dem Herd.«
»Haben Sie schon gehört, dass es bald Stromsperrzeiten geben soll?«, fuhr Frau Dargus fort, während sie Oppenheimers Wohnung betrat. »Die Frau Möbius hat es mir erzählt. Die kriegt so was meistens als Erste mit. Und ich frage mich, warum es in der letzten Woche keine Luftangriffe gegeben hat. Dabei ist doch gutes Flugwetter. Da kommt sicher bald ein großer Angriff!«
Zerstreut nahm Oppenheimer wahr, wie sie in der Küche weiterplapperte, doch ihn beschäftigten jetzt andere Probleme.

Sein Treffpunkt mit Lisa war wie üblich der Bahnhof Zoo, genauer gesagt die große Uhr an der Ostseite der Bahnbrücke, wo die Joachimsthaler Straße die Hardenbergstraße kreuzte. Sie trafen sich dort zweimal die Woche, und weil niemand wissen durfte, dass Oppenheimer noch am Leben war, versuchten sie beide, möglichst pünktlich an der verabredeten Stelle zu sein. Da Oppenheimer heute zehn Minuten zu früh war, wollte er sich kurz im Bahnhofsgebäude aufwärmen anstatt draußen im eisigen Wind mit hochgeschlagenem Kragen um die Häuser zu ziehen. Zu seiner großen Überraschung herrschte dort allerdings ein so großer Andrang, dass der Bahnhof aus allen Nähten zu platzen schien.

Offenbar waren in den letzten Tagen Scharen von Menschen in die Stadt geströmt. Oppenheimer hatte davon nichts mitbekommen, weil er sonst nur die Strecke zwischen Wilmersdorf und Tempelhof fuhr. Schon nach kurzer Zeit hielt er es in dem Menschengewühl nicht mehr aus und zog es vor, sich lieber der Kälte auszusetzen.

Gegenüber dem Ausgang ragte der Zaun des Zoologischen Gartens auf. Möglicherweise war es albern, doch Oppenheimer fragte sich wehmütig, was mit all den Tieren geschehen war. Besucher wurden dort schon lang nicht mehr hineingelassen, und die orientalisch anmutenden Bauten hinter der Umzäunung waren jetzt nichts weiter als verkohlte Ruinen.

Wenig später entdeckte er unter der Brücke Lisas schlanke Gestalt. Wie üblich kam sie zu Fuß, da sie nicht weit weg wohnte. Nachdem Oppenheimer untergetaucht war, hatte sie weiterhin in dem Judenhaus wohnen müssen, denn bis der Totenschein ausgestellt war, galt Lisa immer noch als in einer Mischehe lebend. Nachdem das Judenhaus wenige Monate später aufgelöst wurde, weil man fast alle ehemaligen Bewohner ins KZ abtransportiert hatte, wurde ihr dann vom Quartieramt eine reguläre Wohnung in Charlottenburg zugewiesen. Nur die Leute bei den Kartenstellen waren stur geblieben, und so musste sie ihre Lebensmittelmarken aus unerfindlichen Gründen immer noch bei der *Mischlingsstelle* abholen.

Als Lisa ihn entdeckte, beschleunigte sie ihre Schritte. Oppenheimer fiel ein Stein vom Herzen, da sie unversehrt war. Lisa schien dasselbe zu fühlen und kam ihm lächelnd entgegen. Er musste sich zurückhalten, um sie nicht zu umarmen, denn schließlich konnte man nicht wissen, ob Lisa beobachtet wurde. Also folgten sie der mittlerweile eingespielten Routine. Ihre Begrüßung bestand lediglich aus einem Blickwechsel, mehr konnten sie nicht riskieren.

Ohne anzuhalten, überquerte Lisa die Kreuzung und lief in Richtung des Ku'damms. Oppenheimer wartete ein Weilchen, zog dann seinen Hut in die Stirn und folgte ihr in einigem Abstand.

Auf der Flaniermeile gab es gleich mehrere Lichtspielhäuser. Der Gloria-Palast direkt gegenüber der ausgebrannten Ruine der Gedächtniskirche war mittlerweile zerstört, doch um halb zwei begann im Ufa-Theater die erste Nachmittagsvorstellung. Abends wurden nur noch selten Filme gezeigt, und auch die letzte Vorstellung um sechs Uhr bot sich nicht an, da sie zu häufig von Fliegeralarm unterbrochen wurde.

Wie üblich war das Kino bis auf den letzten Platz besetzt. Die magische Anziehungskraft der laufenden Bilder auf die Bevölkerung war angesichts der täglichen Kriegshandlungen noch stärker geworden, sei es, um für ein paar Stunden den alltäglichen Überlebenskampf zu vergessen oder um in der Wochenschau zu erfahren, was in der Welt geschah. Als Hauptprogramm lief immer noch *Der Engel mit dem Saitenspiel*, ein Liebesfilm, bei dem Heinz Rühmann die Regie geführt hatte. Der Publikumsliebling selbst trat auf der Leinwand nicht in Erscheinung, stattdessen hatten seine Ehefrau Hertha Feiler und Hans Söhnker die Hauptrollen übernommen.

Als das Licht im Kinosaal erloschen war, schlichen sie sich in eine Loge, in der sonst niemand saß. Erst dort konnte Oppenheimer seinen Arm um Lisa legen. Er hatte beschlossen, ihr von dem Einberufungsschreiben des Volkssturms bis auf weiteres nichts zu erzählen. Zuerst wollte er sich bei Hilde erkundigen, ob es eine Möglichkeit gab, sich aus der Affäre zu ziehen.

»Und, wie geht es dir?«, fragte Oppenheimer.

Lisas Blick verriet, dass ihr etwas auf der Seele lastete. »Die wollen mich als Flakhelferin einziehen.«

Oppenheimer blieb zunächst die Sprache weg. Dann fragte er ungläubig: »Was wollen sie?«

»Jeden im Werk haben sie zwangsverpflichtet«, erklärte Lisa. »Wahrscheinlich haben sie spitzgekriegt, dass wir die ganzen letzten Monate über nichts mehr hergestellt haben. Da hat es auch nichts genutzt, die Produktion von Gummimänteln auf Elektronikteile umzustellen.«

»Ja, aber dann gleich Flakhelferin. Auf Ideen kommen die Leute.« Verdrossen starrte Oppenheimer vor sich hin. Es klang gefährlich, und er wollte Lisa keiner Gefahr aussetzen. Dass sich die meisten Flakstellungen in einem weiten Ring um Berlin befanden und nicht unmittelbar in der Schusslinie waren, machte ihm jedoch Hoffnung. »Wo musst du denn hin?«

»Ich soll nach Potsdam versetzt werden. Zum *Flakregiment General Göring*. Dann können wir uns nicht mehr so einfach treffen.«

Obwohl Oppenheimer derselbe Gedanke gekommen war, versuchte er, nicht zu niedergeschlagen zu klingen. »Irgendwie werde ich es schon schaffen, nach Potsdam zu kommen.« Er nahm ihre Hand und blickte ihr ins Gesicht. »Du solltest auf jeden Fall gehen. In Potsdam bist du sicher. Ich meine, hier in der Innenstadt kommen ständig die Bomben runter, und dort draußen wurde die Stadt bis heute kein einziges Mal angegriffen.«

Oppenheimers Reaktion war mehr als Zweckoptimismus, denn Potsdam rühmte sich, als einzige deutsche Stadt unzerstört zu sein. Im zertrümmerten Berlin redete man schon seit geraumer Zeit nur noch mit Missgunst vom Nachbarort, viele meinten sogar, dass Potsdam unverdient verschont geblieben war, während das Leben in der Reichshauptstadt immer beschwerlicher wurde.

Und dennoch war es für Oppenheimer ein unangenehmer Gedanke, dass ihn bald eine noch größere Distanz von Lisa trennen würde. Sie waren seit fast zwanzig Jahren verheiratet, und bis auf die letzten paar Monate hatten sie immer zusammengelebt. Als Oppenheimer untertauchen musste, war ihm häufiger der Gedanke gekommen, was von ihm wohl bleiben würde, wenn Lisa nicht da war. Natürlich lebte er weiter, das Herz schlug, der Organismus funktionierte, doch Oppenheimer wusste, dass etwas verlorengegangen war, als er sich von Lisa trennen musste. Zum Glück hatte die Vertraulichkeit zwischen ihnen unter der Trennung nicht gelitten. Oppenheimer war sich jedoch stets bewusst, dass er jede Minute mit Lisa einer feindlichen Umwelt abtrotzen musste.

»Wir müssen jetzt einfach durchhalten«, murmelte Oppenheimer und presste wie zur Bekräftigung seines Entschlusses die Lippen zusammen.

Kurz darauf begann der Hauptfilm. Bereitwillig ließen sich Oppenheimer und Lisa von der sentimentalen Filmhandlung vom Alltag ablenken.

Im Dunkel des Kinosaals hielten sie sich an den Händen, verdruckst wie ein junges Liebespaar. Als das Licht knappe zwei Stunden später wieder anging, wurden sie in eine Realität entlassen, die immer noch so trostlos war wie zuvor. Auf den Ku'damm zurückgekehrt, durfte Oppenheimer es nicht mehr wagen, Lisa zu berühren, selbst ein paar Worte mit ihr zu wech-

seln war heikel, da sie von den Passanten belauscht werden konnten. Also folgte er ihr in einem gebührenden Abstand bis zum Bahnhof Zoo.
Vor der großen Uhr blieb Lisa kurz stehen. Auch dies gehörte zu ihrem Abschiedszeremoniell, das ihnen eine letzte Möglichkeit gab, sich einen Blick zuzuwerfen. Auf den Stufen des Bahnhofseingangs stehend, schaute sich Oppenheimer um, als würde er in der vorbeiströmenden Menschenmenge jemanden suchen, Lisa tat unterdessen so, als würde sie ihre Armbanduhr stellen. Wie jedes Mal blickte sie zum Abschluss kurz in seine Richtung, und Oppenheimer spürte den altbekannten Drang, alle Vorsichtsmaßnahmen außer Acht zu lassen. Es war ihm nicht genug, er wollte bei ihr sein, sie in die Arme schließen. Oppenheimer malte sich aus, wie es wäre, wenn er Lisas Hand ergriff und mit ihr davonlief.
Doch sein Verstand sagte ihm, dass es zu gefährlich war, diesem Drang nachzugeben. Obwohl sie nur wenige Meter voneinander entfernt standen, blieben sie durch Hitlers menschenverachtende Ideologie getrennt. Es war für Oppenheimer schwierig, sich einzugestehen, wie machtlos er war.
Und so verharrte er auf den Stufen des Eingangs, ergriff nicht Lisas Hand, lief nicht mit ihr davon.
Als sich Lisa wie eine Fremde von ihm abwandte und sich ihre Konturen im Schatten der Brücke verloren, fragte sich Oppenheimer, wie lang er das noch aushalten würde.

»Was ist das?«, fragte Oppenheimer. »Es hat Silber im Haar, Gold im Mund und Blei in den Gliedern.«
Natürlich kannte Hilde den Witz und wusste, was er damit sagen wollte. »Sie sind also angeschissen gekommen? Der Volkssturm will dich holen?«
»Wir mussten ja damit rechnen, früher oder später.«

Normalerweise besuchte Oppenheimer Hilde, um die neuesten Nachrichten auszutauschen, zwei oder drei Zigaretten zu schnorren und seine Schallplatten zu hören, die er bei ihr deponiert hatte. Doch diesmal schien es einen anderen Grund für ihr Treffen zu geben. Überraschenderweise hatte Hilde ihm eine Kurznachricht ohne Signatur in den Briefkasten geworfen, in der stand, dass sie ihn bereits drei Tage früher sehen wollte. Eine Erklärung für ihr außerplanmäßiges Treffen hatte Hilde bislang nicht geliefert, weil sie zu sehr damit beschäftigt war, die Tatsache zu verarbeiten, dass Oppenheimer vom Volkssturm einberufen worden war.

»Ich glaube, ich brauch jetzt erst mal einen Kurzen«, murrte sie und schritt in die Küche. »Kaffee ist gleich fertig.«

Oppenheimer schnupperte in die Luft, und tatsächlich, es war echter Bohnenkaffee.

»Wo hast du den denn her?«, fragte er, als Hilde, eine volle Tasse und ein Schnapsglas balancierend, zurückkam.

»Warum fragst du? Brauchst du etwa ein Pfund?«

»Ein ganzes Pfund? Ist das ein Scherz? Das kostet doch bestimmt – siebzig Mark?«

»Nahe dran. Ich habe achtzig gezahlt. Aber egal, in der Garage habe ich alte Autoreifen entdeckt. Am Schwarzmarkt waren die so verrückt, mir zweitausend Mark für die ollen Dinger in die Hand zu drücken.«

Oppenheimer mochte seinen Ohren kaum trauen. »Puh, da muss es ja eine große Nachfrage geben.«

»Die Leute sind momentan alle vom wilden Affen gebissen, aber mir soll's recht sein. Jedenfalls habe ich mit den Moneten gleich ein paar Kilo Kaffee gekauft. War mir schnurz, wie viel es kostet. Hauptsache, ich komme damit über die nächsten Wochen. Aber du hast ja eine gute Laune, wenn man bedenkt, dass sich der Volkssturm gemeldet hat.«

»Zuerst war ich ziemlich durcheinander. Aber jetzt hatte ich etwas Zeit, darüber nachzudenken und einen Plan zu fassen. Wie sieht es aus, kannst du mir ein Tauglichkeitsattest besorgen?«

Hilde wollte gerade das Schnapsglas zu ihrem Mund führen und hielt inne. Verwirrt starrte sie ihn an. »Du willst – was?«

»Ich brauche eine Bescheinigung, dass ich tauglich bin«, antwortete Oppenheimer.

»Bist du jetzt völlig durchgedreht? Ich dachte schon, das ist der Schnaps, aber ich habe ja noch nicht mal daran genippt. Normalerweise wollen die Leute von mir Bescheinigungen haben, dass sie mit einem Fuß im Grab stehen, damit sie der Volkssturm *nicht* holt.«

»Ich glaube, das ist zu riskant.«

Hilde rückte mit ihrem Stuhl näher zu Oppenheimer.

»Du solltest es dir noch mal überlegen. Das ist keine große Sache. Ich kann dir ein rückdatiertes Attest über ein schwaches Herz und einen hohen Blutdruck ausstellen. Dr. Haller würde helfen. Er ist Oberarzt bei der Charité. Ja, ich weiß, dort gibt es auch Schweinehunde, die mit den Nazis unter einer Decke stecken, aber auf den kann man sich verlassen. Er könnte für dich ein fremdes EKG raussuchen. Am besten wäre ein Patient mit Herzmuskelschwäche. Es gibt bestimmte Medikamente, mit denen du die Symptome hervorrufen kannst, wenn du vom diensthabenden Volkssturmarzt untersucht wirst. Na ja, andere sind auch schon auf den Trichter gekommen, die Präparate sind mittlerweile in ganz Berlin ausverkauft. Aber unser Apotheker Seibold wird sicher noch was auftreiben können. Ich glaube, er hat einiges davon gebunkert, für Notfälle.«

Oppenheimer nippte an dem brühend heißen Kaffee und stieß einen wohligen Seufzer aus. »Ich weiß, so weit hatte ich mir das auch schon überlegt. Aber wie wird die Musterung ablaufen?

Kannst du etwa garantieren, dass sie mir dabei die Hosen nicht runterziehen werden? Wenn sie sehen, dass ich beschnitten bin, habe ich keine Chance mehr. Dann bin ich schon so gut wie im KZ.«

Hilde neigte den Kopf zur Seite, während sie nachdachte. »Ich verstehe. Du meinst also, dass sie dich nicht untersuchen werden, wenn du mit einem Tauglichkeitsattest antanzt.«

»Ich halte die Wahrscheinlichkeit für geringer.«

Hilde schnaubte kurz und kippte den restlichen Schnaps ihre Kehle hinunter. »Na, ich weiß nicht.«

»Das ist sicher nur eine Routineerfassung«, erklärte Oppenheimer. »Ich bin ja bei der Bank. Mit der weißen Z-Karte muss ich maximal Schanzeinsatz leisten.«

»Schanzeinsatz? Ja, bestenfalls. Meine Kontakte haben berichtet, dass sie bereits Kompanien vom ersten Aufgebot an die Ostfront geworfen haben. Die sollen einzelne Widerstandspunkte errichten, als Grundlage für eine neue Front. Sicher muss bald auch das zweite Aufgebot dran glauben. Willst du dich auf so ein Himmelfahrtskommando einlassen?«

»Wenn sie wirklich kommen, um mich zur Front einzuziehen, kann ich immer noch untertauchen.«

Hilde atmete tief durch. Sie tat sich offensichtlich schwer mit der Entscheidung. »Ich nehme an, du brauchst es bald?«

»Bis Montag.«

»Dann will ich mal sehen, was sich machen lässt«, sagte Hilde, doch überzeugt klang sie nicht.

Als sie zurück in die Küche ging, durchstöberte Oppenheimer seine Schallplattensammlung, die in dem ansonsten leeren Buchregal stand. Um sich Mut zu machen, brauchte er jetzt Musik, also fiel seine Wahl auf Beethovens dritte Symphonie in Es-Dur, opus 55, die allgemein *Eroica* genannt wurde. Er hatte eine schöne Aufnahme von der *Deutschen Grammophon*, die sich in einem dicken rotbraunen Klappetui befand, weil das Stück so lang war, dass es auf sechs Platten verteilt werden musste.

Oppenheimer hatte sich vorgenommen, ausgewählte Aufnahmen zu kaufen, sobald er wieder ein reguläres Gehalt bekam. Doch zu seinem Bedauern war die Schallplattenproduktion erst vor kurzem eingestellt worden, da sie nicht als kriegswichtig galt.

»Du hast mir immer noch nicht gesagt, warum ich heute kommen sollte«, sagte er zu Hilde, als sie wieder zurückgekommen war. Sie drückte ihm ein Schnapsglas in die Hand.

»Das tu ich schon noch, aber trink das erst mal.«

Überrascht blickte Oppenheimer auf den Klaren in seiner Hand. Hilde wusste doch, dass er das Zeug nicht ausstehen konnte. Plötzlich war er unsicher.

»Ist es so ernst?«, fragte er.

»Trink lieber.«

Widerwillig setzte Oppenheimer an, schlürfte ein paar Tropfen und entschied dann, dass es genug war. Vor Ekel eine Grimasse schneidend, sagte er: »Gut, und jetzt raus mit der Sprache.«

»Als wir die Leiche beseitigt haben, ist dir da nicht etwas aufgefallen?«

»Du meinst das mit der Streife? Ich frage mich immer noch, was da los war.«

Hilde nickte. »Ich weiß jetzt, was geschehen ist. Jemand hat sie abgelenkt.«

Das war zunächst alles, was sie sagte. Oppenheimer spürte, dass ihr etwas peinlich war.

»Was meinst du? Wer hat sie abgelenkt?«

»Mein Mann, verdammt noch mal!«, entfuhr es ihr.

Oppenheimer hatte geglaubt, Hilde mittlerweile zu kennen, doch dieser kurze Satz hatte ausgereicht, um seine Gewissheit zu zerstören. Er wusste zwar, dass sie mal geheiratet hatte, war aber immer davon ausgegangen, dass die Ehe geschieden worden war.

Stockend berichtete ihm Hilde nun die Wahrheit.

Ihr Gatte Erich Hauser war genau wie Hilde ein ausgebildeter Mediziner und kurz nach ihrer Trennung der SS beigetreten. Sie hatte das zum Anlass genommen, den Kontakt völlig abzubrechen, und so wusste sie nur vom Hörensagen, dass ihr Mann später als SS-Hauptscharführer eine Ausbildung zum Militärarzt erhalten hatte und danach zum Hauptsturmführer aufgestiegen war. Hilde verabscheute ihn abgrundtief, weil er der nationalsozialistisch geprägten Theorie der Erbbiologie und Rassenhygiene auf den Leim gegangen war. Doch das erklärte nicht, warum die beiden immer noch verheiratet waren.

»Ich war durch ihn geschützt, also habe ich es akzeptiert«, erklärte Hilde, aber Oppenheimer hatte den Eindruck, dass das nicht der einzige Grund war. Möglicherweise gab es zwischen den beiden eine Verbundenheit jenseits der ideologischen Differenzen, vielleicht waren es sogar die verdorrten Reste einer großen Liebe.

»Warum hat er sich nicht scheiden lassen?«, fragte Oppenheimer. »Soweit ich weiß, können sich SS-Angehörige von den Ehefrauen trennen, wenn die Ehe kinderlos bleibt.«

Hilde verzog ihr Gesicht zu einer abschätzigen Grimasse. »Wahrscheinlich ist das wieder so eine blöde Vorschrift von Himmler, damit möglichst viele reinblütige kleine Arier produziert werden. Erich hätte sich bestimmt ohne Probleme scheiden lassen können. Keine Ahnung, warum er es nicht tat. Jedenfalls hielt ich es bislang für nicht klug, meine Verbindung zu ihm herumzuerzählen.«

Oppenheimer brummte zustimmend. Hildes Bekannte waren größtenteils Regimegegner, die sie womöglich als Spitzel verdächtigt hätten, wenn ihre Ehe mit einem SS-Mitglied bekannt geworden wäre.

»Auf jeden Fall konnte ich auf diese Weise einiges riskieren«, erklärte Hilde. »Es würde seiner Karriere ernsthaft schaden, wenn jemand spitzkriegt, dass ich im Untergrund tätig bin. Im Zweifelsfall hätte er das mit seinen Verbindungen sicher geregelt. Vielleicht hat er sich nur deswegen nicht scheiden lassen, weil auch ich Verbindungen habe. Zur anderen Seite.«

»Wie kommst du darauf?«

»Was denkst du, warum er ausgerechnet zu mir gekommen ist?«

Oppenheimer hatte so viele neue Fakten präsentiert bekommen, dass ihm diese Frage noch nicht in den Sinn gekommen war. Er musste nicht lang darüber nachdenken. Es gab nur eine Antwort.

»Will er etwa untertauchen?«

»Verduften will er. In Richtung Westen und sich dann von den Amerikanern befreien lassen.«

»Hm, gut und schön, aber was sollst du dabei tun?«

»Er braucht Geld, um hier wegzukommen.«

»Das heißt, er erpresst dich?«

Hilde musste plötzlich lachen.

»Dem würde ich sofort eine scheuern, wenn er das versuchen würde! Er wird gleich hier sein, dann kann er es selbst erklären. Deswegen solltest du auch schon heute kommen. Er will dich sprechen.«

Oppenheimer fühlte sich durch diese Ankündigung zunächst in die Enge getrieben. Aber je länger er nachdachte, desto mehr Gründe fielen ihm dafür ein, dass Hauser kein falsches Spiel trieb. Wenn er Hilde eins auswischen wollte, wäre es viel einfa-

cher gewesen, sie gleich beim Treptower Park an die Streife zu verraten. Falls die Geschichte stimmte und er tatsächlich verschwinden wollte, dann hatte er die Seiten gewechselt.
Oppenheimer zuckte zusammen.
In Hildes Arztpraxis hatte es geklingelt.
Als sie zur Tür ging, starrte Oppenheimer in den Trichter des Grammophons. Trotz Beethovens triumphaler Musik war ihm mulmig zumute.
»Hm, lassen Sie mich raten, ist das etwa eine Aufnahme mit Pfitzner am Dirigentenpult?«
Oppenheimer wandte sich um. Vor ihm stand ein etwa fünfzigjähriger Mann in einem schmutzig grauen Wollmantel.
»Sie haben es erkannt?«, fragte Oppenheimer verblüfft.
»Nicht ganz. Ich habe ein wenig geraten. Natürlich sind das die Berliner Philharmoniker, das lässt sich heraushören. Aber sie klingen anders als unter Furtwängler. Hauser«, stellte er sich vor, zupfte den rechten Handschuh von seinen Fingern und schüttelte Oppenheimer die Hand. Oppenheimer registrierte, dass Hauser den Handschuh wieder anzog, obwohl es in Hildes Wohnung angenehm warm war. Eine derart übertriebene Kälteempfindlichkeit wollte zu einem selbsternannten Herrenmenschen nicht so recht passen.
Hausers graumelierte Schläfen waren sauber ausrasiert und bildeten einen merkwürdigen Kontrast zu der schludrigen Kleidung.
»Mit wem habe ich das Vergnügen?«, wollte Hauser wissen.
»Nenn ihn einfach Göring«, schlug Hilde vor. Maliziös fügte sie hinzu: »Dann musst du nicht umdenken.«
Hauser schien Hildes Sarkasmus gewohnt zu sein. »Jetzt weiß ich wieder, was ich vermisst habe.« Er tat so, als würde die Wohnung ihm gehören. Lässig legte er seinen Mantel über die nächstbeste Sessellehne und ließ sich auf der Sitzfläche nieder.

»Nun, Herr Göring, ich möchte Ihnen ein Geschäft vorschlagen.«
Oppenheimer folgte Hausers Beispiel und setzte sich auf seinen angestammten Platz beim Grammophon.
»Ein Geschäft? Ich wüsste nicht, wie ich Ihnen behilflich sein kann.«
Als Antwort schob Hauser die Tassen und Gläser auf dem Couchtisch zur Seite und stellte seinen Koffer darauf. Oppenheimer hatte zunächst angenommen, dass es sich um einen gewöhnlichen Luftschutzkoffer handelte, doch als Hauser ihn öffnete, erkannte er, dass er sich getäuscht hatte.
»Ich suche hierfür einen Abnehmer«, sagte Hauser und holte einen in Papier eingeschlagenen Gegenstand hervor. Sorgsam wickelte er ihn aus. Es war eine Medizinflasche aus braunem Glas. Hauser drehte das Gefäß, bis Oppenheimer das Schild lesen konnte. Auf ihm stand: *Morphium hydrochloricum.*
»Ich habe hiervon sechzig Kisten mit jeweils zwölf Literflaschen. Sie kommen gegen Ende der Woche in Berlin an.«
Also Morphium verschieben wollte Hauser. Oppenheimer rechnete im Stillen zusammen, wie groß die Fuhre war. Er musste die Flaschen irgendwo abgezweigt haben. Höchstwahrscheinlich stammten sie aus einem sehr großen Lazarett, so dass der Verlust von siebenhundertzwanzig Litern nicht aufgefallen war.
»Das ist aber eine ganze Menge. Und wie kommen Sie darauf, dass ich einen Abnehmer habe?«
»Ich hatte Hilde gefragt. Es war mir klar, dass sie über Kontakte zum Schwarzmarkt verfügt. Doch selbst hier in Berlin würde es auffallen, wenn plötzlich aus heiterem Himmel eine solch große Menge auftaucht. Ich will Hilde nicht in Gefahr bringen, sie hat mir schon genug geholfen. Da sie für die Charité arbeitet, würde sie außerdem sofort zum Kreis der Verdächtigen gehö-

ren. Die Angestellten der Krankenhäuser stehlen wie verrückt, wenngleich in kleineren Mengen.«

»Sie wollen also nicht direkt an die Endkunden verkaufen, sondern brauchen eine Art Zwischenhändler.«

Hauser nickte. »Hier kommen Sie ins Spiel. Hilde sagte mir, dass Sie Kontakte zur Unterwelt haben, über die nur wenige unbescholtene Bürger verfügen.«

Oppenheimer lachte in sich hinein, als er daran dachte, dass er nach all den Jahren im Polizeidienst nun ausgerechnet seine Kontakte zu Berlins Unterwelt für Geschäfte nutzen sollte.

»Sie brauchen lediglich den ersten Kontakt knüpfen«, fuhr Hauser fort. »Die Verhandlungen übernehme ich dann selbst. Allerdings ist es eine wichtige Bedingung, dass ich nur Silbergeld akzeptiere. Papiergeld oder Tauschwaren kann ich nicht gebrauchen. Was sagen Sie zu meinem Vorschlag?«

Fragend blickte Oppenheimer zu Hilde, doch entgegen ihrer sonstigen Gewohnheit verhielt sie sich still. Auch ihr Gesichtsausdruck gab ihm keinen Hinweis darauf, was er tun sollte. Schließlich atmete er tief durch.

»Ich muss das erst mit Hilde klären. Unter vier Augen.«

Als Hauser gegangen war und die Morphiumflasche zurückgelassen hatte, stapfte Oppenheimer missmutig in Hildes Küche, goss sich eine große Tasse Kaffee ein und musterte den Papierfetzen, auf dem seine Kontaktadresse stand.

»Ich weiß nicht. Normalerweise würde ich ihm nicht über den Weg trauen. Ich nehme an, du hast einen guten Grund, warum ich ihm helfen soll? Das geschieht doch wohl nicht aus reinem Mitgefühl für Berlins Morphiumsüchtige?«

Hilde goss sich einen weiteren Klaren ein. Oppenheimer konnte ihr ansehen, dass ihr die Begegnung mit Hauser ebenso wenig gefallen hatte.

»Ich wollte ihn eigentlich hochkant hier rausschmeißen, als er angekrochen kam. Doch dann hat er mir ein Angebot gemacht.«
»Was kann er dir schon bieten? Der ganze SS-Apparat ist ihm auf den Fersen, wenn er desertiert.«
»Er will mich vor den Russen in Sicherheit bringen. Das hat er zumindest gesagt. Ich soll aus Berlin raus.«
Überrascht blickte Oppenheimer sie an.
»Du willst wirklich von hier verschwinden?«
»Bist du plemplem? Natürlich nicht. Was soll ich denn woanders? Aber er hat mir versichert, dass er eine polizeiliche Sondergenehmigung besorgen kann. Mit der kommt man aus der Stadt raus und braucht bei Kontrollen auch keine dummen Fragen befürchten. Ohne so ein Ding kriegt man nicht mal mehr eine Bahnfahrkarte für längere Strecken. An diese Unterlagen sind wir bislang noch nicht herangekommen, keine Chance. Jeder, der eine Bescheinigung ergattert, benutzt sie auch selbst, um von hier zu verschwinden. Aber wenn Erich mir tatsächlich das Formular gibt, dann habe ich eine Vorlage für unseren Drucker, und wir können unsere eigenen Bescheinigungen ausstellen. Und vielleicht bringen wir auf diese Weise ein paar von unseren U-Booten in Sicherheit. Aber wenn du keinen Käufer kennst, dann blasen wir es eben ab.«
Oppenheimer antwortete zunächst nicht. Stattdessen fixierten seine Augen einen fiktiven Punkt in der Ferne. Jetzt verstand er, warum Hilde diesen Pakt überhaupt in Erwägung zog.
»Hm, es ist nicht einfach. Aber es könnte funktionieren.«
»Was überlegst du?«
»Ich habe so eine Ahnung, wer als Abnehmer in Frage käme. Ein alter Bekannter von mir.«

5

Freitag, 26. Januar 1945

Oppenheimer blickte aus dem Fenster der Wohnküche. Weil sich seine Wohnung im dritten Stock befand, konnte er hinter den Schienensträngen das weite Feld des Flughafens Tempelhof sehen. Wegen den zahlreichen Bombentreffern glich die Fläche immer mehr einer Mondlandschaft, doch momentan wurden die Krater vom schimmernden Schnee überdeckt. Er wärmte seinen Rücken am Kanonenofen, in dem knisternd das letzte Oberflöz erlosch.

Oppenheimer wusste nicht, wie lang er mit seinem Vorrat auskommen musste, denn die Versorgung mit Heizmaterial wurde immer schlechter. Zahlreiche Berliner Rüstungsbetriebe waren schon wegen Kohlenmangels geschlossen worden, und so versuchte er, stets gerade nur so viel aufzulegen, damit es in seiner Bude nicht klamm war. Über Nacht, wenn er sich ohnehin bei der Arbeit befand, blieb der Ofen meistens kalt.

Er war gegen vierzehn Uhr aufgestanden. Wenn Oppenheimer wie heute eine Nachtschicht hatte, war das für seine Verhältnisse früh, doch er wollte unverzüglich seine alten Kontakte reaktivieren. Schließlich musste er das Geschäft mit Hausers Morphium einfädeln. Insgeheim hoffte Oppenheimer, dass auch er davon gewisse Vorteile haben würde.

Auf sich allein gestellt, brachte Oppenheimer nicht viel mehr als gekochte Eier oder Pellkartoffeln zustande.

Vom Fenstersims holte er eine zugedeckte Emailleschüssel mit übrig gebliebenen Kartoffeln vom Vortag. Wie üblich würde er

sie ohne alles direkt aus der Schüssel essen. Er hatte schon seit mehreren Monaten keinen Teller mehr benutzt, weil er auf diese Weise weniger Geschirr abwaschen musste.
Während des Frühstücks hörte er sich wie gewöhnlich im Radio die Berichte über den aktuellen Frontverlauf an. Vom Vormieter stand noch ein Exemplar des Volksempfänger-Einsteigermodells DKE38 in der Wohnung, doch Oppenheimer nutzte es kaum. Die Bevölkerung nannte das Gerät auch *Goebbelsschnauze*, weil die Fertigung dieses preiswerten Radiomodells von den Nationalsozialisten forciert worden war, um die Reichweite der eigenen Propaganda zu vergrößern. Aufgrund der schlechten Empfangsqualität der *Goebbelsschnauze* konnte man Feindsender am besten in der Nacht hören. Oppenheimer hielt es für möglich, dass das Gerät extra so konstruiert war, denn Goebbels fürchtete nichts so sehr wie Gegenpropaganda. Um ein möglichst umfassendes Bild der Frontlage zu bekommen, war es jedoch unumgänglich, auch die Berichte der Feindseite zu hören. Insbesondere erfuhr man dort häufig mehr Details zu den Truppenbewegungen, die im deutschen Rundfunk nur wolkig *Frontbegradigungen* genannt wurden, womit allzu oft ein Rückzug schöngeredet wurde. Abgesehen davon ließen die Feindsender auch deutsche Kriegsgefangene sowie Intellektuelle und Künstler zu Wort kommen, die sich gegen das NS-Regime aussprachen.
Wegen dieser Informationen besaß Oppenheimer als Zweitgerät extra einen alten Superhet-Empfänger, bei dem man einen Kopfhörer anschließen konnte.
Mit geübten Griffen verkeilte Oppenheimer die Wohnungstür mit einem Stuhl, da das Schloss nicht funktionierte. Dann holte er das zerkratzte Radio aus dem Küchenschrank und stellte es auf den Küchentisch, setzte den Kopfhörer auf und rückte seinen Stuhl an den äußersten Rand des Küchentischs. Das war

zwar unbequem, aber die einzige Position, von der aus man die Tür im Auge behalten konnte.
Während Oppenheimer den Sender einstellte, kaute er lustlos auf den Pellkartoffeln herum. Das Reichsprogramm spielte um diese Zeit wie üblich Opernmelodien und symphonische Etüden. Er wechselte auf den deutschsprachigen Dienst der BBC, doch es war für die Nachrichten noch zu früh. Schließlich fand er einen Sender mit Frontmeldungen. Es schien Beromünster aus der Schweiz zu sein.
Aus der kleinen Schublade des Küchentischs entnahm Oppenheimer eine zusammengefaltete Europakarte, an die er auf Umwegen gelangt war. Damals im Mordkommissariat hatte in seinem Büro direkt gegenüber dem Schreibtisch noch eine riesige Karte von *Berlin nebst Potsdam* an der Wand gehangen, um ihm stets einen Überblick zu ermöglichen, doch hier in seiner Wohnung traute er sich nicht, die Europakarte offen zur Schau zu stellen. Dass er mit einem Bleistift den aktuellen Frontverlauf markierte, ließ sich allzu leicht als regimekritischer Akt interpretieren, insbesondere jetzt, wo sich das Kriegsgeschick endgültig gewendet hatte und die deutschen Truppen an beiden Fronten zurückgedrängt wurden. Oppenheimer wusste, dass sich auch andere mit dieser Tätigkeit die Zeit vertrieben, denn seit einigen Jahren galten Europakarten gleich welcher Größe als wertvolle Pretiosen.
Nachdem sich die Ardennenoffensive im Westen als Rohrkrepierer erwiesen hatte, hörte man vor allem Berichte von der Ostfront. Wenn es für Hitlers Truppen keine guten Nachrichten gab, ließ sich dies daran erkennen, dass im deutschen Rundfunk über die Siege der japanischen Truppen im fernen Asien berichtet wurde.
Obwohl in den Zeitungen in der letzten Zeit immer wieder eine Wende an der Ostfront beschworen wurde, waren die Nach-

richten von dort dramatisch schlecht. Mühsam wiederaufgebaute Verteidigungslinien wurden von der Roten Armee einfach überrannt, Ostpreußen war bereits vom Reich abgeschnitten, und durch die Kämpfe im oberschlesischen Kohle- und Industriegebiet geriet zunehmend die Rohstoffversorgung des Deutschen Reichs in Gefahr. Einige Truppen der russischen Armee hatten sogar schon die Oder erreicht und versuchten, auf dem gegenüberliegenden Westufer erste Brückenköpfe zu errichten.
In den vergangenen Wochen hatte es Oppenheimer befremdlich gefunden, dass im Frontbericht plötzlich deutsche Ortsnamen erwähnt wurden. Wahrscheinlich ging es der übrigen Bevölkerung ähnlich. Monatelang hatten die Berliner ihr Frühstück in der Gewissheit zu sich genommen, dass die Ostfront noch weit entfernt war und dass Wehrmacht und SS alles taten, damit sie stabil blieb. Diese Sicherheit hatte sich mittlerweile in Luft aufgelöst. Mit jeder Stunde rückte der Feind näher.

Am Nachmittag suchte Oppenheimer eine Spelunke mit dem schönen Namen *Edes Bierhahn* auf. Ihr Inhaber war ein stadtbekannter Ganove mit dem Spitznamen *Schwerer Ede.* Obwohl es Hitlers Ansicht zufolge das organisierte Verbrechen in der idealen nationalsozialistischen Gesellschaft nicht mehr geben konnte, lief hier drinnen alles nach den alten Regeln ab. Ungehindert verkehrten Langfinger, Zuhälter, Schieber jeglicher Couleur, große Ganoven, die dicke Dinger planten, und kleine Großstadtvagabunden auf der Suche nach der schnellen Mark. Hinter der Theke stand nach wie vor der *Dicke Karlheinz*, von dessen ehemaliger Leibesfülle jedoch nicht viel übrig geblieben war. Statt des Hitlerbarts, den er noch im vergangenen Jahr getragen hatte, zierte seine Oberlippe nun ein großer schwarzer Walrossschnauzer. Karlheinz sah damit ein wenig wie Stalin aus. Oppenheimer fragte sich, ob das wohl seine Art war, einen politischen Kommentar abzugeben.

Als Hildes Ehemann vorgeschlagen hatte, seine Kisten voller Morphium zu verschieben, war Oppenheimers erster Gedanke gewesen, den Schweren Ede mit der Sache zu betrauen. Er wurde so genannt, da er zu Beginn seiner Ganovenkarriere einige große Einbrüche riskiert hatte. Doch Ede war mit fortschreitendem Alter bequem geworden, und so zog er nur noch krumme Dinger durch, wenn sie, ohne große Probleme zu machen, schnelles Geld versprachen. Oppenheimer hatte ihn in der Vergangenheit gelegentlich als Informant eingesetzt, und obwohl die beiden Männer nicht auf derselben Seite des Gesetzes standen, existierte zwischen ihnen mittlerweile sogar eine Art von Vertrauensverhältnis.

Dummerweise befand sich Edes Kneipe – von Tempelhof aus gesehen – genau auf der gegenüberliegenden Seite der Innenstadt, und seit seinem letzten Treffen mit Lisa am Bahnhof Zoo wollte sich Oppenheimer dem Gewimmel in diesen zentralen Stadtvierteln nicht mehr freiwillig aussetzen. Weil das Berliner Streckennetz nach Bombenangriffen meistens nur notdürftig geflickt wurde, gab es bei U- und S-Bahn wegen Stromausfällen und Gleisschäden immer wieder Unregelmäßigkeiten im Fahrplan. Da auf der aktuellen Zugverkehrskarte, die am S-Bahnhof Tempelhof aushing, jedoch keine Streckenunterbrechungen eingetragen waren, hatte Oppenheimer sich dafür entschieden, einfach den *Hundekopf* der Ringbahn entgegen der Uhrzeigerrichtung zu fahren. Die S-Bahn-Strecke führte im großen Bogen um die Innenstadt herum und besaß diesen ungewöhnlichen Spitznamen, weil der Streckenverlauf auf der Landkarte wie der Kopf einer großen Dogge aussah, die mit hängenden Lefzen in Richtung Westen blickte.

In Edes Kneipe wurde Oppenheimer in das stickige Hinterzimmer geführt, in dem sich der Ganove auch heute aufhielt. Als Oppenheimer ankündigte, dass er ein Geschäft vorschlagen wollte, runzelte Ede die Stirn, was ausgesprochen merkwürdig aussah, denn sein kahler Kopf glich ansonsten einer polierten Billardkugel.

Oppenheimer stellte seinen Luftschutzkoffer auf den Tisch und holte Hausers verpackte Flasche hervor.

»Altpapier?«, fragte Ede.

»Nicht ganz«, erwiderte Oppenheimer und wickelte die Fetzen vorsichtig ab, bis das Bündel sein Geheimnis preisgab. Beim Anblick von Hausers Morphium zeigte Ede sofort Interesse, aber er zierte sich zunächst, wohl um der Etikette der Unterwelt Genüge zu tun.

»Morphium? Also ick weeß nich, Herr Kommissar. Monatelang seh ick Se nich mehr, und jetzt kommense mit sowat hier an. Wenn ick Se nich kennen würd, dann täte ick mir denken, Ede, dit is ne Finte. Wo ham Se die Pulle denn her?«

»Ein Freund von einem Freund«, antwortete Oppenheimer.

»Und dieser Freund, isser koscher?«

Oppenheimer hielt inne. Weil er nicht verhehlen konnte, eine gewisse Abneigung gegen Hildes Ehemann zu spüren, antwortete er nur: »Ich weiß nicht, ob man sich auf ihn verlassen kann. Ich würde dir auf jeden Fall raten, Sicherheitsvorkehrungen zu treffen.«

Ede nickte. »Hm, dit klingt ehrlich. Aber machen Se sich mal keene Sorjen um mich. Fett schwimmt immer oben, nich wahr?«

Als Ede lachte, wackelte sein massiger Körper.

Oppenheimer war sich bewusst, dass es das übliche Vorgeplänkel sein musste, wenn Ede ein Geschäft in Angriff nahm. Doch er wollte es auf keinen Fall versäumen, noch rechtzeitig in der Bank zur Nachtschicht einzustempeln. Voller Unruhe zog er seine Taschenuhr hervor und blickte auf die Zeiger. Es war nur noch eine Stunde bis zum Schichtbeginn. Es würde knapp werden, denn in dieser Zeit musste er elf S-Bahn-Stationen weit fahren und dann auch noch in die U-Bahn umsteigen.

»Entschuldigung, Ede, aber ich muss gleich weiter.«

»Ah, verstehe«, sagte Ede, doch er tat zunächst nichts anderes, als die Medizinflasche zu begutachten. »Und wie viel ham wir hiervon?«

»Siebenhundertzwanzig Literflaschen. Sie sollen an diesem Wochenende hier in Berlin ankommen.«

Ede blies seine Backen auf.

»Nu brat mir eener 'n Storch! Ziemlich viel Stoff. Und ziemlich knapp. Ick kenn nur wenige, die dit durchziehn können. Und die Pulle hier?«

»Das ist eine Probe. Damit ihr euch vergewissern könnt, was ihr bekommt. Verhandeln musst du mit meinem Bekannten selbst. Allerdings besteht er auf Bezahlung in Silbergeld.«

»Is dann ooch schon ejal«, war Edes einziger Kommentar. Dann erhob er sich. »Eenen Moment. Ick werd mal dit jute Stück wegpacken.«

Damit verließ er das Hinterzimmer. Oppenheimer hörte noch, wie Ede im Lokal nach Paule rief, dann war es still. Allein gelassen trommelte er unruhig mit den Fingern auf die Armlehne seines Stuhls. Dann begann er, das Papier glatt zu streichen, in das Hauser die Flasche eingewickelt hatte. Einige Ränder waren ausgefranst, also mussten es herausgerissene Buchseiten sein. Lustlos sah sich Oppenheimer die Schriftstücke an, bis eines der gedruckten Wörter seine Aufmerksamkeit erregte. *Menschenmischlinge* stand dort, und auf der Rückseite prangte der Satz: *Jene Mischlinge müssen ausgerottet werden, um den Gottmenschen Platz zu machen.* Ratlos blickte Oppenheimer auf das Papier. Es klang nach der üblichen nationalsozialistischen Pro-

paganda, doch die Wortwahl war ihm fremd. Er brummte kurz vor sich hin und packte die Seiten dann in seinen Luftschutzkoffer, genau so wie er jedes Stück Papier aufhob, um es später als Anzünder für den Ofen zu verwenden.
Er hatte die Seiten gerade in seinem Koffer verstaut, als Ede wieder erschien.
»Kommense morjen wieder her, Herr Kommissar? Dann kann ick Ihnen sagen, ob wir für Se wat tun können.«
Oppenheimer stand auf und nahm seinen Koffer. So beiläufig wie möglich versuchte er nun, den eigentlichen Grund anzusprechen, weswegen er sich entschieden hatte, bei der Schieberei mitzumachen. »Wie sieht es mit einem Finderlohn aus? Dafür, dass ich dich mit dem Käufer zusammengebracht habe?«
Ede überlegte kurz. »Da hab ick een offenes Ohr für. Aber viel kann ick nich bieten.«
»Muss ja nicht grade Silbergeld sein. Vielleicht geht es in Naturalien?«
»Wat ham Se da im Sinn?«
»Ihr habt doch sicher noch Pervitin im Vorrat. Eine oder zwei Röhrchen?«
Ede machte eine zustimmende Geste. »Da wer'n wir schon wat finden.«
Dann klopfte er kumpelhaft auf Oppenheimers Rücken und fragte: »Ach, Se ham nich zufällig noch ne alte Stinkkarre übrich? Oder vielleicht 'n Anhänger?«
Oppenheimer stutzte. »Bist du jetzt unter die Autohändler gegangen?«
»Na, wie man's so nimmt, Chef. Man lernt ja nie aus. Unsereener richtet sich nur nach der Nachfrage. Wenn Se Jeld brauchen, lässt sich dit leichter mit nem Auto verdienen als mit Morphium. Is auch viel sicherer. Es sei denn, dass die Kiste zusammenbricht.« Ede lachte. »Nee, aber Spaß beiseite, wenn Se

wat ham … Vor kurzem hab ick so'n ollen Klapperatismus vakooft und noch zwanzich Mille für jekriecht.«
Oppenheimer war zuerst sprachlos, dann brachte er hervor: »Zwanzigtausend? Mark?«
Mit einem breiten Grinsen zuckte Ede die Schultern.
»Die Leute sind völlich meschugge. Alle woll'n se türmen, wo jetzt die Russen vor der Haustür stehn. Besonders die Goldfasane von der Partei, denen sitzt die Pinke janz locker. Ick kann für nen Liter Sprit eenfach so vierzich Mark verlangen. Dit zahlen se, ohne mit da Wimper zu zucken. Und janz viel kriecht man für jetürkte Nummernschilder. Aber da müssen die Plaketten von den Diplomaten mit drauf sein, damit se auf der Strecke nich aufjehalten wern.« Ede zwinkerte Oppenheimer zu.
»Da sehe ich mal wieder, dass ich den falschen Beruf gewählt habe«, sagte Oppenheimer. »Man müsste wirklich Autohändler sein.«

6

Sonntag, 28. Januar 1945 –
Montag, 29. Januar 1945

Die Scheibenwischer konnten gegen die dicken Schneeflocken kaum noch etwas ausrichten. Sie waren mit zwei Fahrzeugen losgefahren, um die Waggons im Schutze der Dunkelheit auszuladen. Da Hauser nicht verraten wollte, auf welchem der unzähligen Berliner Rangierbahnhöfe die Morphiumkisten lagerten, fuhr er vorweg, um ihnen den Weg zu zeigen.

An diesem Wochenende hatten die Abendangriffe wieder eingesetzt. Auch heute waren kurz nach zwanzig Uhr erneut Moskitos am Himmel erschienen. Jeder Berliner wusste bereits, dass Bomber im Anflug waren, wenn im Rundfunk von einem Einflug im Raum Hannover-Braunschweig die Rede war und kurz danach die Radioübertragung eingestellt und auf den Drahtfunk verlegt wurde, damit der Feind nicht mithören konnte. Oppenheimer hatte den Angriff, zusammen mit Hauser und den Fahrern, im Luftschutzkeller von Edes Kneipe verbracht. Erst als das Entwarnungssignal durch die Luft jaulte, konnten sie es wagen, sich auf den Weg zu machen.

Aus irgendeinem Grund bestand Ede darauf, dass Oppenheimer bei dem Warenaustausch mitfuhr. Oppenheimer wusste allerdings nicht, ob der sich über diesen Vertrauensbeweis freuen sollte, denn ohne dass Ede es erwähnt hätte, ahnte er, dass er nun auch einen Teil der Verantwortung für die reibungslose Abwicklung des Geschäfts trug.

Wenigstens hatte er sich am Nachmittag für einige Stunden zurückziehen können und sich wie gewohnt mit Lisa beim Bahnhof Zoo getroffen. Sie berichtete, dass sie innerhalb der nächsten zwei Wochen nach Potsdam umziehen musste. Jedoch hatte man ihr immer noch nicht mitgeteilt, wo sie unterkommen sollte. Da es nun einen konkreten Termin gab, nahm sich Oppenheimer vor, so bald wie möglich auszukundschaften, welche Bahnverbindung nach Potsdam für ihn am ehesten in Frage kommen würde.

Doch nun saß er, eingepfercht zwischen zwei von Edes Männern, in einem Lkw. Rechts neben ihm saß Paule, ein junger Kerl mit Hautproblemen, der ihm schon früher aufgefallen war. Da er keine sichtbaren körperlichen Gebrechen hatte, war es überraschend, dass er sich nicht im Fronteinsatz befand. Wahrscheinlich verfügte Ede über die nötigen Verbindungen, um seine Leute freistellen zu lassen. Schließlich hatte heutzutage fast jeder Verwendung für Schwarzmarktwaren, und Ede brüstete sich damit, dass er nahezu alle erwünschten Produkte besorgen konnte.

Am Steuer ihres Lasters saß ein Mann, der von allen nur der *Kleene Hans* genannt wurde. Doch er war mit seinen mehr als zwei Metern so groß, dass er vorgebeugt dasitzen musste, damit sein Kopf nicht gegen die Decke der Fahrgastzelle stieß. Außerdem schien er die Kälte nicht zu vertragen, denn er hatte sich bei ihrer Abfahrt gleich drei Wintermäntel und zwei dicke Mützen übergezogen.

Obwohl sie wegen des Moskito-Angriffs das Zentrum von Berlin sicherheitshalber großräumig umfuhren, um nicht von Löschkolonnen aufgehalten zu werden, kamen sie auf ihrer Strecke an Stellen vorbei, wo sich die fallenden Schneeflocken mit glühendem Ascheregen vermischten.

Durch die verschmierte Windschutzscheibe konnte Oppenheimer den runden Buckel von Hausers *Kdf-Wagen* nur noch erahnen. Für den geplanten Preis von neunhundertneunzig Reichsmark wäre das Auto wirklich erschwinglich. Die kleinen Leute konnten bei Hitlers Organisation *Kraft durch Freude* wöchentlich fünf Mark auf ein Sparkonto einzahlen, doch bislang hatte noch niemand von ihnen eines der versprochenen Fahrzeuge erhalten. Mit dem eingesammelten Geld hatte man vermutlich den Bau des Volkswagen-Werks in der Nähe von Fallersleben finanziert. Allerdings rollten seit Kriegsbeginn dort nur noch modifizierte Modelle für den Fronteinsatz vom Band, von denen auch Hauser eines fuhr.

»Scheiß Kälte«, fluchte der Kleene Hans. Er wischte mit seinem dicken Handschuh das Kondenswasser von der Windschutzscheibe, doch die Sicht wurde dadurch kaum besser. Hauser fuhr an Dahlwitz vorbei in Richtung des Autobahnrings.

»Wo will dieser Stiesel überhaupt hin?«, knurrte Paule. Schon die ganze Zeit über kaute er auf einem Zahnstocher herum.

»Die Lieferung kann nur auf einem der Hilfsrangierbahnhöfe außerhalb der Stadt stehen«, murmelte Oppenheimer. »Dort wird der ganze Güterverkehr abgefertigt, der nicht nach Berlin reingeht. Wir fahren nach Osten, also muss es Rüdnitz oder Fredersdorf sein.«

Der Kleene Hans wurde aufmerksam. »Rüdnitz? Na, kenn ick doch. Vor zwei Wochen hab ick jemanden da abholen müssen. Der war da mitten inner Nacht mit'm Zug jestrandet und kam nich' mehr weita. Aber da bin ick ne andere Strecke jefahrn.«

Paule nahm den Zahnstocher aus seinem Mund und fuchtelte damit herum. »Keene Zeugen! Wenn ick Zeugen seh oder ooch nur eenen Zug, der anhalten tut, dann vaduften wir!«

Nach einigen Kilometern kam die Reichsautobahn in Sicht, die in einem weiten Ring um die Reichshauptstadt herumführte. Oppenheimer hatte die ehrgeizigen Autobahnplanungen schon immer für hoffnungslos überdimensioniert gehalten. In Friedenszeiten war auf der Autobahn kaum Verkehr gewesen, und jetzt, wo Sprit und Brennmaterial knapp waren, fuhren dort erst recht keine Fahrzeuge.

Sie hatten gerade die Ausfahrt *Lichtenberg-Süd* erreicht, als Hauser vor ihnen abbog und in einem Fliegerdeckungsloch anhielt. Diese geschützten Parkmöglichkeiten gab es überall entlang der Autobahn, speziell für den Fall, dass Reisende auf der Fahrt von einem Luftangriff überrascht wurden.

Hauser kam zu ihrem Lastwagen herübergestapft. Paule kurbelte sein Fenster nach unten.

»Es ist nicht mehr weit«, sagte Hauser schwer atmend. »Wir müssen zum Rangierbahnhof in Fredersdorf. Der Wärter lässt uns durch die Schranke, ist schon alles geklärt.«

Paule winkte ab. »Dit kann jeder erzählen. Wir werden an der Einfahrt warten.« Er zeigte auf Oppenheimer. »Erst wenn dein Kumpel hier sicherjestellt hat, dass die Luft rein is, kommen wir nach. Ede sagt, wir solln nur auf ihn hören.«

Hauser zögerte kurz und erwiderte dann: »Meinetwegen. Dann steigen Sie am besten in meinen Wagen um, Herr Göring.«

Nachdem Oppenheimer in der klirrenden Kälte zu Hausers Auto hinübergelaufen war, dauerte es nur noch wenige Minuten, bis sie ihr Ziel erreicht hatten.

Ede hatte ihm vor der Fahrt zur Belohnung ein Medikamentenröhrchen mit Pervitin gegeben. Oppenheimer war froh darüber, dass er jetzt wieder Tabletten besaß. In den letzten Stunden hatte er tapfer den Drang bekämpft, sich eine Dosis Pervitin zu genehmigen, schließlich sollte es nur eine Notreserve für schlechte Zeiten sein. Doch bereits das Röhrchen in seiner Manteltasche zu spüren gab Oppenheimer ein Gefühl der Sicherheit.

Die Einfahrt befand sich direkt hinter einem Bahnübergang. Hauser fuhr über die Schienen, bis auf der rechten Seite eine baufällige Hütte auftauchte.

Er zog die Handbremse an, ließ den Motor jedoch laufen.
»Das hier ist die Werkstatt. Ich muss kurz rein und den Nachtwächter holen. Der Waggon ist vor ein paar Stunden angekommen. Ohne Hilfe werden wir ihn kaum finden.«
Hauser griff hinter sich und holte eine Papiertüte hervor, in der es metallisch klapperte. Bestimmt waren es Konservendosen.
Oppenheimer musste nicht lang warten, bis Hauser mit dem Nachtwächter zurückkehrte. Kommentarlos klappte er den Fahrersitz nach vorn, damit sich der Mann auf die Rückbank setzen konnte. Seine schmuddelige Latzhose roch nach Maschinenöl. Fröhlich tippte er an den Schirm seiner Kappe.
»Morjen«, grüßte er.
Oppenheimer stutzte. »Ist es schon Morgen?«
Der Mann blickte auf seine Armbanduhr. »Schon seit fast zwanzich Minuten. Ihr seid spät dran.«
Hauser hatte sich wieder hinters Steuer gesetzt und einen Zettel hervorgeholt.
»Hier habe ich die Nummer des Waggons und der Zugverbindung. Der Zug ist aus Breslau gekommen und sollte dann weiter nach Hamburg.«
Der Eisenbahner schaltete seine Taschenlampe an und blickte skeptisch auf das Papier.
»Hm, dit wird schwierig. Momentan haben wir hier janz schön Betrieb. Von überall kommen Waggons ins Reichsgebiet rein und jehn nich mehr raus. Allet zujestellt. Und Zehntausende Waggons liejen irjendwo auf den Strecken. Keene Sau weiß, wat da drin is. Vor kurzem soll'n se irjendwo ne janze Ladung Panzerfäuste jefunden ham. Für de Front, aber die is nie dort anjekommen. Am Ende liegt ooch unsere Wunderwaffe irjendwo auf den Schienen, und keener weiß, wo se abjeblieben is.«
Oppenheimer musste schmunzeln. In den letzten Monaten hatte die Bevölkerung über immer phantastischere Vergeltungs-

waffen spekuliert. Zuerst hatte es geheißen, dass die Marine Ein-Mann-U-Boote oder gar ferngesteuerte Boote mit riesigen Sprengladungen im Rumpf entwickelte; dann war von gigantischen Turbinen die Rede, mit denen die feindlichen Flugzeuge vom Himmel gesaugt werden konnten. Doch das Einzige, was die Forscher nach Monaten der Spekulation mit großem Trara präsentiert hatten, war die V2 – ein leicht verbesserter Nachfolger der ersten Raketenwaffe. Die erhoffte Kriegswende war natürlich ausgeblieben.

Unruhig rutschte Hauser auf seinem Sitz hin und her. Offenbar störte ihn die Redseligkeit des Bahnangestellten.

»Können Sie uns wenigstens ungefähr sagen, in welchem Abschnitt sich der Waggon befindet?«

»Reinjekommen is er von Osten, also dürfte er auf der rechten Hälfte stehn. Gestern warn auf Gleis drei und vier nur een paar Waggons, jetzt isses voll dort. Ick würd da mal schaun. Wir können zu Fuß hin, is nur 'n paar Meter.«

»Sehr gut«, sagte Hauser und stellte den Motor ab.

Draußen blickte sich Oppenheimer misstrauisch um. Bis auf die unzähligen Reihen Waggons und einige dunkle Schuppen gab es nicht viel zu sehen. Weiter hinten zeichneten sich Baumwipfel ab. Wohnhäuser konnte er nicht erkennen, also bestand keine Gefahr, Anwohner aufzuschrecken.

Der Bahnangestellte zauberte eine weitere Taschenlampe hervor und drückte sie Hauser in die Hand. Dann stiegen sie über Schienenstränge, bis sie das Gleis drei erreichten. Oppenheimer hörte bei jedem Schritt, wie sein Fuß mit einem Knacken durch die feste Schneekruste brach. Da die Sohlen seiner Schuhe vom täglichen Balancieren über Geröll und Schutt hoffnungslos zerschlissen waren, fühlte er schon bald, wie sich seine Socken mit eiskaltem Schmelzwasser vollsogen.

Der Eisenbahner richtete seine Taschenlampe auf den ersten

Waggon. »Gleis drei, gleich dahinta is Gleis vier. Der Waggon muss hier sein. Wenn Se ihn nich finden, dann melden Se sich. Ick bin inner Werkstatt. Muss ja nich ooch noch Eisbeene kriejen. Nur passen Se auf, wo Se hintreten. Vor'n paar Tagen stand hier so'n Truppentransporta. Die ham überall aussn Fenstern jekackt, weil in Güterzügen keene Latrine drinne is. Und bringen Se mir die Lampen wieder.«

Damit reichte der Nachtwächter seine eigene Taschenlampe an Oppenheimer weiter und verschwand. Er kannte sich an seinem Arbeitsplatz offensichtlich so gut aus, dass er auch in der größten Finsternis ohne Licht auskam.

Oppenheimer richtete den Lichtkegel auf den Boden. Und tatsächlich konnte er Formen unter dem Schnee ausmachen. Es schienen geöffnete Konservendosen zu sein, die jemand achtlos weggeworfen hatte. Der schmale Bodenstreifen zwischen den Gleisen war davon übersät. Die Kothaufen hatte der Schnee jedoch gnädigerweise zugedeckt.

Um schneller voranzukommen, suchte Oppenheimer Gleis vier ab, während Hauser am dritten Gleis blieb. Die nächste Viertelstunde versuchte er, die Waggonnummern zu entziffern, ohne dabei auf die scharfkantigen Gegenstände am Boden zu treten.

Er hatte sich bis etwa zur Mitte seiner Waggonreihe vorgearbeitet, als er jemanden rufen hörte. Es musste Hauser sein.

Bei Oppenheimers Rückkehr deutete Hauser auf einen Waggon. »Hier ist er. Sie können jetzt die Leute holen.«

»Erst aufmachen.«

Hauser hielt inne. »Was meinen Sie?«

»Ich soll sicherstellen, dass alles in Ordnung ist. Also muss ich sehen, ob die Ware auch da ist.«

Oppenheimer glaubte, im Widerschein der Taschenlampe zu erkennen, wie ein amüsiertes Lächeln über Hausers Gesicht huschte.

»Aber natürlich«, sagte er und wandte sich der Tür zu. Da der Riegel der seitlichen Ladeluke vereist war, versuchte Hauser zunächst, ihn zu lockern, indem er mit einem Stück Schotter vom Gleisbett dagegenschlug. Schließlich zerrte Oppenheimer gemeinsam mit ihm an dem Eisenbügel, bis dieser mit einem Ruck nachgab und sich die Schiebetür öffnen ließ. Der frostharte Schnee um sie herum schien das unvermeidliche Quietschen noch zu verstärken.

Vorsichtig beugte Oppenheimer sich in den pechschwarzen Waggon. Im Lichtkegel der Taschenlampe sah er mehrere kleine Holzkisten, sauber in Reih und Glied aufgestellt. Es gab kein Anzeichen dafür, dass sich in dem Waggon jemand versteckt hielt. Noch immer skeptisch, richtete er sich wieder auf.

»Gut, das scheint so weit in Ordnung zu sein. Ich schätze, wir holen jetzt Edes Männer.«

»Ich mache das schon«, sagte Hauser und schritt in die Richtung der Bahnschranke, hinter der Hans und Paule mit dem Lastwagen warteten.

Oppenheimer konnte nicht viel mehr tun, als an Ort und Stelle auszuharren, doch schon nach wenigen Sekunden wurde er unruhig. Weil er kaum sehen konnte, was in der Umgebung vor sich ging, wenn er hier zwischen den Waggonreihen stehen blieb, postierte er sich kurzerhand am Prellbock.

Dann hörte er Motorenlärm. Zuerst wummerte der Holzvergaser des Lasters, dann wurde ein Benzinmotor gestartet. Vermutlich fuhr Hauser seinen KdF-Wagen zur Seite, damit der Lkw vorbeifahren konnte.

Wenige Augenblicke später tauchten die Scheinwerfer des Lkw auf. Das Gefährt bremste ab, dann kletterten der Kleene Hans und Paule heraus. Misstrauisch starrten sie in die Dunkelheit. Sie waren Profis genug, den Motor laufen zu lassen, damit sie im Zweifelsfall sofort wieder verschwinden konnten.

»He, hier drüben«, zischte Oppenheimer.

Als sich die beiden Ganoven orientiert hatten, nahm Paule eine Laterne und schritt ihm entgegen, während Hans beim Lkw blieb. Er sollte wohl darauf warten, dass Hauser wieder zurückkam. Bei diesem Gedanken überlegte Oppenheimer, wo dieser so lang blieb.

»Alles klar?«, fragte Paule.

»Es scheint so weit in Ordnung zu sein. Die Kisten sind hier drin. Wo ist Hauser?«

»Der kommt schon.«

Paule wartete nicht ab, sondern stieg gleich in den Waggon und ließ das Licht seiner Laterne über die Kisten gleiten.

»Wie viel sind's? Sechzich Kisten?«

»Genau. Es sind wohl die kleinen dort hinten. Da müssen jeweils zwölf Flaschen drin sein.«

»Ah!«, meinte Paule, als er die Holzkisten gefunden hatte. Dann trat er mit seinem Brecheisen zur vordersten Kiste und stemmte den Deckel auf.

Mittlerweile hörte Oppenheimer, dass sich auch Hauser und der Kleene Hans über dem knirschenden Schnee näherten.

Raschelnd stöberte Paule in der Holzwolle und fand eine der Flaschen, dann begutachtete er die Beschriftung.

»So weit, so jut.«

»Alles klar?«, fragte Hans, als er zum Waggon gelangte.

»Ick muss noch zählen, ob se alle komplett sind.«

Etwas ließ Paule aufhorchen. In der Ferne erklang die Signalhupe eines Güterzuges. »Ick hoffe, der stellt hier keene Wagen ab«, murmelte er.

Hauser schüttelte den Kopf. »Ist doch sowieso schon alles voll hier.«

Schließlich hatte Paule fertig gezählt.

»Alles vollzählich.«

»Wie steht es mit der Bezahlung?«, fragte Hauser. »Wir hatten ausgemacht, dass ich das Geld bei der Übergabe kriege.«
Erst als Paule ein Zeichen gab, fiel es Oppenheimer auf, dass Hans die ganze Zeit über einen kleinen Koffer bei sich getragen hatte.
»Hier ham se, Herr Professor.«
Hauser nahm von Hans den schweren Koffer entgegen, stellte ihn auf den Boden des Waggons und kontrollierte kurz den Inhalt. Gebannt starrte Oppenheimer auf die silbrig glänzenden Münzen und versuchte unwillkürlich, deren Wert zu schätzen.
»Sehr gut«, sagte Hauser und schloss den Koffer wieder. »Es war ein Vergnügen, mit Ihnen Geschäfte zu machen.«
Oppenheimer erstarrte plötzlich. Am Rande seines Sichtfeldes hatte sich etwas bewegt.
»Still!«, flüsterte er.
Paule hielt mitten in seiner Bewegung inne. Auch Hauser und Hans erstarrten.
»Ich glaube, da ist jemand«, sagte Oppenheimer.
Er versuchte, seine Atmung unter Kontrolle zu bringen, doch außer dem fernen Brummen des Lastwagens und das näher kommende Klappern des Güterzuges konnte er nichts wahrnehmen.
Vorsichtig ging er einige Schritte auf die Stelle zu, wo sich vorhin etwas bewegt hatte.
Ein Knacken ertönte. Es war direkt vor ihm.
Oppenheimer blieb abrupt stehen. Mit einem Mal hatte er das ungute Gefühl, dass sie nicht allein waren.
Wieder ein Knacken, gefolgt von einem unterdrückten Husten.
Für Oppenheimer gab es nun keinen Zweifel mehr. Er hatte sich nicht getäuscht.
Jemand lief durch den Schnee. Obwohl sich der ungebetene Zeuge Mühe gab, leise zu sein, ließ es sich nicht verhindern,

dass seine Schritte zu hören waren. Erneut knackte es, gefolgt von einer kaum wahrnehmbaren Bewegung. Dann war alles wieder ruhig.

Oppenheimer blickte sich zu den anderen um. Auch sie hatten es wahrgenommen.

Wie in Zeitlupe holte Hans aus seinem Mantel einen metallischen Gegenstand hervor.

Hauser presste, die Augen weit aufgerissen, den Geldkoffer gegen seine Brust.

Geschmeidig wie eine Katze glitt Paule aus der Ladeluke.

Seine Füße hatten noch nicht den Boden berührt, als ein gleißendes Licht sie blendete.

Am Ende des Bahnsteigs hatte jemand eine starke Laterne auf sie gerichtet.

Ein Ruf. »Stehen bleiben! Polizei!«

Hans schoss als Erster. Dann hetzte er mit Paule zum Laster.

Hauser warf seine Taschenlampe in den Schnee und verschwand zwischen den Waggons.

Oppenheimer war zu überrascht, um einen klaren Gedanken fassen zu können. Die Blendlaterne schwankte, kam immer näher auf ihn zu.

Wieder die Stimme. »Stehen bleiben, hab ich gesagt!«

Oppenheimer nahm das als Aufforderung, ebenfalls zu verschwinden. Mit einem Ruck setzte er sich in Bewegung.

Ein Schuss fiel.

Keuchend hastete Oppenheimer dem flüchtenden Hauser hinterher. Nahe der Einfahrt jaulte der Motor des Lastwagens auf, Reifen schrubbten über den Schnee, dann verlor sich das Motorengebrumm in der Ferne.

Oppenheimer kauerte zwischen zwei Waggons. Hinter ihm näherten sich die Schritte der Polizisten. Schwer atmend kletterte er über die Kupplungen der Waggons und versuchte, dabei

möglichst kein Geräusch zu machen. Er hatte keine Ahnung, wie er von dem Gelände wieder verschwinden konnte, doch zum Überlegen blieb keine Zeit.
Er musste rennen.
Einfach rennen, sonst würden sie ihn erwischen.
Oppenheimer spurtete los, aber schon nach wenigen Metern blieb er wieder stehen.
In der Dunkelheit hörte er ein rhythmisches Scheppern.
Es wurde immer lauter.
Dann schlug ihm tosender Wind entgegen.
Er stand vor dem Ferngleis, und direkt vor seiner Nase fuhr ein unendlich langer Güterzug vorbei.
Sein Fluchtweg war abgeschnitten.
Jetzt konnte Oppenheimer auch wieder Hauser sehen. Er stand ebenfalls orientierungslos vor den vorbeirasenden Waggons. Mit seinem hellen Mantel war er eine ideale Zielscheibe.
Oppenheimer lief auf ihn zu.
»Kommen Sie!«, rief er.
Er hatte sich daran erinnert, dass sie auf dem Hinweg an einer Fußgängerbrücke vorbeigekommen waren. Wenn sie nach links liefen, mussten sie irgendwann darauf stoßen.
»Die Brücke!«, war das Einzige, was Oppenheimer hervorbrachte, während er vorauslief.
Nach wenigen Metern tauchten die Umrisse einer Holztreppe auf. Er erklomm die Stufen, seine Lungen brannten von der Kälte.
Ein Schuss peitschte durch die Finsternis.
Irgendwo unter ihm tanzte die Laterne der Verfolger.
Doch Oppenheimer nahm noch eine andere Bewegung wahr.
Es war Hauser.
Er folgte ihm und polterte jetzt die Treppe hinauf.
Oppenheimer wollte über die Brücke rennen, doch die Holz-

planken waren von einer Eisschicht überzogen. Er hatte keine andere Wahl, als sich am Geländer festzuhalten.

Dann erklang ein Ruf.

»Hilfe!«

Als Oppenheimer herumwirbelte, konnte er zunächst nichts erkennen. In der Dunkelheit hinter sich bewegte sich nichts, die Brücke war leer.

Wo zum Teufel war Hauser?

Über dem Rattern des Güterzuges erklang wieder die Stimme.

»Hilfe!«

Jemand schrie in Todesangst.

Oppenheimer lief vorsichtig einige Schritte zurück, ehe er sah, dass Hauser den unteren Teil des Geländers mit einem Arm umschlungen hielt.

Er war ausgerutscht und hatte im Fallen die provisorische Holzbrüstung durchbrochen.

Als Oppenheimer über das Geländer spähte, sah er, wie unter Hausers Beinen der Zug entlangraste.

Hastig bückte er sich und griff nach Hausers Schulter, den anderen Arm schob er unter der Achsel hindurch, um den Oberkörper umfassen zu können.

Oppenheimer zog, doch in dieser Position wollte es ihm nicht gelingen, Hauser nach oben zu hieven.

»Sie müssen mir helfen«, keuchte er.

Aber Hausers freier Arm bewegte sich nicht. Etwas zog ihn nach unten. Der Geldkoffer. Krampfhaft hielt Hauser ihn fest.

»Lassen Sie den Koffer los!«

Hauser blickte Oppenheimer an, als würde er ihn nicht verstehen.

»Soll ich Sie retten oder nicht?«

Hauser zögerte. Er schaute nach unten, wo offene Kohlenwaggons vorbeizogen.

Plötzlich polterten Schritte. Jemand kam die Treppe herauf.
Oppenheimer japste nach Luft.
»Sie kommen! Verdammt noch mal, sie kommen!«
Hauser blickte ihn wieder an. Schließlich gab er sich einen Ruck und ließ den Koffer los.
Mit der freien Hand klammerte sich Hauser nun am Geländer fest.
Oppenheimer mobilisierte seine letzten Kräfte und zog Hauser nach oben, bis dieser es schaffte, sich mit einem Knie auf der Brücke abzustützen.
Aus der Richtung des Rangierbahnhofs tauchte das schwankende Licht der Laterne auf. Die Verfolger waren ihnen jetzt dicht auf den Fersen.
Hauser brauchte keine weiteren Kommandos. Er lief neben Oppenheimer zur gegenüberliegenden Seite der Brücke.
Plötzlich spürte Oppenheimer einen Schlag gegen seine Schulter. Erst danach hörte er den Schuss.
Dann schien sein ganzer Oberarm zu brennen.
Schon nach ein paar weiteren Schritten breitete sich das Brennen in seinem Brustkorb aus, umklammerte seine Lungen, raubte ihm den Atem.
»Ich bin getroffen!«, keuchte Oppenheimer.

7

Montag, 29. Januar 1945

Vor Oppenheimers Augen tanzten Gebilde aus Licht und Schatten. Mit ihren fusseligen Rändern wirkten sie wie Wattebällchen. Doch er erkannte schon bald, dass sie aus einem anderen Material bestehen mussten. So etwas hatte er bislang noch nie gesehen. Ohne einen festen Umriss zu haben, flossen sie ineinander und ergaben immer neue Muster.

Jemand schien sein Gehirn geleert zu haben. Anders konnte sich Oppenheimer nicht erklären, dass er sich an nichts mehr erinnerte.

Während er im Zwielicht trieb, spürte er in sich ein Pochen.

Links, sagte sein Verstand, *da kommt es her.*

Das Gegenteil von rechts.

Der Schmerz wird bald wiederkommen. Dein Körper funktioniert nicht mehr. Du wurdest angeschossen.

Mit Mühe holte Oppenheimer Luft. Die Dinge um ihn herum wurden langsam klarer. Konturen zeichneten sich ab. Eine Gestalt. Ein Mensch. An einem Tisch sitzend. Auf Blätter starrend. Der Name *Hilde* kam ihm in den Sinn.

»Werde ich sterben?«

Die Menschengestalt mit dem Namen Hilde gab einen überraschten Laut von sich und blickte zu ihm herüber, kam näher, bis ihr Gesicht sein Blickfeld ausfüllte.

»Natürlich wirst du sterben …«, sagte die Gestalt.

Plötzlich war Oppenheimer hellwach. War das etwa der Tod? Er spürte einen großen Widerwillen. Er musste etwas tun,

musste dagegen protestieren. Als er sich empört aufsetzen wollte, durchzuckte ihn der Schmerz.
»... aber dreißig bis vierzig Jahre gebe ich dir vorher noch«, beendete Hilde ihren Satz mit einem zynischen Lächeln.
Oppenheimer sank wieder zurück auf das weiche Couchpolster. »Na, du bist mir vielleicht eine Ärztin.«
»Und du bist mir vielleicht ein komischer Patient. Erst stolzierst du hier rein, als wäre nichts gewesen, und jetzt spielst du den Sterbenden Schwan. Bleib liegen. Ist besser, wenn du dich nicht bewegst. Du hast viel Blut verloren.«
Sie begab sich zum Tisch zurück und räumte eilig die Blätter fort. Oppenheimer drehte seinen Kopf, um es besser sehen zu können.
»Was hast du da?«
Hilde hielt kurz inne.
»Ach, nur ein paar Schriftstücke, die Erich bei mir deponiert hat.«
Damit wandte sie sich um und verschwand mit den Papieren in ihrer Praxis.
»Was ist eigentlich passiert?«, fragte Oppenheimer. Als er sich bewegte, fing sein Arm wieder zu brennen an.
»Ich dachte, du würdest es mir erklären!«, ertönte Hildes Stimme aus dem Nebenzimmer.
»Weiß nicht. Alles ist weg.«
Hilde kam mit einem Stuhl zurück und setzte sich an seine Seite.
»Auf jeden Fall hast du noch Dusel gehabt. Du wurdest am Arm erwischt. Die Kugel hat den Knochen gestreift, ist aber zum Glück auf der anderen Seite wieder ausgetreten, ohne großen Schaden anzurichten. Ich konnte dich in der Küche verarzten.«
Langsam kam die Erinnerung zurück. Hauser hatte ihn gestützt, als sie zusammen in der Dunkelheit die Brückentreppe hinuntergestolpert waren. Ganz in der Nähe stand Hausers

Fahrzeug. Um die Blutung zu stillen, hatte Oppenheimer während der Fahrt ein Taschentuch auf seinen Arm gepresst.

Auf dem Weg zu Hilde hatten sie kein Wort gesprochen. Hausers Miene war versteinert. Bestimmt war er verärgert über die fehlgeschlagene Transaktion.

Undeutlich konnte sich Oppenheimer noch daran erinnern, dass er darauf bestanden hatte, ohne Hausers Hilfe zu Hildes Haustür zu laufen. Wollte er keine Schwäche zeigen? Oder wollte er nur keine Hilfe von Hauser akzeptieren? Im Nachhinein konnte er sich das alles nicht erklären. Der letzte Sinneseindruck war gewesen, wie der Boden unter seinen Füßen wegglitt, ehe es dunkel um ihn wurde.

»Es hat nicht geklappt.«

Fragend hob Hilde ihre Brauen.

»Was meinst du?«

»Hat er es dir nicht erzählt?«

»Ich weiß überhaupt nichts. Er ist sofort wieder abgerauscht.«

»Er hat den Geldkoffer fallen lassen. Keine Ahnung, ob er in den Kohlenwaggons oder neben den Gleisen gelandet ist. Ist auch egal. Das Geld ist sowieso futsch. Und seine Ware hat jetzt die Polizei.«

Hilde lachte grimmig auf, wurde dann jedoch wieder ernst.

»Das geschieht ihm recht. Aber ich habe einen Fehler gemacht. Ich hätte mich nicht darauf einlassen sollen. Es war schon immer so: Mit Erich handelt man sich nur Ärger ein. Ich bin gespannt, was er jetzt anstellt. Ohne Bestechungsgeld kommt er aus Berlin bestimmt nicht raus. Es ist schon komisch. Heute musste ich dich auf demselben Küchentisch verarzten, auf dem gestern Erich lag.«

Oppenheimer runzelte seine Stirn. »Hatte man ihn auch angeschossen?«

»Von wegen. Er wollte seine Blutgruppen-Tätowierung entfer-

nen lassen. Auf der Innenseite des linken Oberarms. Alle Bastarde von der SS haben eine.«
Als Oppenheimer an seinen letzten Fall zurückdachte, erinnerte er sich daran, dass er die Tätowierung auch bei Hauptsturmführer Vogler bemerkt hatte, als er von ihm nackt unter der Dusche empfangen wurde.
»Ich hatte mich schon gefragt, wozu das gut sein soll. Es hilft wohl bei der medizinischen Versorgung?«
Hilde nickte.
»Ist schon praktisch. Verringert die Gefahr, dass die falsche Blutkonserve benutzt wird. Allerdings kann man an der Tätowierung auch erkennen, wer alles bei der SS war.«
»Und bevor Hauser türmt, wollte er noch die Beweise dafür vernichten, dass er ein Nazi war.«
»Klar. Nach dem Krieg will er mit einer weißen Weste dastehen.«
»Schöner Plan.«
»Aber das nutzt ihm auch nichts mehr. Ich werde mal eine Schallplatte auflegen.«
Hilde erhob sich und ging zu Oppenheimers Grammophon. Alarmiert sah er zu, wie sie eine seiner kostbaren Schallplatten aus der Hülle zog.
»Aber pass auf.«
»Ja, ich weiß schon, wie es geht.«
Als die Nadel mit einem lauten Holpern in die Rille sprang, zog Oppenheimer unwillkürlich den Kopf ein. Dann begann die Musik. Es war die Orchesterpolka *Perpetuum mobile*, op. 257, vom *Walzerkönig* Johann Strauß. Das Stück wurde von ihm als *musikalischer Scherz* bezeichnet, denn es ließ sich beliebig oft wiederholen. Obwohl *Perpetuum mobile* in den dreißiger Jahren vor allem als Version der Comedian Harmonists populär gewesen war, besaß Oppenheimer nur eine Aufnahme der Orchesterversion.

Hilde atmete durch und erklärte: »Trotz allem passt die Musik zu meiner feierlichen Stimmung. Ich habe gehört, dass Generalfeldmarschall Hindenburg auf Wandertournee ist.«
Oppenheimer witterte einen von Hildes berüchtigten Scherzen. »Ich dachte, Hindenburg sei tot.«
»Na, von solchen Kleinigkeiten lässt sich die braune Bande doch nicht beeindrucken. Sie haben in Ostpreußen das Tannenberg-Denkmal in die Luft gejagt, damit das später nicht die Russen machen. Die Leichen von Hindenburg und seiner Frau wurden vorher aus der Gruft geholt und in einem Güterzug in Richtung Westen verfrachtet. Tja, höchst peinlich.«
Die Schlacht von Tannenberg war ein Mythos, den jeder Deutsche kannte. 1914 hatte Hindenburg dort während des Ersten Weltkriegs den Vormarsch der russischen Truppen gestoppt. Seitdem galt der Fleck als schicksalsträchtiger Ort für die Rettung des deutschen Vaterlandes, denn passenderweise ließ sich dies mit einem weit zurückliegenden Sieg aus dem Jahre 1410 in Verbindung bringen, bei dem der Sage nach preußische Ordensritter polnische Truppen bezwungen hatten. Zehn Jahre nach Hindenburgs Triumph war dort die Grundsteinlegung für ein monumentales Nationaldenkmal erfolgt, doch der achteckige Protzbau mit seinen Zinnen und breiten Treppen wirkte eher so, als hätte ein größenwahnsinniger Bühnenbildner mit Taschen voller Geld eine gigantische Freilichtbühne für Shakespeares Königsdramen errichtet. Als man den Generalfeldmarschall 1934 an der Stätte seines größten Triumphs beigesetzt und das Denkmal zu einem *Reichsehrenmal* deklariert hatte, wurde Hindenburgs Schlacht bei Tannenberg von den Nationalsozialisten als Musterbeispiel für die sprichwörtliche *Nibelungentreue* hochstilisiert. Dementsprechend konnte Hilde ihre Schadenfreude nun kaum unterdrücken.
»Tja, peinlich, peinlich. Ein fatales Symbol der Schwäche. De

facto geben sie mit diesem Rückzug alle Hoffnungen auf, Ostpreußen jemals wieder in deutschen Besitz zu nehmen.«

Doch Oppenheimer war heute nicht dazu aufgelegt, mit Hilde über die nationalsozialistische Elite zu lästern.

»Morgen habe ich wieder Nachtschicht. Was meinst du?«

»Normalerweise würde ich dich lieber ein paar Tage krankschreiben.«

Abwehrend hob Oppenheimer seine rechte Hand.

»Ich kann nicht riskieren, dass sie mir kündigen. Dann zieht mich der Volkssturm erst recht ein. Außerdem habe ich morgen den Einberufungstermin. Da muss ich auftauchen, sonst werden die misstrauisch.«

»Wenn du bei denen so käsebleich wie jetzt aufkreuzt, werden sie dich komplett untersuchen wollen.«

»Die nehmen doch jeden. Wenn ich ein Attest bringe, in dem drinsteht, dass ich tauglich bin, werden sie schon Ruhe geben. Wie sieht es aus, hast du es bekommen?«

Hilde zögerte.

»Also, ich habe es da. Hast du dir das wirklich gut überlegt?«

Oppenheimer ließ den Kopf zurück auf das weiche Kissen sinken. Mit Hilde zu diskutieren konnte sehr strapaziös sein, selbst wenn man nicht angeschossen war.

»Ich muss es versuchen«, murmelte er.

Hilde überlegte kurz. Dann holte sie aus ihrem Praxiszimmer ein Schriftstück. »Wenn du meinst. Hier ist es. Damit wird dich jeder als tauglich einstufen.«

Neugierig nahm Oppenheimer das Papier entgegen und überflog die Zeilen. Als er zu der Unterschrift des ominösen Dr. Haller gelangte, stutzte er kurz.

»Was ist, wenn Dr. Haller die Diagnose bestätigen soll?«

»Er weiß Bescheid. Haller hat das Attest selbst verfasst. Du kannst ruhig sagen, dass du sein Patient bist. Morgen früh wer-

de ich dir ein paar Medikamente geben, damit du bei der Einberufung nicht zusammenklappst.«
Ohne Vorwarnung erlosch plötzlich das Licht.
Oppenheimer zuckte überrascht zusammen. Alles war weg. Nur die Klänge aus dem Grammophon waren noch zu hören.
»Ach, verdammt«, sagte Hilde, »das ist das dritte Mal, dass heute der Strom ausfällt. Hier in Berlin ist langsam alles im Eimer, ich sag's dir. Aber heute Nacht bleibst du auf jeden Fall bei mir.«
Oppenheimer wusste, dass Widerworte bei Hilde zwecklos waren. Er faltete das Attest zusammen und hielt es sorgsam in der rechten Hand. Jetzt konnte er nur hoffen, dass sein Plan auch funktionieren würde.

Oppenheimers Bewegungen waren noch ein wenig steif, als er wenige Stunden später über die schneebedeckten Gehsteige von Tempelhof balancierte. Er hatte den Eindruck, dass die Kälte in den letzten Stunden schlimmer geworden war, doch möglicherweise lag es auch an den frühen Morgenstunden oder an seinem angeschlagenen Gesundheitszustand. Fallende Temperaturen waren momentan allerdings ein Lichtblick. Die Oder war derzeit noch nicht völlig zugefroren, aber bei einem solchen Frost würde das Eis in einigen Tagen dick genug sein, damit die russischen Truppen den Fluss auch ohne Brücken überqueren konnten.
Oppenheimer war es mittlerweile egal, ob Berlin von den Russen oder von den Westalliierten befreit wurde. In der BBC wurde zwar über eine bevorstehende englische Offensive in Holland berichtet, doch das war noch so furchtbar weit entfernt.
Wegen des strammen Verbands bereitete ihm das Atmen große Mühe. In der linken Hälfte seines Oberkörpers spürte er ein schmerzhaftes Ziehen. Dass er sich nach langem Warten am S-Bahnsteig schließlich in ein hoffnungslos überfülltes Abteil

hineinschieben musste, verbesserte seine Stimmung auch nicht gerade. Mittlerweile hatte man in Berlin die Buslinien komplett stillgelegt, weil der Treibstoff offenbar dringender an der Front benötigt wurde. Die S- und U-Bahnen sowie die Straßenbahnen verkehrten zwar, doch die Wartezeit zwischen dem Eintreffen der Züge schien mit jedem Tag länger zu werden.

Es war absehbar, dass ein weiterer Großangriff auf die Innenstadt mit ihren Ministerien und Verwaltungen den Stadtverkehr völlig durcheinanderwirbeln würde. Gerüchten zufolge planten die Regierungsstellen bereits ihre Flucht aus Berlin. Die Spekulationen waren so laut geworden, dass Goebbels sich am Samstag sogar dazu genötigt sah, ein offizielles Dementi zu veröffentlichen.

Das waren allerdings nicht die einzigen Mutmaßungen über Auflösungserscheinungen in der nationalsozialistischen Führung. Als Hitler Anfang November nicht wie gewohnt in München zur Feier der Machtergreifung erschienen war, wurde vermutet, dass Reichsführer SS Heinrich Himmler einen Putsch initiiert habe, aber als der Führer dann zum Jahreswechsel seine Ansprache an das deutsche Volk hielt, waren die Gerüchte wieder verstummt. Dennoch blieb es merkwürdig, dass sich der Diktator schon seit mehreren Monaten nicht mehr in der Öffentlichkeit gezeigt hatte.

Die Meldestelle des Volkssturms befand sich in einer ausgebombten Schule. Darüber hinaus waren in dem Gebäude auch noch die Kartenstelle 9 und eine Dienststelle der Polizei untergebracht. Auf einem ellenlangen Transparent, das fast quer über die halbe Fassade reichte, stand: »Des Volkes Frieden erhält der Soldat«. Darunter hingen zwei kleinere Plakate, auf denen die Parole »Volk ans Gewehr!« und die ersten zwei Zeilen des Horst-Wessel-Lieds standen, dem Kampflied der SA. Es war die für Volkssturmstellen übliche Zierde.

Im Inneren wirkte das Ganze sehr provisorisch. Oppenheimer stand zunächst verloren in einem der Schulkorridore, bis er ein handgemaltes Schild entdeckte, auf dem das Wort *Volkssturm* und ein nach unten gerichteter Pfeil zu sehen waren. Oppenheimer brauchte eine Weile, bis er verstand, dass die Meldestelle im Keller einquartiert war. Man hatte sich nicht die Mühe gemacht, die zerborstenen Scheiben der Kellerfenster zu ersetzen, sondern die Öffnungen bloß notdürftig mit Karton abgedeckt. Als Resultat pfiff in fast jeden Raum ein schneidend kalter Wind durch die Ritzen.

Hinter einem niedrigen Schultisch hockte ein hagerer Volkssturmmann mit einer Lesebrille und versuchte, im Schein einer Tischlampe eine Registrierungsliste in dreifacher Ausführung zu aktualisieren. Als er Oppenheimer bemerkte, blickte er mürrisch hoch.

»Sie haben eine Einberufung erhalten?«, fragte er.

Oppenheimer nickte. Er versuchte, sich zusammenzureißen, damit er nicht so elendig aussah, wie er sich fühlte.

»Name?«

»Herrmann Meier.«

Der Volkssturmmann stutzte. Dann schaute er ihn feindselig an. »Na hörn Se mal! Sie machen doch wohl keinen politischen Witz?«

»Nein, nein«, stotterte Oppenheimer. »Schauen Sie in der Liste nach. Hier, mein Meldeschein.«

Der Mann nahm den Schein entgegen und musterte ihn misstrauisch, während er nachdenklich über die grauen Bartstoppeln an seinem Kinn rieb. Oppenheimer erwartete fast, dass er das Papier wie eine falsche Banknote gegen das Licht halten würde.

Nachdem der Volkssturmmann den Meldeschein ausgiebig betrachtet hatte und mit Hilfe eines winzigen Holzlineals, das sicher aus dem Bestand der Schule stammte, eine Eintragung in die Registrierungsliste gemacht hatte, wies er auf eine Tür hinter seinem Rücken.

»Gehn Se da rein.«

Oppenheimer betrat das nächste Zimmer. Gleich gegenüber der Tür stand ein hoher Spiegel, in dem er sah, dass seine Schulter mit dem angeschossenen Arm nach unten hing. Als er sichergestellt hatte, dass sich die beiden Achseln auf gleicher Höhe befanden, ging er weiter in den Raum hinein. Dort befand sich noch ein Schultisch, doch diesmal hockte ein Mann mit einem weißen Kittel dahinter. Der Kontrast zu der unfreundlichen Begrüßung im Vorzimmer konnte kaum größer sein.

»Kommen Sie doch herein! Kommen Sie herein! Mit wem habe ich die Ehre?«

»Meier, Vorname Herrmann«, sagte Oppenheimer diesmal, um nicht in Verdacht zu geraten, Göring zu veräppeln.

»Sehr schön. Dann legen Sie mal ab. Dort drüben ist ein Haken für Ihre Kleidung. Wir werden eine Prüfung Ihres Gesundheitszustandes vornehmen.«

Der Arzt hatte sich bereits erhoben und erwartungsvoll den Ohrbügel seines Stethoskops aufgesetzt, doch Oppenheimer bewegte sich nicht vom Fleck. Er wusste, dass er es nicht schaffen würde, den Mantel ohne merkwürdige Verrenkungen auszuziehen.

»Ich bin tauglich«, presste er hervor.

»Wie bitte?« Der Arzt setzte das Stethoskop ab, weil er glaubte, sich verhört zu haben.

»Ich bin tauglich. Ich habe es schriftlich!«

Oppenheimer holte aus der Innentasche seines Jacketts die Bescheinigung hervor, dass Herrmann Meier kerngesund war.

»Na, hör mir doch einer auf«, murmelte der Arzt. »So etwas

habe ich noch nie erlebt. Normalerweise kommen die Leute und wollen von mir freigeschrieben werden.«

Hilde fühlte sich schwindlig. Sie fuhr sich mit den Händen über die Augen und versuchte, das Unfassbare zu verstehen. Das Böse befand sich in ihrer unmittelbaren Nähe, und sie hatte es nicht erkannt. Zuerst wollte sie es leugnen, Ausflüchte suchen, Entschuldigungen finden. Doch irgendwann begriff sie, dass es nichts an den Tatsachen änderte.
Die Papiere lagen vor ihr ausgebreitet, die Beweise starrten ihr ins Gesicht.
Erich war ein Teufel in Menschengestalt.
Wie sooft hatte er sie schamlos ausgenutzt, indem er sie anlog. Im Nachhinein war es unverständlich, dass sie diesmal etwas anderes erwartet hatte.
Erich hatte Unterlagen bei ihr deponiert. Die letzten Tage über waren Hilde die Papiere nicht mehr aus dem Kopf gegangen. Zunächst hielt sie die Dokumente wie versprochen sicher versteckt, doch die Neugierde hatte sich irgendwann doch als größer erwiesen.
In der Mappe lagen nur ein paar Seiten mit Zahlenkolonnen. Ohne große Mühe erkannte sie Erichs Handschrift.
Er hatte die anscheinend sinnlosen Eintragungen penibel niedergeschrieben, einige Zeilen hatte er sogar korrigiert, damit die Zahlen und Buchstaben unzweideutig zu erkennen waren.
Als Hilde die Systematik hinter den verklausulierten Daten herausgefunden hatte, ging alles ganz schnell. Schon bald erkannte sie, dass sie die Resultate von medizinischen Testreihen vor sich liegen hatte.
Erich hatte diese Tests an dreihundertvierzig Personen durchgeführt. Doch welche Medikamente in welcher Dosierung verabreicht wurden, das ließ sich zunächst nicht erkennen.

Wesentlich aufschlussreicher waren allerdings die Datierungen in Erichs Reinschrift. Die Eintragungen begannen im Juli 1943 in Hohenlychen. Bestimmt handelte es sich dabei um die Heilanstalten etwa hundert Kilometer nördlich von Berlin. Ursprünglich ein bevorzugtes Erholungsheim für ranghohe Parteikader, wurden sie mittlerweile auch als Kriegslazarett genutzt. Danach folgten vereinzelte Notizen aus Ravensburg und Oranienburg, den Großteil machten jedoch Daten aus einem Ort namens Rajsko aus. Etwa drei Viertel aller Versuche hatte Erich dort durchgeführt.

Der letzte Ortsname sagte Hilde zunächst nichts, doch nach einem Blick in den Atlas wurde ihr klar, dass der Ort sich in unmittelbarer Nähe von Auschwitz befand.

Damit lag es eindeutig auf der Hand. An drei der vier Orte, wo Erich Eintragungen vorgenommen hatte, gab es Konzentrationslager.

Das konnte kein Zufall sein.

Erichs Behauptung, dass die SS ihn in Kriegslazaretts eingesetzt habe, war eine Lüge. Bestimmt hatte er in den KZs als Lagerarzt fungiert.

Seit dieser Entdeckung gab es für Hilde keinen Zweifel mehr, wer die Versuchspersonen gewesen waren. Er hatte Häftlinge für seine Arbeit benutzt. Einige der Zahlenreihen waren am Ende mit einem Kreuz markiert. Vermutlich waren diese Probanden aufgrund von Erichs Forschungen gestorben.

Natürlich kannten die Halbgötter in Weiß dafür einen Fachterminus: *Verbrauchende Forschung.*

Bei diesem Gedanken überkam Hilde Übelkeit. Hastig stopfte sie die Papiere in ihren Luftschutzkoffer, dann zog sie einen dicken Mantel an. Es war schwierig, ihn mit zitternden Händen zuzuknöpfen.

Eine letzte Chance wollte sie Erich noch geben.

Eine Stunde später befand sich Oppenheimer auf dem Nachhauseweg. Man hätte seine Schritte als beschwingt bezeichnen können, wenn er seinen linken Arm nicht so auffallend steif gehalten hätte.
Seine Strategie war aufgegangen. Der Volkssturmarzt hatte das Tauglichkeitsattest ohne große Fragen akzeptiert und von einer Untersuchung Abstand genommen. Er war sogar so kooperativ gewesen, ihn zum zweiten Aufgebot einzuteilen, doch die Ausbildung an der Waffe würde Oppenheimer nicht erspart bleiben. Da nicht wenige der Einberufenen einer regulären Arbeit nachgingen, fanden die Übungsstunden meistens am Wochenende statt. Am Sonntag war der erste Appell, an dem auch Oppenheimer teilnehmen sollte. Weil er bereits als Soldat im Ersten Weltkrieg eine Waffenausbildung erhalten hatte, hoffte er, sich aus der Affäre ziehen zu können, ohne negativ aufzufallen.
Auf dem Rückweg unternahm er seinen Routinegang durch die Lebensmittelgeschäfte, doch sie waren wie leergefegt. Allmählich glaubte er, dass an den Gerüchten über einen Versorgungsengpass etwas dran sein musste. Beklommen grübelte Oppenheimer über die Frage nach, was er tun sollte, wenn es tatsächlich keine Lebensmittel mehr gab. In den vergangenen Monaten hatte er für seine Verhältnisse sogar viel Nahrung bekommen, was allerdings nur daran lag, dass er früher mit seiner *Judenkarte* deutlich weniger als die arischen Volksgenossen abbekommen hatte. Vor einem Jahr war sein Körper noch ziemlich ausgemergelt gewesen, doch mittlerweile hatte er zum Glück wieder etwas Fettgewebe und Muskelmasse hinzugewonnen.
Mit diesen Gedanken betrat Oppenheimer das Mietshaus an der Ringbahnstraße. Gegenüber der Treppe stand der alte Herr Möbius und suchte in den Hosentaschen nach seinem Schlüssel. Auf dem Boden lag ein Bündel Sperrholz. Wahrscheinlich

hatte er es irgendwo in der Nachbarschaft als Ersatz für die knappe Kohle zusammengeklaut.

»Ick will wieder den Kaiser schurück!«, murmelte er vor sich hin. Wegen seiner lockeren Zahnprothese nuschelte Herr Möbius und war nur schlecht zu verstehen. Bei einer solchen politischen Schmähung war dies jedoch ein Glück. »Beim Wilhelm gabsch noch wenigschtens wat schu eschen. Und kaum war er weg, da hatsch ooch schon anjefangen mit den Kommunischten und den Natschis. Keene Ruhe hat man scheitdem. Die schollte man einbuchten. Alle.«

Während Herr Möbius noch seinen Schlüssel suchte, wurde die Wohnungstür von innen geöffnet. Seine Gattin hatte offenbar die gemurmelten Verwünschungen ihres Mannes gehört. Als sie sah, wie Oppenheimer zur Begrüßung seinen Hut lüftete, wurde sie bleich.

»Meine Güte, pass doch auf«, sagte sie und zog ihren Mann hastig ins Innere. Dabei bemerkte sie nicht einmal, dass das kostbare Holzbündel vor der Tür liegen geblieben war.

Oppenheimer schüttelte den Kopf. Augenscheinlich hielt Frau Möbius ihn für einen Nazi-Spitzel. Selbst auf der Treppe konnte er noch hören, wie sie ihren Mann ausschimpfte.

Als Oppenheimer die Tür zu seiner Wohnung geöffnet hatte, hielt er inne.

Etwas kam ihm merkwürdig vor.

Nach einigen Augenblicken erkannte er es.

Durch den Türspalt strömte ihm warme Luft entgegen. Doch es hätte kalt sein müssen. Schließlich war er seit gestern nicht mehr in seiner Wohnung gewesen.

Zentimeter um Zentimeter schob er die Tür weiter auf.

Oppenheimer erstarrte, als er eine Gestalt in einem dicken Mantel sah. Zusammengekauert saß sie vor seinem Ofen, öffnete die Luke und schüttete neues Oberflöz nach.

Dass diese Person einfach so sein kostbares Brennmaterial verfeuerte, ließ Oppenheimer unvorsichtig werden. Energisch tat er zwei Schritte in seine Wohnung.

»Na, hören Sie mal, was erlauben Sie sich eigentlich?«

Der Besucher stand auf. Er war einen Kopf größer als Oppenheimer, und das Gesicht kam ihm bekannt vor.

Es war der ständig verfrorene Kleene Hans.

Erleichtert atmete Oppenheimer auf.

Doch ein kurzer Blick auf seine Wohnung verriet, dass Hans nicht untätig gewesen war. Die paar Schränke, die Oppenheimer besaß, waren nach vorn gerückt und komplett ausgeräumt worden, die Schubladen lagen wild durcheinander auf dem Boden. Hans hatte seine Wohnung durchsucht.

Mit einem dumpfen Knall fiel hinter Oppenheimer die Tür ins Schloss.

Überrascht drehte er sich um. Hinter ihm stand Paule, wohl um Oppenheimer den Fluchtweg abzuschneiden.

»Ach, ihr seid das.« Oppenheimer versuchte, in normalem Tonfall zu reden. »Was gibt es denn?«

Etwas in Paules Blick verriet, dass er nicht zu Späßen aufgelegt war.

So harmlos wie möglich fragte Oppenheimer: »Kann ich etwas für euch tun?«

Paule suchte etwas in seiner Manteltasche. Er ließ sich Zeit. Schließlich holte er einen Totschläger aus Messing hervor. Bedächtig schob er die Finger durch die Öffnung und machte eine Faust. Dann schlug er damit auf seine linke Handfläche.

»Se kommen jetz mit.«

8

Montag, 29. Januar 1945

Dr. Haller schlug mit der flachen Hand auf die Tischplatte. Er lächelte triumphierend.

»Jetzt hab ich es! Sulfonamid! Eindeutig! Er hat die Auswirkung von sulfonamidischen Verbindungen auf Infektionen erforscht.«

Interessiert beugte sich Hilde vor. Sie befanden sich im Reichstag. Zum Glück hatte man Dr. Haller ein kleines Büro zur Verfügung gestellt, in dem man sich, nicht zuletzt wegen der zugemauerten Fensteröffnungen, ungestört unterhalten konnte.

Dr. Haller kontrollierte kurz, ob seine spärliche Haarpracht durcheinandergeraten war. Hilde hatte sich schon immer gewundert, warum er sich an der Seite lange Haarsträhnen wachsen ließ, um sie dann quer über seine Glatze zu kämmen. Jugendlicher wirkte er damit nicht. Doch heute war Hilde mit einem wichtigeren Rätsel beschäftigt.

»Sulfonamid?«, wiederholte sie. »Wie bist du darauf gekommen?«

»Er hat den klassischen Experimentaufbau verwendet«, antwortete Haller prompt. »Die Patienten wurden in zwei Gruppen aufgeteilt: die Maßnahmengruppe, die Medikamente bekam, und die Vergleichsgruppe, die nichts verabreicht bekam. Bei der Maßnahmengruppe tauchen unterschiedliche Kürzel auf, doch sie alle beginnen mit einem *S.* Zuerst hat er mit den Sulfonamiden angefangen, die bereits verwendet werden. Die lassen sich auch relativ einfach zuordnen, *Sp* ist seine Abkürzung für *Sulfapyridin*, *Sd* steht für *Sulfadiazin* und so weiter. Später nimmt er zunehmend exotischere Verbindungen her, die ich anhand der Abkürzungen noch nicht genau identifizieren kann, doch es dürfte dasselbe Prinzip sein.«

Ein Funken Hoffnung keimte in Hilde. Vielleicht war Erich doch nicht so skrupellos, wie sie befürchtet hatte. Sie war mit den Unterlagen als Erstes zu Dr. Haller gegangen, denn nur er konnte ihre Befürchtungen zerstreuen.

»Das heißt, er sucht nach einem Heilmittel?«, fragte Hilde.

»Im Endeffekt schon. Aber seine Patienten mussten dafür leiden. Damit die Werte vergleichbar sind, müssen auch die Infektionen möglichst ähnlich sein. Ich befürchte, dass er gesunde Personen genommen und sie mit Bakterien geimpft hat, sonst ergeben die Eintragungen zu Beginn keinen Sinn. Er benutzte hier zum Beispiel Gasbrandkulturen, die mit Kolibakterien versetzt sind. Alternativ verabreichte er dann Bakterien zusammen mit Holzsplittern. Bei der letzten Serie kamen dann noch Glassplitter hinzu. Wahrscheinlich wollte er damit bezwecken, dass die Infektionen den Bedingungen an der Front gleichen.«

Hildes Miene erstarrte zusehends. »Dieser Schweinehund«, presste sie hervor.

»Es ist wohl nicht das, was du hören wolltest?«

Sie spürte, wie sich der Boden unter ihr auftat und sie in einen tosenden Schlund zu fallen drohte. Sie hatte auf dem Weg zum Reichstag bereits überlegt, was sie tun würde, wenn sich ihr Verdacht bestätigte.

Der Plan war bereitgelegt, und jetzt musste sie ihn befolgen.

Bis zur letzten, bitteren Konsequenz.

Erich hatte es sich selbst zuzuschreiben.

Mit etwas Mühe konnte sie ihre rasenden Gedanken so weit ordnen, um Dr. Haller zu antworten.

»Das spielt jetzt alles keine Rolle mehr. Das hier sind die Fakten. Bei seinen Forschungen sind Patienten zu Tode gekommen. Und jetzt wird er sich dafür rechtfertigen müssen.«

Hilde griff nach den Dokumenten, dann ballte sie ihre Hand zur Faust. Das Papier knisterte.

Besorgt runzelte Dr. Haller die Stirn. »Was hast du damit vor?«

»Ich würde den Scheiß am liebsten in den Ofen schmeißen und verbrennen!«

Schwer atmend saß Hilde auf ihrem Stuhl und starrte die Seiten voller Abscheu an.

Hinter dem Schreibtisch und doch Tausende von Kilometern von ihr entfernt, beugte sich Dr. Haller nach vorn und blickte sie eindringlich an.

»Hilde, wir beide kennen uns doch, oder? Ich habe dich nie bevormundet. Ich weiß, du hast deine eigene Art, mit der du die Dinge angehst. Wenn ich dich jetzt um etwas bitte, würdest du wenigstens darüber nachdenken?«

Argwöhnisch blickte Hilde ihn an. Wollte er ihr etwa raten, Erich davonkommen zu lassen? Ihn zu schonen?

»Na, dann schieß los.«

»Du darfst diese Dokumente nicht zerstören.«

»Verdammt noch mal, er hat dafür Menschen gequält!«

Dr. Haller machte eine beschwichtigende Geste.

»Ob du ihn dafür zur Rechenschaft ziehen willst, steht dir frei. Aber diese Daten sind nun mal da. Ob sie die Forschung irgendwie weiterbringen, können wir nicht so einfach abschätzen. Wenn du sie vernichtest, wurden diese Menschen umsonst gequält. Vielleicht kann dadurch verhindert werden, dass ein anderer Forscher nochmals mit genau denselben Untersuchungsreihen beginnt. Du brauchst dich jetzt noch nicht entscheiden. Nimm dir ein paar Tage dafür. Ich bitte dich darum. Als Freund.«

Obwohl sich Hilde sträubte, konnte die Ärztin in ihr Dr. Hallers Argumentation nachvollziehen. Krankheiten mussten diagnostiziert und bekämpft werden. Und dazu brauchte man neue, wirksamere Medikamente, manchmal sogar völlig neue Heilmethoden. Um den Erfolg einer Therapie nachzuweisen, musste man sie letztendlich auch an Menschen testen.
So sehr es ihr widerstrebte, begriff sie, dass sie die Dokumente nicht leichtfertig zerstören durfte. Vielleicht war es doch besser, noch mal darüber nachzudenken.
Dies änderte jedoch nichts daran, dass Erich eine wichtige Grenze überschritten hatte. Er missbrauchte Menschen für seine Versuche. Ohne sie zu fragen.
Und für Hilde lag es auf der Hand, dass man diesen Probanden keine Wahl gelassen hatte.
Nicht in einem KZ.
Als sie wieder an Erich dachte, beschleunigte sich ihr Puls, ihre Nerven schienen vor Zorn zu brennen.
Wortlos raffte Hilde ihre Sachen zusammen.
Es musste aus ihr heraus.
Sie musste Erich ihre Vorwürfe entgegenschleudern.

Schöne Kameraden sind das, dachte Oppenheimer. Er rutschte auf dem unbequemen Holzstuhl herum. Der Strick schnitt in seine Handgelenke. Solange die Arme hinter der Rücklehne gefesselt waren, war es kaum möglich, eine bessere Sitzposition zu finden.
Zum wiederholten Mal schaute sich Oppenheimer im Kellergewölbe um, aber es hatte sich immer noch nichts getan. Er sah nur die riesigen runden Fässer und darüber das Deckengewölbe aus roten Backsteinen. Von Paule und Hans fehlte jede Spur. Es roch säuerlich, also befand er sich wahrscheinlich im Gärkeller einer Brauerei. Obwohl ihm Paule auf der Fahrt die Augen

verbunden hatte, vermutete er, dass sie sich im Bezirk Prenzlauer Berg befanden. Sonst gab es nur in Neukölln und Kreuzberg Brauereien, doch für diese waren sie zu lang unterwegs gewesen. Arbeiter waren hier nicht zu sehen, was dafür sprach, dass der Betrieb entweder zerstört oder geschlossen war.
Oppenheimer konnte nicht sagen, wie lang er schon hier unten wartete. Wenigstens hatten sie ihm eine Lampe dagelassen, damit er nicht im Dunkeln hockte.
Er ahnte, was die Ganoven von ihm wollten.
Sie erwarteten Antworten.
Das von ihm eingefädelte Schiebereigeschäft war in die Hosen gegangen, das Silbergeld war verschwunden und auch das Morphium. Weder Ede noch Hauser hatten profitiert. Außerdem war es verdächtig, dass die Polizei punktgenau zur Warenübergabe erschienen war. Es roch geradezu nach einem falschen Spiel. In dem Gärkeller eingesperrt, hatte Oppenheimer sich das Gehirn zermartert, doch ihm wollte keine Antwort einfallen, wer für das Debakel verantwortlich war.
Er wusste nichts. An dieser Tatsache würde Oppenheimer festhalten. Dass ihn Paule und Hans mit einer Augenbinde hierher verschleppt hatten, war nur Theater. Sie wollten ihn einschüchtern, damit er nicht log. Oppenheimer kannte das Spiel, doch er hätte es vorgezogen, wenn Edes Leute es weniger dramatisch gemacht hätten.
Irgendwo knallte eine Eisentür. Schritte hallten durch das Gewölbe.
Schließlich bog eine korpulente Gestalt um das nächstliegende Fass und blieb im Lichtkreis der Laterne stehen.
Natürlich, es war Ede.
»Wat zum Teufel habt ihr denn anjestellt?«
Paule drängte sich um Ede herum und wies auf Oppenheimer. »Ick dachte, wir soll'n ihn zum Reden bringen.«

Den ehemaligen Kommissar gefesselt zu sehen, das machte Ede griesgrämig. Drohend brummte er: »Denken is Glückssache, wat? Mach ihm jefälligst die Kordel los.«
Paule sprang nach vorn, zückte ein Taschenmesser und löste Oppenheimers Fesseln.
Ede nahm eine leere Kiste und setzte sich zu ihm hin.
»'tschuldigung. Die Jungs ham keene Manieren. Ick weeß nich, wo dit noch hinführn soll.«
Dankbar rieb Oppenheimer seine Handgelenke.
»Ich weiß nicht, was da schiefgelaufen ist. Ich habe bei der Übergabe nichts Verdächtiges gesehen. Und plötzlich waren die Polizisten da. Die müssen sich irgendwo versteckt haben. Aber das kann nur bedeuten, dass uns jemand verpfiffen hat.«
Ede grinste, doch sein Blick blieb wachsam.
»Sie wissen nur die Hälfte, Herr Kommissar. Ick hab meene speziellen Verbindungen zur Polente. Hab mich umjehört. Dit war keen Polizeieinsatz.«
»Wer dann? Gestapo? SD?«
»Da war keen einziger Bulle. In zehn Kilometern nich. Allet jespielt.«
Oppenheimer war verwirrt, doch als er nachdachte, ergab es einen Sinn. In der Nacht hatte er nur ein grelles Licht gesehen und Schritte gehört. Ob es ein ganzer Polizeitrupp gewesen war oder nur ein paar Männer, ließ sich unmöglich feststellen. Außerdem hätte die Polizei ihnen sicherlich den Fluchtweg abgeschnitten.
Jemand hatte das alles im Voraus geplant.
Es konnte dafür nur einen Verantwortlichen geben.
»Hauser?«, fragte Oppenheimer.
Ede nickte, dann nahm er von Paule einen Gegenstand entgegen. Oppenheimer erkannte ihn wieder. Es war eine der Morphiumflaschen.

Ede öffnete den Stopfen, roch daran und goss die Flüssigkeit demonstrativ auf dem Boden aus.
»Bestes Mineralwasser«, erklärte er. »Aber een bissken teuer dafür.«
Er warf die Flasche in die Dunkelheit. Lautes Klirren hallte durch den Gärkeller.
»Nur in den ersten paar Pullen war Morphium drinne. Für alle Fälle, falls wir eene öffnen. Die Kisten stehen immer noch aufm Bahnhof rum. Keen Aas will se haben. Na, der Rest is ja auch nix wert. Dieser Hauser hat wohl Kumpels dajehabt, die euch aufjelauert ham. Dann ham se euch erschreckt, damit ihr abhaut und der feine Herr die Moneten einsacken kann.«
Oppenheimer schüttelte den Kopf.
»Moment, das passt nicht zusammen. Hauser hat das Geld verloren. Ich habe es selbst gesehen.«
»Von seinen Kumpels einjesammelt.«
Hauser hatte Oppenheimer erzählt, dass der Geldkoffer in die leeren Kohlenwaggons gefallen sei. Doch es war durchaus möglich, dass er ihn in der Dunkelheit einfach zur Seite auf den Schotter geworfen hatte.
Oppenheimer fühlte sich in seiner Abneigung gegenüber Hauser bestätigt. »Dieser Schweinehund. Der war mir noch nie geheuer.« Dann blickte er Ede an. »Ich hatte dich extra gewarnt. Aber was soll ich hier? Ich weiß sonst nichts.«
Nach einem kurzen Kopfnicken von Ede übergab ihm Paule Oppenheimers Pervitin-Rolle.
»Ick frage mich, ob ick Ihnen dit Honorar lassen soll oder nich.«
Oppenheimer setzte sich auf. Natürlich, es war das ideale Druckmittel. Ede glaubte vermutlich, dass er von dem Mittel abhängig war. Obwohl er es schon seit Monaten nicht mehr genommen hatte, war der Gedanke unangenehm, dass er nun ganz ohne Pervitin dastehen sollte.

»Was soll ich für dich tun?«
Oppenheimers Stimme klang unsicherer, als er gehofft hatte.
»Mach du das, Paule«, sagte Ede und verschränkte seine Arme. Ihm war die Rolle des Zuschauers offensichtlich lieber.
Paule trat nahe an Oppenheimer heran und versuchte, sich trotz seiner schmächtigen Statur drohend vor ihm aufzubauen.
»Wir brauchen die Adresse von dem Kerl.«
»Welchem Kerl?«
»Na, Hauser.«
Irritiert blickte Oppenheimer in Edes Richtung.
»Moment, ihr habt keine Probleme, mich aufzuspüren, bekommt aber nicht heraus, wo Hauser wohnt? Was für eine Art von Ganoven seid ihr eigentlich?«
Ede zuckte wortlos mit den Schultern und zeigte auf Paule.
Ertappt murmelte dieser: »Wir ham nich mit Komplikationen jerechnet. Nich mit solchen.«

Die Abenddämmerung tauchte die Umgebung in ein schmutziges Grau. Trübsinnig schaute Oppenheimer über die weite Schneefläche des Bahnbetriebswerks, hinter dem eine rotbraune Eisenkugel auf langen Stelzen emporragte. Wahrscheinlich war es ein Wasserturm.
»Schon wieder ein Rangierbahnhof«, knurrte Oppenheimer. »Diese Dinger verfolgen mich wohl.«
Paule war gerade aus ihrem Fahrzeug gestiegen. Es war derselbe Lastwagen, mit dem sie ihre nächtliche Tour nach Fredersdorf unternommen hatten.
Nach der Unterredung mit Ede waren sie unmittelbar zu Hausers Adresse gefahren. Obwohl in dessen Umgebung schon so manches Haus zu Steinstaub pulverisiert war, machte die Wohnanlage am Grazer Damm, in der er sich eingemietet hatte, einen relativ unzerstörten Eindruck.

So weit Oppenheimer wusste, waren die klobigen Gebäude mit ihren fünf Geschossen nach Hitlers Machtergreifung errichtet worden – mehrere große Gebäudekomplexe mit großzügigen Innenhöfen. Weil nach Ansicht der Nationalsozialisten auch das Privatleben aller Volksgenossen der soldatischen Ausrichtung gehorchen sollte, war hier alles in einem starren Raster geplant: die Fensteröffnungen, die rechteckigen Blöcke, die glatten Wandflächen, die geometrische Anordnung entlang der Straßenachse. Kleine Wandreliefs und Skulpturen lockerten diesen Eindruck ein wenig auf – und natürlich die Innenhöfe, die mit ihren Bäumen und Hecken eher kleinen Parkanlagen glichen.

Oppenheimer schritt hurtig voran, denn er wollte es hinter sich bringen. Während der Vorbereitungen ihrer Transaktion hatte er Hauser zweimal aufgesucht, also kannte er den Weg.

»Wir finden ihn nicht unter seinem richtigen Namen«, erklärte Oppenheimer. »Die Bude wurde ihm untervermietet. Eigentlich wohnt dort eine Frau Neubauer.«

Hinter dem mit Steinplatten und Säulen geschmückten Durchgang befand sich der Innenhof mit den Hauseingängen. Der Zugang zu Hausers Wohnung war nur wenige Meter entfernt.

Oppenheimer wollte die Klingel betätigen, doch Paule packte seinen Arm und schüttelte demonstrativ den Kopf. Offenbar wollte er Hauser nicht warnen.

Dann begann Paule, am Schloss der Haustür zu hantieren. Oppenheimer blickte sich nervös um, denn ihm wurde bewusst, dass sie hier wie auf dem Präsentierteller standen. Fast jeder Bewohner konnte sie durch die rückwärtigen Wohnungsfenster sehen. Zum Glück war Paule ein flinker Schlossknacker.

Die Wohnung von Frau Neubauer befand sich im zweiten Stock. Diesmal schritt Paule nicht ein, als Oppenheimer die Klingel betätigte.

Sie warteten, doch nichts regte sich.
Als Oppenheimer gegen die Tür klopfte, gab sie mit einem leisen Knarren nach.
In der Wohnung war es totenstill.
Oppenheimer und Paule schauten sich an.
»Isser schon ausjeflogen?«
Vorsichtig schob Oppenheimer die Tür auf. Die Wohnung wurde nur durch einen Feuerschimmer aus den Schlitzen des Ofens erhellt. Auf den ersten Blick schien der Raum leer zu sein, doch auf dem Boden spiegelten sich Flammen. Dort war etwas. Eine dunkle Flüssigkeit.
Es konnte nur ein Blutlache sein.
Oppenheimer war so überrascht, dass er einen Schritt zurückwich. Aber Paule hatte sich bereits an ihm vorbeigedrängt und war in die Wohnung getreten. Er blickte sich neugierig um, dann zuckte er zusammen.
»Verdammte Scheiße!«, war sein einziger Kommentar.
Oppenheimer folgte Paule in die Wohnung und zog die Tür hinter sich zu. Wenn hier etwas geschehen war, dann war es nicht klug, sich im Haus zur Schau zu stellen. Doch einfach abzuhauen stand nicht zur Debatte. Ede würde bei ihrer Rückkehr sicher einen Bericht verlangen, also mussten sie wohl oder übel nachforschen, was hier passiert war.
»Nur mit Handschuhen!«, flüsterte Oppenheimer und schob Paule beiseite. Dieser zog eine abschätzige Miene, um zu demonstrieren, dass ein solcher Hinweis bei einem Profi wie ihm nicht angebracht war.
Der kleine Wohnraum diente zugleich als Küche. Nur das prasselnde Feuer im gusseisernen Ofen war ein Zeichen dafür, dass jemand hier gewesen war.
Und natürlich der tote Körper.
Jetzt erkannte Oppenheimer auch, woher das Blut stammte. Je-

mand hatte der Leiche Kopf und Hände abgetrennt. Obwohl die Kleidung des Toten blutbefleckt war, kam sie Oppenheimer bekannt vor. Natürlich, es konnte nur Hauser sein.

Jemand hatte ihn ausgelöscht.

Ein metallisches Klicken ertönte. Paule hatte den Türschlüssel umgedreht. Oppenheimer nickte ihm zu, denn auf diese Weise würde keiner sie überraschen.

Das Blut auf dem Boden war kaum geronnen, also musste die Tat erst vor kurzem geschehen sein.

Hatten sie den Mörder überrascht? Als Oppenheimer sah, dass die Fenster geschlossen waren und die Wohnungstür der einzige Zugang war, verwarf er diese Theorie.

Doch es gab noch eine weitere Möglichkeit, und die gefiel ihm ganz und gar nicht.

Vielleicht war der Mörder noch hier drinnen.

In der Wohnung gab es nur noch zwei Türen. Oppenheimer hielt den Atem an und signalisierte Paule, dass er aufpassen sollte, dann schlich er zur ersten Tür und öffnete sie. Doch in dem dahinter liegenden Schlafzimmer war niemand. Die zweite Tür führte zu einem kleinen Badezimmer, das ebenfalls leer war.

Sie waren allein mit dem Toten.

Paule hatte dies alles kommentarlos mit angesehen.

»Wir müssen schnell machen«, murmelte Oppenheimer. »Ich gehe seine Taschen durch. Du schaust nach dem Koffer mit dem Silbergeld.«

Sofort setzte sich Paule in Bewegung und begann, die Möbel zu durchsuchen. Ein gewisses Poltern ließ sich dabei nicht vermeiden.

In den Hosentaschen des Toten fand Oppenheimer nur ein kleines Taschenmesser und einen Geldbeutel, in dem sich neben etwas Kleingeld Hausers Personalausweis, sein SS-Ausweis und sogar die rote Mitgliedskarte der NSDAP befanden.

Erst jetzt fiel Oppenheimer auf, wie klein die Blutlache war. Bei näherem Hinsehen fand er eine Erklärung: die Bodendielen waren derart ungeschickt verlegt, dass es überall Risse und Spalten gab. Bestimmt war ein Großteil des Blutes versickert. Das war auch besser so, denn in der engen Wohnung wären sie sonst unweigerlich in die Pfütze getreten.
Zuletzt durchsuchte er an der Garderobe Hausers schmutzig grauen Wollmantel. Bis auf ein paar Bahntickets ließ sich in ihm nichts finden.
Allmählich begann Oppenheimer zu schwitzen. So dick angezogen wie er war, kam ihm die Stube viel zu warm vor.
Paule war immer noch damit beschäftigt, die Regale und Schubladen zu durchsuchen, und begann gerade damit, die Schränke nach vorn zu rücken, um dahinterschauen zu können. Weil er in dem Zwielicht nicht viel erkennen konnte, tastete er alles mit den Händen ab.
Es ließ sich an seinem Gesicht ablesen, dass von dem Silbergeld jede Spur fehlte. Dafür blitzte Oppenheimer vom Boden etwas anderes entgegen.
Fast genau neben der Leiche befand sich ein metallischer Gegenstand.
Es handelte sich um eine Anstecknadel. Vom Blut umgeben, reflektierte sie das Licht des Feuers. Oppenheimer war überrascht, dass er sie beim Abtasten der Leiche nicht gesehen hatte. Oder hatte er sie dabei etwa selbst abgerissen?
Er sank neben der roten Lache auf alle viere, reckte den Kopf nach vorn und begutachtete die Anstecknadel. Er musste seine Augen schon sehr anstrengen, um das Emblem auf dem Kopf zu erkennen. Zuerst hielt Oppenheimer es für ein unregelmäßiges Muster, aber dann erkannte er im flackernden Feuerschein drei ineinander verschlungene Dreiecke.
Paule trat an ihn heran.

»Nix da! Wir vaduften besser!«
Erst nach einem Kontrollblick ins Treppenhaus wagten sie es, hinauszutreten. Oppenheimer war froh, den vermutlichen Tatort hinter sich zu lassen, doch der Kommissar in ihm rebellierte, wollte die Beweismittel in dem Mordfall genauer begutachten. Er sagte sich, dass er mit dieser Angelegenheit nichts zu tun hatte. Er ermittelte nicht, im Gegenteil, er würde sogar zu den Verdächtigen gehören, wenn jemand sie erwischte. In dieser Situation konnte er unmöglich den Kommissar spielen.
Er musste schleunigst hier raus.
Sie schlichen gerade die schmale Treppe hinunter, als ihnen ein eisiger Hauch entgegenwehte. Schneeflocken wirbelten ins Treppenhaus.
Oppenheimer erstarrte.
Auch Paule fror mitten in seiner Bewegung ein.
Unter ihnen hatte jemand die Haustür geöffnet.
Sie waren nicht mehr allein im Treppenhaus.
Schritte waren zu hören. Die fremde Person stieg die Stufen hoch, kam direkt auf sie zu.
Ihr Fluchtweg war damit abgeschnitten.
Oppenheimer wirbelte herum. Die Treppe weiter hinaufzusteigen war jetzt der einzige Ausweg.
Aber die Holzstufen erwiesen sich als tückisch, da es unmöglich war, geräuschlos nach oben zu laufen.
Der Fremde unter ihnen schien ebenso bemüht zu sein, keinen Laut zu verursachen, allerdings wandte er die falsche Technik an. Er bewegte sich besonders langsam, und die Stufen knarrten umso lauter, wenn er sein Gewicht verlagerte.
Oppenheimer war mittlerweile im dritten Stock angelangt.
Paule spähte kurz über das Treppengeländer hinunter, doch Oppenheimer packte ihn am Arm und zog ihn mit sich. Schließlich wussten sie nicht, in welches Stockwerk der Fremde wollte.

Die Person unter ihnen hatte bemerkt, dass sich das Knarren der Stufen nicht vermeiden ließ, und beschleunigte das Tempo. Oppenheimer konnte förmlich spüren, wie ihr Vorsprung dahinschmolz. Als er sich umblickte, konnte er zwischen den Sparren bereits den Kopf des Mannes erblicken. Der Hut war in die Stirn gezogen. Die untere Gesichtshälfte wurde von einem grünen Schal verdeckt.
Unruhig schaute Oppenheimer in die Richtung, in der er Paule vermutete. Doch plötzlich blies ihm frischer Wind ins Gesicht, so dass er blinzeln musste.
Während Oppenheimer seine Augen rieb, war er für einige Sekunden orientierungslos. Die Schritte auf der Treppe kamen immer näher.
Trotz seiner Panik begriff er, dass er einen Fluchtweg gefunden hatte.
Ohne groß nachzudenken, schlich Oppenheimer weiter hinauf ins oberste Stockwerk. Wo es einen eiskalten Luftzug gab, musste auch ein Ausgang sein.
Am Ende der Treppe befand sich eine einzige Wohnungstür. Sie war ihre letzte Chance.
Oppenheimer griff so hastig nach der Türklinke, dass seine Schusswunde wieder zu stechen begann.
Als die Tür aufging, wehte ihm eisiger Wind entgegen.
Er packte Paules Arm und zog ihn mit sich durch die Öffnung. Dann lehnte er sich gegen das Türblatt. Das Schloss hinter seinem Rücken schnappte zu, und für einen kurzen Moment rang Oppenheimer nach Luft.
Als er sich bückte und am Schlüsselloch lauschte, waren die Schritte verstummt.
Es schien niemand mehr im Treppenhaus zu sein.
Erst als sich Oppenheimer wieder etwas sicherer fühlte, schenkte er dem Dachgeschoss seine Aufmerksamkeit. Hinter Paule

ragten verkohlte Dachbalken empor, auf dem Boden hatte sich eine dicke weiße Schneeschicht angesammelt, und über ihren Köpfen türmten sich die Wolken.

Wahrscheinlich war hier oben vor geraumer Zeit eine Brandbombe eingeschlagen. Die provisorisch angebrachte Dachpappe hing bereits wieder in Fetzen herunter und flatterte mit jedem Windzug. Es würde sicher nicht mehr lang dauern, bis die Pappe vollständig abgerissen war.

Trotz seines Wintermantels schlotterte Paule am ganzen Leib.

»Isser weg?«

Oppenheimer schüttelte den Kopf.

»Ich habe den Eindruck, dass er gerade bei der Leiche ist. Wenn er die Polizei nicht ruft, dann hat er was mit dem Mord zu tun.«

Er überlegte kurz.

»Hast du Papier und Bleistift?«

»Sonst no wat?«, sagte Paule und kauerte sich in eine windgeschützte Ecke.

Oppenheimer starrte vor sich hin. Er wusste nicht, weswegen, doch das Emblem auf der Anstecknadel ging ihm nicht mehr aus dem Sinn.

Schließlich sank er in die Hocke und zeichnete es mit dem Zeigefinger in den Schnee.

Drei Dreiecke, dachte Oppenheimer.

In den nächsten Stunden kam Oppenheimer kaum zur Ruhe. Etwa zwanzig Minuten hatten sie in der zerstörten Dachwohnung verbracht, als plötzlich Sirenen ertönten – der übliche Abendalarm.

Damit war es auch zu gefährlich, noch länger in ihrem Versteck auszuharren. Sie mussten schleunigst einen Bunker finden, in dem sie vor den Bomben geschützt waren. Sie stiegen erst die Treppen hinab, als sich die Mieter in ihren Luftschutzraum begeben hatten und es im Treppenhaus wieder still geworden war. Zum Glück war die Polizei noch nicht am Tatort erschienen.

Oppenheimer und Paule verschwanden auf demselben Weg, auf dem sie gekommen waren. Da es zu auffällig gewesen wäre, in einem fremden Luftschutzraum Zuflucht zu suchen, kurz nachdem in der Nachbarschaft ein Mord geschehen war, blieb ihnen nichts anderes übrig, als mit dem Laster durch die menschenleeren Straßen zu jagen.

Es war Oppenheimer schon mehrere Male passiert, dass er unterwegs von einem Alarm überrascht wurde. In diesem Fall konnte man nichts anderes tun, als nach einem Hinweisschild mit den Buchstaben *LSR* Ausschau zu halten. Sein Arbeitskollege Brehm hatte Oppenheimer vor kurzem grinsend erzählt, dass diese Buchstaben den Berliner Scherzbolden zufolge »Lernt schnell Russisch« bedeuteten.

Zum Glück kannte Paule am Bayerischen Platz einen öffentlichen Bunker, doch es wurde knapp. Wie riesige Wunderkerzen sanken am Himmel bereits die Orientierungszeichen für die feindlichen Bomber an Fallschirmen zu Boden. Da sich die abbrennenden Lichtkegel nach oben hin verjüngten, wurden sie von der Bevölkerung als *Christbäume* bezeichnet.

Sie mussten etwa eine dreiviertel Stunde im Bunker hocken, bis die Entwarnung kam. Da Hildes Anwesen nicht weit entfernt war, ließ sich Oppenheimer von Paule in der Nähe absetzen. Er wollte Hilde die schreckliche Nachricht von Hausers Tod auf jeden Fall selbst überbringen, damit sie vorgewarnt war. Sicher würde sich am nächsten Tag ein Polizeibeamter bei ihr melden, damit sie den Toten identifizierte.

Weil die dünnen Lichtsäulen der Flakscheinwerfer bereits erloschen waren, verlieh nur der Schnee der Umgebung eine diffuse Helligkeit. Doch Oppenheimer war schon so häufig durch

diese Straßen gelaufen, dass er den Weg sogar im Schlaf gefunden hätte.
Als er Hildes Anwesen betrat, ließ sich wegen der Verdunklung vor den Fenstern nicht erkennen, ob im Haus Licht brannte. Hastig betätigte er die Türklingel der kleinen Praxis, doch Hilde war nicht da.
Etwa eine halbe Stunde harrte Oppenheimer wartend in der Kälte aus, ehe er beschloss, sich in der nahegelegenen Eckkneipe aufzuwärmen. Als Hilde nach etwa einer Stunde immer noch nicht zurückgekommen war, beschlich ihn jedoch ein ungutes Gefühl. Er hatte gerade beschlossen, ihr eine Nachricht zu hinterlassen, als er hörte, wie sich hinter ihm das Gartentor öffnete.
»Hilde?«, flüsterte er.
Der Schatten, der das Grundstück betreten hatte, blieb abrupt stehen und wandte sich Oppenheimer zu. Trotz der Dunkelheit konnte er Hildes Gesichtszüge erahnen. Ihre Stimme klang sehr erregt. »Verflixt noch eins, was machst du denn hier?«
»Hilde, etwas Furchtbares ist geschehen.« Weiter kam Oppenheimer nicht. Er spürte einen Kloß im Hals.
»Na, was denn? Spuck's schon aus!«
»Hauser, dein Mann, ich fürchte, er ist tot.«
In der Dunkelheit konnte er nicht erkennen, wie Hilde die Nachricht aufnahm. Er hörte nur einen tiefen Seufzer. Dann fragte sie: »Wie zum Teufel hat er das denn angestellt?«

9

Dienstag, 30. Januar 1945 –
Mittwoch, 31. Januar 1945

Jetzt war es geschehen.

Die Gestapo hatte sie abgeholt.

Zum Glück war Oppenheimer gestern noch vorbeigekommen, so hatte sie sich wenigstens vorbereiten können.

Wortlos starrte Hilde zu dem schmalen Fenster empor. Das Tageslicht wurde von klinisch weißen Wandkacheln zurückgeworfen, zwischen denen stellenweise die Fugenmasse herausgebröckelt war.

Wie immer, wenn Hilde verunsichert war, reckte sie ihr Kinn vor und blickte mit hocherhobenem Haupt auf ihre Umwelt. Doch in ihrem Kopf rasten die Gedanken, und vor allem hatte sie Angst, sich zu verraten.

Bereits zu Anfang, als sie mit ihrer Arbeit gegen das Regime begonnen hatte, war ihr bewusst gewesen, dass sie ihr Leben verwirkt hatte. Verfolgten Menschen beim Untertauchen zu helfen oder auf Wunsch Abtreibungen vorzunehmen, das waren Taten, die von den Nationalsozialisten mit dem Tod bestraft wurden. Kühl hatte sie einkalkuliert, dass es nur eine Frage der Zeit sein würde, bis jemand sie erwischte. Dass sie jedoch letztendlich wegen ihrer Verbindung zu Erich ins Visier der NS-Behörden geraten sollte, war eine Verwicklung, mit der sie nicht gerechnet hatte.

Sie war immer noch fassungslos darüber, wie banal alles abgelaufen war. In den frühen Morgenstunden war ein einziger

Herr aufgetaucht. Obwohl er sich später mit der Metallplakette der Geheimen Staatspolizei auswies, hatte er zunächst ganz zivil an ihrer Tür geklingelt. Abgesehen davon, dass sie vernommen werden sollte, war es Hilde nicht gelungen, ihm irgendwelche Angaben zu entlocken.

Der Gestapo-Mann hatte nicht einmal ein Fahrzeug dabeigehabt. Stattdessen musste sich Hilde zusammen mit ihm in eine überfüllte U-Bahn drängen, und natürlich wurden ihr die Kosten für das Billett nicht erstattet.

Als sie im gerichtsmedizinischen Institut angekommen waren, stellte sich heraus, dass der ermittelnde Kriminalkommissar von der Gestapo noch nicht eingetroffen war, und so bekam Hilde eine Stunde Zeit eingeräumt, um irgendwo frühstücken zu können.

Da sie in der fremden Umgebung auf die Schnelle keine geöffnete Gaststätte finden konnte, hatte sie sich auf eine Parkbank gesetzt. Es herrschte zwar eine beißende Kälte, doch es half ihr, zur Ruhe zu kommen, ihre Gefühle zu ordnen, allmählich eine Distanz zu Erichs Tod zu finden und sich schließlich einzugestehen, dass sie froh über sein Ableben war. Wenn man es genauer betrachtete, dann vereinfachte es die Dinge, denn jetzt konnte sie mit den Fehlern ihrer Vergangenheit abschließen. Nie mehr müsste sie damit rechnen, dass Erich mit erpresserischen Forderungen an sie herantrat. Er hatte keine Macht mehr über sie.

Geholfen hatte ihr dabei auch eine Rede von Thomas Mann im Radioprogramm der BBC. Offenbar hatten russische Truppen bei der Befreiung des KZ Auschwitz Dokumente vorgefunden, die belegten, dass dort anderthalb Millionen Menschen vergast worden waren.

Die Ansprache bestätigte Hildes schlimmste Befürchtungen, und ihr Mann war ein Teil dieses unmenschlichen Systems gewesen. Den Berichten zufolge wurden die Knochen der getöte-

ten KZ-Insassen gemahlen und als Dünger verwertet. Dass nun jemand Erich getötet und verstümmelt hatte, hielt sie unter diesen Umständen für ein gerechtes Schicksal. Eigentlich war er für ihren Geschmack sogar noch zu glimpflich davongekommen.
Nach einer Stunde kehrte sie wieder ins gerichtsmedizinische Institut zurück und wartete auf den Gestapo-Kommissar namens Kieninger, der die Identifizierung vorbereitete.
Hinter der Tür, durch die er verschwunden war, verschob jemand geräuschvoll die Metallbahren. Irgendwo wurde die schwere Tür einer Kühlkammer geöffnet. In Hildes Gedächtnis spukte für einen Augenblick die Geschichte des getöteten Siegfried umher, dessen Wunde wieder zu bluten begann, als sein Mörder Hagen von Tronje dem Drachentöter die letzte Ehre erweisen sollte.
Sie musste bei diesem Gedanken lächeln. Nur im Reich der Volkssagen ließ sich ein Mörder auf eine derart einfache Weise ertappen. Erichs Leiche würde der Gestapo wohl kaum verraten, dass sie über seinen Tod froh war.
Als die Türangeln quietschten, blickte Hilde auf. Kieninger war gekommen. Er hatte abstehende Ohren, die von den an den Kopf geklatschten Haaren noch betont wurden. »Wenn Sie jetzt bitte kommen möchten?«, fragte er höflich.
Kieninger führte Hilde einen schmucklosen Korridor entlang zum Sektionssaal. Sie betrachtete die lange Reihe der Seziertische. Auf dem dritten lag ein menschlicher Kadaver.
»Erkennen Sie ihren Mann wieder?«
Kieninger hatte die Frage gestellt. Hilde wusste zunächst nicht, was sie sagen sollte. Allein schon die Vorstellung war grotesk, dass dieser Mensch einmal ihr Ehemann gewesen sein sollte.
Hilde versuchte, ruhig zu bleiben. Schließlich lagen in Berlin zuweilen Bombentote auf den Straßen, die einen wesentlich schlimmeren Anblick boten.

»Ich … keine Ahnung«, murmelte sie. »Ich habe Erich schon seit mehreren Jahren nicht gesehen. Er war die ganze Zeit über an der Front. Bei der SS. Menschen verändern sich mit der Zeit, auch Körper verändern sich. Ohne Kopf und Hände wird es schwierig sein, ihn zu identifizieren.«
Kieninger lehnte sich gegen die Wand. Hildes Reaktion schien ihn nicht zu überraschen. Ruhig betrachtete er sie.
»Da hat sich tatsächlich jemand Mühe gegeben, uns die Arbeit zu erschweren«, sagte er mit einem Nicken. »Aber die Hände haben wir mittlerweile gefunden.«
Bei dieser Ankündigung schlug er ein Tuch über einer Zinkwanne zurück, in der sich zwei abgetrennte Hände mit dunklen Resten von Erde befanden.
»Die Schnitte lassen sich eindeutig zuordnen. Diese beiden Hände gehören zweifelsfrei zu der Leiche.«
Hilde betrachtete die Hände genauer. Auf den Ballen der rechten Hand war die Haut eingerissen.
»Was sind das für Abdrücke?«
»Ich denke, das sollte ich genauer erklären«, begann Kieninger. An seinem Gesichtsausdruck ließ sich ablesen, dass es eine längere Geschichte werden würde. »Eine Mieterin in der Nachbarschaft des Fundortes besitzt einen Pudel. Ab und zu lässt sie das Tier unbeobachtet in den Hof, damit er sein Geschäft verrichten kann. Diese Frau ist zu bequem, um mitzugehen. Nun ja, und als ihr Pudel diesmal zurückkam, hatte er diese Hand im Maul. Sein Frauchen hat sofort die Polizei verständigt, doch die Beamten waren ohnehin bereits im Haus und sicherten die Beweise am Fundort des Torsos. Nach einer Durchsuchung der Pflanzenbeete haben wir recht schnell auch die zweite Hand gefunden. Sie war nicht tief vergraben, wahrscheinlich hat der Täter nicht genügend Zeit gehabt.«
Hilde runzelte ihre Stirn.

»Schön und gut, aber nur aufgrund der Hände kann ich ihn nicht identifizieren.«
»Sehen Sie sich doch noch mal den Körper an. Vielleicht gibt es eindeutige Merkmale? Muttermale oder so? Nehmen Sie sich ruhig Zeit.«
Langsam umkreiste Hilde die Bahre und betrachtete den Körper. Plötzlich blieb sie stehen, denn ihr war ein Gedanke gekommen. Jetzt wusste sie, woran sie Erich erkennen konnte.
Mit einem geübten Griff packte sie den linken Oberarm des Toten.
Ein kurzer Blick genügte.
Sie kannte diese Stelle unter der Achsel allzu gut, dort hatte sie die SS-Tätowierung entfernt. Die zugenähte Wunde stammte von ihr.
»Mein Gott!« Hilde taumelte einen Schritt zurück. Doch als Kieninger sie stützen wollte, hatte sie sich wieder gefangen.
Hilde hatte nun keinen Zweifel mehr. Es konnte nicht anders sein.
Das Ding auf dem Tisch war Erich.

»Hier, trinken Sie erst mal«, sagte Kieninger und gab Hilde eine Tasse Wasser. »Das war für Sie bestimmt unangenehm.«
Sie befanden sich in Schöneberg. Wie in jedem Viertel hatte die Gestapo auch hier eine eigene Dienststelle eingerichtet, schließlich verfügte die NSDAP über genügend repräsentative Immobilien, die man arisiert oder den ursprünglichen Besitzern zu Spottpreisen abgeknöpft hatte.
Die Gestapo-Stelle wirkte nicht ungewöhnlich. Trotz des exklusiven Ambientes war sie im Prinzip ein Bürogebäude wie jedes andere. Geschminkte Sekretärinnen liefen mit Kaffeetassen in den Händen durch die Gänge, blasse Herren im Anzug trugen Aktenordner unterm Arm. Selbst der Staatsterror musste ver-

waltet werden, darin unterschied sich die Gestapo kaum von einer x-beliebigen Steuerbehörde.
Doch etwas war Hilde aufgefallen. Trotz der allgemeinen Geschäftigkeit sahen die Angestellten niedergeschlagen aus. Waren es die täglichen Hiobsbotschaften von der Front? Rechneten die Gestapo-Mitarbeiter damit, dass ihre Tage gezählt waren? Hilde konnte nur hoffen, dass ihre Beobachtung nicht reines Wunschdenken war.
Kieninger hatte nach der Identifizierung noch ein paar Fragen. Das Zimmer, in das Hilde geführt wurde, machte nicht den Anschein, als sei es für lange Verhöre gedacht. Der Schreibtisch, vor dem sie nun saß, sah so unordentlich aus wie die Innenstadt nach einem Bombenangriff. Wahrscheinlich handelte es sich um Kieningers Büro.
Salopp setzte sich Kieninger auf die Tischkante.
»Haben Sie eine Ahnung, was Ihr Mann in Berlin wollte?«
Betont ausdruckslos schaute Hilde zu ihm hoch.
»Ich habe keine Ahnung. Er hat mich vor ein paar Tagen besucht. Aus heiterem Himmel.«
Es wäre unsinnig gewesen, das zu leugnen. Wichtig war nur, dass sie nicht mit Erichs Schwarzmarktgeschäften in Verbindung gebracht wurde. Daraus könnte ihr die Gestapo einen Strick drehen.
»Worüber haben sie gesprochen?«
»Ich kann mich nicht mehr genau entsinnen. Über dies und das. Familiengeschichten. Er wollte wissen, ob ich noch Kontakt zu meiner Schwägerin habe. Das war's auch schon.«
»Und haben Sie noch Kontakt?«
»Ich habe seit Jahren nichts mehr von ihr gehört.«
»Die Wohnung, in der Ihr Mann aufgefunden wurde, hatte er von einer Bekannten angemietet. Es wundert mich, dass er nicht bei Ihnen übernachtet hat.«

Hilde hielt die leere Tasse zwischen ihren Händen. Sie ahnte, was Kieninger damit bezweckte. Er wollte Informationen über ihr Eheleben.
»Er konnte nicht wissen, ob ich noch lebe. Es wäre ja auch möglich, dass ich ausgebombt wurde. Erich hat sich wohl zuerst einquartiert und dann nach mir gesucht.«
»Hm, verstehe. Noch eine letzte Frage: Wo waren Sie gestern am späten Nachmittag?«
Jetzt kam das Alibi dran. Hilde versuchte, ruhig zu bleiben.
»Ich helfe in einer Geburtsklinik der Charité aus. Eigentlich sollte es feste Arbeitszeiten geben, aber meistens ist so viel zu tun, dass ich nicht rechtzeitig fertig werde. Danach war ich noch in der Innenstadt und suchte einen Laden, der Lebensmittel auf Vorrat hat. Aber so spät habe ich keinen mehr gefunden. Dann habe ich einen Platz in einer Gaststätte gesucht, doch alles war brechend voll. Als ich dann nach Hause kam, war es schon acht Uhr.«
Kieninger schwieg. Mit eingezogenem Kopf rechnete er ihre Zeitangaben nach. Dann zeigte er auf Hildes Wange.
»Wie ich sehe, haben Sie eine Schwellung im Gesicht. Wie ist das denn passiert?«
Hilde hatte diese Frage bereits erwartet. Auch Richard war es gestern aufgefallen. Leider war es ihr nicht so recht gelungen, die verfärbte Stelle mit Puder zu überdecken.
»Ich bin im Dunkeln auf die Fresse gefallen. Da lag Schutt auf dem Gehsteig, den ich nicht gesehen habe.«
Kieninger schmunzelte, vielleicht weil Hilde zum ersten Mal in seiner Gegenwart in ihre gewohnt schnodderige Ausdrucksweise verfiel.
»Tja, ziemlich gefährlich, wenn man nachts unterwegs ist, was?«
Statt einer Antwort versuchte Hilde, ihre wachsende Nervosität mit einem Lächeln zu überspielen.

Kieninger richtete sich plötzlich auf. »Das war's auch schon. Besten Dank, Sie haben uns sehr geholfen.«
Hilde wollte bereits das Büro verlassen, als Kieninger sie zurückhielt.
»Nur noch eine Kleinigkeit. Wären Sie so nett, mich in den nächsten Raum zu begleiten, damit wir Ihre Fingerabdrücke nehmen können?«
Für einen Moment fühlte sich Hilde ertappt.
»Fingerabdrücke?«, murmelte sie.
Kieninger lachte.
»Nichts Dramatisches. Nur, damit wir sie in den Akten haben.«
Hildes Herzschlag beschleunigte sich. Sie verstand allzu gut, was das bedeutete. Für Kieninger gehörte sie zu den Verdächtigen.

Selbst durch die dicke Eichentür konnte Hilde das aufgeregte Zetern des Kanzleivorstehers hören.
Doch sie hatte jetzt keine Zeit für Formalitäten und Kleinkram.
Missmutig untersuchte sie ihre Handflächen. Selbst nach zweimaligem Händewaschen klebte die schwarze Stempelfarbe noch hartnäckig zwischen den Papillarleisten ihrer Fingerkuppen.
Unmittelbar nach dem Verlassen der Gestapo-Stelle hatte Hilde in Gedanken die Verdachtsmomente aufgezählt, die gegen sie sprachen.
Und das Resultat war niederschmetternd.
Belastende Indizien gab es zuhauf, und ihr Alibi war natürlich gelogen. Doch es wäre weitaus gefährlicher, wahrheitsgetreu zu erzählen, dass sie Erich wenige Stunden vor seinem Tod besucht hatte und es dabei zu einem Streit gekommen war.
Wenn sich kein anderer Tatverdächtiger finden ließ, würde es schlecht für Hilde aussehen. Es war für die Gestapo sicher ein Kinderspiel, einen Beweis dafür zu entdecken, dass sie in Erichs Wohnung gewesen war.

Hilde musste einsehen, dass sie nichts tun konnte. Ohne die nötigen Passierscheine hatte sie nicht einmal die Möglichkeit zur Flucht. Mittlerweile gab es fast überall im Reichsgebiet Kontrollen zur Ergreifung von Deserteuren. Wenn die Gestapo sie zur Fahndung ausschrieb, würde sie ihren Häschern direkt in die Arme laufen.

Letztendlich konnte sie nichts anderes tun, als sich auf die Verhaftung vorzubereiten.

Sie würde sich nicht so einfach geschlagen geben. Aber den Kampf mussten dann andere für sie führen.

Zum Glück war die Anwaltskanzlei von Gregor Kuhn immer noch unter derselben Adresse zu finden. Kuhn selbst war momentan nicht anwesend, doch es war zwecklos, sich vom Kanzleivorsteher einen Termin geben zu lassen, denn Hilde wusste nicht, wie lang sie noch auf freiem Fuß sein würde. Also hatte sie zu der Notlüge gegriffen, dass Kuhn sie wegen einer dringenden Angelegenheit erwarte, und war schnurstracks zu dessen Privatbüro durchgegangen. Natürlich glaubte ihr der Kanzleivorsteher keine einzige Silbe.

Obwohl die Zeit erbarmungslos verrann, saß sie untätig in Kuhns Büro und hoffte, dass sich die Warterei letztendlich lohnen würde.

Als schließlich im Vorzimmer seine tiefe Stimme zu hören war, spürte Hilde eine große Erleichterung. Nach einigen Worten mit dem Kanzleivorsteher näherten sich seine schweren Schritte.

Schwungvoll betrat Kuhn das Zimmer, doch als sich ihre Blicke trafen, blieb er unschlüssig stehen. Für einen kurzen Augenblick wirkte er so, als habe er einen Geist gesehen. Dann schloss er die Tür hinter sich mit einer Sanftheit, die man einem bulligen Kerl wie ihm nicht zugetraut hätte.

»Hallo, Gregor.«

»Hilde«, sagte Kuhn. Der graumelierte Vollbart machte es

schwer, seine Gefühle zu erraten, doch die Stimme klang nachdenklich. Er nickte kurz zur Begrüßung und hängte dann seinen Mantel an den Garderobenständer.
Hilde musste lächeln, als sie erkannte, dass seine Straßenkleidung aus einem Biberpelzmantel und einem Gehstock aus Ebenholz mit silbernem Knauf bestand. Schon als junger Mann war Kuhn ein extravaganter Mensch gewesen. Offensichtlich hatte er diese Charaktereigenschaft in den vergangenen Jahren nicht abgelegt.
Gemächlich trat er zu seinem Schreibtisch. Er war genauso korpulent wie in ihrer Erinnerung, doch die Schwere seines Körpers hatte offensichtlich die Kniegelenke angegriffen.
Als er sich mit einem Seufzer in dem Chefsessel niederließ, blitzte kurz das Parteiabzeichen an seinem Revers auf. Hilde hatte mitbekommen, dass Gregor in die NSDAP eingetreten war, doch sie hielt es nur für eine Strategie, um weiterhin im Geschäft zu bleiben. Und genau jemanden wie ihn brauchte sie jetzt: einen Verteidiger, der sich im Lager des Feindes auskannte. Wenn sie tatsächlich des Mordes angeklagt wurde, war er ihre beste Chance. Sie konnte ihm vertrauen, konnte sich an ihm festhalten.
Zumindest hoffte sie das.
Kuhn blickte Hilde aufmerksam an. Wahrscheinlich suchte er in ihrem Gesicht die Züge der jungen Frau, deren Bild er in seinem Gedächtnis trug. »Wie lang ist es her? Fünfzehn Jahre?«
»Schon eher an die dreißig.«
Gregor lehnte sich zurück und starrte an die Decke. »Dreißig Jahre«, brummelte er fassungslos. Dann beugte er sich wieder über den Tisch und öffnete eine Schreibmappe. »Nun gut, ich nehme an, es ist geschäftlich? Was kann ich für dich tun?«
»Die Gestapo hat mich auf dem Kieker. Es ist möglich, dass ich bald verhaftet werde.«

Hinter seiner Lesebrille zog Kuhn eine Augenbraue hoch.
»Ich kann nicht behaupten, dass mich das wundert«, sagte er.
Hilde lächelte. »Du kennst mich eben.«
»Allerdings. Das bedeutet wohl, dass du mich als Verteidiger brauchst?«
»Wenn ich eine andere Wahl hätte, wäre ich nicht hier aufgetaucht. Es geht um Tod oder Leben. Ich bin in einen Mordfall verwickelt.«
Kuhn schürzte seine Lippen.
»Na, das klingt schon eher nach einem Fall für mich. Und? Bist du unschuldig?«
Hilde stutzte. Mit einer so direkten Frage hatte sie nicht gerechnet. Für einen Moment fühlte sie sich von Kuhns wachsamem Blick bedrängt.
»Klar bin ich unschuldig. Aber sie werden versuchen, mein Alibi in der Luft zu zerreißen. Nur kann ich ihnen nichts sagen, ohne mich selbst zu belasten – wegen anderer Dinge.«
»Kannst du mir irgendetwas zu deiner Entlastung liefern?«
»Das nicht, aber es gibt jemanden, den du sofort kontaktieren musst, wenn sie mich verhaften. Herrmann Meier. Merk dir den Namen. Er wird uns helfen.«

Erschöpft fiel Hilde in ihrem Wohnzimmer auf das Sofa. Fast den ganzen Tag war sie unterwegs gewesen. Auf dem Rückweg von Kuhns Anwaltskanzlei hatte sie noch in einem Laden Wanzenpulver gekauft. Aber das war nicht die einzige Vorsorgemaßnahme für die drohende Untersuchungshaft. In ihrer Handtasche befanden sich auch noch Gesichtscreme, Lockenwickler und ein paar trockene Brotscheiben.
Trotz all dieser Vorkehrungen glaubte sie, etwas vergessen zu haben. Doch so sehr sie auch grübelte und ihre Sachen durchging, sie kam nicht darauf, was es war.

In fast allen Wohnungen waren die Radiogeräte ständig eingeschaltet, damit die Bewohner vor einem Luftangriff rechtzeitig gewarnt wurden. Auch Hilde hatte sofort nach ihrer Rückkehr das Radio angeschaltet und ließ es im Hintergrund laufen.
Doch an diesem Abend gab es keinen Alarm. Stattdessen hörte Hilde im Reichsprogramm die üblichen Greuelmeldungen aus Schlesien. Es wurde von erschlagenen Kindern berichtet, von Vergewaltigungen und lichterloh brennenden Höfen, vor denen erschossene Bauern lagen. In der Ostsee hatte der Feind den Passagierdampfer *Wilhelm Gustloff* versenkt. Offiziellen Schätzungen zufolge waren von den sechstausend Flüchtlingen an Bord etwa fünftausend ums Leben gekommen. Zu Kriegsbeginn wäre Hilde über eine so hohe Opferzahl noch geschockt gewesen, doch nach den unzähligen Toten in den vergangenen Jahren wirkte dies nur wie Zahlen für eine weitere Statistik. Außerdem konnte man nie wissen, ob die Angaben korrekt waren oder von der Propagandamaschinerie künstlich hochgerechnet wurden.
Als knappe zwölf Stunden später jemand an Hildes Tür klingelte, lag sie immer noch auf dem Sofa. Sie brauchte einige Sekunden, um wach zu werden.
Wieder klingelte es an der Haustür.
Mechanisch erhob sie sich. Als sie in ihre Praxis trat, erinnerte sie sich plötzlich. Jetzt wusste sie, was sie vergessen hatte.
Erichs Papiere.
Dr. Haller war es gelungen, sie zu überreden, die Dokumente nicht zu vernichten. Sie befanden sich immer noch im Reichstag, denn Hilde hatte die Mappe einfach in ihren Spind gelegt und diesen abgeschlossen. Plötzlich bemerkte sie, dass ihre Hände zitterten. Wenn jemand die Daten entzifferte, ließ sich ein Tatmotiv konstruieren. Wie hatte sie dieses wichtige Indiz nur übersehen können? Still fluchte sie in sich hinein.

Es klingelte zum dritten Mal. Vor dem Haus waren Schritte zu hören.
Als Hilde die Tür öffnete, stach ihr die Helligkeit in die Augen. In der Nacht war noch mehr Schnee gefallen. Die Trümmerhaufen auf der gegenüberliegenden Straßenseite hatten sich in eine zerklüftete Alpenlandschaft verwandelt, wie man sie gelegentlich auf Postkarten sah.
Zerstreut dachte Hilde, dass Berlin jetzt ein idealer Ort war, um Wintersport zu treiben. Doch statt kerniger Skiläufer standen Leute in Zivil vor ihr.
Diesmal wurde sie von zwei Männern abgeholt. Außerdem hatten sie heute ein Auto dabei. Einer der beiden zeigte seine Metallplakette, Hilde verstand die Situation aber auch so.
»Geheime Staatspolizei. Bitte kommen Sie mit uns.«
Wortlos zog sie ihren Mantel an und holte die Handtasche und den bereits gepackten Koffer. Doch ihre Gedanken kreisten nur um Erichs Unterlagen.

Oppenheimers letzte Nachtschicht war besonders unerquicklich gewesen. Um zweiundzwanzig Uhr hatte Herr Giesecke alle Kollegen zur Radioansprache des Führers zusammengetrommelt. Hitlers krächzende Stimme bezeichnete die russische Offensive als *Mongolensturm*, der gebrochen werden müsse, und prophezeite, dass Englands Weg zum Bolschewismus unvermeidbar sei, wenn es fortfahre, mit dem sowjetischen Feind zu kooperieren.
Danach folgte eine Ansprache des Parteichefs Bormann. Er schärfte den Gauleitern ein, dass ihre Hauptsorge nicht der Evakuierung der Bevölkerung zu dienen habe, sondern der Verteidigung des Reiches. Am Schluss hatte Oppenheimers Aufmerksamkeit jedoch so stark nachgelassen, dass er sich mehrmals dabei ertappte, wie er verstohlen in seinem Buch blätterte.

An diesem Mittag hörte er wie üblich nach dem Aufstehen die Nachrichten. Er war gerade dabei, auf seiner Europakarte den derzeitigen Frontverlauf einzuzeichnen, als es an der Tür klopfte. Obwohl er den Reichssender eingestellt hatte, schaltete er den Superhet-Empfänger schuldbewusst aus und nahm mit einer raschen Bewegung den Kopfhörer ab.
Hastig stopfte er die Karte zurück in die Schublade. Dann rief er: »Ja, bitte?«
Als er die erste blonde Locke sah, glaubte er, dass es wieder die unvermeidliche Frau Dargus war. Doch zu seiner Überraschung war ihm das Gesicht der Dame unbekannt. Verblüfft richtete sich Oppenheimer auf.
»Kann ich Ihnen helfen?«
»Entschuldigung«, sagte die Frau und blickte sich verschämt um. »Ich dachte, meine Schwester ist hier.«
»Meinen Sie etwa Frau Dargus?«
Sie nickte.
»Ähm, nein, sie ist momentan nicht hier. Aber mit wem habe ich das Vergnügen?«
Als Oppenheimer auf die Schwester von Frau Dargus zuging, lächelte sie und zog die Strickjacke fester um sich. Entweder war ihr kalt, oder sie wollte ihre wohlgerundete Körperform betonen. Oppenheimer ahnte, dass vermutlich Letzteres der Fall war. Gerade in diesem Moment tauchte Frau Dargus im Treppenhaus auf.
»Ah, Meta, da bist du ja. Ich hab dich schon überall gesucht. Herr Meier, das ist meine Schwester Meta. Meine ältere Schwester.« Oppenheimer schien es, als würde Frau Dargus dieses Adjektiv besonders betonen. »Und ihr Nachname ist Baranowski, weil sie verheiratet ist.«
»Angenehm«, sagte Oppenheimer und reichte ihr die Hand.
Meta Baranowski zog ein säuerliches Gesicht, da sie von ihrer

Schwester als älter und verheiratet vorgestellt worden war. Zumindest den zweiten Punkt versuchte sie zu relativieren.
»Ach, ich weiß ja überhaupt nicht, ob mein Hannes noch lebt. Ich habe ihn schon so lang nicht mehr gesehen. Und schreiben tut er auch nicht.«
Oppenheimer überlegte. »Ist Meta nicht ein ostpreußischer Name?«
»Gestern Nacht ist sie hier angekommen«, erklärte Frau Dargus. »Zum Glück hat sie noch einen der letzten Züge von der NSV erwischt. Aber sie war zehn Tage lang unterwegs, weil der Transport zwischendurch irgendwo gestrandet war. Und da stand sie dann gestern am Bahnhof Zoo, völlig ausgehungert und bis auf die Knochen durchgefroren. Wenigstens funktionierten die Telefone, und sie konnte bei mir anrufen. Ich habe ja gedacht, das ist nur ein Gerücht, dass sie abends den gesamten Verkehr einstellen. Aber nein, nichts fuhr. Keine Straßenbahn. Keine S-Bahn. Also musste ich zu Fuß hin. Das hat natürlich Stunden gedauert. Und dann hatte Meta gleich drei große Koffer dabei. Tragen konnten wir die nicht, also haben wir sie zusammengebunden und mit einem Riemen durch den Schnee hinter uns hergezogen.«
»Dann haben Sie ja ein Abenteuer hinter sich. Es tut mir wirklich leid, dass ich nicht da war, um zu helfen.«
»Wenn wir diese braune Bande nicht unterstützt hätten, wäre es nie dazu gekommen«, sagte Frau Baranowski mit einer Heftigkeit, die Oppenheimer und anscheinend auch Frau Dargus überraschte. »Hannes ist den Nazis hinterhergelaufen wie alle anderen auch. Ist sogar in die SA eingetreten. Und jetzt? Erst sollte er Abwehrschanzen bauen, die mittlerweile einfach in der Gegend rumstehen, weil keine Soldaten da sind. Und dann haben sie ihn an die Front geschickt. Diese Nazischweine werde ich nicht mehr unterstützen!«

Frau Dargus bekam vor Zorn einen hochroten Kopf.
»Sie müssen entschuldigen, Herr Meier. Sie weiß nicht, wovon sie redet.«
»Natürlich weiß ich, wovon ich rede«, knurrte Frau Baranowski. »Der Gauleiter hat bis zur letzten Sekunde unsere Evakuierung verboten. Konnte nur Phrasen dreschen, dass wir unsere Heimat bis zum Letzten verteidigen sollen. Und dann, als die Russen schon im Anrollen waren, musste es plötzlich schnell, schnell gehen. Aber da war er mit den anderen Bonzen natürlich schon längst abgehauen. Mit Sack und Pack hat er sich aus dem Staub gemacht, mit Sekretärin und allem. Seine Frau hatte er schon einen Tag vorher in einen Sonderzug gesetzt. Nein, die ganze Partei ist verkommen und verrottet. Denen ist das Volk egal. Die sind nur auf ihren eigenen Vorteil aus.«
Nach diesem Gefühlsausbruch herrschte eine angespannte Stille. Außer von Hilde hatte Oppenheimer selten eine so lautstark vorgetragene Entrüstung über Hitlers Partei gehört. Frau Baranowski schien es egal zu sein, dass sie sich um Kopf und Kragen redete. Nach all dem, was ihnen geschehen war, kannten Flüchtlinge wie sie offenbar keine Furcht mehr vor den drakonischen Strafen der Nationalsozialisten. Vielleicht lag es ja daran, dass sie kaum noch etwas zu verlieren hatten. In Berlin wurden hinter vorgehaltener Hand etliche Flüchtlingsgeschichten erzählt, doch die meisten Leute kümmerten sich zu Anfang nicht darum. Zuerst waren es nur Gerüchte, dass sich irgendwo im Osten riesige Trecks in Richtung der Reichshauptstadt schleppten, dass steifgefrorene Leichen am Straßenrand liegen blieben, dass irgendwo dort draußen wahnsinnig gewordene Mütter die Leichen ihrer Säuglinge kilometerweit mit sich herumtrugen. Die Bestätigung kam erst, als die ersten Flüchtlinge mit dem Zug Berlin erreichten und der Menschenstrom immer größer wurde.

Frau Dargus hielt jedoch an ihrer nationalsozialistischen Gesinnung fest. Unheilvoll hatte sie ihre Lippen zusammengepresst. Oppenheimer versuchte, die Situation mit einer harmlosen Frage zu entschärfen. Und tatsächlich fiel ihm auf, dass Frau Dargus die ganze Zeit über einen Teller in ihrer Hand hielt.

»Was haben Sie denn da?«

Frau Dargus blickte Oppenheimer fragend an, ehe sie sich an den Teller erinnerte.

»Ich wollte eigentlich nur fragen, ob Sie einen Strammen Max möchten.«

Oppenheimer wusste zunächst nicht, was er sagen sollte. Als ihm bewusst wurde, wie Frau Dargus und ihre Schwester ihn musterten, konnte er kaum anders, als an die Zweideutigkeit des Begriffes *Strammer Max* zu denken. Doch dann entschied er sich, diese mögliche Anspielung zu ignorieren, setzte seine unschuldigste Miene auf und fragte: »Was meinen Sie?«

»Sie hatten mir doch vor kurzem die Fleischbrühe angeboten, da wollte ich mich revanchieren.«

»Ach, aber Frau Dargus …«

»Beate«, verbesserte sie ihn.

»Äh, ja, aber das ist doch nicht nötig.«

»Das ist ja nichts Großartiges.« Frau Dargus stellte den Teller auf den Küchentisch. Oppenheimer hatte ihre selbstgekochten Speisen bislang immer dankend abgelehnt, weil sie meistens eklige Rezepte nachkochte, die ausgerechnet in Hitlers wichtigstem Propagandablatt, *Völkischer Beobachter*, unter dem flotten Motto »So spart man Fett« veröffentlicht wurden. Doch bei dem verführerischen Duft von Spiegelei und gebratenem Schinkenspeck überkam Oppenheimer ein Anflug von Gier. Dass der Speck nicht koscher war, spielte für ihn keine große Rolle, weil man in seiner Familie die jüdischen Speisegesetze

ohnehin nur dann beachtet hatte, wenn der strenggläubige Onkel zu Besuch gekommen war.
»Wo haben Sie denn die Sachen her?«, fragte Oppenheimer.
»Ich habe meine Rationen gehamstert«, erklärte Frau Dargus. »Und heute ist doch ein Feiertag, weil Meta da ist. Sie können mir den Teller ja gleich zurückbringen.«
Trotz des eisigen Seitenblicks, den Frau Dargus ihrer Schwester zuwarf, schaffte sie es, scheinbar vergnügt aus Oppenheimers Wohnung zu tänzeln.
Frau Baranowski blickte ihrer Schwester zuerst mürrisch hinterher, ehe sie Oppenheimer zum Abschied ein Lächeln schenkte. »Es hat mich sehr gefreut, Sie kennenzulernen, Herr Meier.«
Als Oppenheimer hörte, wie die beiden Frauen laut streitend die Treppe zur unteren Wohnung hinabstiegen, atmete er auf. Doch der Stramme Max hatte ihm den Mund wässrig gemacht. Frau Dargus schien die altbekannte Strategie zu verfolgen, dass der Weg zum Herzen eines Mannes durch seinen Magen führt. Oppenheimer hielt inne.
Durfte er das eigentlich essen?
Er beruhigte sich mit dem Gedanken, dass es seine Zuneigung zu Lisa nicht in Frage stellen würde, wenn er die halbe Scheibe Brot vertilgte. Es waren ja nur Lebensmittel, nicht wahr?
Frau Dargus gegenüber würde er keinerlei Verpflichtungen eingehen.
Während sein Kopf noch unentschlossen war, hatte sich sein Magen bereits entschieden.
Hastig griff Oppenheimer nach dem Brot. Als er den salzigen Speck schmeckte, seufzte er wohlig.

Die Gestapo wollte sie einschüchtern, keine Frage. Und trotzdem waren Hildes Gedanken so klar wie selten zuvor. Schlimmer konnte es ohnehin nicht mehr kommen.

Diesmal wurde sie nicht zur Gestapo-Dienststelle in Schöneberg gebracht, sondern in die Innenstadt. Damit lag auf der Hand, dass Hilde im Hauptquartier vernommen werden sollte. Offenbar bestand dringender Tatverdacht.

Der Gebäudekomplex in der Prinz-Albrecht-Straße war halb ausgebrannt, und das Innere hatte man nur notdürftig wiederhergestellt. Die Risse in den Wänden waren lediglich mit Farbe überpinselt, von den teilweise verschalten Fenstern zog die Kälte in die Räume. Der Gedanke, dass die Bomben endlich einmal das richtige Ziel gefunden hatten, war für Hilde ein gewisser Trost.

Und nun saß sie schon eine geschlagene halbe Stunde im Kellergeschoss in einem fensterlosen Vernehmungszimmer. Es war eine leicht durchschaubare Strategie, um sie mürbe zu machen.

Schließlich öffnete sich die Tür, und Kieninger erschien zusammen mit einer Stenotypistin. Er setzte sich hinter den Tisch und blätterte geschäftig in einem Aktenordner.

Die Minuten vergingen. Nur die Papierseiten raschelten.

Schließlich faltete Kieninger die Hände und hob seinen Blick.

»Wo waren Sie vorgestern um halb sechs?«

»Da habe ich noch geschlafen.«

Innerlich triumphierend registrierte Hilde, dass sie Kieninger mit dieser Antwort aus der Fassung gebracht hatte.

»Ich meine am Nachmittag. Siebzehn Uhr dreißig, um genau zu sein.«

»Das wissen Sie doch. Ich war in der Stadt, zum Einkaufen.«

»Den ganzen Tag? Wir haben erfahren, dass Sie bereits um Viertel nach drei die Charité-Station im Reichstag verlassen haben. Hat jemand Sie danach in der Stadt gesehen?«

Hilde zuckte mit den Schultern.

»Kann ich nicht sagen.«

»Eine Frau, die eine auffallende Ähnlichkeit mit Ihnen besitzt, wurde um vier Uhr in Schöneberg gesehen. Sie betrat das Wohnhaus, in dem Ihr Mann wohnte – und zwar kurz vor dessen Ermordung.«
»Das ist bestimmt ein Zufall.«
»Kann es dann auch ein Zufall sein, dass die Nachbarn in dieser Zeit einen lauten Streit gehört haben? Übereinstimmend wurde uns von einer herumschreienden Frau berichtet. Zwei Stunden später wurde eine vermummte Person gesehen, die eilig das Haus verließ. Zu diesem Zeitpunkt war Ihr Gatte bereits tot.«
Hilde verschränkte ihre Arme. Es war besser, nichts mehr zu sagen. Sie würde sich nur selbst belasten.
»Worüber haben Sie sich gestern mit Ihrem Ehemann gestritten?«
Als Antwort schüttelte Hilde nur den Kopf. Kieninger begriff, dass er auf diese Weise nichts ausrichten konnte, und versuchte, ihr ins Gewissen zu reden.
»Ich glaube, Sie verstehen den Ernst Ihrer Lage nicht. Wir haben in der Wohnung Ihre Fingerabdrücke gefunden. Es ist offensichtlich, dass Sie dort waren. Wenn Sie uns keine Entlastungszeugen nennen, dann sieht es böse aus.«
Hilde lehnte sich zurück.
»Ich rede nur mit meinem Anwalt. Gregor Kuhn.«
Damit war für sie das Gespräch beendet.

10

Mittwoch, 31. Januar 1945 –
Donnerstag, 1. Februar 1945

Am Fehrbelliner Platz hastete Oppenheimer die Stufen der U-Bahn-Station empor. Von dort aus waren es nur wenige Meter bis zur Bank. Seit den zwanziger Jahren hatte man hier und um den nördlich daran angrenzenden Preußenpark ein Verwaltungsgebäude nach dem anderen hochgezogen. Wie an jedem Tag lief Oppenheimer an der Reichsgetreidestelle vorbei, einem monolithischen Gebäudeklotz mit unzähligen Fenstern, dessen Fassade mit grauen Muschelkalksteinen verkleidet war. Der Weg zur Arbeit war für Oppenheimer recht komfortabel, denn er brauchte nur eine U-Bahn-Haltestelle und fünf S-Bahn-Stationen zu fahren. Außerdem befand sich seine Wohnung in unmittelbarer Nähe der S-Bahn-Station Tempelhof. Trotz allem war er heute spät dran, weil es auf der Strecke zu Verspätungen gekommen war.

Als das Bankgebäude endlich in sein Blickfeld kam, registrierte er mit Erleichterung, dass er noch zehn Minuten bis zum Einstempeln hatte. Also legte er die letzten Meter in einem gemächlicheren Tempo zurück.

Einige Meter abseits des Eingangs stand eine Gestalt und trat nervös von einem Bein aufs andere. Oppenheimer wollte gerade die Steintreppe emporsteigen, als der Mann ihn ansprach.

»Entschuldigung, sind Sie zufällig Herr Meier?«

Oppenheimer blieb stehen und betrachtete das Gesicht. Da

ihm der Herr unbekannt war, antwortete er vorsichtig mit einer Gegenfrage. »Sie wünschen?«

»Entschuldigen Sie bitte die Störung, aber es ist dringend. Es geht um Hilde.«

Blut schoss Oppenheimer in den Kopf. Er trat auf den Fremden zu und senkte seine Stimme.

»Mit wem habe ich das Vergnügen?«

»Franz Schmude«, sagte der Mann und streckte ihm zur Begrüßung die linke Hand entgegen.

Oppenheimer war zunächst irritiert, doch dann erkannte er, dass die schmale Rechte eine Prothese war.

»Sie wurde verhaftet«, fuhr Schmude fort, ohne eine Pause zu machen. »Hilde soll irgendjemanden ermordet haben. Ich kann es nicht glauben.«

Oppenheimer konnte sich allzu gut einen Reim darauf machen, doch die Sache war zu kompliziert, um sie innerhalb weniger Minuten zu erklären.

»Ist das auch wirklich wahr? Zweifelsfrei?«

Schmude blickte sich um und murmelte dann: »Es gibt da einen Gestapo-Mann, von dem wir gelegentlich Tipps bekommen. Der hat es irgendwie erfahren. Herr Nowak hat gesagt, dass Sie Hilde gut kennen und helfen könnten, weil Sie mal bei der Kripo waren.«

Oppenheimers Gedanken rasten.

»Also gut, zuerst versuchen Sie, sich zu beruhigen. Für mich beginnt gleich eine Nachtschicht. Ich werde die Zeit nutzen, um die Sache zu überdenken. Mehr können wir jetzt ohnehin nicht tun. Kann ich Sie morgen Vormittag irgendwo treffen?«

»Ja, kommen Sie am besten direkt in meinen Laden. Ab neun Uhr haben wir geöffnet.«

Schmude gab ihm eine Visitenkarte mit der Geschäftsadresse.

»Ich werde da sein«, sagte Oppenheimer.

Obwohl Hilde damit gerechnet hatte, ins Hausgefängnis der Gestapo-Hauptstelle zu kommen, brachte man sie stattdessen nach der Vernehmung direkt ins Untersuchungsgefängnis Moabit. Zuvor hatte Kieninger in der Gestapo-Hauptstelle zwei Stunden lang versucht, Hilde ein Geständnis zu entlocken, bis er erkannte, dass seine Einschüchterungsmethoden zwecklos waren.

Trotz ihrer schlimmen Lage spürte Hilde eine gewisse Schadenfreude, als sie mit einem Privatwagen der Gestapo an der gesperrten Herrmann-Göring-Straße vorbeifuhren und der Fahrer ihr verriet, dass die Stadtvilla von Goebbels in der Nähe des Brandenburger Tors beim letzten Luftangriff von einer Bombe getroffen worden war. Der Propagandaminister selbst war jedoch verschont geblieben.

Als sie im Gefängnis ankamen und Hilde in die sogenannte *Effektenkammer* geführt wurde, nahm man ihr alle Privatsachen weg – die Armbanduhr, die Gesichtscreme, selbst das Wanzenpulver.

In dem Raum stank es durchdringend nach Kampfer, was wahrscheinlich die dort hängenden Kleider vor Ungeziefer schützen sollte. Die Aufseherin starrte Hilde mit einem stumpfen Blick an, als sie die Kleidung ablegte.

»Die Unterwäsche?«, fragte Hilde.

Wortlos zeigte die Wärterin zu dem Wäschebündel hinüber. Sie sollte sich also ganz ausziehen.

Hilde versuchte krampfhaft, sich zu zügeln. Sie durfte nicht auffallen, musste mitspielen, sonst würde man ihr das Leben hier zur Hölle machen. Sie wusste, wie schwer ihr das fallen würde, doch schließlich ging es hier um ihren Kopf.

Zumindest würde sie die Anweisungen so lang ohne Murren befolgen, bis sie mit Kuhn sprechen konnte.

Jemand musste unbedingt Erichs Papiere aus ihrem Spind entfernen, koste es, was es wolle. Sonst war das Spiel aus. Richard Oppenheimer, alias Herrmann Meier, würde sicher helfen. Dieser Gedanke war jetzt ihr einziger Lichtblick.

Als Hilde vollständig entblößt war, trat die Aufseherin heran und betrachtete die neue Gefangene von allen Seiten. Ohne Vorwarnung griff sie in Hildes Haare und zog die Haarklammern heraus. Dann suchte sie ihren Körper nach verbotenen Gegenständen ab. Hilde musste erst den Mund öffnen und sich dann nach vorn beugen, damit die Aufseherin den After kontrollieren konnte. Danach zog sie mit ihren kalten Fingern Hildes Schamlippen auseinander und warf einen Blick auf den Geburtskanal. Am Schluss wurden sogar die nackten Fußsohlen überprüft. Die Wärterin führte die Untersuchung mit routinierten Griffen durch, eingeübt in langjähriger Praxis. Das Ganze ähnelte eher einer Fleischbeschau beim Metzger.

Hilde bemühte sich, während dieser unwürdigen Prozedur ruhig zu bleiben, ertrug alles mit zusammengepressten Lippen und versuchte, sich einzureden, dass dies nicht schlimmer war als eine Untersuchung beim Arzt. Die Aufseherin drückte ihr ein Bündel mit Gefängniskleidung in die Hände.

»Ich dachte, ich habe ein Anrecht auf Privatkleidung?«, sagte Hilde. »Ich bin Untersuchungsgefangene.«

»Anziehen«, befahl die Aufseherin.

Während Hilde die rauhen Kleidungsstücke anzog, erschien eine zweite Frau mit einem klimpernden Schlüsselbund. Zur Begrüßung rief sie, den rechten Arm hochgereckt: »Heil Hitler!« Da sich Hilde gerade beim Anziehen im Ärmel der Sträflingsjacke verheddert hatte, geriet ihr *deutscher Gruß* zu einer grotesken Parodie.

»Einzelhaft«, sagte die Aufseherin, nachdem sie die Aufnahmepapiere zu Rate gezogen hatte.

Die Frau mit den Schlüsseln nickte und griff nach Hildes Arm.

Doch Hilde blieb stehen. Obwohl sie es besser wusste, wollte sie der Aufseherin zeigen, dass sie nicht alles mit sich machen ließ. Also wandte sie sich kurz um und sagte: »Ich will hoffen, dass ich nach dieser Prozedur nicht schwanger werde.«
Die Aufseherin verzog keine Miene. Sie schien solche Kommentare gewohnt zu sein.
»Keine Bange, wenn da etwas gewesen wäre, hätte ich es gesehen.«
Mit dieser Antwort hatte sie Hilde endgültig den Wind aus den Segeln genommen. Als sie von der Schlüsselträgerin einen langen Korridor entlanggeführt wurde, konnte sie förmlich spüren, wie sich das Unheil über ihr zusammenbraute, allerdings irritierend langsam, ganz so, wie es die Bürokratie vorsah.
Am Ende des Gangs befand sich eine verschlossene Tür. Mit viel Schlüsselgeklimper wurde diese von Hildes Begleiterin geöffnet. Dahinter konnte sie im Halbdunkel einen mehrgeschossigen, sehr großen Raum erkennen. Es musste der Zellentrakt sein.
Es roch nach dem Chlor der Desinfektionsmittel und nach dem Kalk, mit dem die Wände gestrichen waren. Hilde war sich nicht klar darüber, ob sie es sich nur einbildete, doch noch etwas anderes schien in der Luft zu liegen, schwach, aber deutlich wahrnehmbar. Ein allzu menschlicher Geruch. Es war der Geruch des Schweißes und der Exkremente von Abertausenden Häftlingen, der sich in den vergangenen Jahrzehnten ins Gebäudefundament gefressen hatte.
Auf jeder Etage führten an den Seiten schmale Eisengalerien zu den Zellen. Das Gitter, das im ersten Stock über dem Schacht gespannt war, zerteilte das Panorama in viele kleine Rechtecke. Hilde stieg hinter der Beamtin die Eisentreppe hinauf.
Sie betraten eine Galerie und liefen an den Zellentüren vorbei. Vor jeder Tür waren Gegenstände aufgestellt, die über Nacht in

den Zellen nicht erlaubt waren. Gabel und Löffel, Schuhe, einzelne Kleidungsstücke.

Aus einer der Zellen vernahm Hilde eine Stimme, ein dumpfes Raunen. Jemand saß direkt hinter der Tür. Ob es ein Fluchen oder Beten war, ließ sich nicht erkennen. Mit einem Mal fürchtete sich Hilde davor, dass auch sie bald in der Abgeschiedenheit der Nacht stumpfsinnig vor sich hinbrabbeln würde.

Sie war gerade mit diesem Gedanken beschäftigt, als ihre Begleiterin vor einer Zelle stehen blieb und mit einem lauten Ratschen den Türriegel zurückschob.

Hildes Einweisung fiel kurz aus.

»Wenn am Morgen die Türen geöffnet werden, trittst du heraus, stellst dich hier an der Seite auf und sagst: *Achtung! Zelle Nummer 317, belegt mit einer Frau. Heil Hitler!*«

Obwohl Hilde nicht groß gewachsen war, zog sie instinktiv den Kopf ein, als sie durch die niedrige Türöffnung trat.

Sie hatte nicht mal die Möglichkeit, sich umzusehen. Kaum war sie in der Zelle, als auch schon die Eisentür hinter ihr zuknallte. Das Donnern hallte noch in dem Raum nach, als draußen schon wieder das Ratschen des Stahlriegels erklang.

Danach befand sich Hilde allein in der Dunkelheit. Abgeschnitten vom Rest der Welt.

In Oppenheimers Bank waren die Kassierer, Prokuristen und Stenotypistinnen während der offiziellen Arbeitszeit vor allem damit beschäftigt, die am Gebäude neu entstandenen Schäden auszubessern. Das Haus kam Oppenheimer wie ein mächtiger Ozeandampfer vor, der mitten im Atlantik trieb, während die Crew versuchte, die Löcher im Rumpf zu stopfen.

Auch an diesem Morgen hörte er bereits das erste Hämmern, als er nach dem Schichtende ausstempelte und zum Ausgang ging. Wie üblich kamen ihm auf der Treppe Männer und Frauen entgegen, die keuchend ihre Rechenmaschinen aus dem sicheren Tresorraum im Keller in ihre Büros schleppten. Einige Mitarbeiter hatten sich bei den Reparaturen sogar bereits auf einen Arbeitsbereich spezialisiert. Einer kümmerte sich um die Verdunklung an den Fenstern, während der andere die defekten Elektroleitungen flickte.

Man hätte dieses Verhalten für den typisch deutschen Ordnungsfimmel halten können, doch Oppenheimer ahnte, dass etwas anderes dahintersteckte. Solange die Angestellten die Kontenführung für Firmen erledigten, die nach einem Bombenangriff nicht mehr existierten, und Geschäfte mit Partnern abwickelten, die längst hinter der Front verschollen waren, konnten sie den Anschein aufrechterhalten, eine kriegswichtige Stellung innezuhaben, obgleich das traditionelle Bankengeschäft fast zum Erliegen gekommen war. Und solange der Arbeitgeber dies gegenüber den Behörden bestätigte, konnten die Kassierer und Prokuristen nicht so ohne weiteres an die Front oder zum Volkssturm eingezogen werden.

Trotz des großen Umwegs wollte Oppenheimer vor seinem Treffen mit Schmude einen kurzen Abstecher zu seiner Wohnung machen. Schließlich hatte er noch zwei Stunden Zeit, außerdem musste er sich dringend um Lebensmittel kümmern. Er war über Hildes Verhaftung sehr beunruhigt und hätte am liebsten sofort alles getan, um ihr zu helfen, doch es war jetzt das Wichtigste, einen kühlen Kopf zu bewahren.

Auf dem Nachhauseweg befielen Oppenheimer allerdings Zweifel, ob er seinen Augen noch trauen konnte. Im Morgengrauen hasteten Soldatentrupps vorbei, selbst die Straßenpolizisten sahen ungewohnt martialisch aus, mit den Stahlhelmen auf den Köpfen und den kurzläufigen Gewehren über den Schultern. Praktisch über Nacht hatte sich Berlin in eine Stadt verwandelt, die sich auf den Belagerungszustand vorbereitete.

Die Auslagen des Kiosks an Oppenheimers S-Bahn-Endstation Tempelhof wirkten wie leergefegt. Da mittlerweile an allem Mangel herrschte, gab es die Zeitungen nur noch im Miniaturformat und mit zwei Seiten. Damit die kostbaren Zeitschriften nicht weggeweht wurden, hatte der Kioskbesitzer sie kurzerhand mit Trümmerbrocken beschwert.
Wenigstens war Oppenheimer an diesem Morgen rechtzeitig beim Krämer. Wie so viele Besitzer von ausgebombten Geschäften verkaufte er seine Waren jetzt einfach auf dem Bürgersteig. Einige der Kartoffeln, die Oppenheimer ergattern konnte, sahen bereits angefault aus. Doch es half nichts, er wollte versuchen, so viel wie möglich zu verwerten. Schließlich wusste er nicht, wie lang er mit diesen paar Knollen auskommen musste.
In seine Wohnung zurückgekehrt, hatte er gerade die Kartoffeln verstaut, als das Telefon klingelte. Da es in der Nacht keine Einflüge gegeben hatte, schien das Ortsnetz zur Abwechslung mal zu funktionieren.
Oppenheimer nahm den Hörer ab. »Meier«, meldete er sich.
Als der Teilnehmer am anderen Ende der Leitung zu sprechen begann, war Oppenheimer so verblüfft, dass es ihm die Sprache verschlug. Schließlich brachte er heraus: »Entschuldigen Sie, aber was haben Sie gesagt? Wer spricht denn da?«

Dass Schmudes Laden ein Geschäft für Frauenmode war, ließ sich nur am großen Schild über dem Eingang erkennen. Wie bei vielen Läden waren die Schaufenster auch hier zugemauert, da sie bei den Luftangriffen ständig zerbrachen. Vielen Ladenbesitzern war dies sogar lieber, als offen zur Schau zu stellen, dass es kaum noch etwas zu verkaufen gab. In der Vergangenheit waren einige von ihnen dazu übergegangen, die Auslagen mit unverkäuflichen Ausstellungsstücken zu dekorieren. Um keine unerfüllbaren Begehrlichkeiten zu wecken, hatten es die

Behörden jedoch mittlerweile untersagt, Waren auszustellen, die nicht auf Lager waren.

Die Glocke über der Tür bimmelte fröhlich, als Oppenheimer eintrat. Eine rothaarige Verkäuferin saß hinter der Kasse und feilte ihre Fingernägel. Gelangweilt blickte sie auf.

»Sie wünschen?«

Oppenheimer zog seinen Hut vom Kopf.

»Ich habe einen Termin mit Herrn Schmude.«

Die Verkäuferin war genauso hübsch wie unfreundlich. Sie zeigte auf eine Bürotür am Ende des dunklen Verkaufsraums und meinte: »Da hinten.«

Oppenheimer bahnte sich einen Weg zwischen leeren Auslagen und unbekleideten Schaufensterpuppen hindurch. Im Büro war es deutlich heller, da es ein Fenster zum Hinterhof gab. Schmude saß dort mit einem weiteren Mann. Als er Oppenheimer sah, sprang er auf.

»Ah, endlich! Sehr gut, dass Sie gekommen sind. Herr Meier, darf ich vorstellen, Herr Seibold.«

Oppenheimer schüttelte Seibolds Hand. Die kreisrunde Brille mit der dicken schwarzen Fassung erinnerte ihn an den Stummfilmkomiker Harold Lloyd.

»Wir unterhalten uns gerade über unsere U-Boote«, erklärte Schmude. »Letzte Woche wurden hier in Berlin alle Russen mit sowjetischem Pass verhaftet. Aber diese Aktion ist schon vorher durchgesickert. Sie können sich vorstellen, das es wieder eine große Tauchwelle gab.«

Seibold schnappte nach Luft. »Denkst du wirklich, dass wir das vor Herrn Meier ausbreiten sollten? Ich meine, wir wissen ja nicht …«

Schmude unterbrach ihn. »Herr Nowak hat bestätigt, dass Herr Meier ebenfalls untergetaucht ist. Wir haben also nichts zu befürchten. Wussten Sie, dass Hilde verheiratet war, Herr Meier?«

Oppenheimer hatte auf dem nächstbesten freien Stuhl Platz genommen.
»Sie hat es mir erst vor ein paar Tagen erzählt – eine alte Geschichte. Sie hatte ihren Mann geheiratet, noch ehe er nazistisch angekränkelt war, und aus irgendeinem Grund hat sie sich bislang nicht scheiden lassen.«
»Sie hat es verheimlicht«, sagte Seibold. »Und dann ausgerechnet noch einer von der SS.« Er blinzelte Oppenheimer immer noch misstrauisch an.
Schmude nickte nachdenklich. »Nun ja, wenn ich mich richtig entsinne, war es niemals ein Gesprächsthema. Hilde mag ihre Geheimnisse haben, doch ich kann sie nur nach ihren Taten beurteilen. Und an ihrer Gesinnung habe ich trotz allem keinen Zweifel. Sie hat uns sehr geholfen, und jetzt sind wir an der Reihe, um ihr zu helfen. Hildes Sache steht auf jeden Fall schlecht. Vordringlich ist nun die Frage, wohin der Fall überwiesen wird. Bei einem gravierenden Delikt wie Mord wird mindestens das Landgericht eingeschaltet.«
»Sie kennen sich damit aus?«, fragte Oppenheimer.
»Ich war mal Strafverteidiger. Aber ich habe schon bald bemerkt, dass es meiner Gesundheit besser bekommt, wenn ich einen anderen Beruf ausübe. Ist eine lange Geschichte. Jedenfalls habe ich meine Ersparnisse in das Modegeschäft gesteckt, aber die Leitung überlasse ich lieber meiner Frau. Ich denke, wir müssen als Erstes versuchen, für Hilde einen vernünftigen Anwalt zu finden.«
»Offenbar hat Hilde bereits einen Anwalt.«
Schmude und Seibold starrten Oppenheimer an. Da keiner von ihnen ein Wort hervorbrachte, fuhr er fort: »Heute früh hat mich ein Anwalt namens Kuhn angerufen. Gregor Kuhn.«
Schmude verzog seinen Mund. »Hm, ein *Lauwarmer*.«
»Bitte was?«, fragte Seibold und rückte seine Brille zurecht.

»Beim Landgericht hatten wir Anwaltsdiener. Sobald ein Neuling ins Anwaltszimmer kam, haben sie ihn sofort überprüft – mit unauffälligen Gesprächen, politischen Witzen und so weiter. Je nach der Reaktion haben sie dann ihr Urteil gefällt. Sie unterschieden zwischen *Kalten*, *Lauwarmen* und *Heißen*. Von den *Heißen*, die hundertprozentig hinter der Partei stehen, gibt es vielleicht fünf oder sechs. Vor denen nimmt sich jeder Kollege in Acht. Aber ich habe gehört, dass sie jetzt stiller geworden sind. Von den *Lauwarmen* gab es natürlich wesentlich mehr. Das sind die Opportunisten, die der Partei hinterherliefen, nachdem Hitler die Macht an sich gerissen hatte.«
Interessiert beugte sich Oppenheimer nach vorn.
»Und Kuhn ist ebenfalls der Partei hinterhergelaufen?«
»'33 oder '34 war es, als er in die NSDAP eingetreten ist. Soweit ich weiß, hat er niemals jemanden verpfiffen, aber das sagt noch nicht viel. Es wundert mich, dass Hilde ausgerechnet ihn genommen hat.«
»Na, den Grund dafür werde ich ja bald herausfinden. In zwei Stunden habe ich einen Termin bei ihm. Ich hoffe, ich komme noch rechtzeitig hin. Draußen ist ja die Hölle los.«
»Haben Sie denn noch nichts gehört?«, fragte Seibold.
»Was denn?«
»Gestern hat man erzählt, dass russische Truppen Strausberg erreichten. In der Nacht wurde der Volkssturm alarmiert, weil jemand glaubte, feindliche Fallschirmjäger zu sehen.«
Oppenheimer riss die Augen auf. Strausberg, das lag etwa fünfzehn Kilometer von Fredersdorf entfernt, wo er angeschossen worden war. Wenn das stimmte, dann befanden sich die sowjetischen Truppen bereits unmittelbar vor den Toren Berlins.
Schmude fuhr fort: »Unsere Nazis hoffen jetzt auf Tauwetter, damit der Morast die Panzer behindert, aber das wird sie nicht mehr retten. Wenn die Russen westlich der Oder sind, treffen

sie auf ein hervorragend ausgebautes Straßennetz. Dann sind sie ruckzuck da.«

Oppenheimer war nervös geworden.

»Kann das wahr sein? Dann wäre alles vorbei, noch ehe Hilde vor Gericht kommt.«

»Darauf würde ich mich nicht verlassen. Es wird weitergehen bis zur letzten Sekunde. Als die Richter bemerkt haben, dass Hitler ihren Berufsstand nicht beseitigen will, sind die meisten von ihnen mit fliehenden Fahnen übergelaufen und fällen jetzt freudig ein Todesurteil nach dem anderen. Für die Republik hatten sie nie viel übrig, weil sie der Ansicht waren, dass damals ihre richterliche Freiheit nicht respektiert wurde. Und jetzt haben sie einen Freibrief erhalten, harte Strafen ganz nach ihrem Geschmack zu verhängen, zumindest solange sie den nationalsozialistischen Prinzipien folgen und es nur die Systemgegner trifft. Sie halten sich für unverzichtbar. Übrigens auch für die Zeit nach dem Krieg. Und was Kuhn anbetrifft: Er ist zwar Anwalt und kein Richter, passen Sie aber trotzdem auf, was Sie ihm sagen, Herr Meier. Ich traue ihm nicht.«

11

Donnerstag, 1. Februar 1945

Mit der christlichen Vorstellung der Hölle konnte Oppenheimer nur wenig anfangen. Für ihn war es in erster Linie ein abschreckendes Bild, das man in vielen Religionen antraf. Eine Strafe für sündhafte Taten anzudrohen, das hatte über Jahrtausende dazu gedient, die Urtriebe der Menschen zu zügeln, doch Oppenheimer glaubte fest daran, dass dieses Konzept mittlerweile überholt war. Schließlich gab es statt der angedrohten göttlichen Sühne nach dem Tod nun die Strafverfolgung im Diesseits. Außerdem hatte er immer die These vertreten, dass die irdische Variante der Strafe keine reine Vergeltungsmaßnahme war, sondern im besten Fall dem Täter helfen sollte, von der schiefen Bahn herunterzukommen. Oppenheimers Sichtweise wurde stark von seinem Lehrmeister Ernst Gennat geprägt, der Vater der Berliner Mordinspektion. Aber Gennats Standpunkt war in den vergangenen Jahren leider aus der Mode gekommen. Der nationalsozialistischen Ideologie zufolge wurde man nicht durch widrige Umstände zum Verbrecher, sondern war es bereits von Geburt an.
Oppenheimer bekam eine Ahnung davon, wie es in der Hölle tatsächlich aussehen mochte, denn zu seiner großen Überraschung existierte auf der Erde ein ganz ähnlicher Platz. Und zwar mitten in Berlin.
Die Hölle, das war ein Ort voller Menschen. Ein Ort, dem die einen händeringend entkommen wollten, während andere unablässig dorthin strömten, in der Hoffnung, eine Zufluchtsstät-

te zu finden. Wo völlig überforderte Schwestern von der NSV an Flüchtlinge scheußlichen Tee verteilten und dünne Brotschnitten, auf denen Trockenmarmelade aus Roggenmehl klebte. Wo die Wand eines Durchgangs den Menschen mangels anderer Alternativen als öffentliche Toilette diente. Wo am helllichten Tag Männer und Frauen mit heruntergezogenen Hosen und gerafften Röcken hockten, um ihre Notdurft zu erledigen. Wo die Menschen in leere Züge stürmten und dann stundenlang warten mussten, bis sie im Schutz der Dunkelheit losfuhren. Für diese Hölle auf Erden gab es auch einen Namen. Den Berlinern war sie als Schlesischer Bahnhof bekannt.

Oppenheimer hatte solch einen Ansturm zuletzt vor zwei Jahren gesehen, als die Bombardierungen der Alliierten intensiviert wurden. Auch damals gab es lange Schlangen, doch es war wenigstens möglich gewesen, mit viel Geduld eine Fahrkarte zu ergattern. Offenbar war das jetzt nicht mehr so einfach.

Vorsichtig schlängelte sich Oppenheimer zwischen den Wartenden hindurch, von denen sich die meisten einfach auf den kalten Steinplatten niedergelassen hatten. Zwischen den Gepäckstücken saßen Fronturlauber in Uniform, von denen niemand so richtig wusste, was sie in der Stadt überhaupt verloren hatten; Pfeife rauchende Herren; Flüchtlinge mit verhärmten Gesichtern, in Berlin gestrandet und auf der Suche nach einem Weitertransport; sogar ganze Großfamilien, die es anscheinend darauf abgesehen hatten, mit Sack und Pack aus der Stadt zu verschwinden.

Ein mit großen Koffern bepackter Mann drängelte sich zum Kartenschalter. Keuchend stellte er die Last neben sich zu Boden, rückte seine Brille zurecht und stammelte: »Zwei Karten.«

»Wohin?«, fragte der Schalterbeamte mit regloser Miene.

»Ist egal, nur weg. Preis ist auch egal. Die nächste D-Zug-Verbindung.«

»Der D- und Eilzugverkehr wurde am letzten Montag eingestellt. Es verkehren nur noch Personenzüge.«
»Gut, dann der nächste Zug eben.«
»Haben Sie eine Bescheinigung?«
Da sich die Brille des Mannes mittlerweile beschlagen hatte, nahm er sie ab und musterte den Schalterbeamten mit halb zugekniffenen Augen. »Was?«, fragte er.
»Ohne Bescheinigung der Kreisleitung dürfen Sie nur eine Strecke von fünfundsiebzig Kilometern zurücklegen.«
»Fünfundsiebzig Kilometer? Wohin komme ich dann?«
Der Mann hinterm Schalter blickte kurz auf eine Liste. »Maximal bis nach Rathenow. Danach müssen Sie weiterschauen.«
»Na schön, wenn es nicht anders geht. Wann fährt der nächste Zug?«
»In Richtung Westen fahren die Züge erst wieder, wenn es dunkel wird. Das größte Verkehrsaufkommen wird zwischen acht und zehn Uhr abgewickelt.«
»Acht Uhr? Aber das sind ja noch fünf Stunden! Ja gut, zwei Karten. Nach Rathenow.«

Die Anwaltskanzlei von Herrn Kuhn befand sich in unmittelbarer Nähe des Bahnhofs. Oppenheimer war überrascht, denn die Kanzleien der meisten Rechtsvertreter befanden sich in den Geschäftszentren am Alexanderplatz, im Bereich des Bahnhofs Zoo oder entlang der Potsdamer, Leipziger und Friedrichstraße. Aber nach den Angaben von Schmude war Kuhn an einem besseren Standort nicht mehr interessiert, weil er bald in den Ruhestand treten wollte.
In Kuhns Anwaltsfirma gab es noch einige jüngere Kollegen, von denen jeder in einem Fachbereich tätig war. Kuhn selbst konnte sich im Herbst seiner Karriere als Strafverteidiger vor Arbeit kaum noch retten. Da viele Kollegen an der Front waren,

musste zunehmend auf alte Haudegen wie ihn zurückgegriffen werden, um die Lücke zu schließen.
In der Kanzlei wurde Oppenheimer in ein Besprechungszimmer geführt. Ehe der Anwalt erschien, hatte er reichlich Gelegenheit, seine Umgebung zu begutachten. Obwohl sich das Büro nicht im Stadtzentrum befand, wirkte die Ausstattung durchaus repräsentativ mit den massiven Eichenmöbeln, den hohen Stuckdecken, den mit rotem Leder ausgeschlagenen Türen, die mit einem satten Schmatzen schlossen, und den hochwertig verarbeiteten Lampen. Nicht ins Bild passen wollte jedoch, dass sich in den Wänden und Decken unzählige Risse befanden, die fast wie die Landkarte eines unbekannten Kontinents aussahen. In einer Ecke weitab des Tischs stand ein Papierkorb. Oppenheimer fragte sich, welche Funktion er an dieser ungünstigen Stelle haben konnte. Doch als in der Stille plötzlich das Geräusch von tropfendem Wasser erklang, erkannte er, dass in dem Behälter das von der Decke tropfende Wasser aufgefangen wurde.
Hinter Oppenheimer wurde eine Tür geöffnet. Kuhn trat ein. Mit seiner Körperfülle und dem strengen Blick wirkte er ehrfurchtgebietend. Er zögerte kurz. Fast schien es, als habe er seinen Besucher erkannt, obwohl sich Oppenheimer recht sicher war, Kuhn in seiner Zeit als Mordkommissar nie begegnet zu sein.
Nach dieser kurzen Irritation ließ sich der Anwalt jedoch nichts mehr anmerken, begab sich zu seinem Chefsessel und setzte sich.
Ohne Oppenheimer einen Platz anzubieten, fragte er: »Sie sind also der berühmte Herr Meier?«
Oppenheimer blickte ihn überrascht an. »Berühmt? Ich glaube nicht.«
»Nun, immerhin hat mir meine Mandantin dringend geraten,

Sie zu ihrem Fall hinzuzuziehen. Ihr zufolge sind Sie einer ihrer besten Bekannten. Außerdem waren Sie mehrere Jahre über in der Strafverfolgung tätig, wenn ich das richtig verstanden habe?«

»Das stimmt. Und ich werde alles tun, um Hilde zu helfen. Sie können über mich verfügen … wenn Sie mir eine Frage erlauben: Warum wurden Sie von Hilde mit der Verteidigung betraut? Sie hat nie von Ihnen gesprochen. Ist sie eine Mandantin?«

Gemächlich stopfte Kuhn eine Pfeife. »Ich kenne Frau von Strachwitz von früher. Schon lang her, es würde Sie langweilen. Als sie mich vorgestern aufsuchte, war ich überrascht.«

Damit war das Thema für Kuhn abgehakt. Mehr wollte er anscheinend nicht preisgeben.

»Hm, ich verstehe«, sagte Oppenheimer mit einiger Verzögerung. »Momentan weiß ich nur, dass sie unter Mordverdacht steht und verhaftet wurde. Das Opfer soll ihr Mann sein. Weitere Details sind mir noch nicht bekannt.«

Kuhn verzog abschätzig die Mundwinkel. »Sie werden mir verzeihen, wenn ich kein Blatt vor den Mund nehme. Meiner Meinung nach ist es kein Verlust für die Menschheit, dass dieser Herr Hauser ins Gras gebissen hat. Ob er nun in der Partei war oder nicht, macht keinen Unterschied, er war ein verdammter Wichtigtuer. Das hätte ihm so gefallen, Hilde mit seinem letzten Atemzug ins Verderben zu reißen. Sie hat gesagt, dass sie unschuldig ist. Das reicht mir.«

»Was wissen wir denn bereits über die Sache?«

»Ich versuche gerade, einen Besuchstermin in Moabit zu bekommen. Ansonsten sieht es sehr schlecht aus. Weil der Fall von der Gestapo bearbeitet wurde, hat der Oberreichsanwalt das Verfahren gleich an das Volksgericht weitergeleitet. Der Präsident Roland Freisler lässt sich jede Klage persönlich vorlegen, und zu allem Überfluss scheint er auch sehr am Fall Hauser interessiert zu sein. Wahrscheinlich kommt Hilde vor den ersten Senat, der von ihm selbst geführt wird.«

Oppenheimer kam es für einen Augenblick so vor, als hätte sein Herzschlag ausgesetzt. Er ließ sich auf einen der Stühle sinken. Die Stille im Konferenzraum hatte mit einem Male etwas Drückendes bekommen.

Bestürzt rieb Oppenheimer über seine Stirn. Hilde sollte also vor Freisler treten, der sich einen Namen als *Blutrichter* gemacht hatte.

Ganz allgemein war die Furcht vor dem Volksgerichtshof unter Regimegegnern groß, denn er galt als Musterbeispiel für Hitlers Willkürjustiz. In den Kriegsjahren hatte das Volksgericht damit begonnen, seine Todesurteile publikumswirksam an den Litfaßsäulen bekanntzumachen. Die roten Plakate, auf denen in Frakturschrift die Überschrift *Im Namen des deutschen Volkes* stand, gehörten schon bald zum alltäglichen Stadtbild. Doch obwohl das Volksgericht nach wie vor am laufenden Band Todesstrafen verhängte, hatte man in den letzten Monaten mit der Plakatierung aufgehört. Hildes Vermutung war, dass es mittlerweile zu viele Verfahren gab, um die Urteile noch mit großem Tamtam veröffentlichen zu können, aber vielleicht lag es auch einfach am Papiermangel.

Wenn man vom Volksgerichtshof sprach, dann war auch unweigerlich vom Präsidenten Roland Freisler die Rede. Er glich einem jähzornigen Großinquisitor und war berüchtigt dafür, die Angeklagten in aller Öffentlichkeit zu demütigen. Er hatte auch die Verhandlung gegen die Verschwörer übernommen, die im vergangenen Juli versucht hatten, Hitler mit einer Bombe zu töten. Obwohl dieses Tribunal hinter verschlossenen Türen abgehalten wurde, existierte ein Filmdokument. In der Wochenschau wurden später jedoch nur ausgewählte Ausschnitte präsentiert, den kompletten Film bekamen nur NS-Organisationen und Gauleiter gezeigt. Lag es daran, dass Freislers ungezügeltes Temperament auf der Leinwand nicht gut wirkte? Dass seine laute Stimme durch die viel zu nah plazierten Mikrophone stark verzerrt wurde?

Oppenheimer konnte es sich nicht erklären. Allerdings schien sich darüber kaum jemand Gedanken zu machen. So weit er es einschätzen konnte, trafen Freislers Verhandlungsführung und die Todesurteile in der Öffentlichkeit überwiegend auf Zustimmung. Viele Leute hatten sich verwundert darüber gezeigt, dass sich die angeklagten Verschwörer vor Gericht nicht mannhafter verhalten hätten. Doch dies lag womöglich an der manipulativen Auswahl der Filmausschnitte, die es in die Wochenschau schafften.

Oppenheimer brauchte eine Weile, um seine Gedanken zu ordnen. Schließlich fragte er: »Kann Freisler jeden Fall an sich reißen?«

Als Kuhn nickte, wölbte sich unter dem dichten Vollbart das Doppelkinn. »Im Prinzip schon. Das Volksgericht besitzt als oberstes politisches Gericht Priorität und darf sich überall einmischen. Letztendlich kommt es nur darauf an, ob sich einer der Vorsitzenden so sehr für einen Fall interessiert, dass er ihn als Hochverrat einstuft. Mittlerweile werden dort sogar Fälle verhandelt, die man früher noch als Bagatellen abgetan hat. Vermutlich wird der Mord an Hauser als Hochverrat definiert, weil es sich bei ihm um ein ranghohes Mitglied der SS handelte. Auch der Tatbestand der Wehrkraftzersetzung würde passen, der Paragraph fünf der *Kriegssonderstrafrechtsverordnung* kann sehr flexibel gehandhabt werden. Im besten Fall könnte es noch als Wehrmittelbeschädigung definiert werden. Aber das sind alles Kinkerlitzchen. Im Endeffekt besteht unser gesamtes Rechtssystem ohnehin nur noch aus Gummiparagraphen, die der Richter wenden und drehen kann, wie es ihm gerade passt. In jedem Fall droht Hilde die Todesstrafe. Zum Glück finden die Verhandlungen jetzt nicht mehr öffentlich statt, sonst hätte Freisler das bestimmt zum Vorwand für einen Schauprozess genommen.«

Oppenheimer formulierte seine nächste Frage möglichst unverfänglich, um nicht zu verraten, dass er Hauser persönlich kannte. »Hilde hat gesagt, dass ihr Mann nur nach Berlin gekommen ist, weil er desertieren wollte. Würde das etwas ändern? Es wäre doch sicher eine schlechte Propaganda, wenn herauskommt, dass ein SS-Hauptsturmführer Fahnenflucht begehen wollte.«

»Sie können Gift darauf nehmen, dass dieser Punkt unter den Tisch fällt. Würde ich dies auch nur andeuten, dann hätte ich das Gericht sofort gegen mich. Sie werden versuchen, Hauser als Märtyrer zu stilisieren, und wir haben keine andere Wahl, als das zu tolerieren.«

Kuhn hatte seine Pfeife fertig gestopft und zündete den Tabak an. Gedankenverloren blickte er den blauen Schwaden hinterher.

Mit heiserer Stimme sagte Oppenheimer: »Dann gibt es also keine Hoffnung.«

Kuhn lehnte sich zurück, während er genussvoll vor sich hin paffte. »Das würde ich nicht sagen. Ich kenne Freisler persönlich. Bei ihm weiß man nie, woran man ist. Er ist sehr sprunghaft und hat schon Angeklagte unerwartet freigesprochen, wenn es ihm in den Kram passte. Aber das kann bei ihm auch ins Gegenteil umschlagen, und dann verhängt er für eine Kleinigkeit gleich die Todesstrafe. Er urteilt frei nach seinem Gusto, weil er die Meinung vertritt, dass das Führerprinzip auch im Gerichtssaal herrschen muss. Dummerweise ist Hilde adelig. Freisler hält Leute mit einer solchen Abstammung für besonders dekadent. Aber es könnte auch noch schlimmer sein.«

Oppenheimer starrte Kuhn an, als sei dieser wahnsinnig geworden. »Ist das überhaupt noch möglich?«
»Natürlich. Wenn Hilde dem katholischen Klerus oder dem Judentum angehörte, dann würde Freisler geradezu die Wände hochgehen.« Kuhn lachte bei diesem Gedanken in sich hinein. »Aber bei Hilde gibt es einen Pluspunkt: Freisler respektiert Mut. Seiner Meinung nach ist es das Schlimmste, wenn ein Angeklagter versucht, sich herauszureden. Dann reitet er ihn extra tief in die Scheiße hinein – verzeihen Sie meine Ausdrucksweise. Aber diesbezüglich habe ich bei Hilde keine Angst. Dass das Volksgericht eingeschaltet wurde, macht die Verteidigung allerdings in einem Punkt komplizierter.«
»Weil Freisler die Gesetze so auslegt, wie es ihm gerade passt?«
Kuhn schüttelte den Kopf.
»Es geht darum, ob ich Hilde überhaupt verteidigen darf. Dazu brauche ich die Zustimmung von Freisler höchstpersönlich. Wenn ihm meine Nase nicht gefällt, kann er einfach einen Pflichtverteidiger einsetzen, der schweigend alles abnickt. Ich werde ihn morgen früh aufsuchen. Klinken putzen. Und dann werde ich auch erfahren, was Hilde dazu sagt. Ich schlage vor, dass wir uns morgen um drei Uhr nachmittags wieder bei mir treffen.«
Damit erhob er sich und reichte Oppenheimer zum Abschied die Hand.

Der Mann, der sich Bruder Loki nannte, legte die Stola über seine Schultern. Als er das rote Barett aufgesetzt hatte, war die Transformation abgeschlossen. Jetzt stand hinter dem Spiegel eine Person in der weißen Mönchskutte der Presbyter, auf deren Brust eine scharlachrote Rune aufgenäht war, und blickte in das Antlitz von Odins Sohn.
Bruder Loki trat aus der Enge der hölzernen Kabine in den

Vorraum des Zeremoniensaals. Wie üblich war er als Erster eingetroffen. Weil niemand auf ihre Zusammenkünfte aufmerksam werden durfte, hatte der Prior seinen Jüngern eingeschärft, bei jeder Logensitzung einen anderen Weg zum Treffpunkt zu nehmen und sich Täuschungsmanöver einfallen zu lassen. Sie durften nicht riskieren, dass die verdeckten Schnüffler des Sicherheitsdienstes von ihren Aktivitäten Wind bekamen. Hitler hatte nach der Machtergreifung Logen wie ihre als staatsfeindlich deklariert und sie unter Beobachtung gestellt, ehe sie später verboten wurden. Nicht einmal der Führer schien zu verstehen, dass sich die geheiligten Prinzipien ihrer Lebensweise nur dann bewahren ließen, wenn man auch dem Göttervater Odin huldigte. Nach Ansicht von Bruder Loki hatte Hitler der völkischen Bewegung damit letztendlich einen Bärendienst erwiesen.

Doch hier an ihrem Versammlungsort konnten sie vor dem SD verhältnismäßig sicher sein. Auf den Gedanken, dass sie sich in einer prunkvoll ausgestatteten Villa trafen, anstatt in einem finsteren Hinterzimmer zu konspirieren, würde wohl kaum einer ihrer Verfolger kommen. Zudem war es im Chaos einer zerstörten Stadt recht einfach, die Spuren zu verwischen.

Nun gesellten sich die übrigen Presbyter zu ihm. Zuerst erschien Bruder Walthari. Er nickte Bruder Loki kurz zu und postierte sich dann neben ihn vor dem Eingang zum Zeremoniensaal. Mit seinen scharfgeschnittenen Gesichtszügen fiel er sofort auf. Nicht einmal die Mönchskutte konnte verbergen, dass er trotz seines fortgeschrittenen Alters immer noch einen durchtrainierten Körper besaß. Außerhalb ihrer Logensitzungen trafen sie sich nur selten, doch Bruder Loki hatte mitbekommen, dass Bruder Walthari Kontakte bis in die höchsten Regierungskreise besaß. Er würde sie bestimmt rechtzeitig warnen, falls sie doch einmal ins Fadenkreuz der SD-Beamten gerieten.

Dann trat Bruder Hödur zu ihnen, ein unscheinbarer Herr im mittleren Alter.
Die drei Männer bereiteten sich schweigend auf ihre Sitzung vor, der Prior nahm im verschlossenen Zeremoniensaal seinen Platz unter dem Baldachin ein. Als Letzter betrat Bruder Hagal den Vorraum. Mit seiner zerstreuten Art machte er auf Bruder Loki nicht gerade einen vertrauenerweckenden Eindruck. Doch immerhin hatte Bruder Hagal eine Reihe von Schriften zu anderen okkulten Lehren verfasst und galt, abgesehen vom Prior, in ihren Reihen als größter Kenner der Materie.
An ihrer heutigen Sitzung nahmen nur der Prior und seine vier Presbyter teil. Es gab vertrauliche Dinge zu bereden, von denen nur ausgewählte Glaubensbrüder etwas erfahren durften.
Schließlich bekamen sie das Zeichen zum Eintreten: Die Eingangspforte wurde von innen aufgeschlossen, und im Zeremoniensaal ertönte der weiche Klang des Harmoniums. Während im Hintergrund der Pilgerchor aus Richard Wagners *Tannhäuser* gespielt wurde, knieten sie der Reihe nach vor dem Gralshain nieder und schritten daraufhin zu ihren Plätzen am Versammlungstisch.
Der Platz des Priors befand sich nicht an ihrem Tisch, sondern direkt unter dem Bild der elektrotheonischen Gralstaube. An der Wand gegenüber hing wie ein Spiegelbild der Gralstaube das Gemälde eines schwarzen Raben, dem ständigen Gefährten des Göttervaters Odin.
Bruder Loki spürte eine tiefe Ehrfurcht vor ihrem Prior, dem Mann in der roten Robe, dessen silbrige Locken unter dem Barett scheinbar unordentlich hervorquollen. Wie sonst auch, hielt er seinen eindringlichen Blick hinter violettgefärbten Brillengläsern verborgen. Mit ritualisierten Bewegungen entzündeten die Presbyter einer nach dem anderen ihre weißen Kerzen, dann machten sie mit der rechten Hand das Zeichen des

Hakenkreuzes. Als der Prior das Zeichen erwiderte, durften sie Platz nehmen und mit der Sitzung beginnen.
»Wie steht es um Dr. Hauser? Ist ihm nun endlich sein vorbestimmtes Ende widerfahren?«
Bei dieser Frage umfasste der Prior seinen goldenen Stab und blickte Bruder Loki erwartungsvoll an. Die große Stunde war gekommen, er sollte Bericht über seine Aktivitäten erstatten. Jetzt konnte er seinen Wert beweisen.
»Erich Hauser existiert nicht mehr«, antwortete Loki auf die Frage des Priors. »Der Plan ist nicht so in Erfüllung gegangen, wie erhofft, doch es wird keine Auswirkungen auf unsere Vorbereitungen haben.«
Schweigend senkte der Prior sein Haupt. Bruder Loki konnte nicht sagen, ob es Einbildung war, aber der Kopf ihres Vorstehers hatte auf ihn immer den Eindruck gemacht, als ob er unnatürlich vergrößert sei. Dass sein Platz unter dem Baldachin erhöht war, betonte dieses Ungleichgewicht noch. Obwohl es die Aufgabe eines Presbyters war, die Anweisungen ihres geistigen Führers in der realen Welt umzusetzen, erzwangen die chaotischen Umstände gelegentlich eine Abweichung vom ursprünglichen Plan. Aber leider fiel es dem Prior schwer, zu akzeptieren, wenn nicht alles so exakt wie geplant verlief. Dass er nur schlecht improvisieren konnte, hielt Bruder Loki jedoch für einen geringen Makel, der sein Vertrauen in ihren Vorsteher nicht schmälerte.
»Welche Art von Komplikationen gab es, Bruder Loki?«
Bei dieser Frage des Priors wurde Bruder Loki von einer gewissen Unruhe erfasst, obwohl er wusste, dass er die Ziele des Priors letztendlich immer erfüllt hatte.
»Ich bin vorgegangen, wie wir es besprochen hatten,« antwortete er und hoffte, dass die anderen das leichte Zittern in seiner Stimme nicht bemerkten. »Ich habe die falschen Fährten ge-

legt, doch die Gestapo ist zu anderen Schlüssen gekommen. Es wird nun eine Person verdächtigt, mit der wir nicht gerechnet hatten. Hildegard von Strachwitz, Hausers Ehefrau.«

»Doch abgesehen davon hast du die Vorschriften befolgt?«

»Es wurde alles so ausgeführt wie vereinbart. Es ist bedauerlich, dass der Kommissar auf eine andere Lösung kam. Doch ich konnte wenigstens den Verdacht von unserer Loge abwenden.«

Jetzt schaltete sich Bruder Walthari ein. »Unser Hauptzweck wäre damit erfüllt, Prior.«

Der Prior nickte.

»Du hast sehr gut gehandelt, Bruder Loki. Nun ist es an der Zeit, dir deine weiteren Aufgaben mitzuteilen.«

Bruder Loki fühlte sich wieder so sicher, dass er es wagte, einen Einwand zu äußern. »Meine Aufgabe ist noch nicht erfüllt, Prior.«

»Hauser ist tot, das war unser vorrangiges Ziel.«

Für einen Augenblick vergaß Loki das Zeremoniell und begann zu widersprechen. »Ich … es ist so … die Unterlagen, Hausers Unterlagen. Ich konnte sie noch nicht finden.«

Der Prior reagierte auf diese Komplikation gelassen. »Es ist nicht zwingend nötig, dass wir die Unterlagen haben.«

»Aber ich brauche die Papiere für die Zeit danach. Wenn unsere Loge dunkel ist. Die Originale sind zerstört, doch ich weiß, dass Hausers Ehefrau irgendwo eine Kopie versteckt hat.«

»Ich kann es verstehen, dass du um deine Zukunft besorgt bist. Wer wäre es nicht, da die Äfflinge mit ihren Buhlzwergen von Ost und West auf uns einstürmen. Doch wir haben wichtigere Dinge vorzubereiten. Die Reife der Zeit ist weit fortgeschritten. Eine Phase der Unordnung liegt vor uns. Wir müssen diese Wehen bis zur Wiederkunft Fraujas unbeschadet überstehen. Erst dann wird er die heilige Autorität der Arier wiederherstellen.«

Natürlich wusste Bruder Loki, wovon der Prior sprach. Wie jeder seiner Brüder hatte er die Grundsätze ihres Glaubens verinnerlicht. In ferner Zukunft würde der Messias namens Frauja erscheinen und die arische Rasse von den satanischen Tierkulten der Mischlingswesen erlösen. Die christliche Kirche nannte ihn *Jesus* und wollte verheimlichen, dass es sich hierbei in Wirklichkeit um Odins leibhaftigen Sohn handelte. Das Christentum hatte die göttliche Offenbarung entstellt, sie zum Teil sogar in ihr Gegenteil verkehrt. Gott hatte kein Mitleid für die Schwachen und Minderen, er liebte nur die Starken.
Einige der Glaubensbrüder von Bruder Loki waren davon ausgegangen, dass mit Hitler ihr herbeigesehnter Messias bereits erschienen war. Schließlich hatte der Führer viele ihrer Vorstellungen in die Tat umgesetzt. Doch seine Misserfolge an der Front waren ein sicheres Zeichen dafür, dass das nicht stimmen konnte. Auch Bruder Loki war damals so naiv gewesen, Hitler als eine Art Heiland zu sehen, aber zu dieser Zeit hatte er sich noch nicht mit den Grundlagen der nationalsozialistischen Ideologie beschäftigt. Der Prior vertrat die Auffassung, dass Hitler allenfalls als Mittler zu sehen war und lediglich die Vorbereitungen für die Ankunft des wahren Messias traf.
Bruder Loki machte sich keine Illusionen. Es würde noch lang dauern, bis Deutschland seine angestammte Größe und Vorherrschaft wiedererlangen würde und bis das Götter-Elektron regierte. Odins Rabe schlief noch, aber irgendwann würde er erwachen, die schwarzen Federn abstreifen und sich in die Gralstaube verwandeln.
Nachdem unter den Brüdern die weiteren Aufgaben aufgeteilt waren, sagten sie zum Abschluss ihrer Sitzung gemeinsam den Vers aus der *Völuspá* auf, mit dem sie ihre Versammlungen stets beendeten. In dem ersten Götterlied des nordischen Königsbuchs *Codex Regius* beschrieb eine Seherin die germani-

sche Schöpfungsgeschichte bis zum Ende aller Zeiten. Bruder Loki kannte fast das ganze Gedicht auswendig.

Im Einklang sprachen die Männer den Text des Neubeginns nach dem Weltuntergang. Für sie besaßen diese Zeilen eine besondere Bedeutung. Sie waren eine Offenbarung. Die Aussicht auf den Heilsbringer aller Arier.

»Denn es kommt ein Reicher zum Ringe der Rater,
Ein Starker von Oben beendet den Streit,
Mit schlichtenden Schlüssen entscheidet er alles,
Bleiben soll ewig, was er gebeut.«

Nach diesen Worten erklang aus dem Musikraum nebenan wieder das Harmonium. Es war die Zeit gekommen, den Zeremoniensaal zu verlassen.

Bruder Loki war sich gewiss, dass die *Ragnarök*, wie der Weltuntergang auch genannt wurde, nicht mehr lang auf sich warten lassen würde. Hauser war ihm bereits zum Opfer gefallen. Bruder Loki lächelte bei dem Gedanken und blies seine Kerze aus.

Es war nicht schade um Hauser.

12

Freitag, 2. Februar 1945

Mürrisch schlug Schmude den Mantelkragen hoch, während er durch die feuchten Schneehaufen zur Gestapo-Stelle von Schöneberg ging.

Er fragte sich, ob die Menschenkenntnis dieses Herrn Meier wirklich so groß war, wie Nowak behauptet hatte. Gestern war er nach seiner Unterredung mit Kuhn noch einmal in Schmudes Geschäft vorbeigekommen. Die Nachricht, dass Hilde vor Freisler treten sollte, war erschreckend gewesen, doch dieser Meier hatte seinen ersten Schock wohl bereits überwunden und gab sich kampfesmutig. Schmude ahnte jedoch, dass es nur Zweckoptimismus war. Jedenfalls hatte Meier ihm dringend geraten, im Interesse von Hilde mit Kuhn zusammenzuarbeiten.

Da die Zeit drängte, bekam Schmude sofort den Auftrag, mit dem ermittelnden Gestapo-Kommissar zu reden. Meier selbst wagte es nicht, weil die Gefahr bestand, dass der Verantwortliche ein alter Kollege von ihm war.

So sehr es ihm auch widerstrebte, musste sich Schmude nun doch wieder auf die Winkelzüge der Advokaten einlassen. Er wusste, dass er es sich nicht verzeihen würde, wenn Hilde zum Tode verurteilt wurde – wie auch sein letzter Mandant. Dass er seinen Beruf als Strafverteidiger aufgegeben hatte, um nicht mehr mit solchen Dingen konfrontiert zu werden, spielte im Moment keine Rolle.

Ursprünglich wurden in Deutschland alle Todesurteile von nur drei Scharfrichtern vollstreckt. In Berlin war dafür ein Herr

Röttger aus Moabit zuständig, der auch unter dem Spitznamen *der Henker mit der speckigen Joppe* bekannt war. Als Zweitberuf leitete Röttger ein erfolgreiches Fuhrgeschäft für den *Zentralvieh- und Schlachthof*. Als Schmude ihm zum ersten Mal begegnet war, hatte er sich kaum vorstellen können, dass dieser humorvolle Mann mit den tadellosen Umgangsformen Verurteilte mit einem Beil enthauptete.

Doch die Scharfrichter arbeiteten Hitlers Meinung nach zu langsam. Es war ein offenes Geheimnis, dass bereits Ende 1933 für die zentralen Hinrichtungsstätten zwanzig Guillotinen bestellt worden waren, auch *Tegel-Fallbeil* genannt, da man die Verwendung der französischen Bezeichnung unbedingt vermeiden wollte und weil es in der Schlosserei des Gefängnisses in Tegel in Serie hergestellt wurde.

Schmude und seine Kollegen hätten schon damals erkennen können, dass die Nationalsozialisten die Zahl der Todesurteile drastisch erhöhen wollten. Aber nicht wenige seiner Kollegen sympathisierten ohnehin mit der Idee, die Todesstrafe auch auf andere Delikte auszuweiten. Bei Kriegsbeginn hatte Hitlers Regierung schließlich die *Volksschädlingsverordnung* erlassen, eine Fülle von Gesetzen und Verordnungen, die bereits fertig in der Schublade lagen. Es wurden neue Straftatbestände eingeführt, zum Beispiel wehrkraftzersetzende Äußerungen, das Abhören eines Feindsenders und Verletzungen der Lebensmittelkarten-Bestimmungen. Für all diese Delikte wurden hohe Haftstrafen oder die Todesstrafe verhängt.

Einerseits sollten die erbarmungslosen Maßnahmen der Abschreckung dienen und andererseits gemäß der nationalsozialistischen Ideologie zur Gesunderhaltung des sogenannten *Volkskörpers* beitragen. Er hatte schon bald zu spüren bekommen, dass die neue Kriegsstrafrechtsprechung vor allem darauf abzielte, kriminelle Elemente ein für alle Mal auszumerzen.

Sein erster Mandant nach Inkrafttreten des Kriegsstrafrechts sollte auch sein letzter sein. Ein kleiner Ganove namens Hollweg war dabei ertappt worden, wie er in einer Laubenkolonie ein Kaninchen stehlen wollte. Er war bereits vorbestraft, weil er einige Male gestohlene Tiere geschlachtet und dann unter der Hand weiterverkauft hatte. Für Schmude war es ein Fall wie jeder andere gewesen, nicht der Rede wert. Umso überraschender war es, dass der Staatsanwalt bei der Verhandlung vor dem Sondergericht die Todesstrafe beantragte. Zur Begründung wurde angegeben, dass Hollweg seine Taten größtenteils unter Ausnutzung der Verdunkelung begangen habe und dementsprechend als Volksschädling zu verurteilen sei. Und der gelangweilt wirkende Vorsitzende hatte Hollweg auch prompt zum Tode verurteilt.

Ein von Schmude eingereichtes Gnadengesuch wurde im Eiltempo abgeschmettert, die Hinrichtung wurde für die darauffolgende Woche festgesetzt. Schmude war über dieses unverhältnismäßig harte Strafmaß empört und hatte es für seine Verpflichtung gehalten, seinen Mandanten während der letzten Stunden zu begleiten.

Seine Anwesenheit bei der Hinrichtung war letztendlich der Grund dafür gewesen, dass Schmude sein Leben änderte.

In Berlin befand sich die Guillotine im Gefängnis Plötzensee. Dort hatte man in einem Ziegelbau einen speziellen Hinrichtungsschuppen eingerichtet. Die Besucher bekamen davon nur einen kahlen Raum mit einem schwarzen Vorhang zu sehen. Auf der Eintrittskarte für die Gäste stand der kuriose Hinweis, dass an der Richtstätte der Hitlergruß vermieden werden sollte. Und tatsächlich hielten sich alle Anwesenden daran.

Mit bloßem Oberkörper und auf den Rücken gefesselten Händen hatte man Hollweg vorgeführt. Die obligatorischen Holzpantoffeln an seinen Füßen klackerten über den Zementboden.

Im vorderen Teil des Raums befand sich ein großer Richtertisch. Der dahintersitzende Staatsanwalt im schwarzen Talar verlas mit ruhiger Stimme das Urteil und wandte sich dann dem Scharfrichter zu. Röttger trug einen festlichen Cutaway und wirkte damit wie ein Brautvater bei einer Hochzeit. Schmude wusste, was nun kam. Es war die feststehende Formulierung, vor der sich jeder zum Tode Verurteilte fürchtete.
»Scharfrichter, walten Sie Ihres Amtes!«
Dann war alles mit einer rasenden Geschwindigkeit geschehen. Röttger betätigte eine Ziehvorrichtung. Vorhangschienen sirrten. Der schwarze Vorhang wurde mit einem Ruck aufgerissen und gab den Blick frei auf den hinteren Teil des Raumes.
Die Schneide der Klinge glänzte im Schein der Glühbirne. Darunter befanden sich die Halsbretter mit ihren halbrunden Öffnungen, weiter hinten ein Weidenkorb für den abgeschlagenen Kopf, im Boden der Abfluss für das Blut.
Hollweg starrte mit weit aufgerissenen Augen auf das Fallbeil. Mit einem geübten Griff wurde er von den zwei Gehilfen zu der Tötungsmaschine bugsiert und in Position gebracht.
Fast in derselben Sekunde betätigte Röttger einen Schalter, und das Fallbeil sauste nach unten.
Hollwegs Kopf fiel in den Weidenkorb. Danach zog Röttger den Vorhang wieder zu und meldete in Habachtstellung: »Herr Oberstaatsanwalt, das Urteil ist vollstreckt!«
Der Anstaltsarzt verschwand hinter dem Vorhang, um Hollwegs Tod zu bestätigen. Dann folgte das Gepolter der Aufräumarbeiten, schließlich war in drei Minuten bereits die nächste Hinrichtung anberaumt.
Schmude konnte nicht sagen, wie oft er die Exekution später in Gedanken durchgegangen war. Er hätte sich so wie seine Kollegen verhalten können. Die Aufrechten unter ihnen versuchten, das Beste für ihre Mandanten herauszuholen – selbst wenn dies

gelegentlich auf illegale Tricks hinauslief. Schmude war sich jedoch bewusst, dass er unter diesen Umständen nicht mehr viel tun konnte. Da es seiner Ansicht nach ein fauler Kompromiss gewesen wäre, statt seiner Arbeit als Strafverteidiger einfach in einen anderen Fachbereich zu wechseln, hatte er den großen Schritt gewagt und seinen Beruf aufgegeben. Lieber wollte er versuchen, gegen das Regime zu arbeiten, indem er Verfolgten half.

Wenig später hatte Schmude Hilde kennengelernt. Und nun war es ihr Leben, das auf dem Spiel stand.

Kommissar Kieninger war in der Gestapo-Stelle leicht zu finden. Da es offenbar sein letzter Arbeitstag war, befand er sich in seinem Büro und räumte seine Sachen zusammen.

Schmude hatte die Anweisung bekommen, sich als Anwaltsgehilfe aus Kuhns Kanzlei vorzustellen, doch er wollte sich stattdessen als Sozius ausgeben, was seiner Qualifizierung viel eher entsprach. Auf dem Hinweg hatte er sich sogar eine komplette Vita ausgedacht, falls der Gestapo-Kommissar misstrauisch werden sollte. Doch Kieninger gab sich mit der vagen Angabe zufrieden, dass Schmude von der Kanzlei Kuhn sei, die mit der Verteidigung von Hildegard von Strachwitz betraut war.

Schon bald bemerkte Schmude, dass sein Gesprächspartner leicht angetrunken war und sich darüber hinaus in redseliger Stimmung befand. Das erleichterte die Dinge.

»Aber natürlich, die Abschriften der Unterlagen können Sie gleich mitnehmen«, sagte Kieninger. »Wenn wir sie mit der Post oder sonst wie verschicken, weiß ja keine Sau, ob sie überhaupt ankommen.«

Der Kommissar warf Schmude lässig eine Akte zu.

»Abzüge der Tatortfotos, alles, was Sie brauchen«, fügte Kieninger hinzu. »Aber bei diesem Fall lässt sich nicht viel machen. Diese Frau von Strachwitz, oder wie sie heißt, war die

Täterin. Eindeutig.« Damit lockerte er seine Krawatte und öffnete die oberen Hemdknöpfe.
»Wie sind Sie darauf gekommen, Frau von Strachwitz zu verdächtigen?«, fragte Schmude.
»Erfahrungssache.« Kieninger kippte seinen Stuhl nach hinten. »Heutzutage muss man sich bei der Aufklärung keine große Mühe machen. Fast alle Mordfälle in der letzten Zeit waren Ehegeschichten. Meistens dreht es sich um Männer, die auf Fronturlaub sind und ihre Frauen mit einem Liebhaber überraschen. Das passiert ständig. Die Berliner Damenwelt scheint sich zu langweilen. Diesmal wurde halt der Ehemann umgebracht. Kann passieren. Nicht ungewöhnlich.«
»Gibt es denn keine ungeklärten Umstände?«
»Nein, alles passt zusammen. Die Fingerabdrücke am Tatort konnten drei Personen zugeordnet werden. Da ist erst mal das Opfer, dann die ursprüngliche Mieterin des Zimmers, Frau Neubauer, die sich nachweislich außerhalb von Berlin aufgehalten hat, und schließlich Frau von Strachwitz. Sie wurde beim Betreten des Gebäudes beobachtet, kurz darauf wurde in der Wohnung lautstark gestritten. Die Nachbarn hörten eine aufgeregte Frauenstimme. Am nächsten Tag hatte Frau von Strachwitz eine Schwellung im Gesicht und kann bis jetzt kein vernünftiges Alibi für die Tatzeit vorlegen.«
»Was war denn die Todesursache? Ich nehme doch an, dass Herr Hauser nicht mehr am Leben war, als seine Extremitäten abgetrennt wurden?«
Kieninger schwieg. Dann nickte er. »Es war eine Überdosis Morphium. Hoch dosiert lähmt das Zeugs das Atemzentrum. Er ist wohl erstickt, während er bewusstlos war.«
Schmude blickte skeptisch auf die Unterlagen. »Wie soll ihm Frau von Strachwitz das Morphium verabreicht haben, wenn sie vorher noch miteinander gestritten haben?«, fragte er.

»Das Zeug wurde in den Armbeugemuskel gespritzt. Wahrscheinlich hat sie ihm die Nadel einfach reingerammt. Nach ein paar Minuten war er hinüber. Sie musste ihn nur festhalten.«
»Glauben Sie wirklich, dass Frau von Strachwitz über so große Kräfte verfügt?«
»Die kommt mir schon ziemlich stark vor. Außerdem ist sie Ärztin und kann Morphium ohne Probleme besorgen. Dass die Leiche dann verstümmelt wurde, spricht für eine Affekthandlung. Ein privater Racheakt. Ganz einfach.«
Schmude blieb sitzen. Er hatte den Eindruck, dass diese Geschichte nicht stimmig war. Gerade die Verstümmelung der Leiche war ein Hinweis darauf, dass etwas anderes als ein Ehedrama dahintersteckte.
Doch Kieninger schien mit seiner Erklärung zufrieden zu sein. Er kippte mit dem Stuhl wieder nach vorn.
»Ist ja egal, es macht sowieso keinen Unterschied. Dort draußen marschieren schon die Russen auf. Wer weiß, ob wir nächste Woche überhaupt noch leben. Ich habe den Fall rechtzeitig abgeschlossen und fertig. Für mich ist die Sache vorbei.«
Damit griff er unter die Tischplatte und holte eine Flasche Weinbrand hervor. »Wollen Sie auch einen Schluck? Asbach Uralt. Hab's eigentlich für den Endsieg aufgehoben, aber …«
Er zog bedauernd seine Schultern hoch. Dann bot er Schmude die geöffnete Flasche an.
»Aber gern. Vielen Dank.«
Schmude nahm einen Schluck, und eine angenehme Wärme breitete sich in seinem Magen aus.
»Hm, daran könnte ich mich gewöhnen.«
Kieninger lachte kurz auf.
»Wissen Sie, zwei Dinge wollte ich in meinem Leben noch machen: Diesen Weinbrand trinken und Fräulein Theissen das Gesäß massieren. Eine Aufgabe liegt noch vor mir.«

Obwohl Schmude Fräulein Theissen nicht kannte, grinste er bei dieser Vorstellung. »Dann wünsche ich Ihnen noch viel Erfolg. Es stimmt also, heute ist Ihr letzter Arbeitstag? Sind Sie in den nächsten Tagen erreichbar, falls wir noch Nachfragen haben?«
Kieningers Miene wurde ernst.
»Da muss ich leider passen. Morgen geht es an die Ostfront. Zusammen mit ein paar Kollegen. Das Vaterland ruft, da will ich mal nicht kneifen. Aber was Ihre Mandantin angeht, da ist nichts zu machen. Die Arbeit können Sie sich sparen.«

Hilde blickte trübsinnig in ihre Blechtasse, in der sich der sogenannte Morgenkaffee befand. Es war nicht viel mehr als dunkelbraunes Wasser und enthielt nur Spuren von Koffein. Dafür besaß das lauwarme Getränk eine Schaumkrone von dem hinzugefügten Brom, mit dem man den Gefängnisinsassen ihren Sexualtrieb abgewöhnen wollte.
Nach ihren ersten Tagen hinter Gittern hatte sie festgestellt, dass das Gefängnisessen sogar noch übler war als der Fraß, den man draußen in der Freiheit bekam. Die Leute hatten sich bereits daran gewöhnt, dass ihnen in den Gaststätten zunehmend Nährmittelersatz untergejubelt wurde. Mittlerweile bestand fast die Hälfte der Gerichte aus Ersatzstoffen. Obwohl die Kuchen, Erbsensuppen, Torten, Puddings und der Eierschaum zum größten Teil mit Kartoffelstärke nachgeahmt waren, versetzt mit einigen Geschmacksstoffen und Lebensmittelfarben, hielt sich das Murren darüber in Grenzen. Wenigstens füllte es den Bauch.
Hildes weißgetünchte Zelle war nicht mal sechs Quadratmeter groß, kaum breiter als die Stahltür und etwa drei Meter lang, so dass gerade mal die Schlafpritsche mit der Kapokmatratze, ein simpler Holztisch, ein Hocker und ein Wandkästchen mit einem Waschbecken ohne Wasseranschluss hineinpassten. Da-

neben hing ein winziger Spiegel. Gegenüber der Pritsche stand auf dem Boden der Kübel, der nach Unrat stank, da der Deckel nicht richtig schloss. Außen herum klebten Kotspritzer der vorherigen Insassen an der Wand. Die anderen Wände waren mit Sprüchen und kindlich wirkenden Krakeleien beschmiert, die Sexualakte jeglicher Form zeigten.

Während des ersten Tages in Haft machte Hilde eine weitere, überraschende Entdeckung. Unverhofft hatte sich bei der routinemäßigen ärztlichen Untersuchung herausgestellt, dass die Anstaltsärztin auf ihrer Seite stand. Auch sie kannte den Pfarrer aus dem Gefängnis Tegel, der Hilde in der Vergangenheit mehrmals unterstützt hatte. Für Hilde war das eine willkommene Gelegenheit, um an Papier und Bleistift zu kommen, denn im Gefängnis waren diese Gegenstände strikt verboten.

Die hastig zusammengefaltete Notiz für Oppenheimer hatte sie kurzerhand in ihren Schlüpfer gesteckt. Jetzt brauchte sie nur noch eine Möglichkeit, um den Zettel hinauszuschmuggeln.

Als der Metallriegel vor der Zellentür zurückgezogen wurde, schreckte Hilde zusammen. Die Wärterin trat herein.

»Sie haben einen Besucher.«

Mit dieser Bemerkung wurde Hilde nach draußen geschoben. Dort zeigte die Wärterin wortlos zur Treppe am Ende der Galerie.

Hilde fragte nicht, wer ihr Besucher war. Es konnte ohnehin nur Kuhn sein.

Der Besucherraum war mit einem Tisch und zwei Stühlen spartanisch eingerichtet. Unterhalb des vergitterten Fensters stand eine Aufseherin und beobachtete Hilde mit argwöhnischem Blick. Wenn sie im Raum blieb, würde es schwierig sein, Kuhn den Zettel heimlich zuzustecken. Hilde musste sich wohl oder übel eine Finte einfallen lassen.

Mit quietschenden Scharnieren öffnete sich die Tür, Kuhn betrat den Raum, begab sich zu dem freien Stuhl auf der gegenüberliegenden Seite des Tischs und setzte sich. Die Aufseherin bewegte sich nicht einen Zentimeter vom Fleck. Sie würde also mit ihnen hier drinnen bleiben. Fieberhaft wog Hilde die Möglichkeiten ab. Die sechzig Zentimeter zwischen ihr und Kuhn kamen ihr plötzlich unendlich lang vor.

»So, da bin ich«, sagte Kuhn. »Ich habe alles in die Wege geleitet, damit Herr Meier bald eine Besuchserlaubnis bekommt. Ganz wie du gesagt hast.«

Hilde wies zur Aufseherin.

»Und einen Anstandswauwau haben wir auch dabei.«

»Wie geht es dir?«

»Als sie mir das Essen brachten, hab ich zuerst geglaubt, dass ich in einem Diätsanatorium gelandet bin. Na ja, vielleicht hat es meine Taille ja nötig.«

Kuhn konnte sich ein Lächeln nicht verkneifen.

»Dein loses Mundwerk bringt dich noch mal um Kopf und Kragen.«

»Ich glaube, das ist momentan unser geringstes Problem.«

Dann herrschte für einige Sekunden Schweigen. Hilde atmete die abgestandene Luft ein. Es war für sie erschreckend gewesen, wie leicht es ihr gefallen war, sich an die Gefängnisroutine anzupassen. In den frühen Morgenstunden schien der Tag unerträglich lang zu sein, aber nach dem Mittagessen wurde es besser, dann ließen sich die Stunden abzählen, bis sie ihn hinter sich gebracht hatte.

Eine Beobachtung hatte sie aufgewühlt: Anstatt auf ihren Namen hörte sie jetzt auf ihre Nummer. War das der Anfang? Würde sie ihre Persönlichkeit verlieren? Ihr Gesicht? Ihre Erinnerung an die Freiheit?

Doch zum Glück gab es den Hass auf die Wärter. Für Hilde waren sie keine Menschen, nur Figuren in Uniformen. Die Wärter wollten sie zu einer Maschine umformen, die aß und schlief und ansonsten alles mit sich machen ließ. Hilde wusste, dass nur der Hass sie davor bewahren konnte, abzustumpfen.

»Verdammt noch mal, hol mich hier raus«, knurrte sie.

Kuhn runzelte die Stirn. »Das geht nicht so ohne weiteres. Du musst uns schon helfen.«

»Was soll ich machen?«

»Sag mir, wo du während der Tatzeit warst. Wir müssen dein Alibi prüfen.«

»Vergiss es, das bringt nichts.«

»Was meinst du?«

»Wenn ich ein Alibi hätte, dann wär ich doch nicht so blöd, es zu verheimlichen. Du rennst in die falsche Richtung.«

Kuhn betrachtete Hilde mit wachsender Besorgnis.

»Warum willst du mir nichts sagen?«

»Wenn es sinnvoll wäre, dann tät ich es. Sag Herrn Meier, dass er auf keinen Fall seine Zeit damit verschwenden soll.«

Hilde verschränkte ihre Arme und presste ihre Lippen zusammen. Mehr würde sie dazu nicht sagen.

Kuhn seufzte unzufrieden.

»Na schön, wenn du meinst. Damit bleibt mir kein Spielraum. Vielleicht änderst du deine Meinung noch. Aber wir haben nicht viel Zeit. Dein Fall wird vor das Volksgericht kommen. Freisler hat mir gerade gesagt, dass er persönlich daran interessiert ist.«

Hilde blickte auf. Der Schock saß tief. Doch bei näherer Betrachtung fand sie, dass es eine gewisse Konsequenz hatte. Sie sollte ausgerechnet vor Freisler treten, die Personifizierung all dessen, was sie verabscheute.

Obwohl sie sich wieder gefasst hatte, griff sie sich krampfhaft an die Brust. Ihr war eine Idee gekommen.

»Was? Was sagst du?«

Ihre Stimme war nur noch ein Keuchen. Alarmiert blickte Kuhn sie an.
Hilde richtete sich mühsam auf.
»Sitzen bleiben«, rief die Aufseherin.
Doch Hilde tat so, als würde sie sich nicht darum kümmern. Schwankend näherte sie sich Kuhn.
»Sitzen bleiben!«
Hilde riss ihre Augen auf und hoffte, dass es nicht zu theatralisch aussah. Dann sank sie in die Knie und ließ sich zu Boden gleiten.
Sie hörte, wie Kuhns Stuhl polternd umfiel. Wenige Augenblicke später spürte sie seine Hände.
»Einen Arzt! Schnell!«
Schnelle Schritte, die Türscharniere quietschten, die Aufseherin hatte den Raum verlassen.
Diesen Augenblick hatte Hilde herbeigesehnt. Jetzt musste sie es versuchen.
Sie öffnete die Augen und sah über sich Kuhns geröteten Kopf. Als sie ihm zuzwinkerte, verschwand der Ausdruck der Besorgnis aus seinem Gesicht. Er hatte ihre Finte durchschaut. Zwei schnelle Griffe reichten aus, dann war der Zettel übergeben. Danach konnte Hilde nichts mehr tun.
Jetzt lag es an Oppenheimer.

13

Freitag, 2. Februar 1945 –
Samstag, 3. Februar 1945

Es war alles falscher Alarm gewesen. *Natürlich*, dachte Oppenheimer. *Es wäre auch zu schön gewesen, wenn die sowjetischen Truppen bereits unmittelbar vor Berlin stünden.* Stattdessen befanden sie sich immer noch an der Oder. Obwohl es der Roten Armee gelungen war, den Fluss zwischen Küstrin und Wriezen zu überschreiten, hatten die deutschen Streitkräfte letzten Meldungen zufolge den hastig errichteten Brückenkopf schon fast komplett eingedrückt.

Hinzu kam, dass das von Hitlers Militärstrategen ersehnte Tauwetter eingesetzt hatte. Das Eis der Oder war bereits zum größten Teil zerborsten, was die Überquerung des Flusses deutlich erschwerte.

Doch nach dem halsbrecherischen Tempo der letzten Wochen nutzten die russischen Truppen diese Verschnaufpause ohnehin, um zunächst in Frankfurt an der Oder Panzer und Infanterie zusammenzuziehen. Die meisten Einwohner Berlins waren sich im Klaren darüber, dass dies die Vorbereitungen auf einen Angriff auf die Hauptstadt waren. Es war nur eine Frage der Zeit, bis Kommandant Konew zum Angriff blasen würde. Goebbels hatte die Stadt vorsorglich bereits zur Festung erklärt und ließ an den Seelower Höhen Verteidigungslinien errichten.

Wie ausgemacht, wollte Oppenheimer Kuhn am frühen Nachmittag besuchen und konnte vorher wenigstens noch zwei bis drei Stunden schlafen. Während seiner Nachtschicht hatte es

gleich zweimal Moskito-Alarm gegeben. »Arsch kaum warm – Fliegeralarm«, war Brehms Kommentar gewesen.
Trotz Oppenheimers Termine gab es am Mittag noch einmal die Möglichkeit, sich mit Lisa wie gewohnt an der großen Brücke beim Bahnhof Zoo zu treffen. Da sie für einen Kinobesuch leider keine Zeit hatten, mussten sie sich wohl oder übel damit begnügen, in sicherer Entfernung voneinander am vereisten Landwehrkanal entlangzuspazieren.
Beim Zoobunker, einem grauen Betonklotz, der gleichzeitig als Hochbunker und Flakturm fungierte, hatten sie die Gelegenheit genutzt und unbeobachtet einige Worte gewechselt. Während sie so taten, als würden sie zusehen, wie auf der gegenüberliegenden Uferseite die große Radarantenne auf dem Leitturm rotierte, informierte ihn Lisa darüber, dass sie den Umzug nach Potsdam bereits hinter sich hatte. Oppenheimer plagte ein schlechtes Gewissen, weil er ihr dabei nicht helfen konnte, doch sie winkte ab, da zum Transport ihrer paar Besitztümer zwei Koffer ausgereicht hätten.
Zum Glück durfte sie in Potsdam in einem Mietshaus wohnen, weil die Kasernen dort für die Flüchtlinge aus den Ostgebieten benötigt wurden. Auf diese Weise stand Lisa weniger unter Beobachtung als die anderen Flakhelferinnen in der Gemeinschaftsunterkunft.
Doch ihr Abschied war für Oppenheimer besonders unangenehm. Auch Lisas Augen waren feucht, aber sie wischte ihre Tränen tapfer lächelnd weg. Schließlich war es das letzte Mal, dass sie sich in Berlin treffen konnten. Um Lisa zu sehen, musste Oppenheimer ab sofort nach Potsdam fahren.
Auf dem Weg zu Kuhn registrierte er, dass aus den Ostgebieten mittlerweile auch die ersten Karawanen von Flüchtlingen Berlin erreicht hatten. Anders konnte sich Oppenheimer nicht erklären, dass die Durchgangsstraßen nach Westen von Lkws

und Pferdekarren verstopft waren. Da sich in der Gegenrichtung gleichzeitig die Truppentransporte an die Ostfront stauten, war es fast unmöglich, die großen Hauptstraßen zu überqueren.
In einer Seitenstraße unweit von Kuhns Kanzlei sah Oppenheimer zum ersten Mal in seinem Leben mitten in Berlin eine Panzersperre. Eine Truppe ergrauter Volkssturmmänner hatte dazu mitten auf der Straße einen Möbelwagen auf die Seite gekippt. Doch von Entschlossenheit und Kampfeifer war bei den Männern nicht viel zu spüren. Anstatt das Innere des Wagens mit Trümmerstücken zu füllen, standen sie ratlos neben dem umfunktionierten Vehikel, als könnten sie es selbst nicht glauben, dass sie diese Unordnung angerichtet hatten.
Ein weiterer Volkssturmmann beobachtete die Aktion vom Straßenrand aus und schüttelte den Kopf. Oppenheimer machte wohl ein ähnlich bestürztes Gesicht, denn als der Alte ihn sah, raunte er ihm vertrauensvoll zu: »Dit bau'n wir jetzt da hin, und dann kommt der Iwan und schiebt dit mit seinen Jeräten wieda beiseite. Aber ick mach ja nich die Planung.«

Zum Glück waren an diesem Tag auch Schmude und Seibold in Kuhns Kanzlei erschienen. Oppenheimer konnte nachvollziehen, dass sie dem Anwalt nicht über den Weg trauten, doch eine Zusammenarbeit war die einzige Möglichkeit, Hilde zu retten.
Während sich Schmude darauf beschränkte, Kuhn argwöhnisch zu beobachten, spiegelte sich in Seibolds Miene schieres Entsetzen. Wiederholt tupfte er sich die Schweißperlen von der Stirn. Außerdem schien er ständig auf dem Sprung zu sein.
In dieser angespannten Stimmung überbrachte Gregor Kuhn die niederschmetternde Nachricht, dass Hilde es abgelehnt hatte, ihnen ein Alibi zu liefern.

Seibold sprang nervös auf, als Oppenheimer seinen Hut auf den Boden schleuderte.
»Na, das kann doch nicht wahr sein!«, brüllte Oppenheimer.
Betreten blätterte Schmude durch Kieningers Gestapo-Dokumente. »Bei der Vernehmung hat Hilde behauptet, dass sie in der Stadtmitte beim Einkaufen war. Das lässt sich kaum belegen.«
Oppenheimer versuchte, sich wieder so weit zu beruhigen, dass er nachdenken konnte.
»Da steckt noch etwas anderes dahinter. Aber wenn Hilde damit nicht rausrückt, können wir nichts machen. Gut, also konzentrieren wir uns darauf, was wir haben. Vielleicht finden wir Hinweise darauf, dass die Beweiskette nicht stimmig ist.«
Kuhn unterbrach ihn. »Ich befürchte, das allein wird uns nicht helfen. Wahrscheinlich wissen Sie es noch nicht, Herr Meier, aber die Beweislast hat sich umgekehrt. Wer vors Volksgericht kommt, gilt automatisch als schuldig. Nur Misstrauen an den Beweisen hervorzurufen, das reicht nicht aus. Freisler hat mir gesagt, dass er im Zweifelsfall lieber einen Unschuldigen verurteilt, anstatt einen Schuldigen entwischen zu lassen. Wir können Hilde nur retten, wenn wir auch eindeutige Beweise für ihre Unschuld finden.«
Oppenheimer zog seine Mundwinkel nach unten. »Nun ja, eigentlich hätte ich mit so was rechnen sollen.«
»Aber dass wir die Untersuchungsunterlagen haben, ist schon mal ein großer Vorteil«, fuhr Kuhn fort. »Normalerweise machen die Strafbehörden Scherereien, wenn man Einblick verlangt. Es ist auch nicht ungewöhnlich, dass dem Verteidiger einige Passagen nicht zugänglich gemacht werden, wenn sie der Geheimhaltung unterliegen.«
»Diesem Kieninger von der Gestapo schien alles egal zu sein«, sagte Schmude. »Ich habe die Dokumente komplett durchge-

schaut. Um es zusammenzufassen: Zwei Nachbarn, die im gleichen Haus wohnen, haben den Täter gesehen oder gehört. Außerdem hat ein Passant Hilde beim Betreten des Hauses erkannt. In der Wohnung gab es drei unterschiedliche Fingerabdrücke. Da wären erst mal die von Frau Neubauer. Sie hatte ihre Bude an Dr. Hauser untervermietet, scheidet jedoch als Tatverdächtige aus, weil sie in Beelitz in einem Ausweichkrankenhaus arbeitet und zur Tatzeit nachweislich dort war. Damit hat sie ein hieb- und stichfestes Alibi. Weitere Fingerabdrücke gibt es nur noch von Hilde und Dr. Hauser selbst.
Hilde hatte am nächsten Morgen eine Schwellung im Gesicht. Kieninger vermutet Handgreiflichkeiten, Hilde behauptet, dass sie im Dunkeln über Trümmer gestolpert ist. Beweisen lässt es sich nicht, dass sie von ihrem Mann geschlagen wurde, doch es ist sehr wahrscheinlich.
Und dann gibt es noch eine Sache, die meiner Meinung nach nicht ins Bild passt: Die Leiche war verstümmelt. Die Hände wurden später im Hinterhof in einem Blumenbeet gefunden. Der Kopf ist immer noch verschwunden. Die Gestapo erklärt das mit einem privaten Racheakt. Als Motiv finde ich das sehr schwach. Das ist ein Punkt, bei dem wir ansetzen können.«
Oppenheimer wägte die Informationen ab und dachte an den Mann, vor dem er mit dem Ganoven Paule auf das Dach geflüchtet war.
»Unsere Arbeitshypothese müsste demnach sein, dass eine weitere Person bei Hauser war und ihn getötet hat. Der Täter hinterließ keine Spuren, also muss er Handschuhe getragen haben. Jemand könnte ihn gesehen haben. Ich schlage vor, dass wir als ersten Schritt noch mal die Zeugen vernehmen. Vielleicht wurden nicht alle Angaben korrekt wiedergegeben. Sie hatten gesagt, dass dieser Kieninger Ihnen auch die Fotografien vom Tatort mitgegeben hat?«

Schmude reichte Oppenheimer die Abzüge.
Gedankenverloren betrachtete er ein Foto nach dem anderen. Als er damit durch war, legte er sie nebeneinander auf den großen Konferenztisch.
Zuerst spürte er nur ein vages Gefühl, dass mit den Bildern etwas nicht stimmte, obwohl sie den Tatort genau so zeigten, wie er ihn selbst vorgefunden hatte.
Dann erkannte er es.
Aufgeregt fragte er: »Entschuldigung, aber haben Sie zufällig eine Lupe?«
Es dauerte eine Weile, dann kam der Bürovorsteher mit einem Vergrößerungsglas.
Oppenheimer konzentrierte sich auf die rechte Seite des Opfers.
Und tatsächlich, in der Blutlache fehlte die Anstecknadel mit dem Dreieckssymbol. Jemand hatte sie entfernt, bevor die Aufnahmen gemacht wurden.
Als Oppenheimer sich zurücklehnte und die erwartungsvollen Blicke seiner Mitstreiter sah, wurde ihm bewusst, dass er dringend eine Ausrede brauchte. Schließlich konnte er schlecht zugeben, bereits am Tatort gewesen zu sein.
Also sagte er mit einer entschuldigenden Geste: »Nichts, ich hatte nicht genau hingeschaut.«
Enttäuscht atmeten die Männer aus. Doch Oppenheimer wollte es nicht dabei belassen. Wenn ein Indiz urplötzlich verschwand, steckte in der Regel auch etwas dahinter. Die fehlende Anstecknadel musste ein wichtiger Anhaltspunkt sein.
In der folgenden Viertelstunde hörte Oppenheimer kaum der Diskussion über Kuhns Verteidigungsstrategie zu. Stattdessen versuchte er, das Symbol auf der Nadel zu rekonstruieren. Die drei Dreiecke. Schon bald bemerkte er, dass sein Gedächtnis nicht sonderlich zuverlässig war. Unablässig kritzelte er auf

Blättern herum und versuchte mehrere Varianten, doch keines davon ähnelte dem Symbol, das er gesehen hatte.
Bevor sie untereinander die Aufgaben für den nächsten Tag verteilten, fragte Oppenheimer so beiläufig wie möglich: »Entschuldigung, aber ich habe da noch eine Sache. In einem anderen Zusammenhang, aber man weiß ja nie. Kennt jemand von Ihnen zufällig dieses Zeichen?«
Er zeigte den Männern seine Kritzeleien.
»Haben Sie irgendwo schon so etwas Ähnliches gesehen? Könnte es vielleicht das Emblem einer Parteiorganisation sein? Oder vielleicht eine Rune?«
Kuhn studierte die Zeichnungen und meinte dann: »Mit Runen kenne ich mich nicht aus. Aber zumindest gehört es zu keiner mir bekannten Parteiorganisation.«
Auch Schmude und Seibold schüttelten ihre Köpfe.
Enttäuscht blickte Oppenheimer auf die Illustrationen. Vielleicht lag es ja an seiner Ungeschicklichkeit als Zeichner. Er nahm sich vor, weiter in seinem Gedächtnis zu forschen.

In den frühen Morgenstunden des folgenden Samstags befand sich Oppenheimer auf dem Weg zu Hildes Grundstück. Obwohl er gerade seine Nachtschicht hinter sich hatte, fühlte er sich vergleichsweise frisch, denn trotz des üblichen Abendalarms war Berlin diesmal nicht überflogen worden.
Gestern hatte ihn Kuhn am Ende ihrer Sitzung zur Seite genommen und ihm verstohlen einen Zettel zugesteckt. Seinen Angaben zufolge war er von Hilde, doch Kuhns Beteuerung, dass er keinen Blick darauf geworfen habe, klang merkwürdig. Was konnte so wichtig sein, dass nicht einmal Hildes Verteidiger es erfahren durfte?
Noch im Treppenhaus des Bürogebäudes hatte Oppenheimer den Zettel auseinandergefaltet. Auf ihm stand:

Hol aus meinem Sprechzimmer den Schlüssel für meinen Spind im Reichstag. Er ist in der obersten Schublade. Den Haustürschlüssel findest du unter dem großen Stein auf der rechten Seite. Geh mit dem Spindschlüssel zu deinem Hausarzt. Er weiß Bescheid. Die Unterlagen dort drin müssen verschwinden.

H.

Oppenheimer verstand sofort, dass es sich dabei um belastende Beweise handelte, also wollte er die Sache gleich nach Schichtende erledigen. Doch er musste aufpassen, denn ein Eindringen in Hildes Häuschen konnte als Plünderung fehlinterpretiert werden. Bei Tageslicht hatte er wenigstens die Ausrede, dass er Hilde einen Besuch abstatten wollte und nichts von ihrer Verhaftung wusste.

Der Haustürschlüssel befand sich wie beschrieben rechts neben dem Eingang unter einem Findling. Doch es war schwierig, ihn in dem Schneematsch zu finden.

Wie erwartet war das Schloss mit einem roten Siegel verklebt. Ohne zu zögern, riss Oppenheimer den Papierfetzen ab. Wenn er das belastende Material beseitigen konnte, war es ohnehin egal, ob er Spuren hinterließ.

Mit einem leisen Klicken ging das Schloss auf.

Nichts regte sich im Sprechzimmer. Ohne die Anwesenheit von Hilde, ohne ihre wirbelnde Energie und die lautstarken Flüche wirkte das kleine Nebengebäude auf Oppenheimer geradezu bedrückend. Mit einem Anflug von Wehmut dachte er daran, dass sich hinter der Wohnzimmertür sein Grammophon mit der Schallplattensammlung befand. Im Fall einer Verurteilung würde die Gestapo Hildes Besitz sicher beschlagnahmen, und damit wären auch seine letzten Kostbarkeiten verloren. Andererseits konnte man ja schlecht kistenweise Gegenstände aus

Hildes Haus schleppen, ohne Aufsehen zu erregen. Er nahm sich vor, nach einer Lösung zu suchen. Doch er musste Prioritäten setzen. Und als Erstes musste er sich um Hildes Belange kümmern.

Als er die Haustür schloss, wurde es um ihn herum düster. Das Halbdunkel des Wintermorgens schaffte es kaum, die Gardinen zu durchdringen. Sicherheitshalber ließ Oppenheimer das Licht ausgeschaltet. Da er den Raum kannte, hatte er keine Schwierigkeiten, sich bis zum Schreibtisch vorzutasten.

Ein schabendes Geräusch war zu hören, als er die oberste Schublade aufzog. Nur leider war es hinter dem Tisch sehr dunkel. Sosehr Oppenheimer auch seine Augen anstrengte, er konnte in der Schublade nichts erkennen. Also nahm er die Hände zu Hilfe, um den Inhalt zu ertasten.

Schon nach wenigen Sekunden stieß er mit den Fingerspitzen gegen einen metallischen Gegenstand. Auf der Seite befanden sich Zacken. Es musste der Schlüssel sein.

Oppenheimer verstaute ihn in seiner Geldbörse. Nachdem er sich vergewissert hatte, dass sich kein weiterer Schlüssel in der Schublade befand, schob er sie wieder zu.

Erst jetzt, als sich seine Augen an das Dämmerlicht gewöhnt hatten, bemerkte Oppenheimer, dass etwas auf dem Boden merkwürdig schimmerte. Neugierig schaute er genauer hin.

Es handelte sich nicht um das braune Linoleum, mit dem der Fußboden ausgelegt war.

Mit angehaltenem Atem bückte sich Oppenheimer. Es raschelte leise.

Als er sich aufrichtete, hielt er in seiner Hand ein Blatt Papier.

Es war Hildes Handschrift. Es musste wohl eine Krankenakte sein.

Erfolglos versuchte Oppenheimer, sich einen Reim darauf zu machen.

Hatte Hilde Unterlagen verschwinden lassen, ehe die Gestapo kam? Wohl kaum, denn in diesem Fall hätte sie die Papiere nicht achtlos über den Boden verstreut.
Er stand unschlüssig hinter dem Schreibtisch, als plötzlich ein gedämpftes Geräusch an sein Ohr drang.
Ein Husten aus dem Wohnzimmer.
Oppenheimer erstarrte.
Er war nicht allein in Hildes Wohnung.

Zu seiner Überraschung registrierte Schmude, dass mit Seibold eine Verwandlung geschehen war. Obwohl er sonst eher als Bedenkenträger auffiel, schien er heute früh voller Tatendrang zu sein. Sie hatten sich an der S-Bahn-Station Friedenau getroffen und legten die letzten Meter zu Hausers Adresse gemeinsam zurück. Weil die Zeit drängte, sollte jeder von ihnen an diesem Morgen einen Zeugen befragen.
Meier befand sich nicht bei ihnen, da seine Zeugin in der Parteikanzlei der NSDAP als Sekretärin arbeitete. Aus diesem Grund erschien es aussichtsreicher, sie gleich in der Stadtmitte aufzusuchen. Obwohl es kaum noch Arbeit gab, war der Samstag in den meisten Betrieben immer noch ein regulärer Arbeitstag, und Meier hatte gehofft, dass dies auch für die Regierungsstellen galt.
Die letzten Meter zum Mietshaus legten sie im Laufschritt zurück, weil es plötzlich wie aus Kübeln zu schütten begann. Da keiner von ihnen einen Regenschirm dabeihatte, suchten sie kurz Schutz in einem Durchgang, der zum Grazer Damm führte.
»Ich nehme die Passantin, die gesehen hat, wie Hilde ins Gebäude ging«, erklärte Seibold.
Schmude nickte. »Genau. Ich befrage dann den Mieter im unteren Stockwerk, von dem die Polizei verständigt wurde. Sonst dürfte alles klar sein?«

Seibold wollte gerade antworten, als sich ein vielleicht fünfjähriger Junge zwischen ihnen durchdrängelte.
»Weg da, ihr Scheißer!«, krähte er fröhlich. Ein etwa gleichaltriges Mädchen lief kichernd hinter ihm her.
Irritiert starrte Seibold auf die beiden Kinder. Schmude legte seine Hand auf die Schulter des Jungen und bückte sich zu ihm hinunter. Da er selbst zwei Töchter hatte, wusste er, wie man mit Kindern umgehen musste.
»Na, aber das gehört sich doch nicht«, ermahnte er den Bengel. »So was sagt man nicht zu Leuten.«
Mit verständnislosem Blick schaute der Junge ihm ins Gesicht. »Aber die Tante hat das doch auch gemacht.«
»Tante? Welche Tante?«
Die beiden Kinder kicherten wieder. Dann sagte das Mädchen: »Eine ganz alte Tante. Die war am Montag hier. Die wollte irgendwohin und hat sich nicht getraut.«
»Und die Tante hat das zu euch gesagt?«
Die Kinder nickten. Als Schmude sich aufrichtete, rannten sie trotz des Regens ausgelassen über den Gehsteig.
Schmudes Gesicht war wie versteinert. Nur einer einzigen Frau traute er zu, Kinder in einem solch rüden Ton zu beschimpfen. Er wandte sich Seibold zu.
»Das wirft unsere Pläne wohl über den Haufen. Damit haben wir den unschlagbaren Beweis, dass Hilde tatsächlich hier war.«

Starr vor Schreck stand Oppenheimer in Hildes Sprechzimmer. Nur die Wand trennte ihn von dem Unbekannten.
In seinem Kopf wirbelten die Gedanken durcheinander. Wie konnte er aus dieser Situation entkommen? Und vor allem, wer war der Eindringling?
Dessen Verhalten passte nicht zur Gestapo oder zum SD. Bei Oppenheimers letztem Fall, den er im Auftrag der SS lösen

musste, hatte er ausgiebig beobachten können, wie eine ganze Mannschaft von Spezialisten die Behausung eines Verdächtigen planmäßig auseinandernahm.
Dieser Fremde schlich aber verstohlen in Hildes Wohnung herum. Doch Oppenheimer konnte sich beim besten Willen nicht vorstellen, wer ein Motiv hatte, in ihr Häuschen einzudringen. Oder waren es doch Plünderer?
Ein dumpfes Poltern drang aus dem Wohnzimmer. Möbelstücke wurden verrückt. Der Eindringling schien besonders gründlich zu sein.
Leise ging Oppenheimer um den Tisch herum. Je lauter es im Nebenzimmer war, desto unwahrscheinlicher war es, sich durch ein Geräusch zu verraten.
Doch seine Bewegungen waren zu hastig. In seiner Eile übersah er den Papierkorb.
Mit lautem Getöse stolperte Oppenheimer über den Behälter, versuchte reflexartig, sein Gleichgewicht wiederzufinden, rutschte jedoch auf dem herumliegenden Papier aus. Er knallte gegen die Kante der Tischplatte, und dumpfer Schmerz erfüllte seinen Oberkörper.
Im Nebenzimmer war es still geworden. Die Bodendielen knarrten, als der Fremde hinter der Tür sein Gewicht verlagerte.
Für eine Sekunde sah Oppenheimer hinter dem Schlüsselloch ein Licht aufblitzen. Dann war es wieder dunkel.
Oppenheimer hob die Arme. In dieser Abwehrposition verharrend, wartete er darauf, dass die Türklinke heruntergedrückt würde und der Eindringling ins Zimmer stürzte.
Aber er wartete umsonst.
Aus dem Wohnzimmer war nur lautes Rumpeln und schnelle Schritte zu hören. Etwas schlug gegen eine Wand.
Und dann war der Spuk vorbei.
Oppenheimer brauchte eine Weile, ehe sich sein Puls wieder

normalisiert hatte. Langsam ließ er die Arme sinken. Erst als er wieder auf seinen Füßen stand, konnte er klar denken. Und trotzdem blieb ihm unverständlich, was gerade geschehen war.
Es war jetzt totenstill. Oppenheimer schien allein zu sein.
Vorsichtig näherte er sich der Wohnzimmertür und schaute durch das Schlüsselloch.
Nichts bewegte sich.
Er nahm seinen Mut zusammen und öffnete die Tür.
Eine frische Brise wehte ihm entgegen.
Als Oppenheimer ins Zimmer hineinblickte, sah er, dass eines der Fenster sperrangelweit offen stand. Der Eindringling hatte die Schränke verschoben, die Polster aufgeschlitzt, die Schubladen herausgerissen.
In den letzten Jahren hatte Hilde so viel verbotene Literatur gesammelt, dass sie die Bücher sogar vor den Fenstern stapeln musste, um mit dem Platz auszukommen. Nachdem die Bände eingemauert worden waren, hatte sie die Regale einfach an ihrem alten Platz stehen lassen.
Die Bücherbretter unter dem Fenster lagen jetzt zerbrochen auf dem Boden.
Anscheinend war der Fremde mit roher Gewalt durch das Fenster eingedrungen und hatte es dann ebenfalls als Fluchtweg gewählt.

14

Samstag, 3. Februar 1945

Nachdem er Hildes Spindschlüssel an sich genommen hatte, begab sich Oppenheimer unverzüglich zum Reichstag, um Dr. Haller aufzusuchen. Aber leider wurde er dort mit dem Hinweis vertröstet, dass Haller erst am späten Nachmittag erscheinen würde.

Da Oppenheimer nicht wusste, wo sich Hildes Spind befand und welche Unterlagen er entfernen sollte, entschloss er sich, zuerst Hausers Zimmernachbarin Frau Lenz zu befragen.

Es war kein Umweg, denn sie arbeitete wenige Straßenzüge entfernt in der Parteikanzlei der NSDAP.

Entlang der Wilhelmstraße lagen wie Perlen auf einer Kette aufgereiht die wichtigsten Ministerien: das Reichspräsidentenpalais, die alte Reichskanzlei und gleich daneben die Kanzlei des Führers. Vor den Gebäuden hatte man im Erdgeschoss Sandsäcke aufgeschichtet, so dass sie aussahen, als hätte jemand sie in schmuddeliges Geschenkpapier verpackt und irgendwann das Interesse daran verloren.

Oppenheimer überquerte beim Auswärtigen Amt die Straße und gelangte so zu dem Haus, in dem zu Republikzeiten Konrad Adenauer als Präsident des Preußischen Staatsrats seinen Amtssitz hatte. Mit dem ausgeprägten rheinischen Akzent hatte der Politiker der Zentrumspartei auf Oppenheimer stets wie ein Fremdkörper in Berlin gewirkt. Nachdem Adenauer 1933 seinen Amtssitz für Hitlers Stellvertreter Rudolf Heß räumen musste, verloren sich seine Spuren. Es hieß, dass er in seiner

Heimatstadt Köln, deren Oberbürgermeister er bis dahin gewesen war, von den Nationalsozialisten stark angefeindet wurde. Vermutlich hielt er sich nun irgendwo versteckt oder saß im Gefängnis.

Als Hitlers Kronprinz Heß 1941 überraschend nach Schottland geflogen war und dort verhaftet wurde, hatte man die Leitung der NSDAP-Dienststellen Martin Bormann übertragen. Seitdem war das vergleichsweise unauffällige Gebäude zwischen dem Preußischen Staatsrat und dem Reichsministerium für Propaganda und Volksaufklärung allgemein als Parteikanzlei bekannt.

Frau Lenz war im zweiten Stock zu finden. Als Oppenheimer die breite Steintreppe hinaufging, führte ihn sein Weg an zwei Damen vorbei, die am Fenster standen und rauchten.

Achtlos schnippte die Blonde die Asche auf den Boden, was nicht weiter auffiel, denn wie fast überall hatte sich auch in der Parteikanzlei auf den Fußböden eine dicke Schicht aus Asche und Schutt angesammelt.

»Was meinst du, ist Zyankali besser oder Veronal?«, fragte sie beiläufig.

Die zweite Sekretärin, deren dunkelbraune Locken zu einem strengen Dutt frisiert waren, antwortete und blies gleichzeitig den Rauch aus: »Besser ist Veronal. Dann schläfst du ganz einfach ein. Bei Zyankali erstickst du. Aber das kann dauern, das Zeug muss sich nämlich erst mal im Magen zu Blausäure umwandeln. Man soll Muskelkrämpfe kriegen und bei vollem Bewusstsein mitbekommen, dass man nicht mehr atmen kann. Nee, das wär nichts für mich.«

Oppenheimer mochte seinen Ohren kaum trauen. Die Frauen unterhielten sich im Plauderton darüber, auf welche Art sich am besten Suizid begehen ließ. Doch wenn er so darüber nachdachte, konnte er es verstehen. Schließlich trug er sorgsam eingepackt in seinem Luftschutzkoffer eine Zyankalikapsel bei sich, die er nach seinem letzten Fall bekommen hatte. Er wusste nur allzu gut, welchen Mut man durch die Tatsache bekam, dass man Schluss machen konnte, bevor die Dinge zu schlimm wurden.

Die blonde Sekretärin lachte plötzlich auf.

»Weißt du, ich hatte eine Großtante, die hat sich in einem sündhaft teuren Hotel einquartiert und ein heißes Bad einlaufen lassen, um sich dort die Adern aufzuschneiden. Das soll angenehm sein. Man ist ganz von Wärme umgeben. Ein schöner Gedanke.«

»Nur gibt es da ein Problem«, antwortete die andere. »Wo soll man heutzutage so viel heißes Badewasser herbekommen? Letztendlich ist es egal, alles ist besser, als sich von den Russen vergewaltigen zu lassen. Das können die mit mir nicht machen. Die wollen uns alle ausrotten. In so einer Welt will ich nicht leben.«

Das waren die letzten Worte, die Oppenheimer mitbekam, als er in den langen Gang abbog. Fast ganz am hinteren Ende entdeckte er das Büro von Frau Lenz und klopfte an.

»Herein!«, drang es hinter der Tür hervor.

Als Oppenheimer eintrat, glaubte er für einen Augenblick, sich im Freien zu befinden. Aber er hatte sich getäuscht. Vor ihm ragte nur eine blütenweiße Landschaft aus Papierstapeln, Briefkuverts und Zeitungen empor.

So viel Papier auf einem Haufen hatte Oppenheimer schon lang nicht mehr gesehen. Doch Frau Lenz war nirgendwo zu entdecken.

Den Hut in der Hand, fragte sich Oppenheimer, ob er den falschen Raum betreten hatte. Ein Rascheln drang an sein Ohr. Er beugte sich vor und rief: »Entschuldigung, aber ist Frau Lenz hier?«

»Einen Moment!«, antwortete eine Frau.

Dann folgte weiteres Rascheln und ein gemurmelter Fluch. Ein mannshoher Papierstapel neigte sich bedrohlich zur Seite. Als er in einer Kaskade von umherfliegenden Blättern in sich zusammenfiel, wurde der Blick auf eine gebeugte Gestalt freigegeben. Sie richtete sich auf und wedelte triumphierend mit einem Blatt Papier.

»Aber das Formular habe ich gefunden!«

Trotz ihres theatralischen Erscheinens war die Frau auf den zweiten Blick eine unscheinbare Person. Als sie Oppenheimer entgegenkam, bemerkte er, dass ihr eine schwarze Locke in die Stirn gefallen war. Er schätzte sie auf vielleicht dreißig Jahre. Zur Begrüßung streckte sie ihre Hand aus. »Lenz – und Sie sind?«

Oppenheimer war so verwirrt, das er fast seinen richtigen Namen gesagt hätte. »Ich, äh, Meier ist mein Name. Nach Angaben der Gestapo waren Sie eine der Zeugen bei dem Mordfall in Ihrem Wohnblock. Ich komme von der Kanzlei Kuhn und hätte da noch einige Fragen.«

»Ach ja, diese Geschichte. Sehr lästig. Aber bitte, nehmen Sie doch Platz.«

Frau Lenz wies auf einen Stuhl, doch um sich hinzusetzen, musste Oppenheimer einen Papierstapel von der Sitzfläche entfernen. Da auch sonst fast jeder Zentimeter zugestellt war, behielt er die Papiere einfach auf seinem Schoß.

»Sie müssen die Unordnung entschuldigen«, fuhr Frau Lenz fort. »Es wird immer schlimmer. Wir bekommen immer mehr Arbeit aufgehalst. Natürlich, man kann es ja verstehen, in so schwierigen Zeiten wie diesen kann sich der Führer nur noch auf seine Partei und auf Reichsminister Bormann verlassen. Trotz allem, es ist ein richtiger Papierkrieg.«

»Womit sind Sie denn beschäftigt?«

»Nun, es muss ja alles reglementiert werden. Ich bin gerade mit den letzten Vorschriften und Details für den Volkssturmdienst fertig geworden. Wir müssen die Ausbildungszeiten festsetzen, Pflichten definieren, für die Bewaffnung und das äußere Auftreten muss es natürlich auch Bestimmungen geben. Und die werden wiederum jeder einzelnen Dienststelle auf Reichsebene und in den Gauen mitgeteilt.«

Oppenheimer war überrascht, dass Frau Lenz mit den Regularien des Volkssturms beschäftigt war, obwohl sich die ersten Einheiten schon im Fronteinsatz befanden.

»Sie arbeiten immer noch an den Vorschriften für den Volkssturm?«

Frau Lenz winkte ab.

»Ach, diese ganzen Ausnahmen ziehen alles unnötig in die Länge. Wir müssen natürlich alles genau vorschreiben, damit die Ortsleiter im Zweifelsfall wissen, wie sie verfahren sollen. Und kaum sind wir fertig, wird alles wieder über den Haufen geworfen.«

Oppenheimer erkannte, wie naiv er gewesen war. Er hatte tatsächlich geglaubt, dass sich das NS-Regime in der aktuellen Lage nur noch auf das Nötigste beschränken würde. Stattdessen schien der Verwaltungsapparat endgültig Amok zu laufen.

»Das klingt tatsächlich kompliziert«, sagte er mit einem verständnisvollen Nicken.

Verschwörerisch beugte sich Frau Lenz nach vorn.

»Um ehrlich zu sein, müssen wir auch gelegentlich Notizen und Anweisungen verschicken, um unsere ranghohen Parteimitglieder an ihre Pflichten zu erinnern. Schließlich sollen sie ja dem Volk ein gutes Beispiel sein. Und dann müssen jetzt auch immer mehr beschädigte Akten rekonstruiert werden. Aber, Entschuldigung, ich rede hier vor mich hin, möchten Sie vielleicht eine Tasse Kaffee? Mit Milch? Zucker?«

Oppenheimer horchte auf. Das letzte Mal hatte er bei Hilde einen vernünftigen Kaffee bekommen.
»Aber sehr gern, vielen Dank. Schwarz, so wie er ist.«
Frau Lenz ging zu ihrem Spirituskocher und servierte Oppenheimer eine Tasse Kaffee. Gierig nippte er an dem Gebräu. Es war pechschwarz und stark, so wie er ihn mochte.
Oppenheimer konnte sich einen wohligen Seufzer nicht verkneifen. Frau Lenz quittierte dies mit einem verschmitzten Lächeln.
Sie hatte mittlerweile auf ihrem Tisch die Papierstapel zur Seite geschoben. Auf der Kante sitzend, trank sie ebenfalls Kaffee. Zwar kam sie Oppenheimer nicht sonderlich burschikos vor, doch von ihrem angestammten Platz hinter dem Schreibtisch aus hätten sie keinen Blickkontakt gehabt. Das wäre zweifellos unhöflicher gewesen, als sich auf die Tischplatte zu setzen.
Durch den Kaffee gestärkt, begann Oppenheimer mit seinen Fragen. »Frau Lenz, Sie haben gesehen, wie nach dem Zeitpunkt des Todes eine verdächtige Person aus dem Haus gelaufen ist?«
Sie lachte kurz auf, als sie sich erinnerte.
»Herausgelaufen? Er hat mich fast umgerannt. Nicht mal bei einem Bombenalarm habe ich eine solche Eile erlebt.«
Oppenheimer runzelte die Stirn. Kommissar Kieninger hatte in seinem Bericht geschrieben, dass Frau Lenz Hilde begegnet war, als diese das Haus verließ.
»Sie haben gerade das Wort *›er‹* benutzt. War es denn ein Mann?«
Frau Lenz zuckte ihre Schultern.
»Das ging alles so schnell. Ich kann es wirklich nicht sagen. Das Gesicht habe ich nicht zu sehen bekommen. Das war alles sehr merkwürdig.«
»Was meinen Sie?«

»Nun ja, diese Person, egal, ob nun Mann oder Frau, sie hatte einen Schal um den Mund gebunden und trug einen Hut. Und die Augen wurden von einer dunklen Brille verdeckt, obwohl es an dem Tag sehr wolkig war.«
»Können Sie den Schal und die Brille genauer beschreiben?«
»Die Brille war keine richtige Sonnenbrille. An der Seite war sie geschlossen, und die Gläser waren rund. Es sah eher wie eine Motorradbrille aus. Was für ein Schal das war, kann ich nicht mehr sagen. Das Einzige, an das ich mich noch erinnere, war die Farbe – ein Grünton.«
Oppenheimer schaute auf.
Ein grüner Schal. Oppenheimer hatte so etwas schon mal gesehen. Als er mit Paule den Tatort verlassen wollte. Der Fremde, vor dem sie nach oben geflohen waren, hatte ebenfalls einen solchen Schal getragen.
»Ist ihnen sonst noch etwas aufgefallen?«
»Nein, nichts. Der Kommissar hat mich gefragt, ob es auch eine Frau in Männerkleidung gewesen sein könnte. Ja, das ist möglich.«
Oppenheimer nickte.
»Gut, um wie viel Uhr ist das alles denn geschehen?«
»Ich kam gerade von der Arbeit. Müsste so Viertel nach sechs gewesen sein.«
Oppenheimer hielt es für sehr wahrscheinlich, dass Frau Lenz dem Täter begegnet war.
Er ging in Gedanken die Zeiten durch. Er und Paule waren erst später erschienen, gegen halb sieben. Und mit ziemlicher Sicherheit hatten sie nicht länger als zehn Minuten bei der Leiche verbracht.
Also war der Fremde bei ihrer Begegnung bereits das zweite Mal in dem Haus gewesen. Doch warum begab sich der Mörder in eine solch gefährliche Situation? Hatte er etwas zurück-

gelassen? Vielleicht die Anstecknadel, die auf den Fotografien fehlte?
Hastig skizzierte Oppenheimer den Kopf der Anstecknadel und zeigte die Zeichnung Frau Lenz.
»Kennen Sie dieses Emblem?«
»Nein, ich denke nicht.«
»Könnte es ein Parteiabzeichen sein?«
»Von der Partei ist es definitiv nicht. Dann müsste ich es kennen. Tut mir leid, da kann ich Ihnen nicht weiterhelfen.«
Enttäuscht starrte Oppenheimer auf seine Skizze. Der Gedanke, dass er ein wichtiges Indiz gesehen hatte und nicht wusste, um was es sich dabei handelte, machte ihn rasend. Er steckte das Notizbuch zurück in die Brusttasche seines Mantels und seufzte unzufrieden.
»Nun, da kann man nichts machen.«
Auch Frau Lenz hatte ihre Mundwinkel nach unten gezogen. Die Vitalität, mit der sie ihn empfangen hatte, war aus ihrem Körper gewichen. Ihr Blick war auf einen unbestimmten Punkt fixiert. Offenbar hing sie ebenfalls ernsten Gedanken nach.
»Nein, da kann man nichts machen«, wiederholte sie. Dann schaute sie Oppenheimer an. »Eine Frage. Haben Sie sich schon Gedanken darüber gemacht, wie sie am liebsten sterben möchten?«
Nachdem Oppenheimer im Treppenhaus die Konversation der beiden Sekretärinnen mitbekommen hatte, kam diese Frage nicht überraschend. Offenbar gehörte hier die Diskussion über mögliche Todesarten zum Hauptgesprächsthema.
Er runzelte die Stirn und versuchte, so aufrichtig wie möglich zu antworten.
»So weit bin ich noch nicht. Momentan versuche ich noch, heil davonzukommen.«
»Wie ist es, wenn man erschossen wird?«

»Wie kommen Sie ausgerechnet darauf?«
»Nun ja, mein Vorgesetzter« – kurz blitzte ein Lächeln auf –, »Herbert heißt er, offenbar hat er so viel für mich übrig, dass er mir angeboten hat, mich zu erschießen, wenn die Russen einmarschieren. Allerdings weiß ich noch nicht, ob ich es annehme. Ich meine, ist es besser als Gift?«
Oppenheimer dachte über die Unterschiede nach.
»Zumindest geht es schneller. Man muss nicht warten. Es genügt der Bruchteil einer Sekunde, und es ist geschehen. Vorausgesetzt, dass es richtig gemacht wird. Wenn man in den Kopf geschossen wird, bekommt man nichts mit. Eine Kugel bewegt sich schneller als der Schall. Man hört nicht mal den Knall.« An dieser Stelle erinnerte er sich daran, wie er in Fredersdorf angeschossen worden war, und fügte mit einem eisigen Lächeln hinzu: »Das kann ich sogar selbst bezeugen.«
Frau Lenz zog ihre Brauen hoch.
»Interessant«, sagte sie.

Als Oppenheimer aus der Parteikanzlei auf den regennassen Bürgersteig trat, glaubte er, eine Leichenhalle zu verlassen. Während er sich mit Frau Lenz über die Vorteile der verschiedenen Tötungsarten unterhalten hatte, war ihm umso stärker bewusst geworden, dass diese Frau noch am Leben war. Dass in ihren Adern das Blut pulsierte, dass ihr Herz schlug und ihr Körper noch nicht bläulich verfärbt und erkaltet war. Am liebsten hätte er sie an den Schultern gepackt und die Verblendung aus ihr herausgeschüttelt, die ihr befahl, aus dem Leben zu scheiden, wenn das Dritte Reich unterging.
Der Gedanke, dass jeder letztendlich dem Tod geweiht war, beunruhigte Oppenheimer. Zwar spürte er den starken Drang zu überleben, doch möglicherweise machte er sich nur etwas vor. Von reiner Willenskraft ließ sich eine Bombe nicht beeindru-

cken. Wenn sie fiel, würde sie Oppenheimer zuliebe keinen Bogen um ihn machen.

Nein, so schlimm konnte es nicht werden.

Verbissen hielt Oppenheimer an dieser Sichtweise fest. Sonst gab es nichts mehr, woran er sich klammern konnte.

Doch er hatte keinen Versuch unternommen, Frau Lenz von seiner Auffassung zu überzeugen. Er musste zugeben, dass ein Suizid aus ihrer Sicht konsequent war. Ob sie in alle Machenschaften der Nationalsozialisten eingeweiht war, spielte keine Rolle. Vielleicht war es ja besser, wenn sich die Verblendeten selbst töteten. Doch Oppenheimer befürchtete, dass sie viele andere Menschen mit sich in den Tod reißen würden. Die Partei schlug auch in den letzten Zuckungen noch wild um sich. Gegner wurden unbarmherziger denn je verfolgt, auf eine Razzia folgte die nächste, ganze Häuserblöcke wurden nach Deserteuren und Untergetauchten durchsucht. Obwohl es keinen Sinn mehr ergab, arbeiteten die Gerichtshöfe weiter. Ein Todesurteil nach dem anderen wurde gefällt.

Gerade als er beschlossen hatte, zum Reichstag zurückzugehen, um nötigenfalls auch ohne Dr. Haller Hildes Spind ausfindig zu machen, jaulten die Sirenen über seinem Kopf. Es war das Signal für den Voralarm.

Schon seit mehr als zwei Wochen hatte es keinen Tagesalarm mehr gegeben. Es konnte also nur der Großangriff sein, vor dem sich schon länger viele Berliner ängstigten.

Gehetzt schaute Oppenheimer die Wilhelmstraße entlang.

Auch die anderen Passanten blieben kurz stehen. Trotz des strömenden Regens blickten sie in die Luft. Dann begannen die Ersten in Richtung Norden zu hasten.

Bestimmt wollten sie zum Bunker des Hotels Adlon, der unter dem Pariser Platz lag. Er war nur wenige hundert Meter entfernt und galt als einer der sichersten in ganz Berlin. Damit sein

Luftschutzkoffer nicht verlorenging, klemmte ihn Oppenheimer kurzerhand unter seinen Arm und lief den anderen hinterher.
Bei Oppenheimers Eintreffen stand vor den Eingängen des Bunkers bereits eine Menschenmenge. Es gab für ihn keine andere Möglichkeit, als sich schrittweise mit den anderen in den Bunker zu quetschen.
Mit quietschenden Bremsen kam hinter dem Brandenburger Tor eine Straßenbahn zum Stehen. Aus den geöffneten Türen drängten die Passagiere heraus und eilten ebenfalls auf den Bunkereingang zu.
Es dauerte kostbare Minuten, bis Oppenheimer endlich hineingelangt war. Als er im Schein der elektrischen Lampen die Treppen hinabstieg, atmete er auf. Wenigstens hatte er es geschafft, noch ehe die Türen unwiderruflich abgeriegelt wurden. Die Stufen waren so schmal, dass man auch ohne das von oben hereinfließende Wasser höllisch aufpassen musste, um nicht auszurutschen.
Mehrere Male wurde Oppenheimer angerempelt. Das ließ sich bei dem großen Andrang kaum vermeiden. Wie in den meisten Großbunkern roch es auch hier nach Beton, Rost und Körperausdünstungen jeglicher Art.
Als Oppenheimer ans untere Ende der Treppe gelangte, mochte er seinen Augen kaum trauen. Das Innere des Bunkers glich einem unterirdischen See. Offenbar hatte sich hier in den vergangenen Tagen das eindringende Tau- und Regenwasser gesammelt und konnte nicht mehr abfließen. Zu den Kabinen hatte man kurzerhand Holzplanken gelegt, doch weil sie schon alle besetzt waren, scharten sich die Menschen eben auf diesen zusammen. Es dauerte nicht lang, bis die Ersten von den Stegen gedrängt wurden und im eiskalten Wasser standen.
Oppenheimer fragte sich, ob das Wasser auch in das darunter-

liegende Stockwerk floss. Er hatte gehört, dass der untere Bunker für ausländische Diplomaten reserviert war. Normalsterbliche wie er hatten dort keinen Zutritt.

Monoton brummten die Ventilatoren, während sich der Raum immer weiter mit Menschen füllte.

Nach einer Weile wurde auch Oppenheimer vom Holzsteg geschubst. Obwohl er dabei ins Straucheln geriet, hielt er seinen Luftschutzkoffer fest umschlungen. In den großen Bunkern gab es stets Taschendiebe, und das Gedränge bei einem Angriff war für sie eine willkommene Gelegenheit, ihrem Gewerbe nachzugehen.

Mit dumpfem Wummern wurden die Eingänge geschlossen. Jetzt konnte Oppenheimer – wie die anderen auch – nichts weiter tun, als stehen zu bleiben und den Angriff abzuwarten.

Wenige Minuten später ging es los.

Zuerst konnte man von oben den Doppelknall der Geschütze hören. Obwohl die meterdicke Betonschicht das Schlachtgetöse dämpfte, glaubte Oppenheimer, selten zuvor einen solch lauten Angriff erlebt zu haben. Die Flaks schossen ununterbrochen. Um das Pfeifen der fallenden Bomben ausmachen zu können, lag der Bunker allerdings zu tief. Doch die Bombeneinschläge waren stark genug, um das Gebäude bis in die Grundfesten erzittern zu lassen.

Einige der Anwesenden rissen zaghaft Witze, doch ihr Blick ließ erahnen, wie verschreckt sie waren.

Plötzlich ein Knall.

Das Licht flackerte.

Der Bunker erbebte.

In Momenten wie diesen konnte es geschehen, dass Menschen wie ein einziger Organismus reagierten. Oppenheimer spürte, dass die Anwesenden gleichzeitig den Atem anhielten.

Das war sicherlich ein schwerer Einschlag in ihrer unmittelba-

ren Umgebung gewesen. Wahrscheinlich hatten es die Bombergeschwader auf die Innenstadtviertel abgesehen, und der Bunker befand sich genau im Zielbereich.
Ein Raunen ging durch die Menge. Das Kreischen einer Frau hallte durch das Betongewölbe.
Es waren die ersten Anzeichen einer Panik. Oppenheimer hoffte, dass niemand den Kopf verlor. Er mochte sich nicht ausdenken, was geschehen würde, wenn die dicht gedrängte Menschenmenge außer Kontrolle geriet.
Es folgte ein schwerer Einschlag. Dann ein weiterer. Und noch ein weiterer. Der Betonboden schien sich zu bewegen. Solch starke Vibrationen hatte Oppenheimer das letzte Mal erlebt, als er eine Bombardierung im provisorisch ausgebauten Keller des Judenhauses in Moabit mitgemacht hatte.
Oppenheimer spürte beklommen, dass er Gefahr lief, sich von der Panik anstecken zu lassen. Obwohl es sicherlich nur Einbildung war, hatte er den Eindruck, als würden die Fugen des Bunkers knirschen. Das Gebäude schien zu wanken. Er atmete schneller. Wiederholt blickte er zur Betondecke hoch. Würde sie einstürzen und alle hier unter sich begraben?
Dicht hinter sich hörte Oppenheimer einen erstickten Schrei.
Er drehte sich um und sah eine Frau mit einem Säugling auf dem Arm. Sie presste eine Hand auf ihren Mund.
In dem Augenblick, als Oppenheimer die Frau beruhigen wollte, krachte in der Nähe des Bunkers eine schwere Bombe in den Boden.
Das Licht erlosch.
Undurchdringliche Finsternis senkte sich über sie.
Die Leute riefen durcheinander. Der Klang der verängstigten Stimmen schwoll bedrohlich an.
»Es wird alles gut«, rief Oppenheimer in die Richtung, in der er die Frau gesehen hatte.

Doch er glaubte selbst nicht mehr daran.
Seine Gedanken kreisten um Lisa. Bei ihrem letzten Treffen hatte sie gesagt, dass sie bereits nach Potsdam umgezogen war. Oppenheimer hatte das schwer zu schaffen gemacht, weil es nicht mehr so einfach sein würde, sie zu sehen. Doch jetzt war er froh darüber.
Er rief sich ihr Gesicht in Erinnerung.
Lisa ein letztes Mal zu sehen und zu wissen, dass sie in Sicherheit war, genügte ihm.
Jetzt konnte er beruhigt sterben.

15

Samstag, 3. Februar 1945

Der Himmel war nur noch ein Stück Erinnerung. Stattdessen blähten sich jetzt schwefelgelbe Wolken über der Innenstadt.

Trotz der Mittagsstunde drang kaum noch Tageslicht durch die Wolkendecke.

Es regnete Bindfäden. Auf dem Weg zum Boden vermischte sich das Wasser mit dem Rauch, so dass es Oppenheimer so vorkam, als würde Teer vom Himmel regnen. Die zähe Masse fiel auf die letzten Reste des Schneematsches und bedeckte die Trümmer mit einer klebrigen Schicht. Schon hatten sich die ersten schmierigen Rinnsale gebildet. Diese Art von Niederschlag konnte Berlin nicht reinigen. Wenn der Regen nicht nachließ, würde sich bald zäher Matsch durch die Straßen wälzen und alles unter sich begraben.

Es hatte etwa zwei Stunden gedauert, ehe Oppenheimer wieder aus dem Bauch der Erde emporsteigen konnte.

Bis zuletzt war das Licht nicht mehr angegangen. Sowie sich die Menschen an die Dunkelheit gewöhnt hatten, war es wieder still geworden. Nur gelegentlich wurden gemurmelte Worte gewechselt.

»Hoffentlich marschiert Stalin bald ein«, hatte jemand in seiner Nähe gewispert. »Dann hat es wenigstens ein Ende.« Wie leicht es den Leuten doch fiel, im Schutz der Dunkelheit wehrkraftzersetzende Gedanken zu äußern.

Gelegentlich wurden Zündhölzer angerissen. Kerzen brannten.

Einige hatten sogar die Gelegenheit genutzt, um Zigaretten zu entzünden und ein paar hastige Züge zu nehmen, ehe sie von den Wächtern angebrüllt wurden.
Der Endalarm war unten im Bunker nicht zu hören gewesen. Doch als die Türen wieder geöffnet waren, kamen die Menschen langsam in Bewegung. Oppenheimer ließ sich treiben wie ein Korken, der auf den Wellen tanzt. Quälend langsam war das Meer der Leiber nach oben geströmt. Gerade als er die Treppe erreicht hatte, begannen draußen die ersten Zeitzünder zu detonieren. Oppenheimer konnte den Luftdruck der Explosionen spüren. Mit jedem Knall drängten die Menschen wieder in den Bunker zurück, um danach erneut dem Ausgang zuzustreben.
Oppenheimer hatte es an die Oberfläche geschafft und versuchte, sich zu orientieren. Durch seine Motorradbrille, die er immer dabeihatte, um die Augen nach einem Angriff vor dem beißenden Staub zu schützen, sah er überall aufgerissenes Straßenpflaster. Kanalwasser zischte aus zerborstenen Rohren und verwandelte die Sprenglöcher in große Pfützen. Aus unzähligen Gebäuden schlugen die Flammen.
Die oberen Teile der Häuserfronten, die man nicht mit Sandsäcken gesichert hatte, waren von Splittern gezeichnet. Die Trittkanten der Steintreppen waren ausgefranst.
In unmittelbarer Nähe lagen kopfüber die Überbleibsel eines Autos. Von den Radachsen tropften brennende Gummireifen. Dazwischen pilgerten Gestalten, bepackt mit Koffern und Säcken, zurück zu ihren Wohnungen oder zur Arbeitsstätte. Der klebrige Regen und der Staub hatten sie innerhalb weniger Minuten in eine gesichtslose Menschenmasse verwandelt.
In der Ferne hörte Oppenheimer das Sirenengeheul der ersten Löschtrupps.
Auch abseits der Innenstadt gab es sicherlich zahlreiche Block-

und Reihenbrände. In der Richtung von Kreuzberg schienen die Wolken förmlich zu glühen. Dort musste ein regelrechter Feuersturm toben.
Oppenheimer fragte sich, was er nun tun sollte. Die Station der Charité im Reichstagsgebäude war jetzt sicher mit Brandopfern überfüllt. Unter diesen Voraussetzungen gab es keine Möglichkeit, Dr. Haller zu sprechen, falls er überhaupt noch rechtzeitig vor dem Alarm zur Arbeit erschienen war.
Oppenheimer erinnerte sich daran, dass er in seinem Etui noch eine Zigarette hatte. Es war die letzte, die er von Hilde bekommen hatte.
Erst als er die Zigarette in die Meerschaumspitze steckte, bemerkte er, wie stark seine Hände zitterten. Fahrig führte er die Zigarettenspitze zum Mund. Als er gerade dabei war, in seinen Taschen nach Zündhölzern zu suchen, erkannte er plötzlich, wie gefährlich sein Verhalten war. Bestimmt gab es in der Nähe zerborstene Gasleitungen. Mit einem Glimmstengel im Mund würde er sich früher oder später selbst in die Luft jagen.
Bei diesem Gedanken begann Oppenheimer, leise in sich hineinzukichern. Es war nicht ungewöhnlich, dass Überlebende nach einer schweren Bombardierung unvermittelt in Heiterkeit ausbrachen. Nun war er wohl an der Reihe.
Es wäre besser, die verwüstete Innenstadt zu verlassen. Sie wollten sich ohnehin in knapp zweieinhalb Stunden bei Kuhn zur Lagebesprechung treffen. Weil die öffentlichen Verkehrsmittel nach einem solchen Bombenhagel zweifellos für mehrere Tage lahmgelegt waren, stellte sich Oppenheimer auf einen langen Fußmarsch ein. Mit seinen aufgeweichten Schuhen würde es sicher nicht angenehm werden.
Gerade wollte er sich auf den Weg machen, als er zwei Männer miteinander reden hörte.
»Komm bessa erst mal zu mir.«

»Steht deine Bude noch?«
»Tja, zum Glück bin ich nicht Untermieter beim Volksgericht.«
Oppenheimer erstarrte.
Als er sich zu den Männern umwandte, sah er nur noch, wie sie in der Menschenmenge verschwanden. Oppenheimer war verwirrt. Was sollte diese Bemerkung über das Volksgericht? Hatte das Gebäude etwa einen Treffer abbekommen?
Oppenheimer entschloss sich, es herauszufinden.
Der Volksgerichtshof war nicht weit entfernt, doch der Weg dorthin glich einem Hindernislauf. Einer der verlassenen Straßenbahnwagen hinter dem Brandenburger Tor hatte Feuer gefangen. Obwohl Oppenheimer in sicherer Entfernung daran vorbeilief, strahlte der rotglühende Eisenrahmen des Fahrzeugs eine solche Hitze aus, dass er in Schweiß ausbrach. Schon nach wenigen Metern durchbohrten Splitter und Scherben seine Schuhsohlen. Als er die Herrmann-Göring-Straße entlanglief, musste er mehrmals Blindgänger und große Pfützen mit heraussprudelndem Leitungswasser umrunden.
In diesem Gemisch aus Ruß und Qualm ließ es sich kaum atmen. Oppenheimer band sich ein Taschentuch vor den Mund, was jedoch nicht viel half.
Auch der Potsdamer Platz war schwer getroffen. Aus dem Zugang zur U-Bahn kamen immer noch Passanten heraus, die dort Zuflucht gesucht hatten. Das Columbushaus, ein hochmodernes Bürogebäude, das mit seiner schnörkellosen Fassade und dem schwebenden Dach einen Kontrast zu den klassizistischen Gebäuden darstellte und so manche Kontroverse hervorgerufen hatte, brannte lichterloh. Zwischen dem Leipziger Platz und der Saarlandstraße stand das Hotel Fürstenhof, oder vielmehr das, was davon übrig geblieben war, in Flammen. Bereits vor mehr als einem Jahr hatte eine Bombe die Ecke des Gebäudes aufgerissen. Jetzt war das Hotel endgültig zerstört.

Oppenheimer überquerte die Straßenbahnschienen, um zur Bellevuestraße zu gelangen. Die Wucht der Bombentreffer hatte die massiven Metallschienen wie dünnen Draht verbogen. Er wurde immer nervöser. Nur noch wenige hundert Meter trennten ihn vom Volksgerichtshof. Bald konnte er sich vergewissern, ob das Gebäude wirklich getroffen worden war.

Das Hotel Esplanade, neben dem sich der Zugang zum Volksgerichtshof befand, hatte mehrere Treffer abbekommen. Die beiden oberen Stockwerke waren förmlich abrasiert. Das einzige Zeichen dafür, dass auf der gegenüberliegenden Straßenseite einmal ein Kino gestanden hatte, waren flatternde Aushangfotos von Hans Albers mit einer karierten Schlagmütze und der Pfeife im Mund.

Als er bemerkte, dass hinter dem langgestreckten Hotelgebäude eine Rauchsäule emporstieg, begann sein Herz heftig zu pochen. Obgleich er keuchen musste, damit seine Lungen den nötigen Sauerstoff bekamen, beschleunigte er seine Schritte.

Oppenheimer sah das Feuer, noch ehe er in die Einfahrt abgebogen war. Verkohlte Aktenreste wirbelten ihm entgegen.

Hier war die Bestätigung des Gerüchts. Er konnte es mit eigenen Augen sehen.

Der Volksgerichtshof war zerstört.

In den brennenden Ruinen pfiff und surrte es wie bei einem Feuerwerk.

Fassungslos blieb Oppenheimer stehen.

Aufgescheucht liefen Frauen und junge Männer in den Uniformen der Feuerschutzpolizei umher. Ein erster Löschzug war bereits vor Ort, doch es war noch nicht gelungen, das Wasser in Gang zu bringen. Mit leeren Spritzen ließ sich gegen die Flammen nicht viel ausrichten.

Oppenheimer gesellte sich zu der Menschenmenge, die das Schauspiel aus sicherer Entfernung beobachtete.

Inmitten der rußgeschwärzten Gesichter sah er einen Mann unverhohlen grinsen. Er schien etwas zu wissen. Oppenheimer näherte sich und fragte in die Runde: »Hat jemand eine Ahnung, was mit Freisler ist?«
Der Mann warf ihm einen kurzen Blick zu. Dann antwortete er mit vom Qualm heiserer Stimme: »Freisler? Och, der soll hier drunterliegen.«

Die Zerstörungen in der Innenstadt waren immens. Ganz Berlin schien nur noch aus labyrinthartigen Schützengräben zu bestehen, in denen ein glühender Wind entlangjagte. Oppenheimer musste sich im Zickzack fortbewegen. Wenn der Funkenflug zu stark wurde, hatte er keine andere Alternative, als die Straßenseite zu wechseln. Die Asphaltdecke war so stark aufgerissen, dass sie teilweise unpassierbar war, und wenn sich nicht Bombentrichter an Bombentrichter reihte, versperrten ihm Schuttberge den Weg oder das vor den zerstörten Häusern zusammengesammelte Bergungsgut.
Auf dem Weg zu Kuhns Kanzlei kam Oppenheimer an einer Stelle vorbei, an der eine Luftmine in einen U-Bahn-Schacht gekracht war. Der Krater im Straßenpflaster war mindestens zehn Meter tief.
Die Zahl der Opfer musste sehr hoch sein. Wiederholt sah er verkohlte Leichen mit aufgerissenen Mündern und leeren Augenhöhlen. Weil das Fett abgeschmolzen war und sich die verbrannte Haut über den Schädeln spannte, wirkten sie wie mumifiziert. Obwohl der Bunkerbau in den letzten Jahren stark intensiviert worden war, waren die Großbunker bei jedem Angriff hoffnungslos überbelegt. Die Leute, deren Leichen Oppenheimer nun zu Gesicht bekam, hatten wohl keine andere Alternative gehabt, als in ihren eigenen Luftschutzräumen Zuflucht zu suchen.

Weinende Menschen versammelten sich vor qualmenden Ruinen. Andere liefen durch die Trümmerlandschaft und suchten nach ihren Angehörigen. Die ersten Männer vom SHD waren bereits erschienen und schafften die Ausgebombten fort, die mit einer Rauchvergiftung davongekommen waren. Obwohl sie am ganzen Körper zitterten und ihre Lippen blau waren, zählten sie noch zu den Glücklichen.
An einer Straßenecke war ein Gebäude bis zum Erdboden aufgerissen, so dass Oppenheimer zwischen den verbogenen Stahlstreben bis in den Keller blicken konnte. Dort lagen Menschen. Sie sahen äußerlich unversehrt aus, schienen zu schlafen. Doch der Anblick war trügerisch. Vermutlich waren bei der Detonation ihre Lungen geplatzt.
Schwestern vom Roten Kreuz und BDM-Mädchen führten Verletzte zum nächsten fahrbaren Lazarett. Stoisch schritt ein Greis, einen Eimer in der Hand, durch die zerstörten Straßen. Bei jedem Leichnam blieb er stehen und bestreute ihn zur Desinfektion mit Chlorkalk. Bewacht von Ordnungspolizisten, sammelten ausgemergelte Männer in gestreifter Häftlingskleidung die desinfizierten Körperteile in Zinkwannen.
Die zähe Masse aus Staub und Regen blieb an Oppenheimers Schuhsohlen kleben, so dass jeder Schritt eine Kraftanstrengung bedeutete. Selbst jetzt, mehrere Stunden, nachdem er im Bunker in der Wasserlache gestanden hatte, fühlten sich seine Socken wie vollgesogene Schwämme an. Bei jedem Schritt konnte er zwischen seinen Zehen deutlich das Wasser spüren.
Trotz allem war nicht Oppenheimer der Letzte, der zu ihrer Versammlung erschien, sondern Schmude.
»Ich war gerade in der Charlottenstraße, als der Zirkus begann. Im Iduna-Haus ist bei den Bränden eine Ladung Panzerfäuste losgegangen. Die Dinger schossen kreuz und quer durch die Gegend«, berichtete er aufgeregt.

Schmude blieb wie angewurzelt stehen, als er die Mienen der Anwesenden sah. »Was ist geschehen?«

»Setzen Sie sich«, sagte Kuhn und warf Schmude über den oberen Rand seiner Lesebrille einen strengen Blick zu.

Als dieser der Aufforderung nachgekommen war, rückte Kuhn mit Oppenheimers Neuigkeit heraus. »Es kursiert das Gerücht, dass Freisler heute umgekommen ist.«

Schmude riss die Augen auf.

Gleichzeitig trat auf Seibolds Gesicht ein breites Grinsen. »Dann ist alles vorbei?«, fragte er. »Es gibt keine Verhandlung gegen Hilde?«

»Leider ist es momentan nicht mehr als pure Spekulation«, antwortete Kuhn und klopfte seine Pfeife im Aschenbecher aus. »Aber zumindest kann Herr Meier bestätigen, dass der Volksgerichtshof beim heutigen Angriff stark getroffen wurde. Selbst wenn Freisler nicht tot sein sollte, wird uns das einen gewissen Zeitaufschub verschaffen. Zweifelsohne wird sich der Volksgerichtshof in den nächsten Tagen und Wochen neu organisieren müssen. Die Schauprozesse fanden meistens am Kammergericht in Schöneberg statt, aber teilweise wurde auch in Potsdam getagt. Wir müssen uns darauf einstellen, dass die Verhandlungen nach einer Pause wieder aufgenommen werden.«

Schmude hatte das anscheinend sofort erfasst. Ernst fügte er hinzu: »Es ist egal, ob Hilde vor Freisler oder vor einem anderen Richter kommt. Freisler ist der große Buhmann, aber nur weil er die wichtigsten Fälle an sich gerissen hat. Sein Vorgänger Thierack hat im Verhältnis zur Gesamtzahl der Verfahren sogar noch mehr Todesurteile ausgesprochen, das vergessen die meisten. Unser größter Feind ist das verkommene Rechtssystem. Unsere einzige Hoffnung besteht darin, dass Hildes Akten ebenfalls verbrannt sind.«

Ein unangenehmes Schweigen füllte den Raum. Selbst Kuhn

blickte trübe vor sich hin und versuchte nicht, den offenen Worten seines ehemaligen Kollegen zu widersprechen.

»Also machen wir am besten weiter wie bisher«, sagte Oppenheimer und rieb sich die Beine. Er hatte es sich in der Nähe des warmen Ofens gemütlich gemacht, wagte jedoch nicht, seine Schuhe auszuziehen, weil deren Leder allmählich hart wie Stein wurde und er später womöglich nicht mehr in sie hineinkommen würde. Er wandte sich an Seibold: »Was ergab denn die Befragung der Augenzeugen, die Hilde in unmittelbarer Nähe des Tatorts gesehen haben wollen?«

Seibold war nicht mehr anzumerken, dass er vor wenigen Minuten noch hoffnungsfroh gestrahlt hatte.

»Ich habe die Frau befragt, die beobachtet hat, wie Hilde um vier Uhr nachmittags ins Haus gegangen ist. Ein Zufall. Sie war gerade mit zwei Wassereimern von der Pumpe zurückgekommen.«

Oppenheimer unterbrach ihn.

»Einen Moment. Handelte es sich dabei eindeutig um Hilde?«

Seibold nickte. »Bei der Gestapo wurde eine Gegenüberstellung durchgeführt. Hilde wurde von der Frau zweifelsfrei identifiziert.«

»Es hat aber später niemand gesehen, wie sie aus dem Haus herausgekommen ist?«

»Soweit ich weiß, nein.«

Oppenheimer überlegte.

»Das ist ein wichtiger Punkt. Frau Lenz, die ich befragt habe, wurde von einer fremden Person fast umgerannt. Sie weiß nicht genau, ob es ein Mann oder eine Frau war, weil das Gesicht vermummt war.«

»Vermummt?«, fragte Schmude.

»Genau. Der ermittelnde Kommissar ging davon aus, dass Hilde sich verkleidet hatte, um unerkannt fliehen zu können. Doch der Eingang befindet sich nicht unter ständiger Kontrolle. Es ist durchaus möglich, dass Hilde vorher aus dem Haus getreten ist, ohne gesehen worden zu sein. Der Vermummte kann genauso gut jemand anderer gewesen sein. Gut, da haben wir den ersten Punkt, dem wir nachgehen werden.« Oppenheimer machte eine Eintragung auf seinem Notizblock. »Wenn ich das richtig sehe, dann betrug der Zeitraum zwischen Hildes Erscheinen und der Flucht des Vermummten zweieinviertel Stunden. Was ist während dieser Zeit in Hausers Wohnung geschehen? Was hat der Zimmernachbar dazu gesagt?«

Jetzt war Schmude an der Reihe. Er kramte seine Aufzeichnungen hervor.

»Also ich glaube, dieser Herr Semler hat mir seine ganze Lebensgeschichte erzählt. Am Wochenende vor dem Mord wollte er vor den Russen aus Berlin fliehen, doch er wurde im Zug bei einer Kontrolle festgehalten. Die Gestapo hat ihn wieder zurückgeschickt, unter der Drohung, ihn sonst als Fahnenflüchtigen hinzurichten. Er war immer noch stinksauer deswegen. Zwar konnte Herr Semler eine Bescheinigung vorweisen, dass er vom Volkssturm als untauglich eingestuft wurde, doch er hatte keine Entlassungsurkunde seines Arbeitgebers dabei. Der Betrieb, in dem er arbeitet, ist völlig zerstört, also konnte sie ihm auch niemand ausstellen.«

Oppenheimer winkte ab.

»Moment, das spielt für uns keine Rolle. Konzentrieren wir uns nur auf den Montag, als Hauser getötet wurde. War dieser Semler die ganze Zeit über im Haus?«

»Ja, er ist bei seinem Sohn untergekommen, der in der ersten Etage wohnt. Er befand sich also direkt unter dem Tatort.«

»Der Sohn war nicht da?«

»Er war noch in der Innenstadt, als der Abendalarm losging. Als er zurückkam, war die Polizei bereits vor Ort.«

»Gut, dann vergessen wir den Sohn. Was sagte denn der Vater? Kommissar Kieninger fand diese Aussage besonders wichtig, wenn ich das richtig sehe. Konnte dieser Semler wenigstens genaue Zeitangaben liefern?«
Schmude verzog sein Gesicht.
»Nun ja, normalerweise kann man mit diesem Zeugen nicht viel anfangen. Das Schlafzentrum des Herrn ist gestört.«
Oppenheimer warf Schmude einen fragenden Blick zu.
»Was soll das bedeuten? Kann er nicht einschlafen?«
»Im Gegenteil. Ohne Vorwarnung fällt er in einen tiefen Schlaf. Das geht sekundenschnell. Ich habe es selbst beobachten können. Und wenn er wieder wach ist, kann er sich nicht daran erinnern, geschlafen zu haben.«
Oppenheimer konnte einen Anflug von Heiterkeit kaum unterdrücken. Die Zeugen der Gestapo waren nicht gerade ideal, um auf ihren Aussagen eine Mordklage zu stützen. Er begann, freudig auf dem Stuhl zu wippen.
»Na, das ist mir vielleicht ein schöner Zeuge. Wenn er immer wieder einschläft, dann gehe ich jede Wette ein, dass seine Zeitangaben ungenau sind.«
»Korrekt«, stimmte Schmude ihm zu.
Oppenheimer hielt inne und wog die Optionen ab. Er wurde wieder ernst, als er daran dachte, dass dies keine normalen Zeiten waren und die nationalsozialistischen Gerichte mit seiner Auffassung von Rechtsprechung ohnehin nichts gemein hatten.
»Hm, leider hilft uns das nicht weiter. Wir wissen ja, dass es nicht ausreicht, die Indizien in Zweifel zu ziehen. Wir müssen Hildes Unschuld beweisen. Also gut, weiter. Was ist Semler zufolge an diesem Tag geschehen?«
»Wie Hilde hineingekommen ist, hat er nicht mitbekommen. Er kann sich aber an eine laute Zankerei erinnern. Es sei ganz deutlich eine Frauenstimme zu hören gewesen, und es sollen

Gegenstände gegen die Wand geflogen sein. Einige Zeit später sah er, wie eine Person, die der Beschreibung von Hilde entspricht, die Treppe heruntergelaufen kam.«
»Wie konnte er das sehen? Er war doch in der Wohnung seines Sohnes.«
»Ihm war wohl kalt geworden, und er ging kurz in den Keller, um Brennmaterial für den Ofen zu holen.«
»Kann er wenigstens eine zuverlässige Zeitangabe machen?«
»Nein.«
Kuhn schüttelte den Kopf.
»Das kommt mir vor wie Grimms Märchenstunde!«, schimpfte er. »Demnach müsste sich Hilde im Treppenhaus verkleidet und ihr Gesicht vermummt haben, ehe sie aus der Tür floh. Und das soll sie nicht in der Wohnung getan haben, sondern an einem Ort, wo sie jeder sehen kann.«
»Genau das war die Theorie des Kommissars«, bestätigte Schmude.
Kuhn stöhnte auf und hob seine Hände.
»Herrgott noch mal, da waren ja bei der Gestapo wirklich Pfuscher am Werk! Aber ich weiß schon, wie es gelaufen ist. Der Kommissar hatte sich bereits vorher auf Hilde eingeschossen und hat dann die Indizien, die ihm nicht in den Kram passten, einfach ignoriert.«
»Es gibt noch andere Dinge, die nicht passen«, sagte Schmude. »Herr Semler hat sich bei mir darüber beschwert, dass in der Wohnung über ihm Schritte zu hören waren. Auch als Hilde schon fort war. Kurz nach sieben Uhr fand der Luftangriff statt. Als Herr Semler eine Stunde später in seine Wohnung zurückkehrte, bemerkte er, dass von seiner Decke Blut tropfte. Da hat er sofort die Polizei geholt.«
Es herrschte Stille, als jeder der Anwesenden über die Informationen nachdachte.

»Die Sache mit den Schritten ist interessant«, sagte Kuhn schließlich, »denn die wurden im Polizeibericht nicht erwähnt.«
Schmude zuckte mit den Schultern.
»Wahrscheinlich haben sie gar nicht erst gefragt. Auf jeden Fall passt es nicht zu der Theorie, dass es ein Einzeltäter war. Da steckt noch etwas anderes dahinter. Denken Sie nur an die abgeschnittenen Hände und den abgetrennten Kopf. Dafür gibt es nur eine plausible Erklärung: Das war das Werk von Ganoven. Es ist in Verbrecherkreisen die typische Vorgehensweise, um eine Leiche verschwinden zu lassen. Erst unkenntlich machen und dann stückchenweise entsorgen.«
In seinem Inneren spürte Oppenheimer einen Stich. Sie redeten von ihm. Er war kurz vor dem Bombardement in Hausers Wohnung gewesen und hatte dem Toten Kontakte zur Unterwelt vermittelt. Allerdings konnte er nicht glauben, dass Ede dahintersteckte, denn Paule hatte Hausers Wohnung zu diesem Zeitpunkt noch nicht ausfindig gemacht.
Unruhig rutschte Oppenheimer auf seinem Stuhl herum und sagte dann: »Trotzdem stimmt da was nicht. Die Hände wurden später im Hinterhof gefunden, obwohl der Kopf bislang fehlt. Der Rumpf befand sich noch am Tatort. Es war ein Kinderspiel, Hauser zu identifizieren.«
Seibold strahlte, als ihm eine Idee kam. »Vielleicht wurden sie überrascht? Von einem Mieter, das wäre doch möglich.«
»Aber warum hat das niemand den Polizisten gesagt?« Kuhn seufzte.
Doch Seibold wollte von seiner Theorie nicht abrücken.
»Vielleicht waren es ja andere Ganoven.«
»Dann wäre da ein Betrieb gewesen wie auf dem Alexanderplatz«, sagte Oppenheimer und verschränkte demonstrativ seine Arme. »Ihr Eifer in allen Ehren, Herr Seibold, aber ich glaube,

auf diese Weise kommen wir nicht weiter. Bei der Leichenschau wurde der Zeitpunkt des Todes auf halb sechs Uhr festgesetzt. Ich sehe keinen Grund, daran zu zweifeln.« Um von der eigenen Anwesenheit am Tatort abzulenken, fügte Oppenheimer hinzu: »Wir sollten uns auf den Zeitraum zwischen halb fünf und Viertel nach sechs konzentrieren. In diesem Zeitraum muss der Täter irgendwie ins Haus gelangt sein. Hilde wird ein verflucht gutes Alibi brauchen, denn sie wohnt nur wenige Kilometer entfernt. Leider will sie uns nicht mitteilen, wo sie zur Zeit des Mordes war. Also müssen wir uns in der Nachbarschaft des Tatorts umhören, ob jemand Hilde beim Verlassen des Gebäudes zufällig gesehen hat. Dann hätten wir wenigstens einen Anhaltspunkt.«

Schmude beugte sich vor und deutete auf Seibold.

»Das übernehmen wir beide. Wir kennen uns dort schon aus.«

Oppenheimer zögerte. Er hatte gehofft, dass er selbst die Befragung übernehmen konnte, um etwaige Hinweise auf seine Anwesenheit zu vertuschen. Doch dummerweise hatte er für Schmude und Seibold gerade keine andere Aufgabe.

»Gut, wir machen das so«, sagte er zum Abschluss. »Ich habe noch einige Dinge für Hilde zu erledigen. Und dann will ich versuchen, Hausers Hintergrund zu erforschen. Ich werde seiner Vermieterin einen Besuch abstatten und schauen, mit wem er in Berlin sonst noch Kontakt hatte. Vielleicht kann ich in Hausers Bekanntschaft jemanden ausfindig machen, der ein Motiv hatte, ihn umzubringen.«

Nach dieser Unterredung wusste Oppenheimer, dass er vorsichtig sein musste. Wenn seine Mitstreiter die entsprechenden Indizien fanden, würde auch er zu den Verdächtigen zählen.

16

Sonntag, 4. Februar 1945

In den vierundzwanzig Stunden, nachdem über die Innenstadt die Apokalypse hereingebrochen war, kam Oppenheimer kaum noch zum Schlafen. Er hatte gehört, dass vor allem die Arbeiterviertel und das Zeitungsviertel stark betroffen waren. Auch seine Nachbarschaft in Tempelhof war erheblich in Mitleidenschaft gezogen worden. Unzählige Häuser standen in Flammen, während um sie herum die brennenden Fetzen des Verdunklungspapiers in den Himmel wirbelten. Selbst Frau Dargus und ihre Schwester, Frau Baranowski, wirkten um Jahrzehnte gealtert, doch bald bemerkte Oppenheimer, dass dieser Eindruck an dem grauen Staub auf ihren Haaren lag. Frau Baranowski berichtete ihm, dass es mehrere Stunden gedauert hatte, ehe ein Räumungstrupp der SS erschienen war, um mit den Bergungsarbeiten zu beginnen. Oppenheimer hatte die SS-Männer bei seiner Rückkehr gesehen. Er konnte nicht genau definieren, woran es lag, doch die Anwohner verhielten sich ihnen gegenüber irgendwie reserviert. Anstatt die Helfer freudig zu empfangen, beschäftigten sich die Nachbarn schweigend mit den Reparaturarbeiten. War es ein Zeichen dafür, dass sie Hitlers Elite die Schuld für die Bombardierungen gaben? Oder waren sie einfach zu sehr mit sich selbst beschäftigt? Oppenheimer wusste, dass ihm niemand diese Frage beantworten konnte.

Obwohl die Versorgung mit Strom, Wasser, Telefon und Gas völlig zusammengebrochen war, beruhigte ihn der Gedanke, noch ein Dach über dem Kopf zu haben. Dass eine Druckwelle in seiner Wohnung das Fensterglas zerstört, die Möbel verschoben und die Wohnungstür aus den Angeln gehoben hatte, war nebensächlich.

Das Bankgebäude, in dem er trotz allem seine Nachtschicht absolvieren musste, war ebenfalls kaum beschädigt. Da der S- und U-Bahn-Verkehr zusammengebrochen war, fuhr Oppenheimer einen Teil seines Weges bei einer Katastrophenkolonne der Bautruppe *Organisation Todt* mit. Der Fahrer, der ihm erlaubte, auf das Trittbrett aufzuspringen, redete ununterbrochen, doch Oppenheimer konnte ihn aufgrund seines starken holländischen Akzents kaum verstehen.

Anstatt in der Bank die üblichen Kontrollgänge zu unternehmen, wurde Oppenheimer als Brandwache abkommandiert und musste bis zum Morgengrauen auf dem Dach ausharren. In dieser Nacht wollte es nicht dunkel werden. Über Oppenheimer wölbte sich ein Himmel, der abwechselnd in Rot und Gelb getaucht war. Während er die niederregnenden Funken löschte, hörte er, wie in den Straßenschluchten unter ihm das Chaos tobte. Als der Feierabend kam, war es den Brandhelfern immer noch nicht gelungen, die Feuer »schwarz zu kämpfen«, wie das genannt wurde.

Mit großem Widerwillen fand sich Oppenheimer wenige Stunden später bei der Meldestelle des Volkssturms ein. Der Gedanke, dass er heute an der ersten von zwölf Waffenübungen teilnehmen musste, hatte ihn bereits in den letzten Tagen mit Unmut erfüllt. Er erinnerte sich verschwommen an seine Furcht vor den strengen Lehrern am ersten Schultag. Doch die Pauker waren letztendlich nicht so furchterregend gewesen wie in seiner Phantasie. Oppenheimer hoffte, dass es diesmal ähnlich laufen würde.

An der Tür der Meldestelle hing eine hingekritzelte Notiz, dass die Übung auf dem Sportplatz hinter dem Schulgebäude stattfinden sollte. Auf dem Weg dorthin begegnete Oppenheimer einem älteren Herrn.

»Die wollen mich doch alle nur verarschen«, grummelte dieser, nahm den Hut ab und fuhr mit seiner Hand durch das schüttere Haar. Als er Oppenheimers Schritte vernahm und sich zu ihm umdrehte, standen silbrige Strähnen von seinem Kopf ab.

»Wissen Sie, wo's da hingeht?«, fragte er.

»Sie meinen die Waffenübung?«, erkundigte sich Oppenheimer. Statt einer Antwort hörte er von ihm nur unzufriedenes Gegrunze.

»Es ist da vorn«, sagte Oppenheimer. »Wir können den Weg zusammen gehen.«

Als Oppenheimer mit seinem Begleiter den Sportplatz betrat, fand er dort nur ein kleines Häuflein alter Männer vor. Es stellte sich heraus, dass sie alle zur gleichen Volkssturmgruppe gehörten.

Einige Minuten später erschien ein dicklicher Herr in brauner SA-Uniform und mit geschultertem Gewehr und stellte sich als ihr Gruppenführer Niklisch vor. Wie auch andere *alte Kämpfer* hatte er vermutlich an Straßenkämpfen teilgenommen und dazu beigetragen, Hitlers Weg an die Macht zu ebnen. Doch selbst wenn er splitterfasernackt und ohne Parteiabzeichen gewesen wäre, hätte man ihn mit seinem Zahnbürstenbart unschwer als Nazi erkannt.

»So, dann woll'n wir mal schauen«, sagte er und holte einige Zettel hervor. Als Niklisch die Namen durchging, stellte sich heraus, dass mehrere Teilnehmer fehlten. Nach einem solch schweren Angriff wie gestern war es mehr als wahrscheinlich, dass sie umgekommen waren, irgendwo unter Trümmern verschüttet lagen oder es zumindest als Vorwand nahmen, um sich zu drücken.

Abschätzig verzog Gruppenleiter Niklisch den Mund.
»Meine Herren, das ist schlecht«, murmelte er. »Es ist offiziell festgesetzt, dass die Mindestzahl einer Gruppe zehn Mann betragen soll. Stattdessen haben wir nur sechs.«
Unschlüssig blickte er umher und schien darüber nachzudenken, was er nun tun sollte. In Oppenheimer keimte schon die Hoffnung, dass die erste Waffenübung verschoben würde, als Niklisch geschäftig in die Hände klatschte.
»Gut, dann machen wir eben so weiter. Hilft nichts.«
Damit er besser zu sehen war, stieg er auf das große Trümmerstück eines zerstörten Nachbargebäudes. Er blickte streng auf den zusammengewürfelten kleinen Haufen, den er ausbilden sollte, stemmte seine Hände in die Hüften und las dann seine Ansprache von Zetteln ab.
»Männer! Der Führer in seiner schweren Sorge für Deutschland und in seiner großen und einsamen Verantwortung blickt auf euch. Wer will sich seinem Ruf verschließen, wenn es gilt, für den Sieg und die Freiheit des Reiches zu kämpfen? Je schwerer und ernster die Zeit ist, umso stärker muss unser Geist sein. Unsere Aufgabe ist es, das Werk der Gefallenen zu erfüllen, damit ihre Opfer nicht umsonst waren. Große Zeiten brauchen auch starke Herzen. Wir werden gewinnen, weil wir gewinnen müssen! Vor allem ist es wichtig, dass wir den unbedingten Willen zum Sieg bewahren! Der Geist der braunen Kolonnen, die dem Führer in der Kampfzeit den Weg an die Macht bahnten, wird nun unser ganzes Volk erfassen. Mit dem richtigen Glauben im Herzen werden wir unsere Feinde bezwingen.«
Die dunklen Rauchschwaden, die hinter Niklisch aus Richtung Innenstadt emporstiegen, bildeten einen seltsamen Kontrast zu seinen Worten. Oppenheimer hatte gewisse Mühe, einen ernsten Gesichtsausdruck zu bewahren, denn von seinem Blickwinkel sah es so aus, als würde der Qualm direkt aus Niklischs

SA-Kappe kommen. Inmitten dieser Szenerie wirkte ihr Gruppenleiter fast wie Marcus Antonius, der vor dem Scheiterhaufen des verstorbenen Caesar die Menschenmassen aufwiegelte. Doch die Wirkung auf die Volkssturmmänner war deutlich geringer, was vielleicht daran lag, dass der SA-Mann trotz der Inbrunst in seiner Stimme kein geübter Redner war und sich krampfhaft an seinen Zetteln festhielt.

Während Niklisch laut raschelnd umblätterte, hörte Oppenheimer neben sich ein Flüstern. »Statt 'nen richtigen Glauben hätt ick lieber 'nen richtigen Panzer.«

Oppenheimer kam nicht dazu, sich zu dem Flüsterer umzublicken, da Niklisch nach einem Räuspern fortfuhr: »Bevor ihr vereidigt werdet, müsst ihr die Kampfsätze des Deutschen Volkssturms kennen. Hiermit werde ich sie euch vorlesen. Punkt eins: Treue, Gehorsam und Tapferkeit sind die Grundlagen eines Staates und machen ihn unüberwindlich. Treu seinem Eid kämpft der Volkssturmsoldat in allen Lagen verbissen und siegesgläubig. Dem Führer bis zum Tod getreu, ist er bereit, lieber im tapferen Kampf zu sterben, als jemals um die Gnade des Feindes zu flehen.«

Es folgten noch fünf weitere Punkte, denen Oppenheimer keine Aufmerksamkeit mehr schenkte.

Um sich wach zu halten, überlegte er, ob Niklisch ihm schon einmal begegnet war. In den Jahren vor Hitlers Machtergreifung hatte er in seiner Funktion als Kommissar gelegentlich mit Fällen zu tun gehabt, in die auch Mitglieder der SA verwickelt waren.

Zu dem vielleicht heftigsten Gewaltausbruch war es im Juni 1933 im Ortsteil Köpenick gekommen. Zwar war Oppenheimer zu diesem Zeitpunkt bereits aus dem Polizeidienst entlassen gewesen, doch er hatte damals noch Kontakt zu einigen Kollegen gehabt. Während der sogenannten *Köpenicker Blut-*

woche hatte die lokale *SA-Standarte 15* Hunderte Menschen verschleppt und im Amtsgerichtsgefängnis gefoltert. Meistens handelte es sich dabei um Regimegegner, vermutlich waren auch einige darunter, die das Pech hatten, dass ihr Gesicht den SA-Leuten nicht gefiel und sie keine Parteimitglieder waren. Siebzig Personen blieben nach den Ausschreitungen spurlos verschwunden. Wie viele davon umgekommen waren, konnte niemand sagen.
Knapp anderthalb Wochen später hatte die Kriminalpolizei an einer Oberspreebrücke ans Ufer getriebene Säcke gefunden, in denen Leichenteile eingenäht waren. Trotz der verstümmelten Körper konnten die Gerichtsmediziner rekonstruieren, dass die Opfer langsam zu Tode gequält worden waren. Oppenheimers Kollegen hatten sich bei ihm darüber beschwert, dass man sie bei der Aufklärung behinderte. Außerdem war es nicht opportun, sich gegen die Regierungspartei NSDAP zu stellen, deren Mitglieder für diese Taten verantwortlich waren. So verliefen die Untersuchungen im Sande, denn bereits wenige Tage später erließ Justizminister Gürtner eine Amnestie für alle Straftaten im Zusammenhang mit der Machtergreifung. Als Oppenheimer damals von all dem gehört hatte, war er zum ersten Mal froh darüber, nicht mehr im Polizeidienst zu sein.
Zwar war die Möglichkeit eher gering, dass Niklisch damals zu der verantwortlichen Köpenicker SA-Standarte gehörte, aber sicherlich hatte er sich an ähnlichen Taten beteiligt. Bestimmt war auch er mit dem tobenden Pöbel durch die Straßen gezogen. Doch wie weit war er dabei gegangen? Hatte er eines der improvisierten Hausgefängnisse bewacht, in denen die SA ihre Gegner einsperrte? Hatte er Menschen die Fingernägel herausgerissen? Ihnen ätzende Säure in die Harnröhre injiziert? Ihre Körper verstümmelt und dann in einem Sack in die Spree geworfen?

Niklisch wirkte in seiner Uniform komisch, Oppenheimer wusste aber, dass sich hinter einer biederen Fassade allzu häufig tiefe Abgründe verbargen.
Niklisch schloss mit den folgenden Worten: »Wenn wir nach der Väter Art uns selbst und unsere höchste Pflicht dem Volk gegenüber treu bleiben, wird der Herrgott unseren Kampf segnen. In schwerster Zeit zum Schutz der Heimat aufgeboten, wollen wir nicht eher ruhen, bis Sieg und Frieden erkämpft und die Freiheit des Reiches gesichert ist. Und nun sprecht euren Eid.«
Niklisch verteilte Blätter, auf denen die Eidesformel gedruckt war. »Ich schwöre bei Gott diesen heiligen Eid, dass ich dem Führer des Großdeutschen Reiches, Adolf Hitler, bedingungslos treu und gehorsam sein werde. Ich gelobe, dass ich für die Heimat tapfer kämpfen und lieber sterben werde, als die Freiheit und damit die soziale Zukunft meines Volkes preiszugeben.«
Die Männer sprachen den Eid, als wollten sie beweisen, dass ihre Zungen ebenso lahm wie ihre Glieder waren. Danach händigte Niklisch jedem von ihnen eine Armbinde aus. Es war nicht viel mehr als ein provisorisch zusammengenähtes Stück Stoff, auf dem der Reichsadler mit der Schrift *Deutscher Volkssturm – Wehrmacht* aufgedruckt war.
Dann begannen sie auch noch ein Lied mit dem Titel *Volk, ans Gewehr* zu singen. Das Resultat war schauderhaft, da keiner der Männer besonders musikalisch war.
»Als Erstes kommt die Ausbildung an der Waffe«, fuhr Niklisch fort. »Vor der frontnahen Schießausbildung werden wir zunächst prüfen, wer von euch in der Handhabung der anvertrauten Waffe bereits so gut ausgebildet ist, dass er sie ohne Schaden für sich und seine Kameraden einsetzen kann. Das Gewehr in der Hand des Einzelkämpfers ist die Waffe, welche im entscheidenden Moment des Gefechts auch bei zahlenmäßiger Überlegenheit des Gegners den Sieg erzwingt!«

Mit diesen Worten griff Niklisch nach seinem geschulterten Gewehr. Doch dann hielt er inne und murmelte: »Moment, wir brauchen ja noch ein Ziel.«
Während er auf die andere Seite des Sportplatzes lief und dort einen mannshohen Sandsack aufstellte, kam unter den Männern Gemurmel auf. Ein älterer Herr mit blonden Haarfusseln auf dem Kopf stieß Oppenheimer kumpelhaft mit dem Ellbogen in die Seite. Er flüsterte mit einem schalkhaften Augenzwinkern: »Schon gewusst? Wir sind die neue Wunderwaffe. Ganz neue Technik. Funktioniert psychologisch. Wenn der Russe die Stadt stürmt und uns sieht, soll er sich totlachen.«
Oppenheimer schmunzelte. Er kannte die Stimme. Der Mann war ihm bereits vorhin mit seiner Lästerei aufgefallen. Gleich daneben stand der ältere Herr, der Oppenheimer auf dem Hinweg begegnet war. War es nur Einbildung, oder warf er ihnen tatsächlich einen eiskalten Blick zu?
Er hatte keine Zeit, über seine Beobachtung weiter nachzudenken, denn sein Gesprächspartner stellte zufrieden fest, dass er mit Oppenheimer ein dankbares Publikum gefunden hatte, und streckte seine Hand aus.
»Ich bin Friedrich. Und du?«
»Herrmann«, antwortete Oppenheimer mit einer minimalen Verzögerung.
»Wird heute noch ein langer Tag, wenn das so weitergeht«, konnte Friedrich noch erwidern, ehe Niklisch wieder bei ihnen stand.
»Sie da, vortreten!«, rief ihr Gruppenführer Oppenheimer zu. Wie befohlen machte Oppenheimer einen Schritt nach vorn. Niklisch drückte ihm das Gewehr in die Hand. Die Schulterstütze war ziemlich zerschrammt. Auch sonst machte der Zustand der alten Schusswaffe keinen guten Eindruck.
»Und nun hinlegen«, befahl Niklisch.

Oppenheimer legte sich auf den Bauch. Er wusste, was von ihm erwartet wurde.
Automatisch spulte er die Bewegungen ab, die man ihm bei unzähligen Übungen eingebleut hatte. Niklisch beäugte Oppenheimer.
»Sehr gut«, sagte er und reichte ihm dann eine Patrone.
»Und jetzt laden …«, befahl er.
Routiniert zog Oppenheimer den Kammergriff nach hinten, legte die Patrone ein und schloss die Kammer wieder.
»Und jetzt, die Arme angewinkelt, das Ziel ins Visier nehmen …«
Oppenheimer legte an.
Und schoss.
Als der Knall in der Ferne verhallt war, bemerkte Oppenheimer, dass es um ihn herum totenstill war. Er konnte nicht genau erkennen, ob er getroffen hatte. Als er sich Niklisch fragend zuwandte, starrte ihn der Gruppenführer bleich und mit aufgerissenem Mund an.
»War das so richtig?« Mit Oppenheimers Frage kam wieder Leben in den Mann. Niklisch brüllte, dass ihm Speichelflocken aus dem Mund flogen.
»Ja sind Sie denn von allen guten Geistern verlassen?«
Betreten stand Oppenheimer auf. Er hatte keine Ahnung, was er falsch gemacht hatte. Niklisch riss ihm das Gewehr aus der Hand.
»Sie – sie haben geschossen!«
Verwirrt blickte Oppenheimer in die Runde. Der Herr mit dem Vornamen Friedrich lächelte hintergründig.
»Ich dachte, ich soll.«
»Niemand schießt ohne meinen Befehl! Sind Sie denn völlig wahnsinnig? Sie haben wohl keine Ahnung, wie knapp unsere Munition ist?«

Dann wandte er sich den anderen zu.
»Um es klarzumachen: Wenn ich den Schießbefehl gebe, dann tut ihr nur so und sagt ›Peng!‹. Das reicht. Wir sind nicht hier, um Patronen zu verplempern. Später wird jeder von euch fünf Kugeln bekommen, um das Vaterland zu verteidigen. Es ist eure Aufgabe, dafür zu sorgen, dass jeder abgegebene Schuss ein Treffer ist. Jede einzelne Patrone zählt! Und Sie …« Niklisch zeigte mit ausgestreckten Finger auf Oppenheimer und starrte ihn hasserfüllt an. »Ich werde persönlich dafür sorgen, dass Sie nur *vier Patronen* bekommen! Das haben Sie dann davon. Und kommen Sie ja nicht heulend angerannt, wenn Sie einer Horde Russen gegenüberstehen! Ab in die Reihe!«
Zerknirscht trat Oppenheimer in die Reihe zurück. Diese Veranstaltung war noch absurder, als er es ohnehin erwartet hatte. Er wusste nicht, ob er lachen oder weinen sollte.
Doch in einem Punkt herrschte bei Oppenheimer Gewissheit. Wenn er das Pech hatte, einem Trupp mordlüsterner russischer Soldaten zu begegnen, würden ihm selbst die volle Anzahl von fünf Patronen nicht helfen.

Drei Stunden später begab sich Oppenheimer wieder zum Reichstagsgebäude. Er hoffte, dass Dr. Haller wenigstens heute anwesend war, damit er endlich die Möglichkeit hatte, die Dokumente aus Hildes Spind verschwinden zu lassen.
Er ärgerte sich darüber, bei der Waffenübung Zeit verplempert zu haben, doch wenn er an solchen Veranstaltungen nicht teilnahm, würde er in Verdacht geraten.
Noch schlimmer war, dass er heute nicht wie geplant nach Potsdam fahren konnte, um Lisa zu besuchen. Der Verkehr war noch nicht in Gang gekommen. Obwohl die Räumungstrupps rund um die Uhr arbeiteten, hatte die Straßenbahn keine Chance, sich zwischen dem Schutt einen Weg zu bahnen. Die U-Bahn stand

still, weil das Stromnetz demoliert war. Die S-Bahn fuhr teilweise nur eingleisig und dann auch nur ziemlich selten.
Auf dem langen Fußweg sah Oppenheimer, wie Menschentrauben vor den roten Telefonhäuschen standen. Obwohl sonst alle Telefone lahmgelegt waren, schienen die Postanschlüsse merkwürdigerweise noch zu funktionieren. Und so stellte sich auch Oppenheimer in die Schlange, um Lisa wenigstens davon zu unterrichten, dass ihm nichts geschehen war.
Zum Glück waren die Telefone in Potsdam intakt. Oppenheimer bekam zunächst eine Frau Lindenschmidt an die Strippe. Lisa hatte ihn vor ihrer Zimmerwirtin gewarnt, weil sie eine hundertprozentige Nationalsozialistin war. Also tat er notgedrungen so, als sei er der Einsatzleiter der Flakstellung mit einer dringenden Mitteilung für Frau Oppenheimer. Nach ein paar hastig gewechselten Worten mit Lisa unter den ungeduldigen Blicken der Wartenden fühlte er sich erleichtert. In Potsdam war alles beim Alten, lediglich die S-Bahn-Verbindung war zum Teil unterbrochen. Lisa hatte jedoch gehört, dass ab morgen wieder alle Strecken befahren werden sollten.
Die Innenstadt bot immer noch ein trostloses Bild. Die Bäume mit ihren laublosen Kronen standen inmitten einer grauen Wüste. Mit den zu Flakstellungen umgebauten Ecktürmen und den zugemauerten Fenstern ragte zwischen ihnen der Reichstag wie eine Trutzburg auf. Die Kuppel des Plenarsaals hatte man notdürftig ausgebessert, so dass es von außen keine sichtbaren Spuren des Brandanschlags gab, den Hitler zur Festigung seiner Macht genutzt hatte. Allerdings fehlten jetzt die Kuppellaterne und die Ringkrone. Wahrscheinlich wurde das Metall eingeschmolzen und für Rüstungsbedürfnisse zweckentfremdet.
Im Lazarett des Reichstagsgebäudes herrschte großer Andrang. Obwohl seit dem Angriff bereits mehr als vierundzwanzig Stunden vergangen war, lieferte das Rote Kreuz immer noch

Verwundete ein. Auf den Liegen sah Oppenheimer Menschen, deren Kleidung mit der schwarz verkrusteten Haut verschmolzen war. Der Kontrast zu den bereits notdürftig versorgten Opfern mit den schneeweißen Bandagen konnte kaum größer sein.

Als er sich durchgefragt hatte, fand er schließlich Dr. Haller, einen untersetzten Mann, unter dessen Haarsträhnen die Kopfhaut durchschimmerte. Müde lehnte er an einer Wand und inhalierte den Rauch einer Zigarette. Als Oppenheimer ihn auf Hilde ansprach, war er zunächst reserviert, doch als Dr. Haller erfuhr, dass es sich bei ihm um den mysteriösen Patienten handelte, für den er eine Tauglichkeitsbescheinigung ausgestellt hatte, schien er Vertrauen zu fassen.

»Hilde hat Sie geschickt? Sie haben Glück, dass ich gerade Pause habe. Dann kommen Sie mal mit.«

Dr. Haller führte Oppenheimer in einen dunklen Raum, in dem die Spinde standen, schloss eine der Eisentüren auf und übergab ihm ein Bündel weißer Papiere.

»Da ist es«, murmelte Dr. Haller. »Am besten, Sie lassen es verschwinden.«

Neugierig blätterte Oppenheimer in den Papieren. Er sah Tabellen und Zahlen, konnte aber nichts damit anfangen.

»Das ist alles? Hilde hat mich extra deswegen geschickt? Was ist das überhaupt?«

Dr. Haller blickte sich um und flüsterte dann in Oppenheimers Ohr: »Das ist Hildes Mordmotiv.«

17

Sonntag, 4. Februar 1945 –
Montag, 5. Februar 1945

Zusammengekauert hockte Oppenheimer in einem Sessel, dessen Sitzfläche so durchgesessen war, dass er fast den Eindruck hatte, auf dem Boden zu sitzen. Um sich gefahrlos unterhalten zu können, hatten sie sich in Dr. Hallers Zimmer zurückgezogen.

Es stellte sich rasch heraus, dass er über die Schriftstücke in Hildes Spind informiert war.

»Dann hat Hildes Ehemann also Menschenversuche durchgeführt?«, fragte Oppenheimer.

Dr. Haller nickte.

»Das steht außer Zweifel. Er hat den Versuchspersonen Verletzungen zugefügt, damit sie den Bedingungen an der Front entsprechen. Und es kam dabei zu Todesfällen. Natürlich, es gibt immer noch den hippokratischen Eid. Eigentlich verpflichten sich Ärzte dazu, ihren Patienten keinen Schaden zuzufügen. Vom Nationalsozialismus durchdrungene Mediziner wie Dr. Hauser definieren das jedoch anders. Für sie ist ihr Patient der *Volkskörper* als Ganzes. Nicht der Einzelne zählt, sondern dieses komische Gebilde, das heutzutage in allen Köpfen herumgeistert. Deswegen halten es Ärzte wie Dr. Hauser für vertretbar, wenn Versuchspersonen ums Leben kommen. Einige dieser Ärzte sind sogar bereit, körperlich Behinderte zu töten, damit es dem Volkskörper bessergeht. So, als würden sie bei einem Patienten ein Geschwür herausschneiden. Hilde wollte ihren Mann deswegen zur Rede stellen. Ich weiß leider nicht, wie weit sie dabei gegangen ist. Sie war sehr erregt.«

Oppenheimer beugte sich interessiert nach vorn. »Sie halten es also für möglich, das Hilde ihn tatsächlich umgebracht hat?«

Dr. Haller tat sich schwer, darauf eine Antwort zu finden. »Ich hoffe natürlich, dass sie es nicht war«, sagte er schließlich. »Aber ich würde darauf keine Wette abschließen.«

Unzufrieden kratzte sich Oppenheimer am Kopf. Dass sogar Hildes enge Bekannte ihr misstrauten, war kein gutes Zeichen. Oppenheimer fragte sich, warum er selbst von ihrer Unschuld so überzeugt war. Doch abgesehen davon, dass einige der Indizien an den Haaren herbeigezogen waren, fand er keine Antwort darauf. »Hildes Gatte war ebenfalls Arzt«, murmelte Oppenheimer. »Kennen Sie ihn vielleicht?«

Dr. Haller schüttelte den Kopf. »Nein, er ist mir nie begegnet. Wie kommen Sie auf die Frage?«

»Nun, es wäre ja möglich, dass Dr. Hauser noch andere Bekannte in Berlin hat, die ebenfalls ein Hühnchen mit ihm zu rupfen hatten. Das ist das Einzige, was mir einfällt, um Hilde noch aus der Klemme zu helfen. Sie haben also keine Ahnung, mit wem Dr. Hauser Kontakt hatte?«

Dr. Haller lachte kurz auf. »Das ist ganz einfach. Fragen Sie am besten in Dahlem beim Kaiser-Wilhelm-Institut für Anthropologie nach.«

Oppenheimer blickte seinen Gesprächspartner überrascht an. »Das Kaiser-Wilhelm-Institut?«

»Mit hoher Wahrscheinlichkeit hat es die Forschungen von Dr. Hauser unterstützt. Zusammen mit Hilde habe ich seine Eintragungen halbwegs entziffern können. Offenbar hat er Versuche mit Sulfonamid gemacht. Dazu brauchte er spezielle Wirkstoffe, die ihm jemand besorgt haben muss. Das Kaiser-Wilhelm-Institut wäre die beste Adresse dafür.«

»Sulfonamid«, murmelte Oppenheimer. Doch als er sich eine Notiz machen wollte, hielt er inne. Dr. Hallers Informationen konnten Hilde möglicherweise belasten, also steckte er den Notizblock zurück in die Innentasche seines Mantels. Es war wohl besser, sich die Fakten einzuprägen, anstatt sie niederzuschreiben.

»Also gut, Dr. Hauser hat Versuche mit Sulfonamid angestellt. Leider sagt mir das nichts. Was ist das für ein Zeug?«

»Stark verkürzt handelt es sich dabei um synthetische chemische Verbindungen, die antimikrobiell wirken. Es besteht die Hoffnung, sie zur Behandlung von Infektionskrankheiten einzusetzen. Die Forschung wird von der Regierung intensiv gefördert. Es gibt zwar eine Art Wundermittel namens Penicillin, doch dummerweise steht es momentan nur den gegnerischen Armeen zur Verfügung. Es wird behauptet, dass Penicillin die Verwundeten und Kranken von Anfang an gegen Infektionen schützen kann. Ende der zwanziger Jahre wurden die Grundlagen in London von Alexander Fleming entdeckt, doch die Idee, es als Medikament einzusetzen, kam erst vor ein paar Jahren auf. In den USA haben sie mittlerweile Methoden entwickelt, den Wirkstoff in großen Mengen herzustellen.«

»Dann will Hitler also auch so ein Wundermittel haben?«, fragte Oppenheimer.

»Genau. Das Problem dabei ist, dass Deutschland dieser Entwicklung bislang stark hinterherhinkt. Da die Deutschen nicht an die Forschungsergebnisse aus dem Ausland herankommen, setzen sie ihre größten Hoffnungen auf Sulfonamid. Es ist witzig – eigentlich fing es erst so richtig damit an, als vor zweieinhalb Jahren Heydrich in Prag bei diesem Attentat tödlich verletzt wurde. Wie ich gehört habe, glaubt Hitlers Leibarzt Dr. Morell, dass man ihn mit dem Einsatz von Sulfonamid hätte retten können. Das Mittel könnte entscheidend den Ausgang

des Krieges beeinflussen, aber ich denke, dass es zu spät kommen wird.«
Oppenheimer war unruhig geworden. Diese Ausführungen mochten zwar interessant sein, doch sie halfen ihm bei der Lösung des Falls nicht weiter. Als er aus dem tiefen Sessel aufstand, bemerkte er, dass sein Rücken schmerzte.
»Eine Frage noch: Wann war Hilde am Montag bei Ihnen?«
»Sie meinen den Tag, als Dr. Hauser getötet wurde?«
Oppenheimer nickte.
»Hm, das war gegen zwei Uhr nachmittags. Wir sind die Papiere durchgegangen, und etwa eine Stunde später hat sie sich wieder auf den Weg gemacht.«
Dr. Hallers Angaben passten zu den übrigen Daten. Hilde war also direkt vom Reichstag aus zu Hausers Wohnung gefahren und hatte ihn mit der Wahrheit konfrontiert. Zweifellos waren Hausers Forschungen auch der Auslöser für den lauten Streit gewesen.
Mürrisch schaute er auf seinen Luftschutzkoffer, in dem er die Aufzeichnungen verstaut hatte. Obwohl er Entlastungsbeweise für Hilde finden wollte, hatte er nun ausgerechnet das Gegenteil erreicht. Wenn der Mord tatsächlich eine Affekthandlung gewesen war, dann hatte Hilde keine Zeit gehabt, im Voraus zu planen. Leider war das zugleich auch eine mögliche Erklärung für den groben Fehler, sich beim Betreten des Hauses beobachten zu lassen.
Es war ganz einfach. Alles deutete auf Hilde hin. Doch war das auch die richtige Lösung? Oppenheimer wollte nicht daran glauben. »Diese Dokumente von Dr. Hauser – besitzen sie einen Wert?«, fragte er.
»Ich finde schon«, antwortete Dr. Haller. »Ich hatte mich mit Hilde deswegen gestritten. Sie wollte alles verbrennen, aber ich denke, dass man diese Daten nicht so einfach vernichten sollte.

Geld wird man dafür wohl nicht bekommen. Aber die Forschung würde davon profitieren. Selbst wenn es sich herausstellen sollte, dass Dr. Hauser auf dem Holzweg war, könnte man aus den Fehlern unter Umständen lernen und die richtigen Schlüsse ziehen.«
»Und als Dr. Hausers Auftraggeber kommt am ehesten das Kaiser-Wilhelm-Institut in Frage?«
Mit einem bestätigenden Kopfnicken sagte Dr. Haller: »Dort werden sehr viele Forschungen koordiniert. Am besten, Sie fahren hin und vergewissern sich selbst.«

Als Oppenheimer aus dem Reichstagsgebäude in den nicht enden wollenden Nieselregen trat, plagten ihn Gewissensbisse. Mit gesenktem Kopf lief er an Flakgeschützen vorbei, deren Rohre in den Himmel zielten, und fragte sich, ob er die Beweise in seinem Luftschutzkoffer wirklich vernichten durfte.
Obwohl sich Dr. Haller wieder um seine Patienten kümmern musste, hatte er sich noch kurz die Zeit genommen, Oppenheimers Schusswunde anzusehen. Zum Glück war sie nicht entzündet und gut verheilt. Eine Schwester hatte die Wunde gereinigt, sie mit Zinksalbe bestrichen und dann wieder mit einem frischen Verband umwickelt.
Aber Oppenheimer war zu geistesabwesend, um die Aussicht auf eine rasche Genesung freudig zur Kenntnis zu nehmen. Er hatte das unbestimmte Gefühl, dass Hausers Papiere für die Untersuchung noch wichtig werden würden.
Wie gewohnt konnte er am besten nachdenken, wenn er sich körperlich betätigte. So war es auch diesmal. Schon nach wenigen Metern Fußweg hatte Oppenheimer seine Umgebung fast völlig ausgeblendet. Tief in Gedanken versunken, nahm er die rauchgeschwängerte Luft nicht mehr wahr, blickte kaum auf den Irrgarten aus Schutthaufen vor Hitlers Reichskanzlei.

Keine Frage, Hausers Papiere waren ein schwerwiegendes Belastungsindiz und durften nicht in die falschen Hände geraten. Er erinnerte sich wieder an den mysteriösen Eindringling in Hildes Wohnung. Der Fremde hatte dort etwas gesucht, den Schreibtisch durchwühlt. Konnte es sein, dass der Einbrecher an Hausers Papiere herankommen wollte?
Oppenheimer wog diese Frage ab und beschloss, Hildes Befehl zu missachten und die Dokumente vorerst nicht zu vernichten. Unter Umständen konnten sie Hilde sogar entlasten. Denn wenn sie nicht die Täterin war, dann gab es jemand anderen, der ein Motiv hatte, Hauser umzubringen. Obwohl einige Hinweise auf professionelle Ganoven hindeuteten, erschien Oppenheimer diese Lösung nach wie vor fragwürdig.
Konnte es nicht komplexer sein? Konnte der Mord etwa mit den Forschungsergebnissen zusammenhängen? Doch um dieses Rätsel zu lösen, wusste er noch zu wenig von Hausers Forschungen und von den Personen, mit denen er in Kontakt gestanden hatte.
Es ließ sich nicht ändern, er musste als Erstes zum Kaiser-Wilhelm-Institut.

»Harmagedon rückt immer näher. Die Zeit der Abrechnung wird kommen. Das Engelheer zieht sich bereits zusammen, um das System Satans zu zerschlagen. Die Guten werden von den Bösen getrennt werden. Das tausendjährige Friedensreich Gottes wird nicht mehr lang auf sich warten lassen.«
Hilde runzelte ihre Stirn, als sie die geflüsterten Worte hörte. Obwohl sie immer noch in einer Einzelzelle eingekerkert war, hatte ihr die Aufseherin in der Früh den Befehl erteilt, von nun an Soldatenuniformen auszubessern. Hilde wusste nicht, ob ihr das recht war. Einerseits freute sie sich auf die Abwechslung und auf die Möglichkeit, andere Häftlinge kennenzulernen. Doch

andererseits spürte sie in sich auch einen starken Widerwillen, mit ihrer Arbeit die Kriegsanstrengungen zu unterstützen.
Daraufhin wurde sie zu der Nähzelle geführt, in der zwei Mithäftlinge saßen. Die junge hieß Barbe. Sie war ein stämmiges Mädchen und saß hier ein, weil sie so unklug gewesen war, sich mit einem Ostarbeiter einzulassen.
Sie hatte Hilde kurz erklärt, dass sie heute die Aufgabe hatten, Soldatenuniformen umzuändern. Doch die Nähutensilien waren ein schlechter Scherz: Eine stumpfe Schere, zerreißende Fäden, und Nadeln, viel zu dick, um vernünftig mit ihnen arbeiten zu können.
Die prophetischen Worte über das nahende Ende hatte die andere Mitgefangene in ihrer Zelle geäußert. Eifrig über ihre Näharbeit gebeugt, murmelte die verhärmte Frau unablässig vor sich hin.
Sie war Hilde sofort aufgefallen. Obwohl die männlichen Häftlinge in einem anderen Stockwerk untergebracht waren, versuchten die inhaftierten Frauen normalerweise, sich mit bescheidenen Mitteln aufzuhübschen. Hilde hatte mit Verwunderung registriert, dass es selbst hier, hinter dicken Gefängnismauern und verborgen vor dem Rest der Welt, noch Platz für Eitelkeit gab. Es war durchaus üblich, die Gefängniskleidung zu bearbeiten, und zwar nicht nur, um in versteckten Taschen Gegenstände zu schmuggeln. So war es eine gängige Methode, das untere Stück der Röcke abzureißen, damit sie modischer aussahen.
Doch die Frau in der Nähzelle schien sich um solche Äußerlichkeiten nicht zu kümmern.
»Was ist mit der denn?«, fragte Hilde ihre Nachbarin.
»Dit is Gerda«, flüsterte Barbe. »Sie is ’ne Bibelforscherin. Ick hab jehört, dasse alle so sind, die Bibelforscher. Die Gerda, die hat vor nix Angst. Gibt freche Widerworte und so. Ihr Mann

und ihr Sohn sind ooch im Bau, weil se Pazifisten sind und nich kämpfen wolln. Gerda ham se eenjebuchtet, weil se jesagt hat, dass dit Hakenkreuz für sie 'n Zeichen Satans is.«

Hilde musste bei diesem Gedanken lachen. »Na, wo sie recht hat, da hat sie recht.«

Barbe ließ ihre Näharbeit liegen und wandte sich Hilde zu. »Ick gloob, dit hat nix zu sagen. Den Pfarrer hat se ooch schon als Teufelsanbeter beschimpft.«

»Harmagedon käme mir schon ganz recht«, sinnierte Hilde. »Dann kommen wir hier wenigstens raus.«

»Ick hatt schon jestern jedacht, dasset so weit wär. So wie et draußen jerummst hat. Haste nich jehört, im Volksjerichtshof issn Balken auf'n Freisler druffjefallen und hat ihn platt jemacht.«

Hilde erstarrte. Der Stoff glitt aus ihrer Hand und fiel auf die Arbeitsbank. Benommen fragte sie: »Was hast du gesagt?«

»Na, Freisler, den musste doch kennen. Den Schreihals im Volksjerichtshof.«

Hilde hatte zunächst geglaubt, sich verhört zu haben. Aber es schien zu stimmen. Man sprach also davon, dass Freisler tot war. Allmählich verstand Hilde die Konsequenzen. Wenn das Gerücht stimmte, dann war der Mann, der sich als Richter über sie aufschwingen wollte und der schon so viele zum Tode verurteilt hatte, nun selbst vernichtet worden.

Konnte es sein? War es ein Zeichen dafür, dass auch die obere Nazi-Riege nicht unverwundbar war? Dass sie sterben würden, genauso ausradiert wie die verurteilten Regimegegner?

Ein Grinsen erschien auf Hildes Gesicht. Je länger sie darüber nachdachte, desto breiter wurde es.

»Ich hoffe, dass Freisler gequiekt hat wie ein Schwein, als er abgekratzt ist.« Genüsslich artikulierte sie jedes einzelne Wort. Dann brach sie in schallendes Gelächter aus.

Barbe starrte Hilde überrascht an. Auch die Bibelforscherin namens Gerda hatte bei diesem jähen Gefühlsausbruch ihre Näharbeiten unterbrochen.
Hastige Schritte ertönten. Dann schlug die Aufseherin von draußen gegen die Gitterstangen ihrer Nähzelle. »Ruhe!«, schrie sie.
Hilde senkte ihren Kopf. Die Aufseherin warf ihr einen strengen Blick zu und entfernte sich dann wieder. Doch Hilde musste weiter in sich hineinkichern. Sie konnte es nicht fassen. Sie hatte Freisler überlebt.
Barbe stupste Hilde an und nickte zur Aufseherin hinüber. »Pass auf, mit der Ollen is nich jut Kirschen essen.«
Mit Mühe konnte Hilde ihren Heiterkeitsausbruch unter Kontrolle bringen. Doch etwas in ihr wollte heraus. Sie konnte nicht einfach in der Zelle sitzen und so tun, als würde sie Uniformen nähen.
»Ach, scheiß was drauf«, murmelte Hilde. Obwohl sie alles andere als musikalisch war, begann sie, leise vor sich hin zu summen – das erste Lied, das ihr in den Sinn kam: *Lili Marleen*.
Es hieß, dass Goebbels dieses Lied nicht mochte, weil es zu unheroisch war. Da man von der Interpretin Lale Andersen in den letzten Jahren nicht mehr viel gehört hatte, kursierten Gerüchte über eine Verhaftung. Im deutschen Programm der BBC hatte es sogar die Meldung gegeben, dass sie im KZ sitzen würde, doch Goebbels' Propagandamaschinerie tat das als Falschmeldung ab. Und trotzdem hatte sich das Lied mit seiner schwermütigen Melodie wie ein Lauffeuer verbreitet, nicht zuletzt, weil es auch von den Auslandssendern gespielt wurde. Und es gab Persiflagen, bei denen der Text zur Gegenpropaganda umgedichtet wurde. In der BBC wurde das Lied häufig in einer verballhornten Version der emigrierten Schauspielerin Lucie Mannheim gespielt, mit der Aufforderung, sich zu ergeben.

»Unter der Laterne, vor der Reichskanzlei,
hängen alle Bonzen, der Führer hängt dabei.
Und alle Leute bleiben stehn,
sie wollen ihren Führer sehn!«

Hilde wagte nicht, diesen Text zu singen, aber beim Summen dachte sie ihn.

Schon bald hörte sie, wie Barbe mitsummte. Gerda quittierte dies mit einem abschätzigen Blick. Doch selbst sie wippte den Takt des Gassenhauers schließlich mit.

Dann setzte sich das Summen fort. Nebenan hatten es offensichtlich andere Häftlinge gehört. In Sekundenschnelle sprang die Melodie von einer Zelle zur nächsten. Schließlich schienen alle nähenden Mithäftlinge *Lili Marleen* zu summen, zuerst verhalten und dann immer lauter.

Das Summen schwoll an und riss auch nicht ab, als die Schritte der Aufseherin erklangen. »Es wird nicht gesungen«, schrie sie. »Das ist im Gefängnis nicht erlaubt!«

»Streng genommen singen wir ja nicht«, flüsterte Hilde in Barbes Ohr.

Die Aufseherin konnte so laut schreien, wie sie wollte, in diesem Augenblick kümmerten sich die Häftlinge nicht um sie.

Das Lied der *Lili Marleen* drang durch die vergitterten Fenster nach draußen. Drang durch Zellentüren. Entwich über das Ofenrohr. Überwand das Dach des Gefängnisses. Ließ die dicken Backsteinmauern hinter sich zurück. Entfloh in die Freiheit.

Ihr Summen wurde vom Wind in die Ferne getragen, bis es nur noch ein leises Wispern war.

Die Stimmen der Glaubensbrüder waren bei der Ankunft im Zeremoniensaal gedämpft, so wie es sich für diesen Ort der stillen Andacht geziemte. Und doch konnte Bruder Loki unter dem salbungsvollen Ton der Grußformeln die Furcht seiner Brüder deutlich spüren. Er hatte eine Vorahnung, dass ihre Aussprache im kleinen Kreis heute hitzig werden würde. Wie immer zelebrierten sie ihr Begrüßungsritual, denn es war wichtig, sich selbst zu vergegenwärtigen, dass es sich bei ihnen nicht um einen x-beliebigen Verschwörerkreis handelte, sondern dass sie eine geheiligte Aufgabe zu erfüllen hatten.

Als der Prior das Zeichen des Hakenkreuzes machte und das Ritual damit abgeschlossen war, konnte sich Bruder Walthari kaum zügeln. Ohne auf die Aufforderung des Priors zu warten, begann er mit seinem Bericht.

»Die Lage ist sehr ernst«, stellte Bruder Walthari mit Grabesmiene fest. »Meinen Quellen zufolge trifft die Luftwaffe schon Vorbereitungen, um ihren gesamten Führungsstab aus Berlin abzuziehen und in den Westen zu verlagern. Außerdem haben die ersten Reichsbehörden mit Evakuierungsmaßnahmen begonnen. Vorerst dürfen aber nur die wichtigsten Führungskräfte nach Thüringen. Insgesamt werden etwa hundertzwanzig Männer aus Berlin evakuiert. Die Reichsminister sollen allerdings noch hierbleiben. Offiziell gilt eine Evakuierung ohne Befehl als Desertion. Obwohl darauf die Todesstrafe steht, glaube ich nicht, dass sich die Flucht der Amtsträger noch lang aufhalten lässt. Im Gegenteil, die letzte Bombardierung des Regierungsviertels wird dies sicher noch beschleunigen. Vor allem das Ministerium für die besetzten Ostgebiete und die Dienstellen der Wehrmacht drängen auf eine Verlegung an einen sicheren Ort.«

Nach dieser Zusammenfassung herrschte eine bedrückende Stille. Auch der Prior senkte seinen Kopf, als er über diese unangenehme Meldung nachdachte. Bruder Loki zweifelte nicht daran, dass die Angaben von Bruder Walthari korrekt waren. Mit seinen Kontakten bis in die obersten Regierungsebenen hinein hatte er schon häufig über die neuesten Entwicklungen berichten können, ehe sie der Öffentlichkeit bekannt gemacht wurden. Aber Bruder Walthari war immer noch unruhig. Etwas brannte ihm auf der Seele. Schließlich fasste er den Mut, hinzuzufügen: »Ich denke, dass wir angesichts der Lage keine andere Wahl haben, als die Reichshauptstadt ebenfalls zu verlassen.«

Als ihm der Prior mit einer Geste zu schweigen befahl, senkte er schuldbewusst seinen Blick. Ihre Vorbereitungen auf die dunkle Zeit waren weit vorangeschritten. Der Prior selbst hatte gesagt, dass sie dem Ansturm der Sodomsbrut entfliehen mussten. Es war sein Plan, spurlos aus Berlin zu verschwinden und an einem sicheren Ort unterzutauchen, doch aus einem Grund, den Bruder Loki nicht verstand, zögerte er jetzt.

»Wie steht die Lage an der Front?«, wollte der Prior schließlich wissen.

»Unverändert«, beeilte sich Bruder Walthari zu sagen. Er brachte die Antwort so heftig hervor, dass die Flamme der vor ihm stehenden Kerze kurz flackerte. »Der Reichsführer SS hat aus umherirrenden Verbänden eine neue Heeresgruppe gebildet, die sich zum Schutz vor die Hauptstadt stellen soll. Aber das wird nur einen Aufschub bringen.«

Danach befragte der Prior Bruder Hagal, ihren Spezialisten für astrologische Vorhersagen. Er hatte den Auftrag bekommen, das Horoskop von Hitler mit dem Horoskop für die Republik zu vergleichen, und wie sich nun herausstellte, war er zu dem Schluss gekommen, dass sich die militärische Lage bis April entspannen würde. Erst danach sei eine Verschärfung der Kriegshandlungen zu erwarten. Deren Einstellung prophezeite er letztendlich für August.

Am Schluss seiner Ausführungen fügte er hinzu, dass er die Zeitplanung angesichts der neuen Erkenntnisse anpassen würde. »Ursprünglich hatte ich der allgemeinen Erwartung zugestimmt, dass die mongolische Invasion von 1960 bis 1988 stattfinden wird«, erklärte er. »Da sich die sowjetischen Truppen bereits vor unseren Toren befinden, können wir davon ausgehen, dass die Vorherrschaft der Äfflinge bereits fünfzehn Jahre früher eintreten wird.« Er fuhr mit einem lässigen Achselzucken fort, das in keiner Weise zu der weihevollen Stimmung im Zeremoniensaal passte: »Das ist letztendlich nicht schlimm, weil es den Niedergang beschleunigt, der zu der Weltrevolution im Namen Odins führen wird. Es steht unverändert fest, dass der Ausgangspunkt für unsere Gegenbewegung Wien ist. Da Jupiter im Zeichen des Fisches steht, ist damit zu rechnen, dass diese Entwicklung spätestens bis 2640 abgeschlossen sein wird.«

Und was danach kommen würde, darüber bestand für die Anwesenden kein Zweifel. Der Prior hatte Dutzende Male von der Zukunft der arischen Rasse gesprochen. Der Erste Weltkrieg war nur der Beginn des tausendjährigen Kampfes gewesen, dessen Ende ein neues Zeitalter einläuten würde. In der Zeit des Übergangs würden Odins Söhne noch schreckliche Qualen erleiden, die jedoch notwendig waren, um die Guten endgültig von den Bösen zu trennen.

Danach würde sich der Erlöser zeigen und die heilige elektronische Kraft zum Sieg führen. Die deutschen Opfer, die auf den Schlachtfeldern ihr Leben gelassen haben, warteten nur darauf, wiedergeboren zu werden. Mit Feuereifer würden sie im Land des Elektrons und des heiligen Grals die nationale Revolution vorantreiben. Das Jahrtausend der arischen Gottmenschen würde beginnen. Und über alle würde Odin herrschen.

Der Prior wog Bruder Hagals neue Erkenntnisse ab, und sagte dann: »Wir werden bis April warten. Es ist nicht notwendig, übereilt die Flucht zu ergreifen. Wir können genau nach dem

festgesetzten Plan fortfahren. Wie weit sind die Vorbereitungen gediehen?«
Diesmal lieferte Bruder Hödur einen Bericht ab. Selbst in seiner weißen Mönchskutte mit der scharlachroten Rune wirkte er auf Bruder Loki wie ein Buchhalter. »Das Silbergeld von Dr. Hauser war eine große Hilfe. Die Fahrzeuge stehen zur Verfügung. Momentan suchen wir nur noch die benötigten Benzinvorräte.«
»Wie sieht es mit der Kleidung aus, Bruder Loki?«
»Es hat Verzögerungen gegeben«, gab dieser zu. »Aber jetzt ist alles komplett.«
»Gut«, sagte der Prior. Seine entspannten Gesichtszüge verrieten, dass alles nach seinen Vorstellungen lief. »Dann habt ihr Brüder noch genügend Zeit, um eure privaten Angelegenheiten zu regeln. Ich möchte noch einmal betonen, dass wir kein Aufsehen erregen dürfen. Jeder muss sein Verschwinden so vorbereiten, dass niemand einen Verdacht schöpft. Eure Geschichte muss plausibel sein.«
Bruder Loki lächelte, als er dies hörte. Auf dieses Signal hatte er gewartet. Es vereinfachte die Dinge, jetzt weiter nach Hausers Unterlagen suchen zu können, ohne dabei den Befehl des Priors zu missachten.
Die Dokumente hatten sich im Besitz von Hildegard von Strachwitz befunden, ehe sie verhaftet wurde. Aber es gab keine Hinweise darauf, dass sie nach Hausers Tod vernichtet worden waren.
Jemand anderes musste die Papiere haben.
Diese Person war gut beraten, sich vor Bruder Lokis Zorn in Acht zu nehmen.

18

Montag, 5. Februar 1945

Das starre Antlitz der Göttin Minerva blickte auf die Ihnestraße. Oppenheimer stand vor dem langgezogenen dreistöckigen Gebäude und hatte den Kopf in den Nacken gelegt. Die Hüterin des Wissens und Göttin der Weisheit fungierte als Wahrzeichen für die Kaiser-Wilhelm-Gesellschaft. Weil die führende deutsche Forschungsinstitution ihren Sitz hier in Dahlem hatte, befanden sich in unmittelbarer Nähe gleich mehrere Institute. Dies hier war die *Abteilung für Anthropologie, menschliche Erblehre und Eugenik*, was nichts anderes bedeutete, als dass man sich mit Rassenforschung beschäftigte.

Oppenheimer lief einen langen Korridor entlang zum Ostflügel. Der Pförtner hatte ihm gesagt, dass er sich mit seinem Anliegen am besten an einen Assistenten namens Waechter wenden sollte.

Als Oppenheimer in dessen Zimmer trat, saß er hinter seinem Schreibtisch – ein hagerer Mann. Oppenheimer stellte sich vor. Der Assistent warf ihm einen durchdringenden Blick zu, dessen Wirkung durch die blaue Iris seiner Augen noch verstärkt wurde. Oppenheimer erklärte wie üblich, dass er im Auftrag der Kanzlei Kuhn die Fakten des Mordfalls Dr. Hauser überprüfen sollte.

Doch Waechter schien nicht überzeugt zu sein. Er nahm ein Telefonbuch zur Hand und fragte: »Ich nehme an, dass die Kanzlei Kuhn hierin verzeichnet ist?«

»Aber natürlich«, antwortete Oppenheimer prompt.

Der Assistent wies zur Tür. »Würden Sie bitte kurz draußen warten?«
Oppenheimer postierte sich wieder vor dem Eingang und seufzte. Vermutlich rief Waechter jetzt in der Kanzlei an, um sich Oppenheimers Geschichte bestätigen zu lassen. Es würde schwierig werden, ihm brauchbare Informationen zu entlocken, wenn er sich auch weiterhin so reserviert verhielt.
Mit einem Mal kam Oppenheimer der alarmierende Gedanke, dass er nicht wusste, ob Waechter auch tatsächlich in der Kanzlei anrief. Was wäre, wenn er direkt die Polizei oder Gestapo informierte und Beamte auftauchten? Heutzutage musste man mit allem rechnen. Oppenheimer fühlte sich plötzlich unwohl. Er blickte kurz auf seine Taschenuhr und sagte sich, dass er genau fünf Minuten warten würde. Falls der Assistent bis dahin nicht wieder aufgetaucht war, würde er sich aus dem Staub machen.
Doch es dauerte nur knappe drei Minuten, bis sich die Tür erneut öffnete und Waechter mit einem Klemmbrett im Arm heraustrat. »Sie kommen leider etwas ungelegen«, sagte er und setzte sich fast gleichzeitig in Bewegung. Gemeinsam schritten sie den langen Gang entlang.
»Gerade heute haben wir den Evakuierungsbefehl erhalten«, fuhr der Assistent fort. »Da wird noch eine Menge Arbeit anfallen, also bitte fassen Sie sich kurz. Ich nehme an, dass Sie Fragen zu Dr. Hauser haben?«
»Kennen Sie Dr. Hauser persönlich?«
»Nein.« Der Assistent führte das nicht weiter aus, sondern wartete auf die nächste Frage.
Doch Oppenheimer erwartete mehr als einsilbige Antworten, und so versuchte er es mit einem Bluff. »Wir wissen, dass Dr. Hauser in Auschwitz Forschungsarbeiten für das Kaiser-Wilhelm-Institut durchgeführt hat.«

»Das ist durchaus möglich. In Rajsko gab es eine Außenstelle des KL Auschwitz, die Hygienisch-Bakteriologische Untersuchungsstelle der Waffen-SS, die mit dem Eintreffen des Feindes aufgegeben wurde. Soviel ich weiß, forschte man dort nach einer vereinfachten Methode zur Blutgruppenbestimmung. Darüber hinaus wurden auch Laboruntersuchungen für Polizei und SS vorgenommen.«

Oppenheimer brauchte ein paar Sekunden, bis er sich daran erinnerte, dass *KL* die offizielle Abkürzung für *Konzentrationslager* war.

Der Assistent bog ins Treppenhaus ab und lief die Stufen hinauf. Oppenheimer fiel es schwer, seine Fragen zu stellen, denn er musste sich anstrengen, um mit dem Tempo des Assistenten mithalten zu können.

»Soviel ich weiß, befassten sich Dr. Hausers Forschungen mit etwas anderem. Es hatte mit Sulfonamid zu tun. Gab es dazu einen offiziellen Auftrag von Ihrem Institut?«

Der Assistent machte einen gelangweilten Eindruck, als er antwortete: »Das kann ich Ihnen nicht sagen. Am besten, Sie fragen bei unserem Schwesterinstitut für medizinische Forschung in Heidelberg nach. Wenn er Forschungen durchgeführt hat, dann wurde dies mit Sicherheit dort koordiniert.«

Damit schritten sie durch eine Glastür mit einem elegant geschwungenen Oberlicht, und der Assistent lief einen anderen Korridor entlang. Weil Oppenheimer wusste, dass er so nicht weiterkommen würde, versuchte er es mit allgemeinen Fragen.

»Womit beschäftigen Sie sich denn hier?«, japste Oppenheimer.

»Wir verfolgen in unserer Abteilung einen völlig neuen und disziplinenübergreifenden Ansatz.« Der Assistent blieb jetzt stehen. Offensichtlich hatte Oppenheimer eine Frage gestellt, die er gern beantwortete. »Unser Ziel ist die Verknüpfung der Genetik mit der Evolutionsbiologie. Wenn Sie so wollen, geht es um die Leitwissenschaft vom Menschen. Eine wichtige Frage ist dabei, wie groß der Einfluss von Umwelt und Erbe einzuschätzen ist. Vor allem die Zwillingsforschung ist in diesem Zusammenhang von großem Interesse. Nur so lässt sich die Erblichkeit von zahlreichen Krankheiten belegen. Wir hoffen, nachweisen zu können, dass auch Charakterzüge und kriminelle Veranlagungen vererbbar sind.«

Angesichts dieser einseitigen Theorie regte sich bei Oppenheimer Widerstand.

»Sind wir dann letztendlich nur Marionetten unserer Erbanlagen?«, fragte er. »Schließlich sind wir doch vernunftbegabte Wesen. Wo bleibt dabei die freie Entscheidung?«

Der Assistent runzelte die Stirn und verriet damit, dass er mit seinem enzyklopädischen Fachverstand von Oppenheimers Vorstellungen nicht viel hielt. »Genau das wollen wir herausfinden. Letztendlich liefern wir die wissenschaftlichen Grundlagen für die Reinerhaltung unserer Rasse. Deswegen schulen wir auch Richter, Ärzte und SS-Angehörige in Rassenkunde.«

Oppenheimer folgte ihm in einen großen Raum, wo der Assistent durch eine Seitentür ins nächste Zimmer schritt. Rastlos suchte er nach einer Möglichkeit, die Angestellten des Berliner Instituts mit Dr. Hauser in Verbindung zu bringen.

Schließlich fragte er: »Und hat Ihre Abteilung auch Kontakte zu der Untersuchungsstelle in Auschwitz?«

Der Assistent lächelte. »Dr. Fischer, der Vorgänger von Direktor von Verschuer, hatte seine Forschungen über die Rassenmischung ursprünglich in unseren Kolonien in Afrika betrieben. Doch nachdem sie uns genommen wurden, gab es eine große Lücke, die jetzt von den Ostgebieten wieder gefüllt wurde. Ein wichtiger Bestandteil unseres Instituts ist nämlich die anthropologische Sammlung. Wir besitzen unzählige Präparate und zudem eine große Fotosammlung. Aber schauen Sie doch selbst.«

Mit diesen Worten öffnete der Assistent eine schwere Tür und schaltete in dem Zimmer das Licht an. Als Oppenheimer den Raum betrat, mochte er seinen Augen kaum trauen.
Überall waren Regale.
Und in ihnen befanden sich Teile von Menschen.
Stück für Stück.
Sie schwammen in großen Glasbehältern, randvoll mit Formaldehyd.
Nach dem ersten Schrecken erkannte Oppenheimer, dass die makabre Sammlung offenbar in einzelne Segmente gegliedert war.
In einem Schrank befanden sich ausschließlich abgetriebene Föten, penibel nach ihrem Entwicklungsstadium aufgereiht. Weiter hinten waren abgeschnittene Kinderköpfe gelagert. Dazwischen gab es einen Schrank mit kleineren Gläsern. Oppenheimer hielt die in ihnen enthaltenen Organe für abgeschnittene Hoden. Als er es wagte, in die gegenüberliegende Zimmerecke zu schauen, wurde sein Blick von Hunderten lidlosen Augäpfeln erwidert.
Natürlich hatte er in der Vergangenheit häufig mit Leichen und Leichenteilen zu tun gehabt, trotzdem war er beim Anblick dieser Sammlung schockiert. Mit einem Mal kam ihm die Luft stickig vor.
Unwillkürlich griff er in seine Manteltasche, in der sich eine Medikamentenrolle mit Pervitin befand. Der Schwere Ede hatte ihm erlaubt, sie zu behalten, obwohl die Transaktion mit Hauser ein Misserfolg gewesen war. Irgendwo in seinem Inneren flammte die altbekannte Gier auf. Oppenheimer spürte, dass er nur einen kühlen Kopf bewahren konnte, wenn er eine Tablette nahm und der Wirkstoff den Ekel, die Furcht, die Müdigkeit und all die negativen Gefühle, die ihn sonst noch plagten, wegschwemmen würde. Die Tatsache, dass es seine Not-

reserve für schlechte Zeiten sein sollte, hielt ihn jedoch davon ab. Außerdem setzte die Wirkung gewöhnlich erst nach etwa dreißig Minuten ein, und da wäre er schon längst wieder fort. Wenn er seinem Drang nachgab, würde er letztendlich nur eine Tablette verschwenden.

Wie in Zeitlupe zog Oppenheimer seine zitternde Hand wieder aus der Tasche. Um sich zu beruhigen, atmete er tief durch.

Der Assistent nahm davon jedoch nichts wahr, stattdessen betrachtete er die Präparate mit einer gehörigen Portion Besitzerstolz.

»Leider werden wir die Sammlung in dieser Komplettheit lang nicht mehr zu sehen bekommen«, sagte er wehmütig. »Außer diesen Stücken haben wir noch eine umfangreiche Sammlung von Blutproben und menschlichen Skeletten. Ich muss die wichtigsten Präparate aussuchen, damit sie zuerst evakuiert werden. Wohin der Rest geht, oder ob er hierbleibt, wissen wir noch nicht. Wir haben aus Auschwitz viele Objekte bekommen, zumindest so lang, bis das KL aufgegeben wurde. Manche sind noch nicht mal katalogisiert. Aber das werden wir auch nicht mehr schaffen.«

Normalerweise hätte Oppenheimer hier noch einmal nachgehakt, ob Hauser mit den Präparaten zu tun hatte, doch der Tumult in seinem Inneren ließ keine klaren Gedanken mehr zu.

Unbändiger Zorn stieg in Oppenheimer auf, als er daran dachte, welche Schicksale sich hinter diesen technokratischen Worthülsen verbargen. Das waren keine Objekte, verdammt noch mal, das waren Menschen. Und jemand hatte sie vorher getötet, damit man sie zerlegen und ihre Einzelteile in Glasbehälter stopfen konnte. Er hielt die wissenschaftlichen Gründe für vorgeschoben, damit die Lagerärzte ihren sadistischen Impulsen freien Lauf lassen konnten.

Oppenheimer wollte, dass jemand für diese himmelschreiende

Ungerechtigkeit zur Rechenschaft gezogen wurde. Doch es war sinnlos, dem Assistenten die Grausamkeit seines Handelns klarmachen zu wollen, denn dieser sah alles wie ein abstraktes Problem. Eine Frage brauchte eine Antwort, und es schien ihm egal zu sein, wie viele Leben dabei ausgelöscht wurden.
Schließlich bekam sich Oppenheimer wieder so weit unter Kontrolle, dass er noch schnell die wichtigsten Fragen stellen konnte. Dennoch ging sein Atem schwer, als er sich erkundigte: »Kannte Dr. Hauser jemanden hier am Institut?«
Der Assistent wandte sich ihm wieder zu. Obwohl er über seine Forschungsarbeit offen gesprochen hatte, waren seine Antworten jetzt wieder so knapp wie zuvor. »Da bin ich leider überfragt.«
Fahrig kramte Oppenheimer seinen Notizblock hervor und präsentierte dem Assistenten seine Skizze des Emblems auf der Anstecknadel, die ihm neben Hausers Leiche aufgefallen war. »Sagt Ihnen das hier zufällig was?«
Der Assistent würdigte die Zeichnung kaum eines Blickes. Stattdessen fragte er Oppenheimer: »Sollte es?«
Unzufrieden steckte Oppenheimer seinen Notizblock wieder ein. Obwohl er das Gefühl hatte, nicht weitergekommen zu sein, blieb er misstrauisch. War sein Gesprächspartner wirklich so ahnungslos? Oder tat er nur so? Doch so aufmerksam Oppenheimer den Assistenten auch betrachtete, ein verräterisches Verhalten legte dieser nicht an den Tag. Vielleicht deshalb, weil ihn der tägliche Umgang mit Leichenteilen abgestumpft hatte? Bei diesem Gedanken fühlte Oppenheimer den Drang, aus dem Gebäude voller Widerwärtigkeiten herauszukommen. Er konnte es keine Minute länger aushalten. Es kostete ihn erhebliche Überwindung, Waechter zum Abschied die Hand zu geben. Mit großer Verwunderung bemerkte er, dass der Assistent seine Hand nicht mehr loslassen wollte.

»Jetzt habe ich noch eine Frage«, sagte Waechter. »Sie kennen sich doch bestimmt mit der Polizeiarbeit aus? Ich meine, Sie haben in Ihrer Anwaltskanzlei gelegentlich damit zu tun?«
Oppenheimer hatte keine Ahnung, worauf der Assistent hinauswollte. Bewusst ungenau antwortete er: »Es kommt ab und zu vor.«
Der Assistent näherte sich und senkte seine Stimme zu einem vertraulichen Murmeln. »Es geht um einen Mitarbeiter. Ludwig Trebitsch. Er ist schon seit über einer Woche verschwunden. Wir haben es der Polizei gemeldet, doch es wird nichts unternommen.«
Das waren die üblichen Klagen. Ohne großes Interesse hörte sich Oppenheimer die Schilderung des Assistenten an.
»Es ist wirklich merkwürdig«, fuhr Waechter fort. »Ich habe seine Wohnung aufgesucht, aber sie ist unversehrt. So wie es aussieht, ist Herr Trebitsch einfach vom Erdboden verschwunden.«
»Nun, ich kann Ihnen so viel sagen, dass die Polizei heutzutage stark überlastet ist«, antwortete Oppenheimer geistesabwesend. Mittlerweile hatte er die Tür geöffnet und stand auf der Schwelle. Die Klinke in der Hand und eine Fluchtmöglichkeit in Reichweite, konnte er das Starren der unzähligen Augen besser aushalten. »Es gibt so viele Vermisstenanzeigen, dass es ein Ding der Unmöglichkeit ist, allen nachzugehen. Wenn Herr Trebitsch einfach so verschwunden ist, dann ist es wahrscheinlich während eines Bombenangriffs geschehen. In diesem Fall gibt es nur die Möglichkeit, die Friedhöfe aufzusuchen. Nicht identifizierte Bombenopfer werden für eine gewisse Zeit aufgebahrt, ehe sie in ein anonymes Grab kommen. Bedauerlicherweise ist das der einzige Ratschlag, den ich Ihnen geben kann.«
Der Assistent runzelte die Stirn. »Dazu habe ich leider nicht die Zeit«, sagte er.

Oppenheimer konnte sich das gut vorstellen. Mit seinen anderen Leichen hatte der Assistent genug zu tun.

Unter den fragenden Blicken des Pförtners floh Oppenheimer aus dem Institutsgebäude. Um auf andere Gedanken zu kommen, lief er die Ihnestraße entlang und atmete mehrmals tief durch. Doch nicht einmal die kühle Luft vermochte ihn zu beruhigen.

Obwohl Dahlem einer der wohlhabendsten Bezirke von Berlin war, in dem sich repräsentative Villen mit großzügig geplanten Institutsgebäuden abwechselten, kam ihm die Umgebung bedrückend vor. Die Äste der Bäume wirkten auf Oppenheimer wie dürre Finger. Fast schienen sie die Wolken zu berühren, die grau und schwer über seinem Kopf hingen. Wie schwarze Kugeln baumelten unzählige Misteln in den kahlen Baumkronen.

Es war ruhig hier. Auf den Gehsteigen waren kaum Passanten zu sehen. Fast kam man sich wie in einer Kleinstadt vor, wo der Puls der Zeit langsamer schlug als in der Innenstadt. Doch der Aufruhr in Oppenheimer wollte sich davon nicht besänftigen lassen.

An der nächsten Straßenkreuzung blieb er stehen. Während er auf der gegenüberliegenden Straßenseite die beiden Häusergiebel aus roten Backsteinen betrachtete, holte er zaudernd seinen Pervitin-Vorrat hervor. Obwohl er der Schreckenskammer des Kaiser-Wilhelm-Instituts entronnen war, verspürte er immer noch seine Begierde nach den Tabletten.

Er war bereits dabei, die Kappe der Medikamentenrolle aufzuschrauben, als er innehielt. Für einen Moment dachte er wieder daran, wie eindringlich Hilde ihn vor Pervitin gewarnt hatte. Vielleicht war die Tatsache, dass seine Gedanken schon wieder um das Mittel kreisten, ein Zeichen dafür, dass sein Organismus die Abhängigkeit immer noch nicht überwunden hatte. Vielleicht würde er es niemals schaffen.

Oppenheimer fasste den Entschluss, sich nicht verführen zu lassen. Er würde hart bleiben. Zwar mochte er gerade niedergeschlagen sein, doch es war beileibe nicht der Notfall, für den er das Pervitin besorgt hatte. Mit diesem Gedanken steckte er die Medikamentenrolle zurück in seine Manteltasche.

Es musste andere Wege geben, sich der Realität zu entziehen. Oppenheimer war noch nie ein starker Trinker gewesen. Obwohl er den Geschmack von Alkohol widerwärtig fand, wäre er jetzt froh gewesen, eine Flasche von Hildes selbstgebrannten Schnäpsen bei sich zu haben.

Ruhelos setzte er sich wieder in Bewegung. Er lief und lief und achtete nicht darauf, wo er war. Irgendwann hörte er sogar auf, an das Pervitin zu denken. Weil es hier nur wenig Schutt und Splitter gab, die ihm in der Innenstadt bei jedem Schritt in die Fußsohlen stachen, war das Laufen geradezu angenehm.

Nach einer Weile wurde es dunkel. Oppenheimer wusste nicht, wie lang er schon unterwegs war, und er scherte sich auch nicht darum. Als er tief in Gedanken versunken um eine Ecke bog, glaubte er, Musik zu hören. Gelächter drang an sein Ohr. Oppenheimer blieb abrupt stehen, als er erkannte, was da gespielt wurde.

Es war Jazzmusik.

Die Nationalsozialisten verteufelten Jazz und Swing als sogenannte *Negermusik*. Im deutschen Rundfunk wurde diese Musikrichtung natürlich nicht geduldet, wenn man von den unzähligen Bearbeitungen absah, bei denen der Hot-Rhythmus und die Synkopen so weit abgeschwächt wurden, dass sie den parteitreuen Kontrolleuren nicht mehr auffielen. Um sie zu übertölpeln reichte es manchmal sogar, einer amerikanischen Jazz-Nummer einfach einen deutschen Text zu verpassen.

Auch die von den Feindsendern ausgestrahlten Jazzprogramme erfreuten sich in gewissen Kreisen der deutschen Bevölkerung einiger Beliebtheit. Doch als Anhänger dieser Musik war man gut beraten, sie nicht zu laut zu hören, damit man nicht in den Ruf geriet, ein Oppositioneller zu sein.
Dass hier am Rande von Berlin in aller Öffentlichkeit unverfälschter Jazz gespielt wurde, war für Oppenheimer überraschend. Einige Meter von ihm entfernt standen am Straßenrand schwere Limousinen. Trotz der Dunkelheit schimmerten ihre polierten Oberflächen.
Oppenheimer roch Tabakrauch und bemerkte, dass ein Mann in einer Chauffeursuniform neben seinem Vehikel stand und eine Zigarette rauchte.
»Was ist denn da los?«, fragte Oppenheimer.
Der Chauffeur entfernte einen Tabakkrümel von seiner Zungenspitze, ehe er antwortete. »Das ist die Villa von Frau von Pannwitz.«
Dies schien ihm Erklärung genug zu sein. Wortlos führte er wieder die Zigarette zu seinen Lippen.
»Und was gibt es da zu feiern?«, hakte Oppenheimer nach.
»Die kroatische Gesandtschaft feiert Abschied von Berlin.« Mit einem ironischen Zwinkern fügte der Fahrer hinzu: »Aber das machen sie schon seit November und hören gar nicht mehr auf damit. Nacht für Nacht.«
Im Haus peitschte ein Pistolenschuss.
Dann folgte wildes Gelächter.
»Was war das denn?«, fragte Oppenheimer entsetzt.
»Unter den Kroaten herrschen rauhe Sitten. Die schießen bei Trinkgelagen häufig mit Pistolen rum. Vor kurzem hat mal jemand ein paar Finger dabei verloren. Musste ins Hospital gebracht werden. Aber die Leute kommen immer wieder. Wahrscheinlich, weil es hier den besten Schnaps in ganz Berlin gibt.«

Schnaps hatte Oppenheimer gerade nötig. Also fragte er: »Das ist wohl eine geschlossene Veranstaltung?«
Der Chauffeur lachte gutmütig, ehe er antwortete: »Gehn Sie nur rein. Da wird Sie keiner aufhalten.«
Im Inneren der Villa war es viel lauter, als Oppenheimer erwartet hatte. Schon auf der Türschwelle schlugen ihm die Gerüche von erhitzten Körpern entgegen. Der Tabakrauch konnte den Schweißgeruch nur unzulänglich überdecken. Unzählige Menschen hielten sich hier auf. Die Frauen trugen legere Kleidung, die Männer Anzüge oder Parteiuniformen.
Oppenheimer drängte sich durch die Menge, doch niemand schenkte ihm Aufmerksamkeit.
Plötzlich ein Knall.
Oppenheimer erkannte mit einigen Sekunden Verspätung, dass es nur ein Sektkorken gewesen war. Neben ihm kreischte eine Frau auf, steckte dann die Hand in ihr Dekolleté und holte den Korken heraus.
»Treffer und versenkt!«, kicherte ihr Begleiter und prostete Oppenheimer zu.
Beim Ausschank angekommen, versuchte Oppenheimer, die Aufmerksamkeit des Kellners auf sich zu ziehen. Aber noch ehe er etwas sagen konnte, hatte er auch schon ein halbgefülltes Wasserglas vor sich stehen.
Überrascht blickte er auf die durchsichtige Flüssigkeit. Der Mann neben ihm wandte sich Oppenheimer zu und sagte: »Nur zugreifen, solange was da ist.«
Mit seinen markant hochgezogenen Augenbrauen sah er wie ein Schauspieler aus. Wahrscheinlich war er auch einer. Oppenheimer konnte sich undeutlich daran erinnern, ihn mal in einen Revuefilm gesehen zu haben.
»Ist das Schnaps oder Wasser?«, fragte Oppenheimer.
»Keine Ahnung«, sagte der Schauspieler, dessen Name Oppen-

heimer nicht einfiel. »Da müssen Sie wohl oder übel probieren.«
Oppenheimer nahm das halbgefüllte Glas und kippte den Inhalt kurzentschlossen in einem Zug hinunter.
Schon im nächsten Augenblick bereute er seine Entscheidung. Seine Kehle brannte, er schnappte nach Luft. Dieses Zeug war sogar noch härter als der Schnaps von Hilde.
Lachend klopfte ihm sein Nachbar auf den Rücken. »Der erste ist immer furchtbar. Beim zweiten wird es erträglich.« Damit zwinkerte er dem Kellner zu, und Oppenheimer bekam ein weiteres Glas vor die Nase gestellt.
Mit einem Nicken griff Oppenheimer nach dem Glas. Doch er war sich nicht sicher, ob er noch mehr vertragen konnte. Bereits jetzt fühlte er, wie ihm die Hitze in den Kopf stieg.
»Besten Dank«, sagte er nur und entfernte sich vom Ausschank. Nun hatte er wenigstens ein Getränk, an dem er sich festhalten konnte.
Es erklang wieder Musik. Auf dem Flügel spielte jemand einen altmodischen Ragtime, davor stand ein stämmiger Mann und grinste breit. Im Knopfloch des Rockaufschlages prangte ein mit Goldrand verziertes Parteiabzeichen. Es wurde ausschließlich an Mitglieder vergeben, die bereits vor 1933 in die NSDAP eingetreten waren und eine niedrige Mitgliedsnummer besaßen. Dass selbst *alte Kämpfer* wie dieser Herr sich die verpönte *Negermusik* anhörten, war für Oppenheimer ein Zeichen dafür, dass das Nazi-Regime bereits in Auflösung begriffen war. In diesem Moment war er sich endgültig sicher, dass Hitler und seine Anhänger den Krieg nicht mehr gewinnen konnten.
Bei Festen wie diesen kam sich Oppenheimer stets wie ein Fremdkörper vor, und so begab er sich in die nächstbeste Ecke. Neben ihm wippte eine junge Frau im Takt. Oppenheimer ertappte sich dabei, wie er auf ihre nackten Schultern starrte. Als

er hochblickte, lächelte ihn die Frau an. Peinlich berührt stammelte er ein paar Worte, doch sie wurden von der lauten Musik ohnehin übertönt. Dann drehte er sich zur anderen Seite, einem Mann zu. »Entschuldigung«, rief er ihm ins Ohr, weil in dem Lärm ein normales Gespräch unmöglich war, »ist das da vorn nicht dieser Schauspieler, Victor de Kowa?«, fragte er und zeigte zum Ausschank.

Der Befragte zuckte mit den Schultern. »Das kann schon sein. Hier sind viele Gottbegnadete.«

Verwundert wiederholte Oppenheimer: »Gottbegnadete?«

Der Mann lachte kurz auf. »Sie werden es kaum glauben, doch das ist die offizielle Bezeichnung im Promi.« Die Beiläufigkeit, mit der er den Spitznamen des Propagandaministeriums benutzte, konnte nur bedeuten, dass er selbst dort arbeitete. »Goebbels und der Führer haben vor ein paar Monaten eine Liste erstellt«, fuhr der Mann fort und bemühte sich redlich, die laute Musik zu übertönen. »Alle wichtigen Künstler sind dort aufgeführt. Knapp über tausend Personen, doch das ist natürlich nur ein Bruchteil der gesamten Mitgliedschaft der Reichskulturkammer. Aber wer auf der Liste steht, hat Glück gehabt. Dann wird man nicht eingezogen und ist auch vom Dienst an der Heimatfront freigestellt.«

Der Klavierspieler spielte jetzt den Gassenhauer *Die Nacht ist nicht allein zum Schlafen da*. Er stammte aus einem Film mit Gustav Gründgens, einer ungewöhnlichen Mischung aus Historienschinken und Musikrevue, an die sich auch Oppenheimer noch gut erinnern konnte.

Oppenheimer fühlte, dass er immer noch nicht betrunken genug war, und kippte das zweite Glas hinunter. Entgegen aller Beteuerungen wurde der Schnaps mit der Zeit nicht erträglicher. Doch wenigstens machten ihm der Lärm und die dicht nebeneinanderstehenden Menschen nicht mehr viel aus.

Ein älterer Herr im Frack sah mit seinen an die Brust gehefteten Orden aus wie ein Würdenträger. Als Oppenheimer nach einer Weile wieder hinschaute, war der Herr betrunken zusammengebrochen und wurde von zwei Kellnern hinausgetragen.
Es dauerte nicht lang, bis auch Oppenheimers Glas wieder gefüllt war. Jemand hatte im Vorbeigehen ein perlendes Getränk eingeschenkt – möglicherweise Sekt.
Obwohl es unvorstellbar erschien, nahm der Lärm im Verlauf des Abends noch weiter zu. Die Feier bekam etwas Hektisches. Die Anwesenden waren so sehr darum bemüht, sich zu amüsieren, dass es schon an Verbissenheit grenzte.
Irgendwann erschienen einige Männer in einer für Oppenheimer unbekannten Uniform. Applaus brandete auf, als sie zu ihren Musikinstrumenten griffen und ein weiteres Jazzstück spielten.
Auch Oppenheimer lauschte den pulsierenden Rhythmen. In seinem Körper arbeitete der Alkohol. Er ließ sich treiben. Und hoffte, dass es kein Morgen mehr geben würde.

19

Dienstag, 6. Februar 1945 –
Mittwoch, 7. Februar 1945

Am nächsten Tag wachte Oppenheimer mit einem schweren Kopf auf. Er konnte sich schemenhaft daran erinnern, dass zu fortgeschrittener Stunde ein Männerchor kroatische Volkslieder gesungen hatte und jemand dann so gütig gewesen war, ihn mit einem Privatauto nach Tempelhof zu fahren.

Als er sich waschen wollte, stellte er fest, dass das Wasser immer noch nicht lief. Aber zum Glück war seine Badewanne bis zum Rand gefüllt. Diese Routinemaßnahme diente eigentlich der Brandbekämpfung bei Fliegerangriffen.

Die Gasleitungen hatte es ebenfalls schwer erwischt. Am Herd brannte nur ein schwaches blaues Flämmchen, mit dem sich der Kochtopf beim besten Willen nicht erhitzen ließ. Die Nachrichten brachten keine Neuigkeiten. Die russischen Truppen standen immer noch abwartend hinter der Oder. Mit einer Wiederaufnahme der Offensive wurde in zehn bis vierzehn Tagen gerechnet.

Als Oppenheimer sich zu Kuhns Kanzlei aufmachte, wurde er von Frau Dargus darüber informiert, dass es voraussichtlich noch bis zu drei Wochen dauern würde, ehe die U-Bahnen wieder normal verkehrten, falls es bis dahin keinen neuen Großangriff gab. Trotz allem gelangte Oppenheimer ohne große Probleme zum Schlesischen Bahnhof, weil die S-Bahn zum Glück wieder auf allen Strecken fuhr.

Zu seiner Überraschung war der Konferenzraum leer, als er ein-

traf. Nur Kuhn saß an seinem angestammten Platz und paffte, was das Zeug hielt. Er sah heute auffallend schlecht gelaunt aus.
»Wo sind die beiden anderen Herren?«, fragte Oppenheimer.
»Schon fortgeschickt«, knurrte Kuhn. »Sie sind noch damit beschäftigt, die Nachbarn zu befragen. Das wird eine Weile dauern.«
Oppenheimer setzte sich an den Tisch und sagte: »Nun, das lässt sich nicht vermeiden. Gibt es Neuigkeiten zu Freisler?«
Kuhn atmete tief durch. »Offiziell wurde noch nichts verlautbart. Aber die Spekulationen, dass er tödlich verunglückt ist, werden immer lauter.« Bei diesem Gedanken mahlte er mit seinem Kiefer. »Tja, für uns ist es letztendlich nur wichtig, dass er auch tot *bleibt*. Doch das ist nicht der Grund, warum ich Sie allein sprechen wollte.«
Kuhn starrte Oppenheimer so missvergnügt an, dass dieser unruhig wurde.
»Was gibt es denn?«, fragte er vorsichtig.
»Für wie plemplem halten Sie mich eigentlich?«, platzte es aus Kuhn heraus. »Ich kann eins und eins zusammenzählen!«
Mit Mühe beherrschte er sich und beugte sich vor. Obwohl er nun flüsterte, hatte seine Stimme einen bedrohlichen Ton angenommen. »Ich weiß, dass Sie am Tatort waren.«
Dieser Satz traf Oppenheimer bis ins Mark. Obwohl er nichts mit dem Mord zu tun hatte, wandte er schuldbewusst seinen Blick ab.
»Die Angaben von Herrn Schmude sind eindeutig«, fuhr Kuhn fort. »Wahrscheinlich ist er bereits selbst darauf gekommen. Nachdem der Unbekannte mit dem grünen Schal aus dem Haus kam, sind noch zwei andere Männer erschienen, und eine der Beschreibungen passt haargenau auf Sie. Ich habe Ihren Eiertanz schon bemerkt. Und jetzt kenne ich auch den Grund dafür. Sie versuchen, die Nachforschungen in eine andere Rich-

tung zu lenken, damit Sie nicht selbst in Verdacht geraten. Was war da eigentlich los?«
Da sich Oppenheimer nicht mehr herausreden konnte, berichtete er in groben Zügen über seine Verwicklung in Hausers Schwarzmarktgeschäfte.
»Aber ich halte es trotzdem für unwahrscheinlich, dass der Täter unter Edes Ganoven zu suchen ist«, schloss Oppenheimer.
Kuhn schnaubte. »Na, Sie erzählen ja dolle Geschichten! Mir scheint, dass Sie eine höchst zwielichtige Rolle in dem Ganzen spielen. Ich muss Sie warnen, Herr Meier. Ich werde alle mir zur Verfügung stehenden Informationen nutzen, um Hilde freizubekommen. Wenn ich jemand anderen dafür opfern muss, dann werde ich es auch tun, verdammt noch mal! Es sei denn, Sie können mir handfeste Beweise liefern, dass sie unschuldig ist.«
Kuhn hatte sich so aufgeregt, dass sein Kopf rot angelaufen war. Oppenheimer versuchte, ihn zu beschwichtigen. »Ich bin ja dabei. Aber ich habe nicht viel in der Hand, solange Hilde verschweigt, wo sie sich zur Tatzeit aufgehalten hat.«
»Dann versuchen Sie gefälligst, es aus ihr herauszubekommen. Sie haben morgen einen Besuchertermin. Dafür musste ich Himmel und Hölle in Bewegung setzen. Anscheinend hat sich Hilde im Kittchen danebenbenommen, und sie wollten zuerst keinen mehr zu ihr vorlassen. Vielleicht schaffen Sie ja, was mir nicht gelungen ist. Aber, Meier, ich rate Ihnen, versauen Sie diese Chance nicht!«

Mit Erleichterung sah Oppenheimer, dass Lisa in ihrer neuen Umgebung aufgeblüht war. Selbst das mulmige Gefühl unmittelbar nach seiner unschönen Unterredung mit Kuhn erschien ihm nur noch wie eine kleine Irritation. In erster Linie war er froh darüber, seine Frau nach den Turbulenzen der vergangenen Tage endlich wiederzusehen.

Auch Lisa umarmte ihn bei der Begrüßung am Potsdamer Bahnhof so ungestüm wie selten zuvor. Als sie sich nach den Bombenschäden in Berlin erkundigte, versuchte Oppenheimer, die schrecklichsten Details abzuschwächen, damit sie nicht so große Angst um ihn hatte.
Eigentlich war er davon ausgegangen, dass Lisa ihm als Erstes die Batteriestellung des Berliner Flak-Gürtels zeigen würde, doch stattdessen fuhren sie mit der Straßenbahn in Richtung Norden. Lisa berichtete, dass sie in der Jägervorstadt in einem Mietshaus aus der Gründerzeit untergekommen war.
Der Anblick intakter Straßenzüge, Parkanlagen und Schlösser war ungewohnt, wenn man aus der zerbombten Hauptstadt kam. Selbst nach mehr als einem Jahrhundert vermittelte die barocke Pracht der Gebäude noch eine Ahnung von Glanz und Gloria des alten Preußen.
Lisa führte Oppenheimer zur Kolonie Alexandrowka, einer kleinen Anzahl von Blockhäusern, die Preußenkönig Friedrich Wilhelm III. 1827 für die letzten zwölf Sänger des russischen Soldatenchors errichten ließ. Oppenheimer hatte zwar davon gehört, doch er war bislang nie auf die Idee gekommen, sie zu besichtigen.
Weil sich um das Hippodrom die aufwendig gebauten Stadthäuser von Potsdam drängten, wirkte die Kolonie wie ein Fremdkörper. Um miteinander ungestört reden zu können, war die Alexandrowka jedoch ideal, denn die von Bäumen umsäumten Straßenachsen ließen sich leicht überblicken. Anders als in der Innenstadt waren hier ungebetene Mithörer nicht zu befürchten.
Das weite Areal besaß einen ausgesprochen ländlichen Charakter. In weitem Abstand voneinander standen Gehöfte mit farbenfroh verzierten Fenstern und Dachvorständen. Die Gärten waren voller Obstbäume, auf deren halbhohen Kronen sich

Schneehauben angesammelt hatten. Inmitten der weißen Landschaft wirkte es fast so, als seien Oppenheimer und Lisa in einem Russland aus dem Bilderbuch gelandet.

»Es ist gut, mal wieder etwas anderes zu sehen«, sagte Oppenheimer. »Und was musst du so im Flakeinsatz machen? Die Scheinwerfer bedienen?«

»Ja, es ist tatsächlich interessant. Besser, als Gummimäntel zusammenzukleben. Ich bediene ein Horchgerät, mit dem man feindliche Flieger ausfindig macht. Sie bringen es mir gerade bei. Es dauert wohl eine Weile, bis sie mich allein dranlassen. Eine Waffenausbildung bekommen wir natürlich nicht. Das soll nicht der Würde der deutschen Frau entsprechen. Wir sind offiziell keine Wehrmachtsangehörige, sondern nur Wehrmacht-Gefolgschaftsmitglieder.«

Oppenheimer musste grinsen. »Sonst könnten sie auch schlecht über die Flintenweiber bei den russischen Truppen lästern. Hast du wenigstens eine Uniform bekommen?«

»Natürlich.«

Oppenheimer tätschelte ihr spielerisch das Hinterteil. »Na, mein Flak-Mädchen, wie wär's mit uns beiden?«

Sie waren stehen geblieben und küssten sich. Es schien eine Ewigkeit her zu sein, dass sie so ungezwungen und frivol miteinander gescherzt hatten.

Lisa meinte grinsend: »Ich glaube, Frau Lindenschmidt wird da nicht mitmachen. Das ist eine richtige Gewitterziege.«

»So schlimm?«

»Ja, sie hat Herrenbesuch in ihrem Haus kategorisch untersagt. Außerdem ist sie durch und durch braun, aber das habe ich dir ja schon erzählt. Sie soll doch tatsächlich jeden Abend vor dem Schlafengehen für Hitler beten.«

»Dann wollen wir mal hoffen, dass sie beim lieben Herrgott keinen Erfolg damit hat.«

»Statt Hitler ist dafür jetzt ihr Mann gestorben. An der Ostfront.«

»Dann herrscht also gerade Trauer in eurem Haus?«

»Ja, aber nicht so, wie du denkst. Meine Zimmernachbarin Frau Herbolzheim, die hat es mitbekommen, weil im russischen Sender ja immer die Namen der deutschen Gefallenen bekanntgegeben werden. Als sie den Namen hörte, hielt sie es für ihre Pflicht, es der Lindenschmidt zu sagen, weil die noch nichts davon wusste. Aber anstatt dankbar zu sein, hat die olle Lindenschmidt Frau Herbolzheim bei der Gestapo verpfiffen. Wegen Hörens eines Feindsenders. Unglaublich, oder? Gestern wurde sie abgeholt. Das Zimmer steht jetzt leer.«

Für eine Weile gingen sie schweigend weiter.

In einigen Metern Entfernung lief eine ältere Frau an der Kolonie vorbei. In ihrem Einkaufsnetz erblickte Oppenheimer einen Brotlaib.

»Ihr habt hier draußen noch Brot?«, fragte er überrascht.

Lisa starrte ihn an. »Warum fragst du? Gibt es in der Stadt keines mehr? Stimmt das etwa mit der Hungersnot?«

Oppenheimer schüttelte seinen Kopf. »Vielleicht liegt es auch daran, dass die Bäckereien gerade kein Wasser haben. Allerdings fahren bei uns jetzt Wasserwagen herum, und die Notbrunnen wurden in Gang gesetzt. Wer weiß, wann sich das wieder normalisiert.«

Als Oppenheimer an Berlin dachte, erinnerte er sich daran, dass er immer noch die Dokumente aus Hildes Spind in seinem Luftschutzkoffer bei sich trug.

Unvermittelt blieb er stehen. Ihm war eine Idee gekommen.

»Gibt es in eurem Haus einen sicheren Ort?«, fragte er plötzlich. »Für medizinische Unterlagen. Es muss kein Versteck sein, sonst denkt diese Lindenschmidt am Ende noch, dass es Geheimdokumente sind. Es ist nur wichtig, dass sie nicht wegkommen.«

»Warum? Was hast du da?«
»Es sind Beweismittel, die mit Hilde zu tun haben. Ich weiß aber nicht, ob ich sie gebrauchen kann. Und es ist zu unsicher, sie in Berlin zu lagern.«
Zögernd antwortete Lisa: »Ich glaube, ich hätte da etwas.«
Sie wollte ihm gerade schildern, wo sie die Papiere unterbringen wollte, als Oppenheimer sie unterbrach.
»Du brauchst es mir nicht zu sagen. Es reicht, wenn sie sicher aufbewahrt sind und ich drankomme, falls ich sie doch mal brauchen sollte. Wahrscheinlich ist dies nicht, aber man weiß ja nie.«
Oppenheimer spürte, wie eine Last von seinen Schultern fiel. Er glaubte, dass es ein guter Kompromiss war. Hausers Aufzeichnungen würden im sicheren Potsdam lagern, und wenn ihn jemand danach fragen sollte, konnte er wahrheitsgetreu behaupten, dass er über ihren genauen Verbleib keine Ahnung hatte.
Zufrieden hakte sich Oppenheimer bei Lisa unter. Er blickte sich um und atmete tief die klare Luft ein. Interessiert musterte er die Schnitzereien an den Dächern der Holzhäuser und überlegte, wie die neue Umgebung wohl ihrer Tochter gefallen hätte. Vor seinem geistigen Auge sah er Emilia Schneemänner bauen und ausgelassen herumtollen.
Doch nein, sie wäre jetzt schon fast erwachsen. Oppenheimer fühlte einen Stich, als er daran dachte, dass er in einigen Jahren vielleicht damit hätte rechnen können, Großvater zu werden. Aber Emilia war zu früh gestorben und würde nun in seiner Vorstellung immer ein Kind bleiben.
»Weißt du was?«, fragte Oppenheimer. »Wenn der Krieg vorbei ist, sollten wir vielleicht aufs Land ziehen.«
Lisa lachte bei diesem Gedanken.
»Du? Auf dem Land? So ganz ohne Mörder und Verrückte? Das würdest du nicht aushalten.«

»Wer weiß …«, versuchte er abzuwiegeln, doch er wusste, dass sie recht hatte.

Als Oppenheimer am Abend nach Berlin zurückkehrte, wurde er wieder mit seinen alltäglichen Sorgen konfrontiert. Auch das flaue Gefühl im Magen war wieder da, als er daran dachte, dass Kuhn ihn jetzt in der Hand hatte. Und der Gedanke, am nächsten Tag das Untersuchungsgefängnis Moabit zu besuchen, half ihm auch nicht dabei, auf positive Gedanken zu kommen.
Am Mittwoch lief er die vertrauten Straßen entlang. Der alte Kasten, in dem sich das Untersuchungsgefängnis befand, war Oppenheimer schon immer sehr trostlos vorgekommen. Selbst Hilde wirkte hier so grau wie ihre Umgebung, als sie in die Besucherzelle geführt wurde. Doch bald erkannte Oppenheimer, dass ihr Widerstandsgeist ungebrochen war.
»Du kannst dir gar nicht vorstellen, wie stinklangweilig das hier ist«, sagte sie, nachdem sie ihm gegenüber Platz genommen hatte. »Ewig nähen und stopfen. Gibt es keine sinnvolleren Beschäftigungen?«
»Ich glaube, auf jemanden wie dich sind sie nicht vorbereitet«, antwortete Oppenheimer wahrheitsgemäß. Dann zeigte er ihr die Zeichnung des Emblems, das ihn schon seit einigen Tagen beschäftigte. »Ich hab hier etwas. Keine Ahnung, ob es eine wichtige Spur ist. Hast du so ein ähnliches Symbol schon mal gesehen? Drei Dreiecke?«
Hilde dachte angestrengt nach. Dann schüttelte sie den Kopf. »Hab ich noch nie gesehen. Aber ich kann mich umhören, wenn du denkst, dass es wichtig ist.«
»Das wäre schon etwas. Ich hoffe, dass es uns helfen wird, doch ich kann es nicht garantieren.« Dann wandte sich Oppenheimer zur Aufseherin. »Darf ich dieses Papierstück der Gefangenen übergeben?«

Die Aufseherin griff sich den Zettel und beäugte ihn misstrauisch. Mit einem zustimmenden Grunzen reichte sie die Skizze dann an Hilde weiter.
»Wir haben noch ein anderes Problem«, fuhr Oppenheimer fort. »Es ist schwierig, entlastende Indizien zu finden. Warum hilfst du uns nicht?«
Mit einem Anflug von Trotz antwortete Hilde: »Ihr habt doch meine Angaben.«
»Du meinst diese blöde Geschichte, dass du in der Innenstadt einkaufen warst? Jetzt mach keinen Quatsch. Sag mir, wo du wirklich gewesen bist, und ich lasse es überprüfen.«
»Das wird uns nicht helfen.«
»Was meinst du damit?«
»Ich kann nicht sagen, wo ich gewesen bin.«
»Hast du eine Ahnung, was hier auf dem Spiel steht?«, fragte Oppenheimer mit einer Heftigkeit, die ihn selbst überraschte. Dass Hilde in dieser Situation ruhig bleiben konnte, war für ihn unerklärlich. »Klar, die wollen mir in Plötzensee den Kopf abhacken«, war ihr treffender Kommentar.
»Und das lässt du so einfach zu?«
»Selbst wenn du weißt, wo ich gewesen bin, kannst du mich damit nicht entlasten. Im Gegenteil, du ziehst eher noch andere mit hinein.«
Oppenheimer lehnte sich zurück. Allmählich verstand er, was Hilde damit andeutete. »Du willst also jemand anderen schützen.«
Hilde zuckte nur mit den Schultern.
»Das stellt uns vor ein interessantes Problem«, fuhr Oppenheimer fort. »Kuhn hat unzweifelhaft damit gedroht, mich dem Volksgerichtshof zum Fraß vorzuwerfen, wenn er dich damit retten kann.«
Hilde sah ihn überrascht an. »Kann er das?«

»Ich fürchte, ja. Es gibt Hinweise, die man falsch auslegen könnte.«
»Verfluchte Scheiße«, flüsterte Hilde.
»Kannst du deinen Aufenthaltsort nicht verraten, ohne andere in Gefahr zu bringen? Sag mir wenigstens den Ortsteil.«
Hilde verzog ihren Mund und sagte dann schließlich: »Also gut, ich war in Pankow.«
Vor seinem geistigen Auge sah Oppenheimer die Karte von Berlin. Pankow lag vom Tatort aus gesehen genau am gegenüberliegenden Ende der Stadt. Er versuchte, sich an den Tag zurückzuerinnern.
»Es gab doch einen Moskito-Alarm, wie üblich gegen sieben Uhr. Warst du da in einem Luftschutzraum?«
Hilde nickte. »Es war einer dieser Flachbunker. Irgendwo zwischen der Bahnstation und der Wolfshagener Straße.«
»Sehr gut, das lässt sich herausfinden.« Aufgeregt hatte Oppenheimer in die Innentasche seiner Jacke gegriffen und die alte Zigarettenspitze hervorgeholt. Als er den strengen Blick der Aufseherin sah, erklärte er: »Ich werde keine Zigarette anzünden, keine Bange.« Mit der Zigarettenspitze im Mund wandte er sich wieder Hilde zu. »Jetzt ist die wichtige Frage, wie lang du gebraucht hast, um dorthin zu kommen. Ich nehme an, du bist mit der S-Bahn gefahren?«
Hilde machte eine zustimmende Kopfbewegung.
»Gut, der Tatort befindet sich genau zwischen den S-Bahn-Stationen Priesterweg und Friedenau. Von dort bis Pankow, das dauert bei normalem Verkehr gut und gern eine dreiviertel Stunde. Aber man muss dazu zweimal umsteigen, das erste Mal bei der Station Schöneberg oder Papestraße und danach noch einmal in Gesundbrunnen. Das kann Verzögerungen geben. Sagen wir mal, mindestens eine Viertelstunde.«
»Das kommt hin.«

»Aber warte, an dem Tag hat es stark geschneit. Hast du auf die S-Bahn gewartet?«
»Die sind unregelmäßig gefahren. In großen Abständen. Ich habe sicher zwanzig Minuten gewartet.«
»Dazu kommt noch der Fußweg zur S-Bahn-Station. Vom Tatort aus dauert das mindestens zehn Minuten. Im Schneegestöber vielleicht fünfzehn Minuten?«
»Ich weiß nicht mehr genau, aber in etwa passt es.«
Oppenheimer kaute gedankenversunken auf seiner Zigarettenspitze herum.
»Sehr gut. Nach Angaben der Gerichtsmediziner ist der Tod gegen halb sechs eingetreten. Nehmen wir mal an, dass du die Tat begangen hast und dich sofort auf den Weg gemacht hast. Also, dreiviertel Stunde Fahrt, zweimal umsteigen, zwanzig Minuten Wartezeit, fünfzehn Minuten Fußweg …«
Er rechnete es zusammen. Dann wurde Oppenheimers Gesicht ernst.
»Verdammt! Du hättest es knapp schaffen können, ihn zu ermorden und dann um sieben Uhr pünktlich im Bunker zu erscheinen. Ganz knapp, doch es ist möglich.«
»Warte«, sagte Hilde. Obwohl sie nicht zu viel verraten wollte, hatte sie sich von Oppenheimers Erregung anstecken lassen. »Ich hatte in Pankow noch einen zweiten Fußweg. Es war etwa dieselbe Strecke wie vorher.«
Oppenheimer überlegte. »Gut, das bringt nochmals fünfzehn Minuten, aber das reicht nicht aus. Wenn du schnell gelaufen bist, dann ist es sowieso wieder hinfällig.«
Stille senkte sich über die beiden. Die Anwesenheit der Wärterin hatten sie vergessen.
Hilde neigte den Kopf zur Seite. »Moment, ich glaube, wir haben da etwas vergessen. Ich habe die Leiche ja gesehen. Der Täter hat den Kopf und die Hände abgeschnitten. Das braucht

eine gewisse Zeit. Er gab auch sicher Spuren, die der Mörder danach beseitigen musste. Und dann vergrub er auch noch die Hände im Hinterhof.«
Triumphierend klatschte Oppenheimer in die Hände.
»Da haben wir es! Du hättest nicht genug Zeit dafür gehabt! Wenn wir Zeugen finden, die dich im Bunker gesehen haben und identifizieren können, dann bekommen wir dich raus!«
Oppenheimer strahlte. Zum ersten Mal seit Hildes Verhaftung schöpfte er wieder Hoffnung.

20

Freitag, 9. Februar 1945 –
Mittwoch, 14. Februar 1945

Die Strahlen der tiefstehenden Sonne verfingen sich in den Wipfeln der Kiefern. Auf den Stämmen tanzten unregelmäßige Lichtflecke. Oppenheimer dachte daran, dass die impressionistischen Maler hier sicher viele Bildmotive gefunden hätten. Obwohl Beelitz nur etwas mehr als fünfzig Kilometer von Berlin entfernt war, dauerte es eine Weile, um mit der S-Bahn dorthin zu gelangen, denn Beelitz-Heilstätten war die vorletzte Station auf der Linie nach Borkheide, und er musste gleich zweimal umsteigen.

Oppenheimer atmete tief ein. Die würzige Luft des Nadelwaldes tat ihm gut. Und so störte ihn nicht einmal die Tatsache, dass er vom Bahnhof aus mehrere hundert Meter nach Süden laufen musste.

Sein Ziel war das Krankenhaus, in dem Frau Neubauer als Krankenschwester arbeitete. Da Hauser in ihrer Wohnung untergekommen war und später dort tot aufgefunden wurde, hoffte Oppenheimer, von Frau Neubauer wenigstens ein paar Anhaltspunkte zu erhalten, nachdem er im Kaiser-Wilhelm-Institut nicht weitergekommen war.

Es war jetzt bereits Freitag. Ursprünglich wollte Oppenheimer noch am gleichen Tag, an dem er Hilde besucht hatte, nach Beelitz fahren, doch die Unterredung bei Kuhn hatte zu lang gedauert. Und am folgenden Tag war er wegen der ständigen Aufregung um Hilde so erschöpft gewesen, dass er zu Hause

geblieben war, um mal wieder vernünftig auszuschlafen. Das war immer noch besser, als Pervitin-Tabletten zu nehmen.
Schmude und Seibold suchten momentan nach einem Zeugen, der bestätigen konnte, dass Hilde den Flachbunker in Pankow aufgesucht hatte. Interessanterweise handelte es sich dabei um einen Parteibonzen.
Hilde hatte sich daran erinnert, dass er kurz vor Beginn der Bombardierung in feuchtfröhlicher Stimmung mit einigen Bekannten in den Bunker getorkelt war. »Die Parteischranzen haben sich mit ihren fetten Ärschen so breit gemacht, dass den Anwohnern kein Platz mehr blieb«, war Hildes Kommentar gewesen. Zwar konnte sie keinen Namen angeben, doch die Wahrscheinlichkeit war groß, dass sich der Mann an sie erinnern würde. Denn obwohl Hilde nicht auffallen wollte, hatte sie es sich nicht verkneifen können, ihm und seinen Gefolgsleuten unflätige Kraftausdrücke an den Kopf zu werfen.
Während Oppenheimer zum Behelfskrankenhaus lief, musste er schmunzeln. Er konnte sich Hildes Reaktion im Bunker nur allzu gut vorstellen.
Zwischen den Baumstämmen tauchten immer wieder große Klinikgebäude auf. Um die Jahrhundertwende hatte man zur Bekämpfung der damals unter den Arbeitern grassierenden Tuberkulose in Beelitz den größten Krankenhauskomplex im Umland der Hauptstadt errichtet. Der gelbe Außenputz mit dem roten Klinkerdekor, die breiten Zufahrten, die Türmchen und Schnörkel an den Gebäuden – das alles zeugte von der verschwenderischen Planung der Anlage. Doch Frau Neubauer verrichtete ihren Dienst nicht in den villenähnlichen Heilstätten, sondern in einem vor wenigen Jahren errichteten Behelfskrankenhaus für Potsdam.
Diese Krankenhäuser waren für die Zivilbevölkerung gedacht und sollten bei Massenunglücksfällen, Krieg oder Seuchen die

Hospitäler in der Innenstadt entlasten. Und der dichte Wald um Beelitz war eine ideale Tarnung vor feindlichen Fliegern.
Die Anlage bestand aus mehreren langgezogenen, einstöckigen Gebäuden. Der Grundriss ähnelte einem Barackenlager, doch mit den massiven Mauern und gedeckten Giebeldächern wirkten die Häuser in keinster Weise improvisiert.
Nachdem Oppenheimer Frau Neubauer gefunden hatte, zogen sie sich in einen Aufenthaltsraum für das Klinikpersonal zurück. Er schätzte sie auf Anfang dreißig. Die kranzförmig unter ihrer Haube hervorschauenden Locken hatten eine undefinierbare Farbe. Frau Neubauer schien eine sehr pragmatische Person zu sein, und mit Sicherheit war sie eine kompetente Krankenschwester.
Als sie Platz genommen hatten, bekam er von ihr sogar ein heißes Getränk angeboten. Obwohl es letztendlich nur Muckefuck war, nahm Oppenheimer dankbar an und hielt die warme Tasse zwischen seinen Händen.
Schnell war geklärt, dass Frau Neubauer das Zimmer in Berlin an Hauser untervermietet hatte, weil ihr Mann an der Westfront eingesetzt war und sie selbst es kaum noch nutzte. Hier draußen in Beelitz gab es so viel zu tun, dass sie sich die lange Fahrt zurück in die Stadt meistens ersparte und auf dem Klinikgelände übernachtete.
Als die Sprache auf Hauser kam, verhärtete sich jedoch ihr Blick. Sie presste ihre Lippen zu einem schmalen Strich zusammen.
»Woher kennen Sie denn Dr. Hauser?«, fragte Oppenheimer, um Frau Neubauer wieder zum Reden zu bringen.
»Es war im Sommer 1943«, antwortete sie. »Ich habe damals in den Heilstätten in Hohenlychen gearbeitet. Sie liegen etwa hundert Kilometer nördlich von Berlin. Sie haben doch sicher schon davon gehört?«

Oppenheimer zog seine Augenbrauen hoch. »Ich weiß nur so viel, dass es mal ein Luftkurort war.«

»Ja, das stimmt schon«, sagte Frau Neubauer. »Jetzt ist es vor allem unter den hohen Parteikadern sehr beliebt. Rudolf Heß war Stammgast, und Heinrich Himmler ist auch häufig dort, um sich zu kurieren. Dr. Gebhardt, der Leiter der Heilanstalten, ist ein Jugendfreund von ihm. Wahrscheinlich hat ihn Himmler auch deswegen zu seinem Leibarzt gemacht.«

Oppenheimer merkte auf, als er den Namen des Arztes vernahm. Für einen kurzen Augenblick dachte er an den Gerichtsmediziner Dr. Gebert, mit dem ihn seit jeher eine herzliche Abneigung verband. Doch die Namensähnlichkeit musste Zufall sein, denn soviel er wusste, war Gebert niemals aus Berlin fortgekommen.

Schließlich fragte Oppenheimer: »Und Dr. Hauser, was hat ihn nach Hohenlychen geführt?«

Frau Neubauer pustete in ihre Tasse, ehe sie einen Schluck ihres Ersatzkaffees nahm.

»Auf einer Tagung an der Militärärztlichen Akademie hier in Berlin hatte Dr. Hauser von den Versuchsreihen gehört, die Dr. Gebhardt durchgeführt hat. Er war sehr daran interessiert und verbrachte dann einige Monate in Hohenlychen, um sich in die Materie einzuarbeiten. Da ich mit den Forschungen vertraut war, habe ich ihm assistiert.«

»Und diese Versuche, dabei ging es um Sulfonamid, wenn ich richtig informiert bin?«

Frau Neubauer blickte Oppenheimer überrascht an. »Ja, das ist richtig.« Mit einem kurzen Lachen fügte sie hinzu: »Sie sind offenbar besser informiert, als ich dachte. Der Herr Doktor wollte nachweisen, dass man das Mittel bei Kriegsverletzungen und Blutvergiftung einsetzen kann.«

Oppenheimers Bild von einem Mordkommissar war stark von

seinem alten Lehrmeister Ernst Gennat geprägt, und er hatte auch so manche Methode für sich selbst adaptiert. Er wusste, dass es nichts brachte, einen Befragten zu drängen. Stattdessen verbrachte Oppenheimer die meiste Zeit damit, schweigend zuzuhören und dabei zu versuchen, sich in die Perspektive der befragten Person einzufühlen. Bei Gennat war das viel mehr als ein Kalkül gewesen. Er interessierte sich wirklich für die Menschen und begegnete ihnen mit einem Respekt, den preußische Staatsbeamte damals nur selten an den Tag legten. Auch Frau Neubauer redete bereits nach wenigen Minuten vertrauensselig mit Oppenheimer.

»Ein paar Kilometer von den Heilstätten Hohenlychen entfernt liegt ein Konzentrationslager für weibliche Häftlinge«, erklärte sie. »Dr. Gebhardt hatte an ihnen die Anwendbarkeit von Sulfonamid erprobt. Nach ein paar Monaten ist er zu dem Ergebnis gekommen, dass es nicht möglich ist, damit eine Infektion zu verhindern. Die weiteren Versuchsreihen wurden dann ins KL Dachau verlegt.«

»Aber soviel ich mitbekommen habe, hat Dr. Hauser diese Untersuchungen später auf eigene Faust weitergeführt?«

»Ach, er war richtiggehend besessen davon. Er fand, dass Dr. Gebhardt bei den Forschungen nicht weit genug gegangen war.«

Oppenheimer horchte auf. »Entschuldigung, aber da kann ich Ihnen nicht folgen.«

»Dr. Gebhardt hatte bei seinen Experimenten versucht, Kriegsverletzungen zu simulieren, um sie dann mit sulfonamidischen Verbindungen zu behandeln. Dazu hat er Fremdkörper wie zum Beispiel Holzsplitter in Wunden eingenäht. Es wurden auch Blutvergiftungen simuliert, indem man den Probanden Eiter in die Venen injizierte. Doch dem Reichsarzt SS Dr. Grawitz hat das nicht genügt. Er tat die bisherigen Verletzungen nur als Mückenstiche ab und gab den Befehl, dass sich die Untersuchungen noch stärker an den Bedingungen an der Front orientieren sollten. Das galt natürlich vor allem für die Verletzungen. Grawitz forderte, dass den Versuchspersonen sogar richtige Schusswunden beigebracht werden.«

Frau Neubauer legte diese Details in aller Selbstverständlichkeit dar. Oppenheimer hatte bei Medizinern und Krankenschwestern oft den Eindruck, dass die Verwendung der Fachtermini für sie wie ein Schutzschild wirkte und das eigene Mitgefühl ausgeschaltet war. Mühsam unterdrückte Oppenheimer seine instinktive Abscheu und begnügte sich damit, Frau Neubauer zuzunicken.

»Dr. Gebhardt ist dem aber nicht nachgekommen, sondern hat stattdessen bei den Probanden Infektionen mit Gasbrand hervorgerufen«, führte sie aus. »Danach hat er sich mit anderen Experimenten beschäftigt.«

Oppenheimer lehnte sich zurück und dachte nach. »Dann wollte Dr. Hauser also die Forschung im Sinne von diesem SS-Doktor weiterführen?«

Frau Neubauer nickte. »Genau. Sobald er als Lagerarzt im KL Auschwitz eingesetzt war, hatte er die Möglichkeit dazu. Für ein paar Monate habe ich ihm dort sogar assistiert.«

»Wie kam das zustande?«

»Nun, die Wissenschaft an sich interessiert mich, und ich war ja bereits in die Materie eingearbeitet. Es war eine einmalige Gelegenheit. Aber ich muss sagen, es gab bei den Forschungen in Auschwitz doch einige merkwürdige Ansätze. Dr. Clauberg und Dr. Mengele haben vor den anderen Ärzten gelegentlich Referate gehalten, deswegen habe ich einiges mitbekommen. Clauberg beschäftigte sich zum Beispiel mit Sterilisationsmethoden und künstlicher Befruchtung. Ich habe Gerüchte gehört, dass an Maschinen gearbeitet wurde, um mit Röntgen-

strahlen Massensterilisierungen von feindlichen Armeen durchzuführen, doch außer Brandwunden an den Probanden gab es keine handfesten Resultate.«
Als Oppenheimer an seine Erlebnisse am Kaiser-Wilhelm-Institut zurückdachte, überraschten ihn diese merkwürdigen Forschungen nicht.
»Also, wenn ich Sie recht verstanden habe, dann hat Dr. Hauser in Auschwitz Testreihen mit Schussverletzungen durchgeführt«, stellte er fest. »Woher hatte er die Sulfonamide, die er zur Behandlung brauchte?«
»Soviel ich weiß, wurden sie ihm aus Berlin zugeschickt.«
Bei dieser Antwort spitzte Oppenheimer die Ohren. Vielleicht war das endlich der Hinweis, hinter dem er her war.
»Können Sie sich vielleicht genauer an die Herkunft erinnern? Ist Ihnen ein Name aufgefallen?«
Bedauernd schüttelte Frau Neubauer den Kopf. »Leider nicht. Die Verpackungen habe ich nie zu sehen bekommen.«
Oppenheimer versuchte, seine Enttäuschung nicht offen zu zeigen. Nach einem weiteren Schluck aus seiner Tasse fragte er: »Wie lang haben Sie denn in Auschwitz als seine Assistentin gearbeitet?«
Frau Neubauer wirkte ertappt. Sie räusperte sich und antwortete knapp: »Zwei Monate.«
Oppenheimer runzelte die Stirn. »Das ist aber ziemlich kurz. Hat es Ihnen dort nicht gefallen?«
»Sagen wir mal so, ich habe es mir anders vorgestellt. Damit Sie mich nicht falsch verstehen: Es wurde alles unternommen, damit das Leben für das Personal angenehm war. Im Haus der Waffen-SS wurden häufig Feiern und Kameradschaftsabende veranstaltet. Oberscharführer Knittel hat Schulungsabende organisiert und Gastspiele von Theatern und Musikern. Er verfiel immer in so einen merkwürdigen Singsang, wenn er bei einer

dieser Veranstaltungen sprach, fast wie ein Pfarrer. Kein Wunder, dass ihn alle nur *Truppen-Jesus* nannten.« Frau Neubauer lächelte kurz, doch dann wurde sie wieder ernst. »Mich störte der Qualm dort. Der hing überall. Meine ganzen Kleider stanken danach. Da habe ich mich nach Berlin versetzen lassen. Und, nun ja, hier riecht es mittlerweile fast genauso. Pech gehabt.«

Sie lachte kurz und lehnte sich zurück. Doch Oppenheimer spürte, dass sie noch nicht alles erzählt hatte.

Vorsichtig fragte er: »Aber Sie sagten, dass es eine Gelegenheit für Sie war, in der Forschung zu arbeiten. Jetzt sind Sie hier als Krankenschwester angestellt. Das ist eigentlich ein Schritt zurück.«

»Ich habe gesehen, welche Aufgaben Dr. Hauser neben der Forschung sonst noch verrichten musste. Das hat mir einfach gereicht.«

»Er war am Hygiene-Institut, soviel ich weiß? Hatte es vielleicht mit den Präparaten zu tun, die zum Kaiser-Wilhelm-Institut geschickt wurden?«

»Ja, er hatte die Arbeiten beaufsichtigt, aber daran lag es nicht.« Frau Neubauer atmete tief durch, dann sagte sie: »Das Labor im Hygiene-Institut hatte seine eigene Bakterienzucht. Um Mikroorganismen zu kultivieren, braucht man natürlich eine Nährlösung. In Raijsko war es eine konzentrierte Brühe, die man aus Fleisch zusammenkochte. Diese Lösung wurde vor Ort hergestellt. Im Labor wurde sie nur *Menschenbouillon* genannt. Der Name spricht wohl für sich selbst. Diese Bezeichnung stand sogar auf den Gefäßen, so dass es jeder lesen konnte.«

Obwohl sie in unmittelbarer Nähe des Heizofens saßen, spürte Oppenheimer ein Frösteln. Seine Stimme klang belegt, als er nachfragte: »Die Häftlinge wurden also getötet und dann zu Nährlösung verarbeitet?«

Frau Neubauer nickte. »Die Lagerärzte haben sich dabei abgewechselt. Die eigentliche Arbeit haben sie meistens den Häftlingen mit Arztausbildung überlassen. Ich war durch Zufall einmal in der Nähe und habe es mitbekommen. Vor der Hinrichtung hat Dr. Hauser bei den Häftlingen zuerst eine Art Fleischbeschau gemacht, um die besten Stücke auszuwählen. Besonders Muskelfleisch aus den Schenkeln und aus der Bauchregion von Frauen hat er dabei bevorzugt. Als sie dann erschossen worden waren, hat er die Arbeit der Häftlingsärzte beaufsichtigt. Sie haben sich beeilt, damit das Fleisch noch warm war. Das herausgeschnittene Gewebe wurde in bereitstehende Behälter geworfen. Die Muskeln in den Eimern zuckten noch. Ganz für sich allein. Die Kontraktionen waren so stark, dass sogar die Eimer in Bewegung gerieten und gegeneinander schepperten. Da habe ich mir gedacht, irgendwo muss es doch eine Grenze geben.«
Unwillkürlich hielt Oppenheimer die Luft an. Obwohl ihn Frau Neubauers Bericht schockierte, versuchte er, Ruhe zu bewahren. Um sich von den Bildern in seinem Kopf loszureißen, blickte er durch die beschlagene Fensterscheibe hinaus auf eine Kiefer.
Letztendlich bestätigte Frau Neubauer nur die Berichte aus dem Ausland, in denen von Gaskammern, Krematorien und Massenexekutionen die Rede war. Aber aus ihrer Reaktion wurde er nicht richtig schlau. Einerseits hatte sie, ohne mit der Wimper zu zucken, von Versuchsreihen berichtet, in denen lebenden Probanden Wunden zugefügt wurden, doch erst als sie über die unwürdige Behandlung der Toten sprach, ließ sich bei ihr so etwas wie Erschütterung spüren.
Unwillkürlich fragte sich Oppenheimer, wie er an ihrer Stelle reagiert hätte. Was war schlimmer: Die Lebenden zu misshandeln oder die Toten zu schänden?

Es fiel ihm schwer, auf die Fragen zurückzukommen, die für Hildes Verteidigung wichtig waren.
Nachdem er seinen Becher mit Muckefuck geleert hatte, fragte er: »Wann hat Sie Dr. Hauser wegen der Wohnung kontaktiert?«
»Das war im Dezember. Ich hatte mich gerade hier wieder eingelebt, als ich einen Brief von ihm bekam. Er schrieb, dass er für ein paar Wochen nach Berlin müsse und eine Unterkunft suchte. Das hat mich gewundert, denn er hat ja eine Verlobte hier in Berlin.«
Oppenheimer war wie vom Blitz getroffen. Je mehr er über Hauser herausfand, desto weniger wollte es einen Sinn ergeben. Oder hatte sich Frau Neubauer nur verhört, als Hauser mal von Hilde gesprochen hatte? »Er hat eine Verlobte?«, hakte Oppenheimer nach. »Hat er denn ihren Namen erwähnt?«
Die Antwort von Frau Neubauer folgte prompt. »Natürlich, sie heißt Edith Schönherr. Soviel ich weiß, wohnt sie in Gesundbrunnen. Gleich in der Nähe des Volksparks Humboldthain.«

Verschlafen beugte sich Oppenheimer über den Rand der Badewanne und griff in die Waschschüssel. Am Wannenboden befand sich nur noch eine kleine Wasserpfütze. Die Bewohner des Stadtzentrums saßen seit der großen Bombardierung vor anderthalb Wochen immer noch auf dem Trockenen. Gestern war in seiner Wohnung zwar wieder Wasser aus dem Hahn gekommen, doch es lief nur unregelmäßig und selten.
In den Tagen nach der Bombardierung hatte Propagandaminister Goebbels alles unternommen, um den Abwehrgeist der Bevölkerung zu stärken. Die Buchstaben der Schlagzeilen in den Zeitungen wurden immer größer, und der Inhalt der Artikel wurde immer schriller. Es wurde beschworen, dass Führung und Volk mit vereinten Kräften immer noch die Schicksals-

wende erzwingen könnten. Oppenheimer fragte sich, ob wirklich noch jemand auf die hohlen Parolen hereinfiel.

Er war zur Mittagszeit aufgestanden, da es sein letzter freier Tag in dieser Woche war. Durch die ständigen Nachtschichten hatte sich sein Rhythmus ohnehin völlig verschoben, doch überraschenderweise schienen sich die übrigen Einwohner Berlins seinem Tagesablauf angepasst zu haben. Da es abends regelmäßig Bombenalarm gab, versuchten sie, möglichst spät aufzustehen, weil sie befürchteten, sich die folgende Nacht im Bunker um die Ohren schlagen zu müssen. Auch gestern hatte es kurz vor neun Uhr am Abend wieder einen Alarm gegeben, aber Berlin wurde nicht überflogen. Heute früh um elf Uhr hatten die Sirenen zwar erneut gejault, doch ein Vollalarm war dann nicht gekommen.

Während sich Oppenheimer notdürftig wusch, dachte er daran, dass er im Radio sicherlich erfahren würde, wo diesmal der Schwerpunkt des Angriffs gelegen hatte.

Nachdem sich die Ereignisse unmittelbar nach Hausers Ermordung überschlagen hatten, war in den vergangenen Tagen eine trügerische Ruhe eingekehrt.

Oppenheimer war sich bewusst, dass es unvermittelt wieder in Hektik umschlagen würde, sobald sie einen Gerichtstermin für Hilde bekamen. Den Tod des Volksgerichtshofpräsidenten Freisler hatte man mittlerweile offiziell bestätigt, doch zur Wiederaufnahme der Gerichtsverhandlungen war es noch nicht gekommen.

Schmude hatte immerhin aufgrund von Hildes Angaben in Pankow den Flachbunker ausfindig gemacht, in dem sie den Angriff verbracht hatte. Es war nicht mehr als eine oberirdisch liegende, einstöckige Schachtel aus Beton. Zur Verstärkung der Wände hatte der Erbauer von außen Erde aufgeschüttet, so dass nur die Eingangstür zugänglich war. Die Suche nach den Anwesenden im Bunker würde natürlich einige Zeit in Anspruch nehmen, doch der Parteibonze war vermutlich so bekannt wie ein bunter Hund, wenn er in der Nähe wohnte.

Oppenheimer selbst hatte sich unmittelbar nach seiner Unterhaltung mit Frau Neubauer auf die Suche nach Hausers Verlobter gemacht. Fast seine komplette freie Zeit verbrachte er damit, die Häuserblocks in der Nähe des Volksparks Humboldthain nach einer Edith Schönherr abzusuchen. Wenn er Pech hatte, dann war sie ausgebombt oder fortgezogen. In diesem Fall ließ sich nur hoffen, dass ihn die Nachbarn über ihren Verbleib informierten, doch die Leute verhielten sich ihm gegenüber auffällig zurückhaltend. Wahrscheinlich hielten sie ihn für einen Schnüffler von der Gestapo oder des SD, denn Schmude hatte berichtet, dass es mittlerweile wieder viele Verhaftungen gab. Obwohl Oppenheimer gültige Papiere hatte, hoffte er, bei seinen Nachforschungen keiner Gestapo-Kontrolle in die Arme zu laufen.

Er schlurfte zu seinem Radio. Gestern Abend hatte er es zum behelfsmäßigen Empfang des Drahtfunks an seinem Wandtelefon angeschlossen. Er wollte den Rundfunkapparat gerade zum normalen Radioempfang umstecken, als draußen wieder die Sirenen heulten. Es war der sogenannte Kuckucksruf, ein dreimaliges Jaulen, das feindliche Fliegerverbände ankündigte.

Mürrisch stieg Oppenheimer die Treppe zum Hausluftschutzkeller hinab. Der Luftschutzwart Herr Möbius erwartete ihn bereits. Da Oppenheimer in ihrem Haus der einzige weitere Mann war, hatte man ihm die lästige Pflicht aufgebürdet, zusammen mit Herrn Möbius in halbstündlichen Intervallen das Haus nach Brandbomben abzusuchen.

Doch sein Nachbar wirkte heute Morgen bedrückt. »Diesche Schweine«, zischte er durch seine Zahnprothese und blickte durch das Kellerfenster in den wolkenverhangenen Himmel.

»Was gibt es denn, Herr Möbius?«, fragte Oppenheimer mit einem gutmütigen Lächeln.
»Ham Sche nich jehört? Dreschden ham sche plattjemacht. Gleich zwee Anjriffswellen in der vergangenen Nacht.«
Oppenheimer erstarrte. »Dresden? Sie meinen, es gab ein Flächenbombardement?«
»Wasch schonscht? Wenn'sch dunkel isch können sche ja nich jenauer zielen. Erscht ham sche een paar Tonnen Brandbomben draufjeworfen, und dann schind sche noch mal mit Schprengbomben jekommen.«
Dass die Stadt von einem schweren Bombenangriff heimgesucht worden war, war für Oppenheimer eine Überraschung. Bis im August vergangenen Jahres hatte es dort überhaupt keine Angriffe gegeben, was auch daran lag, dass die Stadt sich bis dahin noch nicht in Reichweite der alliierten Bomber befunden hatte. Und selbst danach war es nur zu einzelnen Angriffen gekommen. Oppenheimer hatte gehofft, dass zumindest Dresden verschont bliebe.
»Dit zeigt doch nur dasse keene Kultur ham, diesche Barbaren!«, ereiferte sich Herr Möbius. »Esch scholl in der Nacht Feuer jeregnet ham! Und die hören jarnicht mehr auf, jetzt schind sche schon wieder im Anflug!«
In diesem Augenblick erschien auch Frau Dargus mit ihrer Schwester. Als Letzte der Hausbewohner fand sich Frau Möbius ein.
»Haben Sie es auch gehört?«, fragte die alte Dame aufgeregt und knetete ihre Finger. »So schreckliche Berichte. Man mag überhaupt nicht zuhören. Es wird erzählt, dass die Stadt voller Flüchtlinge aus den Ostgebieten war. Die Bomben sollen ganze Straßenzüge ausradiert haben. Die Semperoper und die Frauenkirche sind auch zerstört. Es war so heiß, dass Glas und Metall einfach geschmolzen sind. Können Sie sich das vorstellen?

Menschen sind wie brennende Fackeln in die Elbe gesprungen. Nicht auszudenken.«

Frau Dargus und ihre Schwester hatten sich mittlerweile auf der alten Matratze niedergelassen, in dem Bunker die einzige Sitzmöglichkeit. Auch sie blickten trübsinnig drein.

»Wenn Hitler und seine Spießgesellen kapituliert hätten, dann wäre es nicht dazu gekommen«, wisperte Frau Baranowski.

»Du hast ja keine Ahnung«, herrschte Frau Dargus ihre Schwester an. »Du hast doch gehört, was der Stalin und der Churchill beschlossen haben.«

Da Oppenheimer sie fragend anblickte, erklärte Frau Dargus: »Die haben sich jetzt in Jalta getroffen, um sich zu beratschlagen. Gestern Abend wurde berichtet, dass sie an einer Kapitulation überhaupt nicht interessiert sind. Die wollen uns niederringen. Dann bleibt uns nur eine Alternative: entweder ein Genickschuss oder Zwangsdeportation nach Sibirien.«

Frau Dargus und ihre Schwester stritten weiter, doch Oppenheimer hörte nicht mehr hin und hing seinen Erinnerungen an die Stadt Dresden nach. Einmal hatte er sogar Karten für den *Freischütz* in der Semperoper ergattert. Obwohl er Webers Oper nicht übermäßig schätzte, war das eigentliche Erlebnis die imposante Spielstätte gewesen. Oppenheimer wusste nicht, ob es angesichts der Menschenschicksale zynisch war, doch er fragte sich, was von dem Opernhaus jetzt noch übrig sein mochte.

Als er anderthalb Stunden später in Kuhns Besprechungszimmer trat, fand er Schmude trotz der beklemmenden Meldungen aus Dresden in ausgesprochen heiterer Stimmung vor. Selbst der spröde Seibold wirkte für seine Verhältnisse geradezu ausgelassen. Aber vielleicht lag es nur daran, dass die Stege seiner Brille mit Heftpflaster festgeklebt waren.

»Was ist denn mit der Brille passiert?«, fragte Oppenheimer.
»Es hat sich jemand draufgesetzt«, antwortete Seibold. »Ich musste eine neue bestellen, aber es soll drei Monate dauern, bis ich sie kriege.«
Schmude, der lässig auf der Tischplatte saß, wandte sich Oppenheimer zu. »Wir spekulieren gerade, ob Otto seine neue Brille noch im Dritten Reich bekommt oder bereits im Vierten.« Damit meinte er natürlich Seibold, denn in Abwesenheit von Kuhn waren sie mittlerweile dazu übergegangen, sich beim Vornamen zu nennen.
Selbst Oppenheimer musste bei diesem Gedanken schmunzeln.
»Aber da gibt es noch etwas anderes«, fuhr Schmude fort. »Ich habe endlich den Nazi-Bonzen gefunden, der mit Hilde im Luftschutzkeller war. Sein Name ist Julius Kallweit. Es hat so lang gedauert, ihn aufzuspüren, weil er nicht in Pankow wohnt, wie ich zuerst dachte, sondern in Nikolassee.«
Oppenheimer sah Schmude erwartungsvoll an. »Ja und? Was sagt er? Kann er sich an Hilde erinnern?«
»Keine Ahnung. Ich wollte ihm jetzt gleich einen Besuch abstatten. Aber es könnte problematisch werden, etwas aus ihm herauszulocken.«
»Was soll es für Probleme geben?«
»Wenn die Geschichten über ihn stimmen, dann ist er bei der Partei in Ungnade gefallen. Dieser Kallweit war Gaugeschäftsleiter irgendwo im Warthegau. Als die russischen Truppen angerückt sind, soll er Hals über Kopf alle Wertsachen zusammengerafft haben und mit zwei vollgestopften Autos in Richtung Westen geflohen sein.«
Oppenheimer nickte. »Ich verstehe. Die Parteistellen haben von seiner Flucht Wind bekommen und wollen ihn dafür zur Rechenschaft ziehen.«

»Genau so ist es. Nach Ansicht seiner Parteigenossen hat er ein schlechtes Beispiel abgeliefert. Man munkelt, dass es eine Untersuchung geben wird. Kallweit kann sich zwar frei bewegen, doch er steht unter ständiger Bewachung, damit er nicht wieder türmt.«

Nun ergriff auch Seibold das Wort. »Ich befürchte, dass er uns nicht weiterhilft. Wenn er Hilde vor dem Volksgerichtshof entlastet, macht er sich erst recht unbeliebt.«

»Deswegen ist es besser, wenn du bei der Befragung ebenfalls anwesend bist, Herrmann«, schloss Schmude und blickte Oppenheimer an. »Wie gesagt, es ist eine heikle Sache. Wenn wir sofort losfahren, werden wir ihn sicher antreffen. In seiner Villa soll es fast jeden Abend wilde Saufgelage geben. Ich schätze, dass er jetzt allmählich aufstehen wird.«

»Na, hoffentlich hat er auch einen klaren Kopf«, sagte Oppenheimer und griff nach seinem Hut.

21

Mittwoch, 14. Februar 1945 –
Donnerstag, 15. Februar 1945

Nikolassee lag am Ostufer des großen Wannsees und war einer der wenigen Ortsteile von Berlin, in denen sich Oppenheimer überhaupt nicht auskannte. Als Mordkommissar bei der I*nspektion A* war er niemals dorthin gekommen, denn abgesehen von einem gelegentlichen Einbruch schien hier das Leben vergleichsweise beschaulich zu verlaufen.

Die S-Bahn-Station sah mit dem hochaufragenden Uhrturm viel eher wie ein Schlösschen aus und passte vortrefflich zur Umgebung, denn nur eine schmale Straße trennte die Station vom Villenviertel, in dem sich vor allem wohlhabende Familien aus dem Bürgertum und Industrielle angesiedelt hatten. Die Architekturstile kamen Oppenheimer kunterbunt zusammengewürfelt vor. Der einzige gemeinsame Nenner schien zu sein, dass in diese Häuser außerordentlich viel Geld geflossen war.

Sie mussten keinen weiten Weg zurücklegen. Kallweit bewohnte ein Haus, das zwischen der Bahnstation und der Rehwiese lag, einer von Laubbäumen gesäumten Senke. Oppenheimer konnte sich dunkel daran erinnern, dass viele jüdische Familien hier gelebt hatten und auch einige lautstarke Befürworter der Demokratiebewegung. Und nun war eine Parteigröße wie Kallweit hier untergekommen. Vermutlich hatte sich die NSDAP einige der Villen unter den Nagel gerissen, nachdem die jüdischen Eigentümer ins Konzentrationslager geschickt worden waren. Sicherlich wurden auch einige der Häuser von

Regierungsstellen genutzt, damit sie dem Bombenhagel in der Innenstadt entgingen.

Doch die Gebäude waren keineswegs alle unbeschadet geblieben. Auch hier ließ sich so manches herrschaftliche Haus mit verkohltem Dachstuhl erspähen. Unwillkürlich kamen die drei Männer bei diesem Anblick auf die schockierende Bombardierung Dresdens zu sprechen.

»Goebbels stellt es jetzt so dar, als ob die Angreifer unsere gesamte Kultur auslöschen wollen«, sagte Schmude. »Nicht, dass ihr mich falsch versteht, es ist eine Tragödie, was sich dort abspielt. Aber Dresden ist ein wichtiger Verkehrsknotenpunkt für die Transporte an die Ostfront. Außerdem gibt es dort Rüstungsbetriebe. Das wird von der Propaganda natürlich verschwiegen, weil es nicht ins Bild eines grundlosen Überfalls passt.«

Oppenheimer war von Schmudes Argumentation allerdings nicht überzeugt. »Aus strategischer Sicht mag das zwar stimmen, und doch ist es ethisch nicht zu rechtfertigen. Warum haben sie mit einem Flächenbombardement alles zerstört, anstatt gezielt die Bahnhöfe zu bombardieren?«

Schmude nickte. »Genau das ist die interessante Frage. Wahrscheinlich hat der Angriff zum Ziel, die Moral der Bevölkerung zu brechen.«

Die Villa, in der Kallweit residierte, war unschwer zu erkennen, denn die Eingangspforte wurde von zwei SS-Männern bewacht. Schmude flüsterte Oppenheimer und Seibold mit einem Augenzwinkern zu: »Ich hab es ja gesagt. Der hat seine eigene Leibstandarte.«

Zu Oppenheimers Überraschung wurden sie beim Betreten des Gebäudes nicht aufgehalten. Schmude betätigte die Hausklingel und wartete.

»Da können Se ruhig so reingehen«, sagte einer der SS-Wachen. »Der wird noch seinen Rausch ausschlafen.«

Seibold und Oppenheimer warfen sich einen Blick zu. Als Schmude gegen die Haustür drückte, ging sie mit einem metallischen Klacken auf. Wahrscheinlich hatte man das Schloss modifiziert, damit Kallweit seine Bewacher nicht aussperren konnte. Im Inneren herrschte schattenloses Zwielicht, da die Fenster noch mit schwarzem Krepp verdunkelt waren. Als Oppenheimer im Wohnzimmer den Wandschalter betätigte, wurde der Raum von einem Lichtkranz erhellt. Die Glühbirnen waren an einem schmiedeeisernen Kronleuchter angebracht, dessen Radius gleich mehrere Meter betrug. Der zweigeschossige Wohnraum mit dem dunklen Eichenboden war so riesig, dass man dort problemlos Tennis spielen konnte.

Der Anblick leerer Räume nach einer Feier hatte Oppenheimer schon immer deprimiert. Überall stank es nach kaltem Tabakrauch. Die überquellenden Aschenbecher sahen so aus, als habe man sie schon seit Monaten nicht mehr geleert. Gleich gegenüber der Eingangstür stand ein breiter Tisch voller Lebensmittelreste. Obwohl die Feiernden einiges verputzt hatten, waren immer noch unzählige Konservendosen und geräucherte Fleischwaren übrig geblieben.

Oppenheimer war angesichts dieser Fülle für einen Moment sprachlos. Während in der Stadt Gerüchte über eine bevorstehende Hungersnot kursierten, schien es Kallweit an nichts zu fehlen.

Oppenheimer stieß mit dem Fuß gegen einen festen Gegenstand, und es kullerte eine halbleere Sektflasche über den Perserteppich.

Schmude war bereits weiter in das Zimmer hineingegangen und umrundete gerade ein Sofa, auf dem ein laut schnarchender Mann lag. Plötzlich blieb er mit einem angewiderten Gesichtsausdruck stehen. Als sich Oppenheimer näherte, erkannte er auf dem Boden eine Lache von Erbrochenem.

Oppenheimer betrachtete das Gesicht des Schlafenden und blickte Schmude fragend an.
Dieser schüttelte den Kopf. »Für einen Gaugeschäftsleiter ist er zu jung.«
Erst jetzt nahm Oppenheimer an den Wänden die Bilderrahmen wahr. Ihre goldene Farbe reflektierte das künstliche Licht der Lampen, doch im Zentrum war es gähnend leer. Die letzten Eigentümer der Villa hatten wohl alle Gemälde entfernt und die Rahmen zurückgelassen. Waren sie auf der Flucht gewesen? Hatten sie die Ölgemälde zusammengerollt, damit sie weniger Platz einnahmen?
Plötzlich hörten sie von oben Gekicher. Doch das Erste, das Oppenheimer sah, waren die vor Entsetzen weit aufgerissenen Augen von Seibold. Sein Mund schnappte auf und zu wie bei einem Fisch, der auf dem Trockenen zappelte.
Als Oppenheimer Seibolds Blick folgte, konnte er gerade noch erkennen, wie auf der Galerie des oberen Stockwerks zwei splitternackte Frauen um die Ecke verschwanden.
Auch Schmude hatte die weiblichen Gestalten registriert. »Huhu!«, rief er und winkte ihnen zu, doch die Frauen taten ihm nicht den Gefallen, sich nochmals im Evakostüm zu präsentieren. »Da wird Kallweit doch sicher in der Nähe sein«, meinte er trocken und erklomm die breite Treppe.
In dem Zimmer, aus dem die Frauen gekommen waren, schien Tageslicht durch die Fenster. Nach dem Zwielicht im übrigen Haus kam es Oppenheimer besonders grell vor. Vor dem Bett lagen Kleider auf dem Boden. Nebenan stellte jemand die Dusche ab.
Wenige Augenblicke später erschien ein Mann mit Halbglatze, den Oppenheimer auf Ende vierzig schätzte. Sein Trommelbauch verriet, dass er in den letzten Jahren ein genussreiches Leben geführt hatte. Die einzige Bekleidung war ein um die

Hüften gewickeltes Handtuch. Als er Oppenheimer und seine Begleiter sah, blieb er stehen.

Das musste Kallweit sein. Mit tonloser Stimme fragte er: »Ist es so weit?« Auf Kallweits Stirn glaubte Oppenheimer Schweißperlen zu sehen.

Kallweits Frage hatte Schmude auf dem falschen Fuß erwischt. »Wie bitte? Sie sind Herr Kallweit, nehme ich an?«

»Ja, natürlich … Sie kommen nicht vom Ausschuss der Partei, um mich abzuholen?«

»Nein, es geht um eine andere Angelegenheit.«

Kallweit sank erleichtert in sich zusammen. Auf der Bettkante sitzend, hielt er seinen Kopf zwischen den Händen. Verärgert murmelte er: »Welcher Idiot hat denn die Verdunklung abgemacht?«

Nach der ausgelassenen Feier litt Kallweit offenbar unter einem Brummschädel. Schmude hatte Mitleid mit ihm und schloss die Vorhänge.

Oppenheimer schilderte kurz den Grund ihrer Anwesenheit, doch er konnte nicht einschätzen, wie viel davon bei Kallweit ankam.

»Das kratzt mich nicht«, maulte der Gaugeschäftsleiter. »Ich kann mich jetzt nicht drum kümmern. Ham Se 'ne Ahnung, was die mit mir anstellen wollen? Wegen Feigheit wollen se mir jetzt 'ne Kugel vor'n Kopp knallen. Wegen Feigheit! Und falls nicht, dann stecken se mich in ein Volkssturm-Bataillon, das auf'n Weg zur Ostfront is. Labern davon, dass ich mich zu bewähren habe! Kommt sowieso auf dasselbe raus. Also erzählen Se mir nichts von Ihren Problemen. Da kann ich nur drüber lachen!«

Oppenheimer wusste, das es in Kallweits derzeitigem Zustand nichts bringen würde, an seinen Verstand zu appellieren. Also stellte er sich direkt vor ihm hin und fixierte ihn mit seinem

Blick. »Konzentrieren Sie sich!«, befahl Oppenheimer. »Herr Kallweit! Wir brauchen nur eine einzige Angabe, dann sind wir wieder fort. Können Sie mich verstehen?«
Kallweit blickte ihn träge an, doch die angespannte Körperhaltung verriet, dass er sich bedrängt fühlte. Oppenheimers Strategie ging auf, Kallweit würde alles tun, damit sie ihn wieder allein ließen.
»Was woll'n Se denn wissen?«, fragte er schließlich.
»Am Montag vor zwei Wochen waren Sie in Pankow«, erklärte Oppenheimer. »Um sieben Uhr abends gab es einen Luftalarm. Man hat Sie im Bunker gesehen, zusammen mit ein paar Freunden.«
Verstimmt seufzte Kallweit auf. »Kann schon sein. Und, was is damit?«
»Es war noch jemand im Bunker. Eine ältere Frau, die Sie beschimpft hat. Können Sie sich daran erinnern?«
Oppenheimer sah an Kallweits ausdruckslosem Blick, dass ihn sein Gedächtnis im Stich ließ.
»Herr Kallweit, konzentrieren Sie sich«, herrschte Oppenheimer ihn an.
Doch es hatte keinen Sinn. Kallweit schüttelte den Kopf.
»Unsere Mandantin hat Sie beleidigt, Herr Kallweit, nicht wahr? Sie hat gesagt, dass Sie sich mit Ihrem fetten Hintern im Bunker breitmachen würden.«
Für einen Augenblick sah Kallweit ihn überrascht an. Dann brach er in lautes Gelächter aus.
Sorgenfalten auf der Stirn, beobachtete Seibold diesen Gefühlsausbruch. Auch er hatte erkannt, dass sie mit diesem Zeugen kaum etwas anfangen konnten.

Niedergeschlagen verharrte Oppenheimer mit seinen Begleitern vor dem Jägerzaun von Kallweits Villa. Die Angaben des ehemaligen Gaugeschäftsleiters waren sehr dürftig gewesen, denn er konnte sich nur verschwommen an den Abend in Pankow erinnern.

Niedergeschlagen zog Schmude ein Zigarettenetui hervor. »Meine Notreserve«, erklärte er. »Ich denke, wir haben das jetzt nötig.«

Oppenheimer nahm dankbar einen Glimmstengel entgegen und suchte dann in der Manteltasche nach seiner Zigarettenspitze. Er registrierte, dass auch die beiden jungen Frauen aus der Villa kamen. Mittlerweile waren sie allerdings bekleidet und mühten sich mit ihren Luftschutzkoffern ab. Aus einer der Manteltaschen ragte der Zipfel einer Dauerwurst. Oppenheimer fragte sich, ob die Lebensmittel eine Bezahlung für ihre amourösen Dienste waren.

»Kallweit hat von einem Siggi gesprochen, der mit ihm zusammen im Bunker war«, murmelte Oppenheimer. »Ohne den Nachnamen können wir nicht viel ausrichten.«

Schmude schüttelte den Kopf. »Wir haben ja nicht mal den korrekten Vornamen. Wahrscheinlich ein Saufkumpan, den er irgendwo aufgegabelt hat.«

Nach einem Zug an der Zigarette fügte er hinzu: »Etwas habe ich noch nicht erzählt. Es gibt da eine Frau aus dem Bunker, die sich ebenfalls an Hilde erinnern könnte. Aber als ich erwähnt habe, dass der Fall vor dem Volksgerichtshof verhandelt wird, hat sie einen Rückzieher gemacht. Die Leute haben zu große Angst vor Freisler und seinen Kollegen, um Hilde zu entlasten.«

Oppenheimer fuhr sich mit der Hand übers Gesicht. »Mist«, sagte er. Nach einigen Minuten Schweigen, in denen sie dastanden und rauchten, sagte er schließlich: »Vielleicht gibt es noch eine Alternative. Doch es wird Hilde nicht gefallen.«

Seibold konnte Oppenheimers Gedanken erraten. »Du meinst, wir sollen nachforschen, was Hilde nach Pankow geführt hat?«

»Ich sehe keine andere Möglichkeit. Vielleicht gibt uns das einen Hinweis darauf, wo sie sonst noch gewesen ist.«
Schmude warf den Zigarettenstummel auf den Boden und trat die Glut aus. »Ich weiß nicht, ob es sinnvoll ist. Aber etwas anderes können wir wohl nicht tun.«
Damit machten sie sich auf den Rückweg.

»Ihre Ausweispapiere!«
Als Oppenheimer diese Aufforderung hörte, wusste er, dass er eine falsche Entscheidung getroffen hatte. Anstatt nach dem Besuch bei Kallweit zusammen mit Schmude und Seibold von der Station Nikolassee aus direkt zum Westkreuz zu fahren, befand er sich in der S-Bahn in Richtung Steglitz. Da sich in den Zugabteilen unzählige Menschen drängten, war Oppenheimer unbekümmert eingestiegen, denn er wäre nicht im Traum auf die Idee gekommen, ausgerechnet hier den Kontrolleuren von der Gestapo zu begegnen.
Als er sah, dass sich der Gestapo-Beamte näherte, versuchte er, seine steigende Anspannung zu verbergen. Nur gültige Papiere vorzuweisen reichte bei den Kontrollen nicht aus, man musste sich darüber hinaus auch unverdächtig benehmen. Doch weil Oppenheimer ohne pharmazeutische Unterstützung nicht sonderlich kaltblütig war, fand er es schwierig, den prüfenden Blicken der Gestapo-Leute standzuhalten.
Der Zug stoppte, und Oppenheimer erkannte, dass es die Station Friedenau war. Als einige der Passagiere ausstiegen, blies ein frischer Wind ins Abteil. Er überlegte, ob er aussteigen und die paar Meter bis zur Ringbahn zu Fuß zurücklegen sollte, doch das Gedränge war zu groß, um zur Tür zu gelangen.
Da Oppenheimer ohnehin bei der nächsten Station umsteigen musste, kämpfte er sich zwischen den dichtgedrängt stehenden Passagieren zum Ausgang durch, als sich der Zug wieder in Be-

wegung gesetzt hatte. Er kam allerdings nicht weit. Jemand packte ihn an der Schulter.

Nervös drehte sich Oppenheimer um. Ein fremder Mann hielt ihm die Metallplakette der Gestapo entgegen.

Offenbar hatte der zweite Gestapo-Kontrolleur bislang nur in der Nähe gestanden und die Reaktion der Passagiere beobachtet. Und Oppenheimer war ihm verdächtig vorgekommen.

»Ihre Papiere.« Die Stimme des Gestapo-Manns klang fast sanft, da er wusste, dass ohnehin jeder seinen Befehlen gehorchen würde. Dennoch traf die Anweisung Oppenheimer bis ins Mark. Er begann, in der Innentasche seines Mantels zu kramen.

»Ja, sicher«, stammelte er. »Aber gleich kommt meine Endstation.«

Der Gestapo-Beamte nickte. »Ich werde Sie begleiten.«

Einige Sekunden später fuhr der Zug in die Station Schöneberg ein, und sie traten zusammen auf den zugigen Bahnsteig.

Es war unangenehm, den Gestapo-Mann unmittelbar auf den Fersen zu haben. Erfolglos versuchte Oppenheimer, sich zu beruhigen, indem er sich ins Gedächtnis rief, dass die Gestapo gerade auf der Suche nach Deserteuren war. Sie meinten nicht ihn. Und trotzdem kreisten seine Gedanken unaufhörlich um die Zyankalikapsel in seinem Luftschutzkoffer.

Der Mann zog ihn in eine Ecke, in der sie ein wenig vor dem Wind geschützt waren.

»Also, Ihre Papiere«, wiederholte er.

Fahrig holte Oppenheimer die Bescheinigung des Bezirksamts Tempelhof hervor, dass er ausgebombt worden war. Der Gestapo-Beamte betrachtete das Blatt Papier, ohne mit der Wimper zu zucken. Doch als er den Namen sah, hielt er inne.

»Herrmann Meier, was?«

»Korrekt«, erwiderte Oppenheimer, ganz so, als habe er keine

Ahnung, dass es eine Anspielung auf Göring sein könnte. Doch im Stillen verfluchte er den Drucker dafür, ihm diesen Namen verpasst zu haben.

Bedächtig faltete der Gestapo-Mann das Schreiben wieder zusammen. »Wo ist Ihr Ausweis?«

»Leider verbrannt. Man hat mir gesagt, dass die Bescheinigung als vorläufiger Ausweis gültig ist.«

Als Oppenheimer seine eigene Antwort hörte, bemerkte er, wie verdammt fadenscheinig das alles klang. Auch der Gestapo-Kontrolleur war nicht überzeugt.

»Das stimmt schon, was Sie sagen«, antwortete er. Doch dann fügte er anklagend hinzu: »Aber Ihre Bescheinigung ist bereits mehr als sechs Monate alt.«

»Ich habe zwischenzeitlich mehrmals nachgefragt, aber einen neuen Ausweis habe ich noch nicht bekommen.«

Schweigend warf der Beamte Oppenheimer einen Blick zu.

»Warum befinden Sie sich nicht im Wehrdienst?«

Auf diese Frage war Oppenheimer zum Glück vorbereitet. »Ich bin beim Volkssturm«, antwortete er. »Aber die Waffenausbildung habe ich noch nicht abgeschlossen.«

»Zeigen Sie doch mal Ihren Wehrpass.«

Oppenheimer übergab mit dem Wehrpass auch gleich seine weiße Z-Karte und die Bescheinigung der Personalverwaltung, dass er eine kriegswichtige Stellung innehatte.

Der Gestapo-Beamte hielt den Wehrpass gegen das Licht, um sicherzustellen, dass es keine Fälschung war. Dann widmete er seine Aufmerksamkeit den anderen Dokumenten.

»Als was arbeiten Sie in der Bank?«

»Ich wurde als Nachtwächter eingestellt«, antwortete Oppenheimer wahrheitsgemäß.

Der Mann von der Gestapo zog seine Augenbrauen hoch. »Und so was gilt heutzutage als kriegswichtige Stellung?«

Oppenheimer schluckte. Dann sagte er betont harmlos: »Irgendwer muss es ja machen.«
Der Gestapo-Beamte atmete tief ein und gab ihm dann die Papiere zurück.
»Na gut, dann machen Sie mal, dass Sie weiterkommen. Aber schauen Sie, dass Sie sich einen gültigen Ausweis besorgen.«
Oppenheimer murmelte zustimmende Worte. Erleichtert wandte er sich der Treppe zu, die zur Ringbahnhalle hinaufführte.
Er war noch einmal davongekommen.

»Edith Schönherr? Natürlich, die wohnt hier.«
Oppenheimer blickte seine Gesprächspartnerin erstaunt an. Er konnte immer noch nicht fassen, dass es ihm gelungen war, Hausers ominöse Verlobte aufzuspüren.
Er brauchte keine weiteren Fragen zu stellen, denn die Frau mit der gemusterten Haushaltsschürze und dem leeren Wäschekorb war sehr redselig.
»Drittes Stockwerk. Die is meistens hier. Wissen Se, mit dem kleenen Kind und so brauch Se nich arbeiten. Kieken Se mal hoch.«
Oppenheimer stieg die Holztreppe empor. Als im gleichen Augenblick draußen Sirenengeheul ertönte, fluchte er in sich hinein. Der Voralarm kam genau zur falschen Zeit. Doch falls Fräulein Schönherr daheim war, würde er sie nicht mehr aus den Augen lassen.
Nachdem Oppenheimer die Wohnung gefunden hatte, klopfte er an. Hinter der Eingangstür waren Schritte zu hören. Dann wurde sie ruckartig geöffnet, und eine junge Frau mit einem hastig umgebundenen Kopftuch trat heraus. Sie hielt einen Säugling auf dem Arm und wollte gerade den Kinderwagen hinter sich herziehen, als sie überrascht stehen blieb. Anscheinend hatte sie Oppenheimers Klopfen überhört.

»Wollen Sie zu mir?«, fragte sie atemlos.
»Fräulein Schönherr?«
Die junge Frau nickte.
»Sehr gut, dann bin ich richtig«, sagte Oppenheimer. »Mein Name ist Meier. Ich komme von der Anwaltskanzlei Kuhn. Wir untersuchen den Mord an ihrem Verlobten. Ich hätte da ein paar Fragen.«
»Das ist gerade schlecht«, sagte Fräulein Schönherr. »Wir müssen zum Bunker.«
»Aber natürlich. Darf ich Ihnen mit dem Kinderwagen behilflich sein?« Oppenheimer zeigte zur Treppe.
Als sie hinunterstiegen, bedauerte er seine Hilfsbereitschaft, denn der Kinderwagen war ein überaus großes Modell, das ihm mehrmals aus den Händen rutschte.
Auf der Straße angekommen, begleitete er Fräulein Schönherr zum Bunker. Da er so freundlich gewesen war, ihren Kinderwagen nach unten zu tragen, konnte sie es ihm schlecht verwehren.
Fräulein Schönherr überquerte die Brunnenstraße und lief an der Himmelfahrtskirche vorbei zu einem großen Gefechtsturm aus grauem Beton im nördlichen Teil des Parks, der als Bunker diente. Das kantige Gebäude wirkte wie eine Zitadelle aus vergangenen Jahrhunderten. Der obere Teil und die umlaufenden Balkone boten genügend Platz für die Flakgeschütze.
In der Nähe des Eingangs standen ordentlich aufgereiht unzählige Kinderwagen. Auch Fräulein Schönherr stellte ihr Gefährt dort ab, nahm das Kind auf den Arm und ergriff mit der anderen Hand den Luftschutzkoffer. Derart bepackt eilte sie zur geöffneten Stahlpforte.
Inmitten der Menschen vor dem Eingang erwies sich Oppenheimer für Hausers Verlobte erneut als nützlich. Früher hatten bei den großen Hochbunkern Soldaten für Ordnung gesorgt

und die Schutzsuchenden auf die Stockwerke verteilt. Jetzt stand dort nur ein einzelner Polizeibeamter. Bei diesem starken Andrang konnte er nicht viel mehr tun, als hilflos mit den Armen zu fuchteln.

Rücksichtslos drängelten die Leute in den Bunker. Fräulein Schönherr wurde derb angerempelt und verlor das Gleichgewicht. In letzter Sekunde riss Oppenheimer sie an ihrem Arm hoch. Dann kämpfte er sich mit ihr und ihrem Sprössling durch die Menschenmenge.

Im Inneren des Bunkers war das Gedränge groß. Sogar das Bedienungspersonal der Flak hatte Mühe, sich durch das Gewühl hindurchzuschieben. Kurz entschlossen lief Oppenheimer den Soldaten hinterher, an einem Aufzug vorbei, mit dem die Granaten aus der Waffenkammer zum Dach transportiert wurden, bis hin zu einer Wendeltreppe. Schwindelerregend schraubte sie sich in die Höhe, wahrscheinlich führte sie zum Flakturm.

Erst einmal auf der Treppe angelangt, war der Andrang nicht mehr ganz so stark. Die Leute blieben vorzugsweise in den unteren Stockwerken, da diese als sicherer galten. Als Oppenheimer mit Fräulein Schönherr im dritten Stock angelangt war, herrschte dort so wenig Betrieb, dass es sogar Platz in den Bunkerkabinen gab.

»Manche Volksgenossen sind noch schlimmer als die Ausländer«, murmelte Fräulein Schönherr mit zornesrotem Gesicht.

Oppenheimer wollte sich in der erstbesten Kabine hinsetzen, doch sie zog ihn weiter. »Nicht hier«, sagte Fräulein Schönherr. »Da drin sind lauter Läuse und Krabbeltiere.«

Die übernächste Kabine schien ihren Ansprüchen zu genügen. Als sie gemeinsam auf der Pritsche saßen, fügte Fräulein Schönherr hinzu: »Vielen Dank – ich glaube, die hätten mich ohne Ihre Hilfe totgetrampelt.«

Sie rückten in eine Ecke, als weitere Personen in die Kabine

strömten. Nach einer Weile wurde es still, und man hörte keine Schritte mehr. Wahrscheinlich waren die Bunkereingänge mittlerweile geschlossen worden. Im Inneren eines Hochbunkers bekam man von diesen Dingen nicht viel mit. Selbst die Sirenensignale drangen kaum durch die dicken Betonwände.
Oppenheimer betrachtete das kleine Kind in Fräulein Schönherrs Arm. »Wie geht es der Kleinen?«
»Das ist mein Sohn. Arne.«
»Ah, ich wusste gar nicht, dass Dr. Hauser einen Sohn hat.«
Als die Sprache auf ihren Verlobten kam, spürte Oppenheimer, wie sich etwas in ihr verhärtete. Die Ungezwungenheit, mit der sie sich bei ihm bedankt hatte, war verflogen. Mit einem misstrauischen Blick antwortete sie: »Ja, Erich ist der Vater. Wir wollten heiraten, aber dann ist etwas dazwischengekommen. Sie wissen ja, der Krieg.«
Schon bald erkannte Oppenheimer, dass eine Bunkerkabine keine optimale Umgebung für ein vertrauliches Gespräch war. Damit sie wenigstens ein bisschen abgeschirmt waren, drehte er den Sitznachbarn seinen Rücken zu.
Hilde hatte Oppenheimer erzählt, dass sie mit Hauser immer noch verheiratet war, und es gab keinen Grund, das in Zweifel zu ziehen. Wahrscheinlich hatte Hauser es nicht für wichtig genug gehalten, seiner Verlobten dieses Detail zu verraten. Doch Oppenheimer war nicht hier, um eine Eifersuchtsszene heraufzubeschwören. Er wollte nur Informationen. Also enthielt er sich eines Kommentars und fragte: »Ich nehme an, dass Sie bereits von dem Unglück gehört haben?«
Fräulein Schönherr nickte und antwortete mit gesenkter Stimme. »Frau Neubauer, Erichs ehemalige Assistentin, hat mir Bescheid gegeben.«
»Hatten Sie eine Ahnung, dass er nach Berlin kommen wollte?«
»Ich war völlig überrascht. Er hat mir kein Sterbenswörtchen

gesagt. Ich verstehe auch nicht, weswegen er eine Wohnung gemietet hat. Er hätte doch bei mir wohnen können.«
»Ihre Vermieterin hätte das erlaubt?«
Wachsam blickte Fräulein Schönherr zu ihren Sitznachbarn. Ihr Flüstern war so leise, dass Oppenheimer die Worte kaum verstehen konnte. »Ich kann nicht darüber sprechen. Nicht hier.«
Oppenheimer versuchte es danach mit unverfänglichen Fragen. Obwohl Fräulein Schönherr bereitwillig antwortete, schien sie nicht viel von den Machenschaften ihres Verlobten zu wissen. Sie war ursprünglich Krankenschwester in Hohenlychen, deswegen kannte sie sowohl Hauser als auch dessen spätere Assistentin Frau Neubauer. Über die Forschungsarbeiten wusste sie nur oberflächlich Bescheid. Als sie schwanger wurde, hatte Hauser ihr eine Wohnung in Berlin besorgt, wo ihr älterer Bruder mit seiner Familie lebte. Auch wenn sie es nicht aussprach, ahnte Oppenheimer, dass sie ihr Kind in der anonymen Großstadt zur Welt bringen wollte, damit sie an ihrem ehemaligen Arbeitsplatz nicht als Dirne gebrandmarkt wurde. Obwohl ihre Geschichte stimmig war, verriet das nervöse Flackern in ihren Augen, dass sie Oppenheimer etwas verschwieg.
Am Ende seiner Weisheit angelangt, zeichnete Oppenheimer schließlich die drei Dreiecke aufs Papier, die er auf der Anstecknadel gesehen hatte. Als er Fräulein Schönherr die Skizze zeigte, stutzte sie.
»Ja?«, fragte sie. Dabei blickte sie ihm ins Gesicht.
Oppenheimer wurde immer misstrauisch, wenn ein Befragter seinem Blick bewusst nicht auswich. Es war meistens ein Zeichen dafür, dass diese Person die Unwahrheit sagte.
»Was ist damit?«, wollte Fräulein Schönherr wissen.
Als Oppenheimer nicht sofort antwortete, wurde sie unruhig.
»Kennen Sie dieses Zeichen?« Oppenheimer hatte diese Frage

in den vergangenen Tagen häufig gestellt. Doch zum ersten Mal schien die befragte Person das Symbol zu erkennen. Noch ehe Fräulein Schönherr zu sprechen begann, wusste er, dass sie lügen würde.
»Noch nie gesehen«, antwortete sie. Es klang harmlos, fast hätte man ihr glauben können. Doch ihr demonstratives Schulterzucken war zu viel des Guten. Sie war eine schlechte Schauspielerin.
Oppenheimer entschloss sich zu einer Finte. »Es ist Ihnen noch nie untergekommen?«, fragte er mit gespielter Verwunderung.
Fräulein Schönherr sagte nichts.
Dann setzte Oppenheimer nach. »Aber ich weiß doch, dass Ihr Verlobter eine Anstecknadel mit diesem Emblem besaß.«
Fräulein Schönherr wusste zuerst nicht, wie sie reagieren sollte. Dann seufzte sie uninteressiert und erwiderte: »Schon möglich.«
»Es könnte also sein, dass Sie dieses Emblem schon mal bei ihm gesehen haben?«
»Ja, ich glaube schon.« Ihre Antwort klang unsicher.
Danach ließ sich Fräulein Schönherr nichts mehr entlocken.
Es dauerte nicht mal eine Stunde, bis die Bunkertür wieder geöffnet wurde und die Menschen nach draußen strömten. Weil die Flaks nicht geschossen hatten, nahm Oppenheimer an, dass Berlin nicht überflogen worden war.
Beim Hinausgehen verlor er Fräulein Schönherr aus den Augen. Das Durcheinander im Erdgeschoss war einfach zu groß. Sie war rasch durch eine Lücke zwischen den Menschen geschlüpft und blieb danach unauffindbar.
Oppenheimer verließ als einer der Letzten den Bunker. Bei seinem Weg zum S-Bahnhof lief er an der Stelle vorbei, an der die Mütter ihre Kinderwagen abgestellt hatten.
Er blieb stehen.

Etwas kam ihm merkwürdig vor.
Erst als er aufmerksam hinblickte, erkannte er, was es war.
Die Kinderwagen waren fort. Bis auf einen. Oppenheimer näherte sich. Er kannte den großen Wagen allzu gut. Immer wieder war er ihm aus den Händen gerutscht. Es war der Kinderwagen von Fräulein Schönherr.
Damit er nicht gestohlen wurde, war sie bisher so vorsichtig gewesen, ihn in ihrer Wohnung unterzubringen. Doch jetzt hatte sie ihn einfach vor dem Hochbunker zurückgelassen.
Oppenheimer überlegte. Das konnte nur bedeuten, dass sie so schnell wie möglich fortwollte. Vielleicht, um ihm nicht mehr zu begegnen?
Wenigstens hatte ihn Fräulein Schönherr auf einen Denkfehler aufmerksam gemacht. Die Anstecknadel am Tatort gehörte nicht dem Täter, sondern Hauser. Doch warum sollte der Mörder sich die Mühe machen, nach der Tat noch einmal zurückzukommen, um die Anstecknadel zu entfernen?
Verwünschungen murmelnd lief Oppenheimer zur S-Bahn. Es war wie verhext. Schon wieder kam es ihm so vor, als würde er im Nebel stochern. Er mochte zwar Antworten bekommen, doch sie besaßen stets die Eigenart, alles noch komplizierter zu machen.

22

Freitag, 16. Februar 1945 –
Mittwoch, 21. Februar 1945

Nun war es so weit. Die allgemeine Aufregung in der Stadt steckte sogar den Prior und die Presbyter an. Und es gab durchaus einen Grund, aufgeregt zu sein. Wenn man den Frontberichten Glauben schenken konnte, marschierte der Feind bereits auf Berlin zu.

Der schlimmste Fall war eingetreten.

Bei ihrer kurzfristig anberaumten Sitzung im kleinen Kreis kümmerten sie sich nicht einmal mehr um die Einhaltung der Rituale. Und so saßen die Männer jetzt in normaler Straßenkleidung im Zeremoniensaal.

Bruder Loki fand, dass seine Glaubensbrüder ohne ihre Kutten und Baretts überaus gewöhnlich aussahen. Die einzige Ausnahme war Bruder Walthari, der mit kerzengerade aufgerichtetem Oberkörper auf seinem Stuhl saß. Doch die Unauffälligkeit war ihre Stärke. Bruder Loki hatte schon immer den Eindruck gehabt, sich verstellen zu müssen. Er spielte den Leuten etwas vor. Spielte den Bruder, den Sohn, den Ehemann, aber nur hier in ihrem Zeremoniensaal konnte er es wagen, seine wahre Identität zu enthüllen. Seine Verstellungskunst würde ihm noch wichtige Dienste leisten, denn nur wenn sie alle in Deckung blieben, konnte ihr Glaube überleben.

»Von einer Oderlinie kann keine Rede mehr sein«, berichtete Bruder Walthari über die Entwicklungen an der Ostfront. »Zwischen Oppeln und Küstrin haben die russischen Verbände den Fluss überschritten. Sie sind weniger als hundert Kilometer von Dresden entfernt. Aber es ist noch nicht sicher, ob Konew die Stadt zuerst überfallen wird oder direkt nach Berlin durchmarschiert. Ich glaube nicht, dass Himmler sie aufhalten kann. Allerdings machen Gerüchte von einem geplanten Umsturz innerhalb der SS die Runde. Vielleicht wurde Himmlers Bereitschaft, mit den Alliierten Verhandlungen aufzunehmen, falsch interpretiert. Doch das wissen nur eine Handvoll Eingeweihter.«

Bruder Loki schüttelte den Kopf. »Jetzt, wo sich Stalin, Churchill und Roosevelt bei ihrer Dreierkonferenz auf Jalta geeinigt haben, kann Himmler sich das sowieso abschminken. Aus dem Kommuniqué geht eindeutig hervor, dass unsere Feinde nur eine vollständige Kapitulation akzeptieren. Aber sie wissen genau, dass das nicht geschehen wird. Unsere Feinde sehen sich bereits als Sieger und wollen nicht einmal mehr verhandeln. Ich kenne meine Kameraden bei der SS. Sie werden bis zum letzten Mann kämpfen, jetzt erst recht.«

»Leider haben sie einen zu engen Horizont«, stimmte Bruder Walthari zu. »Viele gute Männer wollen sich lieber opfern, anstatt die Flamme unseres Glaubens weiterzutragen.«

»Das wird nun eben unsere Aufgabe sein, Bruder Walthari«, sagte der Prior. Bislang hatte er ihre Ausführungen schweigend verfolgt, so dass sie seine Anwesenheit fast vergessen hatten und sich mit einer Unbefangenheit unterhielten, wie sie es sonst nicht wagten.

»Wie steht es um die Vorbereitungen?«, wollte der Prior wissen.

Diese einfache Frage reichte aus, um Bruder Hagal den Schweiß auf die Stirn zu treiben. Mit zitternder Stimme antwortete er: »Es ist alles bereit. Bis auf den Treibstoff. Es gab da eine unerwartete Verzögerung.«

Der Prior runzelte drohend die Stirn. »Was ist geschehen?«
»Unser Lager in Treptow wurde ausgebombt«, antwortete Bruder Hagal kleinlaut. »Die Hälfte unserer Benzinvorräte lagerte dort.«
»Ausgerechnet jetzt«, stöhnte Bruder Walthari. Für einen kurzen Moment kniff auch Bruder Loki seine Augen zusammen. Es war unglaublich mühevoll gewesen, den Treibstoff zu besorgen. Weil auf dem Schwarzmarkt so gut wie nichts mehr zu bekommen war, hatten sie schließlich darauf zurückgegriffen, Mitarbeiter von Regierungsstellen zu bestechen, damit sie etwas abzweigten.
Bruder Loki wollte es zuerst nicht wahrhaben.
Sie hatten alle Details beachtet. Sie besaßen einen Plan, um aus der Reichshauptstadt zu fliehen, ohne Verdacht zu erregen. Bruder Loki hatte sich darum gekümmert, die nötigen Papiere aufzutreiben, damit seine Brüder neue Identitäten erhielten. Nach dem Sieg der Feinde wären sie wieder aus ihrem Unterschlupf hervorgekommen – neugeboren als unbescholtene Personen ohne Verbindung zur nationalsozialistischen Partei. Männer, nach außen hin mit einer weißen Weste, doch in Wirklichkeit vom Geiste Odins erfüllt. Eine Jüngerschar in der Verbannung, die sich nur durch ihr Zeichen zu erkennen geben würde.
Die drei Dreiecke.
Doch jetzt war ihr Vorhaben in weite Ferne gerückt. Wegen ein paar Litern Benzin.
Bruder Loki hatte ja geahnt, dass Bruder Hagal unzuverlässig war. Es war ein Fehler gewesen, seine Zweifel gegenüber dem Prior nicht zu erwähnen. Aber dummerweise war das jetzt nur eine Komplikation von vielen.
»Leider gibt es noch ein weiteres Problem, das ich heute ohnehin zur Sprache bringen wollte«, fuhr Bruder Loki fort.
Die Anwesenden sahen ihn überrascht an.

»Was kann noch schlimmer sein als der Verlust unserer Benzinvorräte?«, fragte der Prior.
»Möglicherweise ist uns jemand auf der Spur.«
Nach dieser Ankündigung senkte sich unheilvolle Stille über die Männer. Nichts regte sich. Bruder Loki hatte den Eindruck, dass die Zeit eingefroren war.
Voller Unruhe erklärte er schnell: »Ein gewisser Herrmann Meier hat sich nach unserem Geheimzeichen erkundigt. Er schnüffelt überall in der Stadt herum. Ich hatte es bereits befürchtet, doch erst jetzt wurde es mir von einer vertrauenswürdigen Person mitgeteilt.«
Man konnte dem Prior ansehen, dass er all seine Beherrschung aufbringen musste, um ruhig zu bleiben. »Ich nehme an, es hat mit dem Tod von Dr. Hauser zu tun?«
»Ja, das stimmt«, murmelte Bruder Loki.
»Diese Geschichte mit dem Mord habe ich schon immer für einen Fehler gehalten«, platzte Bruder Hagal heraus. Loki ahnte, dass er damit nur von seinen eigenen Fehlern ablenken wollte. Als sie Hausers Tod beschlossen hatten, war von ihm wie üblich kein Widerspruch gekommen.
Der Prior beugte sich nach vorn. »Weiß dieser Meier etwas, oder hat er nur einen Verdacht?«
»Das kann ich nicht sagen«, antwortete Bruder Loki wahrheitsgemäß. »Aber es wäre wohl das einfachste, ihn umzubringen.«
Bruder Walthari schnaubte. »Deine einfachen Lösungen bringen uns noch mehr in die Klemme. Wenn wir auch noch in einen zweiten Mordfall verwickelt sind, werden wir erst recht auffallen. Das können wir uns nicht leisten. Offiziell existiert unsere Loge nicht, und das soll auch so bleiben!«
Bruder Loki wusste, dass es sinnlos war, darüber noch zu diskutieren. Also zuckte er mit den Schultern und erklärte: »Ich beuge mich dem Urteil des Priors.«

»Nur das Schicksal unserer Loge zählt, Bruder Loki«, antwortete der Prior mit Nachdruck. »Die Zeit ist knapp, und vor allem brauchen wir genügend Treibstoff. Deswegen sehe ich vorerst von Maßnahmen gegen diesen Meier ab. Doch wir müssen besonders vorsichtig sein. Wenn Meier noch einmal auftaucht, dann wird er Odins Zorn zu spüren bekommen und mit seinem Leben bezahlen.«

Bruder Loki sah ein, dass dieser Kompromiss wohl das Beste war. Als Zeichen dafür, dass er den Spruch akzeptierte, stand Bruder Loki auf und legte sich mit ausgebreiteten Armen vor dem Stuhl des Priors auf den Boden. Da er seine Straßenkleidung trug, kam er sich dabei merkwürdig vor.

»Odins Wille sei mein Befehl«, sprach Bruder Loki die ritualisierte Antwort.

Am Sonntag bekam Oppenheimer eine Einweisung in den Gebrauch der Panzerfaust. Mit Besorgnis registrierte er, dass unter seinen Kollegen vom Volkssturm das Lästermaul namens Friedrich fehlte.

Leider konnte sich Oppenheimer nicht nach ihm erkundigen, denn entgegen seiner sonstigen Gepflogenheit ließ Gruppenleiter Niklisch ihnen diesmal kaum eine Gelegenheit, sich privat zu unterhalten. Stattdessen mussten sie unzählige Male die unterschiedlichen Anschlagsarten bei der Panzerfaust durchgehen.

»Immer darauf achten, dass das Rohrende frei ist«, rief Niklisch ihnen zu. »Der nach hinten gehende Feuerstrahl kann bis zu drei Meter weit tödlich wirken. Es ist also unbedingt darauf zu achten, dass zehn Meter hinter einem keine Kameraden stehen. Mit dieser Waffe in der Hand könnt ihr mutig und unerschrocken sein, denn selbst der stärkste Panzer lässt sich mit nur einem Schuss erledigen! Je näher ihr an den Panzer herankommt, desto sicherer könnt ihr ihn treffen!«

Oppenheimer kamen diese Anweisungen allzu bekannt vor. In den vergangenen Tagen war in den Tageszeitungen zum ersten Mal eine illustrierte Bedienungsanleitung für die Panzerfaust erschienen. Dass jetzt schon arglose Zeitungsleser mit solchen Informationen gefüttert wurden, war für Oppenheimer ein deutlicher Hinweis auf das Herannahen des Endkampfes.

Außerdem war ihm aufgefallen, dass aus den Zeitungen seit der Bildung des Volkssturms die üblichen Schlagworte wie *Heckenschützen*, *Banditen* oder *Partisanen* verschwunden waren. Das war letztendlich kein Wunder, denn die Nationalsozialisten bildeten nun ihre eigene Banditenschar aus. Und die Furcht vor den russischen Soldaten war für Goebbels die letzte Trumpfkarte. Erst vor kurzem waren Flugblätter verteilt worden, in denen zur Vergeltung für die *bolschewistischen Greueltaten* aufgerufen wurde. Um den Ansturm der roten Flut zu brechen, sollte jedes Haus in eine Festung verwandelt werden.

Während der Pause konnte Oppenheimer zumindest einige Worte mit dem Greis wechseln, den er als Ersten aus seiner Volkssturmgruppe kennengelernt hatte.

»Sei mal froh, dasser dir nich näher auf'n Pelz jerückt is«, brummte der Alte, als die Sprache auf Friedrich kam. »Ick hatte mir schon jedacht, dass er dich auf'm Kieker hat.«

Oppenheimer verstand überhaupt nichts mehr. »Wieso? Was ist denn mit Friedrich los? Ich habe mir schon Sorgen gemacht, dass ihn die Gestapo einkassiert hat.«

Der Greis verzog seinen Mund zu einem verächtlichen Grinsen. »Gestapo hinter ihm her? Der arbeitet doch mit dem Verein zusammen. Dit weeß doch jeder! Er probiert jedes Mal dieselbe Masche. Erst schleimt er rum und macht politische Witze. Bis jemand anjebissen hat und im Vertrauen irgendein defätistisches Zeug redet. Er hat schon zwei Kumpels von mir verpetzt. Die wurden dann alle abjeholt.«

»Aber wo ist er denn heute?«, fragte Oppenheimer.
»Der hat sich freiwillig zum Einsatzdienst jemeldet«, antwortete der Alte. »Er hat ein paar Verwandte in Dresden. Keene Ahnung, ob die umjekommen sind. Auf jeden Fall konnte er nach der Bombardierung nich mehr stillsitzen. Ick gloob, der is jetzt völlig durchjedreht. Er soll vor ein paar Tagen bei 'nem Einsatz 'n Fremdarbeiter erschossen ham. Einfach so 'ne Kugel innen Schädel. Vielleicht will er sich für seine Familie rächen. Nur wat hat so'n Fremdarbeiter damit am Hut, frag ick mir? Ick bin froh, wenn ick den Friedrich nich mehr auf der Pelle hab. Wenn ick den noch mal seh, dann dreh ick mir lieber um und geh inne andere Richtung. Der is so bekloppt, wer weeß, wat dem noch so allet einfällt.«
Auf dem Nachhauseweg dachte Oppenheimer über diese merkwürdige Episode nach. Zwar war es beunruhigend, dass ihn jemand hereinlegen wollte, doch das Verhalten von Friedrich war ihm ohnehin merkwürdig vorgekommen. Er war zu vertrauensselig gewesen, zu direkt in seiner Kritik.
Oppenheimer war so tief in Gedanken versunken, dass er auf seinem Nachhauseweg fast in einen Pferdeapfel getreten wäre. Als er sich irritiert umblickte, erspähte er in etwa zwanzig Metern Entfernung am Straßenrand einen abgestellten Karren. Der davorgespannte Schimmel schnaubte. Sein erhitzter Körper dampfte in der feuchtkalten Luft. Da die meisten Kraftfahrzeuge für den Fronteinsatz requiriert waren und ohnehin ein so großer Treibstoffmangel herrschte, dass es schon schwierig wurde, Feuerzeuge wieder aufzufüllen, hatten sich manche Stadtbewohner offenbar an die althergebrachten Fortbewegungsmethoden erinnert. Aus einem unerfindlichen Grund amüsierte Oppenheimer dieser Gedanke.
Gerade als er das Mietshaus betreten hatte, kam ihm Frau Baranowski in einem schäbigen Wintermantel entgegen. Um dem

sackartigen Kleidungsstück ein wenig Form zu geben, hatte sie einen Gürtel um ihre Taille gebunden.

»Ah, Herr Meier! Ein Glück, dass ich Sie treffe!«, rief sie ihm entgegen.

Als Oppenheimer ihren Gesichtsausdruck sah, blieb er überrascht stehen. Er hatte schon etliche Menschen in panischer Furcht gesehen. Obwohl sie sich bei jedem anders äußerte, war der verzweifelte Blick stets derselbe.

Auch bei Frau Baranowski erkannte Oppenheimer diese Verzweiflung. Er wollte sich bereits taktvoll danach erkundigen, als sie selbst damit herausrückte.

»Herr Meier, ich hätte eine Frage.« Mit dem Versuch eines Lachens fuhr sie fort: »Es ist albern, aber ich muss in die Stadt und … würden Sie mich vielleicht zur U-Bahn begleiten?«

Mit einer solchen Bitte hatte Oppenheimer nicht gerechnet. Aber dann erinnerte er sich daran, dass Frau Baranowski immer noch fremd in der großen Stadt war.

Mit einem verständnisvollen Lächeln sagte er: »Aber natürlich, kommen Sie.«

Als sie sich auf ihrem Weg der Unterführung unter der Ringbahn näherten, bemerkte er, wie Frau Baranowski ihren Schritt verlangsamte.

Fragend wandte er sich ihr zu. »Ist etwas?«

»Nein.« Sie versuchte zwar, ihre Unsicherheit zu überspielen, doch schließlich murmelte sie: »Als ich ankam. In der Nacht mit meiner Schwester. Ich weiß nicht, wer es war, aber dort vorn beim Eingang zur U-Bahn, an der Hecke, habe ich gesehen, wie jemand erschossen wurde.«

Oppenheimer nickte. Offenbar wollte Frau Baranowski nach diesem Erlebnis nicht allein an dieser Stelle vorbeigehen.

»Ich weiß nicht, wer es war«, murmelte sie. »Irgendein Mann. Eine Streife hat ihn aufs Korn genommen.«

Weil Frau Baranowski sichtlich aufgewühlt über dieses Erlebnis war, suchte Oppenheimer nach einer Möglichkeit, sie zu beruhigen. Er fragte sich, wie ein Herrmann Meier antworten würde, der noch nie verfolgt worden war, noch nie in einem Judenhaus hatte leben müssen und nicht von seiner Ehefrau getrennt lebte.
»Bestimmt war es nur ein Plünderer. Das hat alles nichts mit uns zu tun.«
»Nein, es hat nichts mit uns zu tun«, wiederholte Frau Baranowski, atmete tief durch und ging weiter.

»Gut, jetzt eine Fangfrage«, flüsterte Schmude. »Was ist das: Es sitzt auf der Wiese, ist nackt und frisst Gras?«
Oppenheimer hasste Witze, die als Fragen daherkamen. Er wusste, dass er eine falsche Antwort geben würde.
Doch Schmude wandte seinen schalkhaften Blick nicht von ihm ab. »Ja, ich weiß nicht«, antwortete Oppenheimer zögernd. »Eine Kuh wird es wohl nicht sein.«
»Ganz einfach. Die Antwort lautet: Es ist ein Deutscher im Jahre 1948.«
Schmude grinste zufrieden, doch Oppenheimer brachte nur ein schwaches Schmunzeln zustande.
Wie üblich befanden sie sich im Besprechungszimmer von Kuhns Kanzlei. Schmude hatte sich nur getraut, hier diesen Witz zu erzählen, weil sich Kuhn noch nicht zu ihnen gesellt hatte.
Seibold kommentierte den Kalauer mit einem säuerlichen Gesichtsausdruck. »Das ist kein Witz, sondern es wird sich als Tatsache herausstellen.«
Draußen näherten sich schwere Schritte. Wenige Augenblicke später trat Kuhn ins Zimmer. Die tiefen Sorgenfalten in seinem Gesicht ließen nichts Gutes erahnen.

Er umrundete den Tisch und ließ sich auf seinen Sessel fallen. »Wir haben ein Problem«, begann er. »Die Zeit läuft uns davon. Einige der letzten Todesurteile sind noch nicht vollstreckt, doch ich habe von einem Kollegen gehört, dass das Volksgericht nach Potsdam umzieht. Die Verhandlungen sollen bald wieder aufgenommen werden, und wir haben zu Hildes Verteidigung immer noch nichts in der Hand. So wie die Dinge stehen, können wir nur hoffen, das die Russen hier eintreffen, ehe sie vor Gericht muss.«

Mit diesen Worten nahm Kuhn seine Pfeife zur Hand und begann, sie zu stopfen. Selbst Schmude starrte nun bedrückt in die Ferne.

Oppenheimer atmete tief durch. Es würde Hilde nicht viel helfen, wenn sie hier Trübsal bliesen. »Wann ist mit der Wiederaufnahme der Verhandlungen zu rechnen?«

Kuhn antwortete: »Es ist nur eine Frage von Tagen. Möglicherweise werden die wichtigen Fälle vorgezogen. Ich habe gehört, dass Nebe bald drankommen soll. Aber danach wird auch Hilde früher oder später an die Reihe kommen.«

Oppenheimer glaubte zuerst, sich verhört zu haben, als der Name seines ehemaligen Konkurrenten in der Kriminalinspektion fiel. Nur mit Hilfe seiner exzellenten Kontakte zu Hitlers Partei hatte Nebe den Aufstieg zum Chef des *Amtes V* im neu gegründeten Reichssicherheitshauptamt geschafft. Oppenheimer konnte kaum fassen, dass er jetzt in Ungnade gefallen war.

»Nebe?«, fragte er nach. »Sie meinen doch nicht etwa *Arthur Nebe?*«

»Hast du das nicht mitbekommen?«, fragte Schmude. »Tja, der Reichskriminaldirektor höchstpersönlich. Er hatte wohl mehrere Eisen im Feuer. Nach dem Attentatsversuch auf Hitler ist er untergetaucht. Er soll Kontakte zum Widerstand haben. Man spricht davon, dass er Informationen verraten hat. Das hat mich auch überrascht, da er ja sonst für jede Schweinerei zu haben war. Vor etwa vier Wochen spürten sie ihn auf und verhafteten ihn. Er hatte sich versteckt – nur ein paar Kilometer von Berlin entfernt. Seitdem verhören sie Nebe, und er soll singen wie ein Vögelchen. Eigentlich müsste ihm klar sein, dass sie ihn sowieso über die Klinge springen lassen, aber vielleicht hofft er ja auf Strafmilderung.«

»Hm, das würde zu ihm passen«, murmelte Oppenheimer. Aus seiner Abneigung zu Nebe hatte er nie einen Hehl gemacht. »Er bleibt ein Opportunist bis zum bitteren Ende.«

»Nur leider hilft uns das nicht weiter, meine Herren«, unterbrach Kuhn, seine angezündete Pfeife im Mundwinkel. »Wir müssen unsere Anstrengungen intensivieren.«

Betroffen blickten sie sich an. Auch Oppenheimer konnte sich eines gewissen Schuldgefühls nicht erwehren. Nach der Entdeckung von Hausers Verlobter hatte er die Dinge schleifen lassen, weil er nicht so recht wusste, wie er weiter vorgehen sollte. Es gab zwar gewisse Verdachtsmomente, doch er hatte keinen handfesten Punkt, an dem er ansetzen konnte. Darüber hinaus gab es allzu viele Ablenkungen. Es wurde immer zeitraubender, an Lebensmittel zu kommen. Außerdem waren die Luftangriffe in den vergangenen Tagen noch heftiger geworden. Fast schien es so, als sollte ganz Mitteldeutschland sturmreif gebombt werden. Zwar hatte es keinen Großangriff mehr gegeben, doch selbst die Moskito-Angriffe waren jetzt schon so schwer, dass die angerichteten Schäden damit vergleichbar waren. Mittlerweile hatte sich unter den Bewohnern Berlins eine Routine herausgebildet. Jeden Tag ging es zweimal in den Luftschutzraum. Das erste Mal war in den frühen Morgenstunden kurz nach dem Aufstehen, wenn die Amerikaner einzufliegen pflegten, und das zweite Mal am Abend kurz vorm Schlafengehen, wenn die Briten kamen.

Schmude und Seibold schienen ähnliche Gedanken im Kopf herumzugehen.
»Ich denke, wir sollten zusammentragen, wie der Stand der Ermittlungen ist«, schlug Oppenheimer vor. »Es ist noch einiges an Laufarbeit zu erledigen, vielleicht lässt sich die besser aufteilen.«
Als er Kuhns kritischen Blick registrierte, beschleunigte sich unwillkürlich sein Puls. Würde der Anwalt tatsächlich ernst machen und ihn an Hildes Stelle opfern? Oppenheimer hoffte, dass es nicht dazu kommen würde.

23

Sonntag, 25. Februar 1945 –
Montag, 26. Februar 1945

Selbst viele Jahre später konnte sich Oppenheimer immer noch daran erinnern, unter welchen Umständen er den maßgeblichen Anhaltspunkt für die Aufklärung des Mordes an Hildes Ehemann erhielt. Er konnte sogar fast auf den Zentimeter genau den Ort bestimmen, an dem er sich bei dieser Gelegenheit befunden hatte.

Alles kam völlig anders, als er es erwartet hatte. Und das wollte etwas heißen, denn als langjähriger Mordkommissar wusste er ja, dass die Ermittlungsarbeit selten so aufregend war, wie sie in Romanen und Filmen beschrieben und dargestellt wurde.

Und so brachte ihn kein anonymer Brief auf die Spur des Komplotts, und es taumelte auch kein tödlich verwundeter Fremder in seine Wohnung, in dessen Händen sich der fehlende Beweis befand. Ausgerechnet an einem der vielleicht heitersten Orte im Umfeld der kriegszerstörten Metropole – im Park des Schlosses Sanssouci – erhielt er den entscheidenden Hinweis.

Der einzige Lichtblick für Oppenheimer waren die Besuche bei Lisa. Selbst wenn die Zeit noch so knapp war, nahm er klaglos die langen S-Bahn-Fahrten nach Potsdam auf sich.

Auf diese Weise war es ihm möglich, dem Überlebenskampf in der Hauptstadt für kurze Zeit zu entfliehen. Zwar hatte man auch in Potsdam den Straßenbahnbetrieb eingestellt, doch verglichen mit Berlin, wo einige Nebenstraßen mittlerweile so aussahen, als hätte eine Flutwelle aus Backsteinen sie überrollt, bot die Stadt ein geradezu idyllisches Bild. Hier draußen kamen seine Gedanken zur Ruhe. Aus dieser Perspektive konnte er die Dinge so sehen, dass sie einen Sinn ergaben.

Auch heute hatte er sich wieder geärgert, denn Berlin schien immer voller zu werden. Womöglich lag es daran, dass es jetzt so gut wie keine Arbeit mehr gab und viele Menschen nichts weiter tun konnten, als herumzulungern. Außerdem stieß man fast an jeder Ecke auf Soldaten, die in voller Uniform durch die Straßen irrten. Und wenn man genau hinblickte, ließ sich erkennen, dass die meisten keine Waffen bei sich trugen, also waren sie entweder desertiert oder auf Fronturlaub.

Im Vorbeigehen hatte Oppenheimer an den Wänden der S-Bahn-Station ein neues Plakat gesehen. Darauf wurde gemeldet, dass ein im Jahre 1920 geborener Leutnant namens Karl Ludwig erschossen worden war, weil er sich einer Kontrolluntersuchung der Wehrmachtsstreife widersetzt habe. Zur Abschreckung wurde darauf hingewiesen, dass jeder Soldat sein Leben verwirkt habe, wenn er in der Stunde der Gefahr das Vaterland im Stich ließ.

Oppenheimer schätzte, dass die Zahl der Fahnenflüchtigen in die Höhe geschnellt war, wenn bereits auf Propagandamaßnahmen zurückgegriffen wurde, die ein negatives Bild der kämpfenden Truppe zeichneten. Dazu passten auch die hinter vorgehaltener Hand geflüsterten Berichte von einer um sich greifenden Disziplinlosigkeit und von gewalttätigen Übergriffen deutscher Soldaten in der Etappe nahe der Front.

Abgesehen davon, war die Nervosität der Stadtbevölkerung weiter gestiegen, seit Mitte vergangener Woche sechs feindliche Aufklärer Berlin überflogen hatten. Normalerweise war das ein Vorbote für einen großen Angriff, aber bislang war er noch nicht erfolgt.

Von dem bevorstehenden Großangriff war in Potsdam nichts

zu erahnen. Vor allem nicht, wenn man wie Oppenheimer und Lisa gerade über lauschige Wege vom Sizilianischen Garten zum Orangerieschloss wanderte. Wegen der frostigen Luft hatten sie den Park fast ganz für sich allein. Nur ein Rabe stakste zwischen unzähligen Maulwurfshügeln durch die Anlage, als würde sie ihm höchstpersönlich gehören. Leider waren die Wasserbecken während der Wintermonate leer, und auch die mediterranen Palmengewächse fehlten.

Da sich Oppenheimer angewöhnt hatte, in der Innenstadt auch erhebliche Strecken zu Fuß zurückzulegen, brachte ihn sogar die lange Treppe nicht aus der Puste. Er stellte sich auf das mittlere Podest, auf dem sonst eine Palme thronte, denn von dort hatte man die beste Sicht. Nur von diesem Blickwinkel aus ließ sich die Symmetrie des im Stil der Renaissance gestalteten Mittelbaus in vollem Umfang erfassen. Aber Oppenheimer nahm dies nur zum Teil wahr, denn in Gedanken beschäftigte er sich unentwegt mit dem Mord an Hauser.

Geistesabwesend vernahm er hinter sich Lisas Stimme.

»Kannst du dir das vorstellen?«, fragte sie. »Die Flakscheinwerfer sollen jetzt von Berlin abgezogen werden, damit die wertvollen Geräte nicht in die Hände des Feindes gelangen. Die Leute von der Luftwaffe haben wirklich Nerven! Aber natürlich kneifen die als Erste, was anderes hat man ja nicht erwartet. Sie haben schon den ganzen Führungsstab nach Westen verfrachtet.«

Oppenheimer verzog seinen Mund. »Ist ja prächtig. Die Bonzen kriegen die Muffe, und von unsereinem wird verlangt, den Kopf hinzuhalten.«

»Ich weiß nicht, wohin die überhaupt noch wollen. Hast du schon davon gehört, dass die Westalliierten jetzt zum Rheinufer vorgestoßen sind?«

Oppenheimer nickte. Diese Nachricht war die wichtigste seit vielen Wochen gewesen. Der neue Vorstoß weckte die Hoff-

nung, dass der Widerstand von Hitlers Truppen auch dort bröckelte.
»Na ja, und die Flakgeschütze sollen an die Ostfront«, fuhr Lisa fort. »Mir kann's ja egal sein, wenn ich nicht mitfahren muss.«
»Was macht denn euer Hausdrache?«
»Die Lindenschmidt?« Verächtlich schüttelte Lisa den Kopf. »Die brüstet sich ständig damit, dass sie die arme Frau Herbolzheim verpfiffen hat. Die Gestapo hat sie immer noch nicht laufen lassen. Ich habe nicht mehr viel Hoffnung. Man weiß ja, dass auf das Abhören eines Feindsenders die Todesstrafe steht. Und wegen ihr werden die Herren Richter sicher keine Ausnahme machen. Aber keiner von den Nachbarn regt sich darüber auf.«
Trübsinnig starrte Oppenheimer auf die geschwungenen Arkaden des Orangerieschlosses. »Ich kann es mir vorstellen. Was soll man auch machen?«
Lisa stieg zu ihm aufs Podest und murmelte: »Nein, das liegt noch an etwas anderem. Ich befürchte, dass es die meisten sogar für gerechtfertigt halten, wenn Frau Herbolzheim zum Tode verurteilt wird. Schließlich hat sie gegen ein Gesetz verstoßen. Das reicht denen schon als Grund. Ob das Gesetz wirklich rechtmäßig ist, darum kümmern die sich nicht. Unrecht bleibt Unrecht, selbst wenn man es mit Paragraphen garniert.«
»Hm, da kann was dran sein«, stimmte Oppenheimer zu. »Erinnerst du dich noch an meine Kollegen im Kriminaldezernat? Viele fanden es völlig in Ordnung, dass ich als Jude entlassen wurde. Es war ja ein Gesetz.«
Mit diesen Worten stieg er von dem Podest herunter. Der Splitt knirschte. Oppenheimer senkte seinen Blick und zeichnete gedankenverloren mit seiner Schuhspitze das mysteriöse Dreieckssymbol in den feuchten Grund.
»Was ist denn mit dir los, interessierst du dich plötzlich für Runenmagie?«

Überrascht drehte sich Oppenheimer um. »Was meinst du?«
Lisa zeigte auf den Boden. »Na den *Valknut*, den du gezeichnet hast.«
»Du kennst das Ding?«
»Eine Kollegin in der Gummimäntelfabrik hatte sich mit diesem Zeug beschäftigt. Abergläubische Trine. Hat eine richtige Wissenschaft daraus gemacht. Jedenfalls ist sie ständig zu irgendwelchen Hellsehern und Medien gerannt und hat mir dann alles Mögliche erzählt, obwohl ich es nicht wissen wollte. Aber an diese Bezeichnung kann ich mich genau erinnern, weil sie so lustig klingt.«
Verblüfft starrte Oppenheimer auf das Emblem zu seinen Füßen. »Kannst du dich noch an etwas anderes entsinnen?«
Lisa seufzte. »Nicht an viel. Ich weiß nur, dass es irgendwas mit Odin und dem Totenkult der Germanen zu tun hat.«
»Und wo hatte deine Kollegin das her?«
»Ich hab es doch schon gesagt. Sie hat irgendwelche Hellseher besucht. Neben Runenmagie beschäftigte sie sich auch mit Zahlen- und Buchstabenkabbalistik. Ich fand es immer einen Quatsch, doch es scheint jetzt in Mode zu sein. Einige der Flakhelferinnen reden auch darüber, weil sie wissen wollen, wie der Krieg ausgeht. Natürlich sagen sie alle, dass es wohl Unsinn ist, fügen dann aber stets hinzu, dass vielleicht doch etwas Wahres dran sei. Das hier, zum Beispiel.«
Lisa hob einen abgebrochenen Zweig auf.
»Nehmen wir die Namen der europäischen Staatsmänner, die damals in München versucht haben, den Krieg zu verhindern. Das waren Mussolini, Hitler, Chamberlain und Daladier.«
Sie schrieb die Namen untereinander in den Splitt. Oppenheimer konnte die Buchstaben nur mit Mühe entziffern.
Lisa überlegte. »So, wie war das? Ach ja. Dann kommen noch die Begriffe Krieg und München.«

Sie fügte weitere Buchstaben hinzu. Zufrieden richtete sie sich auf und begutachtete ihr Werk. Oppenheimer war immer noch verwirrt. »Und was jetzt?«
»Na, jetzt lies einfach die dritten Buchstaben dieser Wörter von oben nach unten.«
Mit gerunzelter Stirn schaute Oppenheimer auf die Schrift.
Mu*s*solini
Hi*t*ler
Ch*a*mberlain
Da*l*adier
Kr*i*eg
Mü*n*chen
»Hm, da kommt *Stalin* bei heraus. Und was soll das bedeuten?«
»Stalin war bei der Konferenz nicht mit dabei. Doch sein Name lässt sich aus den anderen Begriffen herleiten. Das soll heißen, dass Stalin vernichtet wird.«
Verständnislos blickte Oppenheimer sie an. »Ja, schön und gut, aber warum soll er denn vernichtet werden? Kann das nicht auch bedeuten, dass er alle anderen besiegen wird? Was ist denn das für eine blöde Prophezeiung?«
Lisa lachte. »Ach, dir fehlt einfach der Glaube!«

Die Entdeckung, dass die Anstecknadel am Fundort der Leiche ein Symbol für Odin war, beschäftigte Oppenheimer auch während seiner Nachtwache in der Bank. Anstatt es sich in dem Prokuristenzimmer mit seiner Lektüre gemütlich zu machen, starrte er ins Leere und kaute auf der Zigarettenspitze herum. Irgendwann konnte er es nicht mehr ertragen, untätig herumzusitzen. Er sprang auf, öffnete die Tür zum Korridor und schritt dort im Halbdunkel die Muster des Marmorbodens ab. Er hatte Schwierigkeiten, diesen ganzen Hokuspokus mit Hausers Person in Einklang zu bringen. Dessen Verlobte hatte zwar bestätigt, dass ihm die Anstecknadel gehörte, doch welches Interesse ein Forscher an einem irrationalen Thema wie Runenmagie haben konnte, überstieg Oppenheimers Vorstellungskraft.

Irgendwann drang von draußen das gedämpfte Jaulen der Sirenen an Oppenheimers Ohr. Mechanisch ging er in die Richtung des Aufenthaltsraumes, um seinen Luftschutzkoffer zu holen.

Giesecke kam ihm entgegen. Er war bereits auf dem Weg in den Keller. Wie üblich funkelten seine Augen Oppenheimer streng an. Doch dieser blieb gelassen, weil er wusste, dass er seine Aufgaben zuverlässig verrichtete und Giesecke, abgesehen von einer diffusen persönlichen Animosität, nichts gegen ihn in der Hand hatte.

»Wo waren Sie denn schon wieder?«, knurrte Giesecke im Vorbeigehen.

»Austreten«, antwortete Oppenheimer mit aller Freundlichkeit, die er heucheln konnte. »Leider habe ich eine schwache Blase. Kommt von der Kälte.«

»Stimmt, ich muss auch immer pieseln«, kam es von hinten. Es war Brehm. Er näherte sich ebenso gemächlich dem Aufenthaltsraum wie Oppenheimer. »Das liegt bestimmt an dem vielen Marmor. Da kriecht die Kälte die Beine hoch.«

»Es sind schwere Zeiten, meine Herren, schwere Zeiten.« Mit einem säuerlichen Gesichtsausdruck wandte sich Giesecke von ihnen ab und folgte den anderen Kollegen zum Schutzraum.

Brehm und Oppenheimer blickten sich an. Obwohl sie vor den Kollegen nicht laut zu lachen wagten, mussten sie doch grinsen.

»Was hatte das jetzt mit meiner Blase zu tun?«, raunte Brehm.

Oppenheimer setzte seinen Weg zum Aufenthaltsraum fort. »Das weiß wohl nur der Giesecke«, sagte er.

Brehm lief neben ihm her. Wie immer war er redselig. »Na ja, er

kann ja nicht von uns verlangen, während der Dienstzeit in eine Flasche zu pinkeln, damit wir immer auf unserem Posten sind.«
Bei diesem Satz fror Oppenheimer mitten in der Bewegung ein. In seiner Vorstellung sah er den Umriss einer Flasche. Natürlich, Hausers Morphiumflasche war die Lösung. Schlagartig erinnerte er sich an das merkwürdige Geschreibsel auf den herausgerissenen Buchseiten, in denen die Medizinflasche eingewickelt war.
Es war schon mal vorgekommen, dass Oppenheimer mit einem Indiz konfrontiert wurde, das Hauser mit irrationalem Hokuspokus in Verbindung brachte. Damals war er so sehr mit anderen Dingen beschäftigt gewesen, dass er es kaum beachtet hatte. Doch wenn man berücksichtigte, dass Hauser eine Anstecknadel mit einem Symbol für den Göttervater Odin besaß, erschien alles in einem neuen Licht. Das konnte kein Zufall mehr sein. Und mit dem Papier, in dem die Flasche eingewickelt gewesen war, besaß er sogar einen handfesten Beweis. Die chaotisch in Oppenheimers Kopf durcheinanderwirbelnden Gedanken waren jetzt geordnet. Die fehlende Stelle war ausgefüllt, und nun ergab alles einen Sinn.
Doch wo waren die Seiten hingekommen?
Oppenheimer konnte sich so weit erinnern, dass er die Blätter im Hinterzimmer von Edes Kneipe achtlos in seinen Koffer gesteckt hatte – zusammen mit den übrigen Papierresten, die er zum Anzünden seines Ofens verwendete. Ein Gedanke durchfuhr ihn. Hatte er das Papier etwa bei sich daheim verbrannt, ohne zu ahnen, dass es ein Beweismittel war?
Es gab nur eine Möglichkeit, das herauszufinden.
Brehm hatte sich überrascht umgedreht, als Oppenheimer wie vom Blitz getroffen stehen geblieben war. Noch überraschter war er jedoch, als sein Kollege wie von der Tarantel gestochen zum Aufenthaltsraum rannte.

Oppenheimer hatte keine Zeit, sein merkwürdiges Verhalten zu erklären. Hektisch riss er den Luftschutzkoffer aus seinem Fach. Wegen seiner Nervosität dauerte es eine Weile, bis er die Gurte geöffnet und den Deckel hochgeklappt hatte. Mit zittrigen Händen kramte er im Koffer. Wie gewöhnlich herrschte dort ein Durcheinander aus zusammengesammelten Zeitungsresten, Rechnungen, alten Briefen und Kartonstücken.
Bei diesem Papierwust würde es wohl noch eine Weile dauern, bis er Gewissheit hatte. Oppenheimer musste jedes einzelne Stück Papier überprüfen, um die herausgerissenen Buchseiten zu finden.
Als er neben dem Koffer kniete und die Papierstücke zu einem Stapel aufhäufte, erklang neben ihm Brehms Stimme. »Woll'n Se nich mit innen Bunker?«
»Ich muss was Dringendes erledigen«, murmelte Oppenheimer geistesabwesend. »Ich komme dann nach.«
Brehm schenkte ihm zunächst einen verständnislosen Blick, doch dann tat er ihm den Gefallen, zu verschwinden.
Oppenheimer kramte weiter. Das Papier raschelte. Damit er nichts übersah, faltete er ein Blatt nach dem anderen auseinander. Die kleinformatigen Buchseiten, nach denen er Ausschau hielt, waren unter all den anderen Schriftstücken leicht zu übersehen.
Er zog eine alte Zeitung hervor, dann kam eine zerknüllte Rechnung aus einem Müllbehälter, deren Adressaten er nicht kannte.
Oppenheimer hielt inne.
Er sah die Ecke eines eng bedruckten Stück Papiers. Mit angehaltenem Atem zog er das Blatt hervor.
Und tatsächlich.
Jene Mischlinge müssen ausgerottet werden, um den Gottmenschen Platz zu machen, stand auf dem Papier.

An diesen Satz konnte sich Oppenheimer gut erinnern. Erleichtert atmete er auf. Er hatte die Buchseiten gefunden.

Nach dem Ende seiner Nachtschicht fuhr Oppenheimer direkt zum Ku'damm. Er wollte sofort mit Schmude reden, da die Angelegenheit keinen Aufschub duldete.

Als er aus den Katakomben der U-Bahn hinaustrat, war ein starker Wind aufgekommen. Eine Bö jagte die Flaniermeile entlang und zerrte an seinem Hut. Schmudes Laden lag nur wenige Dutzend Meter von der U-Bahn-Station entfernt, doch der Weg dorthin war äußerst unangenehm. Oppenheimer hielt seine Kopfbedeckung krampfhaft fest und stemmte sich gegen den Wind. Zu seiner Enttäuschung sah er, dass der Laden montags erst ab zehn Uhr geöffnet hatte. Er musste also noch eine knappe Stunde warten. Um sich vor den Naturgewalten zu schützen, bog er um die nächstbeste Hausecke.

Im Windschatten verharrend, ging er in Gedanken noch einmal die Fakten durch. Obwohl er sich nicht auf einen einzigen Lösungsansatz versteifen durfte, glaubte Oppenheimer, auf dem richtigen Weg zu sein. Die Buchseiten und das Emblem auf der Anstecknadel konnten einen Hinweis darauf liefern, mit wem Hauser sonst noch in Kontakt gestanden hatte. Möglicherweise gab es ja außer Hilde noch weitere Verdächtige. Doch das wäre schon der zweite Schritt. Als Erstes musste Oppenheimer in Erfahrung bringen, wer den *Valknut* als Emblem benutzte.

Hinter dem flatternden Mantelkragen hervor blinzelte er zur Hauptstraße. Die Minuten vergingen qualvoll langsam. Als Oppenheimer endlich sah, wie sich Schmude seinem Modegeschäft näherte, war er als Erster an der Eingangstür.

»Schnell«, brachte er zwischen den zusammengebissenen Zähnen hervor, »wir müssen über Hilde reden.«

Der völlig überrumpelte Schmude stellte keine Fragen, sondern führte Oppenheimer direkt ins Hinterzimmer. Während dieser in hastigen Worten von den neuen Indizien berichtete, zündete Schmude den Ofen an und setzte Wasser auf. Um nicht preiszugeben, wie weit er selbst in den Mordfall Hauser verwickelt war, griff Oppenheimer auf die Notlüge zurück, dass er mit Hilde schon einmal über den Aberglauben ihres Gatten geredet habe und jetzt erst eine Verbindung herstellen konnte.
»Das klingt sehr interessant«, sagte Schmude schließlich. »Aber ich weiß nicht, was das bringen soll. Können wir Hilde damit wirklich helfen?«
»Ich kann es nicht sagen«, gab Oppenheimer zu. »Doch wir sollten die Sache wenigstens überprüfen. Natürlich wäre es unklug, unsere ganze Energie darauf zu verschwenden. Ich werde zunächst auf eigene Faust nachforschen. Falls sich konkrete Verdachtsmomente ergeben, können wir verstärkt in diese Richtung ermitteln.«
Schmude goss dampfenden Muckefuck in ihre Becher. »Und was kann ich dabei tun?«
»Ich kenne mich mit Wahrsagerei und Runenlesen überhaupt nicht aus. Ich bin nur ein Mal diesem Hanussen begegnet, das war's auch schon.«
Wie vom Blitz getroffen, blickte Schmude von seiner Tasse auf. »Hanussen? *Den* Hanussen meinst du? Der den Reichstagsbrand vorhergesagt hat?«
Natürlich war ihm dieser Name ein Begriff. Obwohl es bereits mehr als zehn Jahre her war, erinnerten sich noch viele Leute an den Hellseher. In Berlin war Hanussen einige Jahre vor Hitlers Machtergreifung auf der Bildfläche erschienen – als einer von vielen.
Die Hauptstadt besaß bereits in den zwanziger Jahren eine große Anziehungskraft auf Anhänger des Okkultismus und Wahr-

sager aller Art. Es war eine typische Modeerscheinung. Damals galt es als der letzte Schrei, sich die Zukunft vorhersagen oder sich in Hypnose versetzen zu lassen. Doch im Vergleich zu den übrigen Zauberern und Scharlatanen hatte Hanussen einen geradezu kometenhaften Aufstieg erlebt. Wahrscheinlich lag es neben seiner Routine als Bühnenkünstler auch daran, dass er sich den Nationalsozialisten anbiederte, als sie im Begriff waren, sich als entscheidende politische Kraft zu etablieren. Seine Auftritte im Varieté *Scala* waren zwei Mal täglich ausverkauft. Man munkelte sogar, dass er mit seinen astrologischen Börsentipps die Aktienkurse beeinflussen konnte.

Oppenheimer hatte Hanussen bei einem der letzten Kriminalfälle vor seiner zwangsweisen Entlassung kennengelernt. Und einige Wochen nach Hitlers Ernennung zum Reichskanzler wurde südlich von Berlin Hanussens Leiche aufgefunden. Der Täter war offenbar ein SA-Sturmführer, doch die genauen Umstände des Mordes blieben im Dunkeln.

Mit gespielter Bescheidenheit erklärte Oppenheimer: »Na ja, das ist eine andere Geschichte. Ich habe mal in diesen Kreisen ermittelt, halte das alles aber für ausgemachten Quatsch. Deswegen habe ich mich nicht mehr damit beschäftigt und weiß auch nicht, wer von diesen Leuten noch als Hellseher im Geschäft ist. Im Prinzip brauchen wir jemanden, der sich mit diesen okkulten Dingen besser auskennt als ich. Am besten einen seriösen Fachmann, falls es so etwas gibt. Fällt dir da zufällig jemand ein?«

Schmude kratzte sich mit den Fingern seiner zierlichen Handprothese am Kopf. »Auf Anhieb kommt mir niemand in den Sinn. Doch ich habe einen Kunden. Ein ausländischer Korrespondent. Kauft hier immer Damenkleider, wenn er gerade eine neue Flamme hat. Vielleicht kann er uns weiterhelfen.«

Oppenheimer nickte und trank den schwachen Muckefuck.

»Es ist gut, dass du gekommen bist«, fuhr Schmude fort. »Ich wollte ohnehin mit dir unter vier Augen reden.«

Oppenheimer blickte ihn wachsam an. Was konnte so vertraulich sein? Zögernd fragte er: »Worum geht's?«

Schmude rückte mit seinem Stuhl näher heran und beugte sich vor. »Ich möchte nicht, dass Kuhn davon erfährt. Es könnte gefährlich werden. Aber ich habe deinen Rat befolgt und nachgeforscht, was Hilde nach Pankow geführt hat. Und es gibt Hinweise darauf, dass sie in etwas verwickelt ist.«

Innerlich atmete Oppenheimer beruhigt auf. Es hatte nichts mit ihm zu tun. »Das hat Hilde bereits durchblicken lassen«, antwortete er. »Ich vermute eine illegale Aktivität. Wahrscheinlich will sie andere Personen schützen.«

Schmude nickte. »Es sieht ganz danach aus. Deswegen wollte ich es Kuhn gegenüber nicht erwähnen. Du weißt schon, schließlich ist er Parteimitglied. Ich würde gern weiterforschen, doch es besteht die Gefahr, dass ich Hilde damit erst recht in die Bredouille bringe. Aber wenn wir wissen, wo sie sich aufgehalten hat, ehe sie im Bunker auftauchte, können wir vielleicht noch weitere Zeugen finden. Vielleicht sogar jemanden, der sich vom Volksgerichtshof nicht einschüchtern lässt. Das wäre der letzte Strohhalm. Sonst weiß ich nicht mehr weiter.«

Oppenheimer leuchtete das ein. Zustimmend klopfte er Schmude auf die Schulter.

»Tu das. Aber erstatte nur mir Bericht. Und kein Wort darüber zu Kuhn.«

24

Donnerstag, 1. März 1945

Fast fühlte sich Oppenheimer in ein anderes Jahrhundert zurückversetzt. Es war schwierig, sich an das laute Klappern der Pferdehufe und das Wippen der Springfedern zu gewöhnen. Zuerst hatte er an einen schlechten Scherz geglaubt, als Anwalt Kuhn ankündigte, dass ihnen für dringende Fahrten im Fall Hilde künftig eine Droschke zur Verfügung stehen würde. Zudem befürchtete er, Aufsehen zu erregen, wenn er von Pferden gezogen durch die Straßen fuhr. Aber zu dieser späten Stunde befand sich ohnehin kein Passant mehr auf den Gehwegen.

Schmude war es in den vergangenen drei Tagen tatsächlich gelungen, einen Spezialisten für okkulte Gesellschaften zu finden. Ein dänischer Auslandsreporter namens Trygve Larsen hatte sich für eine Reportage näher mit diesem Thema befasst.

Nun befand sich Oppenheimer auf dem Weg zu dem von Schmude arrangierten Treffen. Sicherheitshalber hatte er sich dick angezogen, denn obwohl das Verdeck der Droschke geschlossen war und allmählich Frühlingswetter herrschte, gab es immer wieder vereinzelte Schneeschauer und frostige Nächte.

Die Droschke war ein schwarzes Holzgefährt, dem deutlich anzusehen war, dass es seine besten Tage bereits hinter sich hatte. Wahrscheinlich stammte Kuhn aus einer begüterten Familie, die sich einen Kutscher und eigene Pferde leisteten, nur um am Sonntagmorgen damit zur Andacht zu fahren. Als motorisierte Fahrzeuge irgendwann erschwinglich wurden, hatte man die

Droschke vermutlich in einem Schuppen aufbewahrt und jahrzehntelang nicht mehr daran gedacht.
Oppenheimer wunderte sich allerdings, wo Kuhn den Kutscher aufgetrieben hatte. Es war ein älterer Herr mit Zylinder und einem üppigen Rauschebart.
Sicherlich gab es noch viele andere Pferdekutschen, die jetzt wieder in Betrieb genommen wurden, denn trotz der öffentlichen Verkehrsmittel hatte bis Anfang der zwanziger Jahre in Berlin noch ein reges Droschkengewerbe existiert, bis es schließlich von motorisierten Taxis verdrängt wurde. Oppenheimer konnte sich noch gut an die Geschichte des Kutschers Gustav Hartmann aus dem Ortsteil Wannsee erinnern. Mit seiner Droschke und dem Wallach namens Grasmus war er im Jahre 1928 zu einer Reise nach Paris und zurück aufgebrochen, um gegen den zunehmenden Autoverkehr zu protestieren. Hartmann hatte sich selbst gern augenzwinkernd als *verrückter Droschkenkutscher* bezeichnet und war so geschäftstüchtig, dass er zu diesem Zeitpunkt auch schon ein motorisiertes Taxi besaß. Er wies also nur wenig Ähnlichkeit auf mit der zur Legende verklärten Figur in Hans Falladas Roman *Der eiserne Gustav*. Wäre Hartmann nicht vor ein paar Jahren gestorben, hätte er sich in der neuen Situation, in der die Autos fehlten und der öffentliche Verkehr immer wieder zusammenbrach, sicher besser zurechtgefunden als Oppenheimer.
Doch letztendlich war es eine vergleichsweise komfortable Alternative, um sich durch die Stadt zu bewegen. Insbesondere galt dies an Abenden wie diesem, wenn es den üblichen Fliegeralarm gab. Oppenheimer rechnete nach und kam zu dem Schluss, dass es heute bereits der fünfzehnte Moskito-Angriff in Folge war. Weil die Entwarnung diesmal recht spät erfolgte, musste man damit rechnen, dass manche Linien der S- und U-Bahn ihren Betrieb gar nicht erst wiederaufnahmen.

In den letzten Tagen war viel geschehen, was man von ihren Untersuchungen im Mordfall Hauser leider nicht behaupten konnte. Am Montag hatte Oppenheimer das Glück gehabt, dass er nach seiner Unterredung mit Schmude noch rechtzeitig nach Hause gekommen war. Er hatte in seiner Bude gerade den Ofen angeheizt, als es einen Alarm gab. Es war der langerwartete Großangriff gewesen. Sein Mietshaus in Tempelhof blieb zum Glück verschont, denn das Hauptziel des Angriffes waren die Innenstadt und die großen Bahnhöfe im Osten.

In den folgenden Tagen gab es aufgrund der Verkehrsprobleme kaum eine Möglichkeit, sich am Nachmittag bei Kuhn zu treffen und sich über die laufenden Nachforschungen auszutauschen. Auch der Weg zur Arbeit wurde zunehmend abenteuerlich. Oppenheimer machte sich mittlerweile routinemäßig eine Stunde früher auf den Weg, weil er immer damit rechnete, eine längere Strecke zu Fuß gehen zu müssen.

In dieser Situation fand er es bedauerlich, dass er kein Fahrrad besaß. Doch einen Drahtesel zu bekommen war nicht gerade einfach. Nach der überraschenden Personenkontrolle in der S-Bahn hatte Oppenheimer mehr als ein Mal mit dem Gedanken gespielt, Hildes Häuschen einen Besuch abzustatten, um sich ihr altes Fahrrad zu borgen, aber er wagte nicht, sich noch einmal dort blicken zu lassen. Bei dieser Gelegenheit dachte er wieder mit großer Wehmut an das Grammophon und all seine Schallplatten, an die er jetzt nicht mehr herankam.

Nervös rutschte Oppenheimer auf seinem Sitz hin und her. Er hoffte, dass ihn der Reporter namens Larsen endlich über das Valknut-Emblem aufklären würde. Am sichersten konnte man Larsen im Auslandspresseclub antreffen, der sich in Dahlem befand. Als die vertrauten Straßenzüge an Oppenheimer vorbeizogen, wunderte er sich darüber, dass ihn seine Ermittlungen immer wieder in diesen Ortsteil führten. Doch das war deutlich besser, als sich in der Stadtmitte zwischen den unzähligen Trümmern und Kratern bewegen zu müssen.

Im Auslandspresseclub gab es nur Kerzenbeleuchtung. Wahrscheinlich war die Stromversorgung unterbrochen, oder man versuchte es gar nicht mehr, das elektrische Licht einzuschalten. Oppenheimer betrat den Vorraum und wollte schnurstracks zur Garderobe gehen, als jemand hinter ihm herrief.

»Entschuldigung, aber Sie können hier nicht so einfach reinkommen!«

Überrascht drehte sich Oppenheimer um. Ein kurzgeratener Mann im Frack lief aufgeregt auf ihn zu. Vermutlich der Portier.

»Ich muss zuerst Ihren Presseausweis sehen«, sagte er und versuchte dabei, zugleich höflich als auch streng zu wirken. Doch aufgrund seines millimeterdünnen Oberlippenbartes machte er einen eher komischen Eindruck.

»Einen Presseausweis habe ich leider nicht«, sagte Oppenheimer. »Ich bin hier, um Herrn Larsen zu sprechen. Wir haben einen Termin.«

»Wenn Sie bitte hier warten würden.« Daraufhin entfernte sich der Portier mit einer angedeuteten Verbeugung.

Da es verhältnismäßig warm war, zog Oppenheimer seinen Mantel aus, aber weil er nicht sicher sein konnte, vorgelassen zu werden, legte er ihn über seinen Arm. Die junge Frau hinter dem Garderobentresen schenkte ihm ohnehin keine Aufmerksamkeit, denn sie versuchte, bei dem schummrigen Kerzenlicht ein Buch zu lesen.

Er war gerade dabei, seinen Schal umständlich vom Hals zu wickeln, als der Portier einen Herrn mit einer verwegenen Haartolle über der Stirn in den Vorraum führte. Seine Brust war so breit, dass die Knöpfe des Anzugs abzuspringen drohten. Trotz des jungenhaften Aussehens schätzte ihn Oppenheimer auf etwa Mitte fünfzig. »Mein Name ist Larsen«, sagte der

Mann und streckte Oppenheimer seine Pranke entgegen. »Ich nehme an, Sie sind Herr Meier?«
»Ja, das ist korrekt«, antwortete Oppenheimer und schüttelte Larsens Hand.
»Ist oben ein Séparée frei?«, fragte Larsen den Portier.
»Aber natürlich, bitte folgen Sie mir.«
Der Portier nahm eine der Kerzen von seinem Pult in der Nähe des Eingangs und wies ihnen den Weg zur Treppe. Doch Oppenheimer blieb unschlüssig stehen.
»Was ist mit meinem Mantel?«, fragte er.
»Nehmen Sie ihn ruhig mit hoch«, antwortete Larsen, noch ehe der Portier etwas sagen konnte. »Sie haben Glück, dass ich noch hier bin. Ich packe gerade meine Koffer. In den nächsten Tagen muss ich verschwinden.«
Weil Oppenheimer in dem Zwielicht aufpassen musste, auf der Treppe nicht zu stolpern, hielt er sich zur Sicherheit am Geländer fest. »Warum wollen Sie gerade jetzt fort?«, fragte er Larsen, während er hinter ihm die Treppe hinaufschritt. »Da es jetzt in Berlin für einen Reporter so richtig interessant wird.«
»Ein Vögelchen hat mir gezwitschert, dass mich die Russen auf eine Todesliste gesetzt haben. Ich habe über das Massaker von Katyn berichtet, als Stalins Massengräber von den Wehrmachtstruppen entdeckt worden waren. Da mache ich mich lieber aus dem Staub, ehe sie hier einmarschieren. Ich will mein Glück nicht überstrapazieren.«
Das Séparée war stockdunkel. Doch als der Portier die Kerzen entzündete, erkannte Oppenheimer einen Tisch für vier Personen. Während Larsen lässig Platz nahm, verbeugte sich der Portier und verschwand mit der Ankündigung, dass sogleich ein Kellner kommen würde.
»Mir wurde gesagt, dass Sie von mir etwas über okkulte Gesellschaften erfahren möchten«, begann Larsen die Unterhaltung.

»Wenn Sie mir dabei helfen könnten, wäre ich sehr dankbar«, sagte Oppenheimer. Er warf seinen Mantel über eine Stuhllehne und setzte sich zu Larsen. »Es geht um einen Gerichtsfall, bei dem ich im Auftrag der Kanzlei Kuhn die Fakten überprüfen soll. Ich habe Hinweise darauf gefunden, dass eine dieser okkulten Gesellschaften darin verwickelt sein könnte, aber ich bin noch nicht weitergekommen.«

Larsen zwinkerte ihm zu. »Nun ja, zum Glück können wir uns hier ungestört unterhalten. Man weiß ja nicht, wer sonst zuhört. Bevor wir darüber reden, muss ich Sie jedoch warnen. Bei diesem Thema kommt man mit dem gesunden Menschenverstand nicht weiter. Am besten ist es, ihn einfach vor der Tür zu lassen.«

Schmude hatte Oppenheimer versichert, dass Larsen eine zuverlässige Person war. Obwohl Dänemark unter deutscher Besatzung stand, galt er unter Kollegen als Kritiker der faschistischen Ideologie, Hinweise darauf suchte man in seinen Artikeln allerdings vergebens. Oppenheimer konnte nachvollziehen, dass Journalisten heutzutage aus Selbsterhaltungstrieb ohnehin nur noch Artikel verfassten, von denen sie wussten, dass sie bei der Zensur nicht beanstandet wurden. Um Larsens Gesinnung zu testen, antwortete Oppenheimer, wie er es auch in einem vertraulichen Gespräch mit Hilde getan hätte. »Meinen gesunden Menschenverstand habe ich sowieso bereits eingemottet. Der hat mir schon seit mehr als zwölf Jahren nicht mehr weitergeholfen.«

Larsen lachte gerade, als eine blonde Kellnerin erschien. An dem vertraulichen Blick, den sie sich zuwarfen, erahnte Oppenheimer, dass sie sich auch privat kannten. Larsen bestellte einen Kognak, und da es hier richtigen Bohnenkaffee gab, orderte Oppenheimer gleich ein Kännchen. Offenbar wussten die Auslandsjournalisten, wie es sich gut leben ließ, und Oppenheimer hatte schon lang keine Hemmungen mehr, wenn es um echten Kaffee ging.

Nach einer kurzen Schilderung der Umstände im Fall Hauser präsentierte Oppenheimer seine beiden Fundstücke. Larsen musterte die ausgerissenen Buchseiten, mit denen Hauser die Morphiumflasche eingewickelt hatte, und Oppenheimers Skizze des Emblems auf der Stecknadel.

»Hm, es sieht tatsächlich so aus, als sei dieser Dr. Hauser Mitglied eines ariosophischen Kultes gewesen«, sagte Larsen, schließlich. »Jedoch scheint es keine Sekte zu sein, die ich schon kenne.«

Oppenheimer horchte auf. »Gibt es da mehrere? Ich hatte mich in den letzten Tagen ein wenig umgehört, aber ich bin nur über Hinweise auf eine sogenannte Thule-Gesellschaft gestolpert.«

Larsen nickte. »Stimmt, es wird gelegentlich spekuliert, dass die Thule-Gesellschaft der eigentliche Strippenzieher ist und Hitler nur ihr Hampelmann. Diese Gesellschaft ist ein Geheimbund aus München und war dort vor allem während der Räterepublik aktiv. Aber danach wurde sie bald wieder aufgelöst. Aktivisten der *Thule-Gesellschaft* legten den Grundstein für die *Deutsche Arbeiterpartei,* die später in NSDAP umbenannt wurde. Außerdem besaßen sie eine Zeitschrift, die von Hitlers Partei übernommen und zum *Völkischen Beobachter* gemacht wurde. Abgesehen davon entlehnte Hitler von ihnen das Hakenkreuz als Symbol des Nationalsozialismus. Aber Hinweise drauf, dass die Thule-Gesellschaft noch aktiv ist, konnte ich nicht finden. Höchstwahrscheinlich wurde sie von Hitler ausgebootet.«

Es klopfte an der Tür, und die Kellnerin erschien wieder. Sie stellte vor Oppenheimer ein Kännchen mit dampfendem Kaffee und gab Larsen seinen Kognak.

Nach dieser Unterbrechung fragte Oppenheimer: »Also abgesehen von der Thule-Gesellschaft – könnte man noch andere

Sekten mit den Indizien in unserem Fall in Verbindung bringen?«
Larsen schmunzelte. »Diese Vorstellungen kursierten schon weit vor dem Aufkommen der Nationalsozialisten. In den letzten Jahrzehnten gab es so viele Logen und okkulte Verbindungen, dass es schwerfällt, den Überblick zu behalten.«
Um seine Gedanken zu ordnen, nippte Oppenheimer an dem Kaffee. Dann fragte er: »Wo kommen diese Organisationen her, wenn sie nichts mit der Partei zu tun haben? Und wie kam Dr. Hauser damit in Verbindung?«
»Wie Dr. Hauser dazu kam, kann ich leider nicht beantworten. Im deutschsprachigen Raum befand sich die Keimzelle dieser rassischen Religionen in Wien. Vor Kriegsbeginn war ich dort eine Zeitlang als Korrespondent tätig. So bin ich auf dieses Thema gekommen.« Mit einem Anflug von Eitelkeit fügte Larsen hinzu: »Ein Artikel von mir über dieses Thema hat sogar einiges Aufsehen erregt, aber das nur nebenbei. Jedenfalls war die Situation in Österreich um die Jahrhundertwende sehr angespannt, weil der damalige Vielvölkerstaat zu bröckeln begann. Es war der ideale Nährboden für Rassismus. Alles, was fremd und in irgendeiner Weise anders war, wurde verunglimpft. Völkische Phantastereien gab es zuhauf. Hinzu kam ein diffuses Gefühl, dass die katholische Kirche der deutschsprachigen Bevölkerung feindlich gesinnt sei. Was lag also näher, als eine neue Religion zu erfinden, die auf rassistischen Vorurteilen basiert?«
Oppenheimer blickte Larsen aufmerksam an.
»Aber die Leute haben doch sicher bemerkt, dass das alles Unfug ist«, wandte er ein. »Nur eine Minderheit kann an so etwas geglaubt haben.«
»Natürlich«, sagte Larsen. »Dieser Okkultismus wurde allgemein als Spinnerei abgetan, als skurrile Randnotiz. Doch die

damit verbundenen Vorstellungen gärten im Untergrund weiter und verbreiteten sich schließlich im gesamten deutschsprachigen Raum. Die Anhänger der sogenannten *Ariosophie* glauben, dass es in der Vergangenheit mal ein goldenes Zeitalter gab, in der die arische Rasse klar überlegen war. Die Ahnen werden als Gottmenschen mit ungeahnten Kräften verklärt. Und das Ziel ist nun, diesen ursprünglichen Zustand wiederherzustellen. Die beiden wichtigsten Vertreter waren Guido von List und Jörg Lanz von Liebenfels. List war eine Art Vorreiter, ein merkwürdiger Kerl mit einer Vorliebe für die germanische Mythologie und für Runenmagie. Er entwickelte eine Lehre, die er nach der obersten Gottheit der Germanen *Wuotanismus* nannte. Damit wollte er die heidnische Religion der Teutonen wiederbeleben. Mit der Zeit gab es bei ihm auch immer stärker antisemitische Töne. Später entwarf er dann einen Plan für ein autoritär strukturiertes *alldeutsches Reich*. Die minderwertigen Nicht-Arier sollen seiner Meinung nach unterworfen und versklavt werden. Ich habe bei meinen Nachforschungen nie so richtig verstanden, warum es diesen starken Ahnenkult gibt. Auch die Nationalsozialisten reden ständig davon. Sie sind ja Deutscher, können Sie mir erklären, was so interessant an den Germanen ist?«

Oppenheimer leerte seine Tasse. »Keine Ahnung, ehrlich gesagt bin ich über die Errungenschaften der Zivilisation sehr froh. Doch wenn es Hitlers Ziel war, dass sich die Abkömmlinge der Arier wieder in zugigen Wohnhöhlen um ein Lagerfeuer scharen, hat er Erfolg gehabt. Man muss sich nur mal in Berlin umschauen. Sieht fast genauso aus.«

»Ja, und wir beide machen es hier im Dunkeln vor!« Larsen lachte bei diesem Gedanken laut auf. »Wollen Sie noch ein Kännchen Kaffee? Met ist leider nicht im Angebot.«

»Kaffee reicht mir völlig«, sagte Oppenheimer mit einem Grinsen. Larsen verließ den Raum, um die Getränke zu bestellen. Es dauerte eine Weile, ehe durch die Tür gedämpftes Murmeln in das Séparée drang. Kurz darauf trat Larsen wieder ein und brachte den Kaffee und noch einen Kognak mit.

»Entschuldigen Sie, dass es gedauert hat«, sagte er und setzte sich. »Bei mir spielt sich gerade ein kleines Drama ab. Leider bekomme ich keinen Passierschein für eine gute Freundin von mir.«

Oppenheimer nickte. Er ahnte, dass von der Kellnerin die Rede war, wollte aber nicht nachfragen.

»So, wo waren wir?« Bei dieser Frage blickte Larsen kurz zur Decke. »Ah ja, die Wiener Ariosophen. List hatten wir bereits, jetzt kommt der zweite. Jörg Lanz von Liebenfels, auch ein merkwürdiger Vogel. Er war eigentlich Zisterzienserpriester, wurde jedoch rausgeworfen, weil er es mit dem Keuschheitsgebot nicht so eng sah. Aber Lanz interessierte sich auch weiterhin für religiöse Ordensgemeinschaften und hat dann um die Jahrhundertwende einfach seinen eigenen Orden gegründet, den sogenannten *Neutempler-Orden*, mit dem er eine neue Art von Kreuzrittertum begründen wollte. Sie können es sich als Maskenball vorstellen, bei dem alle mit weißen Kutten herumlaufen, auf denen Runensymbole gestickt sind. Er ist auch sehr vom katholischen Zeremoniell und vom asketischen Leben im Kloster beeinflusst.

Aber vor allem hat es Lanz die Unzucht angetan. In seinem Hauptwerk, der *Theozoologie*, will er nachweisen, dass im Altertum Sodomie zwischen Menschen und Tieren gang und gäbe war. Die Menschenfrauen hätten sich aufgrund ihrer angeborenen Wollust nichts dabei gedacht, sich mit diesen Tierwesen zu paaren.«

Mit zunehmender Verwunderung folgte Oppenheimer Larsens Ausführungen. »Interessant«, sagte er. »Er beklagt die vermeintliche Wollust der Frauen, doch nach allem, was ich gehört habe, kommt es mir so vor, als sei dies ein Ventil für seine eigenen versauten Gedanken.«

»Tja, es wäre nicht das erste Mal, dass jemand genau das anprangert, wovon er insgeheim fasziniert ist«, sagte Larsen und trank dann einen Schluck von seinem Kognak. »Lanz hat aus seinen sexuellen Phantasien gleich eine eigene Religion gezimmert. Die Sodomie zwischen Mensch und Tier war ihm zufolge fruchtbar. Dass das biologisch überhaupt nicht möglich ist, kratzt Lanz dabei nicht. Als Resultat wurden Tiermenschen erschaffen und das Blut der ursprünglichen Gottmenschen wurde durch diese Verbindungen verunreinigt. Seiner Meinung nach sind die Arier die Abkommen der Gottmenschen, während die farbigen Rassen Emporzüchtungen der Tiermenschen sind. Weil die arische Frau im Unterbewusstsein immer noch diese Tiermenschen bevorzuge, sieht er eine Art Zuchtprogramm vor, in denen Frauen als Zuchtmütter für rassisch einwandfreien Nachwuchs benutzt werden. Die Fortpflanzung der minderwertigen Tiermenschen, und da schließt er auch Slawen und Juden mit ein, soll verhindert werden. Die Mittel dazu sind Kastration oder gleich die vollständige Vernichtung.«

Bei der Erwähnung des Zuchtprogramms musste Oppenheimer an den *Lebensborn* denken, denn die Ziele des NS-Vereins deckten sich im Wesentlichen mit den Vorstellungen der Ariosophen.

»Das klingt aber stark nach dem Programm der Nationalsozialisten«, sagte Oppenheimer nach einigen Sekunden des Schweigens. »Die Reinerhaltung der Rasse und das Ausmerzen minderwertiger Elemente – hier steckt doch dasselbe Prinzip dahinter.«

Larsen nickte. »Das könnte man so sehen. Allerdings hatte Lanz das schon einige Jahrzehnte vor Hitler ausformuliert. In den folgenden Jahren veröffentlichte Lanz eine Zeitschrift mit dem Namen *Ostara*, die fast überall in Wien erhältlich war. Auch Hitler war zu dieser Zeit dort. Es ist mehr als wahrscheinlich, dass er einige Exemplare davon gelesen hat.«

Oppenheimer beugte sich vor. »Dann ist es das? Hitlers Ideologie basiert auf den Vorstellungen der Ariosophen?«

Larsen neigte den Kopf zur Seite. »Das kann man so nicht sagen. Der Einfluss ist umstritten. Ob Hitlers Nationalsozialismus und die Ariosophie direkt miteinander verbunden sind oder nur aus den gleichen Quellen schöpfen, ist schwer zu klären. Hitler hat sich für die okkulte Seite anscheinend nie sonderlich interessiert. Er übernahm zwar den Überbau, doch er hat versucht, ihn auf eine wissenschaftliche Basis zu stellen.«

Oppenheimer wusste, worauf Larsen anspielte, ohne es direkt zu sagen. Die Nationalsozialisten verkauften Rassenkunde, Schädelvermessung und einen stark vereinfachten Darwinismus als ernsthafte Lehre, obwohl sie damit letztendlich nur das Ziel verfolgten, die irrationale Vorstellung der Überlegenheit einer Herrenrasse nachzuweisen. Aber der starke Bezug auf pseudowissenschaftliche Ansätze war für Oppenheimer nachvollziehbar. Schließlich wirkte ein Hochschulprofessor im weißen Kittel seriöser als ein dahergelaufener Schamane.

»Aber das Interessante dabei ist, dass Hitler diese ariosophischen Kulte trotz der deutlichen Parallelen ablehnt«, fuhr Larsen fort. »Nach der Machtergreifung wurden sie unter Beobachtung des SD gestellt und einige Jahre später vollständig verboten.«

Oppenheimer horchte auf. Hausers Verbindungen erschienen damit in einem neuen Licht. »Dann war Dr. Hauser möglicherweise in einer Organisation involviert, die offiziell verboten ist?«

»Das steht für mich außer Zweifel.« Larsen hob Oppenheimers Skizze der Anstecknadel in die Höhe. »Das hier ist ein *Valknut*, er wird auch *Wotansknoten* genannt. Die genaue Symbolik ist zwar nicht geklärt, doch das Zeichen tritt immer in Verbindung mit dem Göttervater auf. Es ist für mich ein klarer Hinweis darauf, dass sich dieser Dr. Hauser mit der heidnischen Religion beschäftigt hat. Damit Sie mich nicht falsch verstehen: Heidnische Symbole und die alte germanische Religion haben ursprünglich nichts mit dem Nationalsozialismus zu tun. Das Heidentum wurde von den Nationalsozialisten letztendlich für die eigenen Zwecke benutzt.«

»Und was ist dann mit diesen Buchseiten, die ich gefunden habe?«, fragte Oppenheimer ungeduldig.

Larsen winkte ab. »Darauf komme ich jetzt. Die Anstecknadel mit dem Valknut wäre an sich noch kein ausreichender Hinweis auf eine Verstrickung mit einer okkulten Vereinigung. Doch wenn ich mir diese Blätter hier ansehe, dann besteht kein Zweifel mehr.« Larsen zeigte jetzt auf die herausgerissenen Buchseiten, die vor ihm auf dem Tisch lagen. »Das hier sind eindeutig Ausschnitte aus dem Hauptwerk von Lanz, die *Theozoologie*. Da gehe ich jede Wette ein. Dr. Hauser hat sich zugleich mit *Wuotanismus* und dem *Neutempler-Orden* beschäftigt. Wahrscheinlich ist er auch Mitglied bei einer Organisation, von der ich noch nichts weiß. Vielleicht gibt es ja einen neuen Geheimbund, der diese beiden Elemente miteinander verbindet.«

»Das würde bedeuten, dass diese okkulten Gesellschaften immer noch im Untergrund aktiv sind?«

»Das würde mich nicht wundern.«

»Ich habe ein gewisses Problem«, sagte Oppenheimer zögerlich. »Dr. Hauser war ein SS-Hauptsturmführer. Wie wahrscheinlich ist es, dass er sich für solche Dinge interessiert hat, obwohl sie offiziell verboten sind?«

Larsen lehnte sich zurück. »Obwohl Hitler nichts von diesen

Kulten wissen will, gibt es ranghohe Nazis, die zumindest als Sympathisanten gelten dürfen.«

»Sie meinen sicher Heß und Himmler?«, fragte Oppenheimer.

»Stimmt: Es gibt immer wieder Gerüchte, dass sie sich mit solchen Dingen beschäftigen. Aber Heß ist ja nun weg vom Fenster.« Larsen beugte sich vor und wisperte: »Himmler hatte sogar einen eigenen Rasputin, einen Okkultisten, der sich *Weisthor* nannte und einer seiner engsten Berater war. Sein richtiger Name war deutlich weniger spektakulär, nämlich Karl Maria Wiligut. Doch er stellte sich als Scharlatan heraus. Außerdem hatte er in Salzburg in einer Irrenanstalt eingesessen, also musste Himmler ihn fallenlassen.«

Oppenheimer lachte ungläubig. »Was sind das alles nur für bizarre Gestalten«, sagte er und schüttelte den Kopf. »Wer könnte Dr. Hausers Rasputin gewesen sein? Haben Sie eine Ahnung?«

Larsen blickte bei dieser Frage nachdenklich in die Kerzenflamme. »Ich habe jemanden im Verdacht. Es gibt einen Hellseher mit dem Künstlernamen Thorwald. Seinen Vornamen kennt niemand, und ich schätze mal, dass der Nachname auch nicht sein richtiger Familienname ist. Er wohnt in Charlottenburg. Ende der zwanziger Jahre ist er nach Berlin gekommen, um aus der großen Nachfrage nach Hellsehern und Spiritisten Profit zu schlagen. Er nimmt horrende Honorare, was er sich bei seinen prominenten Klienten vermutlich leisten kann. Seit einer Rückenmarksverletzung ist er an den Rollstuhl gefesselt. Allerdings hat man mir erzählt, dass dieses Gebrechen seine mystische Aura eher noch verstärkt. So nach dem Motto, dass er ein Seher ist, dessen Geist die körperliche Hülle transzendiert. Das ist natürlich Unfug, doch er zieht eine große Schau ab, das muss man ihm lassen. Wenn tatsächlich jemand sein eigenes Süppchen kocht und eine neue ariosophische Gesellschaft aus der Taufe gehoben hat, dann wird das Thorwald sein.«

25

Freitag, 2. März 1945 –
Sonntag, 4. März 1945

Mit feindlichem Zischen öffneten sich an der Haltestelle Nikolassee die Türen der S-Bahn. Die aussteigenden Passagiere kamen nur langsam in Bewegung. Viel zu langsam für Oppenheimer.

Ungeduldig drängelte er sich durch die Menge und kümmerte sich nicht darum, ob Seibold mit ihm Schritt halten konnte.

Er musste zu Julius Kallweit. Sofort. Der Gaugeschäftsleiter war nun die einzige Chance, um Hilde zu retten.

Dabei hatte dieser Tag für Oppenheimer hoffnungsfroh begonnen, denn endlich glaubte er, bei der Lösung des Mordfalls ein gutes Stück weitergekommen zu sein. Nach langen Stunden des Grübelns fand er, dass die ariosophischen Phantastereien viel besser zu Hauser passten, als er zunächst angenommen hatte. Wenn jemand bereit war, Hitlers abwegiges Bild des Herrenmenschen zu akzeptieren, war es auch wahrscheinlich, dass er sich für die Ariosophie interessierte. Also hatte Oppenheimer beschlossen, als Nächstes diesem Hellseher namens Thorwald auf den Zahn zu fühlen. Sein Vorhaben wurde jedoch über den Haufen geworfen, als eine knappe Stunde nach dem üblichen Frühmorgenalarm in seiner Wohnung ein atemloser Seibold erschienen war. Obwohl die Bomber die Hauptstadt nicht überflogen hatten, war es ihm nicht gelungen, Oppenheimer am Telefon zu erreichen.

Jedenfalls verkündete er die schlechte Nachricht, dass der

Volksgerichtshof um halb zehn im großen Saal des Kammergerichts mit der Hauptverhandlung gegen Arthur Nebe begonnen hatte. Da Nebes Verrat eine peinliche Angelegenheit war, fand die Verhandlung zwar unter Ausschluss der Öffentlichkeit statt und wurde als *Geheime Reichssache* deklariert, doch Kuhn verfügte über genügend Kontakte, um informiert zu sein. Weil die Verhandlungen jetzt wieder aufgenommen worden waren, war zu erwarten, dass auch Hilde bald an der Reihe sein würde. Nach dieser Nachricht war Oppenheimer in Begleitung von Seibold – und mit falsch zugeknöpftem Hemd – zu Kuhns Kanzlei geeilt. Das vor Sorgen gezeichnete Gesicht des Anwalts sprach Bände. Erbarmungslos lief die Zeit ab. Sie mussten drastische Maßnahmen ergreifen, damit Hilde noch eine Chance hatte.

Oppenheimers erste Idee war, noch einmal Kallweit zu befragen und alles zu versuchen, damit er Hildes Alibi bestätigte. Schmude wiederum kündigte an, dass er noch Fährten nachgehen wolle. Sicher benutzte er diese Umschreibung, um die Identität von Hildes Kollaborateuren nicht preiszugeben.

Als Oppenheimer aus dem S-Bahnhof Nikolassee getreten war und den Hohenzollernplatz in Richtung der Rehwiese überquerte, hatte Seibold ihn wieder eingeholt. Oppenheimer wunderte sich immer noch darüber, wie eifrig er war, ihn zu Kallweit zu begleiten. Ob er dabei ausschließlich Hildes Schicksal im Sinn hatte? Oder hoffte er nur, in der Villa erneut einen Blick auf splitternackte Frauen zu erhaschen?

Vor dem Haus standen immer noch die beiden Wächter, und genau wie beim letzten Mal wurden Oppenheimer und Seibold ohne Kontrolle durchgelassen.

Als Oppenheimer die Villa betrat, zögerte er. Aus irgendeinem Grund bildete er sich plötzlich ein, dass das Haus etwas Unheilvolles ausstrahlte.

»Vorsicht«, raunte Oppenheimer Seibold zu, »hier stimmt was nicht.«
Er näherte sich der Tür zum Wohnzimmer. Als er sie öffnete, schlug ihm Verwesungsgeruch entgegen.
Seibold holte hektisch ein Taschentuch aus seiner Jackentasche und presste es sich auf Nase und Mund.
»Das ist nicht gut«, murmelte er.
Neben der Tür fand Oppenheimer den Lichtschalter. Als es hell wurde, konnte er als Erstes den Tisch direkt gegenüber dem Eingang sehen. Bei ihrem letzten Besuch hatte Kallweit dort Lebensmittel aufgehäuft, doch jetzt erblickte Oppenheimer nur noch von Schimmel bedeckte Reste. Obwohl jede Faser seines Körpers dagegen rebellierte, den Raum zu betreten, tat er einen Schritt nach vorn. Das Zimmer ließ sich leider erst hinter dem nächsten Mauervorsprung in seiner Gesamtheit überblicken.
Als Oppenheimer dort angelangt war, blieb er abrupt stehen. Etwas hatte seine Aufmerksamkeit erregt.
Hinter ihm fragte Seibold gedämpft: »Ist was?«
Oppenheimer fiel es schwer, diesen Anblick in Worte zu fassen. Er wies mit seinem Zeigefinger zum Kronleuchter. An einem der schmiedeeisernen Haken baumelte etwas. Auf den ersten Blick sah es wie eine Hakenkreuzfahne aus. Doch sie umhüllte einen menschlichen Körper.
Direkt unter dem Kronleuchter hatte jemand einen Scheiterhaufen aus zerborstenen Stühlen und zerfetzter Polsterung aufgeschichtet. Auf dem Boden lag wenige Zentimeter entfernt davon ein Häufchen Asche.
Oppenheimer erkannte augenblicklich, was geschehen war.
Am Kronleuchter hingen die sterblichen Überreste des Gaugeschäftsleiters. Vermutlich hatte sich Kallweit das Leben genommen.
Doch Oppenheimer wusste, dass er nicht zu sicher sein durfte.

Möglicherweise war der erste Eindruck trügerisch. Vielleicht war alles auf diese Weise inszeniert, um einen Mord zu vertuschen.
»Wir kommen zu spät«, wisperte Oppenheimer, »aber es ist besser, wenn wir uns erst mal umschauen, bevor wir Hilfe holen.« Mit diesen Worten näherte er sich dem Leichnam und betrachtete das violett angelaufene Gesicht mit der obszön hervorgequollenen Zunge. Oppenheimer registrierte, wie tief sich der Strick in Kallweits Hals eingegraben hatte. Damit die schlaff herabhängende Hakenkreuzfahne nicht zu Boden glitt, war sie über dem Schlüsselbein verknotet worden.
Ganz oben auf dem Scheiterhaufen lag ein umgekippter Stuhl. Er fiel Oppenheimer auf, weil er in dem Zimmer das einzige noch intakte Möbelstück war. Wahrscheinlich war Kallweit auf ihm zum Kronleuchter emporgestiegen und hatte ihn dann beiseitegestoßen.
Doch was sollte dann der Scheiterhaufen? Suchend blickte sich Oppenheimer um und näherte sich dann dem Aschehaufen. Es war ein verbranntes Stück Papier.
»Hier ist etwas«, sagte Seibold.
»Nicht anfassen!«, warnte Oppenheimer.
Vor Seibolds Füßen lag ein weiterer Zettel, doch er war nicht verbrannt. Oppenheimer kniete sich nieder, bis er die Schrift lesen konnte.
»Aha«, sagte er, »hier hätten wir auch das Motiv für Kallweits Suizid.«
»Was meinst du?«
»Das ist ein Brief der Parteikanzlei. Kallweit wurde vorgeladen. Offenbar sollte eine Untersuchung stattfinden, um sein unrühmliches Verhalten aufzuklären.« Oppenheimer schaute wieder zu Kallweits Leiche hinauf. »Es sieht nicht nach Fremdverschulden aus. Er wollte wohl mit einer letzten grandiosen

Geste aus dem Leben scheiden, hat den Scheiterhaufen errichtet und sich dann erhängt. Wahrscheinlich hatte er ein brennendes Papierstück in der Hand, damit es die Möbelstücke entzündet. Doch das hat nicht geklappt.«

»Wie die Wikinger«, murmelte Seibold.

»Ja, eine Art Feuerbestattung«, stimmte Oppenheimer zu. »Ich glaube kaum, dass wir einen Abschiedsbrief finden. Schließlich wollte er das ganze Haus abfackeln, was mit Benzin auch funktioniert hätte. Nicht mal Kallweit hat noch welches gekriegt.«

»Glaubst du, dass er einen eigenen Sarg bekommt?«

Oppenheimer warf Seibold einen überraschten Blick zu. »Was meinst du damit?«

»Nun ja, man hört so einiges. Es heißt, dass die Särge wegen des Holzmangels nur noch verliehen werden. Als Requisite sozusagen. Wenn die Trauernden fort sind, wird der Sarg wieder ausgegraben und der Leichnam einfach in die Grube geworfen. Nur ranghohe Parteiangehörige sollen noch das Recht auf einen eigenen Sarg haben.«

Oppenheimer zuckte mit den Schultern. »Das Resultat bleibt wohl dasselbe.«

Schweigend sahen sie den Leichnam an. Ihre Hoffnung, Hildes Alibi doch noch bestätigt zu bekommen, hatte sich in Luft aufgelöst. Nun lag es allein an Schmude. Wenn er in Pankow keinen weiteren Zeugen mehr fand, hatte Kallweit mit seinem Tod auch Hildes Schicksal besiegelt.

Am nächsten Tag kam sich Oppenheimer wie ein Boxer vor, der angeschlagen in den Seilen hängt. Eine große Mutlosigkeit hatte von ihm Besitz ergriffen, so dass er fast den ganzen Tag im Bett lag und düsteren Gedanken nachhing.

Mehr als ein Mal wanderte sein Blick zum Mantel, in dessen Tasche sich die Pervitin-Rolle befand. Oppenheimer fühlte sich völlig erledigt und sehnte sich nach der Zuversicht, von der er wusste, dass er sie nach der Einnahme des Mittels verspüren würde; denn Oppenheimer war am Ende seiner Weisheit angelangt.

Gelegentlich schlich er mit hängendem Kopf in die Küche und hörte im Radio die neuesten Nachrichten. Im deutschen Reichsprogramm gab es Jubelmeldungen, weil die Luftwaffe nach mehreren Monaten wieder einen Angriff gegen England geflogen war. Doch Oppenheimer zweifelte an der vielbeschworenen großen Wende des Kriegsglücks. Aufgrund von Lisas Schilderungen, wie desolat es um die Luftwaffe bestellt war, hoffte er, dass es nur das letzte Aufbäumen vor dem völligen Zusammenbruch war.

Seine neue Nachbarin, Frau Baranowski, war mittlerweile vorsichtig geworden und äußerte ihre Kritik nur noch bei Gesprächen unter vier Augen. Als sie um Viertel nach elf nach dem Morgenalarm wieder zu ihren Wohnungen hinaufgingen, hatte sie Oppenheimer vertraulich beiseitegenommen und Gerüchte wiederholt, dass sich die US-amerikanischen Soldaten in den eroberten Gebieten besser verhielten als die deutschen Truppen. In den von der Nazi-Herrschaft befreiten Städten hängten viele Leute weiße Bettlaken aus den Fenstern, um sich freiwillig zu ergeben. Und wenn die Orte von den deutschen Soldaten wieder zurückerobert wurden, mussten sie befürchten, von den Nazi-Anhängern kaltblütig umgebracht zu werden.

Als Oppenheimer am späten Nachmittag zu seiner Nachtschicht in der Bank erschien, erwartete ihn eine Benachrichtigung von der Personalverwaltung, dass er sich am Montag dort melden sollte.

Obwohl darüber hinaus keine weiteren Informationen enthalten waren, erwartete Oppenheimer nichts Gutes. In den folgenden Nachtstunden war er in Gedanken so sehr mit dieser

Nachricht beschäftigt, dass er sich kaum auf seine Arbeit konzentrieren konnte.
Als er nach dem Schichtende auf die Straße trat, war alles wie leergefegt. Oppenheimer konnte gut verstehen, dass sich an diesem feuchtkalten Sonntagmorgen kam jemand nach draußen wagte. Nur eine einzige Gestalt befand sich auf dem Gehweg. Oppenheimer nahm den Passanten zuerst nicht wahr, und tatsächlich hätte er auch kaum etwas erkennen können, da der Mann sein halbes Gesicht mit einem Schal bedeckte.
Mit gesenktem Blick war Oppenheimer fast schon an ihm vorbeigelaufen, als ihm der Mann den Arm entgegenstreckte. Überrascht blieb Oppenheimer stehen, da er die schmale Hand unter dem Lederhandschuh wiedererkannte. Es war Schmudes Prothese.
»Ah, Herrmann«, sagte er, »ein Glück, dass ich dich gefunden habe. Ich wusste nicht, ob du heute in der Arbeit bist.«
Oppenheimer blickte sich kurz um und zog Schmude kommentarlos hinter eine Steinstütze des Reichsgetreideamtes. Hier waren sie wenigstens vor dem schneidenden Wind geschützt.
»Was gibt es denn?«, fragte Oppenheimer.
»Wir müssen nach Pankow. Es ist sehr wichtig. Ich habe endlich herausgefunden, wo Hilde war, ehe sie im Bunker aufgetaucht ist. Ich habe einen Zeugen gefunden. Wir müssen uns beeilen.«

26

Sonntag, 4. März 1945 –
Montag, 5. März 1945

Der Mann mit dem Spitznamen Heiner saß an die Wand gelehnt auf dem Boden und blies Zigarettenrauch in die Luft. Obwohl es draußen mittlerweile hell war, drang durch das Dachfenster wenig Licht in den kleinen Raum. Die Luft war so dick, dass es der eingeschalteten Deckenlampe kaum gelang, die blauen Tabakschwaden zu durchdringen.

Heiner war vermutlich nicht der richtige Name von Oppenheimers Gesprächspartner. Das war sicherer – für beide Seiten. Wenn jemand von ihnen geschnappt wurde, bestand nicht die Gefahr, den anderen verraten zu können. Schmude hielt draußen Wache, um sie bei Gefahr rechtzeitig zu warnen.

Oppenheimer wusste von Heiner immerhin so viel, dass er ein Unteroffizier der Wehrmacht war. Doch abgesehen von dem Oberteil seiner Uniform, dem einzigen Kleidungsstück am Wandhaken, gab es keine weitere verwertbaren Hinweise. Heiners Kopf war von den gleichen schwarzen Borsten bedeckt wie sein Kinn. Außerdem erspähte Oppenheimer einige verkrustete Schnitte in seiner Kopfhaut. Wahrscheinlich war er dazu übergegangen, sich mit dem Rasiermesser zu frisieren, damit er nicht ganz so verwahrlost aussah.

Es hatte eine Weile gedauert, bis Heiners Misstrauen so weit beseitigt war, dass sie ins Gespräch kamen. Erst nach Oppenheimers Schilderung von seinen eigenen Erlebnissen mit Hilde taute sein Gesprächspartner langsam auf.

»Dieser Damenbesuch, von dem Sie sprechen – ich kenne sie bereits länger«, antwortete Heiner vage, was auch daran lag, dass Oppenheimer bislang vermieden hatte, Hildes Namen zu erwähnen. »Sie ist Offizierstochter, und da es in meiner Familie auch nur Soldaten gibt, sind wir uns vor ein paar Jahren über den Weg gelaufen. Gemeinsame Bekannte eben. Es war bei einer stinklangweiligen Feier. Sie hat als Einzige ein bisschen Leben in die Bude gebracht, weil sie wie ein Rohrspatz schimpfte.«
Oppenheimer lachte bei diesem Gedanken. Es war offensichtlich, dass Heiner von Hilde sprach. Schmude hatte tatsächlich den richtigen Zeugen aufgestöbert.
»Ja, unsere Freundin verfügt über viele Kontakte«, sagte er. »Sie hat Ihnen sicher geholfen, als Sie untergetaucht sind?«
Heiner nickte.
»Sie war die Einzige, an die ich mich wenden konnte. Als das Attentat gescheitert war, haben die Parteistellen Himmel und Hölle in Bewegung gesetzt, um uns zu schnappen. Ich wusste, dass sie mich nicht verpfeifen wird.«
Die Erwähnung eines Attentats ließ Oppenheimer hellhörig werden.
»Meinen Sie etwa das Attentat im Juli? Waren Sie mit dabei?«
Als Heiner zustimmend brummte, begriff Oppenheimer, was geschehen war. Erst im vergangenen Jahr hatte Hilde demonstriert, dass sie Kontakte zum Nachrichtendienst der Wehrmacht besaß. Also war es auch nicht verwunderlich, dass sie Mitglieder der Verschwörergruppe kannte, die das Attentat auf Hitler plante.
In den ersten Stunden unmittelbar nach Stauffenbergs Bombenanschlag war es noch nicht sicher gewesen, ob Hitler überlebt hatte. Im Regierungsviertel herrschte zeitweise ein großes Durcheinander, so dass die geplante Besetzung der Dienststellen von Gestapo, SS und der NSDAP durch Wehrmachtssolda-

ten nur teilweise erfolgte. Kurz vor Mitternacht wurden die meisten Verschwörer mit Waffengewalt festgesetzt, doch viele von ihnen wechselten in der letzten Sekunde die Seite oder konnten fliehen. Und Heiner gehörte offenbar zu Letzteren. Oppenheimer wusste aus eigener Erfahrung, dass Hilde nicht lang zögerte, wenn jemand in Gefahr war. Sie hatte Heiner ebenso an einem sicheren Ort untergebracht, wie sie Oppenheimer während des Tumults der Reichskristallnacht versteckt hatte.

»Sie wissen, dass unsere Freundin wegen Mordes angeklagt ist?«, fragte Oppenheimer.

Heiner nickte.

»Es ist sehr wichtig, dass wir ihre Bewegungen an diesem Tag rekonstruieren können«, erklärte Oppenheimer. »Es war der neunundzwanzigste Januar, ein Montag. Erzählen Sie mir alles, woran Sie sich erinnern können. Am besten wäre es, wenn Sie genaue Zeitangaben machen.«

»Das ist ganz einfach«, sagte Heiner. »Sie war um Viertel nach sechs hier. Hat mir Lebensmittel gebracht. Das weiß ich so genau, weil eine knappe Stunde später der Bombenangriff losging.«

Oppenheimer rechnete die Zeitangaben zusammen. Die Gerichtsmediziner hatten den Zeitpunkt von Hausers Tod auf halb sechs Uhr festgelegt. Allein schon die Fahrt von Schöneberg nach Pankow dauerte fast eine Stunde. Es war also unmöglich, dass Hilde die Täterin war.

»Gut, das bringt uns auf jeden Fall weiter«, sagte er. »War sie die ganze Zeit über hier bei Ihnen?«

»Ja, sie saß genau dort, wo Sie jetzt sitzen. Sie hat mir was zum Essen gebracht und blieb dann noch eine Weile da. Ich bin ja froh, wenn mal jemand zum Reden hier raufkommt. Zum Glück ist die Wohnung drunter nicht bewohnbar, weil eine

Bombe reingerauscht ist. Da muss man wenigstens nicht flüstern. Normalerweise bin ich den ganzen Tag hier drinnen. Abends muss ich mich meistens in den Keller schleichen, wenn die Moskitos kommen. In der Regel verlasse ich das Zimmer erst bei Vollalarm. Dann sitzen die anderen schon im Bunker. Nur beim Morgenalarm wage ich es nicht, weil es dann bereits hell ist. Und Hilde … ach, verflixt!«
Heiner hatte sich verplappert und Hildes Namen genannt. Oppenheimer lächelte. Es war ihm auch schwergefallen, den Namen nicht zu nennen. »Egal«, sagte er, »wir wissen sowieso, von wem wir reden. Ich nehme an, dass Hilde Sie nicht allein lassen wollte, als der Alarm losging?«
»Natürlich. So ist sie eben. Ich musste noch ein wenig warten, damit ich unbeobachtet in den Keller konnte. Aber ich wollte, dass wenigstens Hilde in einen vernünftigen Bunker geht. Also habe ich sie mehr oder weniger rausgeschmissen. Hat ihr nicht gefallen.«
»Gut, Sie waren danach also nicht mehr mit ihr zusammen. Ist Ihnen irgendetwas aufgefallen, als Hilde hier war? Wirkte sie gehetzt? Hat sie vielleicht erzählt, wo sie vorher gewesen war?«
In Gedanken versunken, schaute Heiner zum Oberlicht. »Nein«, sagte er langsam, »ich kann mich nur noch daran erinnern, dass sie mir Nachrichten von meiner Frau gebracht hat. Da ich sie nicht mehr rechtzeitig warnen konnte, saß sie zwei Monate lang hinter Gittern. Sippenhaft, verstehen Sie? Weil sie mich nicht erwischen konnten. Jetzt ist sie zum Glück wieder draußen, doch es würde mich nicht überraschen, wenn sie bespitzelt wird. Wenn man bedenkt, dass ich auf Hitler einen Eid leisten musste. Unbedingten Gehorsam haben sie von uns verlangt, und wir waren blöd genug, uns daran zu halten. Ich habe lang gebraucht, um meinen Eid zu missachten. Viel zu lang. Aber wenn ein Eid nicht mehr gilt, woran kann man sich dann

noch halten? Ich konnte das nicht beantworten, und jetzt ist es mir scheißegal. So etwas wie Ehre gibt es nicht mehr. Und Hitler hat damit angefangen.«

Oppenheimer beugte sich nach vorn. Er erinnerte sich an eine Frage, die ihm schon seit längerem durch den Kopf gegangen war. »Liegt es nur am Führereid, dass sich die Wehrmacht immer noch an der Front verheizen lässt? Es denken doch sicher einige Leute wie Sie. Warum hören sie mit dem Kämpfen nicht auf?«

»Das stellen Sie sich zu einfach vor«, erwiderte Heiner mit einem abschätzigen Blick. »Ich glaube, Ende 1943 war das, da wurde ein Korps von nationalsozialistischen Führungsoffizieren eingeführt. Plötzlich waren die überall. Alles stramme Nazis, die unter den Soldaten Propagandaarbeit machen sollten. Zuerst wurden sie belächelt, aber ich befürchte, dass ihnen viel mehr Kameraden auf den Leim gegangen sind, als man glaubt. Die Partei ist in der Wehrmacht immer mächtiger geworden. Und das erst recht, nachdem das Attentat fehlgeschlagen ist. Nun traut sich keiner mehr, etwas gegen die Propaganda einzuwenden, man könnte sich ja verdächtig machen. Sie haben jetzt freie Bahn, um auch noch den letzten Wehrmachtsoldaten aufzustacheln. Außerdem wittert Hitler mittlerweile an jeder Ecke Verrat, und Generaloberst Jodel und Generalfeldmarschall Keitel machen jeden Unsinn mit, nur um ihre unerschütterliche Loyalität zu demonstrieren. Aber das ist ja kein Wunder, die beiden standen sowieso immer auf Hitlers Seite. Auch sie haben nach dem Attentatsversuch gegen die *treulosen Offiziere* gestänkert. Ich habe gehört, dass es jetzt so weit gekommen ist, dass kein Unteroffizier mehr befördert werden will.«

Oppenheimer dachte nach. »Nun ja, es ist auch die Frage, was danach kommen soll. Eine Militärregierung kann ich mir in Deutschland nicht so recht vorstellen.«

Heiner drückte den Zigarettenstummel in einer Untertasse aus. »Das wird wieder eine Monarchie werden«, sagte er und nickte dabei bekräftigend. »Demokratie ist ja schön und gut, doch hierzulande funktioniert das nicht. Der Versuch ist ein und für alle Mal gescheitert. Aber zu philosophieren bringt jetzt nichts. Bald sind die Russen hier, und wir bekommen den Kommunismus aufs Auge gedrückt.«

Dass Heiner den Demokratieversuch nach der Novemberrevolution einfach so mit zwei kurzen Sätzen abschrieb, weckte in Oppenheimer einen gewissen Widerspruch. Seiner Meinung nach war es vor allem deshalb schiefgelaufen, weil die Republik sogar unter den amtierenden Politikern zu wenige Freunde gehabt hatte. Allzu viele von ihnen respektierten die Spielregeln nicht, denn im Grunde wollten sie eine andere Staatsform. Selbst Gustav Stresemann, erst Reichskanzler und danach Reichsminister des Auswärtigen, galt als Monarchist, aber wenigstens war er so einsichtig gewesen, die republikanische Staatsform als Weg zur inneren Ruhe zu akzeptieren. Oppenheimer hatte dessen Partei, die DVP, nie so richtig einordnen können, doch Stresemanns kluge Realpolitik fand er damals recht sympathisch. Vielleicht hätte alles eine andere Wendung genommen, wenn Stresemann im Oktober 1929 nicht plötzlich an den Folgen eines Schlaganfalls gestorben wäre. Auf den Tag drei Wochen später hatte der Schwarze Donnerstag an der New Yorker Börse die Weltwirtschaftskrise eingeläutet, die letztendlich mit dazu beitrug, dass die antirepublikanischen Tendenzen eindeutig die Oberhand gewannen.

Gerade setzte Oppenheimer an, um Heiner zu widersprechen, als es hinter der Holzwand laut rumpelte. Jemand war in die Wohnung gekommen, in der Heiners Versteck lag.

Angespannt hielten sie den Atem an.

Es klopfte.

Kurz – lang – kurz – kurz.
Erleichtert atmete Oppenheimer auf. Es war ihr Zeichen.
Heiner ging zur gegenüberliegenden Wand und bückte sich, um ein Stück der Holzvertäfelung aus der Verankerung zu heben. Aus dem halbhohen Loch starrte ihnen das gerötete Gesicht von Schmude entgegen.
»Gestapo«, keuchte er. »Zwei Blöcke weiter haben sie alles abgeriegelt. Ich glaube, die kämmen alle Wohnungen durch. Sicher sind sie bald hier.«
»Ich weiß, wohin«, rief Heiner, griff sich das Oberteil seiner Uniform und zwängte sich durch das staubige Loch. Oppenheimer kroch auf allen vieren hinterher.
Es war offensichtlich, dass Heiner die Wohnung nicht auf dem herkömmlichen Weg verlassen wollte. Er rannte ins Schlafzimmer und riss gegenüber dem großen Doppelbett das Fenster auf. Als er ein Bein nach draußen geschwungen hatte und rittlings auf dem Fensterrahmen saß, erklärte er: »Einfach springen. Am Ende des Dachs ist eine Leiter.« Mit diesen Worten ließ er sich fallen.
Oppenheimer und Schmude sahen sich kurz an. Ihnen kam derselbe Gedanke. Es war besser, ebenfalls zu türmen, denn sie hatten nicht die Zeit gehabt, sich auf eine Geschichte zu einigen, falls sie verhört werden sollten.
Während Oppenheimer noch überlegte, wie er sich über die Brüstung manövrieren sollte, war Schmude bereits auf das Dach gesprungen. Mit einem Mal kam sich Oppenheimer wie beim Turnunterricht vor, den er schon als Kind verabscheut hatte.
Doch die Gestapo auf den Fersen zu haben war für Oppenheimer Grund genug, um seine Abneigung gegen Leibesübungen zu ignorieren.
Ungeschickt erklomm er den Fenstersims. Als er von dort in

die Tiefe blickte, schreckte er kurz zurück. Das Flachdach befand sich bestimmt zwei bis drei Meter unter ihm. An einer nahen Mauer kauernd, wartete Schmude darauf, dass Oppenheimer endlich sprang.

Er landete auf dem Dach und fiel nach vorn. Im nächsten Moment zog ihn Schmude bereits am Arm nach oben.

»Da hinten ist die Leiter«, flüsterte er und lief voraus. Obwohl er nur eine Hand hatte, schaffte er den Abstieg überraschend flink. Oppenheimer kam sich im Vergleich zu Schmude furchtbar ungelenk vor.

Als er heil unten angekommen war, hatte er zum ersten Mal die Möglichkeit, seine Umgebung genauer zu betrachten. Sie befanden sich in einem Hinterhof. Rechts neben ihnen gab es eine Zufahrt. Der Mann namens Heiner war nicht mehr zu sehen.

»Die Gestapo ist zum Glück auf der anderen Seite«, murmelte Schmude und zeigte ihm dann den Weg ins Freie.

Für Oppenheimer war es schwierig, sich so weit zu zügeln, um nicht auf der Stelle loszurennen und so erst recht Aufsehen zu erregen.

Als sie den Bürgersteig betraten, um auf einem Umweg zum Bahnhof zu schlendern, konnte Oppenheimer in der Ferne Heiners Silhouette erkennen. Er hatte das Oberteil seiner Uniform angezogen und überquerte die Straße zügig, aber nicht zu schnell. Wenige Sekunden später hatten ihn die Seitengassen verschluckt.

Verstohlen blickte sich Oppenheimer um. Als er sah, dass niemand in der Nähe war, raunte er Schmude zu: »Fällt der nicht auf mit seiner Uniform?«

Auch Schmude schien skeptisch zu sein. »Er hält es für die beste Tarnung. Desertierende Unteroffiziere sind wohl nicht vorgesehen.«

»Es tut mir wirklich leid, aber wir haben keine andere Wahl«, sagte der Personalreferent mit dem Namen Tietze. Obwohl Oppenheimer ihn verstanden hatte, nahm er alles nur wie durch einen Schleier wahr.

Tietzes schlimme Nachricht war nicht unerwartet gekommen. Anstatt unruhig zu werden oder gar in Panik auszubrechen, blieb Oppenheimer ruhig auf seinem Stuhl sitzen und betrachtete gedankenverloren Herrn Tietzes zusammengewachsene Augenbrauen. Als der Personalreferent die Stirn runzelte, verformte sich der Strich über seinen Augen.

»Haben Sie mich verstanden, Herr Meier?«

Erst jetzt bemerkte Oppenheimer, dass sich Tietze über seinem Schreibtisch nach vorn gebeugt hatte und ihn auffordernd ansah.

»Ja, es ist völlig klar«, antwortete Oppenheimer. »Ich soll von der Arbeit freigestellt werden, damit mich der Volkssturm einziehen kann.«

Tietze lehnte sich wieder zurück. »Gauleiter Goebbels hat uns mit eindeutigen Worten dazu aufgefordert, bei der Bereitstellung von Arbeitskräften einen größeren Kooperationswillen zu zeigen. Wir hatten zwar einen Antrag auf eine betriebsgebundene Einheit gestellt, damit die Arbeit in unserer Bank nicht beeinträchtigt wird, doch anscheinend waren wir zu spät dran. Es soll vorgekommen sein, dass in anderen Firmen die Männer nur zum ersten Appell erschienen sind und dann nicht mehr auftauchten. Aus diesem Grund sind firmeneigene Volkssturm-Einheiten nur noch im Ausnahmefall erlaubt. Da ist leider nichts zu machen.«

Oppenheimer wusste, was das bedeutete. Wahrscheinlich sollte er in eine Kaserne einrücken, damit er ständig in Bereitschaft war. Und er wusste auch, dass er das nicht mitmachen würde. Schließlich war es ihm wichtiger, Hilde zu retten.

»Wann muss ich damit rechnen, dass sie mich holen?«, wollte Oppenheimer wissen.
»Das kann ich Ihnen nicht sagen. Vorerst sind Sie bei uns auch weiterhin regulär in der Nachtschicht eingeteilt, doch ich fürchte, dass es nicht lang dauern wird. Es geht das Gerücht, dass bald auch das zweite Volkssturmaufgebot eingezogen wird, weil es an Soldaten zur Verteidigung der Stadt fehlt. Es soll sogar erste Gedankenspiele geben, ein Frauenbataillon aufzustellen. Können Sie sich das vorstellen? Flintenweiber auf unserer Seite?«
Dieser Gedanke erregte Tietze so stark, dass er seine Stimme erhoben hatte.
»Aber ich dachte, sie hätten bereits SS-Divisionen zur Verteidigung der Stadt zusammengezogen«, sagte Oppenheimer. »Auch die Panzerdivision Frundsberg soll mit dabei sein.«
Die Gruppe Frundsberg der Waffen-SS galt als besonders fanatisch und war berühmt-berüchtigt für ihre Grausamkeit und militärische Schlagkraft. Tietzes Reaktion zeigte, dass auch er davon wusste.
»Nun ja«, sagte er, »anscheinend reicht das nicht. Heute früh wurde gemeldet, dass nun auch der Jahrgang 1929 zur Wehrmacht einberufen wird.«
Gestern hatte Oppenheimer mit Lisa in einem Potsdamer Kino eine Nachmittagsvorstellung besucht. In der Wochenschau wurde gezeigt, wie Hitlerjungen das Eiserne Kreuz erhielten, weil sie einen Panzer abgeschossen hatten. Dass nun die Fünfzehnjährigen offiziell zu den Waffen gerufen wurden, machte da keinen großen Unterschied mehr. In Wirklichkeit wurden die Halbwüchsigen schon jetzt als Soldaten eingesetzt.
Obwohl Oppenheimer den Eindruck hatte, dass Tietze nicht gerade ein Freund der Mobilisierungsanstrengungen war, hieß das nicht automatisch, dass man ihm vertrauen konnte. Weil

die Erfahrung mit dem Volkssturmmann Friedrich Oppenheimer gezeigt hatte, wie vorsichtig man sein musste, zog er es vor, dieses verfängliche Gespräch abzubrechen und sich höflich zu verabschieden. Es gab ohnehin nichts mehr, was Tietze noch für ihn tun konnte.

Als er etwas später als gewohnt zur U-Bahn-Station am Fehrbelliner Platz ging, musste er zunächst seine Gedanken ordnen. Wenn ihn der Volkssturm erst einmal im Visier hatte, würde er nicht mehr davonkommen. Er musste also vorher untertauchen. Oppenheimer verspürte eine gewisse Mutlosigkeit, denn er wusste, was auf ihn zukam.

Untertauchen – mal wieder.

Letztes Mal hatte ihm noch Hilde dabei geholfen, eine Unterkunft, neue Papiere und schließlich eine zweite Identität zu bekommen, so dass er für einige wenige Monate das Leben eines arischen Bürgers führen konnte.

Das war nun vorbei. Jetzt war er auf sich allein gestellt. Er musste wohl oder übel eine andere Möglichkeit finden.

Abrupt blieb Oppenheimer stehen, denn er hatte eine Idee. Er machte auf der Stelle kehrt und ging zurück zur Bank.

Obwohl es hauptsächlich ein Verwaltungsgebäude war, gab es im Erdgeschoss eine kleine Zweigstelle, die üblicherweise von den Mitarbeitern benutzt wurde.

Um diese Zeit war noch nicht viel Betrieb, und so gelangte Oppenheimer, ohne warten zu müssen, direkt an einen der Schalter. Nachdem ihm bestätigt wurde, dass die Bank seinen Lohn für Februar bereits überwiesen hatte, hob er das gesamte Guthaben von seinem Konto ab. Ohne mit der Wimper zu zucken, zählte die Kassiererin die Scheine ab und schob ihm das Geld zu.

Als sie in Kuhns Kanzlei ihren täglichen Kriegsrat abhielten, sah Oppenheimer nur verdrießliche Mienen und herabgezogene Mundwinkel.
»Nun, mit Nebe sind sie bereits fertig«, sagte Kuhn, noch ehe er die Tür hinter sich zugezogen hatte. Er ließ seinen massigen Körper in den Sessel fallen. Kuhn hatte auf Oppenheimer noch nie einen besonders gesunden Eindruck gemacht, doch heute kam ihm dessen Gesichtsfarbe besonders fahl vor.
»Am Freitag war Nebes Prozess, und Samstag hat er schon am Galgen gebaumelt. Fast ein bisschen spät, denn es gibt einen Führerbefehl, dass alle Verschwörer innerhalb von zwei Stunden nach der Urteilsverkündung hingerichtet werden sollen.«
»Die paar Stunden mehr machen den Braten auch nicht mehr fett«, murmelte Oppenheimer.
Kuhn sah ihn scharf an. »Ich will nur hoffen, dass Sie bessere Nachrichten haben als ich. Was haben Sie denn herausgefunden?«
Schmude rutschte nervös auf seinem Stuhl hin und her.
»Ich befürchte, ich habe eine Niete gezogen«, sagte er, den Kopf eingezogen. Als er wieder aufsah, wechselte er mit Oppenheimer einen kurzen Blick.
Nur sie beide konnten verstehen, was Schmude damit sagen wollte. Zwar hatten sie zweifelsfrei Hildes Aufenthaltsort festgestellt, aber für ihre Verteidigung war dieses Wissen nutzlos. Wenn sie den Nachweis für ihre Unschuld erbringen wollten, mussten sie auch erwähnen, dass sie einen der Beteiligten am Hitler-Attentat besucht hatte. Und wenn das herauskam, dann wäre Hilde das Todesurteil ebenso sicher, als wenn sie Hauser tatsächlich getötet hätte.
Schmude konnte dies gegenüber Kuhn unmöglich erwähnen, also sagte er nur: »Es besteht keine Hoffnung mehr, in Pankow einen Zeugen zu finden.«

Kuhn lehnte sich zur Seite und rieb seinen linken Arm. »Und was ist mit den Nachbarn in der Nähe des Tatorts?«
Diesmal antwortete Seibold. »Herr Schmude und ich haben in der kompletten Nachbarschaft herumgefragt. Niemand hat Hilde beim Verlassen des Gebäudes gesehen. Nur die vermummte Person ist den Leuten aufgefallen.«
Kuhn kniff die Augen zusammen. Für einen Augenblick schien er nicht bei der Sache zu sein.
»Verfluchte Scheiße«, murmelte er nur. »Das wäre dann das Ende für Hilde. Mehr haben wir nicht in der Hand.«
Oppenheimer beobachtete, wie sich Kuhns Brust mühevoll hob und senkte. »Vielleicht habe ich etwas«, fügte er rasch hinzu. »Ich habe Hausers Hintergrund unter die Lupe genommen. Mittlerweile bin ich mir sicher, dass er Mitglied in einem okkulten Zirkel war.«
Für einige Sekunden herrschte Totenstille. Seibold betrachtete stirnrunzelnd Oppenheimer. Schmude hatte sich aufgerichtet. Selbst Kuhn war so verblüfft, dass er seine Sorgen um Hilde zunächst vergaß.
»Ja, und?«, fragte schließlich Schmude. »Was bringt uns diese Erkenntnis?«
Als Mordkommissar war es Oppenheimer gelegentlich schwergefallen, seine Vorgehensweise zu beschreiben. Einige Fälle hatte er nur aufgrund seiner Intuition lösen können, doch es war fast unmöglich, Fremden diesen Prozess klarzumachen.
»Hausers Verlobte hat sich merkwürdig verhalten, als ich darauf zu sprechen kam«, begann Oppenheimer zu erklären. »Eine, nun ja, eine innere Stimme sagt mir, dass mehr dahintersteckt. Ich werde diesem Hinweis weiter nachgehen. Vielleicht haben wir Glück, und es hängt irgendwie mit dem Mord zusammen.«
Die Gesichter der Anwesenden sprachen Bände. Natürlich zweifelten sie. Oppenheimer konnte das gut verstehen, denn sogar er

fand ja, dass die Geschichte verdammt dünn war. »Das ist der letzte Anhaltspunkt, den wir noch haben«, versuchte er, sich zu verteidigen. »Wir sollten jede Möglichkeit ausschöpfen.«

Kuhn lachte. Doch es klang mehr nach Verzweiflung.

»Innere Stimme?«, wiederholte er. »Ist es jetzt schon so weit gekommen, dass wir auf innere Stimmen hören müssen?«

Oppenheimer schüttelte den Kopf. »Sie verstehen nicht«, begann er.

Doch dann verstummte er.

Mit Kuhn war eine Verwandlung geschehen.

Sein Gesicht war auf einmal aschgrau. Auf der Stirn glänzten Schweißperlen. Fahrig griff er an seine Brust.

Oppenheimer starrte Kuhn entsetzt an. Dann rief er: »Verdammt, das ist ein Herzanfall!«

27

Dienstag, 6. März 1945

Um Oppenheimer herrschte Finsternis. Doch in seinem Bewusstsein schwirrte beharrlich der Gedanke umher, dass dies alles nur Schein war. Obwohl eine elektrische Tischlampe den Raum erhellte, gab es nicht viel zu sehen. Nur die undeutlichen Konturen der schwarzen Tischdecke und die stumpf schimmernden Falten der Samtvorhänge waren ein Hinweis darauf, dass er nicht irgendwo im Nichts trieb.

Der gesunde Menschenverstand sagte ihm, dass es am Ende des pechschwarzen Raumes solide Wände gab, dass hinter den Mauern eine Straße lag, ein Teil der Stadt Berlin, mit ihren Millionen von Einwohnern, die soeben von der Arbeit heimgekommen waren und schnell noch die lauwarmen Essensrationen hinunterschlangen, damit sie rechtzeitig vor dem Abendalarm fertig waren.

Doch von all dem fühlte sich Oppenheimer losgelöst. Seitdem er dieses Zimmer betreten hatte, gehörte er nicht mehr dazu. Obwohl er eine gewisse Irritation verspürte, fand er es nicht unangenehm, in dieser Zwischenwelt zu schweben.

Aber er wusste, dass er sich von diesem Gefühl nicht einlullen lassen durfte. Schließlich war eine Aufgabe zu erfüllen. Er hatte sich mit Schmude darauf verständigt, dass er beim Wahrsager Thorwald auf den Busch klopfen würde. Allerdings konnte er momentan nicht viel mehr tun, als auf seinen Gastgeber zu warten.

Oppenheimer blickte nach oben. Genau über ihm schien eine

zweite Tischlampe zu schweben, die verkehrt herum in der Luft hing. Erst als er seine Augen anstrengte, erkannte er, dass es nur eine Reflexion war. Über seinem Kopf war in der Decke ein kreisrundes Fenster angebracht. Unwillkürlich dachte er daran, wie kompliziert es sein musste, eine Öffnung in einer solch ungünstigen Position zu verdunkeln.

Dieser Gedanke gab ihm Halt.

An dieser Frage konnte sich sein Verstand einhaken, damit er sich nicht in der scheinbaren Weite der Dunkelheit verlor.

Das Fenster, dachte Oppenheimer.

Stumm wiederholte er das Wort.

Das Fenster.

Über mir befindet sich ein rundes Fenster.

In den ersten Stunden nach Kuhns gestrigem Zusammenbruch war Oppenheimer vor Sorge kaum zur Ruhe gekommen. Zum Glück stand die Droschke bereit, und so hatten sie den Anwalt sofort ins nächste Krankenhaus verfrachtet.

Der Arzt hatte Kuhn für die nächsten Tage Bettruhe verordnet. Dass er ausgerechnet während dieser kritischen Phase ausfallen würde, war ein schwerer Schlag.

Seit seiner Unterredung mit dem Personalreferenten Tietze hatte Oppenheimer innerlich mit seiner Arbeit bei der Bank abgeschlossen. Aber als er an diesem Morgen vom Verwaltungsgebäude wieder zur U-Bahn gelaufen war, konnte er noch nicht wissen, dass er diesen Weg zum letzten Mal gehen sollte. Wie üblich hatte er sich nach seinem Mittagsschlaf mit Schmude und Seibold in Kuhns Büro getroffen. Sie wollten diese regelmäßigen Treffen beibehalten, um dessen Sozius und Vertreter, Herrn Reuter, einzuarbeiten. Da in Kuhns Kanzlei das Telefon nicht funktionierte, fuhr Oppenheimer anschließend nach Charlottenburg, um unangemeldet und unter falschem Namen bei dem Wahrsager Thorwald vorbeizuschauen.

Dessen Adresse war nicht schwer zu finden, da er unter seinem Künstlernamen ganz normal im Telefonbuch verzeichnet war. Er wohnte in einer Villa in der Nähe der Berliner Straße, nur wenige Dutzend Meter von der großen Kreuzung *Am Knie* entfernt. Als Oppenheimer vom schmiedeeisernen Tor aus das weitläufige Anwesen betrachtete, war er durchaus beeindruckt. Das dreistöckige Hauptgebäude hatte man wohl um die Jahrhundertwende errichtet. Der Garten glich eher einer kleinen Parkanlage. Oppenheimer wunderte sich, woher Thorwald das Geld hatte, um sich ein Haus in einer solch repräsentativen Wohngegend leisten zu können. In der Nachbarschaft des Industriellen Werner von Siemens wirkte Thorwald wie ein schillernder Paradiesvogel.

Nachdem er die Schelle betätigt hatte, war ein dunkelhäutiger Bediensteter erschienen – in einer schneeweißen Phantasieuniform und mit einem Turban auf dem Kopf. Seinen Akzent konnte Oppenheimer zunächst nicht einordnen, aber dafür ließ sich bei genauerem Hinsehen ein kleiner dunkler Fleck auf dem Kragen der Uniform erkennen. Man hatte dem dunklen Teint offenbar mit Schminke nachgeholfen.

Die Kommunikation mit Thorwalds Diener erwies sich als schwierig. Wenn der Mann diese Rolle tatsächlich nur spielte, dann war er verdammt gut darin. Erst nachdem Oppenheimer mit Händen und Füßen klargestellt hatte, dass er möglichst bald einen Termin bei Thorwald bekommen wollte, wurde er vorgelassen.

Das Haus war vollgestopft mit orientalisch anmutendem Krempel. In jedem Winkel gab es Vasen, Ziergegenstände und Wandteppiche. Da Thorwald am Nachmittag beschäftigt war, machte er mit dem Diener einen Termin für den Abend aus, obwohl es seinem Pflichtbewusstsein widerstrebte, wegen seinen Nachforschungen die Nachtschicht bei der Bank ausfallen zu lassen.

Doch jetzt, wo er zurückgekommen war und in diesem dunklen Zimmer wartete, verflog seine anfängliche Skepsis allmählich. Oppenheimer sagte sich, dass auch dies ein von Thorwald kalkulierter Effekt war. Er ließ seine Besucher im Ungewissen, damit sein Auftritt umso großartiger wirkte. Es war Schmierentheater, dem einfältige Personen gern auf den Leim gingen.
Über mir ist ein rundes Fenster, dachte Oppenheimer erneut. *Solange ich diesen Anhaltspunkt habe, kann er mich nicht verwirren.*
Plötzlich nahm er eine weitere Lichtquelle wahr. Scheinbar Tausende Kilometer von Oppenheimer entfernt erschien ein helles Rechteck. Zunächst konnte er den Sinneseindruck nicht einordnen, doch dann kam er zu dem Schluss, dass jemand eine verborgene Tür geöffnet hatte. Ein Schatten glitt in die helle Türöffnung, die Silhouette so scharf umrissen wie ein Scherenschnitt. Es war ein Mann in einem Rollstuhl.
Der rechteckige Lichtfleck wurde schmaler und erlosch. Die Tür war geschlossen.
Oppenheimer glaubte zu hören, wie sich der Rollstuhl im finsteren Zimmer vorwärtsbewegte. Als sich der Neuankömmling der Tischlampe näherte, nahm die Silhouette plastische Form an.
Das rundliche Gesicht des Mannes wurde von grauen Locken umrahmt. Mit seinem Oberlippenbart sah er ganz gewöhnlich aus. In seinen Grübchen glänzten Bartstoppeln, die sich erfolgreich der Rasierklinge widersetzt hatten. Oppenheimer hätte sich in dieser Umgebung nicht einmal über eine Geistererscheinung gewundert, doch so nachlässig rasiert wie sein Gegenüber waren nur die Lebenden. Es war zweifelsohne ein Mensch aus Fleisch und Blut. Oppenheimer erkannte ihn anhand der Beschreibung von Larsen wieder.
Thorwald war erschienen.
Im Gegensatz zu seinem Gesicht war die Kleidung durchaus

unüblich. Der schwarze Anzug mit Stehkragen verlieh ihm eine statuenhafte Aura, ein unerwarteter Kontrast war jedoch seine violett getönte Brille. Oppenheimer fragte sich, ob der Wahrsager damit überhaupt etwas erkennen konnte.
Thorwald wirkte sehr konzentriert. Ehe er sprach, betrachtete er Oppenheimer durch seine farbigen Gläser.
»Sie sind zu mir gekommen«, sagte er. Das war keine Frage, sondern eine Feststellung. Es schien, als hätte Thorwald schon immer gewusst, dass ihre Begegnung unvermeidbar war.
Da der Hellseher außer diesem einen Satz nichts weiter sagte, begann Oppenheimer mit der zurechtgelegten Lügengeschichte. »Ich heiße Günter Wutzke«, flunkerte er. »Ich arbeite beim Kaiser-Wilhelm-Institut und habe dort vor einigen Jahren die Bekanntschaft von Dr. Hauser gemacht. Wir haben uns über Runenmagie und solche Sachen unterhalten und schließlich über die Frage, ob es in der Vergangenheit eine arische Rasse der Gottmenschen gab. Das Thema interessiert mich sehr. Herr Hauser meinte, dass ich mich am besten an Sie wenden sollte, um mehr zu erfahren.«
»Und da kommen Sie erst jetzt?«, fragte Thorwald.
Oppenheimer war für einen kurzen Moment verunsichert, doch dann erinnerte er sich daran, dass Hauser bereits seit über einem Monat tot war. Thorwald brauchte nichts weiter zu tun, als eins und eins zusammenzuzählen.
»Ich habe mich zuerst nicht getraut«, druckste Oppenheimer herum. »Meine Frau findet, dass das alles Unfug ist. Ich möchte mehr wissen, doch zuerst musste ich sicherstellen, dass sie davon nichts erfährt.«
Oppenheimer hatte bei der Kripo einen großen Teil seiner Zeit damit verbracht, Zeugen zu befragen, und wusste, dass vor allem die Details verrieten, ob der Befragte die Wahrheit sagte. Thorwald schien sich gut unter Kontrolle zu haben. Keine

Regung in seiner Miene ließ erkennen, wie er auf die Offenbarung reagierte, dass der vermeintliche Herrenmensch namens Wutzke ein Pantoffelheld war. Leider machte er zu Oppenheimers Enttäuschung auch keine Anstalten, über seinen ehemaligen Jünger Erich Hauser zu sprechen. Dafür konnte es nur zwei Gründe geben. Entweder wollte er das Thema vermeiden, oder er spulte einfach einen Text herunter, in dem Bewusstsein, dass sich neue Kunden damit am ehesten beeindrucken ließen.

Mit einer einstudiert wirkenden Bewegung nahm Thorwald seine Brille ab und blickte seinem Gast direkt ins Gesicht. Oppenheimer bemerkte, wie sich sein Puls beschleunigte und er zu schwitzen begann. Er kam sich plötzlich wie eine Mikrobe unter einem gigantischen Mikroskop vor.

»Sie sind hergekommen, weil Sie in Ihrem tiefsten Inneren spüren, dass in unserer Welt rätselhafte Mächte walten«, sagte Thorwald. »Den ersten Schritt haben Sie getan. Es ist die Erkenntnis, dass hinter unserem Alltag ein tieferer Sinn verborgen ist. Und tatsächlich sind die Einschnitte, die wir Geburt und Tod nennen, nur willkürliche Begrenzungen. In Wirklichkeit existieren sie nicht. Sie ahnen, dass sich hinter den scheinbar realen Dingen eine andere Wahrheit verbirgt, ein Mysterium, das uns durch rätselhafte Mythen und verschlüsselte Symbole offenbart wird. Sie haben versucht, diese Rätsel zu ergründen, sind jedoch zu keinem Ergebnis gekommen.«

Thorwald hielt inne. Er schien auf eine Reaktion zu warten. Bei Oppenheimer war das erste Unwohlsein mittlerweile verklungen. Stattdessen suchte der trainierte Verstand des Mordkommissars instinktiv nach Schwachstellen. Bei näherer Betrachtung fand er, dass Thorwald völlig banale Weisheiten von sich gab. Diese Themen, mit großer Emphase als mystische Erkenntnisse offenbart, beschäftigten wohl die meisten seiner Besucher.

Trotz allem spielte Oppenheimer weiter mit und murmelte ergriffen zustimmende Worte.
»Ich habe eine gute Nachricht für Sie«, fuhr Thorwald fort. »Es war richtig, dass Sie zu mir gekommen sind, denn ich bin die Wiedergeburt eines Armanenpriesters. Ich bin einer der Wenigen, dessen Kenntnis vom geheimen Wissen unserer Vorväter über die Lebensspanne der sterblichen Hülle hinausreicht. Denn es herrscht Krieg. Nicht der Krieg, den Sie kennen, in dem sich die Menschen mit mechanischen Geräten gegenseitig töten. Ich spreche von dem Krieg, der schon seit Jahrtausenden herrscht. Ich spreche von der Verschwörung der neuen Religionen gegen das Erbe unserer Ahnen. Judentum, Christentum – sie haben die göttliche Offenbarung unserer Vorfahren ins Unkenntliche verzerrt und durch ihre Götzenbilder ersetzt.«
Oppenheimer bemerkte, dass es schwierig sein würde, Thorwald brauchbare Informationen zu entlocken. Er war zu sehr von seinem eigenen Monolog berauscht, um Nachfragen überhaupt wahrzunehmen.
»Von Armanen habe ich bislang noch nichts gehört«, warf Oppenheimer schnell ein. Noch ehe er eine Möglichkeit gefunden hatte, das Gespräch erneut auf Hauser zu lenken, fuhr Thorwald bereits fort: »Ursprünglich gab es Priesterkönige. Mit ihrer profunden Weisheit waren sie für die Erziehung und Regierung der arischen Rasse verantwortlich. Dies war die Kaste der Armanen. Heilige Männer mit besonderen Privilegien, denn sie waren die wirklichen Führer ihrer Sippe. Nur sie hatten die direkte Verbindung zum Göttervater Odin und konnten in seinem Auftrag walten. Ich war einer dieser Priester. Ich habe den jahrtausendelangen Kampf miterlebt. Nun wurde ich wieder in diese Welt geschickt, um das geheiligte Wissen weiterzutragen. Die Armanenschaft wurde nie zerstört. Sie wartet nur auf ihre künftige Wiedergeburt.«

Thorwald blickte bei dieser Vorstellung verzückt in die Ferne. Er hatte die Hände flach vor sich auf die Tischplatte gelegt. Oppenheimer fiel auf, dass der kleine Finger seiner rechten Hand kurz zuckte, was ein eindeutiger Hinweis darauf war, dass er mit seinen Gedanken woanders war und die Ergriffenheit nur spielte.

Im Prinzip lieferte Thorwald mit seinen Worten die von Oppenheimer erwartete Argumentation. Jeder konnte zum Mitglied einer Elite werden, egal, wie minderwertig oder unsicher er sich fühlte. Doch die unschöne Wahrheit, dass die Jünger in Wirklichkeit nur dazu beitrugen, den luxuriösen Lebensstil der falschen Propheten zu finanzieren, wurde dabei verschwiegen. Je länger Oppenheimer dem selbsternannten Wundermann zuhörte, desto größere Abscheu empfand er.

Schließlich erinnerte sich Thorwald daran, dass er nicht allein war, und wandte seine Aufmerksamkeit Oppenheimer zu. »Ich spüre, dass auch Sie eine alte Seele haben«, sagte er und machte erneut eine Pause, um ihn zu beobachten. Oppenheimer kam es so vor, als ob Thorwalds Augen überall waren und auch die kleinste seiner Regungen registrierten.

Zu Beginn ihrer einseitigen Konversation war er von Thorwalds Blick noch irritiert gewesen, doch nun erinnerte ihn das Verhalten an die Gedankenleser, die im Varieté auftraten. Vor etlichen Jahren hatte er einmal gelesen, dass sie in Wahrheit nichts anderes als eine ausgesprochen gute Beobachtungsgabe hatten. Diese Fähigkeit nannte man in Fachkreisen auch *Muskellesen*. Es basierte auf der Vorstellung, dass manche Muskelbewegungen unabhängig vom Willen auftraten. Erfolgreiche Gedankenleser machten eigentlich nichts weiter, als diese unwillkürlich auftretenden Signale korrekt zu entschlüsseln. Eine ähnliche Methode praktizierte auch Oppenheimer bei einer Zeugenbefragung.

Es war offensichtlich, dass Thorwald ebenfalls dieser Schule entstammte. Er setzte nichts anderes als die üblichen Methoden seiner Zunft ein, um die Gedanken seiner Kunden zu erraten. Solange Thorwald seine Augen hinter der Brille verborgen hielt, hatte Oppenheimer die irrationale Furcht verspürt, dass ihn ein kühler, überlegener Verstand musterte und Pläne gegen ihn schmiedete. Doch ohne Brille war Thorwald entzaubert.
Plötzlich fiel Oppenheimer bei Thorwald ein kaum wahrnehmbares Zucken der Augenlider auf.
Er wurde wachsam. Konnte er sich mit seinen Gesten verraten haben?
Zu spät erkannte Oppenheimer, dass er Thorwalds Körper die ganze Zeit über mit seinen Blicken nach verräterischen Signalen abgesucht hatte. Thorwald musste das registriert haben.
Als sich Oppenheimer erneut auf sich selbst konzentrierte, bemerkte er, dass er gerade seine Stirn runzelte – ein unwillkürlicher Reflex, während er über Thorwalds verwerfliche Machenschaften nachgegrübelt hatte.
Um einen Grund für seinen kritischen Blick zu liefern, murmelte Oppenheimer: »Das ist in der Tat eine völlig neue Perspektive. Das gibt mir wirklich zu denken.«
Er bekräftigte dies mit einem Kopfnicken, obwohl er ahnte, dass diese Finte nicht funktionieren würde. Wenn Thorwald gut war, dann wusste er, dass hier jemand mit den gleichen Mitteln arbeitete. Der angebliche Armanenpriester ahnte vermutlich, dass er durchschaut wurde.
Trotz allem ließ Thorwald seine Maske nicht fallen. Er führte das Spiel fort. Allerdings konnte Oppenheimer aufgrund seiner langjährigen Erfahrung erkennen, wie sich sein Gesichtsausdruck fast unmerklich verfinsterte.
Es war offensichtlich, dass Thorwald misstrauisch geworden war. Er setzte den Mummenschanz nur fort, um herauszufin-

den, wer Oppenheimer war und was er wusste. Als Oppenheimer dies realisierte, kam ihm der Gedanke, dass sie hier in aller Stille ein Duell austrugen. Sie rangen darum, wessen Fassade als erste bröckelte.

»Ich sehe Ihnen an, dass sie bereits viele Leben geführt haben«, fuhr Thorwald fort. Seine Stimme schwankte dabei ein wenig. War es ein Hauch von Unsicherheit, oder bildete sich Oppenheimer das nur ein? »Man hat Ihnen viele unterschiedliche Namen gegeben. Und doch sind Sie nur ein einziges Wesen. Möchten Sie wissen, wer Sie in der Vergangenheit waren? Welche Identitäten Sie besaßen? Vielleicht waren auch Sie ein Auserwählter. Vielleicht gehörten auch Sie zu den Armanenpriestern.«

Die letzten Sätze hatte Oppenheimer mit angehaltenem Atem verfolgt. Die so nachdrücklich ausgesprochene Anspielung auf vergangene Leben verstörte ihn. Konnte Thorwald wissen, dass er untergetaucht war? Dass er seit mehreren Monaten in eine andere Identität geschlüpft war?

Oppenheimer ahnte, dass er sich durch seine steife Haltung verraten hatte. Sein Körper hatte die entsprechenden Signale ausgesandt, noch ehe er es verhindern konnte. Wenn Thorwalds letzte Worte nur ein Test gewesen waren, dann hatte Oppenheimer jämmerlich versagt. Spätestens jetzt würde sein Kontrahent wissen, dass sich sein Gast unter einem falschen Namen eingeschlichen hatte.

Fast unhörbar bewegten sich links neben Oppenheimer Türscharniere, und er nahm im Zimmer eine weitere Person wahr. Ein weißes Objekt reflektierte den Schein der Tischlampe.

Es war der Diener. Lautlos schritt er durch das Dunkel und stellte ein silbernes Tablett auf den Tisch.

Dann postierte er sich hinter Oppenheimer. Die Atmosphäre wurde allmählich bedrohlich. Sie hatten einander erkannt, doch

weder Oppenheimer noch Thorwald wollten sich eine Blöße geben. Die Zeit der Offenbarung war noch nicht gekommen.
Oppenheimer musste schlucken, weil seine Kehle plötzlich trocken war.
Thorwalds Gesichtsausdruck ließ erkennen, dass er dieses Zeichen der Unsicherheit registriert hatte.
»Lassen Sie Ihren Verstand zur Ruhe kommen, Herr Wutzke«, fuhr er fort. »Dieser Tee hier wird Ihnen dabei helfen, sich auf Ihre früheren Leben zu konzentrieren. Zusammen gehen wir zurück. Schritt für Schritt.«
Oppenheimer witterte eine Falle. Hatte Thorwald ihn offen herausgefordert, oder war es nur die Routine, die er bei jedem neuen Kunden wiederholte?
Glaubte Thorwald tatsächlich, ihn hypnotisieren zu können? Er musste doch wissen, dass dies nur funktionierte, wenn das Medium willig war.
Oppenheimer fürchtete sich davor, sich in Thorwalds Hände zu begeben und sich zu verraten. Und er fürchtete sich davor, dass Thorwald ihm etwas in sein Bewusstsein einpflanzen würde und womöglich auf irgendeine Art und Weise Macht über ihn ausüben könnte.
»Trinken Sie doch«, sagte Thorwald mit gesenkter Stimme, die fast alltäglich klang, da die religiöse Inbrunst verschwunden war. Doch Oppenheimer durchschaute diese Taktik: Thorwald wollte harmlos wirken.
Unbeweglich starrte Oppenheimer auf die Tasse und war sich sicher, die Strategie seines Gegners zu durchschauen: Irgendetwas musste sich in dem Tee befinden. Thorwald drängte ihn dazu, zur Tasse zu greifen, weil er ihm etwas einflößen wollte.
In Oppenheimers Kopf schrillte ein Alarm.
Nein, das langgezogene Jaulen kam von draußen.
Thorwalds Reaktion verriet, dass auch er die Warnsirene ver-

nommen hatte. Er war nicht mehr konzentriert bei der Sache, sondern blickte, die Augenbrauen zusammengezogen, in die Zimmerecke, in der sich der Diener befinden musste.

Draußen heulten die Sirenen – Voralarm. Thorwalds Augen zuckten hin und her. Er schien nicht zu wissen, was er tun sollte. Einerseits wollte er einen renitenten Kunden beeinflussen, und andererseits musste er sich vor den Bomben in Sicherheit bringen.

Als Oppenheimer sah, dass Thorwald zögerte, nahm er die Gelegenheit wahr und erhob sich von seinem Stuhl.

»Entschuldigung, der Alarm«, murmelte er zerstreut. »Es ist besser, wenn ich in einen Bunker gehe.« Er schritt in die Richtung, in der er die Tür vermutete, und seine ausgestreckte Hand fand nahezu auf Anhieb die Klinke.

Hastig riss Oppenheimer die Tür auf und floh aus dem dunklen Zimmer. Erst als das Schloss hinter ihm zuschnappte, spürte er eine gewisse Erleichterung. Aber gleichzeitig wusste er, dass es zu früh war, um sich in Sicherheit zu fühlen.

Aus dem Zimmer, in dem sich Thorwald und der Diener befanden, drangen Gepolter und hastige Schritte. Oppenheimer stellte sich breitbeinig hin, um sich zu verteidigen. Wenn er ihnen direkt hinter dem Eingang auflauerte, befand er sich im Vorteil.

Doch die Tür öffnete sich nicht. Niemand rannte Oppenheimer hinterher.

Die Geräusche in dem Zimmer verstummten. Thorwald und sein Diener kümmerten sich nicht mehr um ihren Gast, sondern waren auf einem anderen Weg in ihren Luftschutzkeller geflohen.

Oppenheimer hastete quer durch die große Vorhalle zur Garderobe. Den Hut auf dem Kopf und den Mantel über den Arm, stolperte er nach draußen und eilte die Stufen des Eingangsportals hinunter.

Nur das Knirschen des Kieses auf dem Weg verriet ihm, dass seine Füße den Boden berührten. Er zerrte das Eisentor auf und blieb keuchend hinter der Steinpforte stehen.
Er lauschte in die Dunkelheit, doch es war schwierig, noch etwas anderes als die Sirenen zu hören. Mittlerweile wurde Vollalarm signalisiert. Die feindlichen Flieger mussten sich in unmittelbarer Stadtnähe befinden. Vorsichtig blickte Oppenheimer zurück zur Villa.
Das einzige Licht waren die Strahlen der Flakscheinwerfer, doch mittlerweile hatten sich seine Augen so weit an die Dunkelheit gewöhnt, dass er wenigstens Konturen erkennen konnte.
Nein, da war niemand. Sie verfolgten ihn nicht.
Erleichtert atmete Oppenheimer auf und lehnte sich gegen die Steinpforte.
Über das, was er als Nächstes tat, dachte er nicht lang nach. Oppenheimers linke Hand glitt in die Innentasche des Mantels und holte das Pervitin-Röhrchen hervor. Hektisch schüttelte er zwei Tabletten heraus und warf diese dann in seinen Mund.
Obwohl die Wirkung des Mittels nicht so schnell einsetzte, spürte er, wie er sich beruhigte.
Außer den Sirenen war jetzt noch ein anderes Geräusch zu hören: Der Himmel war von einem feindseligen Brummen erfüllt. In der Ferne detonierte die erste Bombe.
Oppenheimer erkannte, dass er sich immer noch in Gefahr befand. Doch nicht Thorwald und seine Dämonen waren hinter ihm her, sondern die feindlichen Flugzeuge.
Trotz allem war Oppenheimer zum ersten Mal über einen Luftangriff froh.

28

Mittwoch, 7. März 1945

Lisas gleichmäßigem Atmen zuzuhören war alles, was Oppenheimer wollte. Nur nicht nachdenken. Nur nicht diesen Moment kaputt machen.
Er ließ seinen Kopf wieder auf das Kissen sinken und blickte zur Seite. Obwohl sich in der Dunkelheit nichts erkennen ließ, spürte er die Wärme, die Lisas Körper ausstrahlte. Er streckte seine Hand aus, um sich zu vergewissern, dass sie noch da war. Nein, es war kein Traum.
Er spürte ihre Haut. Sanft legte er seine Hand auf ihre Hüfte. Doch es half nichts. Missgelaunt registrierte er, dass er wieder nachzudenken begonnen hatte. Was immer er auch tat, sein Gehirn wollte einfach keine Ruhe geben. Er beschäftigte sich erneut damit, wie es jetzt weitergehen würde, was er tun musste, um Hilde zu retten, wenn es denn überhaupt eine Rettung gab.
Das Pervitin wirkte immer noch. Da er in den letzten Monaten nichts mehr genommen hatte, reichten nun schon zwei Tabletten aus, um ihn die ganze Nacht über wach zu halten. Er war schwach geworden, hatte sich geschlagen gegeben, doch der Zorn darüber hielt sich in Grenzen. Denn auf diese Weise verpasste er wenigstens keine Sekunde, in der er mit Lisa zusammen war, und bekam bei vollem Bewusstsein mit, was sonst in dem Schattenreich zwischen Wachsein und Traum stattfand.
Oppenheimer hatte Glück gehabt und nach seiner überstürzten Flucht aus Thorwalds Villa noch rechtzeitig die unterirdischen

Gänge der U-Bahn-Station *Knie* erreicht. Der Angriff war schon kurz nach neun Uhr vorbei gewesen, und sobald die Züge wieder fuhren, wollte sich Oppenheimer auf den Rückweg zu seiner Wohnung in Tempelhof machen.
Doch bei der Einfahrt der Ringbahn in die Station Schöneberg hatte er zufällig eine Durchsage für den Zug nach Potsdam gehört. Wahrscheinlich lag es zum Teil auch an der Wirkung des Pervitins, dass er urplötzlich eine tiefe Sehnsucht nach Lisa verspürt hatte und spontan aus dem Zug gestiegen war. Aus heiterem Himmel Lisa aufzusuchen, das war durchaus riskant, weil sie als Untermieterin bei einer Nazi-Sympathisantin untergekommen war, doch die chemische Substanz in Oppenheimers Körper ließ ihn glauben, dieses Risiko eingehen zu können.
Er wollte Lisa wiedersehen, und zwar nicht für ein paar gestohlene Stunden in der Öffentlichkeit. Er wollte ihren Körper spüren, den Duft ihrer Haut einatmen, so, als sei nichts geschehen, als hätte es die letzten Monate, in denen sie voneinander getrennt waren, nicht gegeben.
Es hatte einige Zeit gedauert, ehe Oppenheimer im peitschenden Schneeregen Lisas Wohnung gefunden hatte, denn die Straßenzüge waren ihm leider nicht vertraut genug, um sich in der Nacht problemlos zurechtfinden zu können. Von ihren Erzählungen wusste er, dass sie im ersten Stockwerk ein Eckzimmer bewohnte, und so hatte er es riskiert, kleine Steine gegen das Fenster zu werfen, bis sie aufgetaucht war.
Beim Öffnen der Haustür hatte Lisa ihn vorwurfsvoll angeblickt, doch nachdem sie mit angehaltenem Atem in ihr Zimmer hinaufgeschlichen waren und die Tür ihrer Wohnstube abgeriegelt hatten, war davon nichts mehr zu spüren.
Dass Lisa ihn bei der Umarmung fest an sich presste, ließ erahnen, wie verzweifelt sie war. In der Öffentlichkeit konnte sie dies gut verbergen, konnte der Welt trotzig die Stirn bieten, so,

als würde alles an ihr abperlen. Oppenheimer war sich jedoch stets bewusst, dass ihre Trennung sie stärker belastete, als es den Anschein hatte.
Bei dem hektischen Liebesakt hatten sich ihre beiden Körper ineinandergeschlungen, gleichzeitig versuchten sie, kein Geräusch zu machen. Zuerst mussten sie das aufgestaute Verlangen befriedigen, ehe sie still beieinanderliegen konnten und Platz für Zärtlichkeit war. Als Oppenheimer mit Lisa zusammengelebt hatte, war ihm das traute Beieinandersein zur Gewohnheit geworden, so dass er es kaum noch wertgeschätzt hatte. Doch jetzt erschien es ihm unendlich kostbar, noch einmal erleben zu können, wie sich ihr schlafender Körper an ihn schmiegte.
Oppenheimer legte seinen Kopf auf Lisas Schulter. Er hatte keine Ahnung, wie spät es war. Voller Wehmut dachte er daran, dass er sie in wenigen Stunden wieder hier zurücklassen musste. Die Verdunklung vor den Fenstern verbarg die Trostlosigkeit der kleinen Wohnung, lediglich an den Rändern der schwarzen Pappe ließ sich bereits der Lichtschein des Morgengrauens erahnen.
Oppenheimer überlegte gerade, ob es eine Möglichkeit gab, seinen Abschied hinauszuzögern, als sich Lisa bewegte. Noch ehe sie richtig wach war, murmelte sie: »Du musst gleich gehen. Der Hausdrache steht früh auf.«
»Wir haben noch etwas Zeit.« Oppenheimer seufzte.
Lisa lächelte mit geschlossenen Augen. »Es ist die Lerche, Romeo.«
Auch Oppenheimer schmunzelte. »Es ist irgendwie unheimlich, wenn du um fünf Uhr in der Früh Hochkultur zitierst.«
»Du hättest eben keine Lehrerin heiraten sollen.«
Für einen kurzen Moment dachte Oppenheimer an die unbeschwerte Zeit, als sie sich kennengelernt hatten. Als die Natio-

nalsozialisten noch nicht die Macht an sich gerissen hatten und kaum jemand einen Anlass sah, über ihr Zusammensein die Nase zu rümpfen – wenn man einmal vom Kollegium an Lisas Schule absah. Obwohl viele ihrer Lehrerkollegen der Auffassung waren, dass eine verheiratete Frau von ihrem Mann versorgt werden sollte, wollte Lisa ihre Stelle nach der Heirat nicht aufgeben.

Ihre Selbständigkeit war ein Charakterzug, der Oppenheimer jedes Mal aufs Neue imponierte. Und tatsächlich hatte sie auch diesmal einen Weg gefunden, um sich durchzusetzen und die Jahre bis zu ihrer Schwangerschaft als Lehrerin zu arbeiten. Als Emilia schließlich gestorben war, gab es für Lisa bereits keine Möglichkeit mehr, in ihren Beruf zurückzukehren, weil sie mit einem Juden verheiratet war.

Traurig dachte Oppenheimer daran, wie viel sie für ihn aufgegeben hatte. Doch es war nicht sinnvoll, länger hierzubleiben und zu riskieren, dass Frau Lindenschmidt ihre Mieterin mit Herrenbesuch überraschte. Lisa würde dann erst recht in Schwierigkeiten geraten.

»Ich gehe besser«, flüsterte Oppenheimer und setzte sich auf. Obwohl ihm der Abschied von Lisa heute besonders schwerfiel, raffte er eilig seine Sachen zusammen. Zum Abschied wagten sie nur einen verstohlenen Kuss zwischen Tür und Angel.

Auf der Straße musste Oppenheimer seinen Hut festhalten, da ein scharfer Wind wehte. Das Morgengrauen war so weit fortgeschritten, dass man bereits schattenlose Umrisse erkennen konnte. Sicher würden bald auch die ersten Züge fahren.

Doch Oppenheimer war vorsichtig. Nach ein paar Schritten wandte er sich um, so, als würde er auf etwas warten, doch in Wirklichkeit wollte er nur kaschieren, dass er seine Umgebung ausspähte.

Beruhigt registrierte er, dass die Straße immer noch leer war.

Allerdings bildete er sich ein, am Rand seines Gesichtsfeldes eine Bewegung wahrzunehmen.
Oppenheimer suchte die Fenster im oberen Stockwerk des Mietshauses ab, aber sie waren noch verdunkelt. Lisa konnte es also nicht gewesen sein.
Erst danach erkannte er, dass vor einem der Fenster im Erdgeschoss keine schwarze Pappe hing. Bewegte sich dahinter tatsächlich die gehäkelte Gardine?
Oppenheimer kam sich auf einmal töricht vor. Ihm wurde bewusst, wie verdächtig sein Verhalten wirkte. Was würden die Anwohner wohl denken, wenn eine fremde Gestalt frühmorgens auf dem Gehsteig stand und die Häuser anstarrte?
Es war besser, so schnell wie möglich zu verschwinden.

Bei Oppenheimers Rückkehr in die Stadt wirkte Berlin wie ein zerfließendes Aquarell. Die Hauptstraßen, immer noch mit Flüchtlingstrecks und steil in den Himmel ragenden Panzersperren verstopft, das nahezu unpassierbare Ruinenfeld der Nebenstraßen, die Pioniertruppen der Wehrmacht, die wie Spechte an den Brücken klopften, um Sprengsätze anzubringen – dies alles verwischte zu einem dunkelgrauen Brei aus Bewegung und Schatten, in dem sich kaum noch etwas auseinanderhalten ließ.
Als Oppenheimer in sein Viertel kam, sah er, dass sich die Nachbarn nicht einmal mehr die Mühe machten, im Umkreis ihrer Behausung aufzuräumen. Offenbar hatten sie vor dem allgegenwärtigen Geröll und dem Staub endgültig kapituliert.
Das Mietshaus, in dem Oppenheimer wohnte, war bereits in Sichtweite gekommen, als ihm jemand etwas zuzischte. Überrascht blieb er stehen. Eine Frau in einem dicken Mantel stolperte auf ihn zu. An dem um die Taille geschlungenen Gürtel erkannte er Frau Baranowski, noch ehe sie ihren Regenschirm anhob.

»Nur nicht auffallen«, raunte sie. »Kommen Sie mit. Es ist wichtig.«

Mit diesen Worten hakte sie sich bei Oppenheimer unter und zerrte ihn in die entgegengesetzte Richtung. Erst als sie die Berliner Straße überquert hatten, verlangsamte sie ihren Schritt.

»Puh, das war knapp.« Frau Baranowski atmete auf. »Zum Glück habe ich Sie von meinem Fenster aus gesehen.«

»Haben Sie etwa auf mich gewartet?«

»Ich bin nicht die Einzige. Heute früh sind ein paar Heinis vom Volkssturm gekommen. Einer von denen sitzt noch vor Ihrer Wohnungstür.«

Oppenheimer machte ein ernstes Gesicht. »Also wollen Sie mich einberufen.«

»An Ihrer Stelle würde ich nicht mehr zurückkehren. Bringt doch nichts, sich totschießen zu lassen, nur damit die Bonzen ein paar Tage länger leben.«

Irritiert blickte sich Oppenheimer um. »Wo wollen wir eigentlich hin?«

»Keine Ahnung, nur weg von denen.«

Schweigend liefen sie weiter und passierten ein unbebautes Grundstück, in dessen Mitte ein riesiger Bombenkrater voller Eiswasser klaffte.

Oppenheimer kam nicht einmal dazu, niedergeschlagen zu sein, denn in seinem Kopf jagten sich die Gedanken. Er musste seine Planungen ändern. Jetzt hatte er kein Dach mehr über dem Kopf, und wenn er in den nächsten Tagen nicht auftauchte, würde der Volkssturm sicher nach ihm fahnden. Eigentlich durfte er sich nicht mehr in die Öffentlichkeit wagen, aber zum Glück war Berlin groß, und es würde zunächst wohl genügen, wenn er um Tempelhof einen großen Bogen machte. Doch selbst dann konnte man nicht ausschließen, dass ihm irgendwo anders ein Bekannter vom Volkssturm über den Weg lief.

Er seufzte unzufrieden, als er über diese neuen Komplikationen nachdachte.
Frau Baranowski blickte ihn mitfühlend von der Seite an. »Sie wissen wohl nicht, wo Sie jetzt schlafen sollen?«
»Ach, ich komme irgendwo unter. Bekannte von Bekannten, Sie wissen schon.« Oppenheimer brachte ein Augenzwinkern zustande, doch Frau Baranowski schien ihm nicht abzukaufen, dass er das alles auf die leichte Schulter nahm.
»Ach, da müssen Sie jetzt durch.« Sie drückte seinen Arm. »Wird nicht mehr lang dauern. Haben Sie schon die letzten Frontberichte gehört? Köln ist so gut wie gefallen, und auch vor Düsseldorf steht der Feind bereits. Die deutschen Truppen haben jetzt die Rheinbrücken gesprengt, damit die Amerikaner und Engländer nicht rüberkommen. Aber jede Wette, das wird die nicht lang aufhalten.« Plötzlich lachte sie. »Meine Schwester – mittlerweile kriegt sie bei jedem OKW-Bericht einen halben Herzanfall. Und ich, nun ja, ich denke mir meinen Teil.« Sie grinste breit und blickte versonnen vor sich hin.
Sie hatten schon fast die Manteuffelstraße erreicht, als Frau Baranowski stehen blieb.
»Tja, das war es dann wohl. Ich muss jetzt wieder zurück.« Unschlüssig fügte sie hinzu: »Ich schätze, dass wir uns nicht mehr sehen werden?«
Oppenheimer wusste zunächst nicht, was er antworten sollte. Nach einem Räuspern sagte er: »Das kann man nicht wissen. Wer weiß, was noch passiert. Also, ich möchte mich auf jeden Fall bei Ihnen sehr herzlich für alles bedanken.«
Damit schüttelte er ihr die Hand, doch Frau Baranowski nutzte die Gelegenheit, um ihm einen Kuss auf die Wange zu drücken. »Also, wie man in Berlin so schön sagt: Bleiben Sie übrig.«
Nach dieser Verabschiedung lief sie zurück zum Mietshaus, in das Oppenheimer nun keinen Schritt mehr setzen durfte. Ge-

dankenversunken blickte er ihr hinterher. Schon bald war Frau Baranowski nur noch eine der unzähligen grauen Gestalten zwischen den Trümmern.
Oppenheimer fragte sich, was mit ihr geschehen würde.

»Ick hab mir doch jedacht, dass der Herr Kommissar dit nich auf sich sitzen lassen woll'n.«
Der Schwere Ede strahlte über das ganze Gesicht, und das lag nicht an der Deckenlampe, deren Licht von seinem glänzenden Kahlkopf reflektiert wurde.
Oppenheimer saß wieder im Hinterzimmer von Edes Spelunke und hatte ihm gerade ausführlich erklärt, dass er im Fall Hauser ermittelte, weil eine unbescholtene Freundin von ihm verdächtigt wurde. Viel wichtiger war für Ede jedoch der Hinweis, dass das Mordopfer Verbindungen zu einem Wahrsager namens Thorwald hatte, dessen aufwendiger Lebensstil nahelegte, dass er seine Anhänger ausbeutete. Interessiert hörte der Ganove zu, als Oppenheimer von seiner Vermutung berichtete, dass Thorwald auch das Silbergeld von Hauser einkassiert haben könnte.
»Ich habe leider keine Beweise«, erklärte Oppenheimer, »aber nachdem ich Thorwald persönlich kennengelernt habe, ist er für mich der Hauptverdächtige. Vielleicht hat Hauser eine unachtsame Bemerkung gemacht, vielleicht steckte er auch mit Thorwald unter einer Decke.«
»Und dann wollte dieser Thorwald die janzen Moneten für sich selbst ha'm.« Ede nickte. »Ick versteh schon. Dem feinen Herrn werden wir mal eenen Besuch abstatten.«
Kaum hatte Ede diese Worte ausgesprochen, als das Licht über seinem Kopf erlosch.
»So'n Scheibenkleister!«, fluchte er. »Wieder Stromsperre.«
Erst jetzt bemerkte Oppenheimer, wie wenig Licht durch das

kleine Fenster mit den nikotinverfärbten Gardinen hereinfiel. Er beugte sich vor und redete eindringlich auf Ede ein.
»Wir dürfen Thorwald auf keinen Fall zu früh warnen, sonst verschwindet er. Und meine Bekannte wandert dann wegen Mordes an den Galgen.«
»Damit hab ick nix am Hut, Herr Kommissar. Dit müssen Se selbst lösen.«
»Bitte gib mir noch ein paar Tage. Ich habe einen Plan, bei dem wir alle auf unsere Kosten kommen.«
Ede blickte ihn aufmerksam an. »Nu, dann schießen Se mal los.«
Aus dem Wirtshaus drang Stimmengewirr herein, als ein baumlanger Kerl das Zimmer betrat. Es war der *Kleene Hans*, der Oppenheimer damals zu der Übergabe der Morphiumkisten begleitet hatte. Schlotternd knetete er seine Finger.
Unwirsch drehte sich Ede ihm zu und fauchte ihn an: »Na wat denn? Siehste nich, ick bin beschäftigt!«
Der Kleene Hans räusperte sich verlegen. »Kann ick mal kurz annen Ofen? Die Hände aufwärmen?«
»Also jut«, grummelte Ede. »Der Kleene hat zu wenig Blut. Friert ewig.« Dann erklärte er Hans: »Dann hör mal jut zu, wat der Kommissar zu sagen hat. Von dem kannste noch wat lernen!«
Hans nickte, hockte sich vor den gusseisernen Ofen und rieb sich die Hände.
»Also, Sie ham ’nen Plan, Herr Kommissar?«
»Ja, also zu Thorwald«, begann er. »Ihr könnt ruhig seine Villa beobachten, um sicherzugehen, dass er nicht verschwindet. Aber bevor ihr etwas unternehmt, muss ich wissen, ob er in den Mord an Hauser verwickelt ist. Ich bin bei ihm gewesen, aber er hat mich durchschaut. Obwohl ich noch im Dunkeln tappe, vermutet er, dass ich etwas weiß. Er hat versucht, das herauszubekommen. Deswegen will ich den Lockvogel spielen.«

Doch der Schwere Ede blickte ihn fragend an. »Ick versteh nich so janz.«
»Ganz einfach«, fuhr Oppenheimer fort. »Ich werde mich in den nächsten Tagen häufiger bei Thorwalds Villa blicken lassen. Er wird es schnell bemerken, wenn ich vor seinem Zaun herumstreune. Ich will bei ihm eine Reaktion provozieren. Wenn Thorwald tatsächlich Hauser auf dem Gewissen hat, muss er früher oder später handeln.«
»Und dann räumen wir dem Jroßkotz sein Haus aus!«, rief Ede. Seine Augen funkelten voller Tatendrang.

Allmählich kroch in Oppenheimer die Müdigkeit hoch. Er wusste, dass die Wirkung des Pervitins nachließ. Sein Körper forderte den entgangenen Schlaf. Doch weil er momentan kein Bett mehr hatte, um ein Nickerchen machen zu können, ignorierte er seine Skrupel und nahm eine weitere Tablette. Dies sollte reichen, um bis abends auf Draht zu sein.
Als er sich nach einer wärmenden Tasse Tee in Edes Kneipe auf den Weg zu Kuhns Kanzlei machte, schienen die Leute, denen er in der Stadt begegnete, aufgeregt zu sein. Eine Erklärung dafür bekam er erst in der S-Bahn, wo er einige geflüsterte Bemerkungen aufschnappte, denen zufolge es die Amerikaner geschafft hatten, irgendwo über den Rhein zu setzen. An weitere Informationen gelangte er leider nicht. Die Leute beließen es nur bei Anspielungen und verstummten sofort, wenn sie den Eindruck hatten, belauscht zu werden.
Falls dieses Gerücht wirklich den Tatsachen entsprach und sich die US-Soldaten östlich des Rheins festsetzen konnten, rechnete Oppenheimer damit, dass die westalliierten Streitkräfte versuchen würden, Berlin noch vor den russischen Truppen zu erreichen. Mit der Überschreitung des Rheins wäre dann auch die letzte Etappe im Rennen um Berlin eröffnet.

Als er kurz vor drei Uhr vom Schlesischen Bahnhof aus zu Kuhns Kanzlei lief, hielt Oppenheimer instinktiv nach Paule und dem Kleenen Hans Ausschau. Der Schwere Ede hatte sie dazu verdonnert, in den folgenden Tagen auf Oppenheimer aufzupassen, um ihren Fehler bei der Übergabe des Morphiums wiedergutzumachen. So weit er es beurteilen konnte, waren sie herausragend talentiert, wenn es darum ging, bei der Beschattung von Personen unauffällig zu bleiben. Dass Oppenheimer hin und wieder den Kopf von Hans aus der Menschenmenge herausragen sah, war das einzige Zeichen dafür, dass sie ihm auch tatsächlich folgten.
Ede hatte ihm drei Tage Zeit gegeben. Sollte Thorwald bis dahin nicht reagiert haben, würden seine Leute in dessen Villa einsteigen und sich auf eigene Faust auf die Suche nach dem verschwundenen Silbergeld machen. Obwohl der Ganove es nicht erwähnt hatte, ging Oppenheimer davon aus, dass sie bestimmt auch Thorwalds übrige Wertgegenstände mitgehen lassen würden. Die Zeit arbeitete gegen ihn. Er fühlte sich extrem unwohl und konnte nur inständig hoffen, dass es ihm bis zum Ende der Frist gelingen würde, den Wahrsager aus der Reserve zu locken.
Da er in den nächsten Tagen häufiger bei dessen Villa vorbeischauen wollte, musste er mobil sein. Sich allerdings auf die völlig überlasteten öffentlichen Verkehrsmittel zu verlassen, das wäre fahrlässig gewesen. Zu viele Züge fielen aus, und selbst bei den noch funktionierenden Verbindungen wurde der Fahrplan nur selten eingehalten. Also hatte Oppenheimer den Schweren Ede nach einigem Zögern darum gebeten, ihm aus Hildes versiegelter Wohnung ihr Fahrrad zu bringen. Schließlich hatte er Spezialisten an der Hand, die unbemerkt eine Wohnung ausrauben konnten. Sein schlechtes Gewissen versuchte er mit der Einsicht zu besänftigen, dass Hilde ihr Fahr-

rad derzeit nicht benutzen konnte und man ihren gesamten Besitz im Falle einer Verurteilung ohnehin konfiszieren würde. Außerdem nutzte er die Gelegenheit, um auch gleich sein Grammophon und die Schallplatten aus der Wohnung entfernen zu lassen. Zwar konnte er seine kostbare Sammlung momentan nirgendwo unterbringen, doch es war ein gutes Gefühl, zu wissen, dass Ede sie bei sich aufbewahren würde.

Als das Gebäude in Oppenheimers Blickfeld kam, in dem Kuhns Kanzlei untergebracht war, hielt er überrascht inne.

Es gab keinen Zweifel: Vor dem Eingang stand Kuhns Droschke. Hatte er sich etwa bereits so weit erholt, dass er in sein Büro zurückgekehrt war? Vorgestern, als Oppenheimer den Zusammenbruch des Rechtsanwalts miterlebt hatte, war ihm dies noch unmöglich erschienen.

Er setzte sich wieder in Bewegung. Seine Schritte wurden immer schneller. Die letzten paar Meter bis zum Eingang legte er unter den irritierten Blicken der Passanten im Laufschritt zurück.

Doch als er ins Besprechungszimmer platzte, befanden sich dort nur Schmude und Seibold, beide offenbar in trüber Stimmung. Schmude saß auf der Tischkante und blickte, die Arme verschränkt, aus dem Fenster.

»Kuhn hat uns seine Droschke zur Verfügung gestellt«, erklärte er auf Oppenheimers Frage hin. »Er meint, dass wir damit Zeit sparen, falls sich etwas ergibt.«

Sofort fragte sich Oppenheimer, ob es nicht sinnvoller wäre, sich in den nächsten Tagen statt mit Hildes Fahrrad lieber in Kuhns Droschke durch die Stadt zu bewegen. Aber im gleichen Augenblick verwarf er diesen Gedanken wieder. Natürlich, die Droschke wäre deutlich komfortabler, doch er würde damit auch mehr auffallen, was nicht in seinem Sinn war. Falls Thorwald jemanden auf Oppenheimers Spur ansetzte, dann wollte er ihn nicht gleich verschrecken. Außerdem würde er ohne die Begleitung eines Kutschers angreifbarer wirken. Es war also besser, Hildes Fahrrad zu nehmen.

»Und was ist mit Kuhn?«, fragte Oppenheimer.

»Er will dich sehen«, antwortete Schmude und rutschte vom Tisch herab. »Einen Grund hat er nicht genannt. Am besten, du lässt den Mantel an. Ich bringe dich gleich zu ihm.«

Oppenheimer hatte keine Vorstellung davon, was Kuhn von ihm wollte. Doch darüber hinaus beschäftigte ihn noch eine weitere Frage. »Gibt es Neuigkeiten vom Frontverlauf? Ich habe gehört, dass irgendetwas an der Westfront geschehen sein soll.«

»Du meinst, dass die Amerikaner über den Rhein gekommen sind?«, fragte Seibold. »Das stimmt so weit. Bei Remagen gibt es eine Brücke, die von den deutschen Truppen versehentlich nicht gesprengt wurde. Dort haben sie jetzt übergesetzt und auf der Ostseite einen Brückenkopf errichtet. Aber leider hört man nichts mehr aus Chemnitz. Anscheinend wurde die Stadt dreimal hintereinander bombardiert. Das klingt ähnlich schlimm wie der Angriff auf Dresden.«

Schmude zog seinen Mantel an und schritt mit düsterer Miene auf Oppenheimer zu.

»Wir haben gerade andere Probleme«, sagte er. »Hilde hat einen Verhandlungstermin bekommen. Sie muss schon am Montag vor das Volksgericht.«

29

Mittwoch, 7. März 1945 –
Donnerstag, 8. März 1945

»Erwähne gegenüber Kuhn auf keinen Fall den Gerichtstermin«, riet Schmude. Die Droschke schaukelte, als sie über ein Schlagloch fuhren. »Ich habe ihm noch nichts davon gesagt, damit er sich nicht aufregt. Das fehlt uns noch, dass Kuhn einfach so wegstirbt.«

Oppenheimer war überrascht. »Dann will er mich also nicht wegen der anstehenden Verhandlung sehen?«

»Offenbar nicht. Der Termin wurde mir von seinem Sozius, Herrn Reuter, mitgeteilt. Offiziell wurden wir noch nicht benachrichtigt, aber einer von Kuhns Bekannten beim Volksgerichtshof wollte ihn vorwarnen und hat sich bei der Kanzlei gemeldet.«

»Die Verhandlung ist in fünf Tagen, und der Termin wurde noch nicht mitgeteilt?«

Schmude machte ein verdrießliches Gesicht. »Es gehört zu den üblichen Schikanen. Normalerweise gibt der Volksgerichtshof erst einen Tag vor der Verhandlung den Termin bekannt, damit die Verteidigung keine Zeit hat, sich vernünftig vorzubereiten. Ich habe mit Herrn Reuter ausgemacht, dass ich ihn bei der Verteidigung unterstütze. Als ehemaliger Anwalt kenne ich mich ja aus. Nicht, dass es etwas nutzen würde.«

Den Rest der Fahrt starrten sie trübsinnig auf die Straße, während ihnen der Fahrtwind ins Gesicht blies.

Kuhns Haus war so still wie ein Mausoleum. Ein Diener in

einer altertümlichen Livree öffnete ihnen die Haustür und bat sie, in einem Zimmer zu warten. Die dunklen Eichenmöbel wirkten so erdrückend, dass Oppenheimer fast Platzangst bekam.

»So was habe ich ja schon lang nicht mehr gesehen«, murmelte er, als er dem Diener hinterhersah.

»Das war längst noch nicht alles.« Auch Schmude war von der weihevollen Atmosphäre so eingeschüchtert, dass er nur zu flüstern wagte. »Kuhn zelebriert es richtig, zum alten Geldadel zu gehören. Er hat *vier Leute* als Hauspersonal. Abgesehen vom Kutscher. Keine Ahnung, wozu er die alle braucht. Vielleicht als Statussymbol. Oder es liegt daran, dass er Junggeselle ist.«

Sie hatten nicht bemerkt, dass während ihrer Unterhaltung ein Kammerdiener im schwarzen Frack eingetreten war. Diskret räusperte er sich.

»Herr Meier?«

Oppenheimer verstand dies als Aufforderung, dem Kammerdiener zu folgen.

Er wurde in ein Schlafzimmer geführt, in dem die Vorhänge halb zugezogen waren. Damit es nicht zu düster war, brannten in der Nähe des Betts Kerzen.

Mit Mühe konnte er unter dem voluminösen Oberbett Kuhns Körper ausmachen. Der massige Leib hob und senkte sich im Rhythmus des Atems. Oppenheimer sah den Anwalt zum ersten Mal ohne Brille. Überrascht registrierte er, dass Kuhn eine Stupsnase hatte, die so gar nicht zu seinem ansonsten imposanten Äußeren passen wollte.

Oppenheimer nahm einen Stuhl und setzte sich ans Bett. Durch das unvermeidbare Poltern wurde Kuhn auf seinen Gast aufmerksam.

»Herr Meier?«, fragte Kuhn mit kraftloser Stimme.

»Sie haben mich rufen lassen?«

»Wie steht es um Hilde?«, wollte Kuhn wissen.
Krampfhaft überlegte Oppenheimer, wie er seinem Gesprächspartner Zuversicht vermitteln konnte.
»Momentan gibt es noch nichts Neues«, erklärte er. »Doch ich habe einige Schritte in die Wege geleitet. In den nächsten Tagen wird sich bestimmt etwas tun, das sagt mir meine Erfahrung. Hilde hat Ihnen sicherlich verraten, dass ich früher bei der Strafverfolgung tätig war.«
»Natürlich, Herr Meier. Oder soll ich Sie Kommissar Oppenheimer nennen?«
Oppenheimer starrte Kuhn an, als er seinen richtigen Namen hörte. Und gleichzeitig wusste er, dass es zwecklos war, zu leugnen. »Wie Sie wünschen«, murmelte er. »Hat Ihnen Hilde davon erzählt?«
Kuhn schüttelte den Kopf. Schon diese kleine Bewegung schien ihm einige Kraft zu kosten. »Nein, sie rückte mit der Sprache nicht heraus, hat nur gesagt, dass sie Ihnen vollständig vertraut, also habe ich Sie hinzugezogen. Es hat eine Zeit gedauert, ehe ich Sie erkannt habe. Wir sind schon mal bei Gericht aneinander vorbeigelaufen. Wahrscheinlich können Sie sich nicht mehr daran erinnern, denn das ist schon ewig her. Seitdem haben Sie sich ziemlich verändert.«
»Nun ja, hübscher bin ich wohl nicht geworden. Aber wenigstens bin ich froh darum, dass man mich nicht auf Anhieb wiedererkennt. Das hätte unsere Arbeit erschwert.«
»Ich habe Sie kommen lassen, weil ich Ihnen etwas sagen möchte. Solange mir das noch möglich ist.«
Oppenheimer bemerkte nicht, wie er sich vorbeugte, um Kuhn besser verstehen zu können.
»Hilde hat nur noch Sie«, wisperte Kuhn. »Ich weiß nicht, wann oder ob ich noch einsatzfähig sein werde. Nur von Ihnen hängt es jetzt ab, was mit ihr geschieht, Oppenheimer. Vergessen Sie

das nicht. Sie hat großes Vertrauen in Ihre Fähigkeiten. Ich hoffe, dass Hildes Einschätzung, was Sie angeht, gerechtfertigt ist.«
Es war nicht schwer, zu erraten, dass dies eine Anspielung auf Hildes Ehemann Hauser war, in dem sie sich offensichtlich getäuscht hatte. Damit hatte Kuhn alles gesagt, was ihm auf dem Herzen lag. Oppenheimer wartete noch eine Weile, doch als dann nichts mehr von Kuhn kam, erhob er sich.
Er wollte gerade den Stuhl zurückstellen, als er erstarrte. Auf einer Kommode standen unzählige gerahmte Fotografien. Oppenheimer hatte bei seinem kurzen Blick darauf den Eindruck gehabt, ein Gesicht wiederzuerkennen.
Da er es unhöflich fand, sie allzu deutlich anzustarren, widerstand er dem Drang, sich vorzubeugen. Während er aus der Distanz die Bilder betrachtete, fiel ihm unter den ihm fremden Personen eine junge Frau auf, die ihm irgendwie bekannt vorkam.
»Entschuldigung«, wandte er sich an Kuhn und zeigte auf das Foto, »darf ich mir das mal kurz ansehen?«
Kuhn brummte zustimmend.
Oppenheimer nahm das Foto in die Hand und betrachtete es eingehend.
Tatsächlich, er hatte sich nicht getäuscht.
Der Kleidung nach zu urteilen stammte das Bild vermutlich aus der Zeit unmittelbar nach dem Ersten Weltkrieg. Drei junge Leute standen vor einem altertümlichen Auto, doch von dem Herrn auf der rechten Seite ragte nur eine Schulter ins Bild. Obwohl die Gesichtszüge der jungen Frau noch nicht so prägnant waren, wie sie es später einmal werden sollten, erkannte Oppenheimer sie wieder. Voller Lebenslust strahlte sie in die Kamera. Die Lachfalten an den Augen der jungen Frau hatte er schon häufig gesehen.
»So sah Hilde damals aus?«

Kuhn antwortete mit einer Gegenfrage. »Ist das die einzige Person, die Sie auf dem Bild erkennen? Sie dürfen es ruhig aus dem Rahmen nehmen.«

Oppenheimer löste den Verschluss auf der Rückseite. Kuhn hatte die Fotografie auf der rechten Seite nach hinten geklappt, damit sie hineinpasste. Nachdem er das Bild zur vollen Größe auseinandergefaltet hatte, dauerte es einen Moment, ehe ihm bewusst wurde, dass er auch den beiden jungen Herren, die neben Hilde standen, bereits begegnet war.

»Das kann doch nicht sein«, platzte es aus ihm heraus. »Das sind Sie und …«

»Hauser«, vervollständigte Kuhn Oppenheimers Satz.

Oppenheimer starrte auf das Abbild des jungen Erich Hauser.

»Sie kannten ihn also?«

»Ich war nicht daran interessiert, ihn kennenzulernen. Er war mein Nebenbuhler, also habe ich ihm die Pest an den Hals gewünscht. Das ist leider das einzige vernünftige Foto, das ich von Hilde habe, sonst hätte ich es mir nicht auf die Kommode gestellt.«

Kuhn brauchte nicht mehr zu sagen. Oppenheimer konnte sich zusammenreimen, was vorgefallen war. Der junge Kuhn hatte Hilde kennengelernt, als sie zu ihrem Onkel nach Berlin gezogen war. Ob er sich zuerst in sie verliebt hatte und Hauser dazwischenfunkte, oder ob es umgekehrt war, spielte für Oppenheimer keine Rolle. Wichtig war nur, dass Hilde schließlich den strebsamen Mediziner Hauser als Ehemann gewählt hatte, während sich Kuhn stattdessen auf seine Karriere konzentrierte. So oder ähnlich musste es sich abgespielt haben. Es war wohl Ironie des Schicksals, dass die unbeugsame Regimegegnerin Hilde als junge Dame ausgerechnet mit zwei Männern engeren Kontakt hatte, die sich später der nationalsozialistischen Ideologie anbiederten. Doch eine wichtige Frage blieb dabei offen.

Oppenheimer legte das Foto zurück, ohne es wieder in den Rahmen zu stecken. »Warum haben Sie mir nicht gesagt, dass Sie ihn kennen? Vielleicht verfügen Sie über Kenntnisse, die wir für die Verteidigung nutzen können.«

»Denken Sie, dass ich nicht daran gedacht habe?« Für einen kurzen Augenblick sah es so aus, als würde Kuhn sich aufregen. Aber er war wohl zu geschwächt dazu. »Wenn ich etwas wissen würde, dann hätte ich es schon längst verwendet. Dieser Mensch hat Hilde nur Scherereien gemacht. Sie hätte andere Möglichkeiten gehabt, doch sie wollte nicht hören. Wer auch immer Hauser abgemurkst hat, der Mörder hat der Welt einen Gefallen erwiesen.«

»Wer weiß, möglicherweise war sein Ende tatsächlich gerechtfertigt«, sagte Oppenheimer zu sich selbst.

»Ich sage Ihnen nur eines, Oppenheimer, jetzt liegt es an Ihnen. Also strengen Sie sich gefälligst an.« Dabei zog Kuhn eine seiner Augenbrauen hoch.

Oppenheimer nickte und musste gleichzeitig lächeln. Er hatte sich stets gewundert, warum Hilde einen Parteigenossen mit ihrer Verteidigung beauftragt hatte, und noch viel mehr hatte er darüber gestaunt, dass dieser bereit war, so viel Zeit und Energie zu investieren. Die Antwort darauf hatte die ganze Zeit über in einem Bilderrahmen gesteckt. Offenbar war der drohende Prozess vor dem Volksgerichtshof für Kuhn eine größere Belastung gewesen, als er nach außen hin zeigte, und womöglich hatte er aus Sorge um Hilde einen Herzanfall bekommen. Kuhn ging es mittlerweile anscheinend wieder so gut, dass er sich als strenge Autoritätsperson aufspielen konnte. Aber Oppenheimer wusste jetzt, dass es nur eine Fassade war, hinter der sich noch etwas anderes verbarg.

In den folgenden Stunden kam sich Oppenheimer höchst albern vor. Nach seiner Unterredung mit Kuhn fragte er Schmude, ob er eine Übernachtungsmöglichkeit für ihn habe, da der Volkssturm hinter ihm her sei. Dem Schweren Ede gegenüber hatte er sein Problem nicht erwähnt, denn Oppenheimer wusste, dass der Ganove für jeden erwiesenen Gefallen früher oder später eine Gegenleistung verlangte.

Zum Glück fiel Schmude nach kurzem Nachdenken eine Lösung des Problems ein. Oppenheimer sollte am Abend zu seinem Modegeschäft kommen. Während der Laden geschlossen war, gab es eine Möglichkeit, ihn dort unterzubringen, aber tagsüber würde er sich in der Stadt aufhalten müssen. Was Oppenheimer sowieso ganz recht war, da er auf diese Weise Thorwald die größte Angriffsfläche bot.

Um den Hellseher zu einer Reaktion zu veranlassen, fuhr er am späten Nachmittag noch einmal nach Charlottenburg. In der Innenstadt war die U-Bahn wie üblich mit Fahrgästen vollgestopft.

Unter dem Eindruck der Bombardierungen hatten die Berliner ihren Ortsteilen neue Namen verpasst. Steglitz nannten sie jetzt *Stehtnix*, Lichterfelde wurde zu *Trichterfelde* umgedichtet, und Charlottenburg war mittlerweile auch als *Klamottenburg* bekannt. Doch trotz aller Verwüstungen stand Thorwalds Villa immer noch.

Als Oppenheimer vor der Residenz des Scharlatans ankam, registrierte er, dass ihn seine Aufpasser nicht aus den Augen verloren hatten. In einigen Metern Entfernung postierte sich Hans diskret hinter einem Mauervorsprung, während Paule auf der gegenüberliegenden Straßenseite an einem Baum lehnte.

Vor dem schmiedeeisernen Tor zermarterte sich Oppenheimer das Gehirn, was er anstellen konnte, um Thorwald möglichst stark zu beunruhigen. Er kam sich wie ein Theatermime vor, auf die Bühne gezerrt, ohne eine Ahnung zu haben, welches Stück gespielt wird. Also versuchte er, in bester Schauspielermanier zu improvisieren, setzte einen Gesichtsausdruck auf, von dem er hoffte, dass er finster wirkte, und stolzierte am Eisengitter vorbei. Er stellte sich dabei vor, dass er ein amerikanischer Gangster war, wie ihn Edward G. Robinson in unzähligen Filmen verkörpert hatte. Aber nach einigen Minuten gab er es auf, Robinsons Blick zu imitieren. Er wollte es ja nicht übertreiben.

Zum Glück war er vom Haus aus durch die blattlose Hecke problemlos zu erkennen. Allerdings konnte sich Oppenheimer nicht sicher sein, dass ihn tatsächlich jemand gesehen hatte.

Nach etwa zwanzig Minuten beschloss er, am nächsten Morgen zurückzukehren. Das einzige Lebenszeichen in der Villa war eine Lichtreflexion hinter einem Fenster gewesen. Hatte ihn vielleicht jemand durch einen Feldstecher beobachtet? Hatten sie ihn wiedererkannt? Wurden sie nervös?

Gerade noch rechtzeitig zum Ladenschluss erreichte er Schmudes Damenbekleidungsgeschäft. Da es von Thorwalds Villa aus nur ein Katzensprung war, hatte er den Weg zu Fuß zurückgelegt. Das war immer noch besser, als sich in überfüllte Züge zu quetschen. Im Laden hielt sich noch Kundschaft auf, deshalb nahm ihn Schmude diskret beiseite und führte ihn eine Treppe hinauf.

In den letzten Stunden hatte eine große Müdigkeit von Oppenheimer Besitz ergriffen, und so dauerte es eine Weile, bis er nach oben getrottet war. Die Wirkung des Pervitins war verflogen, jetzt forderte sein Körper den ihm verweigerten Schlaf ein. Um sich selbst auszutricksen, gab es nur die Möglichkeit, eine weitere Tablette zu nehmen, doch Oppenheimer war sich bewusst, dass er Gefahr lief, in die alten Verhaltensweisen zurückzufallen. Er hatte in den letzten Stunden schon genug von dem

Zeug genommen, und wenn er nicht aufpasste, dann würde er bald wieder abhängig davon sein. Außerdem befand sich seine Schlafstätte bereits in Reichweite.

»Ich habe dir eine Matratze besorgt«, sagte Schmude, als er die Tür zu einer Abstellkammer öffnete. »Es ist zwar nicht luxuriös, aber wenigstens kommt hier niemand rauf.«

Abgestandene Luft schlug Oppenheimer entgegen. An einem Kabel baumelte eine verstaubte Glühbirne von der Decke.

Beim Eintreten hielt Oppenheimer überrascht inne. Es dauerte eine Weile, ehe sein schläfriger Verstand die Sinneseindrücke ordnen konnte. Auf dem Boden lag die Matratze und außen herum befanden sich menschliche Körperteile. Fast kam er sich wie in der Präparatesammlung des Kaiser-Wilhelm-Instituts vor. In einer Ecke standen Torsos, daneben befand sich ein offenes Regal mit abgetrennten Armen und Köpfen.

»Du musst die Kammer allerdings mit den Schaufensterpuppen teilen«, erklärte Schmude.

Anstatt einer Antwort drang aus Oppenheimers Kehle ein Knurren, und er fiel erschöpft auf die Matratze.

Nach der Erinnerung an die zerstückelten Menschen, die im Kaiser-Wilhelm-Institut von dem unsympathischen Assistenten namens Waechter verwaltet wurden, hätte sich Oppenheimer über Alpträume kaum gewundert. Als er von Schmude wieder geweckt wurde, glaubte er, sich zu erinnern, dass irgendwann der Boden unter ihm gebebt hatte. Immer noch hallten in seinem Gedächtnis Sirenen und das Pfeifen von fallenden Bomben nach.

Darüber ertönte jetzt allerdings die gedämpfte Stimme von Schmude. »Herrmann, das Geschäft öffnet gleich.«

Als Oppenheimer mühevoll seine Augenlider öffnete, sah er, dass sich Schmude über ihn gebeugt hatte.

»Ich bin doch gerade erst hergekommen«, maulte Oppenheimer.

Schmude sagte überrascht: »Das war vor zwölf Stunden. Du hast die ganze Nacht über hier geschlafen.«

Mit einem Ruck setzte sich Oppenheimer auf. Er hatte einen Filmriss.

Während er noch damit beschäftigt war, seine Gedanken zu ordnen, hörte er unten das Klingeln der Ladentür. Kurz darauf drang die Stimme der rothaarigen Verkäuferin zu ihnen herauf.

»Herr Schmude? Können Sie bitte kommen? Hier ist ein Herr für Sie!«

Sein Gastgeber räusperte sich und wandte sich der Treppe zu.

»Ich habe unten frischen Muckefuck«, sagte er, ehe er die Stufen hinabstieg.

Es war eine große Herausforderung für Oppenheimer, auf die Beine zu kommen. Dass die Matratze auf dem Boden lag, machte diese Aufgabe nicht einfacher.

Er steuerte gerade auf den Türrahmen zu, als ihn Schmude zu sich rief. »Ähm, Herrmann? Wir brauchen dich!«

Miesepetrig rieb Oppenheimer seine rebellierenden Bandscheiben und fragte sich, was zum Teufel da unten los war. Die Gestapo oder Thorwalds Schergen konnten es nicht sein. In diesem Fall hätten ihn Edes Leute sicher gewarnt.

Als er in den Verkaufsraum tappte, sah er nur die Verkäuferin, unablässig damit beschäftigt, ihre Nägel zu feilen. Sowie sie ihn erblickte, zeigte sie in die Richtung des Büros.

»Im Hinterhof. Hier kommt das Ding nicht rein.«

An der rückwärtigen Tür stand Schmude mit einem dreirädrigen Ungetüm. »Wurde hier für dich abgegeben.«

Oppenheimer nickte. Edes Leute waren also in Hildes Häuschen eingestiegen. Ihr Fahrrad hatte hinter dem Sattel eine kleine Ladefläche und war deswegen besonders sperrig.

»Wo kann ich es unterstellen?«, fragte Oppenheimer.
Schmude schien zunächst ratlos zu sein und sagte dann: »Du kannst es bei mir im Büro lassen, vorausgesetzt, wir kommen damit durch die Tür. Fräulein Schneider soll sich nicht so haben.«
Im Büro trank Oppenheimer hastig die versprochene Tasse Muckefuck. »Wir sehen uns dann später in der Kanzlei«, sagte er zum Abschied. »Ich schaue mal, ob es irgendwo ein Lokal mit einem Stammgericht gibt. Meine Händler in Tempelhof abzuklappern ist zu gefährlich.«
Schmude war von dieser Bemerkung offensichtlich peinlich berührt. »Entschuldigung, dass ich nicht daran gedacht habe. Ich werde sehen, dass ich für heute Abend etwas zu essen besorge.«
»Na, ich komme schon klar. Wir hätten gestern bei Kuhn etwas schnorren sollen. So korpulent, wie er ist, wird er sicher einiges auf Lager haben. Nun ja, egal, ich fahre dann mal nach Charlottenburg.«
Schmude blickte ihm besorgt hinterher, denn Oppenheimer hatte ihn in seinen Plan eingeweiht.
»Es gefällt mir nicht, dich einfach so gehen zu lassen«, sagte er.
Grinsend drehte sich Oppenheimer um. »Es passt bereits jemand auf mich auf.«

Vor Schmudes Geschäft sah es wüst aus, in der Luft hing Qualm. Vermutlich das Resultat eines größeren Moskito-Angriffs am vergangenen Abend.
Oppenheimer begriff, welches Glück er gehabt hatte. Als er schutzlos in Schmudes Kammer schlief, hatte er nichts davon mitbekommen, wie die zerstörerische Fracht der feindlichen Bomber vom Himmel gefallen war.
Mit schweren Gliedern trat Oppenheimer in die Pedale, doch schon nach wenigen Metern hielt er an. Auf der aufgerissenen

Nebenstraße war ein Fortkommen kaum möglich. Es blieb ihm nichts anderes übrig, als zum Ku'damm umzukehren.
Während er zurückfuhr, fiel ihm auf, wie zwei andere Fahrradfahrer ebenfalls anhielten. Es waren Paule und der Kleene Hans.
Vor Thorwalds Villa wiederholte Oppenheimer die alte Gangster-Routine, obwohl sie ihm immer noch lächerlich vorkam. Nach einer halben Stunde ohne Reaktion aus dem Haus gab er auf und machte sich auf die Suche nach einem Lokal. Es dauerte eine ganze Weile, bis er eine Gastwirtschaft fand, die ein Stammgericht anbot. Die sogenannte Erbsensuppe war so dünn, dass man durch sie hindurch problemlos eine Zeitung hätte lesen können.
Auf dem Rückweg zu Thorwalds Villa schob Oppenheimer das Fahrrad, weil sein Hinterteil von dem ungewohnten Sitzen auf dem Sattel schmerzte. Er kam an einem Haus vorbei, aus dem KZ-Insassen im gestreiften Anzug Kartons mit Akten in einen Lastwagen wuchteten. Interessiert blickte Oppenheimer auf das Schild am Gebäude. Offenbar suchte hier eine Zweigstelle des *Reichsministeriums für die besetzten Ostgebiete* das Weite. Als einer der SS-Wachmänner Oppenheimers Neugierde mit einem finsteren Stirnrunzeln quittierte, beschleunigte er seine Schritte wieder.
Es war für Oppenheimer eine Überraschung, dass Hitler das Ostministerium nicht schon längst aufgelöst hatte. Schließlich besaß das Reich nach dem Einfall der russischen Truppen ohnehin keine östlichen Gaue mehr. Kopfschüttelnd kam er zu dem Schluss, dass die Beamten wohl ausreichend damit beschäftigt waren, sich selbst zu verwalten.
Nach einer weiteren ereignislosen Stippvisite bei Thorwald bestieg er wieder das Fahrrad und fuhr quer durch die Innenstadt zu Kuhns Kanzlei. Die neuen Bombenschäden machten es

schwierig, voranzukommen, doch Oppenheimer hatte ohnehin vor, gemächlich zu radeln, damit ihn etwaige Verfolger im Auge behalten konnten.

Während er in die Pedale trat, zermarterte er sich den Kopf. Unerbittlich zerrann die Zeit. Wenn am Wochenende nichts geschah, würde Ede seine Leute abziehen, und es wäre unmöglich, Hilde zu retten. Außerdem blieben ihnen bis zur Verhandlung nur noch drei Tage. Spätestens dann war alles vorbei.

30

Donnerstag, 8. März 1945 –
Freitag, 9. März 1945

Da war es wieder.
Das Rascheln.
Hinter ihm in der Finsternis.
Das Geräusch war so leise, dass Oppenheimer die Luft anhalten musste, um es überhaupt hören zu können. In seinem Nacken fühlte er ein Frösteln.
Scheinbar achtlos warf er das brennende Zündholz auf den Boden des Hinterhofs und bereitete sich darauf vor, von hinten angegriffen zu werden.
Sein Instinkt hatte ihn bereits gewarnt, dass er beobachtet wurde, doch erst jetzt war er sich dessen sicher.
Wenn Oppenheimer ein weiteres Zündholz anriss, würde er sich sofort verraten. Er musste sich selbst daran erinnern, dass er nur die Rolle eines Lockvogels spielte. Dass er sich überrumpeln ließ, war Teil seines Plans. Und trotzdem wollte er es einem Angreifer nicht ganz so einfach machen. Falls Paule und der Kleene Hans nicht auf Draht waren, dann würde er Probleme bekommen, wenn er unvorbereitet war. Wenn sie nicht spurten, musste er die Sache selbst übernehmen. Der Fremde durfte nicht davonkommen.
Schmude hatte sich auf dem Gehweg vor Lachen gekrümmt, als Oppenheimer am Nachmittag bei der Kanzlei vorgefahren war. Doch es war ihm herzlich egal, ob Schmude recht hatte und er auf Hildes Rad tatsächlich wie ein Affe auf einem Schleifstein

aussah. An den konsternierten Blicken von Kuhns Angestellten ließ sich deutlich ablesen, dass sie nicht darauf vorbereitet waren, dass Mandanten bei ihnen ihre Fahrräder unterstellten. Schließlich fand sich eine Lösung: Im Hinterhof gab es einen separaten Kellerraum, in dem die Akten der vergangenen Jahre lagerten. Für Oppenheimer war dies der ideale Platz, da sich der Raum absperren ließ und er es ohnehin nicht geschafft hätte, Hildes dreirädriges Ungetüm die Treppen hochzuschleppen.

Kuhns Stellvertreter Reuter in die Details des Falles einzuweihen, das dauerte länger als erwartet, und so war es bereits dunkel, als Oppenheimer mit dem Kellerschlüssel in der Hand den Hinterhof betrat, um das Fahrrad wieder hervorzuholen. Obwohl er einen guten Orientierungssinn besaß, hatte er im Dunkeln ein Zündholz angerissen. Die Tür zum Archiv war nicht einmal tagsüber leicht zu finden. Oppenheimer hatte sich gerade suchend umgeblickt, als er den Fremden hinter seinem Rücken spürte.

Jetzt, da das Zündholz erloschen war, ging Oppenheimer mechanisch in der Dunkelheit weiter, doch innerlich bebte er vor Aufregung. Er durfte diese Gelegenheit nicht verpatzen. Er musste so tun, als hätte er nichts bemerkt, sonst war alles umsonst gewesen.

Da ihm nichts anderes einfiel, um darüber hinwegzutäuschen, dass er seinen Verfolger wahrgenommen hatte, begann er, leise vor sich hinzusummen.

Als er krampfhaft darüber nachdachte, wie er sich verteidigen konnte, fiel ihm auf, dass er den Schlüssel für das Kanzleiarchiv in der Hand hatte. Er ballte seine Faust darum und fühlte sich ein wenig sicherer. Der Schlüssel würde seinem Fausthieb den nötigen Nachdruck verleihen.

Verborgen von der Finsternis, drehte er sich in die Richtung, aus der er den Angriff erwartete.

Die Schritte waren immer noch zu hören. Offenbar war sein Feind nicht misstrauisch geworden und lief Oppenheimer ahnungslos in die Arme.
Plötzlich wurde es still.
Die Schritte waren verklungen. Oppenheimer bemerkte, dass er vor lauter Anspannung mit dem Summen aufgehört hatte. Nur ein unterdrücktes Atmen in seiner unmittelbaren Nähe verriet, dass er nicht allein war.
Sie standen sich in der Dunkelheit gegenüber. Wie erstarrt warteten sie darauf, dass der Gegner sich bewegte, einen Laut von sich gab.
Oppenheimer hob seine Faust.
Er war bereit, loszuschlagen.
Ein Knirschen.
Wieder ein Knirschen.
Dann noch eins.
Jemand schlich durch den Hof.
Oppenheimer befürchtete plötzlich, dass sich sein Verfolger wieder davonmachen wollte. Er überlegte, ob er ein weiteres Zündholz anreißen sollte, als ihn unvermittelt grelles Licht blendete.
Benommen bedeckte Oppenheimer seine Augen mit den Händen.
Um ihn herum ertönten hastige Schritte, Keuchen, der Aufprall von Fäusten, schließlich ein unterdrückter Schrei.
Als er allmählich wieder etwas sehen konnte, nahm er zuerst nur Konturen wahr, die im Lichtkegel einer hin und her schwankenden Taschenlampe einen wilden Tanz aufführten.
Erst auf den zweiten Blick erkannte er, dass einige Männer einen verbissenen Kampf austrugen.
Paule mit seiner markanten Schlagmütze und der ellenlange Hans waren leicht auszumachen. Zwischen ihnen befand sich

eine dritte Person. Hans wirbelte herum und drehte den Arm ihres Widersachers auf den Rücken. Gleichzeitig legte sich sein anderer Arm um dessen Hals.

Ein Messer fiel auf den Boden.

Danach beschränkte sich Paule darauf, mit der Taschenlampe in der Nähe zu stehen und seine Pistole lässig auf den Unbekannten zu richten.

Fast gleichzeitig kam eine weitere Person in den Innenhof gelaufen. Es war Schmude. Er hatte vermutlich das Kampfgetöse gehört und wollte nachsehen, was vor sich ging.

»Mein Gott, was ist denn hier los?«, rief er laut. »Herrmann, bist du in Ordnung?«

Oppenheimer trat zu ihm hin und murmelte: »Jetzt habe ich Thorwald dort, wo ich ihn haben wollte. Er hat einen Fehler gemacht.«

»Meinst du wirklich?«

»Wer sonst hätte ein Motiv, mich zu überfallen? Nur um mein Fahrrad zu klauen, wäre das ein bisschen übertrieben.«

»Keene Bange«, sagte Paule und grinste breit, »dit kriegen wir schon aus ihm raus.«

Der Fremde hatte seinen Widerstand gegen den eisernen Griff des Kleenen Hans aufgegeben, und Oppenheimer konnte ihn genauer betrachten.

Plötzlich erstarrte er.

»Verdammt noch eins!« Mehr brachte er nicht heraus. Als ihn Schmude fragend anblickte, fügte Oppenheimer hinzu: »Diesen Kerl kenn ich doch!«

Jakob Peters nahm es mit der Wahrheit nicht so genau. Die einzige Ausnahme war, wenn seine Klienten ihn großzügig dafür entlohnten. Ursprünglich hatte er für ein Auskunftsbüro in der Joachimsthaler Straße gearbeitet. Doch schon nach wenigen

Jahren hatte Peters den Entschluss gefasst, sich selbständig zu machen, und nannte sich fortan großspurig *Privatdetektiv*. Er war ein Mann für alle Fälle und nahm so gut wie jeden Auftrag an. Ob es sich um eine entlaufene Katze oder eine entlaufene Ehefrau handelte, das spielte für ihn keine große Rolle.
In seiner Zeit als Mordkommissar hatte Oppenheimer gelegentlich beobachtet, wie der selbsternannte Detektiv im Polizeipräsidium am Alexanderplatz herumgeschlichen war, um an Informationen zu kommen. Wenn eine Gestalt im speckigen Anzug, eine Spur von Tabakasche und glimmende Zigarettenstummeln hinterlassend, durch die Gänge lief, konnte man sich fast sicher sein, dass es sich um Peters handelte. Oppenheimers Kollegen zerrissen sich freudig das Maul über Peters, denn ihrer Meinung nach hatte er zu viele Groschenromane gelesen und verwechselte diese Geschichten mit der Realität. Oppenheimer war mit ihm niemals in engeren persönlichen Kontakt gekommen, und so konnte er nicht einschätzen, ob seine Kollegen mit ihrer Vermutung richtig lagen.
Und wie der Zufall es wollte, hatte jemand ausgerechnet diese unglückselige Figur auf Oppenheimer angesetzt.
»Wir sollten entscheiden, was wir tun«, drängte Schmude, denn sie standen mit dem überwältigten Peters immer noch im Hinterhof. »Gleich ist es acht Uhr, da kommen die Moskitos.«
Der Kleene Hans drückte Peters so fest an sich, dass dieser angsterfüllt seine Augen aufriss. »Wir werden uns erst mal mit ihm unterhalten. In aller Ruhe.« Die aufgesetzte Freundlichkeit des Ganoven ließ Oppenheimer frösteln.
»Wie heißt er denn?« Paule hatte seine Frage an Oppenheimer gerichtet.
»Tja, das ist schwer zu sagen«, antwortete Oppenheimer. »Ich weiß nicht, welchen Namen er gerade führt. Wenn er sich als Privatdetektiv ausgab, nannte er sich Jakob Peters. Aber wenn

er an einem Fall dran ist, gibt er gelegentlich falsche Namen an. Er hatte damals einen ganzen Stapel gefälschter Dienstausweise, vom Stromableser bis hin zum Kontrolleur des Gesundheitsamts.«

»Een Schnüffler?« Paule wurde unfreundlich.

Oppenheimer sprach Peters an. »Thorwald ist Ihr Auftraggeber, nicht wahr?«

Die einzige Reaktion auf Oppenheimers Frage war ein höhnisches Grinsen. Doch als Paule das Taschenmesser von Peters aufhob und damit herumzufuchteln begann, wurde schnell klar, dass Peters den abgebrühten Privatdetektiv nur spielte.

»Ich sage nichts«, keuchte er mit vor Angst verzerrter Stimme.

Paule fackelte nicht lang. Er reichte Oppenheimer die Taschenlampe und seine Pistole. Dann zog er mit zwei Fingern eines von Peters Augenlider nach oben, während er mit der anderen Hand die Spitze der Taschenmesserklinge bedrohlich nahe an den Augapfel führte.

In letzter Sekunde konnte sich Oppenheimer beherrschen, seinem Instinkt zu folgen und Paule zurückzuhalten. Obwohl er dieses unmenschliche Schauspiel nicht gern sah, war ihm bewusst, dass es zu Paules erprobter Einschüchterungstaktik gehörte. Falls Thorwald ihnen entwischte, konnten Hilde noch viel schlimmere Dinge geschehen, als sie Peters nun erdulden musste.

»Keenen Mucks will ick von dir hör'n«, zischte Paule. »Sonst brauchste morjen 'ne Augenklappe und loofst rum wie 'n beschissener Pirat.«

»Also noch mal«, fuhr Oppenheimer mit ruhiger Stimme fort. »War es Thorwald?«

Peters nickte.

Innerlich atmete Oppenheimer auf. Es war alles nach Plan verlaufen. Zumindest bis jetzt.

»Gut, dann nehmt ihn mit, um ihn weiter auszuquetschen.« Als die beiden Ganoven ihren Gefangenen fortführen wollten, fasste Oppenheimer Paule am Arm.

»Ich weiß, wo Peters sein Büro hat, falls er nicht ausgebombt wurde oder umgezogen ist. Ich schaue dort heute Abend vorbei. Morgen früh sehen wir uns dann bei Ede.«

Paule nickte und lief dem Kleenen Hans hinterher. Wenige Sekunden später kam er wieder zurück und warf Oppenheimer einen Schlüsselbund zu.

»Hier, da tun Se sich leichter mit!«

Die Schlüssel waren vermutlich die von Peters.

Dann verschwand Paule wieder, um sich seinem Kumpanen anzuschließen. Als sie, Peters in ihrer Mitte, auf den Gehsteig abbogen, pfiff einer von beiden eine fröhliche Melodie.

»Willst du dort wirklich einbrechen?« Schmude blickte unsicher auf die Eingangstür des fremden Mietshauses.

»Wir wollen ja nichts entwenden«, wiegelte Oppenheimer ab. »Nur mal umschauen. Falls jemand fragt, sagen wir, dass wir Klienten von Peters sind. Und wenn ich die richtigen Schlüssel bekommen habe, merkt es sowieso niemand.«

Kurz nach acht Uhr war tatsächlich der tägliche Abendalarm erfolgt. Nach der Entwarnung hatte sich Oppenheimer auf das Rad geschwungen und Schmude auf der Ladefläche mitgenommen. Auch diesmal war vor allem das Stadtzentrum das Angriffsziel gewesen, also mussten sie auf der Fahrt die durch Löschfahrzeuge und Rettungswagen blockierten Straßen meiden.

Und so gelangten sie erst gegen elf Uhr abends zu Peters' Geschäftsadresse. Der flackernde Schein der Brände warf bizarre Schatten auf die rußverschmierte Fassade. Oppenheimer riss ein Zündholz an und las die Namen auf den Schildern der

Klingelleiste. Ein zufriedenes Lächeln umspielte seine Lippen, als er fündig wurde.

»Da haben wir ihn«, sagte er. »Peters.«

Das Detektivbüro befand sich im obersten Stockwerk. Da das Licht im Hausflur bedauerlicherweise nicht funktionierte, mussten sie im Dunkeln ihren Weg nach oben suchen.

Einsam und verlassen lag das Büro im Zwielicht, an der Zimmerdecke tanzten schwache Lichtreflexe. Auf dem Schreibtisch fand Oppenheimer zum Glück eine Petroleumlampe und zündete den Docht an, während Schmude die Vorhänge zuzog. Sie mussten vorsichtig sein. Obwohl es in der Umgebung lichterloh brannte, war es nicht ausgeschlossen, dass übereifrige Nachbarn die Polizei alarmierten, wenn jemand die Verdunklungsvorschriften missachtete.

Als die Lampe das Zimmer erhellte, mochte Oppenheimer seinen Augen nicht trauen.

Auf Peters' schäbigem Schreibtisch lag eine Schachtel voller Judensterne.

»Was zum Teufel ist denn das?«, fragte Schmude.

»Das siehst du ja«, murmelte Oppenheimer. »Und hier in der anderen Schachtel sind Entlassungsformulare. Alles blanko. Fürs Gefängnis, sogar fürs Konzentrationslager.«

Unterdessen hatte Schmude einen der Koffer geöffnet, die Peters in der Ecke aufeinandergestapelt hatte.

»Hier haben wir Gefängniskleidung.« Er breitete eine gestreifte Hose aus. »Mit Gebrauchsspuren. Sieht ziemlich echt aus.«

Oppenheimer wurde zornig. »Dieses Schwein«, knurrte er. »Weißt du, was das ist? Das hier ist das perfekte Alibi.«

Schmudes irritierter Blick verriet, dass er ihm nicht folgen konnte.

»Verstehst du denn nicht?«, sagte Oppenheimer. »Stell dir mal vor, dass du ein hochrangiger Nazi bist. Nach dem Krieg tauchen sie dann in dieser Kluft auf und können nichts weiter vorweisen als den ausgefüllten Entlassungsschein eines Gefängnisses oder Konzentrationslagers.«

Schmude war für einen Moment sprachlos. Dann murmelte er: »Jeder wird glauben, dass man ein Opfer der Nazis war.«

»Genau. Das hier ist ein Freibrief für alle Nazis. Egal, ob sie irgendwo in der oberen Führungsriege sitzen oder nur kleine Fische sind. Peters verschafft ihnen neue Identitäten und eine weiße Weste. Sicher lässt er sich das gut bezahlen.«

»Aber was hat das mit Thorwald zu tun?«

»Keine Ahnung, vielleicht nichts. Mal sehen, was wir hier sonst noch finden.«

Schmude nahm sich die übrigen Räume vor. Offenbar empfing Peters in diesen Räumen nicht nur Klienten, sondern wohnte auch hier. Im Arbeitszimmer entdeckte Oppenheimer nicht viel mehr als einen großen Rollladenschrank voller Akten. Peters hatte detaillierte Informationen zu etwa fünfhundert Personen gesammelt. Interessant fand Oppenheimer, dass es keinen Hinweis darauf gab, ob er diese Leute auch aktiv beschattet hatte.

»Das verstehe ich nicht«, sagte Schmude, als er sich zu Oppenheimer gesellte und mit ihm die Aktenordner durchging. »Was für ein komischer Detektiv ist das, wenn er nur alte Geschichten ausgräbt?«

Oppenheimer überlegte. »Das passt gut. Sogar sehr gut. Peters hat vielleicht in den letzten Jahren exklusiv für Thorwald geschnüffelt. Dieser lässt seine Klienten bespitzeln, damit er Material bekommt, um seine Kunden von seinen übersinnlichen Fähigkeiten überzeugen zu können. Bei der zweiten oder dritten Sitzung weiß er alles: Geburtsdatum, Herkunft, Freundeskreis, sogar Fakten, die sonst kaum jemand kennt, so, als hätten es ihm die Geister zugeflüstert. Nur dass der Geist in diesem

Fall Peters war. Thorwald redet von übersinnlichen Fähigkeiten, doch er hat genauso wenig Ahnung davon wie eine Kuh von Strahlenforschung.«

Hektisch durchsuchte Oppenheimer die Ordner, die unter dem Buchstaben »H« einsortiert waren.

»Verdammt«, fluchte er schließlich, »keine Akte von Hauser. Wir haben immer noch keinen Beweis, dass es einen Zusammenhang gibt. Aber es muss einfach einen geben.« Enttäuscht schlug Oppenheimer mit der Faust auf die Oberseite des Schranks.

»Vielleicht war er kein Kunde, sondern steckte mit Thorwald unter einer Decke«, wandte Schmude ein.

Oppenheimer seufzte. »Ja, möglich wäre es.«

»Wenigstens wissen wir jetzt, was Thorwald so anstellt.«

Oppenheimer schloss die Rollläden des Aktenschranks. »Tja, aber Hilde wird das nicht helfen. Wir können nur hoffen, dass Peters uns etwas verrät.«

Als der Schwere Ede am nächsten Morgen darauf bestand, dass sich Oppenheimer die Augen verband, ahnte er schon, wohin er gebracht werden sollte. Sicher hatten sie Peters in ihr Versteck in der stillgelegten Brauerei verfrachtet, um ihn dort ungestört in die Mangel nehmen zu können.

Oppenheimer war bei diesem Gedanken unwohl zumute. Als Mordkommissar war er immer stolz darauf gewesen, Geständnisse ohne Gewaltanwendung zu erhalten. Ihn plagte noch heute ein schlechtes Gewissen, weil er im vergangenen Jahr bei dem Fall mit dem Frauenmörder so aus der Fassung geraten war, dass er einen Verdächtigen an der Kehle gepackt hatte.

Nach einer kurzen Fahrt mit Ede konnte Oppenheimer wieder aussteigen. Er wurde eine Treppe hinuntergeführt und durfte dann die Augenbinde abnehmen.

Die gewaltigen Fässer, der säuerliche Geruch in der Luft – Oppenheimer kannte diese Umgebung allzu gut. Doch diesmal befand sich Peters gefesselt auf dem Stuhl.
Selbst aus der Ferne ließ sich erkennen, dass sein Gesicht geschwollen war. Die Ganoven schienen Peters die ganze Nacht über bearbeitet zu haben.
Paule kam in Hemdsärmeln auf sie zu. Er führte Oppenheimer und Ede zur Seite, damit sie sich unterhalten konnten, ohne dass ihr Gefangener etwas davon mitbekam.
»Es hat 'ne Weile jedauert«, murmelte Paule. »Der Kerl kann doch mehr vertragen, als ick jedacht hab.«
»Wat is mit dem Silber?«, wollte Ede wissen.
»Die Übergabe war jetürkt. Die wollten nur die Pinke in die Finger kriegen.«
»Ich verstehe«, sagte Oppenheimer. »Dann muss Hauser mit ihnen unter einer Decke gesteckt haben. Von Anfang an. Hauser hatte nie etwas zu verkaufen. Wir wurden nicht von der Polizei überrascht, sondern von Peters. Wahrscheinlich hatte der noch ein paar Leute mit dabei, um tüchtig Radau zu machen.«
Paule nickte. »So in etwa. Da hängen mehrere mit drin.«
»Und wo isses Silber jetzt?«, fragte Ede. »Kriegen wir's wieder?«
»Dieser Thorwald hat's in 'nem Panzerschrank.«
»Hm, dann muss Willy ran. Der kennt sich damit aus.«
Eilig fügte Paule hinzu: »Aber die Hälfte is schon weg. Die haben Autos jekooft und Fässer mit Benzin und so wat.«
Oppenheimer horchte auf. »Das heißt, sie wollen türmen?«
Paule zuckte mit den Schultern. »Ick gloob, morjen Abend is noch so 'ne Sitzung von denen. Da kommen se noch mal alle zusammen. Danach sind se weg.«
»Benzin is jenau so viel wert wie Silber«, brummte Ede. »Ick krieg sicher 'n vernünftigen Preis. Wo hat er die Fässer?«
»In irgend so 'nem Schuppen.«

»Das könnte die Garage sein«, warf Oppenheimer ein. »Thorwald hat in Charlottenburg eine riesige Villa. Genügend Platz, um auch Fässer zu lagern.«
Edes Plan schien bereits festzustehen. »Dit holen wir uns wieder, wenn's dunkel wird«, sagte er.
Oppenheimer wurde nervös, denn der wichtigste Punkt war noch nicht geklärt. »Hat er irgendetwas zu dem Mord an Hauser gesagt?«
Paule blickte Oppenheimer überrascht an an. »Hab ick nich jefragt. Sollte ick?«
Obwohl es an sich verständlich war, dass Paule nur die für Ede wichtigen Fragen gestellt hatte, ärgerte sich Oppenheimer über ihn. Also musste er es übernehmen.
»Ich werde selbst mit ihm reden, dann könnt ihr machen, was ihr wollt.«
Ede blickte ihn kurz an und sagte dann: »Eene Stunde, Herr Kommissar. Nich mehr.«
Als sich Oppenheimer dem gefesselten Peters näherte, überlegte er, wie er die Befragung durchführen sollte. Weil er nicht ausreichend Zeit hatte, würde seine übliche Methode eines Gesprächs nichts bringen. Er musste ihn konfrontieren, ihm Furcht einjagen. Doch womit?
Oppenheimer nahm sich den Stuhl, über dessen Lehne Paules Jacke hing, und plazierte ihn direkt vor Peters. Als er sich setzte, konnte er dem Detektiv direkt in die Augen schauen.
»Meine Freunde wollen Sie laufen lassen«, begann Oppenheimer. »Aber ich finde, dass wir Sie der Gestapo übergeben sollten.«
Zunächst war Peters deutlich anzusehen, wie er Hoffnung schöpfte. Doch bei der Erwähnung der Gestapo wurde er unruhig. »Gestapo?«, flüsterte er. Dann hatte er sich wieder gefasst. »Ihr wollt mir doch nicht einreden, dass ihr mit der Gestapo zu-

sammenarbeitet! Wenn ich euch verrate, dann nehmen die euch hoch!«

Oppenheimer musste all sein schauspielerisches Talent aufbieten, um ein amüsiertes Lächeln zustande zu bringen. »Sind Sie sich sicher?«

Das war alles, was er sagte. Oppenheimers Andeutung, dass es eine Verbindung zwischen der Staatsführung und dem organisierten Verbrechen gab, war natürlich eine glatte Lüge. Aber er bemerkte, dass sie ihren Zweck nicht verfehlte. Peters war jetzt still und presste verbissen die Lippen zusammen. Oppenheimer hatte ihn verunsichert.

»Die Gestapo wird uns keine Fragen stellen«, fuhr er fort. »Und sie werden nicht zimperlich mit Ihnen umgehen, wenn sie wissen, dass Sie SS-Hauptsturmführer Hauser ermordet haben.«

Peters erstarrte.

»Aber, aber nein«, stotterte Peters und glotzte Oppenheimer ungläubig an. »Ich schwöre, dass ich nichts damit zu tun habe!«

Oppenheimer verschränkte seine Arme und warf Peters einen abschätzigen Blick zu. »Das sagen sie alle.«

Der Privatdetektiv wurde immer aufgeregter. »Ja verstehen Sie denn nicht? Ich *kann* es nicht gewesen sein!«

Peters war so laut geworden, dass Paule und Ede hinter den Fässern hervorkamen und ihn fragend anstarrten.

Oppenheimer spielte seine Rolle weiter. Bald würde er Peters so weit haben, dass er ihnen alles verriet.

»Ich glaube nicht, dass Sie damit die Gestapo überzeugen können«, sagte er.

»Ist euch denn nicht klar, was gespielt wird?«, stieß Peters hervor. »Dr. Hauser will mit uns kommen. Dr. Hauser lebt!«

31

Freitag, 9. März 1945 –
Samstag, 10. März 1945

Eilig trat Oppenheimer in die Pedale. Er musste sofort zu Kuhns Kanzlei und sich Gewissheit verschaffen.
Frostige Luft wehte ihm ins Gesicht. Als plötzlich die Sirenen aufheulten, blickte Oppenheimer kurz in den blauen Himmel. Flugzeuge waren noch nicht zu erkennen, also würde er es noch zur Kanzlei schaffen, ehe Vollalarm signalisiert wurde.
So schnell es ging, verstaute er sein Fahrrad in Kuhns Archiv. Oppenheimer hatte gestern keine Gelegenheit mehr gehabt, den Schlüssel zurückzugeben, was ihm jetzt, da er es eilig hatte, zugutekam.
Als er die Treppenstufen hinauflief, eilten ihm bereits Kuhns Angestellte entgegen. Er traf gerade noch rechtzeitig ein, ehe Reuter die Tür abschloss.
»Moment!«, rief Oppenheimer.
Reuter wandte sich ihm überrascht zu.
»Ah, Herr Meier«, begrüßte er ihn. »Aber es ist noch zu früh. Sie kommen sonst doch erst am Nachmittag.«
»Keine Zeit«, keuchte Oppenheimer. »Ich muss an die Akten ran. Jetzt gleich. Die Photos.«
Reuter rührte sich nicht, sondern blickte ihn nur irritiert an. Kurzentschlossen schob sich Oppenheimer durch den Türspalt und rannte zum Besprechungszimmer. Bei ihren Treffen hatte er gesehen, dass Kuhn dort seine Unterlagen verstaute. Schwer atmend riss er die Schranktür auf und griff ins Fach.

Die Unterlagen zu Hildes Fall befanden sich noch an ihrem alten Platz.
Es war nicht mehr als ein Aktenordner. Oppenheimer legte ihn auf den Tisch und blätterte die Schriftstücke durch, bis er den Umschlag mit den Tatortfotos entdeckt hatte.
Erst betrachtete er sie einzeln, doch damit die Sichtung der Bilder schneller ging, verteilte er sie auf der Tischplatte. Er suchte ein ganz bestimmtes Foto. Schon beim ersten Mal hatte er den Eindruck gehabt, dass mit der Aufnahme etwas nicht stimmte. Es war ein Detail, das ihm bereits früher aufgefallen war, aber er hatte es bislang nicht in den richtigen Zusammenhang gebracht.
Er entdeckte das Bild, welches er meinte: Die Fotografie mit der Leiche. Hastig fischte er sie aus dem Haufen und schaute sie genauer an.
»Also, Herr Meier, ich muss doch wirklich bitten …«
Reuter war ihm gefolgt, um sich über sein ungebührliches Benehmen zu beschweren. Doch anstatt darauf einzugehen, winkte ihn Oppenheimer zu sich her.
»Kommen Sie mal.« Er zeigte Reuter die Fotografie und wies auf die Hosenbeine des Toten. »Sehen Sie das hier?«
Reuter war zunächst viel zu verdutzt, um überhaupt reagieren zu können. Schließlich bequemte er sich dazu, die Aufnahme genauer zu betrachten, und rückte seine Brille zurecht. »Ich weiß nicht, was Sie meinen.«
»Kommt Ihnen die Hose nicht auch zu kurz vor?«
Stille.
Dann räusperte sich Reuter. »Nun, der Saum der Hosenbeine ist bis zu seinen Waden hochgerutscht. Abgesehen davon, ja, sie sehen ein wenig kurz aus.«
»Aber in der Hose war Hausers Namensschild eingenäht. Das ist zweifelsfrei seine Hose, die Leiche jedoch ist jemand anderer.«

»Sie meinen …«
»Dr. Hauser lebt tatsächlich, und das hier ist der Beweis. Ein anderer ist für ihn gestorben. Also kann Frau von Strachwitz ihren Ehemann nicht umgebracht haben! In diesem Punkt ist sie unschuldig. Wenn es mir gelingt, Hauser aufzuspüren, ist sie entlastet. Dann muss es eine neue Untersuchung geben!«
Reuter dachte nach. »Aber es wäre immerhin denkbar, dass Frau von Strachwitz diesen anderen Herrn umgebracht hat.«
»Der erste Verdacht würde dann allerdings auf Dr. Hauser fallen, weil es in seiner Wohnung geschah und er danach untergetaucht ist. Er wird sich unangenehmen Fragen stellen müssen.«
»Ja, aber wir wissen nicht, wo er sich aufhält.«
Vergnügt rieb sich Oppenheimer die Hände. »Momentan noch nicht. Aber ich habe eine Ahnung, wo sich Dr. Hauser morgen aufhalten wird.«

Die nächsten Stunden bis zur Sitzung von Thorwalds Loge vergingen quälend langsam. Nach Angaben von Peters wollten sich die Mitglieder am Samstagabend nach dem Spätalarm bei Thorwald treffen. Dass der Detektiv mehr oder weniger nur ein Angestellter von ihm war und an diesen Runden selbst nicht teilnahm, traf sich gut. Man würde ihn also kaum vermissen, wenn er nicht auftauchte.
Sicherheitshalber vernahm Oppenheimer noch einmal Peters, um von ihm weitere Angaben zu bekommen. Peters zufolge wollte Thorwald die Loge nach dem Treffen am Samstagabend offiziell auflösen. Es war geplant, dass seine Jünger am nächsten Tag von Peters die Papiere und übrigen Utensilien erhalten sollten. Mit den bereitgestellten Fahrzeugen würden sie dann in Richtung Westen fliehen, um sich in Sicherheit zu bringen, allerdings auch mit dem Ziel, das Überleben ihrer Sekte zu gewährleisten.

Wenn man Peters Glauben schenken konnte, dann war Hauser ebenfalls einer von Thorwalds Anhängern und hörte auf den Ordensnamen Bruder Loki. Es war also mehr als wahrscheinlich, dass er an dieser letzten Sitzung teilnehmen würde. Außerdem schien er mit Thorwald eng zusammengearbeitet zu haben, um das nötige Geld für die Vorbereitung ihrer Flucht zu besorgen. Nach Angaben von Peters war die getürkte Übergabe der Morphiumflaschen nur eine von mehreren krummen Dingern, in die Hauser und Thorwald in den vergangenen Wochen verwickelt waren.

Mit Mühe überredete Oppenheimer den Schweren Ede dazu, mit der Plünderung von Thorwalds Villa noch bis zur Logensitzung zu warten. Der Wahrsager durfte nichts davon erfahren, dass sie seine Pläne durchschaut hatten, sonst bestand die Gefahr, dass er auf der Stelle floh und es für Oppenheimer keine Möglichkeit mehr gab, Hauser in die Finger zu bekommen. Zögernd willigte Ede ein, doch er bestand darauf, die Villa von seinen Leuten beschatten zu lassen, damit sich Thorwald nicht in der Zwischenzeit mit dem Silbergeld und den Benzinfässern verdünnisierte.

Am Nachmittag trafen sich Hildes Unterstützer zum letzten Mal in Kuhns Kanzlei, um ihre Strategie bei der Volksgerichtsverhandlung abzustimmen. Am Potsdamer Landgericht begannen die Sitzungen in der Regel um acht Uhr. Hildes Termin war am Montag kurz nach neun. Da Oppenheimer nicht wusste, ob man Reuter trauen konnte, wartete er ab, bis der Sozius das Zimmer verlassen hatte, ehe er Schmude und Seibold über seine weiteren Schritte informierte.

»Ich verstehe nur eines nicht«, sagte Schmude, »was war mit den Fingerabdrücken in Hausers Wohnung? Sie stammten von den abgeschnittenen Händen, die im Hof gefunden wurden. Sonst gab es nur noch Abdrücke von Hilde und von seiner Ver-

mieterin, dieser Frau Neubauer. Heißt das etwa, dass er überhaupt nicht in der Wohnung war?«
»Es bedeutet nur, dass Hauser alles von langer Hand geplant hat«, erklärte Oppenheimer. »Wahrscheinlich hat er in der Stadt noch eine andere Bleibe. Ich schätze, dass er die Wohnung von Frau Neubauer vor allem zu dem Zweck angemietet hat, seine eigene Ermordung zu inszenieren. Möglicherweise hat er dort tatsächlich für eine Weile gelebt, damit ihn die Nachbarn kennenlernten. In der Wohnung muss er alle seine Fingerabdrücke entfernt haben. Denkbar ist auch, dass er als Vorsichtsmaßnahme ständig seine Handschuhe anbehielt. Er scheint seinen Plan bis ins Detail befolgt zu haben. Es ist mir erst später aufgefallen, dass ich nur ein einziges Mal seine Hände gesehen habe. Ich dachte, das läge einfach daran, dass ihm ständig kalt war, aber jetzt kenne ich den wahren Grund. Er wollte nirgendwo seine Fingerabdrücke hinterlassen. Sonst hätte es einen Beweis gegeben, dass der Tote in seiner Wohnung nicht er selbst war.«
Seibold unterbrach ihn. »Du bist Hauser schon mal begegnet?«
Oppenheimer warf ihm einen überraschten Blick zu, aber dann erinnerte er sich daran, dass er seine Schwarzmarktgeschäfte mit Hauser bislang verschwiegen hatte. »Ich habe ihn einmal bei Hilde gesehen. Das ist eine andere Geschichte und hat mit unserem Fall nichts zu tun. Aber ich weiß mit ziemlicher Sicherheit, dass er morgen Abend an einer Logensitzung teilnehmen wird. Er ist Mitglied einer ariosophischen Sekte und scheint diese Sache sehr ernst zu nehmen. Könnt ihr euch noch an meine Zeichnungen mit den drei Dreiecken erinnern? Das ist ihr Abzeichen. Ich werde mir einen Plan ausdenken, damit Hauser morgen Abend festgenommen wird. Das müsste ich einfädeln können.«
Schmude sah ihn fassungslos an. »Wie willst du das denn anstellen?«

»Ich habe ein paar Helfer. Wenn alles klappt, dann sitzt Hauser bereits hinter Gittern, noch bevor die Verhandlung gegen Hilde beginnt. Damit wären die Anschuldigungen eindeutig widerlegt.«

»Das setzt voraus, dass Hausers Identität zweifelsfrei festgestellt werden kann«, wandte Seibold ein.

Oppenheimer winkte ab. »Andernfalls müssen wir später in Berufung gehen. Ich nehme doch an, dass wir mit dem Beweis, dass Hauser am Leben ist, gute Aussichten haben?«

Schmude starrte nachdenklich vor sich hin. »Es gibt da ein gewisses Problem. Der Volksgerichtshof ist erste und letzte Gerichtsinstanz zugleich. Dort gefällte Urteile sind rechtskräftig und eine Berufung oder Revision sind nicht vorgesehen. Wir können allenfalls ein Gnadengesuch einreichen, um die Vollstreckung der Todesstrafe zu verhindern, mit der wir auf jeden Fall rechnen müssen. Wenn Hauser noch lebt, haben wir gewisse Chancen. Weil Hilde verdächtigt wird, ein relativ wichtiges SS-Mitglied ermordet zu haben, besteht jedoch die Gefahr, dass sie kurzen Prozess machen und sie innerhalb weniger Stunden nach der Urteilsverkündung hingerichtet wird.«

Unzufrieden rieb sich Oppenheimer die Stirn. »Gut, dann schlage ich vor, dass Reuter versuchen soll, die Gerichtsverhandlung in die Länge zu ziehen, falls ihr bis dahin noch nichts von mir gehört habt. Er soll auf Zeit spielen. Ich schaue, dass ich irgendeine Bestätigung bekomme, dass Hauser noch lebt. Wenn es sich nicht anders machen lässt, dann schleife ich diesen Schweinehund mit meinen eigenen Händen in den Gerichtssaal!«

Die einzig sinnvolle Aufgabe, mit der Oppenheimer die Wartezeit vor der Logensitzung ausfüllen konnte, war die Beschattung von Fräulein Schönherr. Schließlich war es möglich, dass sie ihrem Verlobten einen Unterschlupf bot.

Als er nach Gesundbrunnen geradelt war und sich vergewissert hatte, dass Fräulein Schönherr noch nicht ausgeflogen war, zog er sich in ein Lokal in der Nähe zurück, um das weitere Vorgehen zu überdenken. Vor einer heißen Tasse Brombeertee sitzend, beschloss er, dass es zu gefährlich war, sie in ihrer Wohnung aufzusuchen. Wenn Hauser bei ihr war, dann würde ihn das nur vertreiben.

Während der langen Stunden vor Fräulein Schönherrs Haustür dachte Oppenheimer darüber nach, wie er die Strafbehörden dazu bringen konnte, Hauser festzunehmen. Zum Glück hatte er sich warm angezogen, denn als die Sonne untergegangen war, wurde es empfindlich kalt. Die Monotonie des Wachehaltens wurde am Abend nur durch den üblichen Moskito-Alarm unterbrochen.

Wie schon beim letzten Mal begab sich Fräulein Schönherr zum Hochbunker im Volkspark Humboldthain. Den Schal um seine untere Gesichtshälfte geschlungen, folgte Oppenheimer ihr dorthin und tat sein Bestes, um sie zu beschatten. Aber der Andrang im Bunker war so groß, dass er sie zeitweilig aus den Augen verlor, ehe er sie in ihrer bevorzugten Bunkerkabine im dritten Stock wiederfand.

Als er dann nach dem Alarm erneut vor dem Mietshaus hin und her wanderte und seine Augenlider allmählich schwer wurden, nahm er eine Pervitin-Tablette.

Nur das eine Mal, dachte er. *Schließlich sind es ungewöhnliche Umstände.*

»Verdammt, worauf warten wir denn noch?«

»Wir warten darauf, dass die Orgel spielt.«

»Was?«

»Die Orgel.«

»Wollt ihr mich verscheißern?«

Willy, der Safeknacker, schüttelte den Kopf und rückte näher an den warmen Kessel des Holzvergasers heran. Trotz seines Straßenjargons sah er mit seinem gepflegten weißen Schnurrbart und der Melone auf dem Kopf im Vergleich zu Edes anderen Helfershelfern ungewohnt seriös aus.

»Ich drehe noch mal eine Runde«, sagte Oppenheimer, zwängte sich durch einen Spalt in der Plane und sprang von der Ladefläche des Lastwagens auf die Straße.

Am Vormittag hatte er sich in Schmudes Laden noch ein wenig aufs Ohr gelegt, damit er in den Nachtstunden auf Draht war. Trotz des Pervitins war seine Nachtwache vor Fräulein Schönherrs Wohnung sehr strapaziös gewesen. Dass das Haus danach nicht mehr unter Beobachtung stand, ließ sich leider nicht vermeiden.

In der Fahrerkabine des Lastwagens saßen Paule und der Kleene Hans. Oppenheimer war mit den Ganoven seinen Plan bis ins kleinste Detail durchgegangen.

Alles stand bereit, jetzt brauchte er nur noch ein Zeichen dafür, dass die Logensitzung begonnen hatte.

Thorwalds Villa war eine silbrige Silhouette im Mondlicht. Als Oppenheimer auf seine Uhr blickte, standen die Zeiger auf halb elf. Bereits vor mehr als einer Stunde hatte es nach dem allabendlichen Moskito-Angriff das Entwarnungssignal gegeben. Die ersten Logenmitglieder waren schon eingetroffen, unauffällige Gestalten, die zum Eisentor spazierten und dann plötzlich wie vom Erdboden verschluckt waren. Wohl kaum jemand in den angrenzenden Herrenhäusern ahnte, was in diesen Sekunden dort vor sich ging. Die von Odins selbsternannten Söhnen in Gang gesetzte Maschinerie sollte in den kommenden Jahrtausenden von niemandem mehr gestoppt werden. Von diesem Ort aus wollten sie den Samen in alle Winde verstreuen. Und in ferner Zukunft würde diese Saat aufgehen, damit das

Reich des Göttervaters endlich Gestalt annehmen konnte, um in aller Ewigkeit fortzubestehen.
Oppenheimer verzog seinen Mund, als er diese unsinnigen Gedanken Revue passieren ließ. Die Hände in den Manteltaschen vergraben, schlenderte er am Zaun vorbei. Wenn die nordischen Götter auf solch lächerliche Sterbliche wie Thorwald und Hauser angewiesen waren, um wieder zur Weltherrschaft zu gelangen, war ihnen ohnehin nicht mehr zu helfen.
Plötzlich glaubte Oppenheimer, etwas zu hören, und spitzte die Ohren.
Da war doch was.
Vom Wind wurden Töne an sein Ohr getragen.
Musik aus Orgelpfeifen. Ganz leise zwar, aber in der Stille der Nacht deutlich vernehmbar.
Auf dieses Zeichen hatten sie gewartet. Irgendwo in der Villa griff Thorwalds dunkel geschminkter Diener in die Tasten. Nach den Angaben von Peters fing damit die Zeremonie an.
Oppenheimers Herz begann wild zu schlagen. Er machte kehrt und musste all seine Beherrschung aufbringen, um den Weg zu Paules Lastwagen nicht im Laufschritt zurückzulegen.
Im Vorbeigehen klopfte er an die Scheibe der Beifahrertür. Paule und der Kleene Hans nickten ihm zu. Dann lüpfte Oppenheimer die Ecke der Plane hoch und flüsterte: »Es geht los.«
Fasziniert beobachtete er, was daraufhin geschah. Es erinnerte ihn an ein minutiös einstudiertes Ballett. Einer nach dem anderen sprangen Edes Männer von der Ladefläche. Geräuschlos glitten sie zu Boden – Phantome in ihrer natürlichen Umgebung.
Im Kampf gegen Odins Söhne war es nur recht und billig, dass Oppenheimer seine eigene Geisterarmee befehligte, selbst wenn sie lediglich aus einem zusammengewürfelten Haufen von Ganoven und einem ehemaligen Mordkommissar bestand.

Lautlos versammelten sie sich vor dem Tor. Eine Kette rasselte. Es dauerte nur wenige Sekunden, bis das Schloss geknackt war und die Eisenflügel mit einem leisen Quietschen aufschwangen. Dann schlichen die Männer auf das Grundstück und verloren sich im Schatten der Villa. Einige folgten mit Schubkarren, mit denen sie die schweren Benzinfässer zum Laster schaffen wollten.

Oppenheimer war zu aufgeregt, um im Fahrzeug zu warten. Er malte sich aus, was nun dort drinnen geschah. Peters hatte ihnen einen ungefähren Grundriss der Villa gegeben. Anscheinend gab es eine Möglichkeit, das Haus auszuräumen, ohne die Logensitzung zu stören. Edes Leute hatten sich eine Strategie erarbeitet, die sie Oppenheimer sicherheitshalber nicht mitteilten. Schließlich bestand die Möglichkeit, dass er später wieder in den Polizeidienst aufgenommen wurde. Oppenheimer wusste nur so viel, dass sich Willy mit einem Helfer in den Luftschutzraum begab, in dem auch Thorwalds Tresor mit dem Rest des Silbergeldes untergebracht war. Die anderen suchten nach den Benzinfässern und sonstigen Wertgegenständen.

In der Zwischenzeit hob Paule Hildes Fahrrad vom Laster herab und drückte Oppenheimer den Lenker in die Hände. Damit konnte er schnell verschwinden, falls später wie geplant die Polizei auftauchte.

Es dauerte vielleicht fünf Minuten, bis der erste Einbrecher mit einer Schubkarre erschien, in der ein großes Fass lag. Paule und Hans hatten bereits mit dicken Brettern eine improvisierte Laderampe errichtet. Obwohl die Behälter randvoll sein mussten, gelang es den Männern, beim Beladen des Lasters keinen Lärm zu veranstalten. Paule war sichtlich enttäuscht darüber, dass seine Leute insgesamt nur drei Fässer fanden.

Wenigstens Willy war fröhlich, als er sich nach einer Weile mit breitem Grinsen zu ihnen gesellte.

»War 'n Kinderspiel«, flüsterte er. Damit übergab er Paule einen schweren Koffer. Zweifellos war in ihm das Silber verstaut. Dann tippte Willy zum Abschied an den Rand seiner Melone. Oppenheimer blickte ihm hinterher, wie er den Gehsteig entlangschlenderte, bis sich seine Konturen in der Schwärze der Nacht auflösten.

Hans schloss die Ladeklappe, setzte sich ans Steuer und startete den Motor. Dann rollte der Lastwagen davon. Die letzten Einbrecher kamen aus der Villa und verschwanden in unterschiedliche Richtungen.

Für den zweiten Teil von Oppenheimers Plan wurden sie nicht mehr benötigt, und es war ohnehin besser, die Beute sofort in Sicherheit zu bringen.

Edes Leute hatten in der Villa bereits die Verdunklungen entfernt. Es war vereinbart, dass Paule bei einer letzten Runde durch das Haus alle Lichter einschalten sollte. Dieser Verstoß gegen die Verdunklungsvorschriften war der Vorwand, um die Polizei auf Thorwalds Fährte zu locken.

»Ick mach dann mal alles an«, murmelte Paule. Oppenheimer blickte ihm nach, wie er durch den Garten zur Villa schlenderte. Ungefähr zwei Minuten vergingen, ehe im obersten Stock die erste Deckenleuchte eingeschaltet wurde. Es folgten die Lampen in weiteren Räumen, dann kam das untere Stockwerk an die Reihe. Mit angehaltenem Atem beobachtete Oppenheimer, wie ein Licht nach dem anderen anging.

Schließlich war das Haus hell erleuchtet, und Paule eilte im Laufschritt zurück, da er jetzt nicht mehr von der Dunkelheit geschützt wurde.

»Ick mach mir dann mal auf zu meine Freundin und schick se zur Polente«, sagte Paule schwer atmend.

Oppenheimer hielt ihn zurück. »Weiß sie auch, was sie zu sagen hat?«

Paule stöhnte. Sie waren das Ganze bereits zweimal durchgegangen. »Sie sagt denen, dasse jesehen hat, dass hier anne Fenster keene Verdunklungen dran sind und alle Lichta brennen.«
»Und ganz wichtig ist, dass sie erwähnt, verdächtige Personen gesehen zu haben.«
»Ja, hier hat se lauter Leute rumspringen sehen, dit findet se merkwürdig und gloobt, dass mit der Festbeleuchtung irgendwie dem Feind signalisiert wird. Passt es so?«
»Gut, das stimmt so weit. Aber sie muss genau diese Angaben machen, damit die Polizei mehrere Männer schickt.«
»Dit kriegt se schon hin. Sonst schmier ick ihr eene.« Mit diesen Worten ließ Paule Oppenheimer zurück. Missmutig interpretierte er die flapsige Andeutung dahingehend, dass Paule seiner Freundin gegenüber auch schon mal handgreiflich wurde. Obwohl sie momentan am gleichen Strang zogen, sagte sich Oppenheimer, dass er nicht vergessen durfte, mit welch zwielichtigen Leuten er es hier zu tun hatte.
Als er vor Thorwalds Villa auf die Polizei wartete, war er sogar noch nervöser als während des Einbruchs. Schließlich entschieden die nächsten Minuten über Hildes Schicksal, und noch konnte vieles schiefgehen. Thorwald könnte die Sitzung frühzeitig beenden, so dass Hauser bereits verschwunden war, wenn die Polizei eintraf. Vielleicht spielten ihnen auch die Elektrizitätswerke einen Streich. Das alles konnte nur funktionieren, wenn die Stromversorgung in den nächsten Minuten nicht ausfiel.
Mit einer düsteren Vorahnung setzte sich Oppenheimer auf den Fahrradsattel. Zwischen den Sprossen des Eisenzauns hindurch konnte er den größten Teil des Grundstücks überblicken. Er starrte auf die Villa, achtete auf jede noch so kleine Bewegung. Irgendwo dort drinnen war Hauser. Er durfte ihn nicht entwischen lassen.

Wie üblich wirkte die Stadt in den Abendstunden wie ausgestorben, denn nach dem Abendalarm wagte sich ohnehin kaum jemand auf die Straßen. Selbst über den sonst dichtbevölkerten Plätzen lag eine ungewöhnliche Stille. Nur gelegentlich drang der Lärm einer Feier aus einem Haus und hallte durch die Straßenschluchten. Oder der Klang einer Orgel, das Zeichen dafür, dass Thorwalds Versammlung beendet war.

Panik kam in Oppenheimer auf, als er die Orgelpfeifen vernahm. Er fragte sich, was er jetzt noch tun konnte. Die Nachbarn wecken? Sich im nächsten größeren Wohnblock nach dem Luftschutzwart erkundigen? Als er sich jedoch hilfesuchend zur Straße umblickte, verwarf er diese Pläne.

Motoren brummten.

Die Fahrzeuge mit dem abgeblendeten Licht waren aufgrund ihrer schwarzen Lackierung kaum zu erkennen.

Es waren Zivilautos, aber ihre Benzinmotoren verrieten sie als Behördenfahrzeuge. Vermutlich hatte die Polizei gleich die Gestapo eingeschaltet. Das erste Fahrzeug glitt an Oppenheimer vorbei und parkte direkt vor der Einfahrt zur Villa. Dicht dahinter folgte ein weiteres und hielt am Straßenrand. Undeutlich konnte Oppenheimer erkennen, dass aus der Gegenrichtung noch ein Polizeiauto gekommen war.

Mit Mühe unterdrückte er einen Stoßseufzer. Es war besser, wenn er die Neuankömmlinge nicht auf seine Anwesenheit aufmerksam machte.

Doch innerlich triumphierte er, weil es genau so ablief, wie er es vorhergesehen hatte.

Das hier war zweifelsohne ein hastig zusammengetrommelter Großeinsatz. Oppenheimers haarsträubende Lüge hatte tatsächlich ausgereicht, um den Staatsapparat zu alarmieren.

Die Männer waren jetzt ausgestiegen. Sie gaben keinen Laut von sich. Weil die Gauner am eisernen Tor das Schloss mit der

Kette entfernt hatten, dauerte es nicht lang, bis die Beamten das Grundstück betraten.

Es war offensichtlich, was jetzt geschehen würde. Das Haus wurde gestürmt, und die Anwesenden wurden verhaftet. Danach würden die Strafverfolgungsbehörden versuchen, ihre Identität zu klären.

Einige Minuten, nachdem die Männer bei Thorwald eingedrungen waren, brach die Orgelmusik ab. Laute Stimmen waren aus der Villa zu hören. Irgendwo klirrte Glas. Es klang nach einem Handgemenge.

Mit großer Genugtuung verfolgte Oppenheimer das Spektakel. Ohne es zu wissen, half die Gestapo dabei, Hilde zu retten. Selbst wenn Hauser so geistesgegenwärtig war, einen falschen Namen anzugeben, saß er in der Falle. Schmude brauchte nichts weiter zu tun, als sich morgen im Auftrag von Kuhn nach den Gefangenen zu erkundigen und Hauser von seiner Vermieterin identifizieren zu lassen.

Doch wenige Sekunden später wurde Oppenheimers Gewissheit über den Haufen geworfen.

In seinem Triumph hatte er nicht wahrgenommen, wie in einem Zimmer im Erdgeschoss das Licht erloschen war. Erst als er hastige Schritte hörte, wandte er seine Aufmerksamkeit diesem Fenster zu.

In dem tintenschwarzen Rechteck flatterte eine Gardine im Wind. Jemand musste das Fenster geöffnet haben.

Oppenheimer blickte in die Richtung, aus der die Schritte gekommen waren. Eine Gestalt rannte über den Rasen und auf die Steinmauer des Nachbaranwesens zu.

Einer von Thorwalds Jüngern wollte fliehen, und in seiner Eile hatte er sich nicht einmal die Zeit genommen, seine helle Kutte abzulegen.

Oppenheimers Herz klopfte plötzlich so stark, dass sein Kopf zu pulsieren begann. Ohne lang zu überlegen, folgte er dem hellen Schemen. Er konnte nicht riskieren, dass es Hauser war, der in letzter Sekunde türmte. Zumindest hatte Oppenheimer wegen des Fahrrads einen strategischen Vorteil.

Dummerweise besaß das angrenzende Grundstück eine hohe Backsteinmauer. Und obwohl man nichts sehen konnte, war deutlich vernehmbar, wie sich der Flüchtende unter lautem Geraschel durch das Gebüsch kämpfte.

Oppenheimer trat in die Pedale und bremste bei der Toreinfahrt ab, von wo aus er einen Blick auf das Gelände werfen konnte. Doch er sah nichts als tiefe Finsternis.

Wenn er Pech hatte, dann lief der Mann in der weißen Kutte nicht parallel zum Gehweg, sondern schlug sich querfeldein ins Gebüsch. In diesem Fall würde Oppenheimer auch das Fahrrad nichts nutzen. Außerdem ließ sich von seinem Standpunkt aus nicht einschätzen, wie groß das Anwesen war. Schlimmstenfalls musste er über das Tor klettern, um die Verfolgung fortzusetzen.

Verdrießlich schaute Oppenheimer an dem Tor empor. Es war etwa zweieinhalb Meter hoch. Wenn er auf die Ladefläche von Hildes Fahrrad kletterte, konnte er es vielleicht schaffen.

Er wollte gerade vom Sattel absteigen, da waren erneut Schritte zu hören.

Als Oppenheimer den hellen Schimmer an sich vorbeihuschen sah, wusste er, dass er ihn erwischen würde. Der Flüchtende lief zur gegenüberliegenden Mauer. Wenn er dort darüberstieg, würde er auf die nächste Querstraße gelangen und Oppenheimer konnte ihn ergreifen.

Oppenheimer fuhr zur nächsten Mauerecke und blieb dort stehen. Nichts war zu sehen. Auch die Geräusche waren jetzt verstummt. Er starrte auf die verlassene Straße. Er war darauf vorbereitet, den Flüchtenden zu stellen, und jetzt – nichts.

Er stieß sich vom Boden ab, um sich einige Meter nach vorn zu bewegen. Erst jetzt fiel ihm auf, dass Hildes Fahrrad beim Fahren ein leises Klappern von sich gab. Um sich nicht zu verraten, stieg Oppenheimer ab und schlich einige Schritte weiter.

Je länger Oppenheimer warten musste, desto unruhiger wurde er. Doch es gab jetzt keine andere Alternative, als an dieser Stelle zu verharren. Würde er zurückfahren, um sich zu vergewissern, wo Thorwalds Jünger abgeblieben war, würde er es kaum schaffen, ihn zu fassen, falls er über die Mauer steigen sollte.

Oppenheimer horchte in die Nacht. Nach etwa einer Minute war aus dem Garten ein Rascheln zu hören. Kurz darauf sprang der Verfolgte von der Mauer herab und landete wenige Meter von Oppenheimer entfernt auf dem Boden. Er brauchte jedoch einen Moment, um sein Gleichgewicht wiederzufinden. Oppenheimer nutzte diese Gelegenheit und sprang auf den Mann zu.

Er riss an dessen Kutte und rief: »Halt! Stehen bleiben!«

Der Mann erstarrte, dann wirbelte er herum und attackierte Oppenheimer mit den Fäusten.

Das Licht des schmalen Halbmonds reichte gerade mal aus, um die Umrisse des Kontrahenten zu erkennen. Mit seiner hellen Kutte war er im Nachteil. Oppenheimer konnte jede seiner Bewegungen erahnen und rechtzeitig den Faustschlägen ausweichen.

Als Thorwalds Jünger erkannte, dass er auf diese Weise keine Chance hatte, versuchte er, davonzulaufen.

Wieder griff Oppenheimer nach der Kutte und zog den Mann zu sich heran. Er wollte ihn gerade von hinten in den Schwitzkasten nehmen, als er hörte, wie etwas zerriss.

Knöpfe fielen auf den Boden.

Im nächsten Moment hatte Oppenheimer nur noch die leere Kutte in seiner Hand.

Solange er nicht wusste, ob es sich um Hauser handelte, durfte der Fremde nicht entwischen.
Oppenheimer wollte gerade nach vorn hechten, als ihn ein Fausthieb ins Gesicht traf.
Unwillkürlich wich er zurück. Diesmal war der Angreifer nicht geflohen. Er nutzte Oppenheimers kurze Unkonzentriertheit aus, um ihn am Mantel zu packen und gegen die Mauer zu schleudern.
Oppenheimer schlug mit der Schläfe gegen die Mauersteine. Der Klang des Aufpralls hallte durch seinen Kopf. Fast zeitgleich sackten seine Beine weg.
Doch er wollte sich nicht geschlagen geben. Benommen griff er in die Dunkelheit und bekam etwas zu fassen.
Es war ein Bein.
Der Fremde stand jetzt dicht bei ihm. Er versuchte nicht einmal mehr, zu fliehen.
Verschwommen nahm Oppenheimer wahr, wie ein Zündholz angerissen wurde. Die Flamme wurde ihm so dicht vors Gesicht gehalten, dass er die Wärme spüren konnte.
Der Mann sagte: »Na, das nenne ich einen Zufall!«
Die Stimme kam Oppenheimer bekannt vor. Es war tatsächlich Hauser.

32

Sonntag, 11. März 1945

Oppenheimer wurde von einem Hämmern in seinem Schädel aufgeweckt. Seine Gelenke taten weh, er lag auf einem ungewohnt harten Untergrund. Vor seinen Augen sah er nur einen roten Schleier. Dahinter befand sich eine Lichtquelle.

Es kostete ihn unglaublich viel Mühe, seine Lider zu öffnen. Als grelles Licht auf seine Pupillen traf, musste Oppenheimer unwillkürlich blinzeln.

Dann hörte er Hausers Stimme. »Wieder wach?«

Als Antwort brachte Oppenheimer nicht viel mehr als ein Stöhnen zustande. Er war immer noch benommen.

»Herr Meier, können Sie mich verstehen?«

Plötzlich atmete er einen stechenden Geruch ein. Ammoniak. Reflexartig riss Oppenheimer seine Augen auf.

Außer der Lampe konnte er zunächst kaum etwas erkennen. Doch allmählich zeichnete sich dahinter Hausers Kontur ab.

»Sie hatten eine leichte Gehirnerschütterung. Aber keine Angst, ich habe Sie versorgt. Vorläufig brauche ich Sie noch.«

Oppenheimer wollte etwas sagen, es drang jedoch kein Ton aus seiner Kehle. Erst nachdem er gehustet hatte, konnte er sprechen. »Was wollen Sie von mir?«

»Sie haben etwas, das mir gehört. Peters sollte es mir besorgen, er hat sich aber nicht mehr gemeldet. Wo sind meine Unterlagen, Meier? Ich habe Hilde Abschriften von meinen Aufzeichnungen zur Aufbewahrung gegeben. Jetzt sind sie verschwunden.«

Hinter Hauser konnte Oppenheimer halbhohe Fenster erkennen, die in die Wand eingelassen waren. Wahrscheinlich befanden sie sich in einem Keller.

Oppenheimer versuchte aufzustehen, etwas hielt ihn aber zurück. Er hob den Kopf, schaute an seinem Körper nach unten und erkannte, dass seine Handgelenke und Beine an eine Liege geschnallt waren. Voller Entsetzen zerrte Oppenheimer an seinen Fesseln, doch er war hilflos. Er befand sich in Hausers Gewalt.

Hauser registrierte, dass sich Oppenheimer seiner Lage bewusst war, und sagte mit ruhiger Stimme: »Niemand kann Ihnen helfen, Meier. Nur Sie und ich sind jetzt hier. Und ich habe Zeit. Früher oder später müssen Sie mir verraten, wo die Dokumente sind.«

»Wie kommen Sie darauf, dass ich davon eine Ahnung habe?«

»Für wie blöd halten Sie mich eigentlich? Sie schnüffeln mir nach, belästigen meine Verlobte, tauchen dann unter falschem Namen bei Thorwald auf. Und vorher haben Sie mich in Hildes Wohnung überrascht.«

Oppenheimer war jetzt wieder klar im Kopf. »Dann waren Sie das also in Hildes Haus. Sie dachten, dass Hilde die Papiere bei sich versteckt hält.«

»Die Kopien. Ich will nichts weiter als die Kopien.«

Etwas ergab für Oppenheimer keinen Sinn. »Das heißt, dass die Originale nicht mehr vorhanden sind?«, fragte er.

Obwohl Hausers Gesichtsausdruck bewegungslos war, klang seine Stimme angespannt. »Als Hilde bei mir auftauchte, hat sie mehrere Seiten zerstört«, gab er zu.

Hauser bezog sich offensichtlich auf den lauten Streit, von dem auch die Nachbarn berichtet hatten. Bestimmt war es zu Handgreiflichkeiten gekommen, als er Hilde zurückhalten wollte, die Unterlagen im Ofen zu verbrennen. Sie hatten miteinander gekämpft. Das war der Grund für die Schwellung in Hildes Gesicht, für die sie keine vernünftige Erklärung abgab.

»Leider hatte ich die Originale nicht in Sicherheit gebracht«, fuhr Hauser fort. »Wozu auch? Es gab ja eine Kopie. Unglücklicherweise hat Hilde es geschafft, meine Angaben zu entziffern. Ich hätte sie nicht unterschätzen sollen. Ohne die Kopien gibt es keine Möglichkeit mehr, meine Forschungsdaten zu rekonstruieren.«

Hausers Tonfall änderte sich. Er heuchelte jetzt Freundlichkeit. »Sehen Sie das Ganze mal aus einer anderen Perspektive, Meier. Es geht nicht um Sie oder um mich, sondern um die Wissenschaft. Sie können ihr einen großen Dienst erweisen. Wenn ich die Dokumente bekomme, lasse ich Sie laufen.«

Oppenheimer wusste sofort, dass dies eine Lüge war. Schließlich hatte Hauser einen Menschen ermordet, damit er selbst offiziell als tot galt. Einen Mitwisser wie Oppenheimer konnte er also kaum am Leben lassen. Aber vor allem beschäftigte ihn der Gedanke, dass er auch den Aufenthaltsort von Lisa preisgab, wenn er verriet, wo die Papiere waren. Man konnte nicht wissen, was Hauser noch alles einfallen würde, um an seine Aufzeichnungen zu kommen. Oppenheimer beschloss, dass er lieber sterben würde, als Lisa in diese Sache mit hineinzuziehen.

»Hilde hat die Kopien ebenfalls verbrannt.« Es war die erstbeste Lüge, die ihm in den Sinn kam. »Die Unterlagen – alles weg. Ihre Forschungen waren umsonst.«

Hauser schaute ihn durchdringend an, und für einen kurzen Augenblick konnte Oppenheimer bei ihm den Schatten des Zweifels erkennen. Doch dann schüttelte er den Kopf: »Hilde ist Ärztin. Sie würde Forschungsergebnisse nicht einfach so vernichten.«

»Sie wollte nichts damit zu tun haben«, sagte Oppenheimer mit Nachdruck. »Hilde weiß, dass Sie unschuldige Menschen gequält haben, um an diese Daten zu kommen. Deswegen hat sie alles vernichtet.«

Hauser legte seinen Kopf schräg und studierte Oppenheimers Miene. »Kann das tatsächlich sein?«, sagte er nachdenklich. »Es ist möglich. Aber vielleicht lügen Sie mich auch an.«

Mit diesen Worten verschwand er aus Oppenheimers Blickfeld. Oppenheimer hörte, wie Gläser aneinanderstießen. Hinter dem grellen Licht bewegte sich etwas.

Schließlich erschien Hauser wieder.

In seiner Hand hielt er eine Spritze. Er richtete die Nadel nach oben und drückte auf den Kolben, bis die ersten Tropfen herausperlten.

Oppenheimer riss die Augen auf. »Was ist das?«

Ohne Kommentar stach Hauser in Oppenheimers Oberarm und injizierte die Flüssigkeit.

Erst als er die Spritze wieder herauszog, antwortete er. »Das ist Scopolamin.«

Dieser Name sagte Oppenheimer etwas. Er erinnerte sich an Seibolds Geschichte darüber, dass seine Apotheke vor einigen Wochen eine Großbestellung von einer Regierungsstelle erhalten hatte. Offenbar sollten noch rechtzeitig vor dem Eintreffen der Feinde große Mengen Gift bevorratet werden.

Oppenheimer brach der kalte Schweiß aus, als er daran dachte, was sich nun in seinem Körper ausbreitete. Instinktiv spannte er seine Muskeln an, als würde dies irgendetwas verhindern können. »Sie wollen mich vergiften?«

Hauser legte die Spritze beiseite. Das harte Licht der Lampe zeichnete scharfe Schatten in sein Gesicht. Sein Lächeln sah für Oppenheimer wie eine höhnische Fratze aus. »Die tödliche Dosis ist erst bei einhundert Milligramm erreicht. Niedriger dosiert sorgt es für einen Zustand der Willenlosigkeit. Thorwald wollte es Ihnen geben. Sie erinnern sich? Der Tee? Scopolamin hilft ihm dabei, seine Kunden zu hypnotisieren. Aber er hat mir erzählt, dass Sie es noch rechtzeitig bemerkt haben.«

Er ließ sich neben Oppenheimer auf einem Stuhl nieder und klappte seine Taschenuhr auf. »Wir müssen nur ein wenig warten, bis die Wirkung einsetzt.« Nach dieser Erklärung verschränkte Hauser seine Arme und blickte vor sich hin.

Unablässig suchte Oppenheimers Verstand nach einer Fluchtmöglichkeit – erfolglos. Aus irgendeinem Grund konnte er die Stille nicht ertragen. Zudem beschäftigte ihn eine Frage, seitdem er wusste, dass Hauser noch lebte.

»Eines habe ich nicht verstanden«, begann Oppenheimer. »Ich habe den Toten in Ihrer Wohnung gesehen. Wer war das?«

»Ludwig Trebitsch. Der Name sagt Ihnen vermutlich nichts. Er arbeitete im Kaiser-Wilhelm-Institut.«

Trebitsch, natürlich. Der verschwundene Kollege des unfreundlichen Assistenten namens Waechter.

»Sie kannten Trebitsch gut?«, fragte Oppenheimer.

»Wir standen in Kontakt. Er wusste von meiner Arbeit und hat mir geholfen, die dafür benötigten medizinischen Präparate zu bekommen.«

»Und Sie haben ihn zu sich bestellt?«

Hauser zog belustigt seine Augenbrauen hoch. »Das war ganz einfach. Ich habe ihm angeboten, seine SS-Tätowierung zu entfernen. Natürlich sollte niemand etwas davon erfahren. Ich habe die Tätowierung herausgeschnitten und ihm dann eine Überdosis Morphium injiziert. Dass Hilde kurz zuvor denselben Eingriff bei mir vorgenommen hatte, war besonders praktisch. Ich rechnete damit, dass sie meine Leiche identifizieren muss und dabei die zugenähte Wunde wiedererkennt.«

»Dann war also Trebitsch der Vermummte?«

»Anfangs schon. Ich hatte ihm zu der Verkleidung geraten. Natürlich war es nicht gerade unauffällig, sich den Schal ums Gesicht zu wickeln und mit einer Sonnenbrille auf der Nase herumzulaufen. Doch umso besser.« Er lachte bei diesem Gedanken kurz auf.

»Ich verstehe«, sagte Oppenheimer. »Sie haben nach dem Mord die Kleider gewechselt und sind vermummt wieder aus dem Haus getreten. Die Polizei sollte den großen Unbekannten suchen. Dabei war die Person, die von den Nachbarn gesehen wurde, das Mordopfer und der Täter zugleich. Zu dumm, dass niemand mitbekommen hat, wie Trebitsch das Haus betrat.«

Wachsam blickte Hauser ihn an. »Sie scheinen sich mit so etwas auszukennen.«

Oppenheimer tat so, als hätte er diese Frage überhört. »Nur eines kann ich mir nicht erklären. Dass der Kopf abgetrennt werden musste, versteht sich von selbst, sonst hätte man Trebitsch identifizieren können. Aber warum dann auch noch die Hände abschneiden? Das ergibt keinen Sinn. Schließlich haben Sie darauf geachtet, in der Wohnung keine Fingerabdrücke zu hinterlassen. Niemand konnte darauf kommen, dass es sich bei dem Toten nicht um Sie handelt.«

Hauser unterbrach ihn. »Nein, allein den Kopf zu beseitigen und sonst weiter nichts wäre zu auffällig gewesen. Dann hätte die Polizei früher oder später in Erwägung gezogen, dass die Identität verschleiert werden soll. Ich habe mal gelesen, dass professionelle Verbrecher es so machen: Sie schneiden dem Opfer die Hände und den Kopf ab und entsorgen dann die Einzelteile an getrennten Orten.«

»Sie wollten also Edes Leute belasten. Es sollte so aussehen, als hätte jemand Verbrecher dabei gestört, die Leiche unkenntlich zu machen. Es musste auf jeden Fall ein menschlicher Torso gefunden werden, damit Sie offiziell als tot gelten. Den Kopf haben Sie mitgenommen und später entsorgt, doch die Hände ließen Sie im Hinterhof zurück. Aber warum?«

Selbstzufrieden lehnte sich Hauser zurück. Er war jetzt so von seiner Überlegenheit berauscht, dass er bereitwillig Auskunft gab. »Ich habe die Polizei vor ein Rätsel gestellt und dafür gesorgt, dass sie es auch lösen können. Es war damit zu rechnen, dass die Hände gefunden werden, schließlich habe ich nur ein bisschen Erde draufgeworfen. Die Polizisten waren sicher so froh über den Fund, dass sie alles andere nicht mehr in Frage gestellt haben. Sie waren felsenfest davon überzeugt, dass es sich bei der Leiche, zu der die Hände passten, um meine Person handelte. Um den Kopf haben sie sich danach keine Gedanken mehr gemacht. Und genau das war mein Ziel.«

Als Hauser seinen Plan darlegte, verspürte Oppenheimer trotz seiner lebensbedrohlichen Lage einen gewissen Respekt. Der Plan war vielleicht ein wenig vertrackt, aber durchaus raffiniert.

»Vielen Dank«, sagte Hauser.

Überrascht schaute Oppenheimer ihn an. Warum hatte Hauser ihm geantwortet? Konnte er seine Gedanken lesen? Oder hatte Oppenheimer ihm mitgeteilt, was gerade in seinem Kopf vorging, ohne es selbst zu bemerken?

War das etwa schon die Wirkung des Scopolamins?

Mit aller Macht presste Oppenheimer seine Lippen zusammen. Nun war es so weit, dass er sich selbst nicht mehr trauen konnte. Er musste aufpassen, damit er nicht alles ausplauderte.

»Doch jetzt genug mit dem Vorgeplänkel.« Hauser ließ den Deckel seiner Taschenuhr zuschnappen und rückte näher an Oppenheimer heran. »Beantworten Sie meine Frage: Wo sind meine Aufzeichnungen?«

»Verbrannt«, presste Oppenheimer hervor.

»Sie brauchen an nichts anderes denken.« Hausers Stimme klang sanft. »Sie wollen es mir doch anvertrauen, oder nicht?«

Oppenheimer kannte diese Befragungsmethode. Sie unterschied sich nur geringfügig von der Strategie, die er selbst anwendete. Doch obwohl er Hausers Taktik durchschaute, spürte er in sich den Drang zu sprechen.

Nur nicht von Lisa reden, dachte er und biss sich auf die Zunge. Hauser wirkte ruhig, aber sein fordernder Blick wurde nach Oppenheimers Empfinden immer aufdringlicher. Vielleicht war es ja möglich, an seine Selbstgefälligkeit zu appellieren, um ihn auf ein anderes Thema zu bringen.

Also wiederholte Oppenheimer den letzten Satz. »Ihr Plan war raffiniert, doch etwas ist dazwischengekommen. Hilde tauchte auf und machte Ihnen Vorwürfe. Sie haben sich gestritten, und Hilde verbrannte dann einen Teil Ihrer Originalaufzeichnungen. Weil sie in der Nähe des Tatorts gesehen wurde und ein Mordmotiv hatte, wurde sie schließlich verdächtigt.«

»Wenn sie mich in Ruhe gelassen hätte, dann wäre das alles nicht geschehen.« Als Hauser über Hilde sprach, klang seine Stimme nicht mehr so ruhig. »Sie hatte Pech. Es war schon alles vorbereitet und ließ sich nicht mehr abblasen. Ich konnte nicht länger warten, weil mich die Ganoven sonst tatsächlich in die Mangel genommen hätten. Dass sie verdächtigt wurde, war nicht geplant, es ergab sich so. Das hat sie jetzt davon, dass sie in meinen Papieren herumschnüffeln musste. Aber das spielt alles keine Rolle mehr. Ich brauche nur die Kopie, dann bin ich fort, und Sie werden mich niemals wiedersehen.«

»Was wollen Sie überhaupt mit den Unterlagen? Sind die wirklich so wichtig?«

»Es sind meine Forschungsresultate. Ich habe zwei Jahre daran gearbeitet. Irgendwann wird man Menschen mit Hilfe dieser Unterlagen heilen können. Wenn nicht jetzt, dann eben nach dem Krieg. Die Medizin entwickelt sich weiter, und ich will meinen Beitrag dazu leisten.«

Oppenheimer nickte. »Ich verstehe. Sie wollen die Daten, um später weiterforschen zu können. Da Sie offiziell gestorben sind, wird niemand auf die Idee kommen, dass Sie für ihre Versuchsreihen KZ-Gefangene gequält haben. Nach dem Krieg kommen Sie mit einer neuen Identität und einer schneeweißen Weste daher, weil Sie gefälschte Entlassungsscheine vorlegen können. Sie wollen die Rolle des Regimegegners spielen und gleichzeitig als Forscher brillieren. Es geht Ihnen nicht darum, Menschen zu heilen. Dazu sind Sie viel zu rücksichtslos mit Ihren bisherigen Patienten umgesprungen. Sie sehen sich selbst als Führungspersönlichkeit, für die normale Maßstäbe nicht gelten. Ethik, Moral, Verantwortung – darauf pfeifen Sie. Das sind Probleme, mit denen sich die Kleingeister herumschlagen sollen. Es ist genau das, was die Nationalsozialisten predigen. Ihnen geht es nur um Ruhm, Einfluss, Macht. Die Welt soll zu Ihren Füßen liegen, Sie wollen Gott spielen.«

Die Worte waren aus Oppenheimer herausgequollen wie ein mächtiger Strom, den niemand mehr aufhalten konnte. Er legte seine ganze Verachtung in die Sätze, aber schließlich bemerkte er, wie sein Hass auf Hauser schwächer wurde. Es ließ sich nicht genau definieren, doch Oppenheimer ahnte, dass etwas in ihm zusehends abstumpfte.

Hauser wiederholte immer und immer wieder dieselbe Frage.

»Wo sind die Unterlagen? Sie wollen es mir doch sagen.«

»Sie sind verbrannt.«

»Wo sind die Unterlagen?«

»Wahrscheinlich in Hildes Ofen. Asche.«

»Sie wissen, wo sie wirklich sind.«

Oppenheimer verspürte ein Gefühl der Überlegenheit. Egal, was Hauser ihm gespritzt hatte, er konnte ihn immer noch anlügen.

Hauser wiederholte immer wieder monoton seine Frage.

»Wo sind die Dokumente?«

Es störte Oppenheimer, stets dieselbe Antwort geben zu müssen. Er wollte, dass Hauser aufhörte, diese lästige Frage zu stellen.

Da die Kellerfenster hinter Hauser verdunkelt waren, konnte Oppenheimer nicht einschätzen, wie viel Zeit mittlerweile vergangen war. Ohne einen Anhaltspunkt zu haben, ließ er die Fragen über sich ergehen.

Hauser fragte. Oppenheimer antwortete. Hauser fragte. Oppenheimer antwortete.

Schließlich wurde Oppenheimer dieses Spiels überdrüssig und suchte nach einer Möglichkeit, diese Routine zu unterbrechen. Vielleicht ließ sich Hauser aus der Reserve locken, wenn er eine andere Antwort gab?

»Wo sind die Dokumente?«

»Verbrannt.«

»Wo sind die Dokumente?«

»Im Ofen.«

»Wo sind die Dokumente?«

»Beim Hausdrachen.«

Hauser hörte auf zu fragen. Oppenheimer schloss die Augen. Endlich war es still. Endlich musste er die immer gleichen Fragen nicht mehr hören.

Und gleichzeitig bemerkte Oppenheimer, welch dummer Fehler ihm unterlaufen war.

Er hatte Hauser einen Hinweis auf Lisas Vermieterin gegeben, auf den tatsächlichen Verbleib der Dokumente.

Auch Hauser schien dies registriert zu haben. »Wissen Sie, es ist eine interessante Substanz, dieses Scopolamin«, erklärte er. »Es lockert die Zunge, doch man muss vorsichtig damit umgehen, sonst kommt es zu Halluzinationen. Aber bei dieser geringen Dosis würde es mich überraschen. Ich sehe Ihnen an, dass Sie gerade mehr verraten haben, als Sie wollten.«

Er stand auf. »Hausdrache«, murmelte er, während er vor Oppenheimer auf und ab ging. »Das sagt mir leider nichts. Aber es gibt Mittel und Wege, um dies herauszufinden.«

Wieder verschwand Hauser aus seinem Blickfeld. Irgendwo im Zimmer klapperten Gegenstände.
Die nächsten Geräusche waren Oppenheimer vertraut, aber er war zunächst viel zu überrascht, um sie richtig einzuordnen. Irgendwo weit hinten im Zimmer legte Hauser eine Schallplatte auf den Teller eines Grammophons. Wenige Augenblicke später knisterte es aus dem Trichter. Dann erklang ein Piano. Jemand sang. Eine Frauenstimme. *Du holde Kunst, in wie viel grauen Stunden …* Ein betörender Sopran sang Franz Schuberts Lied mit dem Titel *An die Musik.*
»Kennen Sie diese Aufnahme?«, fragte Hauser.
Oppenheimer überlegte. Doch in dieser Situation, festgezurrt auf einer Liege um sein Leben bangend, fiel ihm beim besten Willen nicht ein, um welche Einspielung es sich dabei handeln könnte.
»Ich – es tut mir leid«, murmelte er schließlich.
»Elisabeth Schumann«, antwortete Hauser. »Ich habe sie einmal als Sophie im *Rosenkavalier* gesehen. Eine Wucht, ich kann mich heute noch dran erinnern. Sie hat vor ein paar Jahren ein Arbeitsverbot bekommen, weil sie in einer Mischehe lebt. Dann ist sie ins Ausland abgehauen. Schade drum.«
Oppenheimer konnte nicht einschätzen, was Hauser schade fand – die Tatsache, dass die begnadete Sopranistin mit einem Juden verheiratet war oder dass sie zur Flucht gezwungen wurde. Im Stillen beglückwünschte Oppenheimer Frau Schumann dazu, dass sie es noch ins Ausland geschafft hatte.
Von Hauser kam jetzt nichts mehr. Wahrscheinlich lauschte er gedankenversunken der Aufnahme.
Als die Musik verklungen war, erschien er wieder neben Oppenheimer. Er hatte ein Holzbrett und eine Schraubzwinge dabei. Obwohl Oppenheimer seinen Kopf, so weit es ging, zur Seite drehte, konnte er nicht erkennen, was Hauser anstellte. Er

spürte nur, wie das Holzbrett auf seinen Handrücken gepresst wurde.
Mit einem metallischen Klacken setzte Hauser die Schraubzwinge an und begann, an dem Griff zu drehen. Der Druck auf Oppenheimers Handrücken wurde stärker.
»Keine Angst«, sagte Hauser, »wir sind noch nicht so weit. Das mache ich nur, um Ihre Hand zu fixieren.«
Oppenheimer keuchte. »Was haben Sie vor?«
»›Das brennt unter den Nägeln.‹ Sie kennen doch sicher diesen Spruch?«
Schweißperlen traten auf Oppenheimers Stirn. Seine rechte Hand wurde gegen die Liege gepresst. Voller Entsetzen blickte er in Hausers Gesicht.
»Diese Bezeichnung soll aus dem Mittelalter kommen. Damals wurden den Angeklagten Holzsplitter unter die Nägel getrieben. Es gab viele Methoden, um sie zu einem Geständnis zu bewegen, doch das meiste ist nicht mehr praktikabel. Wer hat schon eine Schädelschraube oder eine Ketzergabel zur Hand, wenn man sie mal braucht? Und momentan habe ich leider auch keine passenden Holzsplitter parat.«
Hauser schritt durch den Raum, kam mit einem kleinen Tisch zurück und stellte ihn neben der Liege ab. Dann brachte er Gegenstände, die er auf der Platte säuberlich geordnet ablegte.
Zuerst sah Oppenheimer einen Erlenmeyerkolben mit Wasser und eine aufgerissene Pappschachtel mit Speisesalz.
Amüsiert registrierte Hauser die zunehmende Verwunderung seines Gefangenen. »Seit dem Mittelalter haben wir gewisse Fortschritte gemacht.«
Dann kramte er wieder in den hintersten Winkeln des Raumes und setzte erneut das Grammophon in Gang. Es war dieselbe Schallplatte. Irritiert fragte sich Oppenheimer, was das zu bedeuten hatte.

Seelenruhig kam Hauser zurück und stellte sich direkt vor ihn. Er hielt einen Gegenstand hoch, damit Oppenheimer ihn sehen konnte.

Bei dem Anblick stockte ihm der Atem.

In Hausers Hand befand sich eine Zange.

Jetzt erkannte er, warum Musik gespielt wurde. Das Grammophon sollte seine Schreie übertönen.

Voller Panik zerrte Oppenheimer an seinen Fesseln. Doch sie gaben nicht nach.

Hauser sprach jetzt nicht mehr.

Wie in Zeitlupe schritt er um Oppenheimer herum und setzte sich neben ihm hin.

Oppenheimer spürte, wie der kalte Stahl der Zange die Spitze seines Ringfingers berührte, gefolgt von dem Druck auf den Fingernagel. Er versuchte, sich auf die Musik aus dem Grammophon zu konzentrieren. *Oft hat ein Seufzer, deiner Harf' entflossen …* Doch es half nicht. Seine Furcht war zu groß.

Hauser blickte Oppenheimer ins Gesicht. »Ich werde gleich Ihren Nagel herausreißen. Aber Sie können es verhindern. Noch einmal: Wo sind die Dokumente?«

Ein Teil von Oppenheimer war bereit, sein Geheimnis preiszugeben. Er spürte das Bedürfnis zu sprechen. Doch gleichzeitig rührte sich in seinem Inneren ein starker Widerwille. Er wollte sich um keinen Preis geschlagen geben, denn er wusste, dass Lisas Sicherheit von ihm abhing.

Aus dem Grammophon klang Schuberts bezaubernde Musik.

Oppenheimer starrte auf den Glühfaden im Zentrum der Lampe und bereitete sich auf die Schmerzen vor.

33

Sonntag, 11. März 1945

Eine halbe Stunde später befand sich Oppenheimer allein in dem Kellerraum.

Seine Hand pochte vor Schmerzen. Hauser hatte tatsächlich den Fingernagel herausgerissen, doch das war nicht das Schlimmste. Sein Wille war nicht stark genug gewesen. Er hatte Hauser schließlich verraten, dass die Unterlagen in Potsdam waren.

Bei Lisa.

Nachdem er sein Geheimnis preisgegeben hatte, versuchte Hauser, noch weitere Details in Erfahrung zu bringen. Doch außer der Adresse konnte Oppenheimer nicht mehr sagen, denn schließlich kannte er Lisas sicheres Versteck nicht.

Nach einer Weile hatte auch Hauser erkannt, dass nichts mehr aus Oppenheimer herauszuholen war. Wortlos hatte er den Kellerraum verlassen und war nicht wieder zurückgekommen.

Oppenheimer konnte nicht sagen, wie lang Hauser bereits fort war. Vermutlich bereitete er sich darauf vor, nach Potsdam zu fahren, oder er war bereits auf dem Weg dorthin.

Ich muss Lisa warnen, dachte Oppenheimer. *Sie muss fort. Verschwinden. Sie ist vor diesem Wahnsinnigen nicht sicher.*

Voller Verzweiflung zerrte er an seinen Fesseln, aber es half nichts.

Suchend blickte sich Oppenheimer um. Nein, es gab keine Möglichkeit, zu entkommen. Zumindest nicht, solange er hier festgebunden war.

Erschöpft schloss er die Augen und ließ seinen Kopf nach hin-

ten sinken. Hauser hatte die Lampe nicht ausgeschaltet. Staubpartikel schwebten zur Decke.
Plötzlich drang von draußen ein Geräusch herein. Es war der Kuckucksruf. Also befanden sich wieder Bomber im Anflug, und die Sirenen signalisierten Voralarm.
Oppenheimer dachte daran, dass er festgezurrt in diesem Keller lag und keine Möglichkeit hatte, einen Luftschutzraum zu erreichen. Obwohl er wusste, dass es zwecklos war, begann er erneut, an seinen Fesseln zu zerren. Er spannte seine Muskeln an, zog wie ein Verrückter, doch die Stricke gruben sich in sein Fleisch ein, ohne sich zu lösen.
Atemlos sank Oppenheimer zurück, als er im Raum nebenan plötzlich Schritte hörte. Sie kamen näher, wurden lauter.
Oppenheimer wurde noch unruhiger.
War das etwa Hauser? War er zurückgekommen? Wollte er ihn wieder quälen?
Oppenheimer sagte sich, dass ihm das lieber wäre, als wenn Hauser Lisa hinterherspionierte, und doch fühlte er eine große Beklommenheit, als er daran dachte, welche Qualen noch auf ihn zukommen würden. Er schloss seine Augen, versuchte, sich seinem Schicksal zu ergeben. Aber es funktionierte nicht. Sein Überlebenswille war zu groß. Und so lag er mit zusammengebissenen Zähnen da und wartete darauf, dass die Tür geöffnet wurde und kalte Luft ins Zimmer wehte.
Jemand durchquerte hastig den Raum.
Oppenheimer bemerkte, dass die Schritte nicht so schwer wie Hausers klangen. Er öffnete seine Augen und hob mit großer Mühe seinen Kopf an, bis er den Raum halbwegs überblicken konnte.
Die Gestalt war eindeutig kleiner als Hauser und trug ein lautstark weinendes Kind in ihren Armen.
Erst als sie stehen blieb und Oppenheimer einen Blick zuwarf,

erkannte er Hausers Verlobte. Vor ihm stand Edith Schönherr mit ihrem Kind.

Bei Oppenheimers Schrecken erregenden Anblick schien sie völlig vergessen zu haben, wohin sie wollte. Verloren stand sie im Zimmer und starrte auf seine malträtierte Hand.

»Hat er das gemacht?« Sie konnte ihre Frage nur flüstern. Wegen dem Lärm der Sirenen war sie kaum zu verstehen.

»Natürlich war er das«, antwortete Oppenheimer.

Sein Verstand arbeitete auf Hochtouren. Er musste einen Weg finden, Fräulein Schönherrs Vertrauen in Hauser zu erschüttern. Das war seine einzige Chance, um sich aus dieser Lage zu befreien.

»Machen Sie mich los«, flehte er. »Gleich sind die Bomber hier!«

»Ich darf nicht«, sagte Fräulein Schönherr und bewegte sich nicht von der Stelle. Sie wusste nicht, was sie tun sollte. Offenbar besaß sie im Gegensatz zu ihrem Verlobten eine instinktive Scheu davor, einem anderen Menschen Schmerzen zuzufügen oder dabei zuzusehen.

»Tun Sie immer, was Dr. Hauser befiehlt?«, fragte Oppenheimer. Als Fräulein Schönherr nicht antwortete, redete er weiter auf sie ein. Sie durfte dieses Zimmer nicht verlassen, ohne ihn aus seiner misslichen Lage befreit zu haben. Es musste doch einen Weg geben, sie umzustimmen. »Was hat er Ihnen erzählt? Hat er eine Rechtfertigung dafür geliefert, dass er mich hier foltert?«

Fräulein Schönherr sagte nichts, aber es war ihr deutlich anzusehen, dass sie mit ihrem Gewissen rang.

»Es war für mich eine Überraschung, dass Dr. Hauser mit Ihnen verlobt ist«, fuhr Oppenheimer fort. »Ich hatte wirklich nicht damit gerechnet.«

Kaum hörbar fragte sie: »Warum?«

Oppenheimer warf ihr einen fragenden Blick zu. Endlich stand sie nicht nur wie eine Statue da, sondern näherte sich ihm. Er hatte ihr Interesse geweckt. Oppenheimer hoffte, dass ihm die Erleichterung darüber nicht allzu deutlich anzusehen war.
Fräulein Schönherr präzisierte ihre Frage. »Warum waren Sie überrascht, dass wir verlobt sind?«
»Sie wissen es nicht? Schließlich haben Sie ein Kind von ihm, und er hat Ihnen nichts erzählt? Hat er Ihnen etwa vorgespielt, dass er verwitwet oder geschieden ist?«
»Was soll ich nicht wissen?«
Oppenheimer spürte, dass Fräulein Schönherr diese Frage nur pro forma stellte. Sie hatte seine Andeutungen bereits verstanden.
»Ihr Verlobter ist immer noch verheiratet.«
»Von wem sprechen Sie?«
»Von Hildegard von Strachwitz, seiner Ehefrau.«
Völlig überrumpelt blickte ihn Fräulein Schönherr an und achtete nicht einmal mehr auf das Gejaule der Sirenen. Erst als ihr Kind wieder zu weinen begann, wurde sie sich ihrer Situation bewusst.
Oppenheimer konnte ihr ansehen, dass sie gehen wollte, doch etwas hielt sie zurück. Sie brauchte eine Bestätigung, und Oppenheimer konnte sie ihr als Einziger geben.
»Ich dachte, Frau von Strachwitz ist schon längst tot«, platzte es aus ihr heraus.
»Noch nicht. Offenbar hatte Ihr Verlobter nicht daran gedacht, sich scheiden zu lassen. Frau von Strachwitz weiß nicht einmal, dass Sie existieren. Dr. Hauser hat sie beide betrogen.«
Fräulein Schönherr benötigte einige Augenblicke, um diese Anschuldigung zu verarbeiten. Oppenheimer ahnte, was in ihr vorging. Sie fragte sich, ob seine Behauptung wirklich den Tatsachen entsprach. Und sie suchte nach Ausflüchten.

»Woher weiß ich, dass Sie die Wahrheit sagen?«, fragte sie mit herausforderndem Blick. »Sie wollen doch nur, dass ich Sie losmache.«
»Überlegen Sie mal: Ihr Verlobter hat mir ein Wahrheitsserum gespritzt«, antwortete Oppenheimer. »Und da soll ich lügen? Und woher soll ich das wissen, wenn nicht von Frau von Strachwitz selbst? Ich habe Dr. Hausers Vergangenheit erforscht und ungeheuerliche Dinge zutage gefördert. Wussten Sie, dass er vertuschen will, dass er Mitglied der SS ist und in den Konzentrationslagern Menschen zu Tode gequält hat?«
»Er hat nur gemeint, dass er verfolgt wird. Hat von asozialen Verbrechern erzählt, die ihm Geld geliehen haben. Doch jetzt hat er nichts mehr. Er braucht mich. Er will mit mir zusammen ein neues Leben beginnen.«
»Er hat ein paar Ganoven um einen Koffer voller Silbergeld erleichtert. Das meiste davon hat ein Hellseher namens Thorwald bekommen, damit er und seine Anhänger fliehen können.«
Fräulein Schönherr war sichtlich verwirrt.
»Aber … das kann nicht sein. Erich hat nie Silbergeld besessen.«
»Dann hat er die Unwahrheit gesagt. Genauso, wie er wegen seiner Ehe mit Frau von Strachwitz gelogen hat. Für Dr. Hauser gelten andere Maßstäbe als für uns Normalsterbliche, damit müssen Sie sich abfinden. Er hat alles so eingefädelt, dass seiner Ehefrau der angebliche Mord an ihm in die Schuhe geschoben wurde. Aber er hat diese Tat selbst begangen. Ludwig Trebitsch, schon mal gehört? Das ist der Name des Opfers. Ludwig Trebitsch musste sterben, weil Ihr Verlobter es so wollte.«
Fräulein Schönherr starrte vor sich hin. Ihr Gesichtsausdruck hatte etwas Maskenhaftes bekommen, doch Oppenheimer spürte, dass es in ihr arbeitete. Er konnte nur hoffen, dass sie wütend auf ihren Verlobten wurde.
»Liebe ist schon eine merkwürdige Sache«, sagte Oppenheimer.

»Wir verdrängen die schlechten Seiten der Person, an der unser Herz hängt. Das ist allzu natürlich. Aber die Zeit vergeht, und irgendwann erkennen wir, wer dieser Mensch wirklich ist. Hildegard von Strachwitz soll für einen Mord hingerichtet werden, den Dr. Hauser begangen hat. Er ist ein kaltblütiger Mörder. Sie werden diese Schuld für den Rest Ihres Lebens mit sich herumtragen, wenn sie die Dinge tun, die er von Ihnen verlangt. Sind sie dazu bereit? Ist dieser Erich Hauser noch der Mann, in den Sie sich verliebt haben?«

Plötzlich kam wieder Leben in Fräulein Schönherr. Ohne weiteren Kommentar löste sie Oppenheimers Fesseln. Mühsam richtete er sich auf.

»Gibt es hier ein Telefon?«

Sie nickte in die Richtung einer zweiten Tür, die bislang von der Lampe verdeckt gewesen war. »Neben der Garderobe«, erklärte sie.

Oppenheimer entdeckte eine Treppe und lief die Stufen hinauf. Er musste Lisa anrufen, um sie zu warnen.

Das Telefon befand sich gleich gegenüber dem Treppenabsatz. Eilig nahm Oppenheimer den Hörer von der Gabel des Wandapparats, doch nicht einmal ein elektrisches Rauschen war zu hören. Die Leitung war tot.

Erst jetzt kam er auf den Gedanken, dass Lisa womöglich mit den anderen Flakhelferinnen im Einsatz war. Oppenheimer konnte nicht sagen, wie lang er dort unten im Keller verbracht hatte, allerdings herrschte vor der Haustür Dunkelheit. Also musste es sich um den üblichen Abendalarm handeln.

Hinter ihm erklangen Schritte. Fräulein Schönherr kam die Treppe herauf.

Oppenheimer beschlich ein schrecklicher Verdacht. Er fuhr herum und fragte: »Welchen Tag haben wir?«

»Was?«

»Welcher Wochentag ist heute?«
»Sonntag.«
Oppenheimer rechnete nach. Wenn das stimmte, dann hatte er sich achtzehn Stunden lang in Hausers Gewalt befunden. Vermutlich war er die meiste Zeit über bewusstlos gewesen. Hildes Verhandlung fand also am nächsten Morgen statt. Er hatte nur noch wenige Stunden, um Hauser dingfest zu machen.
Ausgerechnet jetzt spürte Oppenheimer, wie erschöpft er war. Die Strapazen der letzten Tage waren einfach zu viel gewesen. Wahrscheinlich sorgte nur noch das Adrenalin in seinem Körper dafür, dass er sich aufrecht halten konnte. Aber wenn er so weitermachte, würde es nicht mehr lang dauern, bis er zusammenbrach. Er konnte jetzt allerdings noch nicht ausruhen. Er musste einen Weg finden, seinen müden Körper zu überlisten, damit er wenigstens noch Hauser schnappen konnte.
Obwohl die Zeit drängte, ging er nochmals in den Keller hinab, denn er glaubte, dort unten seinen Mantel gesehen zu haben. Und tatsächlich fand er ihn zusammengeknüllt in einer Ecke liegen. Eilig hob er ihn auf und kramte in den Taschen. Er hatte Glück, die Medikamentenrolle mit dem Pervitin befand sich immer noch darin. Obwohl Oppenheimer nicht wusste, ob sich Pervitin mit den anderen Mitteln vertrug, die er in den letzten Stunden verabreicht bekommen hatte, schluckte er eine Tablette, schlüpfte in den Mantel und lief dann wieder nach oben.
Fräulein Schönherr erwartete ihn. »Können Sie dafür sorgen, dass er für alles büßen muss?«, fragte sie.
»Ich weiß genug, um ihn zur Strecke zu bringen«, antwortete Oppenheimer. »Doch dazu müsste ich ihn erst mal in die Finger kriegen!«
Sie überlegte kurz, dann erwiderte sie mit fester Stimme: »Er ist gerade gegangen. Ich weiß, wohin er will.«

Hausers Ziel lag gerade mal zwei Straßen entfernt. Unmittelbar, nachdem ihm Fräulein Schönherr den Plan ihres Verlobten verraten hatte, stürzte Oppenheimer nach draußen, um die Verfolgung aufzunehmen. Obwohl er nicht wusste, wie groß Hausers Vorsprung war, hoffte er, ihn noch einholen zu können.

Er lief durch menschenleere Straßen. Die Gegend war Oppenheimer nicht bekannt, also konnte es nicht Fräulein Schönherrs Wohnung gewesen sein, in die man ihn verfrachtet hatte. Das bedeutete wohl, dass Hauser in der Stadt noch über einen weiteren Unterschlupf verfügte.

Weil es zu dunkel war, um Hindernisse erkennen zu können, lief er genau in der Straßenmitte, wo die Fahrbahn halbwegs geräumt war, um Löschfahrzeugen die Durchfahrt zu ermöglichen. Trotz dieser Vorsichtsmaßnahme stolperte Oppenheimer und fiel vornüber.

Gerade noch rechtzeitig konnte er seine Hände hochreißen und den Sturz abfangen. Schmerz zuckte durch seine Hand, als der verletzte Ringfinger auf den Straßenbelag auftraf. Wenigstens hatte er provisorisch ein Taschentuch um das Nagelbett gewickelt.

Oppenheimer rappelte sich mühsam wieder auf und hetzte weiter. Er wusste, dass er die Nacht durchstehen würde, wenn die Schwächephase überwunden war und die Wirkung des Pervitins einsetzte. Sein einziger Trost war der Gedanke, dass es auch für Hauser eine Herausforderung sein würde, im Dunkeln die mit Steinen übersäte Straße entlangzulaufen.

Vorausgesetzt, dass Fräulein Schönherr die Wahrheit gesagt hatte und er tatsächlich irgendwo vor ihm durch die Dunkelheit eilte.

Ihrer Meinung nach befand sich Hauser auf dem Weg zu einer Autowerkstatt, wo er in einer verschlossenen Garage einen Wagen untergestellt hatte. Obwohl Oppenheimer seinen Kontrahenten als kühl berechnenden Menschen einschätzte, war Hauser sofort aufgebrochen, als er herausbekommen hatte, wo sich seine Dokumente befanden. Doch der Bombenalarm hatte ihn sicherlich auf dem falschen Fuß erwischt. An sich widersprach es völlig dem gesunden Menschenverstand, während eines Nachtangriffs mit einem Auto nach Potsdam zu rasen. Oppenheimers einzige Hoffnung war, dass die Papiere für Hauser so wertvoll wären, dass er für sie sein Leben riskieren würde. Wenn er stattdessen vom Weg abwich und nach einem Bunker suchte, würde es schwierig werden, ihn aufzuspüren.

Oppenheimer war jetzt bereits einen halben Straßenblock entlanggelaufen, doch Hauser hatte er immer noch nicht erspäht. Langsam kam ihm das merkwürdig vor.

Wenn er Pech hatte, dann war Hauser bereits zur Werkstatt gelangt und startete gerade das Auto. In diesem Fall könnte er jeden Moment mit abgeblendetem Licht vorbeibrausen.

Die Sirenen waren verstummt. Eine angespannte Stille lag über den Straßen. Oppenheimer blieb stehen und horchte. Doch außer dem Brummen am Himmel und seinem rasselnden Atem konnte er kein Geräusch vernehmen. Weder Schritte, noch Motorengeräusche.

Der einzig ungewöhnliche Ton kam vom Himmel. Oppenheimer hörte ein merkwürdiges Prasseln. Augenblicklich wurde es taghell.

Er musste nicht hochschauen, um zu wissen, was los war. Zweifellos hatten die vorausfliegenden Pfadfinderflugzeuge die ersten Leuchtmarkierungen abgeworfen. Brennender Phosphor schwebte an Fallschirmen zur Erde und tauchte die Straßenzüge in fahles Licht. Auf den Fassaden tanzten scharf umrissene Schatten.

Da mit den Leuchtbomben die Zielgebiete der nachfolgenden Bomber markiert wurden, hielt es Oppenheimer für keine gute

Idee, stehen zu bleiben. Zweifellos würde hier in wenigen Minuten der Tod vom Himmel regnen.
Er musste schnell fort.
Doch als sich Oppenheimer suchend umblickte, erstarrte er.
Etwa zwanzig Meter von ihm entfernt stand eine zweite Person.
Im dunklen Hauseingang war sie vorher nicht zu sehen gewesen, aber jetzt hatte das Licht der Leuchtmarkierung sie enthüllt.
Obwohl die Augen im Schatten der Hutkrempe unsichtbar waren, erkannte Oppenheimer den Rest des Gesichts.
Es war Hauser.
Überrascht schaute er zum Himmel empor. Als er bemerkte, dass jemand seine Spur aufgenommen hatte, war er in den Hauseingang getreten, um seinen Verfolger zu überrumpeln.
Doch das Licht hatte ihm einen Strich durch die Rechnung gemacht.
Hauser senkte den Kopf. Ihre Blicke kreuzten sich.
Oppenheimer spürte, wie er von seinem Kontrahenten beobachtet wurde. Beide Männer warteten darauf, dass der andere eine Bewegung machte.
Es hätte noch minutenlang so weitergehen können. Aber dazu kam es nicht mehr.
Von oben ertönte ein Pfeifen.
Wurde immer lauter.
Es folgte ein ohrenbetäubender Knall, der den Boden zum Erzittern brachte.
In ihrer unmittelbaren Nähe war die erste Bombe eingeschlagen.
Es regnete Steinbrocken.
Instinktiv sank Oppenheimer in die Knie und riss seine Arme hoch, um seinen Kopf zu schützen.
Als er wieder aufblickte, war Hauser verschwunden.

Oppenheimer hetzte zu der Stelle, an der Hauser eben noch gestanden hatte.
Nur wenige Meter entfernt befand sich eine Seitengasse.
Keuchend blickte Oppenheimer um die Hausecke.
Und tatsächlich, Hauser hatte seinen Kurs geändert und lief die schmale Straße entlang.
Oppenheimer setzte ihm nach. In der Ferne gab es eine weitere Detonation, um die er sich allerdings nicht kümmerte. Vielleicht war er nur deshalb so furchtlos, weil das Pervitin zu wirken begann. Vielleicht war es auch die Aussicht, dass Hildes Rettung jetzt nahe war. Er musste nicht mehr tun, als Hauser einzuholen. Allmählich kehrte Oppenheimers Selbstbewusstsein zurück, da die Mattigkeit nun von ihm abgefallen war.
Nach ein paar Metern verschwand Hauser von der Straße. Als Oppenheimer ihm durch ein offenes Tor in einen Hinterhof folgte, sah er gerade noch, wie der Gejagte eine Treppe hinablief. Am oberen Absatz waren mit roter Farbe die Buchstaben *LSR* an die Hauswand gepinselt. Hauser hatte offensichtlich bemerkt, wie fahrlässig es gewesen war, sich freiwillig dem Bombenhagel auszusetzen, und war in die Sicherheit des nächstbesten Luftschutzraums geflohen.
Als Oppenheimer in den Keller gelangte, schloss sich vor ihm bereits die Eisentür.
Er hechtete nach vorn und schob seine Schulter in den Spalt.
Irgendjemand auf der anderen Seite wollte die Tür zuschieben, doch Oppenheimer zwängte seinen Oberkörper durch die Öffnung.
Der greise Luftschutzwart mit dem Stahlhelm auf dem Kopf schaute ihn überrascht an.
»Klopfen hätt doch jereicht!«
Oppenheimer nickte. Er hatte keine Lust, sich auf eine Diskussion einzulassen.

Im Luftschutzkeller saßen etwa ein Dutzend Personen auf Holzbänken. Ein Hitlerjunge tuschelte mit einem jungen Mädchen. Verstohlen blickten sie zu Oppenheimer hinüber, dann kicherten sie.

Abseits der Bänke lagen auf dem Boden einige Lattenroste. Drei Personen hatten sich dort, in Decken eingewickelt, hingelegt. Auf ihren Koffern standen in erkalteten Wachslachen brennende Kerzen, falls das elektrische Licht ausfiel. In der gegenüberliegenden Ecke war eine Frau mit umgebundenem Kopftuch gerade dabei, Tücher in einem Wasserbottich nass zu machen.

Oppenheimers wachsamem Blick entging kein einziges Detail. Nicht mal die Tatsache, dass draußen weitere Bomben fielen, beeinträchtigte seine Aufmerksamkeit. Er trat zu den Schlafenden, um ihre Gesichter in Augenschein zu nehmen. Hauser befand sich nicht unter ihnen, obwohl Oppenheimer felsenfest davon überzeugt war, dass er hier sein musste. Aber er sagte sich, dass er bis zum Ende des Angriffs genügend Zeit haben würde, um ihn zu finden.

Mit einem tiefen Grollen erzitterte der Erdboden, die Glühbirne an der Decke flackerte.

Unweit von ihnen entfernt waren gleich mehrere Bomben hintereinander eingeschlagen.

In Sekundenschnelle verbreitete sich unter den Anwesenden Todesangst. Aufgeregtes Gemurmel kam auf, ein alter Mann blickte besorgt nach oben, als plötzlich Kalk von der Decke herunterrieselte.

Der Hitlerjunge mit dem heroischen Imponiergehabe war jetzt sichtlich verunsichert. Seine junge Begleiterin kicherte nicht mehr, sondern saß zusammengekauert neben ihm auf der Bank und hatte die Hände auf ihren Kopf gelegt.

Oppenheimer bemerkte, dass eine Person in der hinteren Ecke den Hut ins Gesicht gezogen hatte.

Konnte das etwa Hauser sein? Wollte er sich auf diese Art vor Oppenheimer verbergen?
Er ging quer durch den Luftschutzraum und berührte die Gestalt an der Schulter.
Sie bewegte sich nicht.
Als sich Oppenheimer hinabbeugte, erkannte er, dass er sich getäuscht hatte. Das Gesicht war geschminkt, es war eine Frau. Ihre Augen starrten an Oppenheimer vorbei ins Leere. Sie war völlig in sich gekehrt, hatte mit dem Leben abgeschlossen.
Ein von den Explosionen aufgeschreckter Säugling schrie. Neben der Mutter, die ihr Kind beruhigend wiegte, befand sich ein Loch in der Kellermauer. Es war nur wenig breiter als Oppenheimers Schultern.
Als er den improvisierten Tunnel sah, wusste er, wohin Hauser verschwunden war. Er musste durch die schmale Öffnung in den Keller des benachbarten Wohnhauses gekrochen sein. Oppenheimer vermutete, dass die Bewohner diese Verbindungsschächte gegraben hatten, um im Notfall einen Fluchtweg unter der Erde zu haben. Bestimmt war der gesamte Straßenzug auf diese Weise untertunnelt.
»Jessas, da is Rauch!« Ein Mann hatte dies in den Raum gebrüllt. Oppenheimer blickte zur Tür. Doch da war nichts.
Um ihn herum sprangen die Menschen angsterfüllt auf. Ein Kind wimmerte. Die Ersten drängten sich bereits zum Tunnel, um in den Nachbarkeller zu kriechen.
Jemand stieß Oppenheimer zur Seite. Er war zunächst völlig ratlos, konnte die Aufregung nicht verstehen.
Bis auch er den Qualm wahrnahm.
Das Haus über ihnen musste lichterloh brennen. Und obwohl der Rauch nur aus einem schmalen Spalt in den Kellerbunker eindrang, reichte es aus, um die Luft innerhalb von Sekunden so zu verpesten, dass man kaum noch atmen konnte.

Die Leute um Oppenheimer herum hielten sich die feuchten Tücher und Lappen vor den Mund. Der Andrang vor dem Mauerdurchbruch wurde immer größer.
Oppenheimer spürte in seiner Kehle einen Hustenreiz. Gleichzeitig schnürte etwas seine Lungen zu.
Eilig wickelte er das Stofftaschentuch von seinem lädierten Finger ab, tauchte es in den Wasserbottich und hielt dann das nasse Stück Stoff vor seinen Mund.
Noch fünf Personen mussten durch das Loch kriechen. Da Oppenheimer beim Wasserbottich gewesen war, war er der Letzte in der Reihe. Es dauerte quälend lang, bis eine Frau ihren Luftschutzkoffer weitergereicht hatte und dann selbst in den benachbarten Keller gekrochen war. Trotz des Pervitins spürte Oppenheimer eine gewisse Rastlosigkeit, doch er musste warten, bis er an die Reihe kam.
Als seine Augen zu brennen begannen, bedauerte er, dass er seinen Luftschutzkoffer mit der Motorradbrille beim Schweren Ede deponiert hatte. Zentimeter für Zentimeter näherte sich Oppenheimer dem Mauerloch.
Plötzlich ertönte ein ohrenbetäubender Knall.
Die Eisentür wurde aus ihren Angeln gerissen und prallte mit einem dumpfen Schlag auf den Boden.
Gleichzeitig jagte eine Druckwelle durch den Keller, und Flammen schlugen von draußen herein.
Sengende Hitze erfüllte den Raum.
Mit einem Mal schien es keinen Sauerstoff mehr zu geben. Oppenheimer riss den Mund auf, er konnte kaum noch atmen.
Vor dem Durchbruch befand sich nur noch das junge Mädchen, das vorher gekichert hatte. Mit vor Entsetzen geweiteten Augen stand sie da, als sei sie eine leblose Puppe. Ihr Begleiter von der Hitlerjugend war bereits in den Nachbarkeller geflohen und hatte sie einfach zurückgelassen.

Ohne lang zu überlegen, packte Oppenheimer sie und schob sie durch das Loch. Noch ehe ihre Beine verschwunden waren, folgte er ihr.

Wie ein Taucher stürzte Oppenheimer kopfüber in den Durchbruch und robbte mühselig nach vorn. Leider war die Öffnung nicht groß genug, um sich auf den Knien bewegen zu können, also tat er sein Bestes, sich wie ein Wurm über die scharfen Steinkanten zu winden.

Er konnte mit seinen Händen bereits auf der anderen Seite des Durchbruchs hinausgreifen, als in der Nähe eine Bombe einschlug.

Der Keller erbebte in seinen Grundfesten. Oppenheimer schloss seine Augen, überall um ihn herum fielen Steinbrocken herunter.

Über Oppenheimer wankten die tonnenschweren Mauern.

34

Sonntag, 11. März 1945 –
Montag, 12. März 1945

In der Nacht konnte Hilde kaum schlafen, aber das lag nicht an ihren neuen Zellengenossinnen.
Sonntagmittag hatte man ihr mitgeteilt, dass bereits am nächsten Morgen die Verhandlung vor dem Volksgerichtshof stattfinden würde. Die Wärterinnen mussten es schon vorher gewusst haben, aber warum sie diese Mitteilung bis zum letzten Moment hinausgezögert hatten, war Hilde schleierhaft. Lag es daran, dass sie keine Zeit bekommen sollte, sich innerlich darauf vorzubereiten? Oder war es als Akt der Barmherzigkeit zu verstehen, dass man ihr ein Wochenende voller trüber Gedanken erspart hatte?
Auf ihrem Strohsack liegend, starrte Hilde an die Decke. In der Gemeinschaftszelle, in die man sie vor einigen Tagen gesteckt hatte, war es in der Nacht halbwegs erträglich. Zumindest wenn man davon absah, dass sie sich kaum bewegen konnte. Schließlich waren hier drinnen zwanzig Frauen untergebracht, obwohl unter normalen Bedingungen nicht mal die Hälfte davon Platz gehabt hätte.
Selbstverständlich gab es hier für Privatheit keinen Raum. Die zwanzig Frauen mussten sich sogar den einzigen Scheißkübel teilen, ohne Abschirmung vor den Blicken der anderen. Auch sonst gab es keine Geheimnisse. Es dauerte nur wenige Tage, bis Hilde alles erfahren hatte, was es über ihre Zellengenossinnen zu wissen gab. Sie wusste, wer von ihnen mit Durchfall zu

kämpfen hatte, wer seinen Ehemann erstochen hatte, wer sich aufs Kartenlegen verstand, wer von Blähungen geplagt wurde und wer auf dem Land ein Jugendheim geleitet hatte, in dem die Kinder nichts zu essen bekamen, weil alle Lebensmittel verschoben wurden. Wer in diesen vier Wänden eingekerkert war, dem war nichts Menschliches mehr fremd.

Und doch trennte Hilde eine unsichtbare Barriere von ihren Mithäftlingen, denn sie war die einzige politische Gefangene in der Zelle. Die Frauen waren durchaus nett zu ihr, wenn sie nicht gerade den Gefängniskoller bekamen, aber so richtig geheuer schien Hilde ihnen nicht zu sein. Wahrscheinlich sorgte die Gefängnisverwaltung extra dafür, dass nur jeweils eine *Politische* in eine Gemeinschaftszelle kam, damit es schwieriger war, die anderen aufzuwiegeln.

Barbe, das junge Mädchen aus der Nähzelle, saß ebenfalls in der Gemeinschaftszelle. Im Gegensatz zu den übrigen Frauen schien sie mittlerweile richtiggehend an Hilde zu hängen.

An diesem Morgen war Barbe bereits vor den anderen aufgewacht. »Haste 'ne Ahnung, wat se mit dir vorham?«, wisperte sie.

»Die werden mich bald holen kommen«, antwortete Hilde. »Um mich in die grüne Minna zu stecken und nach Potsdam zu kutschieren.«

»Vielleicht haste Glück. Der Freisler is ja nich mehr.«

»Das macht keinen Unterschied. Ist doch alles Schmierentheater. Das Ergebnis steht schon fest. Ich bin der Bösewicht, der Volksschädling, und sie wollen meinen Kopf. Ich weiß, wie es beim Volksgericht zugeht. Wenn du freigesprochen wirst, dann wartet die Gestapo schon vorm Gericht, um dich wieder einzubuchten. Dann eben wegen einer anderen Sache. Ist denen doch egal, ob alles erstunken und erlogen ist.«

Weiter kam sie nicht.

Draußen vibrierte der Eisensteg unter schweren Schritten. Mit einem lauten Knall wurde der Türriegel zur Seite gezogen.
Die Bewacher waren gekommen, um sie für den alles entscheidenden Termin abzuholen.
»Jib dem Affen Zucka«, rief Barbe, als Hilde hinausgeleitet wurde.
Sie meinte es gut.
Doch als Hilde mit den Wärterinnen die schmale Galerie im Zellentrakt entlanglief, kreisten ihre Gedanken nur darum, ob ihre Unterstützer erfolgreich gewesen waren. Wenn es eine Möglichkeit gab, sie zu retten, würde Oppenheimer sie bestimmt finden.
Doch was würde geschehen, wenn dies nicht mehr möglich war? Wenn der Machtapparat in seinem Todesrausch auch Hilde vernichtete?
Sie hielten vor einem großen Eisentor. Schlüssel klimperten, während eine Wärterin Hilde die Handschellen anlegte. Dann ertönte ein langgezogenes Quietschen. Eisiger Wind schlug ihnen entgegen, als das schwere Tor zur Seite geschoben wurde.
Sie betraten einen von hohen Mauern eingerahmten Innenhof. Im Widerschein des elektrischen Lichts konnte Hilde einen geschlossenen Kastenwagen erkennen.
Mit brummendem Motor stand er dort und wartete auf sie.
In diesem Moment spürte Hilde zum ersten Mal Todesfurcht.

Schmude war zutiefst beunruhigt. Schon das ganze Wochenende über hatte er das Gefühl gehabt, dass alles schieflaufen würde. Spätestens als dann in den frühen Morgenstunden der Kutscher gekommen war, um sie von Kuhns Kanzlei aus noch rechtzeitig nach Potsdam zu bringen, war es für Schmude endgültig zur Gewissheit geworden, dass es für Hilde keine Rettung mehr gab.

Jetzt stand er neben der Droschke. Der Kutscher hatte sie vorsorglich in der Nähe des Landgerichts in einer ruhigen Seitenstraße abgestellt. Nachdem auch Seibold ausgestiegen war, beugten sie sich vor, um einer unsicher tastenden Gestalt herauszuhelfen.

Es war Kuhn.

Irgendwie hatte er erfahren, dass heute Hildes Verhandlung war. Schmude konnte sich gut vorstellen, wie Kuhn alle Kräfte zusammengenommen hatte, um seinen zentnerschweren Leib aus dem Bett zu wälzen, sich notdürftig zu waschen und dann in seinen dicken Biberpelzmantel zu schlüpfen. Als er statt seines Vertreters Reuter auf der Bildfläche erschienen war, gab es keine Zeit mehr, um über sein unsinniges Verhalten zu diskutieren. Kuhn hatte sie vor vollendete Tatsachen gestellt.

Während der Fahrt verloren sie kaum ein Wort. Nur als sie im Zwielicht des anbrechenden Morgens die Hauptstadt hinter sich gelassen hatten, brummte Kuhn grimmig: »An mir soll die Sache nicht scheitern.« Das blieb sein einziger Kommentar.

Unter großen Mühen stieg Kuhn aus der Droschke heraus. Schmude und Seibold blickten sich über dem gebeugten Rücken des Anwalts nervös an, denn erst jetzt erkannten sie im vollen Umfang, wie schwer Kuhn gesundheitlich angeschlagen war.

Seinen Gehstock in der linken Hand und die dicke Aktentasche unter den rechten Arm geklemmt, wirkte er auf Schmude wie eine Schildkröte mit eingezogenem Kopf. Doch dann geschah eine unerklärliche Verwandlung mit ihm. Kuhn hob seinen Kopf. Als er seine Umgebung erkannte, richtete er sich auf. Sein Blick war klar, und er wirkte zunehmend angriffslustig.

Kuhn setzte sich in Bewegung und schritt zum Gericht. Je näher sie dem Gebäude kamen, desto sicherer wurde sein Gang, zuletzt lief er ihnen voraus.

Schmude fürchtete sich davor, was Kuhns innerer Motor anstellen würde, wenn die Verhandlung vorbei war, wenn die letzten Reserven aufgebraucht waren.
Während er mit Seibold hinter Kuhn herlief, spielte er in seinen Gedanken die Optionen durch. Was würde geschehen, wenn Hildes Anwalt während der Verhandlung zusammenbrach? Würde es eine Vertagung geben? Oder würde dann ein Pflichtverteidiger für ihn einspringen, der den Fall nicht kannte?
Das Potsdamer Landgericht tagte in einem schmucklosen großen Kasten mit schmalen Fenstern. Als sie die Gänge entlangschritten, registrierte Schmude, dass der Gebäudekomplex verhältnismäßig leer war.
Die Tribunale des Volksgerichtshofs waren normalerweise Großveranstaltungen, bei denen in der Regel auch ungeladenen Besuchern der Zutritt gewährt wurde. Die einzigen Ausnahmen waren delikate Fälle, die als *geheime Reichssache* deklariert wurden. Bei den öffentlichen Verhandlungen herrschte ein Besucherandrang wie im Kino, zumal es ein deutlich billigeres Vergnügen war, wenn man sich dort bei tatsächlichen Kriminalfällen gruselte.
In den Zuschauerreihen saß sonst ein sensationslüsternes Publikum. Gaffer aus allen Volksschichten kommentierten die Vorgänge mit feixendem Gekicher. Viele der Richter ähnelten Knattermimen im Theater, doch anstatt ihren Applaus an der Bühnenrampe abzuholen, buhlten sie schamlos um die Gunst der Zuschauer, indem sie die Angeklagten verhöhnten.
Schmude hatte sich stets geweigert, diese obszönen Veranstaltungen zu besuchen. Ihm reichten die Berichte seiner Kollegen, denen zufolge die Verhandlungen des Volksgerichtshofs eine veritable Massenbelustigung waren.
Panem et circenses.
Und das Ganze wurde gekrönt mit Todesurteilen.

Ursprünglich hatten diese Vorstellungen vor bis zu fünfhundert Zuschauern stattgefunden, ehe der Volksgerichtshof aufgrund von Bombenschäden in kleinere Säle ausweichen musste, in denen es nur hundertfünfzig Plätze gab.

Doch vor dem Saal, in dem jetzt die Verhandlungen des Volksgerichts stattfanden, war von geifernden Menschenmassen nichts zu sehen. Kuhn hatte bereits angekündigt, dass die Öffentlichkeit seit einiger Zeit nicht mehr zugelassen war. Vermutlich lag es daran, dass bei den Verhandlungen auch die Schmähreden der Angeklagten über Hitler detailliert geschildert wurden. Offenbar war der Staatsapparat angesichts der sich abzeichnenden militärischen Niederlage vorsichtig geworden.

»Wenigstens bleibt Hilde die öffentliche Zurschaustellung erspart«, murmelte Schmude.

»Glauben Sie mir, das wäre unser geringstes Problem«, polterte Kuhn. »Ich werde mich jetzt um Hilde kümmern.« Dann ging er den Korridor entlang und verschwand nach wenigen Metern in einem Seitengang.

Es dauerte eine halbe Stunde, bis Kuhn wieder erschien. Sein Gesicht war vor Aufregung gerötet.

»Ist etwas?«, fragte Seibold mit schreckgeweiteten Augen.

»Diese Idioten«, schimpfte Kuhn vor sich hin. Es fiel ihm schwer, seine Stimme zu senken. »Der Vorsitzende wusste nicht, ob er mich bei der Verhandlung als Verteidiger zulassen will.«

»Soll Hilde etwa einen Pflichtverteidiger bekommen?«, platzte es aus Schmude heraus. »Das fällt denen aber früh ein! Dann war alles umsonst, unsere ganze Arbeit. Das ist doch ein abgekartetes Spiel!«

Kuhn versuchte, Schmude mit einer Geste zu beschwichtigen. »Es ist alles in Ordnung. Ich habe es schon hingekriegt. Sie machen uns dieselben Scherereien wie den anderen Angeklagten auch.« Als Kuhn sich vergewissert hatte, dass keiner zuhörte, beugte er sich vor und flüsterte: »Ich habe dem Vorsitzenden weisgemacht, dass mich Freisler höchstpersönlich eingesetzt hat. Das stimmt ja auch irgendwie. Und bei ihm nachfragen kann er ohnehin nicht mehr. Auf jeden Fall weiß er jetzt, dass ich Verbindungen habe. Mit etwas Glück gibt mir das bei der Verteidigung ein wenig Spielraum.«

»Haben Sie mit Hilde Ihre Strategie besprochen?«, wollte Seibold wissen.

Kuhn blickte ihn daraufhin wortlos an.

Als Seibold sah, wie der Anwalt zögerte, wurde er unruhig. »Sie *haben* doch hoffentlich eine Strategie?«

Kuhn antwortete mit einer Gegenfrage. »Wie sieht es mit Meier aus? Hat jemand etwas von ihm gehört? Können wir noch mit einem handfesten Beweis rechnen, dass Hauser lebt? Ich kann nicht einfach aus heiterem Himmel mit einer solchen Behauptung daherkommen, der Vorsitzende wird sich sonst kaputtlachen. Solange ich nichts in Händen habe, gibt es kaum eine Hoffnung.«

»Herr Seibold wird während der Verhandlung draußen auf ein Zeichen von Meier warten«, sagte Schmude. »Aber was gedenken Sie zu tun, wenn er sich nicht meldet?«

Kuhn zuckte mit den Schultern. »Dann kann ich nur die Beweisführung torpedieren. Allerdings werde ich erst beim Plädoyer die Möglichkeit dazu bekommen, weil der Vorsitzende bis dahin sicher alles abblockt. Ich darf ihn während der Verhandlung auf keinen Fall provozieren, sonst ist der Ofen ganz aus.«

Der Saalwachtmeister öffnete hinter ihnen die Türen des Sitzungsraums, und einige Männer mit Aktentaschen kamen heraus.

Kuhn drehte sich um. »Gut, dann sind wir an der Reihe.«

Er drückte Schmude seinen abgewetzten Lederkoffer in die

Hand. »Hier, ab jetzt halten Sie das für mich. Falls jemand fragt: Ich befinde mich unter ärztlicher Aufsicht, und Sie haben die Ehre, mein Doktor zu sein.«

Kuhn war bereits im Begriff, zusammen mit Schmude den Saal zu betreten, als Seibold sie aufhielt.

»Aber was haben Sie Hilde gesagt? Sie weiß doch hoffentlich Bescheid?«

Kuhn seufzte vielsagend. »Ich habe ihr geraten, sich zurückzuhalten.«

Schmude vermutete, dass ein solcher Appell bei Hilde zwecklos war. Auch Seibold bemerkte, worauf sie sich eingelassen hatten. »Scheibenhonig«, entfuhr es ihm.

Der Verhandlungssaal war nicht außergewöhnlich. Hinter dem Richtertisch hing eine Hakenkreuzflagge, die bis zum Boden reichte. Der weiße Kreis mit dem Kreuzsymbol schwebte über dem Richterstuhl wie die Verballhornung eines Heiligenscheins. Eine überlebensgroße Bronzebüste von Adolf Hitler durfte ebenfalls nicht fehlen.

Kuhn und Schmude schritten an den leeren Besucherreihen vorbei. Als der Anwalt hinter seinem Tisch Platz nahm, postierte sich Schmude direkt hinter ihn in der ersten Sitzreihe.

In einigen Metern Entfernung nahm der Vertreter der Anklage Platz. Es war nicht viel mehr als ein grauer Mann in einem grauen Anzug. Kuhn verschränkte die Hände über seinem imposanten Bauch. Anscheinend seelenruhig, musterte er die Umgebung und begrüßte den Reichsanwalt der gegnerischen Seite mit einem Nicken.

Schmude beugte sich vor und flüsterte Kuhn ins Ohr: »Versuchen Sie, es hinauszuzögern. Vielleicht taucht Meier ja noch auf.«

Kuhn antwortete mit einem kaum wahrnehmbaren Nicken. Durch eine Seitentür wurde Hilde von einem Beamten hereingeführt. Eine große Unruhe erfasste Schmude, als er sah, dass man ihr wie bei einer gemeingefährlichen Kriminellen die Hände auf dem Rücken gefesselt hatte. Erst als sie bei der Anklagebank angekommen waren, öffnete der Beamte die Handschellen.

Hilde rieb sich ihre Handgelenke und setzte sich hin. Mit Erleichterung nahm Schmude wahr, dass sie kampfeslustig ihr Kinn vorgeschoben hatte. Genau so kannte er sie. Die Haft hatte sie offenbar nicht mürbe gemacht.

Doch gleichzeitig wusste er, dass dies für ihre Verteidigung ein schlechtes Zeichen war. Würde sich Hilde beherrschen können und Demut zeigen, selbst wenn diese nur gespielt war? Jetzt, wo Schmude sie gesehen hatte, konnte er es nicht glauben.

Plötzlich wurde durch den Saal gebrüllt: »Aufstehen!«

Kaum war das Kommando verhallt, als ein Rascheln den Raum erfüllte. Die Anwesenden erhoben sich von ihren Plätzen. Auch Kuhn stemmte sich hoch.

Eine Tür öffnete sich für die Prozession der Amtsträger. Es erschienen die Richter in scharlachroter Robe und mit ebenso rotem Barett.

Dahinter folgten die Beisitzer. Anhand ihrer Uniformen waren sie schnell einzuordnen: braun wie die SA, feldgrau wie die Waffen-SS und schwarz wie die allgemeine SS. Zuletzt folgte jemand von der Wehrmacht.

Würdevoll schritten die Männer zu ihren Stühlen und reckten ihre Hände zum deutschen Gruß empor. Als auch die übrigen Anwesenden den Hitlergruß erwiderten, hob Schmude seine Rechte nur mit großem Widerwillen.

Beim Hinsetzen erklang erneut das Geraschel. Die Richter nahmen ihre Barette ab und legten sie auf den Tisch.

Als sich Schmude wieder setzte, versuchte er, den Vorsitzenden Richter abzuschätzen, so, wie er es unzählige Male vorher getan hatte, als er selbst noch die Rolle des Anwalts innehatte. Das auffälligste Merkmal des Vorsitzenden waren seine hohen Geheimratsecken. Sein Gesichtsausdruck war irgendwo zwischen Arroganz und Selbstgefälligkeit angesiedelt, und der barsche Ton, mit dem er den Prozess eröffnete, ließ ebenfalls nichts Gutes erahnen.

»Angeklagte von Strachwitz!«, rief er. »Aufstehen! Name, Geburtsort.«

Hilde stand auf, ihre Miene war versteinert. Würdevoll antwortete sie: »Hildegard Ursula Luise Gertrud Katharina Mathilde Erika Ilse Thekla Freifrau von Strachwitz. Burg Hohenfels.«

Schmude bemerkte, wie Kuhn bei dieser Aufzählung in sich zusammensank.

Der Vorsitzende war für einige Augenblicke sprachlos. Dann fauchte er: »Angeklagte, werden Sie nicht unverschämt. Sind Sie etwa stolz darauf, mit dieser ruchlosen Lumpenclique verwandt zu sein, die den Mordanschlag auf unseren Führer geplant hat?«

Die Verhandlung fing nicht gut an. Schon jetzt war Hilde drauf und dran, den Vorsitzenden gegen sich aufzubringen. Doch sie schien zu bemerken, dass ihre übliche Art eine schlechte Strategie war. Vorsichtig wägte sie ihre Worte ab, ehe sie antwortete: »Ich habe einfach viele Namen. Es lässt sich belegen, dass ich mit keinem der Verschwörer verwandt bin.«

Ehe der Vorsitzende fortfahren konnte, stand Kuhn von seinem Platz auf.

»Entschuldigung, Herr Vorsitzender«, sagte er. »Wenn ich mir vor der Anklageerhebung eine Bemerkung erlauben dürfte?«

Der Vorsitzende nickte.

»Die Verteidigung hat Kenntnis davon erhalten, dass es wichtige Beweismittel gibt, die für die Entlastung der Angeklagten entscheidend sind. Doch es war nicht möglich, sie rechtzeitig

zur Verhandlung beizubringen. Aus diesem Grund möchte ich einen Antrag auf Vertagung stellen.«
Die Stirn gerunzelt, fragte der Vorsitzende: »Was sind das für Beweise?«
»Das kann ich leider nicht sagen, ohne sie selbst vorher gesehen zu haben.«
Nach einem kurzen Blick in die Akten antwortete der Vorsitzende: »Abgelehnt. Herr Reichsanwalt, Sie können mit der Verlesung der Anklagepunkte beginnen.«
Kuhn lehnte sich zurück und flüsterte Schmude zu: »Das war schon alles, was ich tun konnte.«

35

Montag, 12. März 1945

Der Reichsanwalt besaß eine näselnde Stimme. Monoton las er die Anklagepunkte von einem Blatt Papier ab. Schmude fand, dass es ein absurder Kontrast zu seinen polemischen Worten war. Freilich, es war Routine für ihn. Er tat nicht mehr, als der üblichen Tagesordnung zu folgen.

»Gegen die Angeklagte von Strachwitz erhebe ich Anklage wegen folgender Tat: An ihrem Ehemann SS-Hauptsturmführer Hauser hat sie einen heimtückischen Mord begangen. Um die Tat zu vertuschen, verstümmelte sie die Leiche im Anschluss bis zur Unkenntlichkeit und versteckte die abgeschnittenen Körperteile.«

Nach einem Räuspern fuhr er fort: »Einen ranghohen Vertreter der SS zu töten, das ist nach Ansicht der Anklage als politische Tat und damit als Hochverrat einzustufen. Mitten in unserem Ringen um Leben und Freiheit wollte die Angeklagte die Abwehrkraft unserer Nation schwächen. Dieser perfide Dolchstoß unterstützt das Bestreben des Feindes, unserem Volk seine ihm eigene Lebensart, unseren Nationalsozialismus, zu berauben. Als Hoch- und Landesverrat haben Sie sich gegen folgende gesetzliche Vorschriften vergangen.«

Bei der darauf folgenden Auflistung der gesetzlichen Bestimmungen, die Hilde verletzt haben sollte, hörte Schmude nicht mehr zu. Er kannte diese Litanei. Stattdessen beobachtete er Hilde. Aufrecht saß sie auf der Anklagebank und ließ scheinbar stoisch die Vorwürfe über sich ergehen. Nur ein Zucken ihrer

Mundwinkel verriet, welche Mühe sie hatte, sich zurückzuhalten.

Nachdem sich der Reichsanwalt wieder gesetzt hatte, fasste der Vorsitzende die Anklagepunkte noch einmal zusammen. Dann ließ er Hilde aufstehen und wandte sich direkt an sie: »Es ist die Aufgabe des Gerichts, nun festzustellen, was Sie getan haben, und dann ein Urteil zu fällen, das unserem gesunden deutschen Rechtsempfinden entspricht.«

Nach dieser Einleitung las er den Bericht der Gestapo vor.

»Die von Polizei und Gestapo zusammengetragenen Beweise sind die Grundlage unserer Wahrheitssuche«, begann der Vorsitzende danach seine Zusammenfassung. »Sie lassen nur einen Schluss zu, nämlich, dass Sie in allen Punkten schuldig sind. Bestreiten Sie immer noch, Ihren Gatten ermordet zu haben?«

»Ich bin unschuldig.«

Der Vorsitzende schien verärgert darüber zu sein, dass Hildes Aburteilung nicht rasch vonstatten gehen würde. »Soso, also unschuldig wollen Sie sein«, sagte er, als hätte Hilde ihn persönlich beleidigt. »Ich bin bereit, Ihre Erinnerung zu stärken. Es gibt Zeugen, die Sie beim Betreten und Verlassen des Hauses gesehen haben. Bei der Vernehmung hatten Sie eine Schwellung im Gesicht, die Sie nur unzureichend erklären konnten. Gleichzeitig können oder wollen Sie kein stichhaltiges Alibi liefern. Und dann erkühnen Sie sich, uns den Unschuldsengel vorzuspielen? Donnerwetter!«

»So war es nicht«, warf Hilde ein.

»Dann erzählen Sie uns doch, was sich an jenem Nachmittag wirklich zugetragen hat.«

»Ich war am frühen Nachmittag im Reichstag. Dort ist eine Geburtsklinik untergebracht, bei der ich aushelfe. Ich hatte dort einige Dinge zu erledigen, dann bin ich in die Innenstadt gegangen, um Lebensmittel zu besorgen.«

Ungehalten unterbrach der Vorsitzende Hildes Stellungnahme. »Sie haben ausgesagt, dass Sie dort mehrere Stunden zugebracht haben und sich bei Anbruch der Dunkelheit auf den Nachhauseweg begaben. Sie fielen über Trümmerstücke und zogen sich dadurch Prellungen im Gesicht und am Körper zu. Ist das so korrekt?«

»Ja.«

»Hat die Verteidigung Augenzeugen, um diese Angaben zu bestätigen?«

Der Vorsitzende musste einige Sekunden warten, bis Kuhn aufgestanden war.

»Nein, Herr Vorsitzender, wir haben keine Augenzeugen.«

»Dann strapazieren Sie nicht weiter die Geduld des Gerichts!«, sagte der Vorsitzende ungehalten. »Haben Sie sonst noch etwas zu den Beweisen der ermittelnden Behörden hinzuzufügen?«

Mit einem bedauernden Kopfschütteln sagte Kuhn: »Nein, Herr Vorsitzender.«

Der Vorsitzende Richter blätterte in seinen Unterlagen.

»Wie ich sehe, hat die Angeklagte angegeben, dass sie von ihrem Mann schon seit mehreren Jahren in Trennung lebt.« Er blickte Hilde an und überlegte einige Sekunden, ehe er die nächste Frage stellte. »Angeklagte von Strachwitz, wie finden Sie es denn, dass Ihr Gatte ermordet wurde?«

»Das ist eine Schweinerei.«

Der Vorsitzende hob seine Augenbrauen. »Oho! Eine Schweinerei. Na, das kann man wohl behaupten. Doch für eine frischgebackene Witwe ist diese Gefühlsregung nicht gerade angebracht. Ich sehe kein Anzeichen für Trauer. Kein schlechtes Gewissen. Bei einem so klaren Fall kann das nur bedeuten, dass Sie überhaupt kein Gewissen haben.«

Hilde presste ihre Lippen zusammen und senkte den Kopf.

Der Vorsitzende nahm davon keine Notiz und fuhr fort: »Wie

ich sehe, scheinen Sie es mit der Pflichterfüllung der deutschen Frau auch nicht so genau zu nehmen. Trotz Ihrer langjährigen Ehe haben Sie kein Kind bekommen.«

Bei diesem Vorwurf wollte Hilde ihre Arme verschränken, hielt sich in letzter Sekunde jedoch zurück. »Ich weiß nicht, was das mit der Anklage zu tun hat.«

»Beantworten Sie meine Fragen! Gibt es einen biologischen Grund für Ihre Kinderlosigkeit? Sind Sie nicht fähig, Nachkommen zur Welt zu bringen? Oder war es eine bewusste Entscheidung?«

Hilde hatte einen hochroten Kopf bekommen. Bei der Antwort nahm Schmude in ihrer Stimme ein leichtes Zittern wahr.

»Weder – noch«, sagte sie mit Nachdruck. »Es sollte einfach nicht sein.«

Der Vorsitzende nickte. »Und politisch waren Sie bislang nirgends organisiert? Bei der NSV oder beim Winterhilfswerk? Weder – noch?«

Hildes Antwort klang tonlos: »Nein.«

Der Vorsitzende verschränkte seine Finger und beugte sich nach vorn.

»Und sonst sind Sie auch keiner Parteiorganisation beigetreten?«

»Nein.«

»Warum denn nicht?«

Überrascht blickte Hilde auf.

Schmude hielt den Atem an. Natürlich wäre es Hilde nicht mal im Traum eingefallen, eine Parteiorganisation zu unterstützen. Sie hatte eine allzu große Abscheu vor der nationalsozialistischen Ideologie. Aber wenn sie dies auch nur andeutete, wäre ihr das Todesurteil so gut wie sicher.

Alle Blicke waren auf Hilde gerichtet, die schweigend dastand. Die Stimme des Vorsitzenden zerschnitt die Stille.

»Angeklagte von Strachwitz, ich habe Ihnen eine Frage gestellt!«
Hildes Gesichtsausdruck hatte sich verdüstert. Schmude befürchtete schon, dass sie dem Richter ihre Meinung entgegenschleudern würde, doch stattdessen antwortete sie: »Es hat mich nicht interessiert. Ich war mit meiner Praxis beschäftigt.«
»Ach so, Sie dachten wohl, dass das Ganze nichts mit Ihnen zu tun hat? Sie haben es Ihrem Mann überlassen, sich politisch zu betätigen?«
»So in etwa.«
Jetzt schritt Kuhn ein.
»Mit Verlaub, Herr Vorsitzender, ich habe eine Frage. Gibt es eine gesetzliche Regelung bezüglich der Pflicht zur Mitwirkung bei Parteiorganisationen?«
Der Vorsitzende lehnte sich zurück und erklärte: »Es gibt im Großdeutschen Reich auch ungeschriebene Gesetze, die jeder Volksgenosse instinktiv kennen sollte. Es ist eine selbstverständliche Pflicht für jeden anständig denkenden und vaterlandsliebenden Menschen, seinen Teil zu unserer Bewegung beizutragen.«
Kuhn nickte zustimmend.
»Das ist mir durchaus bewusst und meiner Mandantin ebenfalls«, sagte er. »Ich bitte zu berücksichtigen, dass sie immerhin neben der Tätigkeit in der eigenen Arztpraxis auch noch als Freiwillige in einer Geburtsklinik der Charité aushilft. Dass Frau von Strachwitz voluntaristisch ihre wissenschaftliche Kenntnis an der Heimatfront einsetzt, sollte man ihr positiv anrechnen. Sie hilft sicher mehr Volksgenossen damit, als wenn sie ihre kostbare Zeit dem Spendensammeln widmen würde.«
»Ich denke, diese Diskussion bringt uns nicht weiter, und ich untersage eine weitere Erörterung«, wiegelte der Vorsitzende ab. »Wir befinden uns im Krieg! Harte Zeiten erfordern ent-

schlossenes Handeln! Da gibt es keinen Platz für Buchstabenjuristerei! Sie werden in Ihrem Plädoyer ausreichend Gelegenheit haben, sich zu diesem Thema zu äußern.«

Kuhn verbeugte sich und setzte sich wieder. Da Schmude nur wenige Zentimeter von ihm entfernt saß, konnte er hören, wie schwer er atmete.

»Doch nun wollen wir unser Augenmerk einem anderen Komplex zuwenden«, sagte der Vorsitzende und wandte sich an den Gerichtsdiener. »Holen Sie bitte die Zeugen.«

Der Gerichtsdiener verschwand durch die Seitentür.

Schmude beugte sich zu Kuhn vor und flüsterte: »Was ist jetzt los? Reichen denen nicht die Zeugenaussagen im Gestapo-Bericht?«

»Offenbar sind noch zwei weitere Zeugen vorgeladen«, brummte Kuhn beunruhigt. »Die Namen sind mir bislang noch nicht untergekommen. Wahrscheinlich sollen sie Auskunft über Hildes Charakter geben.«

»Herr Verteidiger!«, rief der Vorsitzende.

Kuhn fuhr zusammen. Der Richter musterte ihn mit einem tadelndem Blick.

»Darf ich wissen, was dieses ständige Getuschel aus Ihrer Ecke soll?«

»Mein Arzt wollte mir eine Tablette reichen.«

»Herrgott, dann machen Sie schnell. Und unterlassen Sie in Zukunft jegliche Unterbrechung, die uns von der Urteilsfindung ablenkt.«

»Es wird nicht wieder vorkommen«, antwortete Kuhn, wandte sich nochmals zu Schmude um und murmelte: »Wenn dieser Meier nicht mehr auftaucht, sehe ich keine Chance.«

In diesem Moment hörten sie, wie die Seitentür wieder geöffnet wurde. Der Gerichtsdiener führte nun zwei Personen zur Zeugenbank: eine Blondine, Anfang dreißig, und ein Herr im fortgeschrittenen Alter, der einen Fuß nachzog. Die Frau wirkte in ihrem zweiteiligen grauen Kostüm und mit dem spitzen Damenhut verhältnismäßig elegant, während der Mann stolz eine SA-Uniform zur Schau stellte.

»Als Erste rufe ich Frau Wendland in den Zeugenstand.«

Nach der Aufforderung des Vorsitzenden trat die elegante Dame vor und wurde vereidigt. Als sie sich an den Zeugentisch gesetzt hatte, erklärte der Vorsitzende, dass sie eine Nachbarin von Hilde war, und fragte sie dann, ob ihr etwas Ungewöhnliches aufgefallen sei.

»Das kann man wohl sagen«, ereiferte sich Frau Wendland und blickte zu Hilde hinüber. »Die Strachwitz … ich meine, Frau von Strachwitz, die ist mir schon mehrmals negativ aufgefallen. Wohnt da ganz allein in ihrem Haus, und keiner hat eine Ahnung, was da drin vor sich geht. Ich bin Bezirksleiterin der NS-Frauenschaft und habe sie in dieser Funktion gelegentlich aufgesucht. Sie hat sich wiederholt geweigert, unserem Bund beizutreten. Auch spenden will sie nicht. Einmal hat sie mich vorsätzlich betrunken gemacht, nur weil sie keine Kleider abgeben wollte.«

»Wie ich verstehe, gab es einen konkreten Vorfall, den Sie auch bei Ihrem Blockwart gemeldet haben?«

»Allerdings! Es war im November, glaub ich, da hat sie doch tatsächlich gesagt: ›Ich hoffe, das Schwein ist bald tot!‹ Natürlich war mir bewusst, wer damit gemeint sein soll. Und einmal, da hat sie unseren geliebten Führer als ›Teppichbeißer‹ verhöhnt.«

Nach diesen Sätzen war es im Saal totenstill. Schmude vergrub sein Gesicht in den Händen. Die Verhandlung hatte eine desaströse Wendung genommen. Zuzüglich zur Mordanklage wurde nun auch Hildes Staatsgesinnung zum Thema. Schmude hatte die berechtigte Sorge, dass die Anklage genügend belastendes Material gefunden hatte. Natürlich war Hilde immer vorsichtig gewesen und hatte ihre wahre Gesinnung nicht vor anderen Leuten hinaustrompetet.

Dass sie Hitler als Teppichbeißer tituliert haben sollte, passte leider allzu gut zu ihrer burschikosen Art. Es war ein geläufiges Schimpfwort für den Diktator, denn es kursierte das Gerücht, dass er einmal während einem seiner unzähligen Tobsuchtsanfälle einen Teppich mit seinen Zähnen malträtiert hatte. Schmude glaubte nicht, dass diese Geschichte stimmte, doch ebenso wenig glaubte er daran, dass die Zeugin Wendland bezüglich Hilde eine Falschaussage machte.

Als Schmude wieder aufblickte, bemerkte er, dass Hilde ihre Mundwinkel hochgezogen hatte. Auch der Vorsitzende hatte es bemerkt.

»Ihnen ist zum Lachen zumute?«, donnerte er. »Finden Sie das etwa komisch? Nun gut, lachen Sie nur, solange Sie noch lachen können. Oder wären Sie vielleicht so gnädig, dem Gericht mitzuteilen, was gerade in Ihrem Kopf vorgeht?«

Hilde stand auf und antwortete: »Entschuldigung, aber das ist meine natürliche Reaktion auf die Aussage von Frau Wendland. Es fällt mir schwer, zu glauben, dass sie hier solch infame Lügen über mich auftischt.«

Frau Wendland holte tief Luft für eine Erwiderung, hielt sich jedoch in letzter Sekunde zurück.

Danach wurde der Blockwart in der SA-Uniform aufgerufen. Er bestätigte Frau Wendlands Angaben bezüglich des toten Schweins und konnte sich darüber hinaus erinnern, dass Hilde gegenüber einem ihm unbekannten Herrn einmal erwähnt habe, dass der Krieg nur gut für die Bonzen sei.

Damit war die Vernehmung der Belastungszeugen abgeschlossen, und der Richter forderte Hilde zur Stellungnahme auf.

»Das sind sehr bedenkliche Äußerungen für eine Volksgenossin!«, sagte er stirnrunzelnd. »Was haben Sie dazu zu sagen?«

Hilde dachte kurz nach, dann antwortete sie: »Das mit dem Schwein ist leicht zu erklären. Vor ein paar Monaten hatte ich bemerkt, dass ein Wildschwein in meinen Garten eingebrochen war und sich über meinen Wintervorrat hergemacht hat. Daraufhin habe ich Fallen aufgestellt, in der Hoffnung, das Biest zu töten. Es ist möglich, dass ich dies gegenüber Frau Wendland erwähnt habe und sie es dann falsch verstanden hat. Dass ich damit unseren Reichskanzler gemeint haben soll, ist völlig unsinnig. Ich frage mich, wie diese Trine überhaupt auf solche Gedanken kommt. Wahrscheinlich hat sie das selbst mal gesagt oder gedacht und schiebt es jetzt mir in die Schuhe.«

Frau Wendland hatte die ganze Zeit über auf der Zeugenbank gesessen und Hilde mit zunehmendem Groll angestarrt. Schließlich platzte es aus ihr heraus. »Na, das ist doch …«

Noch ehe sie ihren Satz zu Ende sprechen konnte, schritt der Vorsitzende ein.

»Ruhe im Saal!« Dann wandte er sich wieder Hilde zu. »So einfach erklären Sie sich das? Na, das ist ja eine tolle Geschichte. Und wie verhält es sich mit dem Teppichbeißer und den Bonzen? Haben Sie dafür ebenfalls eine Erklärung?«

Hilde senkte den Blick.

»An die anderen Äußerungen, die mir in den Mund gelegt wurden, kann ich mich beim besten Willen nicht entsinnen«, sagte sie mit Nachdruck.

»Aha! Sie können sich nicht daran entsinnen. Sogar beim besten Willen nicht! Liegt es etwa daran, dass Sie sich nicht mehr erinnern können, weil Sie täglich solche Bemerkungen von sich geben und sich deshalb bei der Vielzahl der Vorfälle an die einzelnen nicht mehr erinnern können?«

Der Richter lächelte. Er schien Gefallen an seiner eigenen Spitzfindigkeit zu haben.

Unwillkürlich hatte Hilde ihre Hände zu Fäusten geballt. Sie atmete tief durch, hob das Kinn und sagte: »An solche Äußerungen von mir kann ich mich nicht erinnern. Mehr gibt es dazu nicht zu sagen.«

»Schön, belassen wir es dabei«, sagte der Vorsitzende. »Zusammenfassend lässt sich feststellen, dass Sie politisch nicht organisiert sind, also auch keine Verbundenheit zum Volk empfinden. Interessanterweise wurden Sie im Bericht der Gestapo als *degenerierte Intellektuelle* bezeichnet. Das Gericht neigt dazu, dieser Charakterisierung beizupflichten. Ich denke, dass damit die wesentlichen Punkte behandelt wurden. Wird noch eine weitere Aufklärung erwünscht? Herr Reichsanwalt, gibt es noch einen Punkt, der bei der Vernehmung nicht aufgeführt wurde und auf den Sie Wert legen?«

Der Anklagevertreter schüttelte den Kopf. »Ich habe keine weiteren Fragen.«

»Dann setzen Sie sich, Angeklagte von Strachwitz. Damit ist die Beweisaufnahme abgeschlossen. Die Zeugen können entlassen werden.«

Die beiden Zeugen wurden vom Gerichtsdiener hinausgeführt. Frau Wendland schritt erhobenen Hauptes voraus. Sie wirkte wie die Selbstgerechtigkeit in Person, erfüllt von der Gewissheit, das Richtige getan zu haben.

Als sich die Tür hinter den Zeugen geschlossen hatte, fuhr der Vorsitzende fort: »Die Anklage erhält nun die Erlaubnis für ihr Plädoyer.«

Der Reichsanwalt hatte bislang nur eine Statistenrolle gespielt, da der Vorsitzende während der Verhandlung auch gleich die Funktion der Anklagevertretung übernommen hatte. Nun richtete er sich auf und las ein Schriftstück vor.

»Ich sehe den der Angeklagten zur Last gelegten Mord als in vollem Umfang erwiesen an. Beim Vorwurf des Defätismus halte ich den subjektiven und objektiven Straftatbestand ebenfalls für erfüllt. Dass die wörtlichen Äußerungen der Angeklagten nicht mehr exakt festgestellt werden können, spielt dabei keine Rolle. Die Belastungszeugen haben eidlich bekundet, dass sich die Angeklagte über den Führer herabsetzend geäußert und den Endsieg im Lebenskampf des deutschen Volkes angezweifelt hat.«

Trotz der geharnischten Worte klang die Stimme des Reichsanwalts genau so einschläfernd wie bei der Anklageerhebung.

»Die Verteidigung hat erwähnt, dass die Angeklagte sich freiwillig als Ärztin zur Verfügung gestellt hat«, fuhr er fort. »Dies fällt jedoch gegenüber dem gemeingefährlichen Defätismus, dessen sie sich schuldig gemacht hat, nicht ausschlaggebend ins Gewicht. Durch den heimtückisch und kaltblütig geplanten Mord an einem ranghohen Vertreter unserer Bewegung hat sich die Angeklagte als gemeine Verräterin und als Volksschädling offenbart. Sie verdient keinerlei Milde. Ich fordere die Todesstrafe als einzige angemessene Sühne. Eine andere Strafe kann um der Selbstachtung des Reiches, des Sauberkeitsbedürfnisses unseres Volkes und um des Schutzes von Reich und Volk willen nicht in Frage kommen.«

Während der letzten Worte hatte der Anklagevertreter mehrmals gezögert, weil es im Eingangsbereich zu einem Tumult gekommen war. Als sich Schmude umblickte, glaubte er, durch den Türspalt Seibold zu erkennen, der auf den Saalwächter einredete, da dieser ihn offensichtlich nicht einlassen wollte.

»Ah, Gott sei Dank«, seufzte Seibold, als er sah, dass Schmude sich näherte, und wedelte mit einigen Papieren. »Hier, das ist für Kuhn.«

Schmude nahm die Blätter entgegen und blickte kurz darauf. Das erste Dokument sah nach einem amtlichen Schreiben aus, während das zweite nur eine eilig dahingekrakelte Notiz war.

»Ist das von Herrmann?«, fragte er.

»Ja. Er hat noch eine Dame dabei. Egal, bring das zu Kuhn. Es eilt!«
Von der Richterbank herab fragte gereizt der Vorsitzende: »Darf ich wissen, was dort vor sich geht?«
Als Schmude den Gang zwischen den Stuhlreihen entlanglief, kümmerte er sich nicht darum.
Kuhn nahm die Papiere entgegen, rückte seine Brille zurecht und überflog die Zeilen.
»Herr Verteidiger?«
Erneut der Vorsitzende. Schmude blickte kurz auf und erklärte: »Eine dringende Nachricht.« Er begab sich wieder zu seinem Platz.
Da ihm Kuhn den Rücken zuwandte, konnte er unmöglich erraten, was in dem Anwalt vorging. War es der Durchbruch? Hatte Meier wirklich den rettenden Beweis gefunden?
Wieder zerschnitt die Stimme des Vorsitzenden die Stille. »Ich verlange eine Erklärung, Herr Verteidiger.«
Plötzlich sprang Kuhn auf. Seine körperlichen Gebrechen waren vergessen.
»Die Verteidigung hat soeben neues und schlüssiges Beweismaterial erhalten«, rief er. »Ich stelle dringend den Beweisantrag zur Vernehmung einer Zeugin.«
Der Vorsitzende schüttelte den Kopf. »Na, Sie veranstalten hier ja ein schönes Theater! Dieses ungehörige Betragen wird Konsequenzen haben! Hätten Sie die Freundlichkeit, dem Gericht zu erklären, weswegen Sie aus heiterem Himmel die Vernehmung einer neuen Zeugin für erforderlich halten?«
Kuhn hielt eines der Schriftstücke hoch.
»In meiner Hand halte ich die schriftliche Bestätigung, dass das vermeintliche Mordopfer – Erich Hauser – lebt. Dies ist die Bestätigung, dass meine Mandantin ihren Gatten nicht getötet haben kann. Der ihr zur Last gelegte Mord hat nicht stattgefun-

den. Zwar gab es ein Mordopfer, doch dies ist ein völlig anderer Fall. Im Licht dieser Enthüllung muss die gesamte Untersuchung hinterfragt werden. Aus diesem Schriftstück geht hervor, dass sich Hauptsturmführer Hauser aktuell in Polizeigewahrsam befindet. Er wurde heute in den frühen Morgenstunden eingeliefert und von seiner Verlobten Edith Schönherr zweifelsfrei identifiziert. Fräulein Schönherr befindet sich draußen und hat sich bereit erklärt, für die Verteidigung als Zeugin zur Verfügung zu stehen.«

Für einige Augenblicke senkte sich Schweigen über den Saal. Dann wurde es auf der Richterbank unruhig. Die Beisitzer tuschelten miteinander. Der Vorsitzende wollte bereits eine Erklärung abgeben, da legte ihm einer seiner Kollegen die Hand auf den Arm. Er hielt inne und unterhielt sich flüsternd.

Schließlich erhob er sich von seinem Platz und sagte: »Das Gericht zieht sich zur Beratung zurück.«

Raschelnd verließen die Robenträger den Saal.

36

Montag, 12. März 1945

Die vergangenen Stunden waren für Oppenheimer furchtbar gewesen. Jetzt saß er vor dem Gerichtsgebäude auf Hildes Fahrrad und konnte nichts weiter tun als warten. Seine geschundenen Knochen taten weh, und der Finger mit dem herausgerissenen Nagel pochte wie verrückt. Oppenheimer machte sich nichts vor, mit seinen geröteten Augen und dem schmutzigen Mantel sah er vermutlich aus wie eine Vogelscheuche. Selbst jetzt, nachdem er es mit dem Entlastungsmaterial und Fräulein Schönherr nach Potsdam geschafft hatte, fiel es ihm schwer, zur Ruhe zu kommen.

Er war mehrmals kurz davor gewesen, aufzugeben.

In dem Hausbunker hatte ihn gerade noch rechtzeitig jemand auf die andere Seite des Mauerdurchbruchs gezogen. Mit den anderen zusammen war Oppenheimer dann durch ein zweites Loch in den nächsten Nachbarkeller gekrochen. Behelfsmäßig hatten sie versucht, den letzten Tunnel zu verbarrikadieren, damit kein weiterer Qualm eindrang, aber sie hatten nicht genügend Material zur Hand, um die Öffnung abzudichten.

Zwischen den dichtgedrängten Menschen hatte er Hauser aus den Augen verloren. Die Luft in dem Keller wurde immer dicker, die Hitze unerträglich. Schließlich öffnete jemand die Bunkertür, noch ehe die Sirenen das Entwarnungssignal gegeben hatten.

Mit den anderen war Oppenheimer hektisch die Treppenstufen hinaufgestolpert. Ein Teil des Straßenzugs über ihrem Bunker

war verwüstet. Das Gebäude, in dem Hauser Zuflucht gesucht hatte, stand in Flammen. Doch als die Sirene zur Vollentwarnung jaulte, fehlte von Hauser jede Spur.
Als die grauen Autos der Bergungskommandos und die ersten Leute vom SHD erschienen waren, hatte Oppenheimer befürchtet, dass ihm Hauser wieder entwischt war. Dann sah er jedoch, wie zwei Männer vom SHD aus dem Hauseingang einen schlaffen Körper heraustrugen. Trotz des rußschwarzen Gesichts, der schweißverklebten Haare und den blauen Lippen erkannte er ihn sofort wieder. Es war Hauser. Und er lebte noch.
Oppenheimer war zu den Männern vom SHD gegangen, um ihnen die Last abzunehmen. Er hatte gerade Hausers Arm über seine Schulter gelegt, als eine Rotkreuzhelferin erschien. Sie schaute sich Hauser kurz an und tastete nach seinem Puls. »Eindeutig Rauchvergiftung.«
Als sie behilflich sein wollte, Hauser abzutransportieren, lehnte Oppenheimer jedoch dankend ab. »Das schaffe ich schon«, sagte er.
Die Rotkreuzhelferin wies zur Straßenkreuzung, an der ein fahrbares Lazarett stand. Doch anstatt Hauser behandeln zu lassen, schleppte Oppenheimer ihn mit letzter Kraft zur nächsten Polizeidienststelle.
Er war so froh darüber, Hauser endlich dingfest gemacht zu haben, dass er sich nicht darum scherte, ob die Polizisten ihn wiedererkennen würden. Doch der einzige anwesende Beamte in der Dienststelle kam nicht auf die Idee, dass er es bei dem rußverschmierten Herrn mit einem ehemaligen Mordkommissar zu tun hatte.
Aufgrund von Oppenheimers Behauptung, dass Hauser desertiert sei und nun im Untergrund lebte, erklärte sich der Polizeibeamte bereit, ihn vorläufig einzusperren. Da der Beschuldigte

keine Papiere bei sich trug, ließ sich diese Geschichte zunächst jedoch nicht verifizieren. Dies war erst eine Stunde später möglich, als Oppenheimer mit Fräulein Schönherr erschienen war und diese eine eidesstattliche Erklärung abgab, dass die eingelieferte Person ihr Verlobter war.

Nachdem Oppenheimer dem Polizeibeamten dargelegt hatte, dass Hauser eine wichtige Rolle in einem Prozess vor dem Volksgericht spielte, versuchten sie, die Behörden zu verständigen. Aber wie so häufig waren nach dem Angriff in der Innenstadt sämtliche Telefonleitungen zusammengebrochen.

Mit einer eilig ausgefertigten Kopie des Einlieferungsbescheids machte sich Oppenheimer in den frühen Morgenstunden auf den Weg nach Potsdam. Er selbst wagte es nicht, vor Gericht aufzutreten. Das war zu gefährlich, solange der Volkssturm nach ihm fahndete. Fräulein Schönherr hegte jedoch immer noch einen solchen Groll auf ihren Verlobten, dass sie bereit war, auf der Stelle mitzukommen, um als Zeugin auszusagen.

Da man sich nach einem Bombenangriff kaum auf die öffentlichen Verkehrsmittel verlassen konnte, mussten sie eine andere Transportmöglichkeit finden.

Erst jetzt stellte sich heraus, dass Hausers Unterschlupf dem älteren Bruder von Fräulein Schönherr gehörte, der jedoch an der Front verschollen war. Das Haus befand sich nicht weit von Thorwalds Villa entfernt. Obwohl die Zeit drängte, war Hausers Verlobte so hilfsbereit, zuerst die offene Wunde an Oppenheimers Finger zu säubern, mit einer Salbe zu bestreichen und schließlich zu verbinden. Als sie losfahren wollten, entdeckte er im Hinterhof überraschenderweise Hildes Fahrrad. Nachdem Fräulein Schönherr das Kind bei ihrer Schwägerin abgegeben hatte, holte sie ihr eigenes Fahrrad aus dem Schuppen und brach gemeinsam mit Oppenheimer in Richtung Potsdam auf. Wegen der unzähligen Bombenkrater mussten sie manchen

Umweg in Kauf nehmen. So dauerte es knapp drei Stunden, ehe sie in Potsdam ankamen.
Jetzt starrte Oppenheimer auf die massige Hindenburg-Kaserne, die in einigen Metern Entfernung auf der anderen Straßenseite lag. Die gelben Backsteine strahlten ihm im Morgenlicht entgegen, darüber spannte sich ein blauer, wolkenloser Himmel.
In den vergangenen Tagen hatte sich Oppenheimer so sehr darum bemüht, Hilde zu helfen, dass er nicht mehr wusste, was er noch tun sollte. Im Gerichtsgebäude lief gerade die Verhandlung. Die Beurteilung der Beweise war nun die Aufgabe des Gerichts.
Oppenheimer war sich bewusst, dass ihm nichts anderes übrigbleiben würde als unterzutauchen. Er musste sich verstecken, bis Gras über die Sache gewachsen war oder bis die Alliierten die Herrschaft der Nationalsozialisten beendet hatten.
Aber zuvor wollte er Lisa verständigen. Da sie nur wenige Straßenzüge vom Landgericht entfernt wohnte, beschloss er, sie aufzusuchen. Vielleicht gab es ja eine Möglichkeit, mit ihr zu sprechen, ohne dass es ihre Vermieterin, Frau Lindenschmidt, mitbekam. Schließlich hatte er sich schon einmal erfolgreich in ihr Haus hineingeschmuggelt.
Als er Lisas Wohnstätte erreichte, blieb er unschlüssig stehen. Am helllichten Tag Steine an ihr Fenster zu werfen war zu auffällig. Die harmloseste Option war wohl, einfach zu klingeln und sich nach Lisa zu erkundigen. Da Herrenbesuch jedoch nicht gestattet war, musste er sich einen triftigen Grund für seinen Besuch ausdenken.
Oppenheimer konnte nicht einfach auf dem Gehsteig stehen bleiben, während er sich einen Plan zurechtlegte. Er hatte das Fahrrad bereits wieder in Bewegung gesetzt, als er hinter Lisas Fenster eine Bewegung bemerkte.

Überrascht bremste er ab.
Hinter den Gardinen stand jemand. Eine Hand kam zum Vorschein und winkte ihn zu sich herauf.
Oppenheimer blickte sich kurz um. Er war der Einzige auf dem Gehsteig, das Winken galt tatsächlich ihm.
Die Hand winkte nochmals, dringender jetzt.
Das konnte nur Lisa sein. Sonst kannte ihn hier niemand. Wenn sie ihn zu sich hochwinkte, war Frau Lindenschmidt sicherlich nicht anwesend. Oder war etwas passiert? Brauchte Lisa seine Hilfe?
Oppenheimer vergaß all seine Vorsicht, schwang sich vom Sattel und betrat das Haus. Die Eingangstür ließ sich ohne Probleme aufdrücken. Das Erdgeschoss schien leer zu sein.
Eilig lief er die Treppe hinauf und riss die Tür zu Lisas Zimmer auf.
Eine Frau stand am Fenster, aber es war nicht Lisa.
Verblüfft blieb Oppenheimer stehen.
Die Frau wandte sich zu ihm um. Sie trug eine Hausschürze, und ihre Haare waren zu einem Dutt hochgesteckt. Auf der Brust trug sie das Parteiabzeichen der NSDAP. Bei Oppenheimers Anblick verhärteten sich ihre herben Gesichtszüge.
»Ich bin Frau Lindenschmidt«, sagte sie.
Ja, genau so hatte Oppenheimer sie sich vorgestellt. Aber er verstand immer noch nicht, was hier vor sich ging.
Ohne eine Pause zu machen, fuhr Frau Lindenschmidt fort: »Sind Sie der Jude, mit dem Frau Oppenheimer verheiratet ist?«
Oppenheimers Herz begann, wild zu schlagen. Er spürte, wie die Hitze in seinen Kopf stieg. Sie hatte ihn durchschaut, und er war in ihre Falle getappt.
»Ich weiß nicht, was Sie meinen«, versuchte er, sich herauszureden.

Frau Lindenschmidt verschränkte ihre Arme.
»Keine Spielchen. Sie sind bei mir eingedrungen. Soll ich sofort die Gestapo holen, oder unterhalten wir uns erst?«
Oppenheimer wusste, dass er keine Wahl hatte.

Nach einigen Minuten war der Richter mit seinen Beisitzern wieder erschienen. Zu Schmudes großer Erleichterung wurde die Kopie des Einlieferungsbescheids als Beweismittel zugelassen.
Die Zeugenvernehmung von Fräulein Schönherr war danach nur noch reine Formsache. Sie schilderte kurz, dass ihr Verlobter Erich Hauser vor fast zwei Monaten untergetaucht war und Vorbereitungen traf, die Reichshauptstadt, unbemerkt und mit einer neuen Identität versehen, zu verlassen. Allerdings habe sie das erst später erfahren. Sie beteuerte, von dem Mordkomplott nichts gewusst zu haben, aber sie hielt es durchaus für möglich, dass Hauser in die Sache verwickelt war.
Schmude fühlte sich wieder vorsichtig optimistisch, als Kuhn aufstand, um sein Plädoyer zu halten.
»Da die Anklage den Vorwurf, dass Frau von Strachwitz ihren Gatten ermordet habe, nicht mehr aufrechterhält, bedarf es erfreulicherweise keine Erörterung dieses Komplexes«, stellte Kuhn fest. »Es sei denn, dass das Gericht es dennoch für erforderlich hält.«
Der Vorsitzende hob seine Hand. »Nein, das ist erledigt.«
Kuhn quittierte dies mit einem selbstzufriedenen Nicken.
»Dann bleibt nur noch die Anschuldigung des Defätismus«, fuhr er fort. »Dies ist eine schwere Beschuldigung. Aber ich gebe zu bedenken, dass der Vorwurf nur auf zwei Zeugenaussagen basiert und sonst von keinem weiteren Zeugen beglaubigt wird. Die Angeklagte kann sich an solch zersetzende Äußerungen nicht erinnern. Zudem handelt es sich bei den Belastungs-

zeugen um Nachbarn, die mit ihr kein gutes Verhältnis haben und bei ihrer Aussage sogar zugaben, dass es in der Vergangenheit zu Streit gekommen war. Aus diesem Grund können sie als voreingenommen gelten. Angesichts der Tatsache, dass Frau von Strachwitz mit ihrer aufopfernden Arbeit als Ärztin dem allgemeinen Volkswohl dient, erbitte ich Freispruch von der Anklageerhebung des Mordes und eine milde Bestrafung wegen der übrigen Anklagepunkte, unter Anrechnung der Untersuchungshaft. Zudem möchte ich einen Strafvollstreckungsaufschub bis nach dem Kriegsende beantragen, damit die Angeklagte ihrer kriegswichtigen Tätigkeit als Ärztin weiterhin nachgehen kann.«

Kuhn hatte das Plädoyer selbstsicher vorgetragen. Erst als er sich wieder hinsetzte, erkannte Schmude an Kuhns hängenden Schultern, dass seine demonstrative Zuversicht nur gespielt war.

»Das letzte Wort hat die Angeklagte«, sagte der Vorsitzende.

Hilde stand auf und zuckte dann nur kurz mit den Schultern.

»Es gibt nichts mehr zu sagen«, lautete ihre lapidare Antwort.

Als sich das Gericht zur Beratung zurückgezogen hatte, murmelte Kuhn: »Dass Hilde des Defätismus beschuldigt wurde, ist eine unschöne Entwicklung. Darauf steht ebenfalls die Todesstrafe. Keine Ahnung, wo sie die Zeugen hergezaubert haben. Ich kann nur hoffen, dass ich das Vertrauen in ihre Aussagen erschüttert habe. Vielleicht bleibt sie auch in Untersuchungshaft, bis der Fall neu aufgerollt wird. Wer weiß …«

Auch Schmude machte ein ernstes Gesicht, denn es war noch nichts entschieden. Trotz der entlastenden Beweise ging es für Hilde immer noch um Leben oder Tod.

Oppenheimer mochte seinen Ohren kaum trauen. Widerwillig nahm er zur Kenntnis, dass Frau Lindenschmidt einen guten Kommissar abgegeben hätte. Sie hatte die Indizien korrekt zusammengesetzt: Lisas jüdisch klingender Familienname, die Tatsache, dass sie ihre Lebensmittelmarken weiterhin bei der Mischlingsstelle abholen musste, und nicht zuletzt die Gerüchte über ihren verschollenen Mann.

Aber noch mehr überraschte Oppenheimer Frau Lindenschmidts Vorschlag.

»Ich könnte Sie verstecken«, sagte sie, als sei das völlig selbstverständlich.

Oppenheimer zog seine Augenbrauen hoch.

»Bitte was?«

Er verstand die Welt nicht mehr. Lisa hatte Frau Lindenschmidt als hundertprozentige Nazi-Anhängerin geschildert, und trotzdem schlug sie nun vor, sein Leben zu retten.

»Im Keller ist noch Platz«, erklärte Frau Lindenschmidt. »Da können Sie bleiben, bis es die Nazis nicht mehr gibt.«

Oppenheimer schnappte nach Luft. Frau Lindenschmidt schaute ihn an, als ob sie eine Antwort erwartete. Er sagte das Erste, was ihm in den Sinn kam.

»Sie wollen mir helfen? Einfach so?«

Frau Lindenschmidt schüttelte den Kopf.

»Eine Bedingung habe ich. Sie müssen mir eine Bescheinigung geben, dass ich Sie vor den Nazis gerettet habe. Das brauch ich nach dem Krieg. Verstehen Sie?«

Natürlich verstand Oppenheimer. Wenn die Alliierten gesiegt hatten und Hitler mit seinen Kumpanen an irgendwelchen Galgen aufgeknüpft waren, würde sie als Heldin dastehen. Frau Lindenschmidt, die der Nazi-Herrschaft mutig getrotzt hatte, indem sie einem verfolgten Juden Unterschlupf gewährte. Vergessen wären die Jahre, in denen sie den Nachbarn und Mietern hinterhergeschnüffelt und sie denunziert hatte. Der Gedanke, dass sie ihn benutzen wollte, um sich reinzuwaschen, hinterließ bei Oppenheimer einen bitteren Geschmack.

»Entscheiden Sie sich«, forderte Frau Lindenschmidt ihn auf. »Ich kann immer noch die Gestapo holen. Die werden Ihrer Frau bestimmt das Leben zur Hölle machen.«
Oppenheimer überlegte. Ja, Frau Lindenschmidt konnte die Gestapo holen. Wenn nicht jetzt, dann tat sie es vielleicht später. Wenn er zusagte, würde sein Leben letztendlich von ihrer Willkür abhängen.
Oppenheimer wusste, dass er nicht zustimmen konnte.
Und trotzdem sagte er: »Einverstanden.«

Schmude kannte das schon aus seiner Berufserfahrung als Anwalt. Wenn die Beratung eines Gerichts länger als fünf Minuten dauerte, dann dehnte sich jede weitere Minute zu einer Ewigkeit. Aber es war ein gutes Zeichen für Hilde, denn ein Todesurteil war meistens schnell gefällt.
Schweigend saßen er und Kuhn im Saal. Einige Meter von ihnen entfernt thronte Hilde zwischen ihren Bewachern auf der Anklagebank.
Schmude blickte auf, als sich plötzlich die Tür öffnete.
War es bereits das Gericht? Hatten sie das Todesurteil gefällt?
Erleichtert atmete er auf. Es war nur der Protokollführer. Er rief nach dem Saalwächter und flüsterte dann mit ihm.
»Sicher soll er 'ne Kanne Muckefuck holen«, brummte Kuhn. »Das wird wohl länger dauern.«
»Ich schaue mal nach Hilde«, sagte Schmude und erhob sich von seinem Platz. Kuhn seufzte vielsagend und nickte.
Obwohl Hildes Wächter finster dreinschauten, gestatteten sie Schmude, ein paar Worte mit der Angeklagten zu wechseln. Er schilderte kurz, wie Meier ihren untergetauchten Ehemann ausfindig gemacht hatte und dass offenbar eine okkulte Sekte eine Rolle spielte.
»Das wundert mich nicht«, sagte Hilde. »War doch logisch, dass

sich Erich für solch bescheuerten Kram interessiert. Er würde alles tun, um sich selbst davon zu überzeugen, dass er anderen überlegen ist. Deswegen will er auch unbedingt zu den Herrenmenschen zählen. Dabei ist er der langweiligste Kerl, den man sich überhaupt vorstellen kann. Ich hab mehrere Jahre gebraucht, um das zu erkennen, aber da war es schon zu spät, und ich hatte ihn am Bein.«

»Bestimmt nicht mehr lang«, erwiderte Schmude. »Er wird sicher in Haft bleiben, bis es eine neue Untersuchung gibt. Falls sie sich überhaupt noch die Mühe machen. Was er auf dem Kerbholz hat – Mord, Schwarzmarktgeschäfte, Mitgliedschaft in einer verbotenen Organisation –, das reicht eigentlich für ein standrechtliches Todesurteil.«

»Na, wollen wir's mal hoffen. Dieser Schweinehund hätte es verdient.«

»Aufstehen!«, erklang es wieder. Das Gericht hatte seine Entscheidung gefällt und kehrte nun zurück.

Schmude hastete zu seinem Platz.

Die Robenträger und uniformierten Beisitzer erschienen. Schmude versuchte, an ihren Gesichtern abzulesen, welche Entscheidung sie getroffen hatten. Die Miene des Vorsitzenden wirkte verkniffen. Konnte das ein gutes Omen sein?

Man setzte sich, und der Vorsitzende rief: »Angeklagte von Strachwitz. Aufstehen!«

Hilde folgte der Aufforderung. Die zur Schau gestellte Würde konnte ihre Nervosität nicht mehr überdecken.

»Die Angeklagte Hildegard von Strachwitz wird von der Mordanklage freigesprochen.«

Kuhn nickte zufrieden.

Doch der Vorsitzende war noch nicht zum Ende gekommen. Er fügte hinzu: »Wegen Wehrkraftzersetzung, Feindbegünstigung, defätistischer Äußerungen und Landesverrat verurteile ich sie jedoch zum Tode! Die Verurteilte hat ihre bürgerliche Ehre für immer verwirkt und trägt die Kosten des Verfahrens.«

Bestürzt schaute Schmude zu Hilde hinüber. Sie hatte ihren Blick gesenkt. Kuhn fuhr sich mit der Hand über die Stirn.

Der Vorsitzende verlas die Begründung.

»Von der Mordanklage wird Frau von Strachwitz freigesprochen, doch die Zeugen haben ein deutliches Bild geliefert, wessen Geistes Kind sie ist. Ihr wurden wehrkraftzersetzende Äußerungen zur Last gelegt, aber die Angeklagte gab lediglich an, dass sie sich an solche Äußerungen nicht entsinnen kann. Nach Ansicht des Gerichtes ist dies nicht ausreichend. Wer sich nicht selbst ähnliche Äußerungen zutraut, der äußert sich zu einem solchen Vorwurf nicht mit Nichtwissen, sondern er bestreitet diesen. Die Angeklagte hat sich somit selbst entlarvt. Sie hat im Krieg den Feind des Reiches dadurch begünstigt, dass sie unseren Führer verächtlich zu machen suchte. Taten wie diese höhlen gefährlich die innere Front aus, während gleichzeitig der deutsche Soldat im Kampf sein Leben einsetzt. Die Verurteilte hat sich in schlimmster Weise zum Zersetzungspropagandisten unserer Feinde gemacht und mit ihrer Tat unserem Heer einen Dolchstoß versetzt. Ein solches Verhalten ist höchst gefährlich, wie 1917/18 zeigt, auch wenn der erste oder zweite oder viele solcher Dolchstöße nicht sofort treffen. Und das weiß jeder, so auch die Angeklagte! Sie ist eine deutsche Frau, die sich würdelos zur Magd unserer Kriegsfeinde degradiert hat. Damit hat sie sich selbst aus der Volksgemeinschaft ausgeschlossen und den Tod verdient.«

Als sich Hilde wieder setzen durfte, sprang Kuhn auf. Mit erhobener Stimme rief er: »Herr Vorsitzender, ich erbitte eine Erklärungsfrist von zwei Wochen ab Zustellung des Urteils mit schriftlicher Begründung zur Einreichung einer Gegenerklärung und zur Einreichung eines Gnadengesuchs.«

Obwohl dieses Ansinnen für den Vorsitzenden kaum unerwartet kommen konnte, überlegte er einige Sekunden.

»Dem Gesuch wird stattgegeben. Ich begrenze die Frist allerdings auf eine Woche. Die Verhandlung ist geschlossen, die Verurteilte ist abzuführen. Heil Hitler!«

Die Anwesenden standen auf und reckten ihre Rechte zum Hitlergruß hoch.

Schmude fühlte sich eigenartig leer. Obwohl er bis zuletzt mit dem Schlimmsten gerechnet hatte, kam ihm das alles wie ein böser Traum vor.

Er nahm kaum wahr, dass sich Kuhn zu ihm vorgebeugt hatte.

»Ich hatte so etwas geahnt«, erklärte er. »Vor kurzem gab es von oben eine Beschleunigungsanweisung für alle Verfahren. Aber wenigstes haben wir eine Woche bekommen.«

Schmude hörte nicht zu. Stattdessen beobachtete er, wie einer der Beamten Hildes Hände auf dem Rücken fesselte und sie dann hinausführte.

37

Montag, 12. März 1945

Unruhig radelte Oppenheimer die Straßen entlang und hoffte, dass ihm Lisa begegnete.
Nach Auskunft von Frau Lindenschmidt war Lisa losgegangen, um Lebensmittel zu besorgen, und würde sicher bald zurückkehren. Doch Lisa durfte nicht mehr in dieses Haus. Das war zu unsicher. Sie durften sich nicht dieser hundertprozentigen Nazi-Anhängerin ausliefern.
Oppenheimer war auf das zweifelhafte Angebot von Frau Lindenschmidt nur zum Schein eingegangen. Unter dem Vorwand, dass er noch einige Sachen holen müsste, ließ sie ihn tatsächlich wieder gehen.
Wahrscheinlich glaubte sie, dass es für ihn keine andere Option mehr gab und dass sonst niemand so mutig sein würde, ihn zu verstecken.
Doch Oppenheimer war fest entschlossen, Frau Lindenschmidt zu enttäuschen.
Er musste nicht lang warten, bis Lisa mit einer halbvollen Einkaufstüte erschien. Als sie mitten auf der Straße ihren Mann sah, blieb sie überrascht stehen.
»Wo kommst du denn her?«, flüsterte sie.
»Ich war gerade beim Hausdrachen.«
Bestürzt starrte Lisa ihn an. Oppenheimer stieg vom Fahrrad ab und führte sie in die entgegengesetzte Richtung.
Es dauerte einige Minuten, bis er ihr alles erklärt hatte. Lisa stimmte ihm zu, dass man ihrer Vermieterin nicht über den

Weg trauen durfte. Mit ernstem Blick fragte sie dann: »Was bleibt uns noch? Wir sind aufgeschmissen.«
Oppenheimer schüttelte den Kopf.
»Du gehst nicht mehr zurück. Vielleicht hat sie schon die Gestapo gerufen.«
»Aber meine Sachen!«
»Lass alles bei ihr. In ein paar Wochen oder Monaten ist der Spuk vorbei. Selbst so eine olle Nazisse wie die Lindenschmidt hat das mittlerweile kapiert. Dann können wir die Sachen immer noch holen.«
»Und was ist mit den Papieren?«
Für einen kurzen Augenblick sah er Lisa fragend an. Dann erinnerte er sich, dass sie Hausers Dokumente für ihn aufbewahrt hatte.
»Lass den Mist einfach verrotten«, antwortete Oppenheimer.
Beunruhigt blickte Lisa auf den Verband an seiner Hand. »Meine Güte, was hast du mit deinem Finger angestellt?«
Da Oppenheimer nicht wollte, dass sich Lisa Sorgen machte, entschloss er sich dazu, ihr die Details der Folterung nicht mitzuteilen. Also sagte er nur: »Da ist ein Stein draufgefallen, und jetzt ist der Nagel ab. Halb so wild.«
Eine Frage war allerdings noch ungeklärt. »Wo sollen wir jetzt hin?«, fragte sie. »Wer außer der Lindenschmidt wird es riskieren, uns aufzunehmen?«
Oppenheimer blickte sich um. Dann kam ihm eine Idee.
»Wir gehen zurück. Nach Berlin.«

Schmude und Seibold wurden von Kuhn in einen abseits gelegenen Raum geführt, in dem Hilde sie bereits erwartete. Man hatte ihr die Fesseln wieder abgenommen, doch die aufmerksamen Blicke des Bewachungspersonals ließen keine vertraulichen Gespräche zu.

»Ich habe alles getan, was ich konnte«, sagte Kuhn, aber es klang eher wie ein Stoßseufzer.
Fast wirkte es so, als müsste Hilde ihren Verteidiger trösten und nicht umgekehrt.
»Das Spiel war schon aus, als meine Nachbarn angeschissen kamen«, sagte sie mit klarer Stimme. Damit die Wächter es nicht mitbekamen, fügte sie flüsternd hinzu: »Wenigstens soll ich jetzt für Dinge hingerichtet werden, die ich auch wirklich begangen habe.«
Schmude stand daneben und wagte es kaum, aufzuschauen. Sie hatten mit allen Mitteln gekämpft, und nun war es vorbei. Seibold stand neben dem Rechteck aus Licht, das die Sonne auf die verputzte Wand warf, und knetete seine Hände.
»Wenigstens können wir ein Gnadengesuch einreichen«, brummte Kuhn. »Das gibt uns Zeit. Vielleicht kann ich es hinauszögern, bis …« Er hielt inne. Mit einem Seitenblick auf die Bewacher verbesserte er sich: »Nun ja, ich meine, bis die Zeit reif ist.«
Hilde nickte. Sie verstand. »Und was ist mit Meier?«
Schmude warf Seibold einen fragenden Blick zu. Er hatte ihn als Letzter gesehen.
»Ich, ich weiß nicht«, stotterte Seibold. »Er ist wieder verschwunden.«
Hilde machte ein ernstes Gesicht. »Hoffentlich kommt er durch.«
Als Kuhn zum Abschied ungeschickt seine Hand auf ihren Arm legte, zog sie ihn an sich heran, um ihn zu umarmen.
Dann flüsterte Hilde ihm ins Ohr: »Ich weiß, mein Dicker.«

Obwohl Oppenheimer beschlossen hatte, in die Stadt zurückzukehren, fuhr er, mit Lisa auf der Ladefläche von Hildes Fahrrad, zunächst noch einmal zum Gerichtsgebäude. Er war immer noch besorgt und konnte sich nicht einfach so aus dem Staub machen, ohne zu wissen, wie das Urteil ausgefallen war. Als er in einer Nebenstraße Kuhns Kutsche erspähte, beschloss er, dort auf seine Mitstreiter zu warten. Etwa eine halbe Stunde später trafen sie ein.

Das Todesurteil war für Oppenheimer ein herber Schlag. Seine böse Ahnung, dass man von den nationalsozialistischen Gerichten keine Gerechtigkeit erwarten konnte, hatte sich leider bestätigt. Vor allem Kuhn schien die Sache sehr mitzunehmen. Für Oppenheimer war es jedoch nicht überraschend, dass der Anwalt die Strapazen einer Gerichtsverhandlung auf sich genommen hatte, um Hilde zur Seite zu stehen. Sein aschfahles Gesicht war ein deutliches Zeichen dafür, dass seine Energie nun endgültig aufgebraucht war.

»Und was machst du jetzt?«, fragte Schmude, denn er wusste, dass Oppenheimer untertauchen musste.

»Ich glaube, ich weiß, wo ich unterkommen kann«, antwortete Oppenheimer. »Aber könntest du mir den Gefallen tun und uns zurück in die Stadt bringen? Ich kann meine Frau schlecht den ganzen Weg auf der Ladefläche mitnehmen.«

Vielleicht war es albern, aber Oppenheimer brachte es kaum übers Herz, Hildes unförmiges Fahrrad zurückzulassen. Schließlich war es sein einziges Andenken an seine gute Freundin. Doch er sah ein, dass er zu erschöpft war, um die lange Strecke nach Berlin zurückzuradeln. In der Hoffnung, vielleicht später noch eine Lösung für dieses Problem zu finden, kettete er das Fahrrad an ein Zaungitter.

Obwohl es ein großer Umweg war, wollte Kuhn Oppenheimer und Lisa direkt an ihrem Ziel in Pankow absetzen. Der Kutscher bekam jedoch die Anweisung, die Innenstadt großräumig zu umfahren, da nach dem gestrigen Abendangriff sicherlich zahllose Straßen unpassierbar waren.

Auf dem Rückweg hielt Oppenheimer seine Frau eng umschlungen. Jedes Mal, wenn er mit seinem verwundeten Finger gegen Lisas Arm stieß, durchzuckte der Schmerz seine Hand. Doch das war ihm jetzt egal. Voller Bitterkeit dachte er daran, dass sich in Zeiten wie diesen Schmerzen ohnehin kaum vermeiden ließen. Zwar erklärte Schmude ihm, dass sie ein Gnadengesuch einreichen wollten, um die Vollstreckung hinauszuzögern, doch aufheitern konnte das Oppenheimer nicht.
Er hing seinen trüben Gedanken nach, als ihr Gefährt zum Stehen kam. Oppenheimer schaute sich fragend um und erblickte am Straßenrand das Kneipenschild, auf dem *Edes Bierhahn* stand. Er hatte kaum bemerkt, wie die Zeit vergangen war und dass sie sich bereits im Stadtbezirk befanden.
»Ist das dein Ernst? Hier sollen wir dich absetzen?«, fragte Schmude und blickte irritiert zur Eckkneipe hinüber.
»Ich komme schon klar«, sagte Oppenheimer und stieg dann hinter Lisa aus.
Schmude beugte sich vor. »Was mache ich, wenn es Neuigkeiten wegen Hilde gibt?«
Oppenheimer wusste zunächst nicht, was er antworten sollte. Schließlich sagte er: »Am besten ist, wenn du dem Kneipeninhaber Bescheid gibst. Der wird alles an mich weiterleiten.«
»Nun gut«, sagte Schmude, »dann pass auf dich auf.«
Nach diesen Abschiedsworten forderte Schmude den Kutscher zum Weiterfahren auf.
Oppenheimer und Lisa blickten der Droschke hinterher, bis sie in dem Gewühl aus Lastautos, Wehrmachtwagen und Panzersperren verschwand.

Als die schwere Tür hinter ihnen ins Schloss fiel, spürte Oppenheimer eine ungewöhnliche Beklemmung. Obwohl er in den vergangenen Wochen wiederholt in dem Gärkeller der stillge-

legten Brauerei gewesen war, kam es ihm jetzt zum ersten Mal so vor, als hätte er eine Endstation erreicht.
Seitdem er mit Lisa Edes Kneipe betreten hatte, waren knapp anderthalb Stunden vergangen. Eine Einigung mit dem Ganoven war schnell erzielt. Ede wollte ihnen Unterschlupf in seinem Keller bieten, doch über das Thema, welche Gegenleistung er dafür verlangte, schwieg er sich zunächst aus.
Auf dem Hinweg hatte er sich nicht einmal mehr die Mühe gemacht, ihnen die Augen zu verbinden. Oppenheimer hielt das für ein schlechtes Zeichen. Ede schien davon auszugehen, dass sich seine Gäste in den nächsten Wochen oder gar Monaten ohnehin nicht mehr aus dem Keller herauswagen durften.
Am Fuß der Eisentreppe angekommen, reichte Ede ihnen eine bereitstehende Petroleumlampe.
»Nich verliern«, sagte er. »Hier drinne kann's zappenduster werden.«
Mit diesen Worten schritt er voraus und zog eine Seitentür auf. Lisa zögerte, als Oppenheimer sie in den Raum mit den großen Fässern führen wollte.
»Glaubst du wirklich, dass wir hier sicher sind?«, flüsterte sie.
Auch Oppenheimer spürte einen starken Unwillen, hier unten zu bleiben. Schulterzuckend sagte er: »Hier sind wir am sichersten. Ede wird uns kaum verraten. Dafür steht für ihn zu viel auf dem Spiel.«
Edes Stimme drang aus dem Nebenraum. »Herr Kommissar?«
Als Oppenheimer zur Tür trat, entdeckte er den Grund dafür, warum Ede sein Versteck so streng gehütet hatte. In dem Raum türmten sich Kisten und Säcke. Zweifellos war das eines von Edes unzähligen Lagern, die über die ganze Stadt verteilt waren.
»Wäre schön, wenn Se für mich auf die Sachen hier uffpassen würden«, sagte Ede. »Hier in der Ecke sind 'n paar Liter Petro-

leum. Für Essen is auch jesorgt. Ab und zu kommt mal eener von uns vorbei.«

Dann ging er weiter in den Raum hinein, kramte herum und kam mit einem verhüllten Gegenstand zurück.

»Dit jehört wohl Ihnen.«

Oppenheimer wusste zunächst nicht, was Ede damit meinte. Doch als er den Gegenstand auspackte, konnte er es kaum fassen.

Auch Lisa war überrascht.

»Was macht denn dein Grammophon hier?«, fragte sie.

»Die Platten sind ooch irjendwo da hinten.« Lässig zeigte Ede mit seinem Daumen in den Lagerraum. Er hatte tatsächlich Wort gehalten und Oppenheimers Sachen aus Hildes Häuschen geholt.

Oppenheimer fand es eigenartig, wie sehr man an leblosen Dingen hängen konnte. An einem Grammophon, an Schallplatten, an einem unförmigen Fahrrad. Und doch war es für ihn eine Überraschung, dass er sich nicht einmal mehr über sein Grammophon freuen konnte.

Im Vergleich zu der Tatsache, dass Hilde zum Tode verurteilt war, verblasste alles andere. Oppenheimer hatte auf ganzer Linie versagt – außerdem war ihre Lage schlimmer geworden, als sie es eh schon gewesen war. Der Volkssturm suchte nach Oppenheimer, selbst Lisa befand sich jetzt in Gefahr, denn es war mehr als wahrscheinlich, dass ihre Vermieterin Frau Lindenschmidt die Gestapo informieren würde, wenn sie nicht mehr zurückkamen.

Oppenheimer betrat den großen Gärkeller, und stellte das Grammophon an einem sicheren Platz ab. Als Ede wieder gegangen war, trat Lisa an ihn heran, und sie umarmten sich.

Oppenheimer schloss die Augen, um nicht ständig das trostlose Kellergewölbe sehen zu müssen, in dem sie jetzt gefangen

waren. Dort draußen rüsteten sich die Armeen zum Endkampf, aber es war nicht absehbar, wie lang sich der Wahnsinn noch hinziehen würde.
Stumm standen sie beieinander. Erst in diesem Moment verstand Oppenheimer, dass er und Lisa wenigstens nicht mehr voneinander getrennt sein würden. Er hatte nun endlich getan, was ihm vorher immer als zu riskant erschienen war.
Er hatte Lisas Hand ergriffen und war mit ihr davongelaufen.
Bis zu diesem Ort.
Der Rest würde sich finden. Denn immerhin konnte er davonlaufen, das kleine Glück finden. Im Gegensatz zu Hilde, der nichts anderes übrigblieb, als im Gefängnis ihrem Ende entgegenzusehen. Wenn das große Ende nicht doch vorher kam.

Nachwort

Die vom Hellseher Thorwald zusammengezimmerte Religion mag so wirken, als hätte ein Schriftsteller seiner überschießenden Phantasie freien Lauf gelassen. In diesem Fall muss ich allerdings jegliche Verantwortung von mir weisen. Die hier benutzten Begriffe waren innerhalb der ariosophischen Sekten hinlänglich bekannt. Als einzige Freiheit habe ich mir erlaubt, das Bild der elektrotheonischen Gralstaube mit Odins Raben zu kombinieren.

Die Dialoge von Gruppenführer Niklisch basieren zum Großteil auf Originalquellen. Darunter befinden sich die Eidesformel und die sogenannten Kampfsätze des Volkssturms. Interessierte Leser können diese Texte in dem Buch »Deutscher Volkssturm« von Franz W. Seidler abgedruckt finden. Diese Quellen wurden von mir – soweit sie im Roman vorkommen – ohne Änderung wiedergegeben. Zudem habe ich Niklisch Zitate aus zeitgenössischen Zeitungsartikeln in den Mund gelegt. Diese Ausschnitte wurden von mir lediglich neu arrangiert. Eine weitere Bearbeitung war nicht vonnöten, da sich der absurde Hurrapatriotismus dieser Textpassagen kaum noch übertreiben ließ.

Um die tagesaktuellen Ereignisse des Jahres 1945 zu rekonstruieren, griff ich auch diesmal auf die Zeitzeugenberichte von Ruth Andreas-Friedrich, Ursula von Kardorff, Victor Klemperer und Hans-Georg von Studnitz zurück. Außerdem waren die Mitarbeiter der Zeitungsabteilung der Staatsbibliothek zu Ber-

lin so freundlich, mich bei der Suche nach Tageszeitungen aus diesem Zeitraum zu unterstützen.
Hildes Verhandlung basiert auf Protokollen und Urteilen des Volksgerichts, abgedruckt in den Werken von Hansjoachim W. Koch und Helmut Ortner. Wichtige Hinweise auf die Rechtspraxis im Dritten Reich fand ich darüber hinaus in den Erinnerungen des Strafverteidigers Dietrich Güstrow. Aufschlussreiche Einblicke in den Alltag des Strafvollzugs lieferten die Aufzeichnungen von Harald Poelchau, Luise Rinser und Margot von Schade.
Auch Potsdam blieb von den Bombardierungen nicht verschont. Am 14. April 1945 begann um 22:16 Uhr ein großangelegter Angriff der britischen Royal Air Force auf die Innenstadt. Es wird geschätzt, dass die fünfhundert Maschinen 1700 Bombentonnen abwarfen. Die Zahl der zerstörten Gebäude rangierte fast im vierstelligen Bereich, der historische Baubestand wurde zu siebenundvierzig Prozent dezimiert. Vermutlich kamen in dem Inferno 1593 Menschen zu Tode, andere Zählungen kommen teilweise auf eine wesentlich höhere Opferzahl. Dies sollte der finale Großangriff des RAF Bomber Command sein. Zwei Tage später erklärte das Hauptquartier der alliierten Streitkräfte in Nordwesteuropa den Sieg im strategischen Luftkrieg. Der Krieg gegen Nazi-Deutschland war damit allerdings noch nicht beendet.

Harald Gilbers,
April 2015

Literaturhinweise

Arnold, Dietmar, Janick, Reiner, Hg., *Sirenen und gepackte Koffer. Bunkeranlagen in Berlin*, Augsburg 2012.

Cullen, Michael S., *Der Reichstag. Parlament Denkmal Symbol*, Berlin 1999.

Demps, Laurenz, Hg., *Luftangriffe auf Berlin. Die Berichte der Hauptluftschutzstelle 1940–1945*, Berlin 2012.

Goodrick-Clarke, Nicholas, *Die okkulten Wurzeln des Nationalsozialismus*, Wiesbaden 2012.

Güstrow, Dietrich, *Tödlicher Alltag. Strafverteidiger im Dritten Reich*, Berlin 1981.

Kershaw, Ian, *Das Ende. Kampf bis in den Untergang. NS-Deutschland 1944/45*, München 2013.

Koch, Hansjoachim W., *Volksgerichtshof. Politische Justiz im 3. Reich*, München 1988.

Kugel, Wilfried, *Hanussen. Die wahre Geschichte des Hermann Steinschneider*, Düsseldorf, 1998.

Mitscherlich, Alexander, Mielke, Fred, Hg., *Medizin ohne Menschlichkeit. Dokumente des Nürnberger Ärzteprozesses*, Frankfurt am Main 2012.

Neumann, Hans-Joachim; Eberle, Henrik, *War Hitler krank? Ein abschließender Befund*, Köln 2011.

Ortner, Helmut, *Der Hinrichter. Roland Freisler – Mörder im Dienste Hitlers*, Göttingen 1995.

Poelchau, Harald, *Die Ordnung der Bedrängten. Erinnerungen des Gefängnisseelsorgers und Sozialpfarrers (1903–1972)*, Teetz 2004.

Rinser, Luise, *Gefängnistagebuch*, Frankfurt am Main 2010.
Schade, Margot von, *Gerettetes Leben. Erinnerungen an eine Jugend in Deutschland*, München 1988.
Seidler, Franz W., *Deutscher Volkssturm. Das letzte Aufgebot 1944/1945*, Augsburg 1999.